本书出版获安徽师范大学学术著作出版基金资助

唐宋散文品读

吴振华 编著

安徽师范大学出版社

责任编辑：胡志恒

装帧设计：张培树

图书在版编目(CIP)数据

唐宋散文品读 / 吴振华编著 . —芜湖：安徽师范大学出版社，2016.9

ISBN 978-7-5676-2628-7

Ⅰ．①唐… Ⅱ．①吴… Ⅲ．①古典散文－鉴赏－中国－唐宋时期－高等学校－教材②古典诗歌－鉴赏－中国－唐宋时期－高等学校－教材　Ⅳ．①I206.2

中国版本图书馆 CIP 数据核字（2016）第 219014 号

唐 宋 散 文 品 读

吴振华　编著

出版发行：安徽师范大学出版社

　　　　　芜湖市九华南路189号安徽师范大学花津校区　邮政编码：241002

网　　址：http://www.ahnupress.com/

发 行 部：0553-3883578　5910327　5910310（传真）E-mail：asdcbsfxb@126.com

印　　刷：虎彩印艺股份有限公司

版　　次：2016年9月第1版

印　　次：2016年9月第1次印刷

规　　格：700mm×1000mm　1／16

印　　张：24

字　　数：398千

书　　号：ISBN 978-7-5676-2628-7

定　　价：65.00元

目　录

导　言

一、"散文"的概念

1.什么是"散文"?

我们先来看看1988年出版的《辞源》给出的定义:

> 文体名。对骈文而言。古时无骈散之别,自六朝文尚骈俪,于是有韵及用对偶者谓之骈文,反之则为散文。宋罗大经《鹤林玉露·二》:"山谷诗骚妙天下,而散文颇觉琐碎局促。"现代指与诗歌、小说、戏剧并称的文学体裁。①

由此可见,散文是相对于骈文而存在的,于是又这样定义骈文:

> 以字句两两相对而成篇章的文体。古代文章,务协音以成韵,修词以达远,故文多用偶,六朝、初唐尤甚。当时初无骈散之名,即以此为文章之正格。其下者往往堆砌典实,炫耀辞藻,陈陈相因,言之无物。唐代韩愈、柳宗元等起而提倡散体古文,废八代之辞华,主以气势行文。自是以来,称其用对偶者之文为骈文,以文多四、六字句,宋人或谓之四六文。②

显然,对骈文概念的表述要比对散文的表述丰富得多,这说明散文概念形成要晚于骈文,但是骈文概念和散文概念一样,都相当杂乱。我们从《辞源》的定义中得到了如下信息:(1)"散文"就是"非骈文",是一个很宽泛的概念,既没有内涵,外延也难以确定;(2)"散文"有"古代"与"现代"之别;(3)最早使用"散文"概念的人是南宋人罗大经;(4)中唐

---

① 《辞源》合订本,第729页,商务印书馆1988年版。

② 《辞源》合订本,第1881页,商务印书馆1988年版。

时期的韩愈、柳宗元提倡散体古文是散文发展的关键。我们将其分为以下几点加以讨论。

（1）最早使用"散文"概念的人到底是谁？

我们可以找到包含"散文"的一些例句，罗列如下：

【西晋】木华《海赋》：云锦散文于沙汭之际，绫罗被光于螺蚌之节。

【南朝·梁】刘勰《文心雕龙·明诗》：观其结体散文，直而不野，婉转附物，怊怅切情，实五言之冠冕也。

【南宋】朱熹《朱子语类·卷一百四十》：山谷善叙事情，叙得尽，后山叙得较有疏处。若散文，则山谷大不及后山。①

【南宋】罗大经《鹤林玉露·甲编卷二》：周益公（必大）……谓杨伯子曰："四六特拘对耳，其立意措辞贵浑融有味，与散文同。"

【南宋】罗大经《鹤林玉露·甲编卷二》：杨东山尝谓余曰："文章各有体……曾子固之古雅，苏老泉之雄健，固亦文章之杰，然皆不能作诗。山谷诗骚妙天下，而散文颇觉琐碎局促。"

【南宋】王应麟《辞学指南》卷二：东莱先生（吕祖谦）曰："诏书或用散文，或用四六，皆得。唯四六者下语须浑成，不可表求新奇之对而失大体。"

【南宋】王应麟《辞学指南》卷二：散文当以西汉诏书为根本，次则王岐公、荆公、曾子开。

【金元】王若虚《滹南遗老集》卷三十七：散文至宋始是真文字，诗则反是矣。

第1条中虽有"散文"字样，但不是作为问题名称使用的，而是与"被光"对应成文的一个动宾结构，意为天上的云锦将光彩散布在江畔的沙洲之上，呈现光亮闪烁的状态；第2条是刘勰对《古诗十九首》的评语，意为古诗结撰文体，敷设文采，质直却不粗野，情思婉转与景物比附，怊怅的情感鲜明而切当，实在是五言诗的冠冕之作。其余六条都是作为文体名称使用的，中间缺少唐到北宋一段，这一时期正是古文运动如火如荼的发展

①引文后有一段小字：淳注云："后山诗雅健胜山谷，无山谷潇洒轻扬之态。然山谷气力较大，叙事咏物，颇尽事情。其散文又不及后山。"《朱子语类》第八册，第3334页，中华书局1986年版。

阶段，文章之士大多使用"古文""时文""文章""文辞"等，不用"散文"这个概念，但是八大家们创作的古文实际上就是后代指称的"散文"。散体文的格局形成之后，到南宋时期才进入了理论探讨的视野。有人评论时运用散文概念，如周必大（1126—1204年）、吕祖谦（1137—1181年）、杨东山（1150？—1229年？）等，有人则是记录并传播这一概念，如罗大经（1195？—1252年？）、王应麟（1223—1279年）及王若虚（1174—1243年）等。像周必大曾主持并参与《宋文鉴》的编纂，又是当时的宰相，名高位重。吕祖谦不仅主编《宋文鉴》，还编选《古文关键》一书，对韩柳欧苏散文非常熟悉，讲究文章的命意布局，具有丰富的文章学知识。朱熹不仅是文章大家，还长期从事教育讲学和学术研究活动，因此这三个人都极有可能最早提出"散文"这个概念。如果再结合其人生经历，我们发现周必大于绍兴二十一年（1151年）年进士及第，朱熹于绍兴十八年（1148年）中进士，吕祖谦则于隆兴元年（1163年）释褐从官，即三人都在1150年前后中举从宦，也就是说他们提出"散文"概念的时间大约在十二世纪中叶前后，这是奠定中国古代散文概念的重要时期。

（2）"散文"概念的内涵与外延

作为一个符合逻辑规则的名词概念，必须具备准确的内涵和清晰的外延。由于"散文"概念或与"四六"对举，或与"诗歌"并称，故内涵具有相对性、不确定性和多层性的特点。与"四六"对举时，涵义相对狭窄，特指那些散行单句排列无一定规则和固定规律的文章，这时散文包含的外延较广，诸如上古的经书《周易》《尚书》《春秋》及诸子论著，《国语》《战国策》《史记》，还有小说家的杂说等，都可以算在散文范围之内；而与"诗歌"对举时，涵盖面更为广泛，在上述文体之外，又纳入了四六骈文及辞赋，到了明代干脆将"散文"与"韵文"对举，而韵文（韵语）更包括杂剧和戏曲在内。总之随着文体概念的不断发展，散文的内涵也在不断发展变化。进入20世纪之后，在西方文学观念影响下，散文遂演变出古代散文与现代白话散文相对的格局，并与现代小说、诗歌、戏剧并称四大文学样式。

2. "散文"与"诗歌"谁先产生？

可能很多人对这个问题的回答都是"诗歌的产生先于散文"。如游国恩主编《中国文学史》（1963年版）认为："散文的产生晚于诗歌，它是语言和逻辑思维进一步发展的结果，而以文字为必要条件。未有文字，早有诗歌，而散文则产生于既有文字之后。"又如刘大杰《中国文学发展史》也说："歌谣产生最早，文字产生之前就有了歌谣。"还有南京大学等十三所高校编的《中国文学史》、王文生主编的《中国文学史》（高等教育自学考试教材）等，都持相同的观点。

当然也有不同意这种说法的观点。如苏联文学理论家莫·卡冈《艺术形态学》中说："诗歌早于散文是一件确凿不移的历史事实。不过这好像是奇怪和不足信的，因为原始人像我和您一样，在日常生活中用散文讲话，他怎么会为了艺术认识的目的，舍弃这种散文语言的简单的、似乎是如此自然的运用，而开始编制比散文语言结构复杂得多的诗歌语言结构呢？"原始人的生活无非是协同合作，从自然界获取生存必须的生活资料，平日的生活应该是极其简单而自然的，他们运用语言来发出各种有意义的信号，我认为他们之间的信息联络及其他交往都是运用散文形式，而不大可能去设想运用诗歌的形式。因此，杨庆存先生认为"散文的产生晚于诗歌"论者称"未有文字，早有诗歌，而散文则产生于既有文字之后"的说法有三个重要的错误：（1）混淆了口头创作与书面创作的界限；（2）忽略了散文口头创作的原始形态；（3）衡鉴诗歌、散文发生的标准不统一，谈诗歌以口头创作为根据，说散文则转以文字为标准。他接着解释说：没有文字之前，便有口头文学。而人类社会实践的具体交际中，无论是协调动作、交流思想，还是讲说故事、描述事物，都是使用质朴、自然、简单、浅化、直接的表达方式，这便是"口头散文"（与鲁迅所说的"杭育杭育"派诗歌对应），是散文的原始形态。这种原始形态决不会晚于诗歌。再从现存散文与诗歌的最早文本来看，《诗经》产生于公元前11世纪，而《尚书》中最早的《虞书》大约出现于公元前21世纪，比《诗经》早了一千年。所以他认为："散文与诗歌一样，也是中国乃至世界文学中最早产生的文学样式之一。"①杨先生这一结论是有说服力的，但是也存在将原始人的说话当作创作的缺陷，我们知道：直到今天我们还是运用散文来说话，但是文学创作的语言虽然来自自然的语言，但要高于自然语言，不然的话，我们每一个人都是作家了，而实际上能进行创作并取得成就的作家还是极少数人。

---

① 杨庆存《宋代散文研究》，第1—7页，人民文学出版社2002年版。

二、"散文"与"诗歌"的区别

既然诗歌与散文是同时产生的，那么它们二者为什么又区别这么大呢？清人吴乔曾有一个形象的比喻，他说："意喻之米，文喻之炊而为饭，诗喻之酿而为酒。"这个比喻指出了散文与诗歌的差异，散文就像用米煮成饭，只是米的形态发生了变化，而本质上还是米（当然饭具有了新的香味和更适合口味的柔软形态，也还是有一些变化），而用米酿成酒，就从本质上发生了改变，变得难寻米的踪迹，我们不能将某一滴酒对应成某一粒米所酿造，这样显得空灵虚渺，难以捉摸。诗歌常用比兴，展现的形象跟具体事物之间的距离较大，即使是直接描写，诗歌的语言、意象也更注意提炼和升华，上下前后之间的联系一般不像散文那样交代得着实具体，而是存在许多跳跃和省略。这种解释当然是正确的，我还想列举一些更多的说法，来讨论诗文之间的差异。

先来看唐代柳宗元的"文有二道"之说。他在《杨评事文集后序》中说：

> 文有二道：辞令褒贬，本乎著述者也；导扬讽谕，本乎比兴者也。著述者流，盖出于《书》之谟、训，《易》之象、系，《春秋》之笔削，其要在于高壮广厚，词正而理备，谓宜藏于简册也；比兴者流，盖出于虞、夏之咏歌，殷、周之风雅，其要在于丽则清越，言畅而意美，谓宜流于谣诵也。

作者认为：文章可分成两类：应酬交际和褒贬善恶的作品，本源于著述；引导颂扬和讽刺劝戒的作品，本源于诗歌。著述一类作品，渊源于《尚书》的谟、训，《周易》的象辞、系辞，《春秋》经过润色的寓含褒贬的文字，它的主要特点在于高古壮丽，宽广深厚，言词正大，说理透辟，这类文章适宜保存在典籍中；而寓含比兴的诗歌一类的作品，则渊源于远古传说的虞、夏时代的歌谣，殷、周时代的《诗经》，它的主要特点在于文辞华丽而不失法度，音韵清亮高昂，语言流畅而意境优美，这类文章在吟诵中流传广远。柳宗元从更加具体的方面将诗歌与散文的特点表述得非常清楚，也就是将文的功用具体化，从总体上把握，这样的分类很有意义，也确实抓住了诗歌与散文各自的特征，但是如果将其绝对化，则可能会出现偏颇，对于那些像文的诗和像诗的文，即诗文交融的状况，就不好说明了。柳宗元的核心观点可以概括为诗文同源而异流，具有各自的体性特征，其艺术特征和社会功用都不相同。柳宗元还提出一个观点，认为秉笔之士很少有人能够做到诗文兼善，并断言说："虽古文雅之盛世，不能并肩而生。"柳宗元的观点我在后面有详细分析，请参看。显然，我们可以将柳宗元的诗文异性论定性为"尊体派"理论，这一流派坚持维护某一类文体的本色美，拒绝其他文体因素的渗入，对后世李清照提出词"别是一家"之说，有重要影响。

再来列举一些关于诗文关系的说法：

（1）【明代】胡应麟《诗薮·外编》卷一曰："诗与文体迥不类。文尚典实，诗贵清空；诗主风神，文先道理。"胡氏的观点认为诗与文迥然不同，文崇尚典故史实，而诗则以清空灵虚、风神澹荡为指归，看起来确实如此，但实际上文也有平和自然、流畅婉转的一面，而有些诗也崇尚典实，像韩愈的以文为诗和李商隐的大量用典就是显例。

（2）【清代】刘熙载《艺概》卷二曰："文所不能言之意，诗或能言之。大抵文善醒，诗善醉，醉中语亦有醒时道不到者。"刘熙载的看法比较着实，他没有绝对化和神秘化，而是指出有时候文不能说的意思，诗却可能说出来，反之亦然，他提出"文醒诗醉"之说，表述散文意境明晰清醒而诗歌意境朦胧迷幻的特色，很值得咀嚼。

（3）胡适的说法。他认为："散文与诗的区别，在于抽象与具体的两种趋向。文不妨带有抽象性，诗不可有抽象性。诗是偏于具体的，越具体越有诗味。"（《胡适文集·诗与文的区别》卷十二）这种说法有某种可行性，如"绿垂风折笋，红绽雨肥梅"就肯定是诗，把它翻译为"春风吹断了竹笋，绿色的竹稍垂挂下来，春雨滋润了梅树，绽开了红艳的花朵"的散文，也是具体和形象的，所以胡氏的文贵抽象之说，只适合议论类的散文，对描写性的散文则不太合适。

（4）老舍的说法。他的《文学概论讲义》中有一章就是《诗与散文的分别》，他先引用了著名的《长恨歌》《长恨歌传》及《长生殿·弹词》中描述杨贵妃入宫的一段：

诏高力士潜搜外宫，得弘农杨玄琰女于寿邸，既笄矣，鬓发腻理，纤秾合度,容止闲冶,如汉武帝李夫人。别疏汤泉,诏赐澡莹,既出水,体弱力微,若不胜罗绮。光彩焕发,转动照人。上甚悦。进见之日,奏《霓裳羽衣》以导之。

汉皇重色思倾国,御宇多年求不得。杨家有女初长成,养在深闺人未识。天生丽质难自弃,一朝选在君王侧。回眸一笑百媚生,六宫粉黛无颜色。春寒赐浴华清池,温泉水滑洗凝脂。侍儿扶起娇无力,始是新承恩泽时。

想当初,庆皇唐,太平天下,访丽色,把蛾眉选刷。有佳人,生长在弘农杨氏家,深闺内,端的玉无瑕。那君王一见了,欢无那!把钿盒金钗亲纳,评跋做昭阳第一花。

老舍先生分析说,只要一读便知三段选文都陈述一件相同的事实:杨贵妃入宫受宠的过程。可是谁都会发现第一段与后两段有明显不同。因为第一段是散文,后两段是诗。老舍先生认为散文与诗最大的不同在于"诗具有散文所缺乏的'律动'"。那什么是诗的"律动"呢?从文学上来说,律动便是文字间的时间律转,好像音乐似的,有一定的抑扬顿挫,所以人们说音乐和诗词是时间的艺术,便是这个道理。音乐是完全以音调与时间的间隔为主。诗词是以文字的平仄长短来调配,虽没有乐器辅助,而所得的结果正与音乐相似,所不同的是诗词在音乐的律动之内,还有文字的意义可寻,不像音乐那样完全以音节感诉,所以,巧妙一点说,诗词是奏着音乐的哲学。老舍先生进而认为,诗与散文的核心区别就在于一种"律动",正如柯尔律治所言"散文是美好文字的排列",而"诗是顶好的文字又顶好的排列"。又如法国作家茹贝尔所说:"只有一件事散文不会作:它不会唱。散文与韵文有个分别……后者的文字被律动所辖,如音乐之音节,有的时候差不多只有音乐的意思,依Joubert(如贝)说:在诗调里,每字颤旋如美好的琴音,曲罢遗有无数的波动。""美的韵文是发出似戸音或香味的东西。"最后老舍先生总结说:"散文与韵文的不同——能飞起与能吟唱都在乎其中所含有的那点律动,没有这点奇妙律动的便是散文。"

(5)最后,我们引用德国威克纳格《风格概说》中的观点,他说:"一般的诗人风格和特定的史诗诗人或戏剧诗人的风格,都严格地属于想象的风格,属于那种感性的表现形态。另一方面,散文跟诗正好相反,诗充满纯粹的和具体的感性事物，散文的基本性质则是非感性的抽象性的。散文面向真实，诗则倾向于美；散文的目的在于给智力带来新的知识，它的最初的和最终的意图是进行教导，纵然对狭义的散文和论述加以进一步区分，教导也仍旧是散文的普遍特性。"这一说法与胡适先生的观点非常一致。

总之，以上引用的几条，可以说将诗歌与散文的区别说清楚了，但是诗歌与散文依然有交融相通的一面，"诗中有文"与"文中有诗"也是无法否定的文学事实，我们既要区别诗歌与散文两类文体的特征，更要站在诗文交融的角度把握它们之间的血肉联系，因为真正优美的文字是难以区分其文体的。

三、中国古代散文的发展历程

中国古代散文的下限应该是1918年五四新文化运动，因为此后白话散文取代了文言散文，中国散文的发展进入了现代阶段。现结合杨庆存先生的论著，将古代散文的发展历程作一简述。杨先生认为中国古代散文可以分为九个阶段：

第一个阶段是散文发生的胎息期。指上古未有文字之前的"前艺术"时期，这时期的散文全是口头表述，以描绘事物、传达行为意识为主，都是出于人际交往的需要，采取口耳相传附加动作的方式，最大特征就是实用性，语言简洁明了。如果以严格的艺术性来要求，这时期的散文还缺乏艺术性，属于散文的原始形态。

第二个阶段是滥觞期，指创造了文字到西周时期的散文。大致时段为公元前21世纪的虞、夏至公元前770年，是古代散文产生文本的开始时期，因为文字被创造出来并广泛应用于日常生活之中，所以也就诞生了以文字书写的初期散文。当时的文字要么是用石器或金属刻在牛骨或龟壳上，要么是浇铸在青铜器皿上，被称为甲骨文或青铜铭文。这些散文大多是占卜的卜辞或战争祭祀的铭文，一般都非常简短，具有纪实性、说明性、实用性的特征，形式简朴，虽然已经体现了较强的功利性质，但作者并没有自觉的创作意识，这可以看作是古代散文的发轫期，其代表作是《尚书》。

第三个阶段就是从公元前770年至公元前221年的春秋战国时期。这个时期的散文仍然不具备明确的写作意识，基本上还是记录性的文字。诸如《春秋》《左传》《国语》《战国策》《晏子春秋》等，这类记载或是褒贬历史的"史传散文"，实际上还是史实的记录。像《论语》《孟子》等，也是记言、纪行的书，也不是有意为文。但由于这一时期文化的相对发展，人们在文字表达方面已经有较大的进步和提高，认识到"言而无文，行而不远"，艺术性的因素逐渐加强，朦胧的审美意识已在文章的结构安排和题材的剪裁、语言的措辞表达等方面渐渐体现出来，《庄子》《荀子》《韩非子》等为杰出代表。这个时期，历史散文和诸子散文取得了辉煌成就，形成了百家争艳的局面，达到了中国古代散文发展的第一座高峰，具有多方面的审美价值和认识价值，具有哲理思辨性和强烈的历史意识，对后代散文的发展影响深远。

第四个阶段指公元前221年至公元220年的秦汉时期，这是古代散文的成熟期。首先，作家具有明确的创作意识，大部分作品都是由作家独立写成，"立言传远"的意识非常强烈，著述一部经书或史传成为人们的毕生追求，由以前的被动写作变为自觉创作。其次，艺术审美的强化和自觉化明显提高，古代散文本来是在实际应用中产生、发展壮大和逐步兴盛的，因而实用性是古代散文的第一特征，但由于自其诞生之日起就蕴藏着艺术审美的因素，而且伴随着散文的发展，艺术审美因素也在不断加强，因此古代散文又具有审美品格。秦汉之前的散文多属于一种天然美状态，而此时的大部分作品在选材、构思、运意、谋篇、布局等方面开始体现出有意为之的特点，作者除了重视文章的社会功用外，也特别注意文章的形式美和语言美，汉大赋就是这类典型的作品。最后，出现了以文名世的作者群涌现大量独立成篇的名作。前代虽有诸子百家却都不以能文名世，人们多重视其中的哲理或微言大义，虽有经典名作却多属片段形式，完整性、独立性相对薄弱。与此不同，秦汉时期以文名世者如众星丽天，李斯、贾谊、晁错、陆贾、司马迁、枚乘、司马相如、班固、桓谭、王充等都是一代巨匠，而名篇像《谏逐客书》《过秦论》《论贵粟疏》《上林赋》《两都赋》《论衡》等，不胜枚举。散文发展到秦汉已经进入了成熟阶段，成为古代散文发展的第二座高峰。

第五个阶段指公元220年至581年的魏晋南北朝时期。这是一个求新求变的时期，随着两汉经学的衰微，儒家思想学说的控制力在减弱，加上佛教的传入和道教的兴盛，人们渐渐地追求自身的价值而忽视人的社会价值或道义上的价值，这就带来了"人的觉醒"，形成了文学上的"文的自觉"。人们有一种强烈的求新意识和渐渐发展起来的"审美意识"，表现在散文方面，就是创造出了以骈四俪六为主要语言形式的美文，人们将艺术审美提升到几乎与实用性等同甚至超越的高度，追求文章的形式美，讲究语言的修饰美、声韵美，注重句式的对称美，因为确信"造化赋物，肢体必双"的美学原则，所以形成骈文一统天下的局面，上古秦汉以来的散体文处于绝对的下风，乃至逐渐衰落。值得注意的是，此期的文学理论研究空前兴盛，涌现出曹丕的《典论·论文》、挚虞的《文章流别论》、刘勰的《文心雕龙》等名著。理论是实践的总结，反过来指导实践，说明人们已经从感性认识开始进入理性认识的阶段。

第六个阶段指从公元581年至959年的隋唐五代时期，这是古代散文发展的又一座高峰。隋代虽然国祚不永，但开国之初，就开始以行政手段禁止浮华文风，然收效甚微。初唐时期的陈子昂、张说、苏颋，天宝时期的李华、萧颖士、贾至、独孤及、梁肃等人，力崇汉魏古文，到大历、贞元时期，美才辈出，权德舆、韩愈、柳宗元、李翱、皇甫湜等，都大力提倡并创作古文，完成了对骈文的彻底改革，开展了声势浩大的古文运动，尤其韩、柳以其杰出的成就，成为散文发展的宏伟坐标，影响了此后一千多年散文的发展。这一时期散文创作的主旋律就是要求革新复古，且将散体文全面推向几乎所有的文体，从而推动了散文的发展和兴盛，形成了唐文创作的高峰，不仅名家辈出，而且佳作如林。晚唐时期，世风日下，骈文又有抬头复炽之势，以李商隐为代表，骈文再次取得不俗的成绩，而散体文在小品文及传奇一类的作品中依然闪耀着光彩。

第七个阶段指从公元960年至1279年的两宋时期，是古代散文全面发展的全盛期。欧阳修称："宋兴，百余年间，雄文硕学之士相继不绝，文章之盛，遂追三代之隆。"明人宋濂说："自秦以下，文莫盛于宋。"清人认为文章"至宋而体备，至宋而本末源流遂能与圣贤合"。说明自宋至清的学者都公认宋代散文所创造的辉煌成就达到了巅峰。首先，宋文的鼎盛表现在创作方面，《全宋文》收作家近一万人，作品十万篇，是《全唐文》的五倍，人数是唐代的三倍多。宋人在体裁方面的发展创新，在内容方面的拓展开发，都远过前人。宋文的艺术风格多彩多姿，骈、散二体都获得了巨大的丰收。后世盛传的"唐宋八大家"，其中宋代占了六位。其次，宋人在散文创作理论和散文批评理论方面的总结和研究，也开始向全面、系统、深入、细致、多视角、多层次方面发展，出现了大量的专文、专论或专书，尤其以南宋为甚。像《古文关键》《文章精义》《文章轨范》之类的著作颇多。特别是宋人有着鲜明的群体意识，不同的创作倾向、不同的审美标准和不同的艺术趣尚，使他们分别形成了众多的团体和不同的流派。南宋末期，一些经历过繁华又饱尝了灾难的文人纷纷以笔记的形式追忆往昔，或抒发盛衰今昔之感，或抒发爱国主义精神，为宋文画上了一个完美的句号。

　　第八个阶段指公元1279年至1644年的元明时期，总体上看这是古代散文发展的一个相对沉寂低潮时期。尽管作家数量很多，但是散文的总体水平无法与前代相比。尽管作家们竭尽全力，但依然无法扭转滑坡的趋势。正如王世贞所说："元明作者，大抵祖宋祧唐，万吻雷同，卒归率易。"清人指出"古文一派，自明代肤滥于七子，纤佻于三袁，至启（天启）、祯（崇祯）而极弊"，都说明元明时期散文创作处于低潮。这个时期的散文大都模仿秦汉，提出过"文必秦汉"的主张，中期以后，又通过编辑《八大家文钞》，突显"唐宋八大家"的地位，先后出现过"唐宋派""公安派""竟陵派"等较有特色的散文流派，这时期的小品文取得了较高的成就。

　　第九个阶段指从公元1644年至1911年清朝时期。这是古代散文发展的终结期。同元明时期相比，清朝散文创作方面呈现出一种回光返照的回升态势，涌现出为数不少的名家名作，骈、散都取得了一定的成就。桐城派的崛起，更是清代散文创作的闪光点，闪现着古代散文发展的最后的光芒。清人在散文理论方面有很大的发展，其中桐城派理论最为典型。桐城派先驱戴名世提出"道""法""辞""情""气""神"统一说，方苞主张"义法"说，刘大櫆力主"神气""音节""字句"关系说，姚鼐提出"义理""考据""辞章"统一说，及"神、理、气、味、格、律、声、色"说，等等，都深入、系统且具体。随着辛亥革命的爆发，中国古代散文终于走完了其艰难曲折又光辉灿烂的宏伟历程。新文化运动展开后，中国散文进入了现代阶段。

四、"唐宋八大家"名称的来历

　　唐宋散文无疑是中国古代散文最辉煌阶段的代表，其中赫赫有名的就是"唐宋八大家"散文了。为什么在数以万计的作家中，偏偏这八个人的成就如此深入人心并得到广泛认同呢，以至人们只要提及唐宋散文，就不由自主地联想到这八位大家。因此很有必要对八大家名称的由来略作简述。

　　唐宋八大家的名称，最早称为"八先生"。明朝初年朱右（？—1376）把唐宋八大家的文章编成《八先生文集》，他还编了一部《唐宋文衡》，其中选了八大家的散文。尽管有人认为这部书可以作为散文的标准，但是影响并不大。其主要原因可能与南宋时期研究文章学的著作像《古文关键》《文章轨范》《文章精义》等有关系。明代初期是一方面要恢复儒家思想的正统地位，另一方面又不看重两宋的时期，至于复古到底复到什么时代，还没有统一的认识。以二程、朱熹为代表的程朱理学成为主导思想还是中期以后的事情。明中叶以后，以李梦阳、何景明为代表的前七子提出了"文必秦汉"的主张，才将复古的时代明确出来，这一口号貌似取法很高，但是无视唐宋时期古文取得的辉煌成就，显然是不妥的，他们主张学习秦汉人的语言，所以反对韩愈，这种仅仅摹仿秦汉人语言的主张，显然不及韩愈"师其意，不师其辞"的主张，韩愈是要在继承的基础上创新，而明人需要的是外貌上像古人的假古董，其末流更是走向极端，连地名官名都运用秦汉时的名称。过犹不及，这样的摹仿显然不能够长久，因为缺乏创新，因此唐顺之①起来反对这种架子很大却徒有其表且内容空疏的文风，提倡学习唐宋八大家来反对前七子的标榜学习秦汉，主张以"文从字顺"来矫正秦汉语言的古奥晦涩。他认为以前七子为代表的文章破坏了唐宋散文"开合首尾经纬错综"的艺术手法，因此着手编纂《文编》一书，所录上自秦汉下至唐宋，主要部分是唐宋八大家之文。他的唐宋散文观念与明初朱右注重学习儒家思想有所不同，强调学习艺术技巧，因此唐顺之的主张产生了更大的影响。但由于《文编》是一部自秦汉至唐宋的大型选本，因此

---

　　①唐顺之（1507—1560年），字应德，毗陵（今江苏武进）人，人称荆川先生。他一生经历三个阶段：早年学贯百科，"大则天文、乐律、地理、兵法，小则弧矢勾股"以及"刺枪拳棍"，无不"究极原委，以资其经世有用之学"；中年归心伊洛，笃志儒学，且怀退隐之念；晚年（48岁）复起，极力抗倭，卒于广陵舟中，享年五十四岁。

唐顺之对八大家的重视并没有得到后世的充分认可。这要等到茅坤①的《八大家文钞》问世之后，"唐宋八大家"的概念才牢固建立起来。

为什么唐宋八大家的散文会产生如此大的影响呢？因为这八家的散文都是文学语言革新运动的产物。唐代韩愈、柳宗元极力提倡古文，恢复古道，以一种文从字顺的散文来反对讲究对偶、辞藻、声律的骈文，是在对抗六朝到初盛唐时期逐渐流于形式的板滞骈文背景下发生的，中唐古文运动实际上是一场文体和文学语言的革新运动，其成果之一就是确立了韩、柳在古代散文史上的地位。北宋欧阳修继承韩、柳的传统，提倡平易流畅的古文，是因为当时流行模仿晚唐李商隐的"西昆体"诗歌和艰涩难通的"太学体"散文，所以欧阳修等人起来提倡古文来反对内容空洞、风格浮艳、语言奥涩的文章，是又一次新的散文语言革新运动，宋代六大家散文便是这次文体和语言革新运动的成果之一。到了唐顺之、茅坤时期，前七子提出模拟秦汉古文，实际上再次走入了艰难晦涩的死胡同，因此他们强调突出唐宋八大家的散文，提倡一种有内涵讲究技巧的通顺流畅、平易近人的文风，反对那种貌似秦汉的假大空古文，实际上是第三次散文语言革新运动。这次革新虽然没有前两次那样的创作实绩，没有产出一流的名家名作，但意外地奠定了"唐宋八大家"的概念，从而为中国古代散文的发展树立了光辉的典范，至今还为人们广泛接受，稍后以公安三袁为代表的"公安派"也接受了八大家的主张，攻击七子的"文必秦汉"之说。当然，有破坏就须有建树，公安派、竟陵派乃至清代的桐城派，都主张学习唐宋八大家，但是真正吸取八大家精髓并成为散文巨匠的毕竟还是很少的，这就进一步启示后人，一定要在继承的基础上，结合新的时代特点，作出无愧古人的创新，为散文的发展提供"新的东西"。正如韩愈所言："与世浮沉，虽无当世之责，必无后世之传。"现在我们学习研读八大家散文，最主要的还是要学会创新。

导言

---

①茅坤（1512—1601年），字顺甫，号鹿门，浙江归安（今湖州）人，比唐顺之小五岁，佢他高寿，活到九十岁。最高官至大名兵备副使，四十三岁时获罪削籍归乡里，在家隐居近五十年。他从唐顺之《文编》中将八大家的散文辑录出来，编为《唐宋八大家文钞》，并加以评点研究。这个选本广为流传，八大家的名称因此确立。

五、怎样阅读欣赏散文

本书的编纂宗旨，主要是让学生在阅读一定量的唐宋散文的基础上，进一步提高研读散文的能力，提高表达技巧，以更好地适应未来的需要。

那么怎样才算读懂了一篇散文呢？我认为应当做到以下几点：

（1）关注文章的写作背景，弄清作者的用意。如韩愈有一篇《送董邵南游河北序》，写于唐宪宗元和年间，当时的情况是藩镇割据很严峻，而"怀抱利器"的士人董邵南接受河北藩镇的邀请入其幕府，说是"郁郁适斯土"。本来读书人举进士不第去藩镇谋求职位，这在当时是非常普遍的事情，为什么韩愈还要在结尾煞有介事地告诫董邵南说，如果河北燕赵之地还有像昔日的荆轲、乐毅这样人才的话，希望你告诉他们"明天子在上，可以出而仕矣"。这里其实大有深意，由于科举考试每年录取的士人很少，导致了大量人才的落榜，而这些学有所成的士人其实都可以为朝廷服务出力的，但是不得不离开朝廷投奔藩镇幕府，这就在削弱朝廷力量的同时增强了藩镇的能力，也就进一步加强了藩镇对抗朝廷的力量，这对希望确立中央权威遏制藩镇膨胀的韩愈来说，是深感焦虑的事情，实际上中唐时代藩镇形成尾大不掉之势的一个主要原因，就是藩镇吸纳了大量的朝廷"弃才"。韩愈这篇文章一方面表达了这样的忧虑，一方面也对朝廷有所指责，另一方面则真诚希望流落藩镇的大才能为朝廷中兴大业出力。又如韩愈的《张中丞传后叙》也写于元和初年，处于上述文章同样的背景，韩愈为什么在"颇详密"的《张巡传》后还要写作此文呢？因为当时还是武人猖獗恣肆的时期，像河北藩镇及淮西藩镇就不臣于朝廷，他们不交赋税还自命将帅，甚至实行父死子替的世袭制，俨然一个个小朝廷，更有甚者，他们还混淆视听，制造谰言，像攻击睢阳保卫战的英雄许远就是明显的例子，这在韩愈看来可非同小可，因为这是大是大非的问题，韩愈因此旗帜鲜明地反对分裂，坚决维护统一，所以这篇后叙取得了超越本传的力量，既能够正视听、明是非，还表达了必须削平藩镇的道理，具有深远的历史意义。本书在这方面选了很多好的文章，只要细细品味，自己设身处地回到当时的历史情境之中去，是能够读懂文章用意的。

（2）注意文章的写作技巧。学习唐宋散文很大的一个任务是学习这些典范性文章的表达技巧，来为自己的表达提供借鉴。像韩愈的很多赠序就是非常讲究说话艺术的，他的观点有时候不明说，却藏于言在此而意在彼的声东击西之中，读后让人忍俊不禁。如那篇《送廖道士序》，韩愈要表达对廖道士这位有才华善交游的道士的讥讽，不是针对其人而是针对其信仰的道教，怎么说既让他感觉到又难以反驳呢？韩愈采取的迂回战术，他不以寻常赠序的写法来写，而是开始大谈中州清淑之气（即儒家思想）如何延伸到衡岳和郴州地区，然后说这种清气在如此高大的南方山区磅礴郁积，除了出产著名的物产，还应该有魁伟奇杰的人才，忽然一个逆转，说为什么没有看到一个这样的人才呢？难道他们沉迷于佛老之说而出不来吗？这一没有什么根据的推测，很好地将韩愈抨击佛老的观点表达出来了，最后才落到廖道士身上，一方面赞扬他的才华，另一方面又嘲弄揶揄他迷于佛老。文章非常具有艺术性，值得反复咀嚼。又如欧阳修的《画舫斋记》，看题目好像是要描写一艘船，实际上是写自己的书房，围绕着如何命名来展开，直到最后才交代命名的原因，说是怕蔡君谟题写匾额时有疑惑，才一路迤逦宛转解释疑问。文章含有欧阳修年轻时期对宦海风波的真切感受，也流露出厌弃官场的情绪，但幽默风趣又使文章摇曳生姿，韵味隽永。结构上最大的特点是始终假设有一人不断地提出疑问，文章就在不断解答这些问题，答疑完毕，文章也就戛然而止。本书在考量文章的艺术性方面也选择了很多好文章，如柳宗元的山水游记和寓言，苏轼的记体、序体文，苏洵、曾巩的书信等都是很耐读的。

（3）欣赏散文的语言美。唐宋散文的美还体现在语言的精妙方面，骈文方面如王勃的《滕王阁序》，杜牧的《阿房宫赋》，骈散结合方面如欧阳修的《秋声赋》，苏轼的《前赤壁赋》《后赤壁赋》，都是语言精美，需要反复品味讽诵的，而一些其他的散文，如柳宗元的山水记和苏轼的亭台楼阁记，也有一些颇富诗意的描写，如苏轼的《放鹤亭记》中的这段描写："春夏之交，草木际天。秋冬雪月，千里一色。风雨晦明之间，俯仰百变。"就极富诗意，如果联系文章末尾的诗歌来鉴赏，则可以看到诗文交融在苏轼散文中奇妙结合的景观，这样的奇观在《前赤壁赋》中尤为典型。还有像欧阳修《醉翁亭记》中的写景，故意避开骈文而追求整散结合，也显出一种参差错落之美。品读散文时，时常注意散文精美的语言，渐渐地会提高语言表达能力。

（4）注意比较阅读。俗话说没有比较难见优劣。本书非常注意从比较的视角来品读唐宋散文。大的方面是将两个作家进行比较，如对韩愈的《张中丞传后叙》与李清照的《金石录后序》进行比较阅读，就是这方面的构想；小的方面对同一作家的两篇类似作品进行比较阅读，如柳宗元的《鞭贾》和《蝜蝂传》都是寓言体，但写作手法及主题的深刻性方面都有细微的差别，通过比较一目了然。又如苏轼的《前赤壁赋》和《后赤壁赋》也是要进行比较阅读，从创作背景到语言，从意境到结构艺术等都进行细致比较，使得两篇文章的特色更为鲜明。还有像苏轼《前赤壁赋》中所引用的诗句也是可以进行比较研读的。最后的附录还将韩愈的诗序与柳宗元的诗序进行全方位比较研究，都可以作为例子，希望读者能够娴熟运用比较阅读的视角，从唐宋散文的艺术宝库中汲取营养。

（5）唐宋散文还有一个重要功用，就是谈论诗文创作规律、文学发展史及评论作家诗文或其它艺术品，具有丰富的理论价值。因此本书精选了很多序跋，有的是鸿篇巨制，谈论一些宏大的文学问题，如韩愈的《送孟东野序》就提出了"不平则鸣"的文学观念；有的为三言两语的短制，如苏轼的《书摩诘蓝田烟雨图后》，但是提出了"诗中有画，画中有诗"的大命题，表达了深邃的文学艺术思想，非常值得仔细品读。

本书在撰写过程中，参考了前辈及时贤很多著作，就一并表示谢意了。

王　勃

　　王勃（650—676年），字子安，绛州龙门（今山西河津县）人，祖父王通乃隋末大儒，叔祖王绩是初唐著名山水诗人，父王福畤。王勃年六二十，应举及第，授朝散郎。沛王李贤召为王府修撰，后任虢州参军，因私藏并擅自杀害官奴，被除名。其父受到牵连，贬为交趾令。王勃随父赴交趾，参加南昌滕王阁上重阳节宴会，写下千古名文《滕王阁序》。返回途中，渡海溺水，惊悸而死。享年二十七岁。著有《王子安集》。

　　王勃与杨炯、卢照邻、骆宾王齐名，号称"初唐四杰"。其散文主要是骈文，其中"序"体达到七十篇，占整个初唐（共110篇）的一大半。他的骈文取得了代表初唐的成就，其中诗序一体达到了骈体诗序的最高峰，对初唐之后的文人产生了很大影响。他的文章充满了自负高才的兀傲情绪与位卑失意的人生感慨，在整个时代文风的趋同中表现出鲜明的个性。他使骈文艺术有新的进展，既有骈文的工整切对、典饰华丽，又有散文的文气贯穿、意脉流畅，成为"体备法严"的四六文的滥觞。

滕王阁序[1]

豫章故郡，洪都新府，星分翼轸，地接衡庐。襟三江而带五湖，控蛮荆而引瓯越[2]。物华天宝，龙光射牛斗之墟；人杰地灵，徐孺下陈蕃之榻[3]。雄州雾列，俊彩星驰[4]。台隍枕夷夏之交，宾主尽东南之美[5]。都督阎公之雅望，棨戟遥临；宇文新州之懿范，襜帷暂驻[6]。十旬休暇，胜友如云；千里逢迎，高朋满座。腾蛟起凤，孟学士之词宗；紫电青霜，王将军之武库。家君作宰，路出名区；童子何知，躬逢胜饯[7]。

时维九月，序属三秋[8]。潦水尽而寒潭清，烟光凝而暮山紫[9]。俨骖騑于上路，访风景于崇阿；临帝子之长洲，得天人之旧馆[10]。层台耸翠，上出重霄；飞阁翔丹，下临无地。鹤汀凫渚，穷岛屿之萦回；桂殿兰宫，即冈峦之体势[11]。披绣闼，俯雕甍，山原旷其盈视，川泽纡其骇瞩[12]。闾阎扑地，钟鸣鼎食之家；舸舰迷津，青雀黄龙之舳[13]。虹销雨霁，彩彻区明[14]。落霞与孤鹜齐飞，秋水共长天一色。渔舟唱晚，响穷彭蠡之滨；雁阵惊寒，声断衡阳之浦。遥襟甫畅，逸兴遄飞[15]。爽籁发而清风生，纤歌凝而白云遏[16]。睢园绿竹，气凌彭泽之樽；邺水朱华，光照临川之笔[17]。四美俱，二难并[18]。穷睇眄于中天[19]，极娱游于暇日。天高地迥，觉宇宙之无穷；兴尽悲来，识盈虚之有数[20]。望长安于日下，指吴会于云间[21]。地势极而南溟深，天柱高而北辰远[22]。关山难越，谁悲失路之人？萍水相逢，尽是他乡之客。怀帝阍而不见，奉宣室以何年[23]？

呜乎！时运不齐，命途多舛[24]；冯唐易老，李广难封[25]。屈贾谊于长沙，非无圣主；窜梁鸿于海曲，岂乏明时[26]？所赖君子见机，达人知命[27]。老当益壮，宁移白首之心？穷且益坚，不坠青云之志。酌贪泉而觉爽，处涸辙而相欢[28]。北海虽赊，扶摇可接[29]；东隅已逝，桑榆非晚[30]。孟尝高洁，空余报国之心；阮籍猖狂，岂效穷途之哭[31]？

勃，三尺微命，一介书生[32]。无路请缨，等终军之弱冠；有怀投笔，爱宗悫之长风[33]。舍簪笏于百龄，奉晨昏于万里[34]。非谢家之宝树，接孟氏之芳邻[35]。他日趋庭，叨陪鲤对；今兹捧袂，喜托龙门[36]。杨意不逢，抚凌云而自惜；钟期既遇，奏流水以何惭[37]？

呜呼！胜地不常，盛筵难再；兰亭已矣，梓泽邱墟[38]。临别赠言，幸承恩于伟饯[39]；登高作赋，是所望于群公。敢竭鄙怀，恭疏短引[40]；一言均赋，四韵俱成[41]。请洒潘江，各倾陆海云尔[42]！

> 滕王高阁临江渚，佩玉鸣鸾罢歌舞。
>
> 画栋朝飞南浦云，珠帘暮卷西山雨。
>
> 闲云潭影日悠悠，物换星移几度秋？
>
> 阁中帝子今何在？槛外长江空自流。

蒋清翊《王子安集注》卷八

【注释】

[1]题目一作《秋日登洪府滕王阁饯别序》。滕王阁，唐高祖李渊第二十二子滕王李元婴所建，故址在今江西南昌赣江之滨。序，是一种古老的文体，起源于文献的编辑整理，后由文集序到赋序再到诗序，序体的内涵不断扩大，表达功能不断增强，发展出游览序、宴会序、赠序等类别。古人宴集经常集体赋诗，然后推荐文采出众者撰写诗集序，像王羲之的《兰亭诗序》就是典型代表，初唐时期，文人宴集游览成为风尚，这类诗序大量产生，王勃此篇就是典型代表。

[2]豫章故郡：南昌在汉代为豫章郡，故称"故郡"。洪都新府：唐改豫章为洪州，设中都督府，故称"洪都新府"。星分翼、轸：古代按二十八宿的星座方位划分区域，其中翼、轸二星座，分野在楚地。衡、庐：指湖南衡山和江西庐山。襟三江：以三江为衣襟，即居三江之上游。带五湖：以五湖为衣带。蛮荆：荆州，古称南蛮之地。瓯越：指东瓯闽越一带。控蛮荆而引瓯越，即控扼荆州而远接瓯越。

[3]物华天宝：物的精华乃天的宝物。比喻极为珍贵之物。墟，居住之处，指星座。句意谓洪州地方有夺宝。人杰地灵：人物俊杰是由于地域有灵气。徐孺下陈蕃之榻：句意谓洪州自古出人才。

[4]雄州：大州。雾列：形容洪州繁华，房屋如雾一样环集罗列。俊彩：俊，指人才。彩，同"寀"，指官吏。星驰：形容人才众多，如繁星奔驰于前。

[5]台隍：指豫章城。台，亭台。隍，护城河。枕夷夏之交：处于蛮夷与中原来往要冲。

[6]雅望：崇高的名望。棨(qǐ)戟：有衣套的戟。指古时官吏出行做前导的仪仗。全句谓阎都督远来参加宴会。懿：美德。范：模范，楷模。襜(chān)帷：车帷，指车马。全句意谓新任澧州太守路经于此也参加此次盛会。

[7]家君：家父，王勃的父亲。作宰：当时王勃的父亲前往交趾做县令。路出名区：王勃是到交趾省亲跨过南昌。童子：与会之人，王勃最年少，故自称"童

019

王
勃

子"。躬逢胜饯:亲自参加这样的盛大宴会。【按】传统说法认为王勃因罪被除名,其父受到牵连被贬往交趾郡,王勃独自前往省亲,在滕王阁写下此文。然傅璇琮先生经过严密考证,认为王勃此次是陪父亲一起去交趾。本书赞同此说。

[8]时:时序。维:乃,是。三秋:指九月,秋季的第三个月。

[9]潦(lǎo)水:积水。暮山:傍晚的山色。二句形容深秋景色。

[10]俨(yǎn):整齐貌。骖骓(cān fēi):驾在车辕两边的马,左边称"骖",右边称"骓"。这里泛指车马。崇阿:高大的丘陵。得:得见。

[11]鹤汀(tīng):鹤栖止的水边地。凫(fú)渚:野鸭聚集的小洲。萦回:萦曲回环。桂殿兰宫:以桂木构殿,以兰木筑宫。形容建筑高贵。即冈峦之体势:指宫殿建筑高低起伏,错落有致,排列如冈峦。

[12]披绣闼(tà):打开雕绣着花纹的门屏。俯雕甍(méng):俯视雕饰华美的屋栋。盈视:满眼是,望不尽之意。盱:张目。瞩:极视。

[13]闾(lú)阎:里巷的门,这里指房屋。钟鸣鼎食:击钟列鼎而食。指富贵人家。舸(gě):大船。舰:战船。弥津:塞满渡口。舳(zhú),指船。

[14]彩彻区明:阳光照彻天空。

[15]遥襟:远大的胸襟。甫畅:刚刚舒畅,甫,才。逸兴:超乎流俗的意兴。遄:急。

[16]爽籁发:指箫管齐作。爽,参差不齐。籁,箫的一种,这里泛指乐器。纤歌:轻柔清细的歌声。凝:凝结,萦绕不去。遏(è):阻,留。

[17]睢园绿竹:指西汉梁孝王刘武常召集一些文士在睢园饮酒赋诗的事。彭泽:指陶渊明,他曾做过彭泽县令,嗜好饮酒。樽:酒器。朱华,荷花。临川:指南朝宋谢灵运,他曾做过临川内史。

[18]四美:指良辰、美景、赏心、乐事。二难:指贤主、嘉宾。

[19]睇眄(dì miǎn):斜视。

[20]盈虚:盛衰。有数:有定数。

[21]日下:指长安。吴会:吴郡、会稽郡的合称,今浙江一带。云间:吴地松江的古称。这两句说远望长安,遥指吴会。

[22]南溟:南海。天柱:古代神话中的支天铜柱。北辰:北极星。

[23]帝阍:天帝的守门人,指代朝廷。宣室:汉未央宫前殿正室,为议政之处,汉文帝曾在这里召见贾谊。

[24]舛(chuǎn):不顺。

[25]冯唐:西汉安陵人,文帝时主管宫中警卫,为郎中署长,文帝曾与他讨论

将帅的事。景帝时为楚相,后来被免官。武帝时求贤良,有人举荐冯唐,但年九十余岁,不能做官了,见《史记·冯唐列传》。李广:西汉陇西人,著名的将领。武帝时以勇敢善战出名,先后与匈奴作战七十八次,被称为"飞将军",终身未封侯。

[26]屈:委屈,贬谪。窜:隐匿。梁鸿:东汉扶风人,因不满现实,耻事权贵,与妻子孟光改易姓名过隐居生活。海曲:海边与偏僻之地。

[27]所赖:所依靠的。见几:洞察几微的迹象。达人:通达事理的人。

[28]贪泉:《晋书·吴隐之传》载:广州北二十里有贪泉,传说廉洁的人喝了也会变贪。吴隐之任广州刺史走到这里,酌而饮之,并赋诗说:"古人云此水,一歃怀千金。试使夷齐饮,终当不易心。"涸辙:水枯竭了的车辙。比喻困窘的境遇。见《庄子·物外》篇。

[29]赊(shē):远。扶摇:自下而上盘旋的暴风。

[30]东隅已逝:东隅,日出东南角,比喻早年的时光,说年轻的时光已经流逝。桑榆:指日落处,比喻未来的晚年时光。

[31]孟尝:字伯周,东汉人,志行高洁,但不被重用。阮籍:晋尉氏人,"竹林七贤"之一,个性放荡不羁。驾车外出,并不走大路,遇到车无路可行(穷途)时,就痛哭而回。见《晋书·阮籍传》。

[32]三尺微命:身命低微的三尺童子。三尺,指童子。介:犹"个"。

[33]请缨:请求赐予长缨,指投军报国。终军:汉武帝时人,武帝曾派终军前往南越和亲,终军请求给他长缨,必缚南越王回朝复命,时年二十岁左右。弱冠:指二十岁的男子。古时男子二十岁行冠礼,故云。投笔:投笔从戎。宗悫(què):南朝宋人,少年时,叔父问他志愿,他说:"愿乘长风破万里浪。"不怕困难,志向远大。

[34]簪笏:指官禄。奉晨昏:晨昏定省,晚间服侍父母就寝,早晨对父母请安。这是古时为人子侍奉父母的礼节。这两句是说一生舍官禄富贵,到万里之外侍奉父母。

[35]宝树:谢安侄子谢玄以"芝兰玉树"比喻好子弟。芳邻:品德高尚的邻居。孟轲的母亲为选择好邻居而多次迁居。

[36]趋庭:接受父亲的教诲。叨陪鲤对:叨陪,不敢比附。捧袂:捧着衣袂而进,形容恭谨。今晨捧袂,意谓受到名人接见。喜托龙门:东汉李膺,桓帝时曾任司隶校尉,声名甚高,士子有被他容接的,如登龙门身价百倍。这句恭维宴会主人。

[37]杨意:杨得意的简称,他曾向汉武帝推荐司马相如。凌云:汉武帝读了司

马相如的《大人赋》后，"飘飘有凌云之志"。这里指代自己的文才。钟期：钟子期的简称，春秋时人，善听琴，为琴师俞伯牙的知音。这里指阁公。奏流水：指俞伯牙奏高山流水之曲。这里指自己所写的诗赋。

[38]梓泽：西晋石崇金谷园的别名。石崇曾在此举行宴会送别友人。

[39]赠言：指作序。伟饯：盛宴。

[40]恭疏短引：恭谨地写这篇小序。

[41]一言：指诗一首。四韵：诗一般两句一韵，四韵即八句。

[42]潘江、陆海：喻指像晋代潘岳、陆机那样的横溢诗才。锺嵘《诗品》有"陆才如海，潘才如江"的评语。两句说请各位宾客各展才华，挥洒作诗。

【赏析】

壮丽的山川与旷世之奇才，往往相得益彰。江山助诗人之笔，其灵气融入诗文，美轮美奂；诗人传江山之神，其才情化为华章，千古流芳。这就是中国文化史上人以地传、景以文传的现象。唐高宗上元二年（675年）秋天，26岁的青年诗人王勃，因为给沛王戏作了一篇斗鸡檄文而得罪皇帝，被逐出宫廷，遭遇人生的重大打击。更糟糕的是父亲也受到牵连，被贬为交趾令。王勃心怀郁闷地陪父亲赶往万里之外的越南，在路过人杰地灵的洪州府时，恰好碰上滕王阁里都督阁公邀请了许多文人雅士举行重阳节的盛大宴会，因此，他也应邀参加了这次宴会。宴会的热烈气氛和滕王阁的壮丽秋景，触发了他异乡漂泊的身世之悲，于是才思泉涌、丽景奔会，即席写下了这篇杰作。

文章采用了赠序的体裁，叙事、写景、抒情融为一体，表现了他的人生情怀。全文共分四段，首段紧扣"洪府"，历叙洪州地势雄伟，物产丰饶，人杰地灵。由古及今，由远到近，由主到宾，层层铺叙。二段写秋日滕王阁的壮丽，由远及近，虚实结合，展示一幅层次分明、流光溢彩的图画。三段扣紧"饯别"写宴会的盛大，由宴会上的豪情逸兴引出自己的人生感慨。一方面悲叹宇宙无穷，人生短暂，命途多舛，知音难觅；另一方面又化悲情为勉励，要老当益壮，穷且益坚，失之东隅，收之桑榆。感情起伏跌宕，希望与失望、痛苦与追求缠络交织，最后在与会诸公的感染下，变悲观为乐观，表现出面对逆境的超然洒脱情怀。四段自叙遭遇，说明作序辞别之意。

文章艺术成就的第一点是：应酬性与文学性的巧妙结合。这是宴会应酬之作，首先要让应酬的对象满意高兴，因此作者对洪州地势、物产、人才大加赞扬，其实，洪州及江西在宋代以前并不是一个发达的地方，但王勃妙笔生花，使洪州不仅有了无比优越的地理位置（"襟三江而带五湖，控蛮荆而引瓯越"），而且还是物华天宝的胜地。接着用"雅望""懿范""胜友""高朋""龙门""钲钱"等词对阎公及宾客倍加称颂。而对自己却说是"童子何知""一介书生""敢竭鄙怀""恭疏短引"，以自谦来抬举别人。这些漂亮的文词，使在场的宾客皆大欢喜，应酬的得体取得了极大的成功。然而使这篇文章广泛流传的更在于它具有鲜明的文学性，作者充分运用想象、夸张、拟人等文学手法，以工整的骈文描写了滕王阁的江山之胜，发泄了自己怀才不遇之悲，既展现了主体性情，又取得了情景交融、相互感发的艺术效果。

艺术上的第二点是：既遵守骈文规范又有所突破。这是一篇严格遵守骈文对偶、辞藻、声律、用典方面规范的四六文。对偶方面，除许多三字句外，有很多标准的四六句型，如"腾蛟起凤，孟学士之词宗；紫电青霜，王将军之武库"，"睢园绿竹，气凌彭泽之樽；邺水朱华，光照临川之笔""老当益壮，宁移白首之心？穷且益坚，不坠青云之志""杨意不逢，抚凌云而自惜；钟期既遇，奏流水又何惭"等，都是工整的对联。词藻方面，富丽华美，色彩缤纷，如写楼阁的壮丽，用了"层台耸翠""飞阁翔丹""披绣闼""俯雕甍"等华词丽藻。声律方面，音韵和谐，铿锵悦耳，琅琅上口，极富音乐的美感。用典方面，变化多端又生动贴切，如"有怀投笔，爱宗悫之长风"正用宗悫要"乘长风破万里浪"的典故表明自己的志向；"无路请缨，等终军之弱冠"则反用终军二十岁功成名就的典故抒写自己的不遇；"冯唐易老，李广难封。屈贾谊于长沙，非无圣主；窜梁鸿于海曲，岂乏明时"是明用典故写自己的怀才不遇；"纤歌凝而白云遏"则暗用《列子》中秦青弹琴"声震林樾，响遏行云"的典故写宴会的热烈氛围。总之，通过丰富贴切的典故运用，既显示了才华学问，又使文章庄重典雅，把历史和现实、远古和当今联系起来，耐人寻味。而最能显示其才华的还是王勃在此基础上，又作了出色的改进，他以散行的气势驱使对偶句，全篇文气腾涌，势不可当，避免了骈文的艰涩不畅；另外，用充实的内容、真挚的情感，矫正了六朝以来骈文的华而不实、柔而无骨的弊端，使这篇文章形式与内容达到了比较完美的结合。

艺术上第三点是：出色的景物描写。（1）色彩鲜明如画。如开头写九月秋景"潦水尽而寒潭清；烟光凝而暮山紫"，不仅准确地写出了景物特征，还有山光水色的色彩调配：寒潭之水因消退而清澈透明，暮山在岚烟夕照下变成紫色，两相对照，色彩明丽。又如"层台耸翠，上出重霄；飞阁翔丹，下临无地"这四句用有所遮蔽的两组镜头组接而成：上有层台碧瓦，直插晴空；下有阁道飞架，丹彩欲流，借视角的变化，相映成趣，突出了危楼高耸、飞朱点翠的壮观景象。（2）远近交错有致。在作者笔下，有近景，如"鹤汀凫渚，穷岛屿之萦回；桂殿兰宫，即冈峦之体势"；有远景，如"山原旷其盈视，川泽纡其骇瞩"；有空中之景，如"云销雨霁，彩彻区明"，"落霞与孤鹜齐飞"；有地上之景，如"闾阎扑地，钟鸣鼎食之家；舸舰迷津，青雀黄龙之舳"，"秋水共长天一色"。这样远近错落的景象，构成富有层次感和纵深感的画面。（3）虚实相间富于联想性。如作者在描写完眼前的实景后，又发挥想象，虚写"渔舟唱晚，响穷彭蠡之滨；雁阵惊寒，声断衡阳之浦"，以听觉来补充视觉，拓宽视野，将画面引向阔远，做到了"（思接千载）视通万里"。

当然，写景最有名的是"落霞与孤鹜齐飞，秋水共长天一色"两句。虽然句式是模仿庾信《马射赋》中"落花与芝盖齐飞，杨柳共春旗一色"，但比庾信文句更具魅力。庾信仅写出了暮春时节，车马在落花中奔驰，春旗与杨柳一样迎风招展的情景，景物各自独立，未能和谐交融，且境界较狭窄。而王勃的两句，则描写出了青天碧水、水天相接、浑然一色，彩霞与孤鹜相映生辉的绝妙画面，空间开阔壮丽，境界美妙神奇，令人联翩遐思；而且动静相宜，虚实结合，上下和谐，显示了诗人开阔的胸襟和气度。

最后，我们来看看文后的诗与序文的关系。诗运用古体形式，中间一联却用工整对偶。前两句写滕王阁的地势和宴会之美，表现出盛衰无常的低沉情绪，有一种繁盛之后的落寞愁情。二联写景，朝云飞渡，暮雨西山，写楼阁阅尽了历史云烟，风雨雪晴，虽然壮美却显得寂寞。三联由空间转入时间，写物换星移的时光流逝之叹。最后一联又由时间转入空间，写江山永恒、人生短暂之慨。从诗歌的总体上来看，尽管情绪低落，但是不仅具有苍茫辽阔的历史感，而且具有深沉忧伤的现实感。运用换韵表现出这种情绪。与序文相比，情感不如序文热烈积极、充满急切的用世情怀；从写景来看，也不及序文优美动人。但诗歌没有应酬性，是真情的坦露，显得真实，也具有时空悠远的意味。正可以与序相互补充。

陈子昂

　　陈子昂（659—700年），字伯玉，梓州射洪（今属四川）人。弱冠以豪侠闻名。文明元年（684年）进士及第，献书阙下，得到武后赏识，授麟台正字。垂拱二年（686年），随左补阙乔知之北征同罗、仆固。永昌元年（689年），迁右卫胄曹参军。天授二年（691年）因服解官归蜀。延载元年（694年）服除，授右拾遗。不久遭到构陷下狱，经年获释。万岁通天元年（696年），从建安王武攸宜北征契丹，任随军参谋，因谏诤触怒武攸宜，降为军曹。圣历元年（698年）以父老解职归田，隐居山林，竟为县令段简罗织罪名下狱，久视元年（700年）忧愤而卒。有《陈伯玉文集》十卷。陈子昂是初唐时期诗文革新的先驱，其《与东方左史虬〈修竹篇〉并序》高倡"汉魏风骨""风雅""兴寄"，指斥齐梁以来的绮丽文风，并以自己的创作实践了自己的主张，为唐诗的发展指明了方向并开辟了道路。他的文章主要是骈文，追求文采典丽；也有散文，气势雄劲，流畅明晰。

与东方左史虬[1]《修竹篇》并序

东方公足下：文章道弊[2]，五百年矣。汉魏风骨[3]，晋宋莫传。然而文献有可征者。仆尝暇时观齐梁间诗，彩丽竞繁，而兴寄[4]都绝，每以永叹。思古人，常恐逶迤颓靡，风雅不作，以耿耿也[5]。一昨于解三处见明公《咏孤桐篇》[6]，骨气端翔[7]，音情顿挫[8]，光英朗练[9]，有金石声[10]。遂用洗心饰视，发挥幽郁。不图正始之音[11]，复睹于兹。可使建安作者，相视而笑。解君云，张茂先、何敬祖[12]，东方生与其比肩，仆亦以为知言也。故感叹雅制，作《修竹诗》一首，当有知音以传示之。

【注释】

[1]东方虬：武则天时候任左史。

[2]文章道弊：文章之道败坏了，指诗文缺乏寄托和风骨，成为嘲讽月、弄花草的流连光景或交际应酬之作。

[3]风骨：即建安风骨，指诗文中刚健爽朗、慷慨悲凉的格调。

[4]齐梁间诗：齐梁时代以永明体为代表的诗歌，主要是山水诗和宫体诗。彩丽竞繁：指诗歌追求辞藻华美。兴寄：指文章有深刻的含义。兴，即比兴表现手法。寄，指有所寄托。均偏重诗文内涵方面。

[5]逶迤颓靡：文章风格委靡颓败。风雅：诗经以来的雅正传统。耿耿：心中不安。

[6]解三：人名，不详。明公《咏孤桐篇》：即东方虬的《咏孤桐篇》，已佚失。

[7]骨气端翔：端，指骨骼的坚实；翔，指气势的飞动。

[8]音情顿挫：指诗歌的音节抑扬顿挫，感情波澜起伏。

[9]光英朗练：形容诗歌光彩动人，明朗皎洁。

[10]有金石声：形容作品有厚重的分量，能够掷地有声。

[11]不图：没有料到。正始之音：正始是魏齐王曹芳的年号，这里指以阮籍、嵇康为代表的诗歌，虽不完全同于建安诗歌，但表达对现实的不满和建安作者是一致的。

[12]张茂先：即张华，晋初著名诗人，有集十卷。何敬祖：即何劭，晋初人，有集二卷。张诗被认为是"儿女情多，风云气少"。何诗则多游仙之作。

【赏析】

据傅璇琮先生考证，陈子昂此序作于武则天天圣元年（698年）从军回朝而未退隐回乡之前，地点在洛阳，因见东方虬（当时在朝中任左史）《咏孤桐篇》（今佚）大加赞赏，而作《修竹篇》相和。子昂于秋天归蜀，故二人唱答当在本年春夏间。考察《全唐诗》中的陈子昂诗集，此诗编于《感遇三十八首》、《观荆玉篇并序》（686年随乔知之北征同罗时作）之后，由于《感遇》组诗不是一时一地所作，其主要作品当作于子昂入仕到退隐之间。如果这一估计大致不错，那么我们基本上可以认为子昂此诗乃是他晚年审视其创作历程时进行的理论总结。一般情况都是这样：一个作家在某种诗学理念指导下进行这一段较长时间的创作实践之后，才会提出一种文学理论来。白居易、元稹、韩愈等人诗序中表述的诗学理论都是如此。如此说来，陈子昂这篇诗序应当联系其创作的整体情况才能做出切当的解释。无论从子昂个人的创作还是整个初唐诗歌的创作来看，这篇序都是一篇标志性的作品。是第一篇带着宣言性质的重要作品，具有非同一般的诗学史和文学批评史意义。

首先，从陈子昂个人的创作历程看。子昂从第一次入京应试（21岁）到退归乡里（40岁），其间正好二十年。这二十年可以分为几个阶段：永淳元年（682）之前，是子昂崭露头角以文采惊耀当世但遭到挫折的时期，此期他的作品以《晦日宴高氏林亭并序》（《全唐诗》卷84）为代表，是他追踪初唐四杰（主要是王勃）的时期，从文坛情况来看，是他创作的"趋同"时期，其文采才华得到主流文坛的认同。进士及第之后因上谏书给武则天而一举成名，步入仕途，到第一次随乔知之北征及第二次随建安王出征之前，是他创作的过渡时期，这一时期他的主要精力在政治方面，因为自己的主张有些得到皇帝的采纳而充满自信，同时对朝廷的各种举措提出广泛的批评，以谏净直臣的形象深受关注，期间创作了部分《感遇》诗，自觉继承了阮籍《咏怀》的抒情言志传统，表现在诗序上，以《观荆玉篇并序》为标志，已经将"比兴""寄托"作为诗歌创作的基本手法，作品注重气骨劲健风格。此后为风格成熟时期，到697年从军遭受政治挫折以后是他创作的"求异"期，他终于以独特的面目挺立于初唐即将结束的诗坛上，成为一面旗帜，也成为时代的歌手。《蓟丘览古七首》《登幽州台歌》及部分《感遇》诗诞生在这一时期，是诗史的必然，也是子昂创作的自然发展。他最终从追踪王勃的趋同中摆脱出来，确立了自己雄浑劲健的独特风格。从陈子昂的诗序创作来看，显然经历了一个从注重写景体物到着重抒情言理的变化，文体上也经历了骈体到散体的实践过程，这篇诗序就是子昂后期散体诗序代表作。

其次，从整个初唐诗史演变来看。东汉之末到南朝，皇权衰落，经学不振，两汉经师发展的先秦儒家封建正统思想的权威下降，与此同时，魏晋南北朝文学在相当程度上脱离"正始之道，王化之基"，在个人情性的抒发和对形式美的追求方面有了明显的进步。从隋朝统一之初到初唐时期，为了适应王朝统一的政治形势需要，儒学复古与文章复古的声音一直不断，但创作具有一种强大的惯性，初唐君臣的文学活动还主要局限在宫廷圈子里，从帝王到侍臣都在一面否定六朝一面又在承袭六朝传统，这一点从帝王的诗歌诗序和初唐四杰的诗歌诗序中可以看出来，即使是陈子昂早期，甚至他写完此序后的《送吉州杜司户审言序》还可以看到对整饬精炼的骈体美文的追求。明人张颐《陈伯玉文集序》中说陈著"有六朝初唐气味"也是事实，我们毋庸因为抬高子昂此篇诗序的历史地位而无视他具体作品的实际。但陈子昂的创作毕竟到这篇诗序时发生了根本性的转变，唐诗的发展也到了一个重要的转折点。陈子昂在这篇诗序中提出"兴寄"和"风骨"，可以说是对四杰创作主流倾向的继承和发展，端正了唐诗未来的发展方向。正如刘学锴先生所说："这篇诗论的意义，不在理论上的创新和辨析上的细致，而在他明确提出的'风骨'、'兴寄'主张适应了诗歌革新的趋势与潮流。""它的长处也不在阐述理论的说服力，而在贯注其中的高远的历史感、强烈的责任感和对未来诗歌的热情呼唤。"[①]

第三，从文体来看，这是一篇用散体写成的诗序，贯注着一股不可沮遏的径直干练之气，有一种深邃的历史感，对诗史的精到论断，对六朝齐梁诗歌的评语，对理想诗歌风貌"骨气端翔，音情顿挫，光英朗练，有金石声"的描述，都堪称精粹绝诣。表明陈子昂在实际创作中已经具有明确的改造文体的意识，它和子昂的一系列其它散体文章，对转变文章风气起了重要作用，直接影响盛唐的李白、杜甫、元结和稍后的萧颖士、李华、独孤及、梁肃、权德舆、韩愈、柳宗元等人。

第四，从诗与序的关系来看，这篇诗序的价值还是远远高出诗歌，即

---

①陈振鹏、章培恒：《古文鉴赏辞典》，第849页，上海辞书出版社1997年版。

"序重诗轻"的问题还是比较严重。导致大量的理论著作或重要的选本只选"序"而不选"诗"。诗是五古体，由于是和作，必须照顾到原作内容，据王运熙先生推测，东方虬己佚的《咏孤桐篇》既有比兴寄托，也有向往神仙之语，因为陈诗既歌颂翠竹的坚贞，又描绘游仙景象。如诗中一方面赞美修竹"岁寒霜雪苦，含彩独青青"的品质，抒发"始愿与金石，终古保坚贞"的志趣；另一方面又通过游仙表达"永随众仙逝，三山游玉京"的愿望，这里的游仙与何劭（敬祖）《游仙诗》歌咏松柏、张华（茂先）《拟古》托意青松有继承关系，可见子昂对"正始诗风"的寄托手法的认同。但从总体上看，陈诗还是不能与诗序展示的诗歌理想境界相称，显得过于直露而寄托不深。

陈子昂

殷 璠

殷璠（生卒年不详），唐诗选家，润州丹阳（今属江苏）人。天宝间乡贡进士。曾编选开元、天宝间二十四位诗人作品为《河岳英灵集》二卷。鉴选精审，颇为后世所推重。

《河岳英灵集》[1]序

梁昭明太子撰《文选》，后相效著述者十馀家，咸自称尽善。高听之士[2]，或未全许。且大同至于天宝，把笔者近千人，除势要及贿赂，中间灼然可尚[3]者，五分无二，岂得逢诗辄纂，往往盈帙？盖身后立节，当无诡随[4]，其应诠拣[5]不精，三石相混，致令众口销铄[6]，为知音所痛。

夫文有神来、气来、情来，有雅体、野体、俗体。编纪者能审鉴诸体，委详[7]所来，方可定其优劣，论其取舍。至如曹、刘，诗多直致，语少切对[8]，或五字并侧，或十字俱平，而逸驾终存。然挈瓶肤受[9]之流，责古人不辨宫商徵羽，词句质素，耻相师范。于是攻乎异端，妄为穿凿，理则不足，言常有馀，都无比兴，但贵轻艳。虽满箧笥，将何用之？

自萧氏以还，尤增矫饰[10]，武德初，微波[11]尚在；贞观末，标格渐高：景云中，颇通远调；开元十五年后，声律风骨始备矣。实由主上恶华好朴，去伪从真，使海内词场，翕然遵古，南风周雅，称阐今日。

璠不揆，窃尝好事，常愿删略群才，赞圣朝之美。爰因退迹[12]，得遂宿心。粤若王维、昌龄、储光羲等二十四人，皆河岳英灵也，此集便以"河岳英灵"为号。诗二百三十四首，分为上下卷，起甲寅，终癸巳[13]。论次于序，以品藻各冠於篇额[14]。如名不副实，才不合道，纵权压梁窦[15]，终无取焉。

【注释】

[1]《河岳英灵集》，盛唐时期殷璠所选的诗集，对盛唐诗坛的评价，具有很高的学术价值。

[2]高听之士：见解高超的人。

[3]灼然可尚：有显著的成就可以效法的。

[4]身后：当作"身前"。立节：谓选家选录的标准应该严谨。诡随：随声附和。

[5]诠拣：选择。

[6]众口销铄：众人的议论，可以销铄金石，喻其力量之大。

[7]委详：当作"案详"。

[8]直致：质直。切对：平仄和谐的对句。

[9]挈瓶：喻学识浅陋。肤受：学问只得皮毛。

[10]萧氏:指梁代。矫饰:崇尚辞藻音律。

[11]微波:指梁陈绮艳余风。

[12]退迹:辞官归隐。

[13]甲寅:开元二年(714)。癸巳:天宝十二年(753)。

[14]篇额:篇首。

[15]梁窦:指梁冀、窦宪,皆东汉时的权门贵戚。

【赏析】

殷璠的《河岳英灵集》专选盛唐诗歌,选录标准严格,品评精当,见解深刻,是一部受到后代重视的唐诗选本。开篇即批评萧统《文选》以来文学选本"诠拣不精"的弊病,强调选录标准必须严谨,不能"逢诗辄纂"。殷璠认为选诗首先要剔除"势要及贿赂"者,反对以权势地位为标准,这保证了这部选本入选作品的艺术水平。接着提出诗歌有"神来、气来、情来"及"雅体、野体、俗体"的区别,要求编选者"审鉴诸体,委详所来",因为只有这样,才能定其优劣,论其取舍。这是一个关于编选者审美眼光的问题。殷璠以建安诗人曹植、刘祯为例,认为诗歌既要有比兴寄托和风骨气势,又不能专门强调音律和词彩华艳。然后追溯了从大同到当前这段时间诗歌风貌的变化,把"开元十五年后,声律风骨始备"作为新时期诗歌成熟的时间、风貌标志,并分析新诗风产生的原因是统治者"恶华好朴,去伪从真",使海内词人"翕然遵古",继承风雅传统的结果。最后交待编选此集的目的与体例。编选者反复强调不以作者的权势为标准,既是当时诗坛深刻变化的反映,也与殷璠个人遭际密切相关。梁、陈以来,轻艳浮靡的宫体诗风一直影响到初唐,作者多帝王贵族和宫廷诗人,随着士族地主文人退出文学舞台,庶族文人渐渐成为文学主体,以权势地位为选录标准的旧习自然要革除,殷璠反对以权势和贿赂取诗,这是适应了诗坛的新趋向。而他本人屡试不第,困顿坎坷的经历使他对沉沦下僚的诗人怀有深切的同情。序中标举"声律风骨"兼备,实际上他多选古体而少选近体,体现了他偏重风骨遒劲之作的审美趣味。

殷璠指出文有"气来",本篇充满居高临下的气势,无论批评流弊、分析诗歌风貌特征还是强调选录标准,都带着锐利的锋芒和强烈的情感,本文即是盛唐时代精神感召下"气来"的典型代表。

王　维

　　王维（701—761年）．字摩诘，祖籍太原祁州（今山西祁县）人，父时迁家于蒲州（今山西永济）。他是盛唐时代博学多艺的全才诗人，精通书画和音乐。二十一岁举进士，初为太乐丞，因伶人舞黄狮子越制，贬为济州司仓参军。后回到长安，受到名相张九龄赏识，擢右拾遗，累迁监察御史、给事中等职。张九龄被贬逐，李林甫用事，王维渐趋消极，过着半官半隐的生活。安史之乱爆发，长安陷落时，他追驾玄宗不及，为叛军所获，被迫任伪职。乱平，降职为太子中允。最后官尚书右丞，世称王右丞。清人赵殿成《王右丞集笺注》最为详备。

　　王维是盛唐时期山水田园诗派的代表人物。他的著作在安史乱后大部分散失，其弟王缙广泛搜求，"诗笔共成十卷"。王维文多骈体或骈散相间，属对工整，精于用典，平仄严格，音韵铿锵，文笔清丽秀美，无论叙事、抒情、写景都能各臻其妙，《送秘书晁监还日本国并序》就是典型的盛世之文。

送秘书晁监还日本国并序[1]

舜觐群后，有苗不服[2]；禹会诸侯，防风后至[3]。动干戚之舞，兴斧钺之诛[4]，乃贡九牧之金，始颁五瑞之玉[5]。我开元天地大宝圣文神武应道皇帝[6]，大道之行，先天布化[7]；乾元广运，涵育无垠[8]。若华为东道之标，戴胜为西门之候[9]。岂甘心于筇杖[10]？非征贡于包茅[11]。亦由呼耶来朝，舍于葡萄之馆[12]；卑弥遗使，报以蛟龙之锦[14]。牺牲玉帛，以将厚意[14]；服食器用，不宝远物[15]。百神受职，五老告期[16]；况乎戴发含齿，得不稽颡屈膝[17]？

海东国，日本为大，服圣人之训，有君子之风，正朔本乎夏时[18]，衣裳同乎汉制。历岁方达，继旧好于行人[19]；滔天无涯[20]，贡方物于天子。司仪加等，位在王侯之先[21]；掌次改观，不居蛮夷之邸[22]。我无尔诈，尔无我虞，彼以好来，废关弛禁[23]。上敷文教，虚至实归[24]，故人民杂居，往来如市。

晁司马结发游圣，负笈辞亲[25]，问礼于老聃，学诗于子夏[26]。鲁借车马，孔丘遂适于宗周[27]；郑献缟衣，季札始通于上国[28]。名成太学，官至客卿[29]。必齐之姜，不归娶于高国[30]；在楚犹晋，亦何独于由余[31]。游宦三年，愿以君羹遗母[32]；不居一国，欲其昼锦还乡[33]。庄舄既显而思归，关羽报恩而终去[34]。

于是稽首北阙，裹足东辕[35]，篚命赐之衣，怀敬问之诏[36]。金简玉字，传道经于绝域之人[37]；方鼎彝尊，致分器于异姓之国[38]。

琅琊台上，回望龙门；碣石馆前，夐然鸟逝[39]。鲸鱼喷浪，则万里倒回；鹢首乘云，则八风却走[40]。扶桑若荠，郁岛如萍[41]。沃白日而簸三山，浮苍天而吞九域[42]。黄雀之风动地，黑蜃之气成云[43]。淼不知其所之[44]，何相思之可寄？

嘻！去帝乡之故旧，谒本朝之君臣。咏七子之诗，佩两国之印[45]。恢我王度，谕彼蕃臣[46]。三寸犹在，乐毅辞燕而未老[47]；十年在外，信陵归魏而逾尊[48]。子其行乎，余赠言者[49]。

诗曰：积水不可极，安知沧海东。九州何处远，万里若乘空。向国唯看日，归帆但信风。鳌身映天黑，鱼眼射波红。乡树扶桑外，主人孤岛中。别离方异域，音信若为通。

【注释】

[1]本文是王维天宝十二年为送日本友人晁衡归国时所写的赠别诗的序文，可以说是以朝廷口吻所作的阐明华夏文明内涵及宣播和平友好意图的雄文，洋溢着盛唐气象。晁衡，也叫朝衡，日本派遣的留学生和友好使臣，原名阿倍仲麻吕，唐开元四年（716年）来华，仰慕中国，改名朝衡，进国子监学习经学和诸艺学，后仕于唐，官至秘书监（三品），在华三十六年，并娶妻生子。天宝十二年，朝衡获准随日本第十一次遣唐使藤原清河一起回国，并被任命为回访日本的使臣。

[2]舜觐群后：舜见四方诸侯。群后，四方诸侯。有苗不服：有苗，即三苗，我国古代少数民族。服，归服。《韩非子·五蠹》："当舜之时，有苗不服……乃修教三年，执干戚舞，有苗乃服。"

[3]"禹会"二句：《国语·鲁语》："昔禹致群神于会稽之山，防风氏后至，禹杀而戮之。"防风氏，汪茫氏君之名也。

[4]干戚：盾牌和斧子。斧钺之诛：《国语·鲁语》："刑五而已……大刑用甲兵，其次用斧钺……薄刑用鞭扑，以威民也。"

[5]"乃贡"句：《左传》宣公三年："昔夏之方有德也……贡金九牧（杜预注："使九州之牧贡金。"），铸鼎象物，百物而为之备，使民知神、奸。""始颁"句：《书·舜典》："辑五瑞，既月，乃日觐四岳群牧，班瑞于群后。"以上二句意谓，古天子或行德政，或用刀兵，始使异域之君纳贡称臣。

[6]《旧唐书·玄宗纪》载，天宝八载闰六月，"群臣上皇帝尊号为开元天地大宝圣文神武应道皇帝"。

[7]大道之行：《礼记·礼运》："大道之行也，天下为公。"先天：谓行事在天之前。《易·乾·文言传》："夫大人者……先天而天弗违。"布化：推行教化。

[8]乾元：天。此指君。二运：广大深远。涵育：涵养化育。无垠：无边无际。二句意为，唐朝皇帝之德广大深远，能涵养化育异域渺远穷荒之国。

[9]若华：若木之华。《楚辞·天问》："羲和之未扬，若华何光？"古称东极、西极都有若木。东道之标：东方的标志。戴胜：指西王母。西门之候：西方的候门官。

[10]节杖：用筇竹制成的杖。

[11]征贡于包茅：《左传》僖公四年载，齐桓公伐楚，楚遣使者至齐军，责问齐何以攻楚，管仲代桓公答道："尔贡包茅不入，王祭不供，无以缩酒，寡人是征。"征，问罪。此句意为，不是朝廷责求贡品，而是异域自动前来朝贡。

[12]"亦由"二句：由，通"犹"。《汉书·宣帝纪》载，甘露三年正月，匈奴呼韩邪单于来朝。又《匈奴传》载，哀帝元寿二年，匈奴乌珠单于来朝，上"舍之上林苑葡萄宫"。此处合两事而言之。

[13]"卑弥"二句：《三国志·魏志》载，景初二年，倭国女王卑弥呼遣大夫难升米来朝献，诏书报倭女王曰："今以汝为亲魏倭王，假金印紫绶。……今以绛地交（同蛟）龙锦五匹……答汝所献贡直。"

[14]牺牲：供祭祀用的纯色全体牲畜。将：传达。二句意谓朝廷用各种礼品，来传达对客人的厚意。

[15]"服食"二句：《书·旅獒》："无有远迩，毕献方物，惟服食器用。"又曰："不宝远物，则远人格。"二句说天子的服食器用，不以远方之物为宝贵而责求异域来献。

[16]百神受职：《礼记·礼运》："故礼行于郊，而百神受职焉。"五老告期：《竹书纪年·帝尧陶唐氏》："率舜等升首山，遵清河，有五老游焉，盖五星之精也。相谓曰：'《河图》将来告帝期，知我者重瞳黄姚。'"二句意谓，天子圣明，群神各司其职，五老告以得天命之期。

[17]戴发含齿：指人。《列子·皇帝》："有七尺之骸，手足之异，戴发含齿，倚而趣者谓之人。"得不：能不。稽颡：行跪拜礼时，以额触地。屈膝：膝盖弯曲，下跪。

[18]正朔：指历法。正，一年的开始。朔，一月的开始。夏时：夏历。夏时建寅，以正月为岁首。

[19]行人：使者。二句意谓，经过多年，才派遣使者至唐，继续从前建立的友好关系。

[20]滔天无涯：形容大海波涛滚滚，无边无际。

[21]司仪：官名，《周礼·秋官》之属，掌管接待宾客的礼仪。加等：指提升接待的级别。位在王侯之先：《汉书·匈奴传》："单于正月朝天子于甘泉宫，汉宠以殊礼，位在诸侯之上，赞谒称臣而不名。"

[22]掌次：官名，《周礼·天官》之属，掌管王外出时住宿之法，此处借指为来使安排住处的官吏。改观：改变原来的想法。蛮夷之邸：汉时专供来京的四夷居住的客舍。二句指朝廷对日本使者给予特殊的礼遇。

[23]废关弛禁：对（日本）不设关卡，解除禁令。

[24]上敷文教：皇上实施礼乐教化。虚至实归：来学文教者皆有所得而归。

[25]结发游圣：开始束发时就来唐学习儒家经典。负笈辞亲：背着书告别亲人去求学。

[26]"问礼"二句：说朝衡来唐学习《诗经》、礼制。

[27]适：前往。宗周：东周的王都洛邑。周为诸侯所宗，故王都称宗周。

[28]"郑献缟衣"二句：以季札出国访问，来比喻朝衡来通好于唐。

[29]名成太学，官至客卿：朝衡在太学一举成名，并担任卫尉卿。

[30]必齐之姜：《诗经·衡门》："岂其取妻，必齐之姜？"此二句说朝衡不回日本娶贵族之女，而在唐成家。

[31]在楚犹晋：《左传·昭公三年》："君其往也，苟有寡君，在楚犹在晋也。"由余：《史记·秦本纪》："戎王使由余于秦。由余，其先晋人也，亡入戎，能晋言。闻缪公贤，故使由余观秦。"二句谓朝衡在唐就像在日本一样，并不感到孤单。

[32]二句谓朝衡在唐游宦多年，欲回日本侍奉母亲。

[33]不居一国：《汉书·李陵传》："李少卿贤者，不独居一国。范蠡遍游天下，由余去戎入秦。"昼锦还乡：《史记·项羽本纪》："富贵不还乡，如衣锦夜行，谁知之者！"

[34]庄舄：《史记·张仪列传》："越人庄舄仕楚执珪，有顷而病，楚王曰：'舄，故越之鄙细人也，今仕楚执珪，贵富矣，亦思越不？'中谢对曰：'凡人之思旧，在其病也，彼思越则越声，不思则楚声。'使人往听之，犹尚越声也。"关羽：《三国志·关羽传》载，建安五年，曹操擒关羽而归，拜为偏将军，礼之深厚。然羽终无久留之意。后报答曹操后回归刘备。

[35]稽首北阙，裹足东辕：向北稽首告别，裹足东去。

[36]二句谓箧中是皇帝所赐的衣服，怀里揣着皇帝问候日本国君的诏书。

[37]金简玉字：《吴越春秋》卷六："其岩之巅，承以文玉，覆以磐石，其书金简，青玉为字。"此指珍贵之书。道经：《荀子·解蔽》："道经曰：'人心惟危，道心之微。'"此二句指朝衡回国携带珍贵文籍。

[38]方鼎彝尊：祭祀用的礼器。分器：古代天子分赐给诸侯世代保存的宝器。二句为朝衡回国时携带了唐帝送给日本国的大量宝器。

[39]琅琊台：在山东胶南县。龙门：楚国东门。碣石馆：在北河昌黎。秦始皇、汉武帝皆曾东巡至此，刻石观海。夐然：杳远的样子。鸟逝：木华《海赋》："望涛远决，夐然鸟逝。"言船行极快，如鸟飞逝。

[40]四句写朝衡乘船渡海的壮阔惊险情状。

[41]扶桑：木名，产于扶桑国。《梁书·东夷传》："扶桑国者⋯⋯在大汉国东二万余里，地在中国之东，其土多扶桑木，故以为名。"扶桑，即日本。郁岛：即郁州，又名田横岛，唐时于其地置东海县。

[42]沃白日:浪涛浇灭太阳之光。簸三山:波浪摇撼海上的三座仙山(蓬莱、方丈、瀛洲)。浮苍天:《海赋》:"浮天无岸。"九域:九州。

[43]黄雀之风:周处《风土记》:"南中六月,则有东南长风,风六月止,俗号黄雀长风。时海鱼变为黄雀,因为名也。"即海上台风。黑蜃之气:指海市蜃楼。《史记·天官书》:"海旁蜃气象楼台。"

[44]淼:大水茫茫无际的样子。之:往。

[45]咏七子之诗:用七子饯赵武事。《左传·襄公二十七年》载,晋赵武自宋返国过郑境,郑伯设宴招待,子展、子西、子产等七人随从。赵武曰:"七子从君,以宠武也。请皆赋。"七人因各赋诗。谓朝衡回国前各位朋友赋诗送别。佩两国之印:朝衡既是日本国朝臣,又有唐使节的身分,故云。

[46]恢我王度:弘扬大唐皇帝的气量风度。谕:使明晓。蕃臣:日本国的君臣。

[47]三寸犹在:三寸,指舌头。《史记·留侯世家》:"今以三寸为帝者师。"乐毅辞燕:《史记·乐毅传》载,燕昭王拜乐毅为上将军,起兵伐齐,攻下齐七十余城,唯莒、即墨二城未下。这是昭王卒,子惠王即位。齐用反间计,惠王派骑劫替代乐毅而召乐毅还燕,乐毅畏诛,乃降赵。此二句谓朝衡归国时年尚未老,犹能有所作为。

[48]十年在外,信陵归魏而逾尊:《史记·魏公子列传》载,魏公子信陵君无忌诈称魏王的命令夺取晋鄙带领的军队救赵后,留居于赵,十年不归。秦听说公子在赵,日夜出兵伐魏。魏王派使者请公子归魏,授以上将军,于是公子率五国之兵,打败秦军,"乘胜逐秦军至函谷关"。"当是时,公子威震天下。"此处以信陵君归魏喻朝衡还日本。

[49]赠言:《荀子·非相》:"赠人以言,重于金石珠玉。"此指赠给朝衡这首诗及序。

【赏析】

中日两国的文化交往源远流长,可以追溯到隋唐时期。据《旧唐书·日本传》:"日本,古倭奴也。去京师万四千里。直新罗东南,在海中,岛而居,东西五月行,南北三月行,国无城郭,联木为栅落,以草茨屋,左右小岛五十余,皆自名国,而臣服之,后稍习夏音。恶倭名,更号日本。使者自言,国近日所出,以为名。"由此可知,日本立国之初文化很不发达,由于小岛众多,国内部落之间是相互攻伐,而国外又与新罗关系紧张，后来受到华夏文明的影响，才改名"日本（太阳升起的地方）"。

日本学习中华文明的一项重要举措是向中国派遣"使者"，中国的文化典籍、政治律法制度及各种技艺等，都是他们学习的内容。追溯起来，日本的遣华使始于隋朝，前后共五次派出"遣隋使"。唐朝立国后，自太宗贞观四年（630年，日本舒明二年），至唐昭宗景福二年（893年，日本奈良朝宽平六年），共先后19次派出"遣唐使"，成功抵达唐朝都城的有15次。但从第六次入唐（高宗总章二年）至第七次入唐（武周长安元年）之间有长达30年的空白期，后来从代宗大历十四年第13次入唐至德宗贞元二十年第14次入唐，中间又隔了27年的空白期。893年之后，日本终止实行了200多年的遣唐使制度。在日本的遣唐使中，有一人非常重要，也非常特别，他就是阿倍仲麻吕。据《新唐书·日本传》："开元初，栗田复朝，请从诸儒授经，招四门助教赵元默即鸿胪寺为师。献大幅布为贽，……其副臣仲满，慕华不肯去，易姓名曰朝衡。历左补阙、义王友，多所该识，久乃还。"朝（晁）衡因为"慕华不肯去"，在国子监学习诗书、礼乐制度，得到唐玄宗的赏识，仕于唐，官至秘书监。后来，在肃宗上元中被擢为左散骑常侍、安南都护。他是一位学识渊博、才华出众的学者和诗人，在华交游甚广，与当时著名诗人王维、李白、储光羲、包佶、赵骅等有很深的友谊。他在唐朝娶妻生子，唐朝成了他的第二故乡。天宝十二年，在日本第十次遣唐使藤原清河回国时，玄宗命朝衡为回访日本的使臣。朝衡的回国，唐玄宗非常重视，不仅送别场面非常宏大，而且赏赐隆重，玄宗还亲自赋诗《送日本使》："日下非殊俗，天中嘉会朝。念余怀义远，矜尔畏途遥。涨海宽秋月，归帆驶夕飚。因惊彼君子，王化远昭昭。"此诗载于日本古代文献，当可信。玄宗在表示对侍臣或异国使者的荣宠时，最隆重的赏赐之后，总会再赐诗的。这首诗就表现了玄宗一方面要展现泱泱大国的风范，另一方面又希望自己的"怀义""王化"德泽远及东夷日本。同时赠送诗歌的还有包佶、赵骅和王维。赵骅《送晁补阙归日本国》："西掖承休浣，东隅返故林。来称郯子学，归是越人吟。马上秋郊远，舟中曙海明。知君怀魏阙，万里独摇心。"既通过悬想旅途景况来表达惜别之意，还揣测了朝衡身归故乡而心念唐朝的矛盾心情。包佶《送日本国聘贺使晁巨卿东归》："上才生下国，东海是西邻。九泽蕃君使，千年圣主臣。野情偏得礼，木性本含真。锦帆乘风转，金装照地新。孤城开蜃阁，晓日上朱轮。

早识来朝岁，涂山玉帛均。" 包诗较赵诗含义更为丰富，除了叙及朝衡归国"锦帆乘风转，金装照地新"的浩荡规模外，还表达了华夏为正朔、四夷归服的儒家观念。这种正统观念认为：中国是天地的中心，向四周远敷布施她的王化德泽，同化并惠及不开明的民族，使之懂得仁义道德。朝衡对玄宗的荣宠和友人的深情非常感激，因此也回赠一首诗《衔命归国作》："衔命将辞国，非才忝侍臣。天中恋明主，海外忆慈亲。伏奏违金阙，骖骖去玉津。蓬莱乡路远，若木故园林。西望怀恩日，东归感义辰。平生一宝剑，留赠结交人。" 此诗是对唐朝皇帝和同朝为官友人赠诗的答别诗。透露了如下信息：（1）这次回国，是朝衡主动申请的，故有"伏奏违金阙，骖骖去玉津"之句；（2）这次回国又是得到皇帝允许的"衔命"辞归；（3）表达了对华夏为中心的文明观念的认同，"天中"即指中国；（4）表现了对唐朝明君的依恋和对故乡亲人的思念，即既恋"天中"之"明主"，又忆"海外"的"慈亲"，是一种典型的儒家忠孝观念；（5）表达了对友人的惜别深情和"怀恩""感义"之心，"平生一宝剑，留赠结交人"就是这种情感心声的最好表现。

王维的诗并序较上述诸诗，更有文化分量，可以说他巧妙地以赠别诗并序的形式，传达了朝廷的政治目的和皇帝的御意，具有宣华夏声威于四夷和敦睦中日两国友谊并希望朝衡回国后有所作为等多重涵义。

先来看诗序。这篇诗序搜罗众多典故，尽管星罗棋布，但都紧紧围绕华夏正声这个核心，显得庄严肃穆，表现出一种大国风范；同时藻饰富丽，工整流畅，写得意切情深。可以说是盛唐文化巅峰时期的必然产物，也是王维散文最高艺术成就的代表作。

诗序共分五层。第一层从开头到"得不稽颡屈膝"。写自古异域之人难于教化，而唐朝皇帝由于承受天命德被四方，与友邦睦邻相处，所以远国之人都愿意来朝。从"舜觐群后""禹会诸侯"开始，华夏远祖就以文治武功征服不臣的部落和民族，而当今皇帝继往开来，开创了无比辉煌的盛世，推行大同理想，德泽覆盖四方，沾溉万类，以致东面以若木为标记，西边西王母愿意守门，八方异域都想与唐朝友好往来，进行广泛的文化和物质交流；而唐王朝则以宽厚博大的胸襟，接纳一切友好的使节，不仅隆重接待，而且赏赐丰厚。唐皇一方面敬天畏神，另一方面克勤克俭，修德服人。这一层的所有典故围绕华夏文明这一核心，以泽布四方、敬天爱人、远人宾服为主线，既勾勒了中华文明源远流长的历史进程，又突出了大唐盛世的恢宏气象，虽然弥漫着一股浓厚的颂圣意识，但实际上也是民族自尊自信自豪的表现。考察当时的历史状况，王维这段笔力雄壮的历史描述，是有具体的文献记载为支撑和现实的繁荣昌盛作依据的。从受者朝衡一方来说，他16岁来华，此时已经52岁，是沐浴着开天盛世的阳光雨露成长的，他不仅受到博大精深的儒家思想熏陶，而且亲身享受过高度发达的物质文明，还亲自导引日本使臣参观了大唐的国家府库和三教宝殿，既观赏了国库山积的宝藏，又目睹了大殿的金碧辉煌，感受了华夏文明的渊深朴茂和海纳百川的开阔胸襟，故他接受了这种以华夏为世界文明中心的观念。他在自己的诗中说"天中恋明主"就是这种意识的流露，他对玄宗"天中嘉会朝"时"万国衣冠拜冕旒"的景象并不陌生，因此，对王维的这种描述他是首肯的。显然，王维在朝衡回国时说这些话，目的是代表朝廷的旨意，要朝衡将这种观念带回日本，同时要让日本人民认识到：大唐虽然强大，但对四邻是敦睦友善的，是希望中日共同繁荣、和平相处的。

第二层写中日修好与文化交流的历史状况。日本是海东大国，有君子风度，深受华夏文化的影响，不怕海风恶浪，远涉重洋，派遣使者前来中国，向唐皇进贡方物；而唐朝对日开放海关，放宽禁令，让来华的日人满载而归。故在一些城市中引两国人民友好和平居住在一起，交往密切。这一段中日交往历史的回顾，也是朝衡亲身体验过的，故亲切感人。虽然谈的是两国之间的关系，但王维还是要将华夏核心观念再次强化。由此可见，王维的思想根深处仍然是儒家观念。写作此文时他已经54岁了，尽管他过着亦官亦隐的生活，尽管佛老思想对他影响很深，但从此文中我们可以看到王维赞同儒家大一统的思想和"天中在华"的观念。

第三层写朝衡在中国的经历。他在日本天皇的资助下，"结发游胜，负笈辞亲"，使来华"问礼"和"学诗"，苦心学习儒家、道家的经典，就像当年孔子得到鲁国国君赠送的车马，到周向老子问礼；也像吴国公子季札到郑国与子产相识，互赠礼物，并广泛结交朋友。朝衡成名后仕于唐，官至客卿，并以中国为家，这样他在中国就像在日本一样效忠，如同由余当年"在楚犹晋"。现在朝衡久历年岁，思念父母，欲回国探亲，也是人之常情。他就像庄舄，虽在楚国做官，但是生病时仍然发出故国乡音的呻吟；又像关羽，身在曹营心在汉，最终报恩之后离去。大唐对朝衡恩遇深厚，但是他还是选择"衣锦还乡"。这里王维大量引用《孔子家语》《左传》《史记》《三国志》中的历史故事,叙述朝衡归国的情形,是建立在朝衡对这些典籍的深刻理解基础上的,既切合朝衡在华的履历,又吻合他归国时复杂的心理状态。王维为什么不直接说明,而要运用这些尽心搜集的典故呢?我认为主要是强化渊深博大的儒家精神,让朝衡回国时携带一份厚重的文化遗产是王维此序的目的所在,当然也是骈文格式规范的体现。

第四层转入对朝衡旅途的想象并抒发深切的思念情怀。朝衡的这次回国,皇帝非常重视,既举行空前隆重的仪式,又赐"命服",还有给日本国君的友好诏书和大量的中国文化典籍,甚至将中国祭祀宗庙的方鼎彝尊等宝物也送给日本。这里的用典也十分讲究,始终围绕华夏这个中心展开,回国探亲说是"以君羹遗母",携带典籍说是"传道经于异域",赠送宝物说是"分礼器于异姓",都是希望朝衡担当起传播华夏文明、造福日本人民的历史重任。王维的诗序很好地体现了朝廷的愿望,同时又贴合朝衡的身份。接下来描述归途奇景,显示了王维诗人的才华,这样展开他壮丽的想象:"鲸鱼喷浪,则万里倒回;鹢首乘云,则八风却走。扶桑若荠,郁岛如萍。沃白日而簸三山,浮苍天而吞九域。黄雀之风动地,黑蜃之气成云。淼不知其所之,何相思之可寄?"虽然王维没有海上航行的经验,但是这段描写却恢宏壮观,气势雄放,运用《古今注》《淮南子》《山海经》《风土记》等典籍中的词汇,展现了大海波浪滔天、鲸奔鹢飞、长风动地、黑气成云的惊心动魄景象,让人如临其境。而朝衡就是在这样颠簸动荡、惊险万状的大海上远行,让王维的相思之心无处寄托。以悬想行人旅途景色来寄托相思,是唐代诗序最常见的艺术手法,也是唐代送别诗的惯用方法。王维的写景艺术手法,显然在继承初唐四杰及陈子昂诗序的基础上又进一步推进,想像更加奇特,境界壮阔而且气势腾涌,具有典型的盛世风采。

第五层归结题意。朝衡这次回国具有双重身分,所以希望他一方面要"恢我王度,谕彼蕃臣",另一方面要像"乐毅辞燕""信陵归魏"那样有所作为。最后是"赠言送别",这"言"既指序文,也包含诗歌在内。

综观王维这篇诗序,自始至终都紧扣"华夏天中"的核心,引用历史典故,以叙事、写景、抒情相结合的笔法,谈古论今,着重歌颂唐朝皇帝的德被四方,叙说中日两国的亲善关系,通过朝衡还乡历程来抒发依依惜别之情。

再来看赠别诗。赠别诗是一首五排，在这样厚重的文化背景和深挚情谊基础上展开轻松舒阔的意蕴。首联写大海无边无际，何况日本更在沧溟之东，极写中日两国空间方面的阻隔，为友人的返归航程作好铺垫。次联转换视角从日本的角度来说，不知中国在何地，相隔万里，又怎能乘空而往？这四句大有"蜀道之难难于上青天"的感慨，可以想象中日两国文化交往的困难多么巨大！而日本竟有19次派出遣唐使的壮举，不得不让人为之叹服。王维以虚笔写朝衡回国的困难，实际上是实写其不畏艰险的精神，表达的是对传播文化、敦睦友好壮举的赞扬。三联、四联描绘航海景象。"唯""但"是两个表示"仅仅，只有"的范围副词，"看日"是唯一的情事，"信风"是仅有的动力，而"向国"与"归帆"则鼓满了对故国的思念情怀。在这样单调枯燥的行程中，朝衡归心似箭的心情表露无遗。这每天升起的红日在赵骅的诗中是"舟中海曙明"，每天都充满希望；在包佶诗中是"孤城开蜃阁，晓日上朱轮"，充满奇幻色彩。王维换了一种笔触，用平实简洁来表现丰富意蕴。接下来则突转为雄奇怪丽的"鳌身映天黑，鱼眼射波红"，即使没有航海经验的人，也能想象出海上的奇险：那鲸鱼的脊背将天空映成一片漆黑，星月无辉，而鱼眼却射出恐怖的红光，使汹涌的波涛也染成红色。黑红的强烈对比将夜空、大海、巨鱼、骇浪映衬得非常分明，一叶孤舟簸扬于苍茫的大海那是多么惊险的情境。王维诗歌善于着色和经营画面，在这首诗中有得到充分表现。最后两联，一联写朝衡在舟中思念，一联写王维因异域音信难通的惜别之情。总体上看，序文注重场面声势的描述，诗歌则侧重画面和色彩的映衬，通过这样的相互补充，展现出朝衡归途鲸奔浪恶的壮险画面，从而很好的为寄托相思服务，诗与序相得益彰，成为唐代诗文交融的代表性作品。

承载着如此巨大的文化使命和唐朝君臣的情谊，朝衡的这次回国堪称中日文化交流史上的盛事，但很可惜这次回国航程并不顺利。据考证，朝衡等自长安出发时已经是秋天，十月抵达扬州，拜访了著名的鉴真和尚，并求其同去日本。鉴真和尚是唐代中日文化交流的重要使者，他从天宝元年开始，四次东渡，都因船只触礁、官府阻拦未能成功。天宝七年他第五次东渡，在海上遇风历经三年的曲折才回到扬州，导致双目失明。朝衡回国时，鉴真和尚乘坐日本遣唐使船只，第六次东渡，但不幸还是发生了，船队在琉球附近海域遇到了风暴，朝衡所乘的船只漂流到安南，只有鉴真和尚的船只最终成功登陆，后来在日本传道讲经，创立宗派，将中国的建筑、绘画、雕塑和医学技艺传到日本，而作为文化大使的朝衡最终还是在两年后折回长安，经历了安史之乱，在肃宗上元中被任命为安南都护，于大历五年卒于中国，终生未能返回故土。

王维的这篇诗序和诗歌反映了一个不可再现的盛世，不仅他本人以后的诗文中再没有见到如此雄壮的笔力和景象，而且在唐代此后的相似的赠送日本遣唐使诗与序中也没有这种气象。这里可以与中唐元和元年春天朱千乘在越州送日本遣唐僧空海归国的诗序作一比较。

《送日本国三藏空海上人朝宗我唐兼贡方物而归海东诗并序》（增补新注《全唐诗》第五册，第1078页）：

> 沧溟无垠，极不可究。海外僧侣，朝宗我唐，即日本三藏空海上人也。解梵书，工八体，缮俱舍，精三乘。去秋而来，今春而往，反掌云水，扶桑梦中，他方异人，故国罗汉，盖乎凡圣不可以测识，亦不可知智。勾践相遇，对江问程，那堪此情。离思增远，愿珍重珍重！元和元年春姑洗之月聊序。当时，少留诗云："古貌宛休公，谈真说若空。应传六祖后，远化岛夷中。去岁朝秦阙，今春赴海东。威仪异旧体，文字冠儒宗。留学幽微旨，云关护法崇。凌波无际碍，振锡路何穷。水宿鸣金磬，云行待玉童。乘恩见明主，偏沐家僧风。"

朱千乘的这篇赠序及诗比较详细记录了空海来华及返回的过程，采用了平实简明的叙述文体，先介绍空海的为人特点及往返历程，接着空泛地抒发"离思增远，愿珍重珍重"的情怀，已经看不到王维序中那种宏大的气势，壮阔的景象，连情感也平淡了许多。诗亦如此，注重叙事，而且应酬因素较重，显得比较虚泛。与朱千乘同时赠诗的还有朱少端、昙靖、鸿渐、郑壬等，都缺乏王维诗歌的那种氤氲气象，显然这不能仅仅归结为诗人才力不足的问题，而是中唐时代已经没有天宝时期强大繁盛、雄视四方的魄力。诗文是时代精神的折光，中唐时期总体上未能恢复安史之乱前的元气，诗人才力、性情又不及盛唐诸公，这才出现朱千乘等人诗中所体现的力不从心景象。由此可见，王维的诗文是不可多得的艺术珍品，它代表的是那个不可再现的盛唐，因而在中日交往史上，乃至在世界文化史上具有永远不能替代的价值。

韩 愈

　　韩愈（768—824年），字退之，河南河阳（今河南孟州市）人，郡望昌黎，世称"韩昌黎"。贞元进士，任监察御史，以上书言事贬为阳山令。赦还后，历任国子博士、河南令、刑部侍郎，参与平淮西之役，又因谏阻唐宪宗迎奉佛骨，贬官潮州刺史，后官至礼部侍郎。卒谥文，世称"韩文公"。他反对骈偶文风，提倡散体文，与柳宗元同为古文运动的倡导者。他的散文刚健雄肆，奥衍闳深，为唐宋八大家之首。诗歌雄奇险怪，以文为诗，风格独特。有《昌黎先生集》。

原　毁[1]

　　古之君子，其责己也重以周，其待人也轻以约[2]。重以周，故不怠；轻以约，故人乐为善。

　　闻古之人有舜者，其为人也，仁义人也。求其所以为舜者，责于己曰："彼人也，予人也。彼能是，而我乃不能是！[3]"早夜以思，去其不如舜者，就其如舜者。闻古之人有周公者，其为人也，多才与艺人也[4]。求其所以为周公者，责于己曰："彼人也，予人也。彼能是，而我乃不能是！"早夜以思，去其不如周公者，就其如周公者。舜，大圣人也，后世无及焉；周公，大圣人也，后世无及焉。是人[5]也，乃曰："不如舜，不如周公，吾之病也。"是不亦责于身者重以周乎！其于人也，曰："彼人也，能有是，是足为良人[6]矣；能善是，是足为艺人[7]矣。"取其一，不责其二，即其新不究其旧，恐恐然惟惧其人之不得为善之利。一善易修也，一艺易能也，其于人也，乃曰："能有是，是亦足矣。"曰："能善是，是亦足矣。"不亦待于人者轻以约乎？

　　今之君子则不然。其责人也详，其待己也廉[8]。详，故人难于为善；廉，故自取也少。己未有善，曰："我善是，是亦足矣。"己未有能，曰："我能是，是亦足矣。"外以欺于人，内以欺于心，未少有得而止矣，不亦待其身者已廉乎？

　　其于人也，曰："彼虽能是，其人不足称也；彼虽善是，其用不足称也。"举其一，不计其十，究其旧不图其新，恐恐然惟惧其人之有闻[9]也。是不亦责于人者已详乎？

　　夫是之谓不以众人待其身[10]，而以圣人望于人，吾未见其尊己也。

　　虽然，为是者，有本有原，怠与忌[11]之谓也。怠者不能修[12]，而忌者畏人修。吾尝试之矣，尝试语于众曰："某良士，某良士。"其应者，必其人之与[13]也；不然，则其所疏远不与同其利者也；不然，则其畏也。不若是，强者必怒于言，懦者必怒于色矣。又尝语于众曰："某非良士，某非良士。"其不应者，必其人之与也，不然，则其所疏远不与同其利者也，不然，则其畏也。不若是，强者必说[14]于言，懦者必说于色矣。

　　是故事修而谤兴，德高而毁来。呜呼！士之处此世，而望名誉之光[15]，道德之行，难已！

将有作于上者[16]，得吾说而存之，其国家可几而理[17]欤！

【注释】

[1]原毁：推究毁谤的根源。

[2]"其责己也"二句：意谓要求自己严格而全面，对待别人宽容而简单。《论语·卫灵公》："子曰：'躬自厚而薄则于人。'"《尚书·伊训》："与人不求备，检身若不及。"

[3]"彼人也"四句：《孟子·离娄下》："孟子曰：……舜，人也；我亦人也。舜为法于天下，可传於后世，我由未免为乡人也。"又《滕文公上》："颜渊曰：'舜，何人也？予，何人也？有为者亦若是。'"四句从《孟子》中化出。

[4]多才与艺人：多才多艺的人。《尚书·金縢》载周公自称："予人若考，能多才多艺，能事鬼神。"

[5]是人：古之君子。

[6]良人：善良的人。

[7]艺人：有技艺的人。

[8]详：周详，全面。廉：少，要求不高。

[9]有闻：有名声、声望。

[10]不以句：不以普通人来要求自己，即对自己的要求比普通人还低。

[11]怠：怠慢，懒惰。忌：妒忌。

[12]修：进修，指提高道德品质。

[13]与：党与，同伙。

[14]说：同"悦"。

[15]光：光大。

[16]将有作于上者：居上位而将有所作为的人，指执政的大官们。

[17]几而理：也许可以得到治理。几，差不多，几乎。

【赏析】

韩愈的《原毁》是一篇批判人的劣根性又切中时弊的杰作，不仅在当时具有重大的现实意义，从今天的观点来看，它还具有永恒的人性批判意义。"原毁"即推原毁谤的由来。韩愈生活于朋党纷争、士人相互倾轧的中唐时期，有感于士大夫中正直人士备遭压抑与打击，于是写此文以鸣不平，集中探求有些人为谋私利而妒贤嫉能、极力毁谤他人的根源及其恶劣影响，意图恢复古道，以正视听，并引起当权者注意，采取措施彻底革除这股歪风邪气，使国家走向长治久安。

文章立论鲜明，构思精巧，逐层推论，说理透辟。全文紧扣"毁"字，先从正面论述，继而反面揭露，末尾落回题目，总括性地点明主旨。第一段先树立舜和周公这两位儒家先圣为楷模，说明古之君子的特点是"责己重以周，待人轻以约"，他们以舜和周公为榜样，去掉自身那些不如舜和周公的缺点，努力符合其所代表的道德行为规范，追求德才兼备、仁艺双馨的境界，这正是责己严格而全面的表现，而对待别人则宽厚而简约，原谅他人的过失，称誉他人的善举。这样先树立古之君子责己待人的正确态度，作为陪衬，为探求"今之君子"的表现作铺垫，同时也为下文蓄势，因为衬垫越高，所向就越势如破竹。紧接着第二段揭示"今之君子"的态度："责人也详，待己也廉。"对待别人吹毛求疵，求全责备，"举其一不计其十，究其旧不图其新"，抓住别人的个别缺点，而不见其大量优点；追究人家的过去，而不考虑他们的现在，最担心的是别人有好的声望。总之，充满了忌恨与畏惧，心胸十分狭隘，眼光非常挑剔。而对待自己却要求很低，如果说是用马列对人的话，那么就是以凡人对己。自己没有什么成就，却说"我能够做好这一点也就足够了"；自己没有本事，却说"我能够这样也就足够了"。这种人根本没有自尊，也就更谈不上尊重别人了。在将古今君子的人品、态度进行了鲜明的对比之后，以"虽然"有力一转，探究其思想根源，提出毁谤的根源在于他们本质上的"怠与忌"。"怠者不能修"，所以待己廉；"忌者畏人修"，因而责人详。既论证了"怠与忌"必然产生的恶果，又给下文作了新的铺垫。接着作者列举两次"尝试语于众"的亲身体验来揭露当时士大夫阶层中党同伐异、嫉贤妒能的恶劣习气，在逐层衬垫的基础上，顺理成章地得出结论："是故事修而谤兴，德高而毁来。"这一结论至今仍有鲜活的理论意义，揭示了想干大事业、想有大成就的人必然会遭受指责和非难的事实。最后作者既交代了写作目的，呼吁当权者纠正这股毁谤歪风，又语重心长地寄托了对国家的期望。文章从古今君子的对比入手，先古后今，由正到反，格局严整，层次分明，衔接紧凑，匠心独运，间架细密，环环相扣。《古文观止》评论说："全用重周、轻约、详廉、怠忌八字立说，然其中只以一'忌'字，原出毁者之情，局法亦奇。"

为什么"怠"与"忌"是毁谤的根源呢？因为惰怠者对自己要求低，对别人则非常挑剔而苛亥，一方面自己不求上进，另一方面又惧怕别人取得成功，因此产生了妒忌心理，面对别人的高尚品德和辉煌业绩，他们就必定要进行毁谤，这便是人类劣根性的表现，因此嫉贤妒能便成为一个永远的既是历史的又是现实的现象。我们必须正视这一现象，必须调整好自己的心态，积极进取，高尚其事，追求德艺双馨的人生境界。

本文最突出的特点是通篇运用对比和排偶。清人蔡铸说："此篇所以存直道，真有关世道之文。其作法，起处先立二柱，以下分应。通篇用排偶，唯末处用单行，格调甚奇。"前两段总体上用古今君子相比，段中又以责己、待人的不同态度对比；末段又将"良士"与"非良士"、"应者"与"不应者"相比，这就形成了鲜明的对照，褒贬分明。在对比中作者又结合形象性的描写，因而使揭露更加警醒而尖锐。另外，排比成篇，更见特色。作者把排句的运用扩大到段与段、意与意之间，反复叠出，文句整齐又不显得平板呆滞。这种把语言修辞手段发展为文章表现手法的艺术方式，增强了文章的表现力，使文章回环往复、荡漾生姿，体现了韩文富于变化的创造性。

送穷文[1]

元和六年正月乙丑晦[2]，主人使奴星[3]结柳作车[4]，缚草为船，载糗舆粮[5]，牛系轭下，引帆上樯，三揖穷鬼而告之曰："闻子行有日矣，鄙人不敢问所途[6]，窃具船与车，备载糗粮，日吉时良，利行四方，子饭一盂，子啜一觞，携朋挈俦[7]，去故归新，驾尘彍风[8]，与电争先，子无底滞之尤[9]，我有资送之恩，子等有意于行乎？"

屏息潜听，如闻音声，若啸若啼，砉数嘤嘤[10]，毛发尽竦，竦肩缩项，疑有而无，久乃可明，若有言者曰："吾与子居，四十年余，子在孩提，吾不子愚[11]。子学子耕，求官与名，惟子是从，不变于初。门神户灵，我叱我呵[12]，包羞诡随[13]，志不在他。子迁南荒[14]，热烁湿蒸[15]，我非其乡，百鬼欺凌。太学四年[16]，朝齑暮盐[17]，惟我保汝，人皆汝嫌。自初及终，未始背汝，心无异谋，口绝行语。于何听闻，云我当去？是必夫子信谗，有间于予也。我鬼非人，安用车船，鼻齅臭香[18]，糗粮可捐。单独一身，谁为朋俦？

子苟备知，可数已不[19]？子能尽言，可谓圣智，情状既露，敢不回避[20]。"

主人应之曰："子以吾为真不知也邪？子之朋俦[21]，非六非四，在十去五，满七除二[22]。各有主张，私立名字，捩手覆羹[23]，转喉触讳[24]。凡所以使吾面目可憎[25]，语言无味者，皆子之志也。其名曰智穷，矫矫亢亢[26]，恶圆喜方[27]，羞为奸欺，不忍害伤；其次名曰学穷，傲数与名[28]，摘抉杳微[29]，高挹群言[30]，执神之机[31]；又其次曰文穷，不专一能，怪怪奇奇，不可时施[32]，只以自嬉；又其次曰命穷，影与形殊，面丑心妍，利居众后，责在人先[33]；又其次曰交穷，磨肌戛骨[34]，吐出心肝，企足以待，寘我雠冤[35]。凡此五鬼，为吾五患，饥我寒我，兴讹造讪[36]，能使我迷，人莫能间[37]。朝悔其行，暮已复然。蝇营狗苟[38]，驱去复还。"

言未毕，五鬼相与张眼吐舌，跳踉偃仆[39]，抵掌顿脚[40]，失笑相顾。徐谓主人曰："子知我名，凡我所为[41]，驱我令去，小黠大痴[42]。人生一世，其久几何，吾立子名，百世不磨。小人君子，其心不同，惟乖于时[43]，乃与天通[44]。携持琬琰[45]，易一羊皮，饫于肥甘[46]，慕彼糠糜[47]。天下知子，谁过于予，虽遭斥逐，不忍子疏。谓予不信，请质《诗》《书》[48]。"

主人于是垂头丧气，上手称谢[49]，烧车与船，延之上座[50]。

【注释】：

[1]送穷：旧俗正月晦日送穷。据宗懔《荆楚岁时记》："正月晦日，送穷鬼。"相传颛顼高辛时，宫中生一子，不着完衣，号为穷子，后于正月晦日死，宫中葬之，从此相承送之。此风俗在唐时仍然盛行。

[2]元和六年：元和为唐宪宗年号（806—820年），六年，即811年。乙丑晦：正月最后一天。

[3]奴星：奴仆名星。

[4]结柳作车：用柳枝制作车子。

[5]载糗（qiǔ）舆粮（zhāng）：用车装载干粮。糗，干粮；粮，麦米。

[6]所途：所走路途，谓去哪里。

[7]携朋挈俦：携带朋友伙伴。挈，带领。俦，伙伴。

[8]驾尘彍（guó）风：指牛车奔驰扬起尘土，风吹船帆如弯弓。彍，拉满弓。

[9]底滞之尤：滞留不去的过失。

[10]咮（xū）欻（xū）嚘（yōu）嘤（yīng）：咮欻，细小碎声；嚘嘤细小窸窣声。

[11]吾不子愚：我不愚弄你。

[12]我叱我呵：谓由我来呵斥统管。

[13]包羞诡随：忍受羞耻而曲从人意。

[14]子迁南荒：指贞元十九年（803年）冬作者贬为阳山令。

[15]热烁湿蒸：被炎热所伤，被湿气熏蒸。

[16]太学四年：韩愈元和元年六月任国子博士，二年夏分司东都，至四年改都官员外郎，前后四年。

[17]朝齑(jī)暮盐：早晚只有咸菜盐水下饭。齑，细切的酱菜。

[18]鼻齅(xiù)臭香：齅，以鼻闻味。指鬼们接受祭享时仅受馨香。

[19]可数已不(fǒu)：已，同"以"；不，同"否"。谓可以数一数吗。

[20]回避：躲开。

[21]朋俦：朋友。

[22]谓你的同伴有五个。

[23]捩(liè)手覆羹：扭手打翻了羹汤。捩，扭转。

[24]转喉触讳：开口说话就犯忌讳。

[25]面目可憎：面貌令人讨厌。

[26]矫矫亢亢：形容高自标置，不同流俗。

[27]恶圆喜方：讨厌圆滑喜爱方正。

[28]傲数与名：数，术数，技艺；名，名相，概念。谓轻视一般术数与玩弄概念的学问。

[29]摘抉杳微：择取发掘幽深的道理。

[30]高挹群言：居高临下酌取百家之言。挹，舀，酌取。

[31]执神之机：把握神妙的关键。

[32]时施：施用于时。

[33]两句谓自己获利在众人之后，受责难在别人之前。

[34]磨肌戛(jiā)骨：磨去肌肉，刮出骨头，形容袒露真诚。

[35]寘(zhì)我雠冤：置我于冤仇之中。

[36]兴讹造讪：造成错误，引来诽谤。

[37]人莫能间：没有人能加以离间。

[38]蝇营狗苟：像苍蝇一样飞来飞去，如狗一样苟且偷生。

[39]跳踉(liáng)偃仆：跳踉，跳跃。偃仆，仆倒。

[40]抵掌顿脚：击掌跺脚，形容五鬼张狂谐笑之态。

[41]凡我所为：我所做的一切。

[42]小黠(xiá)大痴:有小聪明而实际上非常愚蠢。

[43]惟乖于时:惟,同"虽"。虽违背时俗。

[44]乃与天通:却与天意相通。

[45]琬琰:美玉。

[46]饫(yù)于肥甘:饱足了肥肉甘旨。

[47]慕彼糠糜:羡慕得到那糠粥。

[48]请质《诗》《书》:请与《诗》《书》相对证。

[49]上手称谢:举手谢罪。

[50]延之上座:请他坐在上座。

【赏析】

韩愈是一个汲汲于王朝中兴、志欲重振儒学道统的人,但自贞元八年(792年)中进士后,一直到元和时任国子博士期间,长期困于仕途,心境苦闷愤激。虽志大虑深却投闲置散,因才高德美而动辄遭忌,以至到了"公不见信于人,私不见助于友""冬暖而儿号寒,年丰而妻啼饥"(《进学解》)的困顿穷愁境地,于是他在元和六年正月,借传统的"送穷"习俗,来发泄心中的一腔忧愤,写了这篇传诵千古的奇文。

第一段以郑重庄严的态度煞有介事地写"送穷"仪式,他让仆人用柳枝作车,缚草为船,并准备了充足的干粮,"牛系轭下,引帆上樯",向穷鬼作揖相送。说自己听说穷鬼要走,不敢(其实根本不想)问所去的地方,因此特意准备车船和干粮,选择良辰吉日,希望穷鬼吃饱喝足,"携朋挈俦,去故就新",像风飞电驶那样赶快离去,好让自己一身轻松。"子无底滞之尤,我有资送之恩,子等有意于行乎?"三句从内容上看表现出作者急于送走穷鬼过上轻松自由生活的愿望,而从结构上看又引出穷鬼们的一番争议,是非常巧妙的过渡。

第二段写穷鬼十分惊愕,并说出了一段出乎意料的驳难。实际上作者是借穷鬼之口诉说自己四十年来的坎坷经历。"子在孩提,吾不子愚",指作者三岁丧父,就养于兄嫂,十岁时随兄迁居南方,而十二岁时兄殁南方,因此随寡嫂艰辛度日,穷鬼就在这时紧紧与作者相附。后来"子学子耕,求官与名",穷鬼更是"惟子是从,不变于初",作者经历了"四举于礼部乃一得,三选于吏部卒无成"(《上宰相书》)的挫折,在这样的蹭蹬之中,即使作者对穷鬼们大声呵斥,而穷鬼竟然包羞忍耻,"志不在他"。

后来作者终于入朝做了监察御史，仅三个月就因为为民请命而遭非罪之罪，贬为阳山县令，在那"热烁湿蒸"的瘴疠之乡，穷鬼们也一样遭受了"百鬼欺凌"的境遇。在大学任博士的四年时间里，作者生活清贫，"朝齑暮盐"，却遭到猜疑诽谤，也只有穷鬼们"惟我保汝，人皆汝嫌。自初及终，未始背汝，心无异谋，口绝行语"。表面上看穷鬼们是表现出忠贞不渝紧紧跟随的品质，实际的用意则是表现出作者无法摆脱穷鬼走出困顿的悲苦命运。因此穷鬼的话听起来越有理有据，而实际上反衬作者的内心就更加痛苦无奈。穷鬼们在占有充分的理由后，向作者反问："于何听闻，云我当去？"并认为这是由于别有用心的离间。因为鬼不是人，所以不需车船；因为鬼只享受食物的馨香，因此干粮可以捐弃。并说他是孑然一身没有朋友，务必请作者说明清楚，表示"情状既露"，不打算回避。鬼的咄咄逼人，活灵活现，既风趣幽默，让人忍俊不禁，又引出作者一番义正词严的驳责。

第三段写作者对穷鬼的责难。先以"非六非四，在十去五，满七除二"的谜语幽默而醒目地说穷鬼的朋友有"五"个。他们的宗旨是让作者"掩手覆羹，转喉触讳"，面貌令人讨厌，说话没有意味。第一个穷鬼叫"智穷"，他让作者高自标置，不同流俗，讨厌圆滑而偏爱方正，将奸诈欺骗视为可耻，不忍心伤害别人。这本是一个正人君子应具的美德，然而却让作者陷入"智穷"的绝境，足见当时是怎样的一个是非不分黑白颠倒的世界！接下来的诸鬼都是运用正话反说。第二个穷鬼叫"学穷"，他让作者轻视术数与玩弄概念的时髦学问，而致力于发掘高深幽渺的道理，酌取百家之言，把握神妙的关键。第三个是"文穷"，让作者拥有多方面的专长，为文奇奇怪怪，与众不同，却不堪世用，只能自我消遣。体现出孔子"吾不试，故艺"那样的深沉既叹。第四个是"命穷"，让作者"影与形殊，面丑心妍，利居众后，责在人先"，这简直是"命与仇谋"啊！最后是"交穷"，即使作者真诚待人，可换来的却是恩将仇报，陷入"私不见信于友"的尴尬境地。这五鬼就是作者最大的"五患"，他们"饥我寒我，兴讹造讪，能使我迷，人莫能间"。这是多么沉痛的概括，而这些穷鬼又是"朝悔其行，暮已复然。蝇营狗苟，驱去复还"，让作者无法摆脱他们的控制。作者的这一通责骂，实际上是为了展现自己光明正大的胸怀、高远幽洁的旨趣、忠诚坚贞的操守、勇于创新的精神、无愧于天地的形象，在颠倒中展开文思，形成奇趣，用嘻笑怒骂的方式表现自己内心的纯洁高尚和庄严端正，于幽默诙谐中见出作者的自尊与自负，而自尊自负的背后又是悲痛惨沮的血泪，这是作者对命运的一腔悲愤淋漓的控诉。

第四段写面对作者犀利的责骂，穷鬼们反而更加振振有词，足见韩文在变化中不断掀起高潮的艺术手腕，作为论难体，主人的驳词已经将文势推向了顶峰，本应以五鬼的败落收场，可是韩文气势充沛，波澜横生，却另出新境。先描写五鬼被切中要害的责骂后的表现："张眼吐舌，跳踉偃仆，抵掌顿脚，失笑相顾。"这正是上文所产生的必然效果，但这只是洄澜的暂时停顿，五鬼迅速反驳，以更大的声势和理由压住作者的驳难，说他们所做的一切，都是耍小聪明其实非常愚蠢，因为人生在世只有几十年的光阴，所以五鬼这是在为作者树立百世不磨的大名，五鬼所说的"惟乖于时，乃于天通"却也是真谛，在这个颠倒的社会中，都是"古来圣贤皆寂寞"，唯有死后享美名！五鬼们还说手里虽有美玉，却想来换一张羊皮；尽管有肥肉甘旨，却羡慕糠糟稀粥；虽然遭到作者的斥逐，但不忍疏远离去，如果不信可以查证诗书，因为"君子固穷"是儒家的人生宿命。穷鬼占据了儒家社会政治的最高伦理准则，所以作者只得认输，"垂头丧气，上手称谢，烧车与船，延之上座"。于是一场庄重肃穆的"送穷"竟然变成了无可奈何的"留穷"。文章也就在一落千丈后，在余韵缭绕中留下无尽的回味。

韩愈的《送穷文》显然是在模仿扬雄的《逐贫赋》，但在立意上超过了后者。谢榛说："扬子云《逐贫赋》曰：'人皆文绣，予褐不完；人皆稻粱，我独藜飧。贫无宝玩，予何为欢？'此作辞虽古老，意则鄙俗。其心急于富贵，所以终仕新莽，见笑于穷鬼多矣。"（《四溟诗话》卷四）指出扬雄的立意着眼于个人的遭遇，追求富贵之心急切，所以显得卑劣鄙俗，而韩愈则揭示出正人君子光明磊落却反遭困顿失意的命运这一不合理的社会现实，并表现出君子固穷、坚贞中正的品行。黄庭坚《寄晁元忠十首·之二》说："子云赋《逐贫》，退之文《送穷》。二作虽类俳，颇见壮士胸。"用俳谐滑稽的文笔来表现壮士胸怀，这一评语对扬赋似有欠妥，而用来评韩文则最为恰当。

在语言表达方面，韩愈采取四言韵语为主的形式，全文152句，其中四言句126句，占绝对优势，但韩愈又灵活地组织进散句，恰当地使用了对偶与排比，使文气流畅自然又富于波澜。作者善于写生刻画，对五鬼的神态、语言、心理的描摹非常传神，能营造出鬼气阴森、诙谐怪谲的氛围。在词语锤炼上更见功力，如本文中就有"去故就新""面目可憎""语言无味""蝇营狗苟""垂头丧气"等为人熟知的成语，表现出韩愈务去陈言善于创新的高超的语言驾驭能力。总之，全文运用讽刺、反语笔法，既富于幽默情趣，又能够寓庄于谐，形成诙谐诡怪的独特风格。

上兵部李侍郎书[1]

愈少鄙钝，于时事都不通晓，家贫不足以自活，应举觅官，凡二十矣[2]。薄命不幸，动遭谗谤，进寸退尺，卒无所成。性本好文学[3]，因困厄悲愁无所告语，遂得究突于经传史记百家之说，沉潜[4]乎训义，反复乎句读，砻磨[5]乎事业，而奋发乎文章。凡自唐虞已来，编简[6]所存，大之为河海，高之为山岳，明之为日月，幽之为鬼神，纤之为珠玑华实[7]，变之为雷霆风雨，奇辞奥旨[8]，靡不通达。惟是鄙钝不通晓于时事，学成而道益穷，年老而智益困，私自怜悼，悔其初心，发秃齿豁[9]，不见知己。

夫牛角之歌，辞鄙而义拙[10]；堂下之言，不书于传记[11]。齐桓公举以相国[12]，叔向携手以上[13]，然则非言之难为，听而识之者难遇也！

伏以阁下内仁而外义，行高而德钜[14]，尚贤而与能，哀穷而悼屈，自江而西，既化而行矣[15]。今者入守内职[16]，为朝廷大臣，当天子新即位[17]，汲汲[18]于理化之日，出言举事，宜必施设。既有听之之明，又有振之之力，宁戚之歌，骚明之言，不发于左右，则后而失其时矣。[19]

谨献旧文一卷，扶树教道[20]，有所明白；南行诗一卷，舒忧娱悲[21]，杂以瑰怪之言[22]，时俗之好，所以讽于口而听于耳也。如赐览观，亦有可采，干黩[23]严尊，伏增惶恐。愈再拜。

【注释】

[1]李侍郎：即李巽，《旧唐书》卷七十三有传。赵郡人，贞元二十一年（805）初顺宗即位，他由江州刺史、江西观察使入为兵部侍郎。宪宗即位后，韩愈自阳山令移官江陵府法曹参军，很失望，故上此书干谒，希望得到李巽的提携帮助。

[2]韩愈贞元三年（787）入京，至永贞元年（805），共十九年。此举成数。

[3]文学：范围比今天的文学概念要大，包括诗、赋、文章等，是一个文化学术

的概念。

[4]沉潜:沉入其中仔细玩味。

[5]砻(lóng)磨:意为磨砺。

[6]编简:古代文献。因为古代书籍写在竹简上,再用牛编绳索串起来,故称。

[7]珠玑:圆的称"珠",不圆的称"玑"。华,同"花"。

[8]奇辞奥旨:指语言奇异,含蕴深奥。

[9]发秃齿豁:头发掉了,牙齿落了,形容面容衰弱之状。

[10]用齐桓公赏知宁戚故事。春秋时卫人宁戚想干谒齐桓公,穷困无以自达,只好去经商。有一天到了齐国,正在东门外给牛喂食,扣牛角而歌。齐桓公听到歌声,非常惊奇,于是载于车后,并举以为相。宁戚所唱的歌辞鄙野少文采而意义也比较粗拙。

[11]用叔向赏知鬷(zōng)蔑事。《左传·昭公二十八年》:"叔向适郑,鬷蔑(即鬷明)恶(貌丑),欲观叔向,从使之收器者,而往立于堂下,一言而善。叔向将饮酒,闻之,曰:'必鬷明也!'下,执其手以上。"

[12]齐桓公举宁戚一个商贩为宰相。

[13]叔向对面容丑陋而有一善言的鬷明谦恭下礼。

[14]德钜(jù):即巨德,德高之意。

[15]几句称赞李巽在江西观察使任上的德政。

[16]内职:指到朝廷担任兵部侍郎,皇帝的侍卫之臣。兵部,旧时六部之一,主管中央及地方武官的选用、考查以及有关兵籍、军械、军令等事宜。侍郎为长官副职。

[17]指宪宗贞元二十一年八月即皇帝位,改元"永贞"。

[18]汲汲:努力追求。

[19]数句以宁戚、鬷明自喻,以齐桓公、叔向喻李巽。左右:谓李巽,因示尊敬故说其"左右"。

[20]扶树教道:指所献旧文扶持树立儒家的道统和教化,这是韩愈一生致力追求的最高目标。

[21]舒忧娱悲:舒,娱,均指抒发、表达之意。即通过诗歌来抒发表达自己的忧患和内心悲愤。

[22]瑰怪:雄奇怪异。

[23]干黩(dú):冒犯。

【赏析】

永贞元年（805年），韩愈由阳山令迁江陵法曹参军，心中很是失望。顺宗初即位（805年正月）时赵郡人李巽由江州刺史、江西观察使入为兵部侍郎，到宪宗即位（805年8月）后，李巽因为善于理财，又深得宪宗倚重。因此韩愈上书干谒，希望得到提携帮助。

这封书信中，韩愈谈了自己的身世遭际和刻苦治学的经历以及诗文风格特点，因此向为研究韩愈生平及思想和创作的重要资料。首先，作者陈述自己因为"家贫不足以自活"，才"应举觅官"，韩愈是贞元三年（787）入京应举，到贞元八年（792年）才中进士，后来三试于吏部都没有成功，只得转徙于幕府之间，到贞元十九年（803年）才入朝任监察御史，任职仅三个月，就因上《天旱人饥状》得罪权臣，被贬阳山令，直到写此信时头尾约二十年。他所说的"薄命不幸，动遭谗谤，进寸退尺，卒无所成"就是对这些年仕途辛酸的真切概括，这一切都因为他"于时事都不通晓"。这"不通晓"一方面是真切的老实话，韩愈确实不善于察时识势；而另一方面则也标示了他耿介正直、不阿谀逢迎的品质。然而仕途的蹭蹬挫折却成就了他的学问文章。他因此得以深入细致刻苦自律地"究穷于经传史记百家之说，沉潜乎训义，反复乎句读，砻磨乎事业，而奋发乎文章"。这里的"文章"，范围比今天的文学概念要大，包括诗、赋、史传、经典等，是一个文化学术的概念。正是对这些"文章"的反复揣摩、穷根深究、涵融吟咏，才形成他那渊博无涯涘的学问。他的阅读范围极宽广，又没有思想意识方面的藩篱束缚，所以达到了"大之为河海，高之为山岳，明之为日月，幽之为鬼神，纤之为珠玑华实，变之为雷霆风雨，奇辞奥旨，靡不通达"的学问极境。这不仅仅是自我炫耀的夸饰之词，而事实上韩愈确实达到了这样的学术境界。然而由于"不通时事"，这样的学问成就带来的反而是道穷智困，以至到了"发秃齿豁，不见知己"的尴尬境地，真是令人愤懑又令人酸鼻。可惜在当时的历史情境下，韩愈再次错误地估计了形势，朝廷所需要的、李巽所看重的并不是这样的道德文章，而是理财聚敛的才能，看李巽推荐起用因"永贞革新"而贬郴州司马的程异就是典型例证。从某种意义上讲，韩愈的这封信除了真诚地袒露自己的思想性格、学术追求之外，对仕途不会有什么切实的帮助。

接下来，作者举引古代齐桓公赏知宁戚和叔向赏知鬷蔑的故事，深慨

"非言之难为，听而识之者难遇"即认为自己具有千里马的材质，而难以遇上伯乐这样的识马人。一方面隐含地抒发了怀才不遇之悲，另一方面也存有垂怜赏识之望，即希望李巽就是那位有明眼慧识的"伯乐"。因此对李巽的德行作了一番夸赞，说他"内仁而外义，行高而德钜，尚贤而与能，哀穷而悼屈，自江而西，既化而行"，不无夸大之词。据《旧唐书·李巽传》，李在任江西观察使期间确实表现了出色的吏才，"持下以法，吏不敢欺，而动必察之"，而他最大的才能还在于聚敛理财，故深得顺宗、宪宗的重用。从他推荐起用"罪党"程异来看，也是有相当识力的，但史传中还记载他"性强很狡恶，忌刻颇甚"，并在贞元期间"乘德宗之怒，谋杀窦参，人皆冤之"，这些本是韩愈应该知道的，但还是向他上书求援，足见韩愈当时是希求汲引之心太切。故他所期许的"宁戚之歌，飋明之言，不发于左右，则后而失其时"的愿望最终是要落空的。

最后一节韩愈陈述了自己的人生理想和诗文风格特征。他所有的创作都紧紧围绕"扶树教道"来进行，即力求恢复儒家的文统和道统，要"障百川而东之，挽狂澜于既倒"，并自负地说"孟子不能救于未亡之前，而韩愈乃欲全之于已坏之后"。（《与孟尚书书》）可以看出韩愈一生行事的最高准则，体现了古代士人可贵的历史使命感；至于自己作品的风格，则是不局限于陈陈相因的模拟，而是"舒忧娱悲，杂以瑰怪之言"，就是说通过诗歌来抒发表达自己的忧患和内心悲愤，并时有"感激怨怼奇怪之词"，因此表现出雄奇险怪、刚毅卓杰、雷奔电发、气势磅礴的风格，与平庸软懦的诗风和靡丽藻饰的文风形成鲜明的对照。并希望李巽能够予以观览，这又进一步体现出韩愈性格中"迂直"的一面，真是识高而用低，这样岂不是明珠投暗！李巽决不是那位真正的识玉者，虽然韩愈抱着荆山之璞，宜其不为荐引也。从这里可以看到韩愈人生中悲剧性的一面，千载之后读之，仍不免为之泣涕。

送区册序[1]

阳山[2]，天下之穷处[3]也。陆有丘陵之险，虎豹之虞[4]。江流悍急[5]，横波之石廉利侔剑戟[6]，舟上下失势[7]，破碎沦溺[8]者往往有之。县郭无居民，官无丞尉[9]，夹江荒茅篁竹[10]之间，小吏十余家，皆鸟言夷面[11]。始至，言语不通，画地为字，然后可告以出租赋，奉期约[12]。是以宾客游从之士，无所为而至[13]。

愈待罪于斯且半岁矣。有区生者，誓言相好，自南海挐舟[14]而来，升自宾阶[15]，仪观甚伟，坐与之语，文义卓然[16]。庄周云："逃空虚者，闻人足音跫然而喜矣。[17]"况如斯人者，岂易得哉！入吾室，闻《诗》《书》仁义之说，欣然喜，若有志于其间也[18]。与之翳[19]嘉林，坐石矶，投竿而渔，陶然以乐，若能遗外声利[20]而不厌乎贫贱也[21]。

岁之初吉[22]，归拜其亲，酒壶既倾，序以识别[23]。

【注释】

[1]区册：是韩愈贬阳山时前来从学者。他于贞元二十年末返回家乡南海(今广东广州市)省亲,韩愈作此序送别。

[2]阳山：县名,今广东阳山县。

[3]穷处：僻远之处。

[4]虞：忧,害。

[5]悍急：凶险急速。

[6]廉利侔剑戟：棱角锋刃像剑戟一样。侔,与……一样。

[7]失势：失去控制。

[8]沦溺：沉没。

[9]县郭：县城;外城为郭。丞尉：佐县令处理事务的官员。

[10]篁竹：竹丛。

[11]鸟言夷面：形容当地少数民族人民语言如鸟语,面貌与中原不同。

[12]奉期约：遵守期限规约。

[13]无所为而至：没有到这里来做什么的。

[14]挐(ná)舟：乘船。挐,同"桡",指船桨。

[15]升自宾阶：古时主宾相见,客自西阶升堂,曰宾阶。

[16]文义卓然：所言卓然杰出。

[17]语出《庄子·徐无鬼》。意为逃避到空谷中的人,长久居住在空旷里,听到人的脚步声就高兴起来,跫(qióng),脚步响声。

[18]有志于其间：追求《诗》《书》仁义之说。

[19]翳(yì)：遮荫。

[20]遗外声利：把名利置之度外。

[21]不厌乎贫贱:不避贫贱。厌,弃。

[22]初吉:古代以农历每月朔(初一)至上弦(初七、初八)为初吉。

[23]序以识(zhì)别:作序以纪念离别。

【赏析】

人的一生总需要有一些真正的朋友。当你仕途得意、飞黄腾达的时候,能够陪你相与为欢,固然不错,然而只有当你困顿失意百无聊赖时还能来到你的身边,忧戚与共相互慰藉,那才更加值得珍惜。贞元二十年(804)韩愈贬为连州阳山令,正是人生最困顿郁闷的时候,就在这时,却有广东书生区册,从南海乘船慕名前来从学,不仅态度诚恳,而且与韩愈志同道合。这是多么难能可贵啊!所以当这年年末区册要返回家乡省亲时,韩愈欣然写了这篇文章赠送给他。

开篇劈空而来,直接描写阳山的荒僻和落后。自然环境方面,这里是"天下之穷处",即僻远荒凉之地,"陆有丘陵之险,虎豹之虞",群峰环立,直插云天,道路险阻,丘壑纵横,丛林茂树之间,虎豹时常侵人;而水上呢,则"江流悍急,横波之石廉利侔剑戟,舟上下失势,破碎沦溺者往往有之",江流湍急,猛浪若奔,横列浪中的礁石如剑似戟,森然恐怖,稍不留神就会造成舟毁人亡的惨剧,真是"漂船摆石万瓦裂,咫尺性命轻鸿毛"(韩愈《贞女峡》)啊!而人文环境方面则更差,不仅居民稀少,而且政府官员设置不完备,竟然没有丞尉,只见"夹江荒茅篁竹之间,小吏十余家,皆鸟言夷面",更糟糕的是言语不通,只得"画地为字",然后老百姓才懂得应该缴纳赋税,遵守规章期约。这段描写历历如画,体现出韩愈"写生妙手"的艺术腕力。从文章结构来看,又是陪衬,在这样的"宾客游从无所为而至"的条件下,区册来从学就是非常值得珍惜的。这样就自然引出了下文。

第二段叙述与区册相得为欢的情谊。在作者贬居阳山半年后,区册不远千里而来,"誓言相好",已属难得,加上其人长得体貌英伟,谈吐高雅,让作者有"空谷足音"之喜,故感叹地说:"如斯人者,岂易得哉!"更让韩愈兴奋的是:区生不仅爱读儒家的《诗》《书》经典,还喜欢"仁义道德"的精义,并且仿佛有志于其间。因此作者与区册朝夕相处,"翳嘉林,坐石矶,投竿而渔,陶然以乐",区生也仿佛把名利置之度外,自甘于贫贱而矢志不移。孙琮评说:"第一段说阳山僻陋,已见其人之不可忘。第二段说其人仪伟、好学，尤见其人之不可忘，此序之所以作也。"（《山晓阁唐宋八大家选·韩昌黎》卷三）是体会了韩愈作此文的用意的。

当然韩愈与区生可能并无深交，区生可能也没有什么高深学问，作者对区生的来访又确实深慰其心，因此一方面运用衬托大加赞誉，另一方面则又微用曲笔。林纾看出了这一点，他说："宾客游从之士，既无所为而至，而区生独来，自然可喜，不能不加以褒美之词。然以荒裔一书生，安有学问？过于称扬，则美溢美；不加奖借，又类寡情。通篇用两'若'字，大有斟酌。'若有志于其间'，则读书仁义四字始不著实；'若能遗外声利而不厌乎贫贱'，则'遗外声利'四字亦非切实之考语。"（《古文辞类纂选本》卷六）两个"若"字显然带有笔意，或许并没有林纾讲的这样深微，但由此可见韩愈散文下字用词确实具有丰富的内涵，既贴切，又不夸饰，还能准确地传达情意，达到了很高的艺术造诣。

送杨少尹序[1]

昔疏广、受二子，以年老一朝辞位而去[2]，于时公卿设供张[3]，祖道[4]都门外，车数百两，道路观者多叹息泣下，共言其贤。汉史既传其事[5]，而后世工画者又图其迹。至今照人耳目[6]，赫赫若前日事。国子司业杨君巨源[7]方以能诗训后进[8]，一旦以年满七十[9]，亦白丞相去归其乡。世常说古今人不相及，今杨与二疏其意岂异也[10]？

予忝在公卿后，遇病不能出。不知杨侯去时，城门外送者几人？车几两？马几匹？道边观者亦有叹息知其贤以否[11]？见[12]今世无工画者，而画与不画，固不论也。然吾闻杨侯之去，丞相有爱而惜之者，白[13]以为其都少尹[14]，不绝其禄。又为歌诗以劝之[15]，京师之长于诗者，亦属而和之[16]。又不知当时二疏之去有是事否？古今人同不同未可知也。

中世[17]士大夫以官为家，罢则无所于归。杨侯始冠，举于其乡，歌《鹿鸣》[18]而来也。今之归，指其树曰："某树吾先人之所种也。某水某丘吾童子时所钓游也。"乡人莫不加敬，诫子孙以杨侯不去其乡为法。古之所谓"乡先生没而可祭于社"[19]者，其在斯人欤，其在斯人欤！

【注释】

[1]杨少尹：即阳巨源，河中（今山西永济）人，有诗名。贞元、元和间历仕太常

博士、虞部员外郎、凤翔少尹,长庆元年为国子司业,四年以年满七十,自请退归乡里。宰相爱其才,奏授河中府少尹,不绝其禄。此文为韩愈任吏部侍郎时送巨源归乡里之作。

[2]疏广、受:西汉疏广、疏受,东海兰陵(今山东枣庄东南)人,受为广之侄。疏广在宣帝时任太子太傅,受任太子少傅,叔侄并为太子师傅,人称其荣。在任五年,以功成身退,俱称病归乡里。

[3]供张:供具张设。张,一作"帐"。

[4]祖道:古人于出行前祭祀路神称祖道,后因称饯行为祖道。

[5]汉史:指班固所著《汉书》。

[6]照人耳目:指图画和事迹依然光彩照人,为人传诵。

[7]国子司业:国子监为封建王朝的教育管理机构和最高学府,唐以国子监统辖国子、太学、四门等学。最高行政长官为国子祭酒,司业为属官,帮助祭酒教授生徒。

[8]以能诗训后进:因为会作诗,故任司业教授生徒。

[9]古人为官年满七十致仕,辞官归居。《公羊传·宣公元年》:"古之道不即人心,退而致仕。"注:"致仕,还禄位于君。"唐时致仕还没有恩礼,对杨巨源似是例外。

[10]此二句谓不知杨巨源的致仕与古时二疏是否相同,有意将杨与二疏对比,以突出杨的际遇。

[11]以:同"与"。

[12]见:同"现"。"见今世"犹言"现在当今之世"。

[13]白:此处指丞相裴度将杨巨源的为官情况报告皇上。

[14]其都:指杨巨源故里河中府,唐以河中府为中都,设大尹、少尹,如东西两都制。

[15]为歌诗以劝之:作诗歌劝勉他。劝,勉励,奖励。

[16]当时和诗的有裴度、张籍等。

[17]中世:中古时期,这里指殷、周时期。

[18]《鹿鸣》:《诗·小雅》篇目。此句谓巨源怀忠臣之心以报效朝廷。

[19]乡先生:指乡中老人为卿大夫致仕者。社:乡里祭祀社神的处所。

【赏析】

穆宗长庆四年(824)国子司业杨巨源已年满七十,自请退归故里,当时宰相裴度爱其才，惜其老，奏授河中府少尹，不绝其禄，以示皇恩优渥。韩愈作此序送他，借杨氏辞官还乡事，表达了欢送之盛、优老之典和回乡之情，并抒发了心中的感慨。

古人认为赠序之作，"当随事以序其实。"（吴讷《文章辨体序说》）作此序时有两个具体情况，一是韩愈时任吏部侍郎，杨氏的归里也引发了他的相同情绪；二是韩愈当时生病，不能亲自相送。那么作者怎样"随事（杨氏归里）"来"序其实（当时情形）"呢？他采用了借宾陪主、虚实相生的手法。正如金圣叹所说："送杨少尹，却劈空忽请出二疏，又偷笔先写自己病不能送，便生出无数波澜。"（《天下才子必读书》卷十一）所谓"二疏"，是指汉宣帝时约疏广和疏受，叔侄二人并为太子师傅，功成名就，即时隐退，天子、太子赐金，公卿大夫、故人邑子设宴相送，送者车数百辆，真正是荣归故里，回乡后他们又不矜其荣耀而是与乡党宗族共享其赐，让子孙勤勉自力，不教子孙怠惰。表现出极为深远的睿智和贤德，深得人们称颂，以寿命终。二疏可以说是古代士大夫中在出与处方面处理最为恰当的典型，一生既有智有识，又明哲保身，上下称道。韩愈一生汲汲于王朝中兴，屡次在诗文中表达了这种弃官归隐的愿望，只可惜这个愿望总未能实现，因此在这篇文章里，借二疏和杨少尹的辞官表达了心中的相同情怀。写二疏不是主意，目的是引出杨氏的归里来，所以第一段末尾说："世常说古今人不相及，今杨与二疏其意岂异也？"古人与今人本是不同的，而现在都是七十岁自请辞官，难道不是相同的吗？这一问又引出下文的"异"来。

第二段先说自己"因病不能出"，故虚笔揣测其盛况，连问"城门外送者几人？车几两？马几匹？道边观者亦有叹息知其贤以否？"与二疏进行对比，因未亲见故而发问，隐然似乎是要写杨氏的归故里不及二疏的荣耀，殊不料用"吾闻"一转，写出杨侯去时，有丞相爱而惜之，奏授河中府少尹，不绝其禄；又有京师长于诗者作歌诗以相劝。这是另一种从未有过的荣耀，所以作者感慨地说："又不知当时二疏之去有是事否？古今人同不同未可知也。"

正如孙琮所评："一段笔笔写二疏事，其意却遥遥带合杨侯；一段写杨侯事，其意却遥遥带合二疏。回环相生，莫测其妙。"（《山晓阁唐宋八大家选·韩昌黎》卷三）

第三段写杨侯归乡后，追想前事，弱冠应举时，抱着一颗报效朝廷的忠心而来，如今荣归故里，却怀想先人所种之树和童子时代钓游之所。这种不忘家乡的品德让乡人更加崇敬，并以他为法教诫子孙。作者因此感慨道：杨少尹就是那种"乡先生没而可祭于社"的人啊！言外有无限的羡慕与敬戴。这一段开头作者说："中世士大夫以官为家，罢则无所于归"，这是古代封建士大夫最常见的命运，一生为王朝鞠躬尽瘁，而罢官后却没有归属感，文中的二疏和杨侯似乎超越了这种命运，在各自的故乡找到了自己的归宿。因此，韩愈此文就含有很深的感慨。浦起龙看出了这一层用意，他说："公（指韩愈）盖感少尹之去，慨迟暮贪荣者，举朝一叹，诤谏不可，借疏形杨，喧寂异趣，而藏用于遇病一语，则良工心苦也。"（《古文眉诠》卷四十八）即是说如果迟暮还贪荣不去，那才是违心交病呢。白居易《不致仕》诗云："年高须告老，名遂合身退。少时共嗤笑，晚岁多因循。贤哉汉二疏，彼独是何人？寂寞东门路，无人继去尘。"就指责那些嘴里讲退隐实际上贪禄不去的人。纵观韩愈一生的行实，他在写完此文后不久就去世了，一生归隐的愿望终究没能实现，则此文中流露的这种"归欤之叹"是相当真实的。

黄庭坚曾赞扬韩愈晚年的文章"不凡绳削而自合"，观此文确实有这种引用自如、出入回合、映衬巧妙、圆融浑成的艺术魅力。

荆潭唱和诗序[1]

从事[2]有示愈以《荆潭酬唱诗》[3]者，愈既受以卒业[4]，因仰而言曰："夫和平之音淡薄，而愁思之声要妙[5]；欢愉之辞[6]难工，而穷苦之言易好也。是故文章之作，恒发于羁旅草野[7]；至若王公贵人，气满志得，非性能好之，则不暇以为。今仆射裴公，开镇蛮荆，统郡惟九[8]；常侍杨公，领湖之南，壤地二千里[9]。德刑之政并勤，爵禄之报两崇。乃能存志乎《诗》、《书》，寓辞乎咏歌，往复循环[10]，有唱斯和，搜奇抉怪[11]，雕镂文字，与韦布里闾憔悴专一之士[12]较其毫厘分寸，铿锵[13]发金石，幽眇感鬼神，信所谓材全而能钜[14]者也。两府之从事与部属之吏属而和之，苟在编者[15]，咸可观也，宜乎施之乐章，纪诸册书[16]。"从事曰："子之言是也。"告于公[17]，书以为《荆潭唱和诗序》。

《昌黎先生集》

[1]本文为诗集序,体现了韩愈的诗学观念。

[2]从事:官职,为州郡长的幕僚。

[3]《荆潭酬唱诗》:即荆南、湖南二府唱和的诗集。

[4]卒业:读完全部内容。

[5]要妙:美好。

[6]欢愉之辞:快乐得意心境下创作的诗文。

[7]恒:常常。羁旅:奔波颠沛,作客他乡。草野:地位低下的草野平民百姓。

[8]仆射裴公:指荆南观察使兼江陵尹裴均,使府领江陵府及澧、朗、峡、夔、忠、万、施、归八州。

[9]常侍杨公:指湖南观察使兼潭州刺史杨凭。

[10]往复循环:指双方互相酬唱往来。

[11]搜奇抉怪:搜索新奇,挑选怪异的言词。形容刻意雕镂诗文。

[12]韦布里闾憔悴专一之士:即前所谓愁思、穷苦、羁旅草野之士。

[13]铿锵:金石之声,形容诗歌响亮。

[14]材全而能钜:才能多,能力大。

[15]苟在编者:收录在这本诗歌集里的作品。

[16]两句说这些诗歌可以配上音乐演唱,记录在史册里。

[17]公:指裴均。

【赏析】

《荆潭唱和诗集》本身或许并没有什么真正的价值,因为不过是一群官僚及其部属之间相互唱和的诗歌集子,诗歌内容无非粉饰太平、歌功颂德,偶尔抒发一些对现实的感慨罢了。但是,韩愈这篇冠冕堂皇的诗序却具有重大的诗学价值,因为他提出了一个重要的命题:诗歌是落魄之士,在羁旅他乡穷愁潦倒境地中真情的流露,是一种生命意义的寄托,因此"和平之音淡薄,而愁思之声要妙;欢愉之辞难工,而穷苦之言易好"。这一观点与他在《送孟东野序》中提出的"不平则鸣"诗学观,相互辉映,相互补充。韩愈认为王公贵人,志满意得,如果不是生性喜欢诗歌,那他是没有时间去创作诗歌的。诗歌仿佛天生就跟贫穷、困顿结缘。但是韩愈从眼前的这部唱和诗集中看到了欢愉之词也有相当的价值。因为欢愉之词难工,毕竟也可以工整精巧。这样他的诗学观点就变得辩证通达。正如

"不平则鸣"既可以鸣自己的不幸，也可以鸣国家之盛。这一观点对宋代欧阳修提出"穷而后工"有直接影响。

张中丞传后叙[1]

元和二年四月十三日夜，愈与吴郡张籍[2]阅家中旧书，得李翰所为《张巡传》。翰以文章自名[3]，为此传颇详密[4]。然尚恨有阙[5]者，不为许远[6]立传，又不载雷万春[7]事首尾。

远虽材若不及巡者，开门纳巡，位本在巡上，授之柄[8]而处其下，无所疑忌，竟[9]与巡俱守死，成功名，城陷而虏，与巡死先后异[10]耳。两家子弟材智下，不能通知二父志[11]，以为巡死而远就虏，疑畏死而辞服[12]于贼。远诚畏死，何苦守尺寸之地，食其所爱之肉[13]，以与贼抗而不降乎？当其围守时，外无蚍蜉蚁子[14]之援，所欲忠者，国与主耳，而贼语以国亡主灭。远见救援不至，而贼来益众，必以其言为信。外无待而犹死守，人相食且尽，虽愚人亦能数日而知死处，[15]远之不畏死亦明矣。乌有城坏，其徒俱死，独蒙愧耻求活？虽至愚者不忍为。呜呼！而谓远之贤而为之邪？说者又谓远与巡分城而守，城之陷自远所分始，以此诟远，此又与儿童之见无异[16]。人之将死，其脏腑[17]必有先受其病者；引绳而绝之，其绝必有处[18]。观者见其然，从而尤之，其亦不达于理矣。小人之好议论，不乐成人之美如是哉！[19]如巡、远之所成就，如此卓卓，犹不得免，其他则又何说！

当二公之初守也，宁能知人之卒不救，弃城而逆遁[20]？苟此不能守，虽避之他处何益？及其无救而且穷也，将其创残饿羸之余[21]，虽欲去，必不达。二公之贤，其讲之精[22]矣。守一城，捍天下，以千百就尽之卒，战百万日滋之师，蔽遮[23]江、淮，沮遏其势，天下之不亡，其谁之功也？当是时，弃城而图存者，不可一二数；擅强兵，坐而观者，相环也[24]。不追议此，而责二公以死守，亦见其自比于逆乱[25]，设淫辞而助之攻[26]也。

愈尝从事于汴、徐二府，屡道于两府间，亲祭于其所谓双庙者[27]。其老人往往说巡、远时事云。

南霁云[28]之乞救于贺兰[29]也，贺兰嫉巡、远之声威功绩出己上，不肯出师救。爱霁云之勇且壮，不听其语，强留之，具食与乐，延霁云坐。霁云慷慨语曰："云来时，睢阳之人不食月余日矣。云虽欲独食，义不忍；虽食，且不下咽。"因拔所佩刀断一指，血淋漓，以示贺兰。一座大惊，皆感激，为云泣下。云知贺兰终无为云出师意，即驰去。将出城，抽矢射佛寺浮图[30]，矢著其上砖半箭，曰："吾归破贼，必灭贺兰，此矢所以志也。"愈贞元中过泗州[31]，船上人犹指以相语："城陷，贼以刃胁降巡。巡不屈，即牵去，将斩之。又降霁云，云未应，巡呼云曰：'南八，男儿死耳，不可为不义屈。'云笑曰：'欲将以有为也；公有言，云敢不死？'即不屈。"

张籍曰：有于嵩者，少依于巡。及巡起事，嵩常在围中[32]。籍大历中于和州乌江县[33]见嵩，嵩时年六十余矣。以巡初尝得临涣[34]县尉，好学，无所不读。籍时尚小，粗问巡、远事，不能细也。云："巡长七尺余，须髯若神。尝见嵩读汉书，谓嵩曰：'何为久读此？'嵩曰：'未熟也。'巡曰：'吾于书读不过三遍，终身不忘也。'"因诵嵩所读书，尽卷，不错一字。嵩惊，以为巡偶熟此卷，因乱抽他帙[35]以试，无不尽然。嵩又取架上诸书，试以问巡，巡应口诵无疑。嵩从巡久，亦不见巡常读书也。为文章，操纸笔立书，未尝起草。初守睢阳时，士卒仅[36]万人，城中居人户亦且数万，巡因一见问姓名，其后无不识者。巡怒，须髯辄张。及城陷，贼缚巡等数十人坐，且将戮。巡起旋[37]，其众见巡起，或起或泣。巡曰："汝勿怖，死，命也！"众泣不能仰视。巡就戮时，颜色不乱，阳阳[38]如平常。远宽厚长者，貌如其心。与巡同年生，月日后于巡，呼巡为兄，死时年四十九。

嵩，贞元初死于亳、宋间[39]。或传嵩有田在亳、宋间，武人夺而有之，嵩将诣州讼理[40]，为所杀。嵩无子。张籍云。

【注释】

[1]张中丞传：即《张巡传》，唐代李翰作，宋代犹存，今已佚。张中丞，即张巡，邓州南阳人，开元进士，由太子通事舍人出为清河（今属河北）令，调真源（今河南鹿邑东）令，安史之乱时，起兵守雍丘（今河南杞县），后与许远同守睢阳（今河南商丘），诏拜御史中丞，故称"张中丞"。在坚守睢阳十个月后，终因兵尽援绝，睢阳失守，两人先后不屈而死。事后，有人污蔑，亲见其战守事迹的李翰即作《张巡传》为之辩诬。韩愈觉得李翰未能详尽，还有欠缺，故作这篇《后叙》，后叙，一种文体，相当于读后感。

[2]吴郡：苏州。张籍：字文昌，韩愈友人，中唐著名诗人，历任水部员外郎、国子司业。

[3]自名：自许。

[4]详密：详细周密。

[5]阙：同"缺"，缺失，不足。

[6]许远：字令威，杭州盐官(今浙江宁波)人。安史之乱时，任睢阳太守。至德二年(757)安庆绪大将尹子奇率兵十余万围攻睢阳城，许远告急于真源令张巡，张巡自宁陵(今属河南)引兵入城，与许远共守睢阳。城陷后，许远被俘虏，押送洛阳途中，在偃师(今属河南)遇害。

[7]雷万春：与南霁云同为张巡部将，据说守城时面中六箭，兀立不动，敌兵疑为木制假人。一说，下文只写南霁云事迹，故"雷万春"当为"南霁云"。

[8]柄：权柄。

[9]竟：最终。

[10]死先后异：睢阳城破，张巡、许远被俘，尹子奇斩张巡、南霁云、雷万春等三十六人，后押送许远到安庆绪所在的洛阳邀功，行至偃师，安庆绪兵败，许远不屈而死。

[11]两家子弟二句：大历中，张巡之子张去疾上书，言睢阳城破张巡等被害，而许远独生，有降敌之嫌，张巡死时恨许远心不可测，误国家事，请追夺许远官爵。诏令张去疾与许远之子许岘及百官共议，众论不足为疑，事情作罢。通知：完全了解。

[12]辞服：投降。

[13]"食其"句：当时睢阳城粮食缺乏，捕鼠雀为食，鼠雀亦尽，张巡遂杀爱妾、许远杀奴仆，以供士卒食。

[14]蚍蜉：大蚂蚁。蚁子：小蚂蚁。比喻极小的援助。

[15]"外无待"句：指御史大夫、河南节度使贺兰进明屯兵临淮(今安徽泗县)，其部下许叔冀在谯郡(今安徽亳州)，尚衡在彭城(今江苏铜山)，皆观望，不肯相救。敌军知外援断绝，围攻愈急，而张巡、许远仍坚守睢阳。数日：计算着时日。

[16]"说者"等句：当时许远负责守卫城的西南，张巡守城的东北，敌军先从西南攻入。

[17]腑脏：人体内部器官的总称。

[18]绝必有处：必定从某处断绝。

[19]"小人"句：语出《论语·颜渊》："君子成人之美，不成人之恶，小人反是。"

[20]逆遁：预先逃走。

[21]创残饿羸之余：受伤、饥饿、瘦弱的余卒。睢阳初守时有兵九千八百人，城破时只有六百残兵。

[22]讲之精：研究、谋划得精审、周到。

[23]"蔽遮"句：谓保卫了江淮地区，阻止了敌军的攻势。

[24]"弃城"二句：指弃城而逃保存实力，拥兵观望，形成一个圆圈。如山南东道节度使鲁灵弃南阳奔襄阳，灵昌太守许叔冀弃彭城。贺兰进明、尚衡等都在睢阳附近，却不肯出兵相救。

[25]自比于逆乱：自己等同于叛贼。

[26]淫词：不正当的邪说。之：敌人。

[27]"愈尝从事"句：指韩愈曾在宣武军节度使董晋、徐泗濠节度使张建封幕府中任推官。屡道：多次取道往来。双庙：张巡、许远死后，肃宗追赠张巡为扬州大都督，许远为荆州大都督，并在睢阳立庙，将二人合祀，号称"双庙"。

[28]南霁云：魏州顿丘（今河南清丰）人，少贫寒，为人操舟。安史之乱起，先为巨野尉张沼部下，后至睢阳，为张巡所留。

[29]贺兰：即贺兰进明。

[30]浮图：佛塔。

[31]泗州：治所在临淮，为贺兰进明驻地。

[32]起事：指起兵讨伐叛军。围中：围城之中，指睢阳。

[33]和州乌江县：今安徽和县。

[34]临涣：今安徽宿县西南的临涣集。

[35]他帙：其他卷帙。帙，装书的套子，此处指书。

[36]仅：接近，几乎。

[37]起旋：起身小便。

[38]阳阳：镇定安详的样子。

[39]亳、宋间：亳州（今安徽亳州）和宋州（治所在睢阳）之间。

[40]诣州讼理：到州里去告状。

【赏析】

唐代名将张巡在安史之乱中遇难后，有人诬其降贼，于是李翰作《张巡传》为其申辩。韩愈则选择了"叙"的文体，进一步阐述了睢阳战役的重要意义，并通过表彰英雄的业绩，旗帜鲜明地表现他维护统一、反对分裂的思想。这篇散文不仅具有深刻的思想性，而且取得了很高的艺术成就。

（一）文体上的创新

本文虽为"叙"体，却将叙事与议论融为一体，运用的材料既有自己了解的张巡等人的事迹，又有访得的轶事，很像现在的新闻报道，又善于结合事迹来议论分析人物，寓情感于叙议之中，事理充实，令人信服。文章句式变化丰富，时见铺陈、对偶，造成抑扬跌宕的气势，是韩愈继承《史记》笔法的创新。明代茅坤赞扬说："通篇句、字、气，皆太史公神髓。"

（二）驳斥犀利，滔滔雄辩

文章第二段为许远辩诬，三段为睢阳战役辩诬。这是因为许远的问题，当时舆论哗然，最为吃紧，而整个战役的评价，更是历史的大是大非。先总评许远，指出其忠于国家、以大局为重的品质，让人明白他和张巡精诚团结，坚守围城，大义殉国。接着驳斥"许远畏死论"，当年两位战友同生共死，而现在两家子弟却互相攻击，这显然是受了流言蜚语的迷惑，足见恶语中伤者的可恨。最后运用两个说服力极强的比喻，驳斥"城陷许远有责论"，使用归谬法，说明在外无救援内无粮草的严峻形势下，城陷是必然的，但从哪里被攻陷是偶然的，没有理由归罪许远。在为睢阳保卫战辩诬时，文气充足，运用反诘，痛斥群小，把保卫睢阳提到关系国家存亡的历史高度来认识，使种种谬论一齐破产。文章先破后立，大义凛然驳斥之后，进一步掉笔反攻。在睢阳苦战被围时，弃城逃跑的、手握重兵坐视不救的比比皆是，现在不对这些人加以追究，反而责备张巡、许远死守围城，可见这是站在叛乱一方，有意制造谰言，攻击爱国志士。这就戳穿了小人的伎俩，使其险恶用心昭然若揭。体现了韩文滔滔雄辩的逻辑力量。

（三）刻画形象，生动传神

文章"叙"的部分刻画了南霁云和张巡的形象。作者把南霁云放在尖锐的矛盾冲突环境中，展示他的性格。他乞师贺兰，而贺兰不肯出兵，嫉妒张、许的功绩，又想留南霁云为自己的部将。而南霁云的语言表现，从不忍独食，到断指拒食，再到抽矢射塔，越来越震撼人心。画出男儿刚烈义勇的气概。矢著砖半箭的细节及南霁云的誓言都非常感人。写就义则是将南霁云和张巡互相映衬的，既表现了两位英雄的精神契合，肝胆相照，又各具个性。张巡忠义严肃，南霁云则临危不惧，慷慨豪爽。在西方悲剧里，死亡是一种巨大的恐怖，可是南霁云却视死如归，谈笑风生，张巡更是大义凛然，这种精神力量征服了死亡，更显英雄本色。

补叙张巡轶事，写他读书记忆力超群，写文章从不打草稿，这就让人看到与敌大小四百余战的英雄，并不是一介武夫，而是具有文韬武略。特别是张巡在围城中跟士卒"一见问姓名，其后无不识者"的细节，突出张巡心系士兵关怀其冷暖的精神，使他的形象更丰满，并带有传奇色彩。

（四）文气贯通，具有悲剧感

韩愈主张"气盛言宜"。这篇文章气势充盈、浩然澎湃，贯穿全篇的是英雄壮烈殉国而又蒙冤受屈的悲剧感。第一、二节因张、许的冤屈未能昭雪，文气沉郁收敛，故层层申辩，时见沉痛悲慨。第三、四节由申辩转入主动进攻和正面歌颂，则见悲壮激昂，咄咄逼人，文气也显得酣畅淋漓，如巨潮奔腾，势不可挡。第五节追悼缅怀，用娓娓动听的文笔叙写那些带着悲剧色彩的往事，文气化为深情的追思，由高潮转入轻澜涟漪，委婉徐舒。

总之，这篇散文体现了韩文浑灏流转、百变生奇的艺术特色。

送孟东野序[1]

大凡物不得其平则鸣[2]。草木之无声，风挠[3]之鸣。水之无声，风荡[4]之鸣。其跃也，或激之；其趋也，或梗之；其沸也，或炙之[5]。金石[6]之无声，或击之鸣。人之于言也亦然。有不得已者而后言，其歌也有思，其哭也有怀[7]。凡出乎口而为声者，其皆有弗平者乎！

乐也者，郁于中而泄于外者也，择其善鸣者而假之鸣[8]。金、石、丝、竹、匏、土、革、木八者，物之善鸣者也[9]。维天之于时也亦然[10]，择其善鸣者而假之鸣。是故，以鸟鸣春，以雷鸣夏，以虫鸣秋，以风鸣冬。四时之相推夺[11]，其必有不得其平者乎！其于人也亦然。人声之精者为言，文辞之于言，又其精也，尤择其善鸣者而假之鸣。

其在唐、虞，咎陶、禹，其善鸣者也，而假以鸣[12]。夔弗能以文辞鸣，又自假于《韶》以鸣[13]。夏之时，五子以其歌鸣[14]。伊尹鸣殷[15]。周公鸣周[16]。凡载于《诗》、《书》六艺,皆鸣之善者也[17]。周之衰,孔子之徒鸣之,其声大而远[18]。传曰:"天将以夫子为木铎[19]。"其弗信矣乎?其末也,庄周以其荒唐之辞鸣[20]。楚,大国也,其亡也,以屈原鸣[21]。臧孙辰、孟轲、荀卿,以道鸣者也[22]。杨朱、墨翟、管夷吾、晏婴、老聃、申不害、韩非、慎到、田骈、邹衍、尸佼、孙武、张仪、苏秦之属,皆以其术鸣[23]。秦之兴,李斯鸣之[24]。汉之时,司马迁、相如、杨雄,最其善鸣者也[25]。其下魏、晋氏[26],鸣者不及于古,然亦未尝绝也。就其善者,其声清以浮,其节数以急,其辞淫以哀,其志弛以肆[27]。其为言也,乱杂而无章[28]。将天丑其德莫之顾邪[29]?何为乎不鸣其善鸣者也?

唐之有天下,陈子昂、苏源明、元结、李白、杜甫、李观,皆以其所能鸣[30]。其存而在下者,孟郊东野始以其诗鸣。其高出魏、晋,不懈而及于古,其他浸淫乎汉氏矣[31]。从吾游者,李翱、张籍其尤也[32]。三子者之鸣信善矣。抑不知天将和其声而使鸣国家之盛邪?抑将穷饿其身,思愁其心肠,而使自鸣其不幸邪?三子者之命,则悬乎天矣。其在上也,奚以喜?其在下也,奚以悲[33]?

东野之役于江南也,有若不释然者,故吾道其命于天者以解之[34]。

【注释】

[1]孟东野:即中唐诗人孟郊,韩愈的好友,与韩愈并称"韩孟"。这是一篇不赋诗的纯粹赠文之序,是韩愈对序体文的一次重大改革。作于贞元十八年(802),时孟郊赴任溧阳县尉,抑郁不得志,所以韩愈作此文为孟郊鸣不平。

[2]物不平则鸣:世间万物处于不平衡状态就会发出鸣声。动植物会发出鸣叫声,人则会通过诗文表达心声和情感。

[3]挠:搅动、摇晃。

[4]荡:振动、激荡。

[5]跃:飞溅。激:搏激。趋:快捷流动。梗:阻塞。炙:用或加热。

[6]金石:这里指钟(金)、磬(石)一类的乐器。

[7]思:指情感。怀:感伤。

[8]乐:音乐。韩愈认为音乐是人内心有抑郁愤懑情感需要发泄,通过乐器吹奏曲调来抒发心声。提出"发愤作乐"说。

[9]金、石、丝、竹、匏、土、革、木:我国古代制作乐器的八种材料,一般用来指代各种乐器。金,指钟、镈;石,指磬;丝,指琴、瑟;竹,指箫、笛;匏,指笙、竽;土,

指埙;革,指鼗、鼓;木,指祝、敔。

[10]时:时令、季节。指春夏秋冬四季的变化。

[11]推夺:推移、交替。

[12]唐、虞、咎陶、禹:唐,帝尧的国号。虞,帝舜的国号。咎陶:又作"皋陶"、"咎繇",舜的臣子,掌管司法,制定法律。禹,原为舜臣,后来成为夏代第一个国王。

[13]夔:舜时乐官。《韶》:相传为舜时乐曲名,由夔制作。

[14]五子:夏王太康的五个弟弟,作《五子之歌》。太康以淫佚失国,五子作歌陈述大禹的警戒。

[15]伊尹:名挚,是殷汤的贤相,曾帮助汤伐桀灭夏,汤死后又辅佐其孙太甲。作《伊训》《太甲》等文。

[16]周公:即姬旦,周武王弟,成王之叔,曾辅佐武王伐纣灭商,建立周朝。武王死后,又辅佐周成王。《尚书》中《大诰》《康诰》《多士》《无逸》等是他的作品,相传《周礼》、《仪礼》也经过他亲手制定。

[17]《诗》、《书》六艺:《诗》即《诗经》。《书》即《尚书》。六艺:指《诗》《书》《易》《礼》《乐》《春秋》六经。

[18]孔子:儒家创始人,他的弟子将他的言论集为《论语》一书。

[19]木铎:木舌的铃,由金属制成,中间有木舌。古代宣布政令时,摇动木铎召集百姓来听。这里比喻孔子的言论影响大。

[20]庄周:字子休,战国时宋国人,哲学家,思想家,道家代表人物,著《庄子》。荒唐之言:广大无边的意思。这里指《庄子》为文想象力极为丰富,无拘无束,旨趣深奥,异乎寻常。

[21]屈原:名平,战国时楚人,我国古代著名诗人,著有《离骚》《九歌》《九章》《天问》等诗篇。

[22]臧孙辰:即臧文仲,春秋时鲁国大夫,复姓臧孙,字仲,谥文。其言论见《国语·鲁语》及《左传》。孟轲:字子舆,战国时邹(今山东邹县)人,儒家代表人物,其言行见《孟子》。荀卿:名况,战国末期赵国人,其言行见《荀子》。道,思想、学说。韩愈认为的"道"主要是指儒家的思想学说,其他诸家之说称为"术",是一家之言。

[23]杨朱:战国时卫国人,字子居,主张"为我",其说散见于《孟子》《列子》等书。墨翟:春秋战国之际宋国人,墨家学派创始人,其言行见《墨子》。管夷吾:字仲,春秋时齐桓公的宰相,其言论见《管子》。晏婴:字平仲,春秋时齐景公的宰相

夫,其言行见《晏子春秋》。老聃:即老子,姓李名耳,字伯阳,谥聃,春秋时人,道家学派创始人,著有《道德经》。申不害:战国时郑国人(一说韩国人),韩昭侯宰相,有《申子》一书。韩非:战国时韩国公子,荀卿的学生,法家著名代表人物,著有《韩非子》。慎到:战国时赵国人,法家,学黄老之术,作有《慎子》,已佚。田骈:战国时齐国人,著有《田子》,已佚。邹衍:又作驺衍,战国末齐国人,阴阳家,曾为燕昭王师,著有《终始》《大圣》。尸佼:战国时鲁国人,杂家,曾为秦相商鞅的老师,著有《尸子》。孙武:春秋时齐国人,著名军事家,著有《孙子兵法》十三篇。张仪:战国时魏国人,纵横家,秦惠王宰相,提倡连横以抵抗六国。苏秦:字季子,战国时东周洛阳人,纵横家,曾挂六国相印,主张合纵抗秦,使秦国十五年不敢进攻六国。

[24]李斯:战国末期楚国上蔡(今河南上蔡县)人,荀卿的学生,与韩非同学,曾任秦始皇、秦二世的丞相,帮助秦始皇统一中国,建立了中央集权的讽谏国家,后遭宦官赵高所忌,被诬告谋反,为秦二世腰斩。著有《谏逐客书》《论督责书》,见于《史记·李斯列传》。

[25]司马迁:字子长,夏阳(今陕西韩城东北)人,汉武帝时任太史令,著名史学家,著有《史记》。相如:即司马相如,字长卿,成都人,西汉著名辞赋家,著有《长门赋》《上林赋》《子虚赋》等。扬雄:字子云,成都人,西汉著名儒学家兼辞赋家,著有《太玄》《法言》等。

[26]魏、晋氏:指曹氏魏王朝和司马氏晋王朝。

[27]节:音节、节拍、节奏。数:频繁、细密。急:急促、短促。淫:过分、过度或靡丽。哀:哀伤、凄恻。弛:松弛、松懈。肆:放肆、放纵。

[28]乱杂而无章:混乱没有条理。

[29]丑:厌恶。形容词用如动词。

[30]陈子昂:字伯玉,射洪(今四川射洪)人,初唐诗人,主张恢复汉魏诗歌的风雅兴寄传统,对端正唐诗发展方向有重大意义。苏源明:字弱夫,武功(今陕西武功)人,唐代文学家。元结:字次山,河南(今河南洛阳)人,盛唐诗人散文家。李白:字太白,唐代大诗人。杜甫:字子美,河南巩县人,唐代大诗人,与李白并称"李杜"。李观:字元宾,赞皇(今河北赞皇)人,唐代文学家。

[31]浸淫:渗透,接近。

[32]李翱:字习之,赵郡(今河北赵县)人,唐代古文家。张籍:字文昌,乌江(今安徽和县)人,唐代著名诗人。

[33]在上:处于上位,指官阶大。奚以:何以。

[34]役：股役，此指"供职"。释然：舒畅、开心。

【赏析】

这是韩愈精心结撰的一篇鸿文。尽管其本意是想劝慰孟郊，但是文章里面却包含了一个气象恢宏的文化世界，既有儒家为主导的文化发展观，又有诗歌发展史观，还提出了"不平则鸣"的诗学理论。

历来对"不平则鸣"的阐释，多围绕"不平"来做文章，把它解释成韩愈的文学创作观，即文学作品是由于作者心中有"不平"而寻求文学的表达，来达到发泄忧郁、平衡心态。对"不平"又有"激荡而不平静"和"愤怒不平"等说法。当然这种文学创作说，能解释许多优秀的文学作品产生的创作心理背景，有重要的理论意义。而且论者还建构了从《礼记》的"发愤作乐"，经司马迁"发愤著书"到韩愈"不平则鸣"再到欧阳修"穷而后工"的文学理论体系。但如果我们仔细研究韩愈的《送孟东野序》及其它有关"不平则鸣"的论述，就会发现：韩愈的"不平则鸣"是一个比司马迁"发愤著书"广阔得多、深邃得多的复杂的文、道统一观念体系，更不是欧阳修"穷而后工"说能望其项背的。

先来看韩愈发现的存在于当时他所能理解的宇宙自然中的普遍规律：不平则鸣。首先是风挠动宁静的草木和激荡平静的水面，会听到草木发出鸣声，水面波浪撞击也发出鸣响。再联想到敲击金石会发出乐音。类推到万物之灵的"人"，则因为内心为外物所感而"不得已"，必定会以"歌""哭"的形式发出心声，并通过"言之精者（文辞）"表达出来。由具体的物和人再进一步到抽象的"四时"，也是"以鸟鸣春，以雷鸣夏，以虫鸣秋，以风鸣冬"。这里的"风"已不同于前面作为推动力的"风"，而是被四时选择的善鸣之物。我们可以看到，在抽象的四时之鸣声中，实际上概括了生命的历程：春天阳气升而阴气降，百鸟感春怀情而求偶，庆贺生之欣然；夏季冷暖气流交汇，阴阳相荡，因而雷电交加，震荡冲突，正值生命的生长期，"雷霆之震草木，威怒虽盛而欲致其生"；秋天阴盛阳衰，气感金石，百虫发出哀鸣，生命凋零的哀戚到处弥漫，"萧瑟兮草木摇落而变衰"；冬季则凄厉严酷，朔风呼啸，木叶尽落，百虫蛰伏，到处一片冰雪浩洁的肃杀氛围。四时在演化运行中，这种"不平之鸣"由于"四时相推夺"而不可避免要发生的。在这样普遍的宇宙规律作用支配下，韩愈的思路延伸进了人类文明历史的长河。他以周公为界，分为"《诗》《书》六艺"时代和"诸子百家"时代。周公之前，善鸣者有帝王（禹）、法官（咎陶）、名臣（伊尹、周公）、乐师（夔）、诗人（五子），他们善鸣的文化成果就是《诗》《书》六艺。其中《乐经》虽已失传，而韩愈仍然将夔引入，凑成"六艺"，说明他的广阔的文化观念，并不局限于经书的存亡，而强调是"善鸣"的结晶。周公以下，是诸子百家争鸣及朝代更替的历史时期，在韩愈所列举的庞大的善鸣者谱系中，我们发现有：（1）孔子、孟子、荀子、扬雄等儒家正统派系；（2）老聃、庄子为代表的道家学派；（3）管仲、晏婴、韩非、申不害、慎到、田骈等法家学派；（4）墨翟为代表的墨家；（5）孙武为代表的兵家；（6）张仪、苏秦为代表的纵横家；（7）邹衍、尸佼、杨朱等为首的杂家；（8）屈原、李斯、司马迁、相如、杨雄为代表的文学辞赋家。这些人都是历史进程中被选择出来又为文化史所确证的"善鸣者"。从"鸣"的角度看，没有好坏精粗方面的区别，这反映了韩愈融思想、学术、历史、文学为一体的杂文化观念或广文化观念。这些人或以道或以术或以文辞鸣。在对这些鸣声内涵作选择去取时，韩愈从自然人生与历史文化的交融中确立了他自己的"文统"和"道统"观。如他在《原道》中提出了以"仁义道德"为核心，以"修身治国平天下"为实际效用的儒家"道统"说。这个"道"的内涵是："其文诗书易春秋，其法礼乐刑政，其民士农工贾，其位君臣、父子、师友、宾主、昆弟、夫妇；其服丝麻；其居宫室；其食栗米果蔬鱼肉。"（《原道》）显然这是一个与人生衣食住行息息相关的生命实体，又是维系和谐的社会秩序的纽带，是相生相养与伦常关系的具体可触摸的东西。这就是人类赖以生存并发展的"道"。"尧以是传之舜，舜以是传之禹，禹以是传之汤，汤以是传之文武、周公，文武周公传之孔子，孔子传之孟轲，轲之死，不得其传焉。荀与扬也，择焉而不精，语焉而不详。由周公而上，上而为君，故其事行；由周公而下，下而为臣，故其说长。"（同上）显然韩愈的道统中含有"诗书易春秋"所体现的"文统"，这正是他杂文学观念在道统说中的反映。当道统面临传人"择焉不精，语焉不详"及佛老浸蚀而衰落不济的艰难境地，他毅然要通过恢复文统来拯救道统的失坠，说"孟子不能救之于未亡之前，而韩愈乃欲全之于已坏之后"（《与孟尚书书》）。这种以担当道统为己任"舍我其谁"的精神令人崇敬。虽然韩愈所择所选的只是善鸣整体集合中的一部分，但韩愈发现了它们作为文明进化史主流的意义。韩愈最高明之处，在于既认识到这种普遍存在的共性，从"善鸣"的角度肯定了诸子百家在大文化视野中存在的价值，同时又为其建构一脉相传的以"仁义道德"为核心的儒家道统说提供了一个广阔而宏大的文化背景。他对文化史的贡献在于以"障百川而东之，挽狂澜于既倒"的气魄为对抗佛老而选择并突出了儒家的历史地位，论证了其历史进步性和应该占统治地位的合理性。而为了"扶树教道"，韩愈又突出了复古的"文统"观念。这样"不平则鸣"在韩愈的思想意识中实际上是"文统"与"道统"的交融和统一。

我们再来看司马迁和欧阳修的观点。《汉书·司马迁列传》说："古者富贵而名摩灭，不可胜记，唯俶傥非常之人称焉。盖文王拘而演《周易》；仲尼厄作《春秋》；屈原放逐，乃赋《离骚》；左丘失明，厥有《国语》；孙子膑脚，兵法修列；不韦迁蜀，世传《吕览》；韩非囚秦，《说难》《孤愤》；《诗》三百篇，大抵圣贤发愤之所作为也。此人皆意有所郁结，不得通其道，故述往事，思来者。"司马迁只是从历史角度得出圣贤著书的心理动因是发泄忧郁，期望传之将来。这显然是根据儒家"立言"传远思想结合他自身独特遭际而提出的，目的是"传畸人于春秋"，更好地解释了文学创造的心理动力，其对韩愈的影响无疑很大，但不及韩愈文化视野开阔，韩愈的"不平则鸣"建立在宇宙普遍规律的基础上，比司马迁的发愤著书包孕更加宏深。而欧阳修进一步缩小范围，他在《梅圣俞诗集序》说："予闻世谓诗人少达而多穷，夫岂然哉！盖世所传诗者，多出于古穷人之辞也。凡士之蕴其所有而不得施于世者，多喜自放于山巅水涯之外，见虫鱼草木风云鸟兽之状类，往往探其奇怪；内有忧思感愤之郁积，其兴于怨刺，以道羁臣寡妇之所叹，而写人情之难言，盖愈穷则愈工。然而非诗之能穷人也，殆穷者而后工也。"欧氏的"穷而后工"说比司马迁的"发愤著书"说范围更小，充其量不过是诗歌创作发生说，运用枚举法，进行不完全归纳，道出了诗歌创作的某种规律，严格说来，欧阳修的"穷而后工"论只是发挥了韩愈《荆潭唱和诗序》中的观点，显然没有"不平则鸣"说视野广阔。一方面韩愈认为："夫和平之音淡薄，而愁思之声要眇；欢愉之辞难工，而穷苦之言易好也。是故文章之作，恒发于羁旅草野，至若王公贵人气满志得，非性能好之，则不暇以为。"（《荆潭唱和诗序》）但韩愈只说"难工"，并没有说一定不工，因此他另一方面又说："三子（李翱、张籍、孟郊）者之鸣信善矣，抑不知天将和其声，而使鸣国家之盛耶？抑将穷饿其身，思愁其心肠，而使自鸣其不幸耶?"(《送孟东野序》)虽然历史证明三子都只是作愁思心肠的自我哀鸣，但是韩愈的诗学观念里存在着"天和其声"的"鸣国家之盛"的盛世和鸣这方面的可能性，这使他的"不平则鸣"说理论体系更趋于完整，与司马迁为控诉自己的命运不平而想实现生命价值的自我超越的"发愤著书"相比，概括性更强。与欧阳修的"穷而后工"相比，韩愈的"不平则鸣"实际上包含了"穷而后工"和"通亦可工"的正反两个命题，因而显得更宏通。

考察韩愈的诗文创作实际，他一方面是"自鸣不幸"的，如《上兵部李侍郎书》中说自己的南行诗是"舒忧娱悲，杂以瑰怪之言";《上宰相书·一》中说自己"约六经之旨而成文"，却"时有感激怨怼奇怪之辞"，都是这方面的表现。而另一方面，他又自负地说"至于论述陛下功德，与《诗》《书》相表里；作为歌诗，著之郊庙，纪泰山之封，镂白玉之牒；铺张对天之闳休，扬厉无前之伟迹；编之乎诗书之策而无愧，措之乎天地之间而无亏，虽使古人复生，臣亦未肯多让"。(《潮州刺史谢上表》)这是要"鸣国家之盛"了。这大概是以他的《元和圣德诗》和《平淮西碑》一类的诗文创作为例证。其中后者写于元和十二年平淮西藩镇之后，其时韩愈正是官运通泰之时，他写作的《平淮西碑》正是所谓的"鸣国家之盛"的大手笔，此碑后来得到晚唐大诗人李商隐的大力赞扬，说是"点窜尧典舜典字，涂改清庙生民诗"(《韩碑》)，可见其历史文化价值是有定论的。

最后，"不平则鸣"还运用到对历代诗人或其他艺术家的评论上。如对陶渊明的认识，虽然在《荐士》诗中将陶诗纳入"气象日凋耗"的南朝诗人群体中加以否定，但那是就总的诗歌发展趋势来说的，而在《送王秀才序》中借论王绩隐居避世而作《醉乡记》，接着论述陶渊明:"及读阮籍、陶潜诗，乃知彼虽偃蹇不欲与世接，然犹未能平其心，或为事物是非相感发，于是有托而逃焉者也。"这比钟嵘、沈约、萧统甚至杜甫的认识更深刻，不能不说是其理论观照下的新发现。再如，对张旭草书的认识也是在"不平则鸣"的背景下作出的。《送高闲上人序》中说:"往时张旭善草书，不治他伎，喜怒窘穷，忧悲愉佚，怨恨思慕，酣醉无聊，不平有动于心，必于草书发之。观于物，见山水崖谷，鸟兽虫鱼，草木之花实，日月列星，风雨水火，雷霆霹雳，歌舞战斗，天地事物之变，可喜可愕，一寓于书。故旭之书，变动犹鬼神，不可端倪。以此终其身，而后名世。"作者认为艺术家只有将自己的人生遭际和观赏外物而产生的美感结合起来，才能创造艺术的极境，如张旭的草书就是竭思凝虑、不平则鸣的精品。

甚至，在实际生活中，人们心中因为遭遇到不公正的对待，也会以争吵的方式"不平则鸣"，如曹雪芹的《红楼梦》中就在叙述戏子芳官和她的干娘之间的矛盾时运用这一概念。干娘欺负芳官，拿了她的月钱，还让她洗干娘女儿的洗脚水，于是争吵起来。晴雯认为芳官狂，袭人则认为老的"不公"，小的"可恶"。这时宝玉说："这怨不得芳官！自古说：'物不平则鸣。'他失亲少眷的在这里，没人照看；赚了他的钱，又作践他！如何怪得！"（《红楼梦》第五十八回）这是小说中运用"不平则鸣"的例子。可见这一概念具有雅俗通用的共性特征，尽管宝玉所用已不完全是韩愈的本意，但足见其应用范围之广泛，影响辐射的深远。

故幽州节度判官赠给事中清河张君墓志铭[1]

张君名彻，字某。以进士累官范阳府监察御史[2]。长庆元年[3]，今牛宰相为御史中丞[4]，奏君名迹[5]中御史选，诏即以为御史[6]。其府惜不敢留，遣之，而密奏："幽州将父子继续，不廷选且久[7]，今新收，臣又始至[8]，孤怯，须强佐乃济[9]。"发半道，有诏以君还之，仍迁殿中侍御史[10]，加赐朱衣银鱼[11]。

至数日，军乱，怨其府从事，尽杀之，而囚其帅。且相约："张御史长者，毋侮辱轹轢[12]我事，毋庸杀。"置之帅所。居月余，闻有中贵人[13]自京师至，君谓其帅："公无负此土人。上使至，可因请见自辨[14]，幸得脱免归。"即推门求出。守者以告其魁[15]，魁与其徒皆骇，曰："必张御史。张御史忠义[16]，必为其帅告此，余人不如迁之别馆[17]。"即与众出君。君出门，骂众曰："汝何敢反！前日吴元济斩东市[18]，昨日李师道斩于军中[19]，同恶者父母妻子皆屠死，肉餧狗鼠鸱鸦[20]。汝何敢反！汝何敢反！"行且骂。众畏恶其言，不忍闻，且虞生变，即击君以死。君抵死口不绝骂，众皆曰："义士！义士！"或收瘗[21]之以俟。

事闻，天子壮之，赠给事中[22]。其友侯云长佐郓使[23]，请于其帅马仆射[24]，为之选于军中，得故与君相知张恭、李元实者，使以币请之范阳，范阳人义而归之。以闻，诏所在给船轝[25]，传归其家，赐钱物以葬。长庆四年[26]四月某日，其妻子以君之丧，葬于某州某所。

君弟复[27]，亦进士。佐汴宋，得疾，变易丧心，惊惑不常[28]。君得闲，即自视衣襦薄厚，节时其饮食[29]，而匕箸进养之[30]，禁其家无敢高语出声。医饵之药，其物多空青、雄黄[31]，诸多怪物，剂钱至十数万。营治勤剧，皆自君手，不假之人[32]。家贫，妻子常有饥色。

祖某，某官。父某，某官。妻韩氏，礼部郎中某之孙[33]，汴州开封尉某之女[34]，于余为叔父孙女。君常从余学，选于诸生而嫁与之。孝顺祗修[35]，群女效其所为。男若干人，曰某。女子曰某。

铭曰：呜呼彻也！世慕顾以行，子揭揭[36]也。嘻嗜[37]以为生，子独割[38]也。为彼不清，作玉雪也。仁义以为兵，用不缺折[39]也。知死不失名，得猛厉[40]也。自申于闇明[41]，莫之寺也。我名以贞之[42]，不肖者之咺[43]也。

【注释】

[1]本篇是张彻的墓志铭。张彻，元和四年（809年）进士，为幽州节度判官，被乱兵所杀。彻娶韩云卿子韩俞之女，于韩愈为堂侄女婿。给事中，皇帝侍从官，唐属门下省，于吏部置给事郎。清河是张姓郡望。墓志铭，埋在墓中的志墓文，用正方两石相合，一刻志铭，一题死者姓氏、籍贯、官爵，平放在棺前。

[2]范阳府监察御史：范阳府指幽州节度使府。监察御史为张彻任判官的京衔。

[3]长庆元年：唐穆宗年号，即公元821年。

[4]牛宰相：牛僧孺，字思黯，鹑觚（今陕西灵台县）人，他于元和十五年（820年）十二月以库部郎中知制诰并任御史中丞，长庆三年（823年）同中书门下平章事（即宰相）。

[5]名迹：名声事迹。

[6]诏即以为御史：诏命真拜张彻为监察御史。

[7]不廷选：幽州节度使奏官不由朝廷派遣，而由父子相继，实际上是割据状态。

[8]臣又始至：臣，指接替原幽州节度使刘总职务的张弘靖。他以检校司空同平章事兼幽州大都督府长史充幽州、卢龙军节度使。

[9]强佐乃济：必须要有一个强有力的辅佐，事情才能成功。

[10]殿中侍御史：京衔，为从七品上。

[11]赐朱衣银鱼：五品以上官服朱，佩银鱼袋，这是加赐的章服。

[12]轹(lì)蹙(cù):轹,车轮辗过;蹙,踏、踢。轹蹙,意为败坏。

[13]中贵人:指前来幽州观察、安抚的宦官。

[14]自辨:通过中使向叛军辩解。

[15]其魁:叛军首领。

[16]张御史忠义:谓张彻是一个忠诚的义士。

[17]迁之别馆:迁往另外的馆舍。

[18]吴元济:淮西叛将。元和十二年(817年)裴度率师讨平之,押到长安东市斩首示众。

[19]李师道:淄青节度使李师古异母弟,元和元年(806年)继为节度使,负固跋扈,元和十四年(819年)被部下杀死。

[20]肉馁狗鼠鸱鸦:馁,喂。鸱,猫头鹰。鸦,同"鸦"。

[21]收瘗(yì):收尸掩埋。瘗,埋葬。

[22]天子壮之,赠给事中:皇帝很赞赏,赠官给事中。

[23]侯云长佐郓使:侯云长,张彻友人。此时在郓、濮、曹节度使府为僚佐。

[24]马仆射:即马总,为天平军节度使,于长庆二年(822)加尚书左仆射衔。

[25]船轝(yú):车船。

[26]长庆四年:唐穆宗年号,即824年。

[27]弟复:张彻弟张复,元和元年进士。

[28]变易丧心,惊惑不常:谓精神有病变,时常惊悸错乱。

[29]节时其饮食:按时调节饮食。

[30]匕箸进养之:亲自用羹匙和筷子喂食。

[31]空青:一种有药用价值的矿石,又称"杨梅青",入药可通血脉、养精神。雄黄:即"石黄",入药可除牙气。

[32]三句谓:张彻为弟劳治病操办非常辛苦,不借助他人之手。

[33]礼部郎中:指韩云卿。

[34]汴州开封尉:指韩愈。

[35]祗修:谨敬端正。

[36]揭揭:高扬貌。

[37]噎喑(yīn):噎,食塞咽喉。喑,哑。

[38]劓:纠。

[39]缺折:断坏。

[40]猛厉:勇猛刚毅。

[41]申:伸张。闇(àn):黑暗。明:表显。

[42]贞之:指刻石表彰。

[43]呾(dá):呵责。

【赏析】

本篇是韩愈为其侄女婿张彻写的墓志铭。张彻于长庆元年任幽州节度使判官,因军士哗变,被乱兵所杀,当时灵柩未能运回,"无所于葬",只得"舆魂东归",韩愈曾写《祭张给事文》称赞其"杀身就德"的高义。张彻的灵柩于长庆四年才辗转运回故乡安葬,韩愈因此撰写这篇文章,来褒奖张彻的忠义和孝悌。在程式化的刻板的碑铭文中,这是一篇形象生动、情文并茂的佳作。

首段叙张彻的经历,重点交代任幽州范阳府监察御史一事,因为这是张彻一生最高也是最后的任职。张彻本来由于牛僧孺的荐举,朝廷已任命他为朝官监察御史,他的上司是刚刚到任的幽州节度使张弘靖,张弘靖不敢违背朝命,只得让他回朝,但又舍不得他走,因此密奏朝廷,说幽州节度使奏官不由朝廷已经很久,而且父子相继,将要形成新的割据之势,自己初来乍到,必须要一强有力的辅佐才能扭转局面。这样朝廷又迅速下诏让张彻从半路返回幽州,仍给他殿中侍御史官衔,并加赐朱衣银鱼袋,以示恩宠。

第二段写张彻刚回到幽州,没有几天就发生了兵乱,主帅张弘靖被囚禁,他手下几个骄悍的副官都被杀死。这里有一个重要原因,原来张弘靖认为安史之乱起源于幽州,所以想彻底改变当地的民风习俗,但他不恤下情民意、恣意享乐的作风让蓟人不满;加上他一上任就掘安禄山坟墓,毁其棺椁,让人尤为失望。更有甚者,他的几个副将"轻肆嗜酒,常夜饮醉归,烛火满街,前后呵叱"(《旧唐书·张弘靖传》),并诟责侮辱吏卒,动不动就要将士兵与禄山等同论罪,终于引起民怨沸腾,激起兵变。从某种意义上讲,张弘靖是由良好的初衷出发,但因作风不良、纵恿属下最终酿成了不可收拾的后果。而最无辜的就是张彻,他刚到,又是长者,当初"军人以其无过,不欲加害,将引置馆中",但张彻不知他们的用意,"遂索弘靖所在,大骂军人,亦为乱兵所杀。"(同上)《旧唐书》交代了兵乱的原因,却未能描写出张彻被杀的详情,而韩愈此文对此作了详细地描述:哗变的士兵本与魁首相约不要伤害张彻,但张彻要求见主帅张弘靖,规劝士兵在朝廷派来的使者面前"请见自辨"，并"推门求出"，这引起魁首和士兵的惊恐，他们说张彻是忠诚义士，不能让他出去，必须迁往别馆。可是张彻却巍然不可侵犯，大声骂贼，还引吴元济斩首东市、李师道死于乱军的例子来斥责作乱者决不会有好下场。这一连串义正词严的呵骂，使哗变的官兵更加不安，于是"击君于死"，而张彻"抵死口不绝骂"，体现出"义士"的凛凛风骨和铮铮气节。韩愈通过对语言、行为的细致描写，运用侧面烘托刻画出张彻忠勇刚烈、义薄云天的壮烈形象，使"忠义之气，千载如生矣"（林云铭《韩文起》卷十二）。接着第三段叙张彻事迹受到皇帝嘉奖和张彻的灵柩在其友人们的帮助下终于运回故乡安葬的事。在行文中韩愈运用了春秋笔法，前文说幽州士兵"怨其府从事"，称"张御史忠义""壮士"，此段又说"范阳人义而归之（灵柩）"，可见韩愈对范阳乱兵是有所同情的，而对主帅则有微词。韩愈虽然旗帜鲜明地反对割据叛乱，但他主张安抚人心，体恤下情，不能帅骄将悍人为激生变故。这与史臣指责"弘靖兴戎"的观点基本相同。也正是基于此，韩愈才对张彻的大义表彰中寄寓了对其死于非命的深切同情。

在大是大非面前，在生死抉择时候，能选择杀身成仁的张彻，于平日家居又是怎样的情形呢？接着第四段通过张彻悉心细致护理病弟的事迹来表现他的孝悌品质。他亲自护理害神经分裂症的弟弟，按时调节饮食，亲手用汤匙喂食，并严禁家人高声说话；即使一剂药昂贵到十数万钱，他也毫不犹豫，不惜任何代价，并亲手操办，不让他人插手。为了给病弟治病，他几乎倾家荡产，致使"家贫，妻子常有饥色"。这是多么感人的人间至情！至此一个忠孝节义、无私无畏、友爱恺悌的伟男子形象完全屹立在读者面前，你不能不为韩愈笔下涌动的深情挚意所感动。即使在"家贫"的情况下，也没有家人埋怨，足见这一家人过得多么和谐，而这一切都是张彻品德操行影响的结果。"孝顺祗修，群女效其所为"一句说出了张彻的这种精神影响深远。

张彻的崇高精神和不幸遭遇让作者既深深敬佩又深感痛楚，因此在最后的铭文中，作者一方面赞扬张彻的揭举大义、冰清玉洁的品行，勇猛刚毅不失气节的操守，另一方面却将那些琐屑污浊、贪生怕死的不肖之徒大加贬斥，表现出鲜明的情感倾向。此文没有遵循墓志铭的刻板写法，而是抓住人物一生的大节，通过典型细节展现人物的精神风貌，具有传记的味道。艺术上叙事委曲详赡又时用曲笔，情感滔滔奔涌又停蓄回环，极沉郁顿挫之妙境。

柳宗元

柳宗元，字子厚，祖籍河东（今山西永济市）人，世称"柳河东"。又因为官终柳州刺史，故称"柳柳州"。

柳宗元于唐代宗大历八年（773年）生于长安（今陕西西安市），家学有渊源，高祖柳奭是高宗时宰相，父亲柳镇官侍御史。宗元少有才名，胸怀大志。早年为考进士，文以辞采华丽为工。贞元九年（793年）中进士，十四年登博学鸿词科，授集贤殿正字，后调蓝田尉，升监察御史里行，积极参与王叔文集团的政治革新，迁礼部员外郎。永贞元年（805年）九月，革新失败，贬邵州刺史，十一月途中追贬永州司马，在永州十年，写了著名的《永州八记》（《始得西山宴游记》《钻姆潭记》《钻姆潭西小丘记》《小石潭记》《袁家渴记》《石渠记》《石涧记》《小石城山记》）。元和十年（815年）春奉召回京，旋即出为柳州刺史，有政声。宪宗元和十四年十一月初八（819年）卒于柳州任所。除了韩愈、刘禹锡、白居易等文友，还与僧人广有交往。

他是唐代著名的哲学家、散文家和诗人，其思想以儒家为主，融合释道，要求"归本大中"，主张积极入世，论文强调"文以明道"。与韩愈同倡古文，并称"韩柳"。与刘禹锡并称"刘柳"，是元和时期著名贬谪诗人。又长于山水诗，与王维、孟浩然、韦应物并称"王孟韦柳"。柳宗元诗文兼善，柳诗峻洁峭拔，意境幽深峭丽；柳文峭拔矫健，议论卓厉风发。与韩愈、欧阳修、苏洵、苏轼、苏辙、王安石和曾巩并称"唐宋八大家"。

柳宗元共留下诗文达600余篇，因持"诗文不能兼善"的观点，是维护本色的尊体派代表，故其文成就大于诗。骈文有近百篇，散文论说性强，笔锋犀利，讽刺辛辣；游记写景状物，多所寄托。还有《天说》《天对》《封建论》等哲学论文。柳宗元的作品由唐代刘禹锡编辑整理成集，称《柳河东集》。

牛　赋

若知牛乎？牛之为物，魁形巨首[1]。垂耳抱角，毛革疏厚[2]。牟然[3]而鸣，黄钟满胵[4]。抵触隆曦[5]，日耕百亩。往来修直[6]，植乃禾黍[7]。自种自敛[8]，服箱[9]以走，输入官仓[10]，己不适口[11]。富穷饱饥[12]，功用[13]不有[14]。陷泥蹶块[15]，常在草野。人不惭愧，利满天下[16]。皮角见用，肩尻莫保[17]。或穿緘縢[18]，或实俎豆[19]，由是观之，物无逾者[20]。

不如羸驴[21]，服逐驽马[22]。曲意随势[23]，不择处所。不耕不驾，藿菽[24]自与。腾踏康庄[25]，出入轻举[26]。喜则齐鼻[27]，怒则奋踯[28]。当道长鸣，闻者惊辟[29]。善识门户，终身不惕[30]。

牛虽有功，于己何益？命有好丑，非若能力[31]。慎勿怨尤，以受多福[32]。

【注释】

[1]魁形巨首：体型魁梧，头很大。

[2]垂耳抱角：双耳下垂，两角相对弯曲。毛革疏厚：毛疏皮厚。

[3]牟然：牟，同"哞"，牛的鸣叫声。

[4]黄钟：古代音乐十二律之一，声调低沉而浑厚。这里形容牛叫声。满胵：整个喉咙都张开涨满了，形容牛鸣叫时的情状。胵，颈项，这里指牛的喉咙。

[5]抵触隆曦：冒着烈日。抵触，顶冒，犹言顶着。隆曦，烈日。

[6]往来修直：往来耕地，翻出的垄沟又长又直。

[7]乃：你们，指农民。禾黍：水稻、玉米、高粱等农作物。

[8]敛，收，指参加收获劳作。

[9]服箱：拉车。服，同"负"，拉。箱，车厢。《诗经·小雅·大东》："睆彼牵牛，不以服箱。"

[10]输入官仓：将粮食拉入官府的粮仓。

[11]不适口：吃不饱。适，满足。

[12]富穷饱饥：使穷者富，饥者饱。富，使动用法，使……富裕。饱，使……吃饱。

[13]功用：功劳。

[14]不有：不自占有。

[15]陷泥：现在泥淖中。蹶块：跌倒地上。块，土块，土地。

[16]"人不"二句:谓人们尽情地使用牛劳动而不感到惭愧,牛的好处遍布天下。

[17]肩尻莫保:指全身骨肉不能保全。肩尻,从肩部到臀部,指全身。莫保,不能完好保全。

[18]緘縢:绳索。

[19]实俎豆:实:装进,装满。俎豆:古代祭祀用的器具。

[20]物无逾者:没有超过牛所付出的的动物。

[21]羸驴:瘦驴。

[22]服逐驽马:逐:追随。驽马:劣马。

[23]曲意随势:挖空心思,趋炎附势。

[24]藿菽:豆叶和豆子,指上等的饲料。

[25]腾踏康庄:奔跑在康庄大道。

[26]轻举:轻快。

[27]喜则齐鼻:高兴就扬鼻相对互嗅。

[28]怒则奋踯:愤怒时相互蹬蹄。

[29]惊辟:惊慌失措地躲开。辟,通"避"。

[30]惕:怕,恐惧。

[31]能力:能够用力改变。

[32]怨尤:埋怨责怪。多福:洪福。

【赏析】

牛是一种体型庞大、性情温顺、吃苦耐劳、无私奉献却不求回报的动物,历来得到画家和文学家的喜爱。如唐代韩滉的《五牛图》就刻画了栩栩如生的牛的形象,而柳宗元的《牛赋》则是运用赋体为牛传神写照的杰作。

这篇短赋写于柳宗元初贬永州时,应当是一篇托物言志的作品。开篇即问:"若知牛乎?"这个"知"字很重要,有知道、理解、懂得等意思,说明柳宗元是以懂牛、爱牛、惜牛的视角来写这篇赋的,而世人也许只知道使用牛来耕地、拉车宀杀牛祭祀,但很少关注牛的精神世界,更不关注牛的命运。

接下来就精确地刻画牛的形象:牛虽然身躯庞大,头颅硕然,但是它那下垂的双耳和弯曲回抱的双角,却显出温顺善良的情态,决不像驴那样懒惰暴怒，更不像虎那样凶戾残暴；牛的体毛浓密、皮肤坚厚，那是制作温暖皮衣、精致皮革的理想材料，然而很少人能听懂牛的哞哞鸣叫声，从它那短而粗的喉咙里发出来，那简直就是黄钟一样的浑厚而洪亮、低沉而苍茫。显然这里的牛鸣大有"不平则鸣"的意味，牛虽然是一种心地善良、逆来顺受的动物，但是人世间太多的不平久久积压在它的心中，有时候也不得不以鸣叫来宣泄，柳宗元写牛鸣，且用黄钟比拟，体现出对牛精神世界的一种理解。

牛的日常生活情状又是怎样呢？柳宗元以同情的笔调这样描写：烈日炙烤着大地原野——渴望绿色、渴望收获的原野，而牛必须冒着烈日每天耕地百亩，它的颈项上套着沉重的犁铧，身边闪动着农人训斥吆喝的鞭影，来来往往翻出修长且笔直的田垄，都种上一望无际的禾黍，但谁知道永远只有累死的牛，却没有耕完的地！对牛这样的功臣，人们又是怎样对待呢？你看人们自种自收，粮食山积，既要牛来拉车运输，送进官家修建的巨大粮仓，又不给牛吃一点它辛辛苦苦耕种的粮食！它能使穷困者富裕，使饥饿者吃饱，但它却不贪功邀赏，它永远是一个被驱遣、被奴役的命运。更糟糕的是整日在荒野上繁忙劳作，有时陷进泥淖难以自拔，有时被石头泥块羁绊跌倒地上，牛的艰辛，谁人知晓？尽管人们心安理得地享受牛的劳作，对牛从无愧疚自惭之心，但它却给天下人带来无穷的利益。活着的时候耕田拉车，死后它的牛皮、牛角被用做各种用具，它的骨肉被作为美餐一饱肚福，牛筋被制成皮绳，或被杀死用来祭祀祈福。由此看来，牛的全身都是宝，牛是完全彻底地为人类奉献了自己啊！写到这里，仿佛是对牛的一生作了忠厚的评价和真诚的赞颂，其实不然，作者的用意还是在于铺垫，将牛的勤劳奉献写足，是为了揭示人世间更大的不平等。笔锋一转，引出了与牛绝然相反的两种动物——羸驴和驽马。

羸驴即瘦驴，驽马即劣马。它们缺乏才能也只会跑跑路，但是它们却学会了奉承主人，挖空心思顺应权势，不择地而居；它们既不耕地也不驾车，却天天有精饲料吃；它们轻松奔跑在康庄大道上，随便就能进出豪奢府邸；它们高兴时以鼻对鼻，发怒时则奋力蹬蹄；它们站在大道上吼叫，吓得路人慌忙远避；它们投靠豪门贵族，养尊处优，一辈子都不用担惊受怕。其实，柳宗元这里是用漫话的笔法来塑造瘦驴和劣马的形象，不完全符合现实的情况，因为唐人爱马，高门豪族所养的马都是名马，也都膘肥体壮，而劣马岂能有这样高的待遇？显然是故意人格化，来与牛作对照的。这样才能突出牛的际遇的悲剧性。

最后，作者无限感慨地说："牛虽然有功劳，但对牛自己有何益处？命运有吉凶，并非你牛的能力所能改变的，不要埋怨，以承受上天的赐福！"这是什么福气呢？饱含热泪的祈福，成为对牛不公平命运的绝妙反讽！那隐含深处的就是对这个是非颠倒、黑白不分的世界的控诉！柳宗元参加永贞革新，因为以宪宗皇帝为代表的保守势力的打击而远贬南荒，但是宪宗朝的很多措施与永贞革新并无多大不同，这就是柳宗元难以理解的。

有的论家认为此文中的牛是自指或指王叔文，而羸驴和驽马则指当道的宰相及其党羽，我认为有这种可能性，但是指实却没有必要。因为此文实际上还是富于影射性的寓言体，是一种取类比拟的写法，不一一对应更有味道。这篇短赋刻画牛的形象并揭示牛的悲剧命运，全心奉献给人类却不为人们所理解，这才是最值得同情的啊！宋代李纲也写了一首《病牛》："耕犁千亩实千箱，力尽筋疲谁复伤？但得众生皆得饱，不辞羸病卧残阳。"赞颂了牛不辞羸病、任劳任怨、志在众生、唯有奉献、别无他求的性格特点。也用"托物言志"，借咏牛来言情述志，但是胸襟和气象与柳宗元还是有明显的区别，这也可以帮助我们理解柳宗元文确实是有所指的。

文章虽然是四言句，整齐密实，但由于文中运用了很多虚词，还有大量的否定、疑问、转折、祈使等句式，赞赏、同情、愤懑、讥讽等各种情感盘旋顿挫于字里行间，因而全文并不给人呆板滞涩之感，反而觉得流畅婉转，文气畅达。另外，逼肖其状的写生手腕也值得称道。

囚山[1]赋

楚越之郊[2]环万山兮，势腾踊[3]夫波涛。纷对回合仰伏以离跂[4]兮，若重墉之相褒[5]。争生角逐上轶[6]旁出兮，下坼裂而为壕[7]。欣下颓以就顺[8]兮，曾不亩平[9]而又高。沓云雨而渍厚土[10]兮，蒸郁勃其腥臊[11]。阳不舒以拥隔[12]兮，群阴冱而为曹[13]。侧耕危获苟以食[14]兮，哀斯民之增劳。攒林麓以为丛棘[15]兮，虎豹咆㘎代狴牢之吠嗥[16]。胡井眢以管视[17]兮，穷坎险其焉逃[18]。顾幽昧之罪[19]加兮，虽圣犹病夫嗷嗷[20]。匪兕吾为柙[21]兮，匪豕吾为牢[22]。积十年莫吾省者[23]兮，增蔽吾以蓬蒿[24]。圣日以理[25]兮，贤[26]日以进，谁使吾山之囚吾[27]兮滔滔[28]？

【注释】

[1]囚山：囚禁于山，被山囚禁。指作者长期贬谪于群山围绕之中，无法离去，像被囚禁一样。

[2]楚越之郊：指永州的郊外。楚、越本是春秋时代的诸侯国，大致相当于今江浙、两湖一带，这里借代永州。

[3]势腾踊：山势奔腾跳跃状。山峰与涧壑连绵，形状像波涛起伏。

[4]纷对：纷然相对。回合：环抱围绕。仰伏：高低错落。离翅：遮挡阻隔。描写山的各种形态。

[5]重墉：重重叠叠的城墙。相褒：相互比势争高。

[6]上轶：向上超出。

[7]坼裂而为壤：裂开变成壑涧。

[8]下颓以就顺：向下倾斜趋向柔顺。

[9]不亩平：没有一亩平地。

[10]沓云雨而渍厚土：云雨纷纭，浸湿泥土。

[11]蒸郁勃：湿热之气勃郁蒸腾。腥臊：杂着腥臊的恶臭气味，即所谓的瘴气。

[12]阳：阳气。不舒：不能舒展。拥隔：阻塞。

[13]群阴沍而为曹：浓重的阴气凝聚堆积在一起。曹，偶对。这里是成堆的意思。

[14]侧耕危获：在这样逼仄罅漏的地方耕种，收获很少的粮食。苟以食：苟且生活。

[15]攒林麓：林麓攒集。以为丛棘：成为荆棘丛。古代囚禁犯人的地方，四周以荆条阻拦，防止犯人逃跑。

[16]虎豹咆阚：虎豹咆哮。狴牢：监牢。狴，即狴犴，传说中的一种走兽，古代常把它的形象画在牢狱的门上，借指监牢。吠噑：嚎叫。

[17]胡：何故，为何。井智以管视：即坐井观天。智，无水的枯井。

[18]穷：尽。坎险：地面地陷不平。其焉逃：岂能逃脱。

[19]幽昧之罪：不明不白的罪。

[20]虽圣：即使是圣人。病：忧虑。嗷嗷：众生嘈杂。意谓即使是圣人也会忧虑这众人嘈杂的责骂声。

[21]匪兕:不是犀牛。匪,通"非"。兕,似牛一角,即犀牛。吾为柙:倒装,即"为柙吾",把我关在木笼子里。

[22]匪豕:不是猪。吾为牢:把我关在猪圈里。

[23]积:积累。十年:作者元和元年(806年)贬永州司马,到写此赋的元和九年(814年),头尾正好十年。莫吾省:倒装,没有人来问候探望。省,问候,探望。

[24]增:同"层"。蔽吾:遮蔽我。蓬蒿:蓬草和蒿草。此处为比喻,意为我被这层层叠叠的蒿草遮蔽,令人窒息。

[25]理:治理。

[26]贤:贤人。

[27]囚吾:世彩堂本《柳河东集》注:"一本无下吾字。"何焯校本注:"囚字下宋本无吾字。"可从。

[28]滔滔:连绵不断貌。

【赏析】

这篇《囚山赋》与《解祟赋》《惩咎赋》《悯生赋》《梦归赋》等五赋都是柳宗元在贬官永州时的作品,是柳宗元发泄忧郁、抒发愤懑的言情之作,深受屈原《离骚》的影响,其中《囚山赋》作于元和九年,时间最晚却最有特色,《训诂柳先生文集》卷二孙汝听引录北宋晁补之序,将此赋归类于《变骚》,并曰:

> 《语》云:仁者乐山。自昔达人,有以朝市为樊笼者矣,未闻以山林为樊笼者。宗元谪南海久,厌山不可得而出,怀朝市不可得而复,丘壑草木之可爱者,皆陷井也,故赋《囚山》。淮南小山之辞,亦言山中不可以久留,以谓贤人远佚,非所宜尔,何至以幽独为狴牢,不可一日居哉?然终其意近《招隐》,故录之。

说柳宗元此赋接近淮南小山的《招隐》很值得商榷,但认为此赋是继承屈原的《变骚》之作,则很有眼光。本来在古人看来,山水胜境是一个可居可游的地方。高卧松云、享受山水清音和林泉幽趣,是隐士们终生追求的生活方式,但对欲有所作为的人说,长期沉溺于荒山野岭、涧谷沟壑之中,无所事事,那就不是什么潇洒闲适的享受,而是被囚禁拘系的痛苦。柳宗元自永贞元年贬到永州,担任司马这一闲职,十年来清闲无事还备受打击,导致精神压抑,情怀忧郁,而满腔愤懑却无可告语,虽深怀沉重的负罪感却长期得不到君王的谅解及朝臣的救助，其内心的孤愤激切可想而知。

《囚山赋》运用骚体铺陈山川的险恶，接近于心灵的呼号。开篇就说楚越的郊外是莽莽万重大山，那群峰连绵起伏犹如大海的波涛，汹涌澎湃，无声静默的大山被写得气势腾涌，貌似赞美实则心怀恐惧。因为这些山峰不仅起伏层叠而且回环相对，有的甚至相互纠缠簇拥在一起，仿佛重重城墙把人团团围困在其中；有些山峰高插云霄，有的则旁逸斜出，有的似乎突然裂开下陷，变成巨大的壕沟，有的虽柔顺可爱一些，但向下延伸的平地仅有一亩之大，又忽然从地底下冒出一列高山；山峰之间狭小而雍闭，仿佛空气都难于流动，天上云雨杂沓而变幻无常，地上的泥土仿佛永远都是潮湿滑腻的，每当雨停日出，就会热气蒸腾，那腐尸烂草的腥臊气味夹杂在闷热湿润的空气中，使人郁闷难熬。为什么是这样一种恐惧凶险的感受呢？原来是：

> 阳不舒以拥隔兮，群阴沍而为曹。

因为阳气不能舒展、雍闭堵塞，才导致浓重的阴气凝聚堆积在一起。这里的阴阳失衡虽是客观的环境特征，因为南方湿热，山林涧谷多瘴疠之气，但是阴盛阳衰显然还另有所指，可以联想到当今朝廷不正是这样，正值耿介的人士遭受排挤打击，而那些阴毒手辣的群小却大展手足、备受推重吗？像永贞革新派的人士遭到长期贬斥禁锢，不也是人世间的阴阳颠倒吗？柳宗元借描写南荒气候，实际上是愤怒指责朝廷用人政策的本末倒置和荒诞无稽。

接下来笔锋一转，说这里的人民在狭窄的小块土地上深耕细作，却只能收获很少的粮食，不由得叹息民生的艰辛劳苦。这是哀叹民生，同时也是自叹生计维艰。作为牧民的司马官员来说，除了生活上的艰难，还更有精神上的苦痛。在柳宗元看来，那些树木茂密的山林和攒簇环绕的峰峦，就像荆棘丛生的栅栏，那些豺狼虎豹肆无忌惮的吼叫就像牢房恶犬的吠嚎，不由人不心生战栗恐惧；而生活在这雍闭狭小的空间，就像坐井观天，到处是陷阱坎坷，无法逃脱！真是被重重叠叠的大山压抑得透不过气来，文气已经累积的危如累卵了，似乎无调转的余地，可是作者忽然又一转，悲愤交加地说：我遭遇这等不明不白的重罪，就是古代圣人也难以忍受那些小人的众口责骂啊！我并不是凶恶的犀牛，为什么要把我关进笼子？我不是庸碌的猪，为什么要把我关在牢圈？这样的非罪之贬，是作者心中永远的伤痛，所以如蚕丝缠绕，是难以释怀的。这愤怒的呐喊大有屈原问天的架势。

最后作者发出一声更为痛彻骨髓的叹息：十年都没有人来问候探视我啊，还不断将荒草蒿茅堆积在我四周，使我难以呼吸；而圣皇的天下是日趋清明宏达，贤能的大臣也是在不断进入朝堂，为什么我只能被这莽莽群山重重囚禁呢？

这样的遭际确实值得同情，但是这样的呼号又有谁能听得见呢？

这种深处囚徒困境的心态，是柳宗元最真切的感受，他之所以游山玩水，大力写山水游记，从某种意义上讲是要摆脱精神的枷锁，但往往是郁闷恐惧日积月累的堆积腷中，只能以这样的呐喊方式宣泄出来。即使后来他再贬柳州，这样的囚禁之感并无减退，反而更为猛烈，如《上门下李夷简相公陈情启》中说："闻有行三涂之艰，而坠千仞之下者，仰望于道，亏以求出。过之者日千百人，皆去而不顾。就令哀而顾之者，不过攀木俯首，深膑太息，良久而去耳，其卒无可奈何。然其人犹望而不止也。"（《柳宗元集》卷三十四，第891—892页）以形象生动的情境描写自己所处的艰难困境，其渴望援救的心情异常悲苦，令人动容。

这篇小赋，作者不仅写山水自然的荒莽凶险，展现自己遭到无枉贬谪的悲愤心情，而且运用楚辞体，文气宏迈苍劲而低沉悲咽，用词刚硬险峻而形象生动，拟象设喻既夸饰雄健又贴切流畅，取得了很高的艺术成就。正如林纾所言："柳州赋，摹楚声，亲骚体，为唐文巨擘。"（《韩柳文研究法·柳文研究法》）

鞭　贾

市之鬻[1]鞭者，人问之，其贾[2]宜[3]五十，必曰五万。复之以五十，则伏而笑；以五百，则小怒；五千，则大怒；必以五万而后可。

有富者子，适[4]市买鞭，出五万，持以夸余。视其首，则拳蹙而不遂；视其握[5]，则蹇仄[6]而不植；其行水者，一去一来不相承，其节朽墨而无文；掐之灭爪，而不得其所穷；举之翲然若挥虚焉。

余曰:"子何取于是而不爱五万?"曰:"吾爱其黄而泽,且贾云者。"余乃召僮爓[7]汤以濯之,则遫然枯[8],苍然白。向之黄者栀也,泽者蜡也。富者不悦,然犹持之三年,后出东郊,争道长乐坂下。马相踶,因大击,鞭折而为五六。马踶不已,坠于地,伤焉。视其内则空空然,其理[9]若粪壤,无所赖者。

今之栀其貌,蜡其言,以求贾技于朝者,当其分则善。一误而过其分,则喜;当其分,则反怒,曰:"余曷不至于公卿?"然而至焉者亦良多矣。居无事,虽过三年不害。当其有事,驱之于陈力之列以御乎物,夫以空空之内,粪壤之理,而责其大击之效,恶[10]有不折其用,而获坠伤之患者乎?

【注释】

[1]鬻(yù遇):卖。

[2]贾(jià价):通"价",价钱。

[3]宜:应该。

[4]适:到,往。

[5]握:手握的地方。

[6]蹇(jiǎn简)仄:卷曲,歪斜。

[7]爓(yuè跃):火光,这里作动词,烧。

[8]遫(sù速)然枯:立刻就变得枯萎了。遫,萎缩。

[9]理:质地。

[10]恶(wū乌):哪有,如何。

【赏析】

韩愈在《柳子厚墓志铭》中说:"俊杰廉悍,议论证据今古,出入经史百家,踔厉风发,率常屈其座人。"对柳宗元的为人风采和为文特点作了生动贴切的评价。又说他的文章"雄深雅健,似司马子长。"作为唐宋八大家中排名仅次于韩愈的柳宗元,其散文创作的主旨是要"文以明道",而目标则是要"兴西汉之文章",追求博大苍古,厚重渊深,气象宏伟,与风骚并驾齐驱。他的散文中成就最突出的除了表现他唯物主义思想的辅时及物之志的政论文外,就是他的山水游记。其次,他的饱含讽谏的寓言杂说、杂感的小品文,也颇具特色,这些文章或以寓言故事托寓讽慨(如《蝜蝂传》),或以现实故事针砭时弊(如《捕蛇者说》),都深刻警醒,发人深思。有些文章实际上还揭示了人类某种共通的劣根性，具有思想史意义，像这篇《鞭贾》就是比较著名的一篇。

文章题目是"鞭贾（ɡǔ）"，讲市场上一个卖鞭子的商人卖一根染上黄色又涂过蜡的质地朽烂的鞭子（假冒伪劣商品），却坚持要五万钱的天价，并成功卖出，而那不识货的买者却凭此高价夸耀于人。文章的内容不是讲这个商人怎样的狡诈欺人，他只是作为一个引子，主旨却指向那个买鞭的富家子弟，他不仅心甘情愿地被骗，而且害怕别人揭穿老底，拿着那根其实只值五十钱的鞭子到处炫耀，三年后的一天，他骑的马受了惊，马鞭派上了用场，他狠狠地用鞭抽马，却从马背上颠下来，终于导致鞭折人伤的可悲下场。这是一个并不复杂在日常生活中经常可以碰到的受骗上当的故事，鞭商的狡诈固然可恨，然而更可悲的则是买鞭的富家子弟只看外表、无识却傲富的心理，既缺乏鉴别能力，又不肯虚心听取别人的忠谏，听信谎言却执迷不悟，才是最可怕的。

面对市场上琳琅满目的商品，可以说没有一个商家不在拼命吹嘘自己商品的优点，并采取一切可能的手段来包装商品，以求取悦于顾客，卖出好价钱，这是商品经济的特点。而关键的就是买者必须具有足够的知识来识别商品的真伪，准确判断其价值。古书上的寓言"买椟还珠"固然是有眼无珠，只注重外表不看本质，不值得评论；而和氏的宝玉被贱视为璞则是另一种缺乏识力的表现，更值得重视。柳宗元抓住买者识力问题作文章，突出了这一点。文章可贵之处在于他并不停留在这个层面上，而且进一步拓展，从寓言的可笑中上升到严肃的现实生活的高度，矛头直指随处可见的"栀其貌，蜡其言，以求贾技于朝"的人，这些人只知削尖脑袋往上爬，如果给他的官职超过了他的实际才能，他就喜欢；如果相当，却反而发怒，并说"我为什么不能为公卿？"面对这种现象，作者作了有力的类比推理：国家无事时，这些人做几年公卿，也无甚妨害；如果国家有事，要求这些本无才能的人为国家做出重大贡献，像那位富家子用马鞭猛抽马一样，怎么能不出现一筹莫展，而使国家遭难的局面，并造成鞭折人伤的悲剧呢？这真是一个令人灵魂警醒的反问，发人深省。

文章除了主旨深刻外，艺术上的特点是善于运用对比。鞭贾的狡诈与富家子的无知是一个对比；富家子的掩过饰非与作者的谆谆告诫又是另一层对比，通过对比揭示出无知无识又执迷不悟、只重外表不看实质者的可悲；然后将寓言中的富家子与现实中的追名逐利却无实际才能者进行对比，进而揭示他们必然相同的命运，这样层层对比，就深刻地揭示了主旨，增强了讽刺意味。其次，文章的语言带有鲜明的文学色彩。如描写鞭贾，虽着墨不多，仅一句"必曰伍万"和"小怒""大怒"等几个情态就活画出他狡诈老练、说着弥天大谎却貌似真诚的嘴脸，而这正是那些甘心上当者非常相信的原因。在描写那伍万钱的神"鞭"时，作者更是从鞭首、握柄、质地、朽节与纹理等方面进行细致描绘，并用手捐、烧汤洗濯来揭穿其假冒伪劣，最后鞭断人伤时的"视其内则空空然，其理若粪壤，无所赖者"的交代印证了作者的判断。通过生动的描绘表现出作者的睿智和富者的无知，人物形象也因此富有类型所指的深刻内涵，体现出柳文语言隽永味深的特点。

如果将《蝜蝂传》与《鞭贾》两文进行比较，我们就可以明白这两篇文章的结构基本相同，前面都是一个寓言故事，后面都是运用议论来讽刺当今的世人。前者通过喜欢负重、见物辄取、又好爬高的小虫最终为物累而死的悲剧，来讽刺那些贪得无厌追求高位厚禄者的无耻嘴脸，并指出他们最终的必然下场。后者通过一个富家子买鞭的无识和傲富，最终鞭折人伤的悲剧，来讽刺那些腹内空空、贾技于朝而实不足赖的庸才，指出他们一旦大用必然遭到同样的命运。两篇寓言在揭露人性的空虚和贪婪的劣根性方面有异曲同工之妙，具有思想史意义。表达上语言都富有表现力，既形象生动又隽永有味。不同之处，前者采用传体，模仿史记，庄重中略带诙谐；后者采用杂感形式，诙谐中现出庄重。

蝜蝂传[1]

蝜蝂者，善负[2]小虫也。行遇物，辄持取[3]，卬[4]其首负之。背愈重，虽困剧[5]不止也。其背甚涩[6]，物积因不散，卒踬仆[7]不能起。人或怜之，为去其负。苟能行，又持取如故。又好上高，极其力不已，至坠地死。

今世之嗜[8]取者，遇货不避，以厚其室[9]，不知为己累[10]也，唯恐其不积。及其怠而踬也[11]，黜弃[12]之，迁徙[13]之，亦以病[14]矣。苟能起，又不艾[15]。日思高其位，大其禄，而贪取滋甚[16]，以近于危坠[17]，观前之死亡，不知戒。虽其形魁然[18]大者也，其名人[19]也，而智则小虫也。亦足哀夫！

【注释】

[1]蝜蝂(fùbǎn):《尔雅》中记载的一种黑色小虫,背隆起部分可负物。

[2]善负:擅长以背载物。

[3]辄持取:就去抓取。辄:立即,就。

[4]卬(áng):同"昂",仰,抬头。

[5]困剧:非常困倦疲累。

[6]涩:不光滑。

[7]踬仆(zhìpū):跌倒,这里是被东西压倒的意思。

[8]嗜:极端爱好。

[9]厚其室:扩充他的财产,充实他的家业。

[10]累:累赘,负担。

[11]怠(dài):通"殆",松懈。踬:跌倒,这里是垮台失败的意思。

[12]黜(chù)弃:被罢免。

[13]迁徙:这里指贬斥放逐,流放。

[14]病:疲惫。

[15]不艾(yì):不停止。艾,止息,悔改。

[16]滋甚:更加厉害。

[17]危坠:摔死,指身败名裂。

[18]魁然:壮伟高大的样子。

[19]名人:被命名为人,意为被称作是人。

【赏析】

《尔雅注疏·卷九·释虫第十五》中载录了一种小虫名叫"负版"(后来作"蝜蝂"),注释说"未详",而《词源》和《现代汉语大词典》中收录了一个词"蝜蝂",解释为寓言中说的一种好负重物的小虫,语源都是出自柳宗元的一篇文章《蝜蝂传》,由此看来,柳宗元不仅创造了一种叫寓言的文体,还创造了或者说复活了一种善于喜负重物的小虫。柳宗元为什么要郑重其事地给这种小虫立传呢?显然是因为这种小虫的本性与人类的某些劣根性十分相似,因而也可以认为:作为万物之灵的人类,其实很多时候与原始的低级虫子并无多大的区别。故通过描写蝜蝂,柳宗元要解剖的是人类贪婪不止的丑恶灵魂。

《蝜蝂传》运用庄重的史传文体,造成一种强烈的滑稽感,讽喻意味很浓。文章先描写蝜蝂的原生状貌，浑身黑色，背部隆起而平且涩，能粘滞物体，它最大的特性就是"遇物辄取"负之背上，然后昂首前行，仿佛非常满足地充满成就感，直至重物压得它步履维艰不能行走，当怜惜他的人将它去负之后，它还是"遇物辄取"。如果写到此，只不过是描写万花筒般的大自然里一种性格怪癖的小虫而已，给人感觉顶多是十分愚蠢可笑罢了。但是柳宗元立刻笔锋一转，说这种小虫还有一个"好上高，极其力不已"的特点，这就有点执拗得令人难以接受了，等待它的最后结局就必然是"坠地死"的悲剧了。写一种性格独特的小虫及其悲惨结局，不免让人在嗤笑讥讽中略带一丝悲惋叹息。但柳宗元的用意显然远不止此，接着笔锋再次突转，说当今人世间，也有这样的一群"蝜蝂"，文章顿时从幽默的氛围里突出来，充满一种正大严肃的意味。

"今世之嗜取者"就是人类中的蝜蝂，虽具有人形，却还是蝜蝂一样的性格。他们不择手段地聚敛资财，拼命扩大房屋，积累财富，不知这些东西将成为自己的负担；又贪婪成性，唯恐步人后尘，等到遭遇弹劾，被黜弃、被迁徙，才感觉到畏惧。但是只要再次被起用，还是江山易改本性难移，每天都挖空心思琢磨如何往上爬，巩固自己的地位，积累更多的财富，最后接近于危坠，前面所见的因贪至死的例子还不足以震撼他们，迎接他们的当然也只有死亡的结局。

考察整个人类发展的历史，自从有了剩余物品，就产生了自私自利之心，甚至引来战争、掠夺和杀戮，几千年征战不休，尔虞我诈，说穿了就是为了那些生不带来死也难以带走的财物。而柳宗元生活的中唐时代，也是聚敛严酷、贪婪蜂起的时代，藩镇割据，宦官专权，官场黑暗，给人一种压抑窒息的感觉。游弋在宦海中的很多人就像那蝜蝂一样，与世沉浮，而不知死之将至。

最后作者发出这样的充满感慨的议论：虽然这些人拥有魁梧硕大的形体，名义上是人，但心智还是一只小虫，真是悲哀！这种悲哀，是来自作者特立独行、洁身自好却遭受唾弃、难以自立的悲惨境遇，来自这个黑暗窳败的到处充斥着结党营私、坑蒙拐骗的势力集团的社会，所以建立在揭露人类劣根性基础上的是一种更深刻的社会批评。柳宗元含着眼泪带着幽默，将蝜蝂小虫和贪腐官僚连类对照，令人深思。

这篇文章可以与《鞭贾》对比着读，从文体上看，都是揭露人类劣根性的具有强烈讽刺意味的寓言。寓言本是一种包含另有所指的小故事，是先秦诸子散文论道说理的一种方式，当含义枯燥深奥的时候，用一个形象生动的小故事，就能将深刻的道理形象化，深入浅出地表达出来，柳宗元继承了先秦诸子好用寓言的特点，将自己对人生对社会的一些思考与感慨，托寓言委婉地表达出来，是一种微言大义的独特艺术。那位富家子弟既无识力又傲慢炫富，还自高自大，最终得到的是鞭折人伤的结果，而蝜蝂遇物辄取，又好爬高，最终是为物所累而殒命，结局有轻微与严重的差别，但是讽刺的深广度却不相同。前者指向那些滥竽充数、尸位素餐者，指出国家一旦有事，这些南郭先生们是难以担当大任的，是揭示一种潜在的危险性，从讽刺的方式来讲，是一种预警式的类似于白居易讽喻诗那样的具有建设性的进谏；而后者则是指向那些贪婪成性且不断追求高位者，这些人不仅是未来的潜在危险，而且是一种现实中处处可见的丑恶，他们正在一点点侵蚀国家的根基，必须立即清理。柳宗元被贬南国荒江，投闲置散，但他不能置身于世外，只能运用微言讥讽的方式表达自己的心声，我认为这是柳宗元入世情怀的另一种表露。不然的话，一个甘心受骗的买鞭者和一种来历难明的小虫何足挂齿哉！

从文章结构来看，前者故事性较强，绘声绘色的刻画了鞭贾和富家子弟的形象，这两个人物虽是具体的个体，但却具有普遍的意义，所以运用典型形象来反映社会现象，在人物的行为中实现对人类劣根性的嘲讽；而后者通过刻画蝜蝂的特性及结局来做铺垫，也是连类而及地刻画贪腐爬高者，最后用感慨来表达观点，显示更加强烈的讽刺。

柳宗元的文章善于绘声绘影，因物肖形，创造了比较完整的、个性化的寓言形象，既集中动物本身的特征，形象鲜明生动，又揭示了现实生活中某些人的嘴脸，寓意深刻。

这篇文章，行文简约精妙，说理自然，结构细密，逻辑严谨，类比恰切，过渡自然，语言犀利，叙事生动，议论精警，寓意深刻，具有很强的批判精神。更妙的是能给人提供无尽的想象空间，千载以后，仍能警戒世人。

钴鉧潭[1]西小丘记

得西山后八日[2]，寻山口西北道二百步，又得钴鉧潭。潭西二十五步，当湍而浚者为鱼梁[3]。梁之上有丘焉，生竹树。其石之突怒偃蹇[4]，负土而出[5]，争为奇状者，殆不可数。其嵌然[6]相累而下者，若牛马之饮于溪；其冲然角列[7]而上者，若熊罴[8]之登于山。

丘之小不能一亩，可以笼[9]而有之。问其主，曰："唐氏之弃地，货而不售[10]。"问其价，曰："止四百。"予怜而售之[11]。李深源、元克己时同游，皆大喜，出自意外。即更取[12]器用，铲刈秽草[13]，伐去恶木[14]，烈火[15]而焚之。嘉木立，美竹露，奇石显。由其中以望，则山之高，云之浮，溪之流，鸟兽之遨游，举熙熙然回巧献技[16]，以效兹丘之下。枕席而卧，则清泠之状与目谋[17]，瀯瀯之声与耳谋[18]，悠然而虚者与神谋，渊然而静者[19]与心谋。不匝旬[20]而得异地者二[21]，虽古好事之士，或未能至焉。

噫！以兹丘之胜，致之沣、镐、鄠、杜[22]，则贵游之士[23]争买者，日增千金而愈不可得。今弃是州也，农夫渔父过而陋之[24]。价四百，连岁不能售。而我与深源、克己独喜得之，是其果有遭[25]乎！书于石，所以贺兹丘之遭也。

【注释】

[1]钴鉧潭：因水潭的形状像熨斗而得名。钴鉧，即熨斗。

[2]得西山后八日：柳宗元发现西山在唐宪宗元和四年(809)九月二十八日，后八日应是十月六日。

[3]湍而浚者：水流急且水深的地方。鱼梁：一种捕鱼的设施，用石头围成一道阻水堰，中间留有空洞，以安放竹笱。

[4]突怒偃蹇：骤然突起或兀然高耸的样子。

[5]负土而出：指石头上有土壤。

[6]嵌(qīn)然：石头高耸的样子。

[7]冲然：奔突前进貌。角列：争取到前列或像兽角一样排列着。

[8]熊罴(pí)：棕熊。

[9]笼：动词，装进笼子里。

[10]货而不售：想卖却没有卖出去。

[11]怜而售之：怜惜这块地把它买下来。

[12]更取：轮流替换拿去。

[13]铲刈秽草：铲除割掉枯萎的荒草。

[14]伐去恶木：砍伐杂乱不好的灌木。

[15]烈火：烧起大火。

[16]举:全都。熙熙然:雍熙和乐的样子。回巧献技:展示技巧,呈献技艺。

[17]清冷之状:清晰冷然的样子。目谋:与眼睛接触,即欣赏之意。

[18]潺潺之声:溪水流淌的涔涔之音。与耳谋:跟耳朵接触,欣赏。

[19]渊然而静者:静默幽深的意境。

[20]不匝旬:不超过两旬,一旬为十天。

[21]异地者二:奇异之地二处。

[22]沣(fēng)、镐(hào)、鄠(hù)、杜:均为古地名,其中沣、镐分别为周文王、周武王建都处。

[23]贵游之士:爱好游览的贵族人士。

[24]过而陋之:从面前经过却看不起。

[25]遭:碰上好运气。

【赏析】

　　山水境界的发现并进入文学作品之中,是中国古代文学发展的一件大事。因为山水虽然是人们生活的客观环境,但是要成为人们的审美对象,还须经历一个漫长的认识阶段。诗经、楚辞时代,已经有一些简单的山水景物描写,或作为人物活动的背景,或作为起兴的依据;到汉赋时代,始有大量的铺陈描写,但那时的山水只是作为讽谏的手段;魏晋南北朝时期,由于老庄的盛行,文人畏惧杀戮,纷纷躲进山林泉壤之中谈玄悟道,这时山水才进入人们的审美视野,像谢灵运的山水诗就是他发泄忧郁和体玄慕道的主要工具。而此时地理学的兴起,则使某座山脉或河流的地理风景名胜进入研究者的视野,像郦道元的《水经注》就记录了大量的山水景观,成为后代山水游记的滥觞。魏晋南北朝时期的山水景观还寄存在一些游览山水的诗序及朋友之间的书信之中,如陶渊明的《游斜川并序》《桃花源记并诗》,湛方生的《庐山神仙诗序》,鲍照的《登大雷岸与妹书》,吴均的《与宋元思书》等,虽然都描写了秀丽多姿的奇山异水,但还不是独立成形的文体。这样的情形在初盛唐时期并没有多大的变化,我们除了在山水田园诗中欣赏到各种形态的山水胜境,山水之美主要依存于游览宴会诗序及一些书信之中,如王勃以《滕王阁序》为代表的大量诗序,李白的《春夜宴从弟桃花园序》,王维的《山中与裴秀才迪书》,等等,说明虽然山水已经成为人们创作不能缺席的主要对象之一,但是还没有成为一种独立的文学样式。作为真正的山水游记文体的成形并形成规范,还要等到柳宗元远贬南荒之后。

元和元年（806年），柳宗元因为此前参加顺宗时期王叔文领导的永贞革新，受到新登基的宪宗皇帝的严厉打击，被贬为永州司马，皇帝还在诏书上写着"此后纵逢恩赦，不在量移之内"，那意味着从此要老死南荒，这对年仅三十三岁的柳宗元来说，简直是冰水泼下从头到脚并一直凉透到骨髓深处。他本来就是一个灵心秀感、细腻忧郁、执著内向型的诗人，内心郁积的苦痛无处倾诉，只能自己在心里咀嚼任其煎熬，但时间长久了，还是需要宣泄出来，除了进行一些诗文创作外，还去游山玩水以寄托忧思。而南国荒江的原生态山水，旖旎多姿，也不单单是慰藉柳宗元那颗伤痛破碎的心灵，还渐渐地成为他的知音。柳宗元觉得这里秀美的山水境界，无人赏识，也类同于被人世遗弃，觉得山水与自己是同一命运，因此，他将自己的遭际寄托在山水之中，铸就了一篇篇精美的山水诗和山水游记。其中，后者就是著名的《永州八记》。

《永州八记》并非柳宗元事先计划好的，而是随遇所得。分为前四记和后四记。前者创作于元和四年深秋季节，分别是《始得西山宴游记》《钴鉧潭记》《钴鉧潭西小丘记》《至小丘西小石潭记》；后者创作于元和七年深秋，分别是《袁家渴记》《石渠记》《石涧记》《小石城山记》。其游览的路线是出永州城一直向西，由西山开始，到小石潭结束，即由山及水；后来则继续向西，从袁家渴开始到小石城山结束，则是由水回到山。整个连起来看，就是一个由山始最后回到山的结构，其间主要胜境都在山谷的水潭和溪涧之中，山中有水，水在山中，共同构成奇妙的山水世界。

本篇《钴鉧潭西小丘记》为前记的第三篇，是前四记的高潮部分。开篇即点明这"西小丘"的发现时间和空间位置，在九月二十八日得到西山之后的第八天，即十月六日，沿着西山向西北走了二百多步，便是钴鉧潭，再向西二十五步，就是小丘，即是说，柳宗元几乎是同时发现钴鉧潭和西小丘的，钴鉧潭形状像熨斗，由于冉水（即愚溪）从南倾泻而下，奔注涧谷再曲折东流，冲荡石底，凿成大坑，形成这面积十余亩的深潭，四周有翠树环绕，还有飞瀑倾泻，是一个相对独立封闭的空间。而相隔不远处的钴鉧潭西小丘，则呈现出另一种境界较为开放的形态：扑入眼帘的是湍急水流中的鱼梁，鱼梁之上有一个漂亮的小丘，丘上长满青青翠竹和密密杂树，迅疾急速的溪水在小丘四周奔流。水中的石头千姿百态，生动形象：有的倔强高耸，仿佛从土中昂首而出，大有熊罴登山之势；有的则俯身跌落，仿佛从高处俯冲下来，活像牛马饮水之状。这些描写都是前奏与烘托，接下来转写主角——小丘。

这小丘面积大约一亩多，仿佛可以放进笼子里带走，可见其地的可爱，真是袖珍玲珑至极，但却是一块弃地，大约因为不能耕种又远离城郭处于深山溪谷之中，所以小丘那姓唐的主人，一直想贱卖它，只须四百钱，竟然没有人要。作者既爱这山水的奇美，又怜惜它无人欣赏的命运，所以就买下了它。这一补笔看似无心，其实有意，一方面舒缓一下前面的描写形成的峻急氛围，另一方面交待自己将是这小丘的主人，还将小丘与自己作某种对应，大有"同是天涯沦落人"的感慨，也为下文整治经营小丘做好了铺垫。

以如此低贱的价格得到这样一块美好的土地，柳宗元和朋友们真是喜出望外，于是开始着手清理整治的工作，他们铲除腐烂的杂草，砍掉那些缠地的刺禾和劣质的灌木，把他们一把烈火焚烧掉，这样那些嘉树翠竹就显露出来了，千奇百怪的美石也露出庐山真面目，小丘成为一个可卧可游的美好处所。仿佛是对柳宗元等人辛勤劳动的回报，这小丘呈现出难以言说的美：站在小丘向四周眺望，蓝天碧蓝而高远，天空白云漂浮，轻盈舒展；山峰高入云霄，浑身苍翠欲滴，山下溪水潺湲，仿佛琴声悠扬；群鸟振翅飞鸣于深涧溪谷，野兽徜徉游荡于树林草丛，仿佛都争着到这小丘面前来施展技巧似的，呈现出鸟兽与人同乐的景观，作者及友人的一番清理，仿佛也替它们营造出一个可以舒心畅游的乐园。

躺在小丘上竹荫下的柔软草丛中，顾盼养神，则是另一种更难言说的美妙境界：漫山遍野都是清莹洁净的云山竹树，鲜美芳草，非常养眼；洋溢四周的尽是轻盈曼妙的山水清音，耳福非浅；闭目养神，仿佛进入悠然迥远的灵虚境界，而幽静澄澈的环境又仿佛让人进入万象虚无的空寂之境。作者那颗疲惫伤痛、破碎寂寞的心灵，在这宁静优美的山水之中得到刹那间的宽解与安慰，因此他说在一天之中接连得到这样的两块佳地，就连那些爱好游山玩水的古人也未必有这样的幸运啊！

但是，政治上的迫害对柳宗元的伤害实在太深，心灵的伤痕不是这山水可以轻易治愈的，果然，作者结尾顿生感慨：这样的地方要是置于京城周围，那将是权贵富豪们争相购买的对象，即使日增千金也是紧俏货，而不幸流落到这南国荒江的深山野谷之中，连农人渔父都看不上眼，也是不遇于世啊！言外之意这小丘不就是像我一样被遗弃的零余者吗？作者同情小丘、购买经营小丘，与其说是欣赏赞美山水，毋宁说是对自己命运的自怜自惜。小丘已经从自然物体进入到作者心中的审美境界中了。

《八记》中应该数此篇表达的情绪最为舒展快乐，前面《使得西山宴游记》开篇即点明自己属"僇人""恒惴栗"的惊恐万状心态，后面的《小石潭记》也说"以其境过清不可久居"，都说明柳宗元游览山水不能彻底摆脱贬谪南荒的精神枷锁，难以真正进入到山水胜境的审美境界之中，也正是由于这样的心境，所以永州的山水才能永久烙上柳宗元人格与心境的特殊印记，成为山水文学史上的独特标志。而刻画山水形态方面，柳宗元善于运用动词，以动写静，化美为媚，而且虚实结合，在一个很密实真切的山水小景中，驰骋想象，再开创出一个涵虚天地、熔铸古今的宏阔境界，在艺术上取得了很高的成就。

袁家渴记[1]

由冉溪[2]西南水行十里，山水之可取者五，莫若钴鉧潭。由溪口而西，陆行，可取者八九，莫若西山。由朝阳岩[3]东南水行，至芜江[4]，可取者三，莫若袁家渴。皆永中[5]幽丽奇处也。

楚、越之间方言，谓水之反流为"渴"。渴上与南馆高嶂合[6]，下与百家濑[7]合。其中重洲[8]小溪，澄潭浅渚[9]，间厕[10]曲折，平者深墨，峻者沸白。舟行若穷，忽而无际[11]。

有小山出水中，皆美石，上生青丛[12]，冬夏常蔚然[13]。其旁多岩洞，其下多白砾[14]，其树多枫、楠、石楠、楩、槠、樟、柚[15]，草则兰芷[16]。又有奇卉，类合欢[17]而蔓生，轇轕[18]水石。

每风自四山而下，振动大木，掩苒众草[19]，纷红骇绿[20]，蓊葧[21]香气，冲涛旋濑[22]，退贮溪谷，摇飏葳蕤[23]，与时推移。其大都如此，余无以穷其状。

永之人未尝游焉，余得之不敢专[24]焉，出而传于世。其地主袁氏。故以名焉。

[1]这是柳宗元《永州八记》中的第五篇,作于元和七年(812年)十月。袁家渴,水名,唐代楚地方言把逆向而流的水成为"渴",因这一带是姓袁的地主家所私有,故名。

[2]冉溪:潇水的支流,在永州近郊,景色秀丽,柳宗元曾筑室于此,并改名愚溪。

[3]朝阳岩:在永州城正南,唐代诗人元结曾来此地游览。

[4]芜江:在永州零陵区西潇江水边。

[5]永中:永州周围。

[6]上与南馆高嶂合:上,上游。南馆高嶂,指袁家渴上游发源处的高山。合,相接。

[7]百家濑:即今百家渡,在零陵城南。濑,激流的水称"濑"。

[8]重洲:重重叠叠的沙洲。

[9]浅渚:刚露出水面的洲渚。渚,露出水面的陆地,比洲稍小。

[10]间厕:夹杂。

[11]舟行若穷:小船前行时好像无路可通。忽而无际:忽然水面开阔,没有边际。

[12]青丛:青翠的灌木林和草丛。

[13]蔚然:草木茂盛的样子。

[14]白砾:白色的鹅卵石。

[15]枫:枫树,落叶乔木,秋季枫叶殷红。楠:常绿乔木,叶子针形,木质坚硬,是名贵的建筑材。石楠:常绿乔木,多生山地,初夏茎顶丛生淡红色合瓣花如红色的火焰。梗:即黄梗木,可做器物。槠:常绿乔木,初夏开花,木质坚硬,可做器具。樟:樟树,常绿乔木,叶子椭圆形,浑身芬芳,木质细密,可防蛀虫,是理想的家具材料。柚:落叶大乔木,叶大成卵形,木材暗黑色,坚硬耐腐蚀,是造船及建筑的理想材料。

[16]兰芷:兰,指兰花,茎叶润如玉,花瓣如翘舌,芬芳雅洁。芷,又名白芷,香草,夏季开小白花,根可入药。

[17]合欢:落叶乔木,叶子像槐树叶,羽状,由多数小叶合成,入夜便合拢,故称"夜合"或"夜合花"。

[18]缪辔:牵引纠葛在一起。

[19]掩苒众草:茂盛而柔软的野草在大风袭来时纷纷倒伏又扬起的情状。

[20]纷红骇绿:红花绿叶都纷乱摇动,仿佛吃惊似的。

[21]蓊勃:浓郁、浓烈。

[22]冲涛旋濑:大风掀起波涛,使溪水激流回旋。

[23]摇飏葳蕤:摇晃茂盛的草木。

[24]不敢专:不敢独占。

【赏析】

人天生就有求异思维,正如韩愈所言:"夫百物朝夕所见者,人皆不注视也;及睹其异者,则共观而言之。"(《答刘正夫书》)人们欣赏山水风景也是如此,都有一种追求奇异的心理,因为奇山异水不同于常见的形态,能够引起人们观赏时的惊异感和震撼感,能够满足人们观赏奇形、追寻奇趣、品尝奇味、探究奇境的审美要求。柳宗元深知这一点,所以在他游览的永州众多山水之中,只选取了其中的八处写入游记,其实永州这个地方,在中唐时代,不仅人口稀少,而且山水的原生态状貌没有遭到任何破坏,可以说随地都有可观之美,但能引起人们游览兴趣的毕竟还是那些奇异的景观。

从冉溪向西南,沿水路行十里,山水风景较好的有五处,最美的是钴鉧潭;从溪口向西,沿陆路前行,一路风景较佳的有八九处,最佳的属西山;再从西山的从朝阳岩向东南,沿水路到芜江,风景较好的有三处,最好的算袁家渴;他们都是永州美丽奇异的地方。袁家渴美在何处呢?就在于它的流水非常奇特。楚、越之间的方言,倒流回旋的水称为"渴",因此地的主人姓袁,所以叫"袁家渴"。渴的上游伸进南馆高山的深谷之中,下游与"百家濑"的湍流汇合。其中岛屿、小溪、清潭、小洲,交错杂列,蜿蜒曲折。水流平静的地方呈现深黑色,而急流穿过奇险的乱石堆则翻腾激起浪花,巨石的周围像沸水一样堆积着雪白的泡沫。河道弯曲难行,小船眼看着好像走到了尽头,但是峰回路转,忽然之间展现在眼前的竟是宽阔的水面,仿佛没有边际看不到尽头了。在这碧绿清澈宽阔的水面上,有座小山露出来,山上都是奇形怪状的美石,上面簇生着绿色的草木,从冬到夏都浓密而繁茂。更奇怪的是山旁有许多幽深神秘的岩洞,山下的河滩上铺着一层洁白柔润的鹅卵石;山上分布着枫树、柟树、石楠、楩树、槠树、樟树、柚树等常绿或落叶乔木;溪边丛生着香兰、芳芷等芳鲜靓丽的花草，还有一种奇异的花卉，叶子很像合欢，列生地面并放出蜿蜒的藤蔓，缠绕在水中石头上，末梢垂挂下来，迎风摇曳。这是以前的山水胜境中罕见的景象。

更奇妙的是每当大风从四面山上猛扑而下，呼啸着摇撼大树，发出呼呼啦啦的巨响，那些茂密的野草也随风起伏俯仰，只见一片摇曳的花光夹着缤纷的绿色，香气浓郁扑鼻而来；那风迅疾掠过水面，又激起波涛，使水面打着旋涡，泛开一圈圈涟漪，然后退回山谷之中，仿佛贮存起来了。不一会长风再次冲出山谷，又是新一轮树摇草伏，葳蕤纷披，与时推移变幻，莫可名状。

如果说前四记多以描写静态见长，那么这篇游记最精彩的地方则主要表现在描绘大风震动山谷的景观。显然，这篇游记中的浩荡山风，带给人的只有诗意的震撼而没有前几年那样令人惊悚不安的意绪，像《南涧中题》中所说的"回风一萧瑟，林影久参差"，给人的就是那种心悸恐惧的感受，因为写此记时已经是元和七年的深秋了，长达八年的孤寂已经使诗人身心俱疲，对迫害打击已经习以为常了，反而能在大自然中感受到一种新鲜的刺激美。

愚溪诗序[1]

灌水之阳[2]有溪焉，东流入于潇水[3]。或曰：冉氏尝居也，故姓是溪为冉溪。或曰：可以染也，名之以其能，故谓之染溪。予以愚触罪[4]，谪潇水上。爱是溪，入二三里，得其尤绝者家焉。古有愚公谷[5]，今予家是溪，而名莫能定，士之居者，犹龂龂然[6]，不可以不更也，故更之为愚溪。

愚溪之上，买小丘，为愚丘。自愚丘东北行六十步，得泉焉，又买居[7]之，为愚泉。愚泉凡六穴，皆出山下平地，盖上出[8]也。合流屈曲而南，为愚沟。遂负土累石，塞其隘[9]，为愚池。愚池之东为愚堂。其南为愚亭。池之中为愚岛。嘉木异石错置[10]，皆山水之奇者，以予故，咸以愚辱焉。

夫水，智者乐也。今是溪独见辱于愚，何哉？盖其流甚下，不可以溉灌。又峻急多坻石[11]，大舟不可入也。幽邃浅狭，蛟龙不屑[12]，不能兴云雨，无以利世，而适类于予，然则虽辱而愚之，可也。

宁武子[13]"邦无道则愚"，智而为愚者也；颜子[14]"终日不违如愚"，睿而为愚者也。皆不得为真愚。今予遭有道而违于理，悖于事[15]，故凡为愚者，莫我若也。夫然，则天下莫能争是溪，予得专而名焉。

溪虽莫利于世，而善鉴万类，清莹秀澈[16]，锵鸣金石[17]，能使愚者喜笑眷慕，乐而不能去也。予虽不合于俗，亦颇以文墨自慰，漱涤万物[18]，牢笼百态，而无所避之。以愚辞歌愚溪，则茫然而不违，昏然而同归[19]，超鸿蒙，混希夷，寂寥而莫我知也[20]。于是作《八愚诗》，纪于溪石上。

【注释】

[1]本文是柳宗元为自己的愚溪八诗作的诗序，既写自己的人生境遇，又表达了诗学观念。

[2]灌水之阳：在今广西境内，源出灌阳县西南，流经全州注入湘江。阳，河流的北面。

[3]潇水：源出今湖南道县的潇山，流经零陵县城，至县西北的萍岛注入湘江。

[4]以愚触罪：因为愚笨获罪。指参加王叔文领导的变革，失败后贬官永州。

[5]愚公谷：在今山东临淄县西。相传齐桓公时，有个老翁因当时政治不佳，官吏断案不公，一匹小马被人拉走而不敢争讼，自称所住山谷为"愚公谷"。作者借此暗示他自称愚，并以愚名溪，也是因为当时政治黑暗。

[6]龂龂(yìn)然：争辩不休的样子。

[7]居：积蓄，蓄藏。

[8]上出：从地下涌出来。

[9]塞其隘：堵塞住河道狭隘的地方。

[10]错置：交叉安放。

[11]坻石：突出水面的石头。

[12]蛟龙不屑：蛟龙看不上这条愚溪。

[13]宁武子：卫国大夫宁愈。《论语·公冶长》："宁武子，邦有道则智，邦无道则愚。其智可及也，其愚不可及也。"宁武子是智者的"愚"。

[14]颜子：颜回。《论语·为政》："子曰：'吾与回言终日，不违如愚。退而省其私，亦足以发，回也不愚。'"颜回是聪明的"愚"。

[15]遭有道而违于理，悖于事：遇到有道德的皇帝，却违背事理，办错事情。

[16]清莹秀澈：洁净、明莹、秀丽、澄澈。

[17]锵鸣金石：形容流水声就像金石乐器发出的声音那样清脆悦耳。

[18]漱涤万物：漱涤，洗涤。指作者在文章中选择、刻画自然界的各种景物。

[19]茫然而不违,昏然而同归:茫茫然昏昏然好像与愚溪融为一体。

[20]超鸿蒙,混希夷,寂寥而莫我知:形容进入一种寂静空阔、形神俱忘的无声无色的微妙境界。

【赏析】

柳宗元的山水游记创作,是将自己的人格寄寓在山水之中,从而使山水也获得了鲜活的生命。这篇诗序与他的游记一样,自出机杼。紧紧围绕一个"愚"字,运用欲扬先抑的手法,将愚溪与作者相对照,既用愚溪的愚来陪衬作者的愚,又用宁武子、颜回等古人的假愚来反衬作者的真愚,在一个有道皇帝统治的清明时代,竟然会违背世情获得如此难以饶恕的罪名,使人感到作者真是愚到了无以复加的境地。铺垫足够之后,突然一转,说这愚溪虽然名称、地位、功用都确实堪称真愚,但是它"善鉴万类,清莹秀澈,锵鸣金石",不仅心底清明透亮,而且发出动听的金石般的乐音,让孤独寂寞的人流连忘返。因此作者情不自禁要用"漱涤万物,牢笼百态"的文字来表达出自己的感受,暗示自己的愚是源于不合时俗,并愿意与愚溪共同生活,进入一种超越凡尘世俗的虚寂混沌、清空寥落、物我两忘的境界,愚溪与作者真正融合在一起了。其实,在这看似旷达超逸的描写中,不难看出作者内心难以压抑的怨愤与不平。柳宗元怀绝世之资质才华,却弃置在荒芜渺远的边地,被迫无所作为,这是何等不公的悲剧命运。

这篇诗序语言清峻沉著,表现力强,加上结构上的精心设计,布局上的巧妙映衬,典型的表现了柳文冷峻峭拔、幽深谨严的风格。

种树郭橐驼传

郭橐驼[1],不知始何名。病偻[2],隆然伏行[3],有类橐驼者,故乡人号之"驼"。驼闻之,曰:"甚善。名我固当。"因舍其名[4],亦自谓橐驼云。

其乡曰丰乐乡,在长安西。驼业种树,凡长安豪富人为观游[5]及卖果者,皆争迎取养[6]。视驼所种树,或移徙,无不活,且硕茂,早实以蕃[7]。他植者虽窥伺效慕[8],莫能如也。

有问之,对曰:"橐驼非能使木寿且孳[9]也,能顺木之天[10],以致其性[11]焉尔。凡植木之性,其本欲舒[12],其培欲平,其土欲故[13],其筑欲密[14],既然已，勿动勿虑，去不复顾。其莳[15]也若子，其置也若弃，则其天者全而其性得矣。故吾不害其长而已，非有能硕茂之也；不抑耗[16]其实而已，非有能早而蕃之也。他植者则不然，根拳而土易[17]，其培之也，若不过焉则不及[18]。苟有能反是者，则又爱之太恩[19]，忧之太勤，旦视而暮抚，已去而复顾，甚者爪其肤[20]以验其生枯，摇其本以观其疏密，而木之性日以离[21]矣。虽曰爱之，其实害之；虽曰忧之，其实仇之，故不我若也。吾又何能为哉！"

问者曰："以子之道[22]，移之官理[23]，可乎？"驼曰："我知种树而已，官理，非吾业也。然吾居乡，见长人者好烦其令[24]，若甚怜焉，而卒以祸[25]。旦暮吏来而呼曰：'官命促尔耕，勖[26]尔植，督尔获，早缲而绪[27]，早织而缕，字[28]而幼孩，遂[29]而鸡豚。'鸣鼓而聚之，击木[30]而召之。吾小人辍飧饔[31]以劳[32]吏者，且不得暇，又何以蕃吾生[33]而安吾性[34]耶？故病且怠[35]。若是，则与吾业者其亦有类乎？"

问者曰："嘻，不亦善夫！吾问养树，得养人术[36]。"传其事以为官戒[37]。

【注释】

[1]橐驼：骆驼。此指驼背，借代驼背的郭姓种树人。

[2]病偻：一种偻病，患者鸡胸驼背。

[3]隆然伏行：背部高高隆起，俯下身子走路。

[4]舍其名：丢掉了本来的名字。

[5]观游：指供观赏游玩的园林。

[6]争迎取养：争着迎来养在家里。

[7]蕃：多。

[8]窥伺效慕：偷看模仿。

[9]寿且孳：活得长久且繁殖得多。

[10]顺木之天：依据树木的天性。天，天性，自然规律。

[11]致其性：让树木依其本性生活、成长。

[12]舒：伸展，舒展。

[13]故：旧的，原有的。

[14]筑欲密：筑土要密实。

[15]莳：移栽或分种。

[16]抑耗：遏制使减少。

[17]根拳而土易:根须卷曲,砸土稀松。

[18]不过:不超过。不及:不够格。

[19]恩:关切,爱惜,感情深厚。

[20]爪其肤:用指甲掐树的皮。

[21]离:失去,丧失。

[22]道:道理,指种树的道理。

[23]官理:即官治,指当官治理政事。

[24]长人者:做官的人,为民之长。好烦其令:喜爱发布繁杂的政令。

[25]卒以祸:最终造成祸患。

[26]勖:勉励。

[27]缫而绪:把蚕茧放进热水里抽出蚕丝。绪,蚕丝。而,同"尔"。

[28]字:养育,抚育。

[29]遂:生长,引申为"喂养"。

[30]击木:指敲梆子。

[31]辍:中途停止。飧饔:晚饭和早饭。

[32]劳:慰劳,招待。

[33]蕃吾生:繁荣我们的生计。

[34]安吾性:是我们的生活安定。

[35]病且怠:既困苦又疲乏。

[36]养人术:治理百姓的方法。

[37]官戒:给当官的作鉴戒。

【赏析】

《种树郭橐驼传》题目虽称为"传",但并非是一般的人物传记。文章以老庄学派的无为而治、顺乎自然的思想为基础,借郭橐驼之口,由种树的经验推及为官治民的大道,说明封建社会的最高统治者们有时打着爱民、忧民或恤民的幌子,实际上却是干着坑民、害民、毁民的事情,不管如何的皇恩浩荡,带来都是民不聊生的悲剧。这种思想实际上是"圣人不死,大盗不止"、"剖斗折衡,而民不争"的老庄思想的体现。中唐时期,遭遇安史之乱以后,不仅朝政窳败,秩序混乱,赋税沉重,而且藩镇割据称雄,兵连祸结,在朝廷和藩镇的双重盘剥下,老百姓处于水深火热之中,只有休养生息,才能恢复元气。如果统治者仍借行政命令瞎指挥,使老百姓疲于奔命，或者以行"惠政"为名，迫使人民既要送往迎来，应酬官吏，又不得不拆屋卖田来应付统治者的苛捐杂税，这只能使人民不断增加经济负担和精神痛苦。因此柳宗元的这篇文章具有鲜明的现实针对性。

按照传记的写法，第一大段都要介绍传主的姓名、形象特征及籍贯、职业、技术特长等，但这位郭橐驼，仅有姓却不知道叫什么名字，因患脊椎弯曲病，背部隆起不得不低头行走，像骆驼一样，所以乡人称他"橐驼"。他觉得这个名字很符合其特点，便舍弃了原名，自称"郭橐驼"。这一小段看似闲笔，却生动有趣，给文章带来了传奇色彩。有三点值得注意：（1）《庄子》一书很喜欢描绘一些不见经传的畸形残疾人物，如《养生主》《德充符》写到失去单足或双足的人，《人间世》中写了一个怪物支离疏；有的还具有超异的特技，如善解牛的庖丁，运斤成风的匠石，承蜩的佝偻丈人等。柳宗元巧妙地把这两种特点糅合起来，郭橐驼既有残疾，又精于种树。可见柳宗元不仅在文章的主旨方面继承了《庄子》的思想，而且人物形象的塑造上也吸取了《庄子》的笔法。（2）这位种树老者被人戏称橐驼，原带有开玩笑甚至嘲讽的意味，但他不以为耻辱，反而欣然接受。柳宗元在这里不动声色地写出了这位种树人的善良性格，这也是接受庄子影响的表现，在《应帝王》和《天道》中，把某人呼为牛或马，其人不以为羞耻，反而欣然承受，这体现了老庄顺乎自然的思想，认为"名"不过是外在的东西，并不影响人的内在实质，所以任人呼牛呼马，心理上都不会受到干扰波动；相反，还以当牛做马为乐。（3）以丑为美的审美观。丑与美本是对立统一的，有一些人虽然外表风度翩翩而内心却肮脏龌龊，而另一些人尽管相貌丑陋却有一颗金子般的美好心灵，《庄子》掀开了审丑的序幕，柳宗元塑造郭橐驼形象就是对这种审美观的继承和发展，把外形的"丑"和本质的"真"和谐地统一起来。后一小节写郭橐驼种树的超强本领，他种树不仅成活率高，而且长得硕茂，结果早而多，即"寿且孳"。郭橐驼种树移栽易活的特点，不仅使他得到京城豪贵家的追捧，还引来了众多的偷窥模仿者，但"他植者虽窥伺效慕，莫能如也"。这就令人急欲知道郭橐驼种树的诀窍。

第二大段写郭橐驼介绍种树经验。其核心技术就在于"顺木之天以致其性"。文章运用对比写法，先讲种植应当做到四个"欲"："其本欲舒，其培欲平，其土欲故，其筑欲密。"既概括了树木的本性，也提示了种树的要领。郭橐驼正是顺着树木的自然本性来栽种，从而保全它的生命，才收到"天者全而其性得"的效果，这也是郭橐驼种树"无不活"的诀窍。他植者则不然，他们违背树木的天性，种树时"根拳而土易，其培之也，若不过焉则不及"，因此必然带来"木之性日以离"的后果。他们"莫能如"的根本原因就在于学粗而遗精。接着从管理的角度，要求"勿动勿虑，去不复顾。其莳也若子，其置也若弃"，好像郭橐驼将树种下去以后，听之任之，不加管理，而事实上橐驼的"勿动勿虑"，移栽时的"若子"，种完后的"若弃"，正是最佳的管理。他植者则不然，不是置若罔闻就是关心太过，什么都放不下，结果适得其反，"虽曰爱之，其实害之；虽曰忧之，其实仇之"，压制扼杀了树木的生机，焉能不败？这是多么令人深思的哲理！这两层对比，句式富于变化，写橐驼种树，用的是整齐的排比句，而写他植者的种树，则用散句，使行文显得错落有致。"虽曰爱之，其实害之；虽曰忧之，其实仇之"的观点也是从《庄子·马蹄》变化而出。从介绍橐驼的种树经验上可以看出，柳宗元与老庄思想还是不同的，柳是儒、道两家思想的结合，他并不主张一味听之任之消极地"顺乎自然"，而是要求在掌握事物内部发展规律的基础上积极的适应自然。他希望种树人都能认识树木的天性，懂得如何使树木适合其生长规律的道理。把如何种树的道理讲清楚后，文章就自然过渡到如何养人上来。

第三大段正面揭出本旨，为一篇的精髓。通过对话，运用"养树"与"养人"对照的写法，把种树的道理引申到吏治上来。对"养人"之不善，文章先简要地指出病根是"好烦其令，若甚怜焉，而卒以祸"，与上文"他植者"种树管理不善遥相呼应。接着用铺陈的手法，把"吏治不善"的种种表现加以典型化，如写官吏们大声吆喝，驱使人民劳作，一连用了三个"尔"，四个"而"和七个动词，把俗吏来乡、鸡犬不宁的景象描绘得栩栩如生。最后以"问者"的口吻点出"养人术"三字，这个"养"字很重要，要使天下长治久安，不仅要善"治民"，更重要的还在于善"养民"，要让人民在元气大伤后得到休生养息的机会。这是本文的最终目的。

纵观全文，郭橐驼的故事昭示后人的有这几方面的重要意义：首先，无论种树或治民，都必须"顺天致性"，而不能违逆其道；其次，想要顺天致性，就必先掌握育树或养人并使其"硕茂以蕃"的正确方法，即摸清事物发展规律；最后，要做到动机与效果的统一，不能好心办坏事或只把好心停留在口头上。把三方面兼顾起来，才算真正懂得"养人术"。

杨评事文集[1]后序

赞[2]曰：文之用，辞令褒贬，导扬讽谕而已[3]。虽其言鄙野，足以备于用。然而阙其文采，固不足以竦动时听，夸示后学[4]。立言而朽[5]，君子不由也。故作者抱其根源，而必由是假道焉[6]。作于圣，故曰经；述于才，故曰文。文有二道：辞令褒贬，本乎著述者也；导扬讽谕，本乎比兴者也[7]。著述者流，盖出于《书》之谟、训，《易》之象、系，《春秋》之笔削[8]，其要在于高壮广厚，词正而理备，谓宜藏于简册也[9]；比兴者流，盖出于虞夏之咏歌，殷周之风雅[10]，其要在于丽则清越，言畅而意美，谓宜流于谣诵也[11]。

兹二者，考其旨义，乖离不合。故秉笔之士，恒偏胜独得，而罕有兼者焉，厥有能而专美，命之曰艺成[12]。虽古之文雅之盛世，不能并肩而生[13]。

唐兴以来，称是选而不怍[14]者，梓潼陈拾遗[15]。其后，燕文贞以著述之余，攻比兴而莫能极；张曲江以比兴之隙，穷著述而不克备[16]。其余各探一隅，相与背驰于道者，其去弥远。文之难兼，斯亦甚矣[17]。

若杨君者，少以篇什著声于时，其炳耀尤异之词，讽诵于文人，盈满于江湖，达于京师[18]。晚节遍悟文体，尤邃叙述。学富识远，才涌未已，其雄杰老成之风与时增加。既获是，不数年而夭[19]。其季年所作尤善，其为《鄂州新城颂》、《诸葛武侯传论》，饯送梓潼陈众甫、汝南周愿、河东裴泰、武都何义府、太山羊士谔、陇西李炼凡六《序》，《庐山禅居记》、《辞李常侍启》、《远游赋》、《七夕赋》，皆人文之选已[20]。用是陪陈君之后，其可谓具体者欤？

呜呼！公即悟文而疾，既即功而废，废不逾年，大病及之，卒不得穷其工、竟其才[21]。遗文未克流于世，休声未克充于时[22]。凡我从事于文者，所宜追惜而悼慕也[23]！宗元以通家修好[24]，幼获省谒，故得奉公元兄命[25]，论次篇简。遂述其制作之所诣[26]，以系于后。

【注释】

[1]杨评事文集：今已佚，《全唐诗》存其诗一卷，《全唐文》存其文一篇。杨评事，指杨凌，字履恭，虢州弘农（今河南灵宝）人。逢安史之乱，移居苏州。大历十一年（776）登进士第，任协律郎。贞元初官大理寺评事，掌管刑狱判决，官终侍御

史。与其兄杨凭、杨凝合成"三杨"。柳宗元《先君石表阴先友记》(《柳宗元集》卷十二):"杨氏兄弟者,弘农人。皆孝友,有文章。凭,由江南西道入为散骑常侍;凝,以兵部郎中卒;凌,以大理评事卒,最善文。"

[2]赞:评论。

[3]"文之用"三句:意为文章的作用在于交流思想,褒贬善恶,以引导颂扬、委婉劝戒。辞令:交际所用的言辞,此指文书的往来,意见的交流。导,引导。扬,颂扬。讽谕,委婉地劝戒。

[4]"然而阙"三句:意思是说,但这样的文章,由于缺少文采,故不能惊动世人,也不能向后学夸耀。阙,缺少。竦动,震动。时听,当时人的听闻。

[5]立言:古人重立言,以为是不朽的事业。《左传·襄公二十四年》:"太上有立德,其次有立功,其次有立言,虽久不废,此之谓不朽。"

[6]"故作"二句:意思是说,因此作文者一定要围绕文章的宗旨,凭借艺术性达到流传的目的。抱,犹言围绕。根源,指文章的宗旨。假道,借路。

[7]"文有"数句:柳宗元认为文章有两类:交流意见和褒贬善恶的,起源于古代的著述作品;引导颂扬和委婉劝戒的,起源于古代的诗歌作品。二道,两类,意指两种不同的流别。本,本源,起源。比兴,本是《诗经》所用的两种方法,这里指诗歌。

[8]著述:古人称立言的著作为著述。《书》之谟、训,《尚书》有《大禹谟》、《皋陶谟》、《伊训》等篇。谟,谋划之文;训,教导之文。《易》之象、系,指《周易》的"象词"和"系辞"。象,形之外者皆曰象,柳文乃论文章之道,故这里的象,指《周易》中的《象传》,总释卦之象者,称"大象",论一爻之象者,称"小象"。系,指《周易》中的《系辞》。

[9]"其要"三句:著述类作品,它的要领在于气势磅礴、内容丰富、言词中正、道理充分,因为这样才适合刊刻简册,收藏保存。要,要领,关键。高壮,形容文章气势雄壮。广厚:形容文章内容深广。词正,言词中正。理备,道理完备。

[10]虞夏之咏歌,殷周之风雅:指上古的歌谣和周代的《诗经》。

[11]"其要在"三句:诗歌一类作品,要领在于辞藻华丽而正大,韵调清亮高昂,语句流畅,意境优美,因为这样才适合口头吟唱,流传广远。丽则,辞藻华丽而不失于正。扬雄《发言》:"诗人之赋丽以则。"清越,指诗的韵调,清彻激越。《礼记·聘义》:"其声清越而长。"流,流传。谣,徒歌,无音乐伴奏的歌唱。诵,朗诵。

[12]"故秉"数句:因此执笔作文的人士,常是擅长其中的某一方面,少有两者兼擅的。若能够两者兼备而且两者都擅长的,就称他为"艺成"。秉笔,执笔。偏

胜,擅长某一类。独得:在一个方面有成就。厥,若。专美:独掠其美。美,指两者兼作的本领。艺成,本领大成。艺,技艺。成,成熟。

[13]"虽古"二句:即使在古代的文化极盛时期,称得上"艺成"的人物,也未能同时兼善两类。文雅,艺文礼乐,文化现象。并肩:并列,同列。生,生存。

[14]不怍:不惭愧。

[15]梓潼:梓州,又名梓潼郡。陈拾遗:陈子昂,字伯玉,梓州射洪人。文明元年(684),登进士第,任右拾遗。唐初,文章承徐陵、庾信的余波,陈子昂始提倡风雅兴寄,韩愈称赞他"国朝盛文章,子昂始高蹈"(《荐士》)。有《陈伯玉文集》传世。

[16]"其后"数句:在陈子昂之后,张说在从事著述之余,努力钻研诗歌而未能达到很高的水平;张九龄在创作诗歌的间歇,深入研究著述而未能达到完美的境界。燕文贞,张说,字道济,一字说之,祖籍河东(今山西永济),十四岁迁居洛阳。历仕中书令、右丞相,封封燕国公,卒谥文贞。有《张燕公文集》传世。张曲江,即张九龄,字子寿,韶州曲江(今广东韶关)人。长安二年(702年),登进士第,神龙三年(707年),中制举,任右拾遗转中书舍人、中书令、右丞相。工诗善文。有《曲江先生文集》传世。攻,钻研。极,尽,顶点。穷,深入研究。备,完美。

[17]"文之"二句:散文与诗歌两者兼长,真是难上加难。

[18]"少以"数句:早年以诗歌著名于当时,那些光彩夺目的优异篇章,被文人吟诵,江湖传唱,一直流传到京城。炳耀,光明闪亮。尤异,优异,突出。

[19]不数年:没有几年。 夭,夭折。

[20]季年:末年,指杨凌去世前的最后几年。诸葛武侯:诸葛亮,封武乡侯。饯送:设宴送别。禅居:佛教的寺院。人文:礼教文化,这里主要指文章。《鄂州新城颂》,此文为李兼破李希烈有功而作。陈众甫:柳宗元《先君石表阴先友记》:"陈众甫,梓潼人,高志气。"羊士谔:字谏卿,寿山(今山东泰安)人,家于洛阳。贞元元年(785年)进士及第,历仕义兴县尉、监察御史,元和三年秋贬资州刺史,后任洋州、睦州刺史。羊士谔诗文兼善,有《羊士谔集》一卷传世。《辞李常侍启》:李常侍,即李兼。

[21]"公即"数句:就在杨凌感悟了各种文体之时得病了,笔法已精善却停止了写作,停止写作还不到一年,又大病缠身,终于不得极尽其艺术上的造诣,完全发挥创作才能。公,指杨凌。既即功:已经达到精善的程度。功,精善。废,废止写作。

[22]未克:未能。休声:美好的名声。

[23]凡:凡是。追惜:追忆惋惜。悼慕:悼念仰慕。

[24]通家修好:杨凌即柳宗元岳父杨凭之弟,柳、杨两家于是能"通家修好"。

[25]奉公元兄命:奉杨凭之命。公元兄,即杨凌的长兄杨凭。

[26]制作之所诣:杨凌著作所取得的成就。

【赏析】

杨评事,即杨凌,字履恭,虢州弘农(今河南灵宝)人。安史之乱爆发后,全家移居苏州避难,大历十一年(776年)登进士第,任协律郎,贞元初官大理寺评事,掌管刑狱判决,官终侍御史,约卒于贞元七、八年(791—792年)间。他年少成名,"以篇什著声于时,其炳耀尤异之词,讽诵于文人,盈满于江湖,达于京师",与其长兄杨凭、二兄杨凝弘扬儒学,都以文章著称于世。权德舆说"(杨凝)与伯氏嗣仁、叔氏恭履(按,当作履恭)修天爵,振儒行,东吴贤士大夫号为'三杨'"(《唐故尚书兵部郎中杨君文集序》)。柳宗元是杨凭的女婿,因此与杨府为通家之好,与"三杨"都非常熟悉且关系密切。因杨凌的《杨评事文集》今已佚,《全唐诗》也仅存诗一卷,皆为五言律诗和绝句,成就并不显著,所以柳宗元对他的高度评价,无从评骘,只能付诸阙如。但柳宗元这篇后序却是表达其文学观念的重要文献。杨凌卒于贞元八年左右,柳宗元贞元九年(793年)进士及第,贞元十二年(796年)参加博学鸿词科落第,旋与杨凭女结婚,故此文可能作于作于贞元十四年中博学鸿词之后,当是柳宗元三十岁之前的作品。此文在柳宗元文集中具有重要地位,章士钊《柳文指要·体要之部》(卷二十一)说:"(此文)在子厚集中,是一叙说文章流别极有关系之文字。读此文,于初、中两唐之文士沿革,及文人流派,可得一览无余。"当然,韩愈和柳宗元当时还是青年,文章尚未成型,没有进入评论视野,是可以理解的。下面就几个核心问题。试作一阐释。

(一) 文章功用说

自古以来,对文章功用的讨论就很多,古人重立言,以为是不朽的事业。《左传·襄公二十四年》:"太上有立德,其次有立功,其次有立言,虽久不废,此之谓不朽。"又《左传·襄公二十五年》说:"言之无文,行而不远。"强调为文流芳后世,英名将与文章永垂不朽。后来司马迁也说:"古者富贵而名摩灭,不可胜记,唯倜傥非常之人称焉。盖文王拘而演《周易》；仲尼厄而作《春秋》；屈原放逐，乃赋《离骚》；左丘失明，厥有《国语》；孙子膑脚，《兵法》修列；不韦迁蜀，世传《吕览》；韩非囚秦，《说难》《孤愤》；《诗》三百篇，大抵圣贤发愤之所为作也。此人皆意有所郁结，不得通其道，故述往事、思来者。乃如左丘无目，孙子断足，终不可用，退而论书策，以舒其愤，思垂空文以自见。"提出"发愤著书"说，司马迁之所以写《史记》，就是要"传畸人于春秋"，在未来的时空追寻知音，将自己残损的生命化为名山事业，同时发愤为文也是发泄忧郁的需要。到了三国时的曹丕则将文章的地位进一步提高，他的《典论·论文》说："盖文章，经国之大业，不朽之盛事。年寿有时而尽，荣乐止乎其身，二者必至之常期，未若文章之无穷。是以古之作者，寄身于翰墨，见意于篇籍。不假良史之辞，不托飞驰之势，而名声自传于后。"这可以说是将文章的功用提升到了空前的高度，当然上引诸人的所谓文或文章，都是一个比较含混的概念，其外延并不甚清晰，左传所说的"文"主要指含有道德力量、哲理内涵的言词，既可以是单独成篇的文章，当然也包括自成体系的论著；司马迁所谓的"文"就指除了经书、诸子及史书外，还包括诗词歌赋，是一个杂文学概念，而曹丕的"文章"显然是一个渐渐清晰的文学概念，诗赋在其中，并占很大的分量。柳宗元则认为：

> 文之用，辞令褒贬，导扬讽谕而已。虽其言鄙野，足以备于用。然而阙其文采，固不足以竦动时听，夸示后学。立言而朽，君子不由也。故作者抱其根源，而必由是假道焉。

他把文章的功用概括为"辞令褒贬"和"导扬讽谕"两个方面，这才是真正首次针对文章作用给予精确的界定，前者与《易经》《尚书》《春秋》等经史密切相关，后者与《诗经》等诗赋相关。柳宗元继承了"言之无文，行而不远"的说法，要求文章必须有词采之美，因为文章缺乏文采，就不足以惊动时俗，并夸示后学，作者在心中养其根源的基础上，还是要通过美妙的文辞才能达到目的，即通过文采来实现"明道"。这显然与他在《答韦中立论师道书》中所说的"始吾幼且少，为文章，以辞为工。及长，乃知文者以明道，是固不苟为炳炳烺烺，务彩色、夸声音而以为能也"相吻合，可见柳宗元对文章的认识有一个追求辞彩到追求明道的过程。重视文章内容也不否定辞彩，这是中唐古文运动之所以取得成功的重要原因之一。

（二）"文有二道"之说

承接文章功用说，柳宗元又提出"文有二道"之说，这里的"二道"就是两个大类的意思。从最早的文学发生的起源来看，散文与诗歌都是古人对现实生活的真实记录，即是说"诗文同根同源"，只是散文偏向纪实性，而诗歌则偏重抒情性，后来才因为要发挥各自独特的功能，踵事增华，分道异趋。在异趋途中，形成各自怎样的特点呢？柳宗元认为：

> 作于圣，故曰经；述于才，故曰文。文有二道：辞令褒贬，本乎著述者也；导扬讽谕，本乎比兴者也。著述者流，盖出于《书》之谟、训，《易》之象、系，《春秋》之笔削，其要在于高壮广厚，词正而理备，谓宜藏于简册也；比兴者流，盖出于虞夏之咏歌，殷周之风雅，其要在于丽则清越，言畅而意美，谓宜流于谣诵也。

作者认为：由圣人创作的称作"经"；由才人撰述的称作"文"。文章有两条源流：应酬交际和褒贬善恶的作品，本源于著述；引导颂扬和讽刺劝戒的作品，本源于诗歌。著述一类作品，渊源于《尚书》的谟、训，《周易》的象辞、系辞，《春秋》经过润色的寓含褒贬的文字，它的主要特点在于高古壮丽，宽广深厚，言词正大，说理透辟，这类文章适宜保存在典籍中；而寓含比兴的诗歌一类的作品，则渊源于远古传说的虞、夏时代的歌谣，殷、周时代的《诗经》，它的主要特点在于文辞华丽而不失法度，音韵清亮高昂，语言流畅而意境优美，这类文章适宜于在吟诵中流传广远。柳宗元从更加具体的方面将诗歌与散文的特点表述得非常清楚，也就是将文的功用具体化，从总体上把握，这样的分类很有意义，也确实抓住了诗歌与散文各自的特征，但是如果将其绝对化，则可能会出现偏颇，对于那些像文的诗，和像诗的文，即诗文交融的状况，就不好说明了。对此，柳宗元又提出了新的观点，就是"诗文不能兼善"说。

（三）"诗文不能兼善"之说

既然诗歌与散文各自特点分明，就像女孩都留着美丽的披肩发而男孩都是平顶头一样，应该各自保留自己的体性特征，不能混淆相杂，即是说诗文不能相融，要严守维护自己的本色美。柳宗元说：

> 兹二者，考其旨义，乖离不合。故秉笔之士，恒偏胜独得，而罕有兼者
> 焉，厥有能而专美，命之曰艺成。虽古之文雅之盛世，不能并肩而生。

他认为：这两类作品，它们的主旨和意义，各不相同。所以从事写作的人，常常擅长于某一方面，而很少有两者都兼善的。如果有才能并同时擅长这两类作品的，就称为艺术上的大家，但是即使在古代文化发达的盛世，也很难同时产生这种诗文兼善的作家。这里存在一些很复杂的情况，柳宗元的本意可能是想说，每一类的文体如果要写到极致，都需要作者倾其毕生的才华和心血，所以无暇兼善两类，而同时创作诗歌和散文的人，因为精力的分散，因而不可能两类文体都达到极致。从某种意义上看，是这样的一个理，像写《尚书》的人，很难写出《诗经》那样的作品，反之亦然。战国时期，孟、荀、庄、韩诸子，文辞酣畅，但未见诗歌流传；屈原辞赋精绝，但罕见其文。又如汉代，司马迁擅长于史传并达到了极致，而诗歌则不是其所长，司马相如的辞赋写得大气磅礴、恢宏伟丽，也不长于诗歌。再看魏晋时期，曹操及七子等擅长诗歌，而散文则较为薄弱，沈约等擅长史传散文，诗歌却艰涩不畅，这类例子很多难以枚举。到了唐代情况还是如此，柳宗元说："唐兴以来，称是选而不作者，梓潼陈拾遗。其后，燕文贞以著述之余，攻比兴而莫能极；张曲江以比兴之隙，穷著述而不克备。其余各探一隅，相与背驰于道者，其去弥远。文之难兼，斯亦甚矣。"认为只有陈子昂诗文兼备，像"燕许大手笔"的燕国公张说（实际上也包含许国公苏颋）擅长著述而诗歌不甚精湛，张九龄则在精于诗歌的闲暇，著述又未能达到极致。这样的论证显然缺乏逻辑力量，陈子昂能否算诗文兼善还有待进一步讨论，但是此前也并非没有诗文兼善的通才，像曹植就是诗文兼美，陶渊明更是诗歌散文辞赋三者兼备。柳宗元慨叹的"文之难兼，斯亦甚矣"，从道理上来说，并非一个小概率事件，而是作家创作才情才性的问题，像中唐时期包括韩愈和柳宗元在内的大量作家都可以说达到了诗文兼善的境界，到了宋代之后，这种情况则更为普遍，唐宋八大家基本上都是精善诗文，有的还长于词赋，此后还有兼擅长戏曲的，多栖类作家的出现是文化发展前进的一种标志。古时候之所以缺乏兼善者，有可能是作者不想将才情分散到其他领域，而更上古的时代则更可能是具体

分工及职责所系带来的结果，如以周公述作之才，来写诗歌，未必不能精善。

（四）杨凌文章地位的评价

既然诗文难以兼长，那么如果能出现一个这样的通才，就特别值得关注和赞赏了。在柳宗元看来，杨凌就是这样不可多得的天才。早年就以诗歌著名于当时，他那些特别光彩夺目的词句，被文人称赏吟诵，传遍全国各地，并传播到京城。晚年对各种文体都有所领悟，尤其精通叙述文。学问渊博，见识高远，才华横溢，他那雄劲老辣的文风，随着时光的推移不断完善。可惜的是他刚刚取得这样的成就，不久就去世了。像他最后几年的作品《鄂州新城颂》《考葛武侯传论》及饯送陈众甫、周愿、裴泰、符义府、羊士谔、李炼共六篇《序》，还有《庐山禅居记》《辞李常侍启》《远游赋》《七夕赋》等，都是当代最优秀的文章。凭这些文章与陈子昂相比较，大概可以说是著述、比兴两者兼备的人才吧！杨凌的这些作品，现在大都失传，无法印证柳宗元的判断，显然这里有奉命作文的应酬谀辞成分，为一个尊敬的通家长辈文集作序，说一些好话是可以理解的，但是杨凌显然没有达到这样的高度。这一点，我们必须认识到，就像韩愈推荐孟郊时，将孟郊直接放在继承李白、杜甫的诗歌成就的地位上显得不伦不类一样，柳宗元将杨凌的地位提得如此高，也不为后世认可，倒是他自己具有这样的才能。

柳宗元借撰写文集序这种方式，表达对杨凌不幸早逝的哀悼之情是真挚的，他对文章流变的认识也具有重要的意义，尤其他提出"文有二道"及"诗文难以兼善"的观点，既简明精确又能给人以启迪。

送僧浩[1]初序

儒者韩退之与余善，尝病予嗜浮图言[2]，訾[3]予与浮图游。近陇西李生础[4]自东都来，退之又寓书罪予[5]，且曰："见《送元生序》，不斥浮图[6]。"浮图诚有不可斥者，往往与《易》《论语》合，诚乐之。其于性情奭然[7]，不与孔子异道。退之好儒，未能过扬子[8]，扬子之书，于庄、墨、申、韩皆有取焉[9]。浮图者，反不及庄、墨、申、韩之怪僻险贼[10]耶？曰："以其夷[11]也。"果不信道而斥焉以夷，则将友恶来、盗跖[12]，而贱季札、由余[13]乎？

非所谓去名求实[14]者矣。吾之所取者与《易》《论语》合，虽圣人复生，不可得而斥也。

退之所罪者其迹[15]也，曰："髡而缁[16]，无夫妇父子，不为耕农蚕桑而活乎人[17]。若是，虽吾亦不乐也。退之忿其外而遗其中[18]，是知石而不知韫玉[19]也。吾之所以嗜浮图之言以此。与其人游者，未必能通其言也。且凡为其道者，不爱官，不争能，乐山水而嗜闲安者为多。吾病世之逐逐然唯印组为务以相轧也[20]，则舍是其焉从？吾之好与浮图游以此。

今浩初闲其性，安其情，读其书，通《易》、《论语》，唯山水之乐，有文而文之[21]；又父子咸为其道[22]，以养而居，泊焉而无求，则其贤于为庄、墨、申、韩之言，而逐逐然唯印组为务以相轧者，其亦远矣[23]。

李生础与浩初又善。今之往也，以吾言示之。因北人寓退之[24]，视何如也。

【注释】

[1]浩初：唐高僧龙安禅师弟子。

[2]尝：曾经。病：不满意。嗜浮图言：信奉佛教学说。

[3]訾：批评指责。

[4]"近陇西"句：近期有儒生李础从洛阳来。陇西，今甘肃陇西东南。李生础，李础，贞元十九年（803年）进士，元和年间为湖南从事，与韩愈、柳宗元有交往。元和六年请假到洛阳省父，时韩愈在洛阳为官。

[5]退之又寓书罪予：韩愈托李础带书信来批评我（信奉佛教一事）。今《韩愈集》逸此文。

[6]不斥浮图：柳宗元《送元十八山人南游序》："太史公没，其后有释氏，固学者之怪骇舛逆其尤者也。今有河南元生者……悉取向之所以异者，通而同之，搜择融液，与道大适，咸伸其所长，而黜其奇斜，要之，与孔子同道，皆有以会其趣。"韩愈指责柳"不斥浮图"当指此。

[7]奭然：旷达爽脱的样子。

[8]扬子：汉代扬雄，字子云，曾著《太玄》《法言》等。

[9]于庄、墨、申、韩皆有取：指扬子的学说对《庄子》《墨子》《申子》《韩非子》等书都有所取法。孙汝听注："扬子曰：'庄周荡而不法，墨、晏俭而废礼，申、韩险而无化。是扬子尝取之矣。'"申，申不害，战国时郑国人，其学说本于黄老而主刑名。【按】根据孙氏所言，扬子对庄周、墨子、晏子、申不害及韩非都是采取批评态

度,不知他所说的"取之"是具体指什么。

[10]怪僻险贼:怪异偏僻奇险有害。是对《庄》《墨》《申》《韩》等非儒学说的否定。

[11]以其夷:因为它(佛教)是由夷地传入。夷,古代称四方边远及外国为夷狄,佛教从印度天竺传入,故云。

[12]恶来:商纣王的臣子,擅长谗毁作恶。盗跖:为春秋末期的大盗。

[13]季札:吴王寿梦的季子,以博闻见称,季札所属吴国不是周王室所封的诸侯,所以称夷。由余:其先祖为晋人,后逃奔戎,为戎人,又入秦,帮助秦国拓土称霸。

[14]去名求实:舍去名声,追求实质。

[15]所罪者其迹:所责怪的是其表面。

[16]髡而缁:剃光头发,穿着黑色衣服。

[17]"无夫妇"两句:指佛教徒抛弃家庭,割断亲情,不耕不织,靠信徒施舍生活。韩愈对这种人很是厌恶,认为是社会的赘瘤,应当"人其人,火其书,庐其居"地对佛教进行遏制,对佛教徒加以改造,从某种意义上讲有合理性,但他与柳宗元的讨论不在一个层面上。

[18]忿其外而遗其中:怨恨他们的外表,而抛弃佛教内在的义理。

[19]韫玉:包藏着美玉。石头的内部含有美玉,指佛教学说中包孕着合理的精髓,有可取之处,柳宗元认为"在有以佐世"这一点上,佛教与儒教相同。

[20]病世之逐逐然唯印组为务以相轧:厌恶世间的人们将高官厚禄作为毕生的追求,并且在追求权力的竞争中相互排挤倾轧。

[21]有文而文之:(浩初)有文才而能写作。

[22]咸为其道:浩初父子都信奉佛教。

[23]"则其"三句:比信奉庄、墨、申、韩的学说要好,而那些只为了追求名利而相互倾轧的人与浩初相比,则相差很远。

[24]因北人寓退之:托到北方去的人把此文带给韩愈。因,托请,寓,捎给。

【赏析】

这篇文章涉及柳宗元与僧人交往和对佛教的理解两个大问题,可以与韩愈相关文章作比较阅读。

柳宗元与僧人交往,往往注重其人品而不关注他们的身份和外在标志性特征,像本文中的浩初,柳宗元认为他"闲其性,安其情,读其书,逐

《易》《论语》，唯山水之乐，有文而文之"，而且父子都信奉佛教，"以养而居，泊焉而无求，则其贤于为庄、墨、申、韩之言，而逐逐然唯印组为务以相轧者，其亦远矣"，他们与社会上那些钻营拍马、追求高官厚禄且相互倾轧的人相比，要高尚得多，当然，柳宗元也不喜欢"髡而缁，无夫妇父子，不为耕农蚕桑而活乎人"的生活态度，但那只是表面现象，而更本质的是这些信奉佛道者，本身就过着一种清静无为的闲适生活，对柳宗元因长期贬居而产生的心灵苦痛有宽慰和缓解作用。

而韩愈则对僧侣这个群体极尽憎恶之能事，韩愈认为僧侣之众既有宣扬佛法的高僧大德和衣食住行都仰仗依赖于社会的善男信女等信徒，他们不事生产，不交赋税，却占有大量田产，完全过着一种蠹虫式的寄生生活，严重影响社会的发展和进步，尤其是当皇帝也信佛时，就带来更为严重的社会问题，因此韩愈冒着极大的生命危险，给皇帝上《论佛骨表》，指出佛教乃西方传入的异端，而老百姓愚顽无知，不明根本，只会一味跟风崇拜，乃至出现了"焚顶烧指，百十为群，解衣散钱，自朝至暮，转相仿效，惟恐后时，老少奔波，弃其业次。若不即加禁遏，更历诸寺，必有断臂脔身以为供养者。伤风败俗，传笑四方"的严重局面，所以希望皇帝严加禁止，而对佛教应该采取更严厉的措施须"以此骨付之有司，投诸水火，永绝根本，断天下之疑，绝后代之惑。使天下之人，知大圣人之所作为，出于寻常万万也"。在《原道》中还提出要"人其人，火其书，庐其居"，对佛教徒加以改造，让他们回到社会过上正常的生活。如韩愈的《唐韩愈送廖道士序》：

> 五岳于中州，衡山最远。南方之山，巍然而大者以百数，独衡为宗。最远而独为宗，其神必灵。衡之南八九百里，地益高，山益峻，水清而益驶。其最高而横绝南北者岭。郴之为州，在岭之上，测其高下得三之二焉，中州清淑之气，于是焉穷。气之所穷，盛而不过，必蜿蜒扶舆磅礴而郁积，衡山之神既灵，而郴之为州，又当中州清淑之气蜿蜒扶舆磅礴而郁积，其水土之所生，神气所感，白金水银丹砂石英钟乳桔柚之包，竹箭之美，千寻之名材，不能独当也。意必有魁奇忠信才德之民生其间，而吾又未见也。其无乃迷惑溺没于老佛之学而不出耶？

> 廖师郴民而学于衡山，气专而容寂，多艺而善游，岂吾所谓魁奇而迷

溺者邪？廖师善知人，若不在其身，必在其所于游。访之而不吾告，何也？于其别，申以问之。

文中廖道士，名法正、郴州景星观道士，善治病，常栖息于衡山。咸通六年（865年），召入朝，为懿宗治病有验，封官、重馈均不受，赐号元妙贞人。韩愈于"唐永贞元年（805年），在郴州待命北上，十月取道衡潭，游南岳与廖正法接谈深为器重，别时作序送之。这篇文章先大谈五岳衡山处于南方万山之中的尊主地位，推断其必有灵验神奇的特征，然后指出郴州更在衡岳之南八九百里的五岭之上，那里山高险峻，水流清急，仿佛是要尽情描写南方山水的神奇，但是忽然一转，说中州传出的一股清淑之气（暗指以儒家为主流的文化气息）迤逦而来，一直到郴州便停歇了，不过这股清淑之气没有越过五岭，而是盘旋郁积于这里的万山之中，按照道理，衡山正沐浴于中州清淑之气的氤氲之中，神气所感，除了出产白金、水银、丹砂、石英、钟乳、橘柚等珍贵物品及秀美的翠竹和高达千寻的名贵木材，还应当有出类拔萃、德才兼备的人才，但是为什么我没有看到呢？应该是因为他们沉迷于佛老之学而出不来吧。这样就把佛老惑人心性的蔽障破坏作用揭露出来了，给人一种乌云蔽空的感受。临近结尾时，韩愈才转到要送别的主人廖道士身上来，说廖道士精神专注，仪容寂静，多才多艺且喜欢交游，难道他就是我说的那种出类拔萃却沉迷佛老的人么？廖师善于识别人才，郴州的人才，如果不在他自身，必定就在和他交游的那些朋友中。我访问他，他却不告诉我，这是什么缘故呢？当我们快要分别的时候，特提出来请问于他。在没有得到答案的尴尬中，文章突然戛然而止，只留下那位道士哑口无言，心里有话却不知怎样说出口来，而韩愈则留给他一个远去的背影，这篇文章很能表现韩愈对沉迷佛老之说者的喇弄和揶揄。至于艺术方面，正如清人刘大櫆所说："此文如黑云漫空，疾风迅雷，甚雨骤至，电光闪闪，顷刻尽扫阴霾，皎然日出，文境奇绝。"再如在《送高闲上人序》中，韩愈将张旭学习草书不治他伎与高闲上人喜欢草书却相信浮屠之说进行对比，认为张旭将自己的人生喜怒哀乐全部寄托在书法艺术里，达到了变动若鬼神的境界，而高闲上人则因为沉溺佛教教义使他的书法不可能达到高深的诣旨。都旨在否定佛老异端思想，从而使这些和尚道士能归附于儒家忠孝节义纲教伦常的人生轨途，韩愈排击异端并欲改造沉溺异教者，这就是他宣扬儒家道统观念的重要方面。

柳宗元也重视儒家道统，但他更注重内外兼修，认为"君子病无乎内而饰乎外，有乎内而不饰乎外者"，认为"道"不仅仅是从孔子那里传承下来的一种理念，应该具有实践的品格，归结为一点就是强调"化人及物"。他在《送崔子符罢举诗序》中说，对于参加进士科考试的举子来说，"即其辞，观其行，考其智，以为可以化人及物者，隆之；文胜质，行无观，智无考者，下之"；在《送徐从事北游序》奉劝友人"得位而以诗礼春秋之道施于事，及于物，思不负孔子之笔舌"，都强调"道"的实践性。在对待佛教的问题上，柳宗元比韩愈要通脱一些，如本文中说："浮屠诚有不可斥者，往往与《易》《论语》合，诚乐之，其与性情奭然，不与孔子道异。"并指出韩愈的排佛只是抓住佛教的表面现象，却没有深入理解佛教的本质方面，即"忿其外而遗其中，是知石而不知韫玉"。又在《送元十八山人南游序》中认为孔学与老学，虽然"道不同不相与谋"，但是孔学与老学乃至杨墨申商、刑名纵横之说，在"有以佐世"这一点上是相同的，而释氏由外国传入中国，与当年杨墨申商一样属于异端之说，但是元山人"悉取向之所以异者，通而同之，搜择融液，与道大适，咸伸其所长，而黜其奇邪，要之与孔子同道，皆有以会其趣"。这些都表明柳宗元有意融合儒道释三教的倾向，所以他提出的"文以明道"，是在以儒家思想为主导条件下，融会各种其他思想合理因素的综合体，比较通脱宏大。

答韦中立[1]论师道书

二十一日，宗元白：辱[2]书云欲相师[3]，仆道不笃，业甚浅近，环顾其中，未见可师者[4]。虽尝好言论，为文章，甚不自是也。不意吾子自京师来蛮夷间，乃幸见取。仆自卜[5]固无取，假令有取，亦不敢为人师。为众人师且不敢，况敢为吾子师乎？

孟子称："人之患在好为人师[6]。"由魏晋氏以下，人益不事师[7]。今之世不闻有师，有辄哗笑之，以为狂人。独韩愈奋不顾流俗，犯笑侮，收召后学，作《师说》，因抗颜[8]而为师。世果群怪聚骂，指目牵引[9]，而增与为言辞。愈以是得狂名，居长安，炊不暇熟[10]，又挈挈而东[11]，如是者数矣。

屈子赋曰："邑犬群吠，吠所怪也。[12]"仆往闻庸蜀[13]之南，恒雨少日，日出则犬吠，予以为过言[14]。前六七年，仆来南，二年冬，幸大雪逾岭[15]，被南越中数州，数州之犬，皆苍黄吠噬[16]，狂走者累日，至无雪乃已。然后始信前所闻者。今韩愈既自以为蜀之日，而吾子又欲使吾为越之雪，不以病乎[17]？非独见病，亦以病吾子。然雪与日岂有过哉？顾吠者犬耳。度今天下不吠者几人，而谁敢怪于群目[18]，以召闹取怒乎？

仆自谪过[19]以来，益少志虑。居南中九年，增脚气病，渐不喜闹，岂可使呶呶者早暮咈吾耳、骚吾心[20]？则固僵仆烦愦[21]，愈不可过矣。平居望外，遭齿舌[22]不少，独欠为人师耳。

抑又闻之，古者重冠礼[23]，将以责成人之道，是圣人所尤用心者也。数百年来，人不复行，近有孙昌胤者，独发愤行之。既成礼，明日造朝，至外庭[24]，荐笏[25]言于卿士曰："某子冠毕。"应之者咸怃然[26]。京兆尹郑叔则怫然曳笏却立[27]，曰："何预我耶！"廷中皆大笑。天下不以非郑尹而快孙子[28]，何哉？独为所不为[29]也。今之命师者，大类此。

吾子行厚而辞深，凡所作，皆恢恢然[30]有古人形貌，虽仆敢为师，亦何所增加也。假而以仆年先吾子，闻道著书之日不后，诚欲往来言所闻，则仆固愿悉陈中所得者[31]。吾子苟自择之，取某事，去某事，则可矣。若定是非，以教吾子，仆材不足，而又畏前所陈者，其为不敢也决矣。吾子前所欲见吾文，既悉以陈之，非以耀明[32]于子，聊欲以观子气色诚好恶[33]何如也。今书来，言者皆大过[34]，吾子诚非佞誉诬谀[35]之徒，直见爱甚故然耳。

始吾幼且少，为文章，以辞为工[36]。及长，乃知文者以明道[37]，是固不苟为炳炳烺烺，务彩色、夸声音而以为能也[38]。凡吾所陈，皆自谓近道，而不知道之果近乎？远乎？吾子好道，而可[39]吾文，或者其于道不远矣。故吾每为文章，未尝敢以轻心掉之[40]，惧其剽而不留[41]也；未尝敢以怠心易之[42]，惧其弛而不严[43]也；未尝敢以昏气[44]出之，惧其昧没[45]而杂也；未尝敢以矜气[46]作之，惧其偃蹇[47]而骄也。抑之欲其奥[48]，扬之欲其明，疏之欲其通[49]，廉之欲其节[50]，激而发之[51]欲其清，固而存之欲其重[52]，此吾所以羽翼夫道[53]也。本之《书》以求其质[54]，本之《诗》以求其恒[55]，本之《礼》以求其宜[56]，本之《春秋》以求其断[57]，本之《易》以求其动[58]，此吾所以取道之原也。参之谷梁氏以厉其气[59]，参之《孟》《荀》以畅其支[60]，参之《庄》《老》以肆其端[61]，参之《国语》以博其趣[62]，参之《离骚》以致其幽[63]，参之《太史公》以著其洁[64]，此吾所以旁推交通[65]而以为之文也。凡若此者，果是耶？非耶？有取乎？抑其无取乎？吾子幸观焉，择焉，有馀[66]以告焉。苟亟来以广是道[67]，子不有得焉，则我得矣，又何以师云尔哉？取其实而去其名，无招越蜀吠怪而为外廷所笑，则幸[68]矣。宗元白。

【注释】

[1]韦中立：潭州刺史韦彪之孙，元和十四年(619年)进士及第。本文写于元和八年(813年)。

[2]辱书：自谦的说法，承蒙对方写书信来。

[3]相师：相烦称我为师。

[4]仆道不笃：我的道德修养还不深厚。环顾其中：衡量胸中各个方面。可师者：值得相师之处。仆，我，谦辞。

[5]自卜：自己估量。卜，揣度。

[6]"人之患"句：出《孟子·离娄上》。人的最大麻烦就是喜欢给别人当老师。

[7]魏晋：两个朝代。魏(220—265年)，曹丕代东汉而立，三国朝代之一。晋(265—420年)，司马氏取代魏而立，后统一三国。益不事师：更加不做求师的事。

[8]抗颜：态度严正不屈，毫不客气的样子。

[9]群怪聚骂：群聚而以为怪事并笑骂。指目牵引：在背后指指点点、传递眼色、拉扯衣角示意，表示惊奇和蔑视。

[10]炊不暇熟：饭还没有来得及煮熟，夸张的说法，形容工作忙碌，时间紧张。

[11]挈挈(qiè)：匆忙急迫的样子。东：由长安东去洛阳，指元和二年(807年)韩愈为避开别人的诽谤到洛阳去任职。

[12]"邑犬"二句：屈原《九章·怀沙》："邑犬之群吠兮，吠所怪也。"意谓城中的群狗见到从未见过的事物感到奇怪，就一齐狂叫。

[13]庸蜀：泛指湖北、四川。

[14]过言：言过其实。

[15]逾：越过。岭：指横亘在湖南、江西与广西、广州之间的五岭(越城岭、都庞岭、萌渚岭、骑田岭、大庾岭)。岭南很少下雪。

[16]苍黄：同"仓皇"，惊慌失措的样子。吠噬：一边叫一边咬。

[17]不以病乎：不因此而认为有毛病吗？病，古代伤害、艰难困苦、困窘难堪各种意思，均可通。

[18]衒怪于群目:指行为突出而招人责怪。衒(xuàn):炫耀。

[19]谪过:因罪被谪,指作者贬官永州司马。

[20]呶(náo)呶:喧哗不止的样子。咈(fú):干扰。骚:扰乱。

[21]僵仆:形容处境困顿。烦愦:烦恼昏乱。

[22]望外:意料之外。齿舌:口舌,指被人议论。

[23]冠礼:古时男子年满二十,即举行加冠仪式。冠礼在宗庙举行,由父亲主持,请尊贵来宾参加。

[24]外庭:外朝,指群臣等待上朝和办公议事之处。

[25]荐笏:把笏板插在衣带里。荐:插。笏:古代臣下朝见皇上时所执的手板,用玉、象牙或竹片制成,上可记事。

[26]咸:都。怃然:茫然若失的样子。

[27]京兆尹:官名。京城所在州的最高行政长官。郑叔则:贞元处为京兆尹,五年(789年)二月贬为永州刺史。怫(fú)然:莫名其妙的样子,一说茫然不知所措的样子。曳笏却立:手拿着笏板垂下倒退一步站着。

[28]不以非郑尹而快孙子:不认为郑少尹不对而为孙昌胤的做法感到高兴。

[29]独为所不为:独自做了别人所不做的事情。

[30]恢恢然:气魄宏大的样子。

[31]愿悉陈中所得者:愿意把学习心得全部告诉你。中,心中,内心。

[32]耀明:炫耀。

[33]诚好恶:确实了解你喜欢什么讨厌什么。

[34]太过:太过分了。

[35]佞誉诬谀:巧言谄媚、虚伪吹捧。

[36]以辞为工:以为讲究文辞就能把文章写好。柳宗元早年学写骈文,用力甚勤。

[37]文者以明道:文以明道是柳宗元的主张,认为写文章的根本宗旨是阐明弘扬古代圣贤之道,这也是中唐古文运动的宗旨。

[38]炳炳烺(lǎng)烺:明亮美好。形容文辞华美,形式好看。彩色:指华丽的辞藻。声音:指文章的声韵音律。

[39]可:动词,认可,赞同。

[40]以轻心掉之:以轻率的态度对待它。

[41]剽而不留:浮滑而不沉着。

[42]怠心易之:用松懈的思想草率地对待它。

[43]弛而不严:松散而不严谨。

[44]昏气:头脑不清醒或胸中浑浊之气。

[45]昧没:指思路混乱不清。

[46]矜气:骄傲之气。

[47]偃蹇:傲慢,骄傲不恭。

[48]奥:幽深、含蓄。

[49]通:畅达。

[50]廉:精简。节:简约。

[51]激而发之:激荡使它奋起。

[52]固而存之欲其重:凝聚胸中的灏气并保存下来。重,庄重。

[53]羽翼夫道:辅佐维护这个"道"。

[54]本之《书》以求其质:以《尚书》为范本,追求文章的质朴。

[55]本之《诗》以求其恒:以《诗经》为范本,追求文章表达永恒的真理。

[56]本之《礼》以求其宜:以《周礼》《仪礼》《礼记》为范本,追求文章达到那样的准则。

[57]本之《春秋》以求其断:以《春秋》为范本,追求那样的褒贬分明。

[58]本之《易》以求其动:以《周易》为范本,追求那样的灵动多变。

[59]参之穀梁氏以厉其气:参考《春秋谷梁传》而磨炼出它那样的气势。

[60]参之《孟》《荀》以畅其支:参考《孟子》《荀子》而使文章条理畅达。

[61]参之《庄》《老》以肆其端:参考《老子》《庄子》而使文章放开思路。

[62]参之《国语》以博其趣:参考《国语》以增加文章的奇趣。

[63]参之《离骚》以致其幽:参考《离骚》而获得那样隐微幽深的含义。

[64]参之《太史公》以著其洁:参考《史记》而使文章精炼简洁。

[65]旁推交通:由此及彼,相互贯通。

[66]有馀:有空闲,有时间。

[67]亟来以广是道:用来广泛讨论学习、写作的道理。

[68]幸:幸运。

【赏析】

题目中的韦中立,是唐代谭州刺史韦彪之孙,年少好学。元和八年(813年)从长安来到永州,向柳宗元求教作文章之道,返京后又写信给柳宗元虔诚地要求拜师,所以柳宗元作《答韦中立论师道书》予以回复。

这封书信谈了两个问题：论师道及论写作。其中"论师道"，即为师之道，具体包含的内容与韩愈《师说》不尽相同，后面的论写作，虽然谈的是自己作文的经验，但却是前文的有力补充，即是说学习作文的过程就是一个学习并弘扬"道"的过程。

先看论师道。柳宗元针对韦中立拜师的要求，明确答复说自己"不敢为人师"。因为"好为人师"既是孟子所指出的人性弱点，在当时现实情境下，更是招人嘲笑诟骂的理由。柳宗元举了"蜀犬吠日"和"越犬吠雪"两种现象，说明人们对新奇事物的那种既惊疑恐惧又强烈排斥的心态，以印证人们对"为师"的态度。其实柳宗元也赞同韩愈的勇于为师，因为文化的薪火相传靠的就是老师的辛勤传授，尤其在安史之乱后，社会秩序混乱，儒家道统失坠，更需要重建士人的人格和精神世界，所以恢复师道是非常迫切的。但是柳宗元处于囚徒的困境，本身就遭到各种势力的责骂怪罪，如果也像韩愈那样大张旗鼓地收徒传道，那就不仅自己必然会招致更大的打击，而且可能影响前来拜师学道者的前途。文中一方面斥责那些群怪聚骂、指目牵引的反对从师者的丑态，另一方面也表达了自己不敢为师的苦衷和怕连累后学的心情。接着再举孙子行冠礼之事与为人师类比，说明只要做别人不敢做的事情，都会遭到嘲笑攻击，以此见师之不可为，更见世道的人心的可怕。这完全与韩愈慨叹的"师道之不传也久矣"相互印证，甚至出现了"爱其子，择师而教之；于其身也，则耻师焉"和"巫医乐师百工之人，不耻相师。士大夫之族，曰师曰弟子云者，则群聚而笑之"的失常现象。这就有必要谈谈古代的师道和韩柳的师道观。

"古之学者必有师"。这是韩愈的一个经典判断。那么古人是怎样弘扬师道的呢？中国古代的教育主要采取师徒传承的方式进行，所以在古代文献中有丰富的有关师道内涵的论述。如《吕氏春秋·劝学》中说：

> 古之圣王未有不尊师者也。尊师则不论贵贱贫富矣。若此则名号显矣，德行彰矣。故师之教也，不争轻重尊卑贫富，而争于道。其人苟可，其事无不可，所求尽得，所欲尽成，此生于得圣人。圣人生于疾学。不疾学而能为魁士名人者，未之尝有也。疾学在于尊师，师尊则言信矣，道论矣。

《吕氏春秋》是一部产生于战国末期的杂家哲学著作，其思想体系的核心还是以儒家为主。这段引文以古代圣王为论据，提出了"疾（力）学在于尊师""师教争于道"两个重要观点。前者强调尊师的重要性，因为"疾学"是成为圣人的重要途径；后者则强调"师"的最重要的内涵是"道"。尽管对"道"的理解具有时代性，不同的历史时期，不同的文化学术思想背景下，"道"具有不同的内涵，但是提倡"师道"毕竟是中国古代教育思想的精华部分，至今还具有真理性。 社会的发展不能离开教师的辛勤劳动，而教师最重要的还是具有高尚的道德修养。

古人由于重视"师道"，因而提倡"尊师"。如《吕氏春秋·尊师》篇说：

> 君子之学也，说义必称师以论道，听从必尽力以光明。所从不尽力，命之曰背；说义不称师，命之曰叛；背叛之人，贤主弗内于朝，君子不与交友。故教也者，义之大者也；学也者，知之盛者也。义之大者，莫大于利人，利人莫大于教。知之盛者，其大于成身，身成则为人子弗使而孝矣，为人臣弗令而忠矣，为人君弗强而平矣，有大势可以为天下正矣。故子贡问孔子曰："后世将何以称夫子？"孔子曰："吾何足以称哉？勿已者，则好学而不厌，好教而不倦，其惟此邪。"天子入太学，祭先圣，则齿尝为师者弗臣，所以见敬学与尊师也。

古代对老师的尊重和对父母的尊重是具有同等地位的，因为老师以大义、大道教学生成人成才，教学生尽孝尽忠之道，是维系天下秩序的重要手段，在这样的背景下，教师真正以教书为职业，感到教书是最重要也最光荣的事业，因而能够做到"好学而不厌，好教而不倦"。教师的作用得到全社会的承认，教师本人也得到全社会的尊重。不仅天子进入太学，祭奠先圣的时候，以名师没有成为自己的大臣而感到羞耻，而且一般的人也将老师当作自己的父亲来对待。如《吕氏春秋·劝学》篇就借孔子弟子的故事宣扬"师道尊严"：

> 曾子曰："君子行于道路，其有父者可知矣，其有师者可知也。夫无父而无师者，余若夫和哉？"此言事师之犹事父也。……孔子畏于匡，颜渊后，孔子曰："吾以汝为死矣。"颜渊曰："子在，回何敢死？"颜回之于孔子也，犹曾参之事父也。古之贤者，与其尊师若此，故师尽智竭道以教。

对教师的尊重是社会对教师劳动应该付出的回报，而基础和前提则是教师"尽智竭道以教"。换句话说，教师只有在无私奉献付出艰辛劳动的前提下才能得到全社会的尊重。所以韩愈说："师者，所以传道受业解惑也。……吾师道也，夫庸知其年之先后生于吾乎？是故无贵无贱，无长无少，道之所存，师之所存也。"这在中唐时期是一种勇敢大胆地突破世俗的远见卓识。

韩愈是中国文化学术史上承先启后的关键人物。他在《师说》中提出了著名的论点："师者，所以传道授业解惑者也。"我们认为：韩愈的师道观中"尊圣人"是与古代观念一致的，《师说》就是以孔子的言行作为榜样来说理的。古代师道的主要内容有：（1）尊师不论贵贱贫富，有德有道是师；（2）强调疾学（力学）关键在于尊师；（3）师事老师应当如敬畏父亲；（4）说义必称师，不能背叛师门；（5）老师应竭智尽道以教，应好学不厌、好教不倦。韩愈的"无贵无贱，无长无少，道之所存师之所存"师道观，显然是继承古代儒家的师道观念的，但他强调人非生而知之，肯定圣人无常师，将道与艺并举，传道与授业并重，批评当世士大夫不及巫医百工之人，说明他的师道观念具有鲜明的时代批评意义，比古代拘泥于圣人范围的师道观有一定的超越，因而具有进步性。韩愈《师说》中着重强调的中心内容是"道"，从师的根本内容是要学"道"，那么什么是"道"呢？谢枋得《文章轨范》中分析说："道者，致知格物诚意正心齐家治国平天下之道。"即是指儒家所谓的士人安身立命之本。对韩愈"道"的内涵的认识，则存在严重的分歧。如清代章学诚《文史通义》认为《师说》是韩愈为当时之弊而发的议论，但他否定其价值。他说：

> 未及师之究竟。《礼记》："民生有三，事之如一。君，亲，师也。"此为传道言之也，授业、解惑，则有差等矣。业有精粗，惑亦有大小，授业解惑者为师，固然矣，然与传道有间也。

章氏意谓韩愈师道观念缩小了古代师的范围，而且授业解惑与传道有距离。显然，章氏拘泥于古，未能指出韩愈师道观念的现实批判意义和他有意识继承续接儒家道统的意图。其文化传承方面的积极意义，清代的蔡世远《古文雅正》中讲得较好。他说：

> 师道立则善人多。汉世经学详明者，以师弟子相承故也；宋代理学昌

明者，以弟子相信故也。唐时知道者，独有一韩子，而当时又少有肯师者，即如张文昌（籍）、李习之（翱）、皇甫持正（湜），韩愈得意弟子也，然诸人集中亦鲜推尊为师者，况其他乎？以此知唐时习气最重，故韩子痛切言之。唐学不及汉、宋者，亦以此也。

蔡氏能从文化史视角审视韩愈师道观的现实意义，非常切当。儒家思想的传播主要是靠师徒相传的，在两汉大盛，但在魏晋南北朝衰落，到唐代就中断了，因此韩愈提倡师道，意图在承接孔、孟的儒学传统，虽然在当时遭到群聚指责笑骂，但在宋明以后却产生了巨大影响，宋明理学就是在很好的传承了这个文化传统的基础上，才发扬光大的。正是在这个意义上，陈寅恪说："退之者，唐代文化学术史上承先启后转旧为新关楗点之人也。"（《论韩愈》）而韩愈在文化史上这个关键地位的建立，其师道观是重要内容。

当然，以今天的观点来看，其师道观不免陈腐。童第德先生的《韩愈文选》中就批评说，韩愈的"道"实际上是"封建的道德伦理，是为当时统治阶级服务、来压迫和剥削人民的道，不是人民自己的道，是有阶级性的"。这种说法是那个特定时代的产物。我认为，韩愈虽然在文中将士大夫与巫医百工之人进行了对比，但他并未否定普通的劳动人民，并且肯定了他们虽然在文化精英的圈子之外，但他们却保持了良好的"不耻相师"习惯，与士大夫们"耻于相师"形成绝妙的反讽，其批评的矛头直指文化精英。从传承文化的角度看，士大夫应该是主流，所以他们更应该弘扬师道精神，韩愈对"师道不传""师道不复"的深切忧虑感，是值得肯定的。时代在前进，师道观念也应该与时俱进，我们中华民族的五千年文明毕竟要靠"师道"来薪火相传，只是要切记：在传承中，我们要发扬光大优秀的内容，并作出属于自己时代的创新和发展。

柳宗元虽然没有像韩愈那样长篇大论地谈师道，但他是赞同韩愈这些观点的，他与韩愈一样都以恢复古道为己任，这就是他虽处困境仍然倾其所有地教导后学的原因。韩愈在《柳子厚墓志铭》中说："衡、湘以南为进士者，皆以子厚为师，其经承子厚口讲指画为文辞者，悉有法度可观。"可见柳宗元在那样艰难的处境中没有放弃为师的理想。由于韩愈本身就是太学的老师，从太学博士一直做到国子祭酒，长期教导诸生，又喜欢推荐奖掖学人，因此他提出系统的师道理论是必然的，而柳宗元处于偏远的贬所，能这样谈论为师之道，更是难能可贵的。

与师道紧密联系的就是学习作文，所以柳宗元在书信中详细介绍了自己的为学历程和学习心得，这是传授重要的作文之法。比如作文时在内容表达上要既"奥"又"明"，即内容必须深刻透辟，含蓄不露，而表达起来则又鲜明具体，意义明朗，不晦涩艰奥。这就必须有"抑"有"扬"，前者主要指主题和题材的加二锤练，思想不断深化；后者是指表达方法的明白晓畅，一目了然。在文学的社会功用上，强调"文以明道"；在写作态度和方法上，主张严肃认真，精益求精；重视学习历史遗产，借鉴前人的创作经验。

读书与写作密切相关，这方面也可以将韩愈与柳宗元对比来看。

韩愈在《答李翊书》中说：

> 将蕲至于古之立言者，则无望其速成，无诱于势利，养其根而俟其实，加其膏而希其光。根之茂者其实遂，膏之沃者其光晔。仁义之人，其言蔼如也。
>
> 抑又有难者。愈之所为，不自知其至犹未也；虽然，学之二十余年矣。始者，非三代两汉之书不敢观，非圣人之志不敢存。处若忘，行若遗，俨乎其若思，茫乎其若迷。当其取于心而注于手也，惟陈言之务去，戛戛乎其难哉！其观于人，不知其非笑之为非笑也。如是者亦有年，犹不改。然后识古书之正伪，与虽正而不至焉者，昭昭然白黑分矣，而务去之，乃徐有得也。
>
> 当其取于心而注于手也，汩汩然来矣。其观于人也，笑之则以为喜，誉之则以为忧，以其犹有人之说者存也。如是者亦有年，然后浩乎其沛然矣。吾又惧其杂也，迎而距之，平心而察之，其皆醇也，然后肆焉。虽然，不可以不养也，行之乎仁义之途，游之乎诗书之源，无迷其途，无绝其源，终吾身而已矣。

这是一个刻苦治学者的甘苦之言，不仅要意志坚定，还要焚膏继晷的研读；不仅要心里永存圣人之志，还要辨别古书的正伪；不仅要务去陈言，勇于创新，还要不怕世人的指责；不仅要沛然浩荡驰骋文思，还要剔除杂质，追求纯粹；不仅要行仁义之涂，游诗书之源，还要不迷茫，无绝其源，终身相守。

而韩愈所读的具体是些什么书籍呢？他在《进学解》里说：

> 沉浸醲郁，含英咀华，作为文章，其书满家。上规姚姒，浑浑无涯；周诰、殷《盘》，佶屈聱牙；《春秋》谨严，《左氏》浮夸；《易》奇而法，《诗》正而葩；下逮《庄》、《骚》，太史所录；子云，相如，同工异曲。先生之于文，可谓闳其中而肆其外矣。

韩愈将《诗》《书》《易》《春秋》《左传》《庄子》《离骚》《史记》汉赋等均纳入了"文"的范围，而且吸收它们各自的艺术优长。若与柳宗元相比，就能见出这种杂文学观念的优点。

柳宗元《答韦中立论师道书》中说，为了"羽翼夫道"，他是这样做的："本之《书》以求其质（质朴），本之《诗》以求其恒（永久不变的情理），本之《礼》以求其宜（合理），本之《春秋》以求其断（判断），本之谷梁氏以厉其气（文气），参之《孟》《荀》以畅其支（文章义理），参之《庄》《老》以肆其端（奔放无端），参之《国语》以博其趣（趣味），参之《离骚》以致其幽（隐微深沉），参之太史公以著其洁（简洁），此吾所以旁推交通而以为之文也。"柳宗元主张"辅时及物"为"道"，故他将韩愈杂合融化的经史百家之文，分成两类，《诗》《书》《礼》《春秋》《易》等作为"取道之原"，而将《孟》《荀》《庄》诸子及《骚》《国语》《左传》《记史》等作为"旁推交通"的为文之资，表面上看，柳氏更尊重经典，取道更高，而实际上韩愈将六经诸子百家一律视为"文"，更立一抽象的"仁义道德"作为文之"原"（行之乎仁义之途，游之乎诗书之源），这样他就更能体会出六经百家的优点，因此，韩愈"约六经之旨"而成文，"资书以为诗"的创作方法就有可能比柳宗元取得更高的成就。

当然，柳宗元的"旁推交通"之说与韩愈的"熔铸经史百家"的为文之道，各有千秋，各臻其境，是值得我们永久效法的至言。

白居易

　　白居易（772—746年），字乐天，晚年号香山居士。其先太原（今属山西）人，后迁居下邽（今陕西渭南）。元和十年贬官江州司马，后历任忠州、杭州、苏州刺史，最后官至刑部尚书。是中唐时代著名的现实主义诗人，主张"文章合为时而着，歌诗合为事而作"（《与元九书》），与元稹一起大量创作新乐府诗，其诗追求通俗流畅。有《白氏长庆集》。

《荔枝图》[1]序

荔枝生巴峡[2]间。树形团团如帷盖。叶如桂，冬青。华如橘，春荣。实如丹，夏熟。朵[3]如葡萄，核如枇杷，壳如红缯，膜如紫绡，瓤肉莹白如冰雪，浆液甘酸如醴酪，大略如彼，其实过之[4]。若离本枝，一日而色变，二日而香变，三日而味变，四、五日外，色香味尽去矣。

元和十五年夏，南宾守[5]乐天命工吏图而书之，盖为不识者与识而不及一二三日者[6]云。

【注释】

[1]《荔枝图》：白居易在忠州时，请人所画的图画，表达对荔枝的喜爱。

[2]巴峡：指巴郡三峡一带，包括今重庆至万县一段区域，唐代属忠州。

[3]朵：指果实成串成簇，像葡萄一样。

[4]其实过之：荔枝的真正的色、形、味超过了上面的描述。

[5]南宾守：忠州曾于天宝年间改为南宾郡，干元间复为忠州。南宾守，即忠州刺史。

[6]识而不及一二三日者：见过荔枝，却未见过三日内摘下来的新鲜荔枝的人。

【赏析】

这是一则题在荔枝图画上介绍荔枝特点的小品。

荔枝原产于广东、福建等地，唐时四川也产，由于味道鲜美，尤其得到杨贵妃的喜爱，流传着一日一夜千里奔赴进贡新鲜荔枝的故事，杜牧诗云："一骑红尘妃子笑，无人知是荔枝来"。荔枝也是文人墨客喜爱的物件，历代歌咏、描绘荔枝的佳作众多。白居易任忠州刺史时，回京前特意请人绘制一幅荔枝图，并写下这篇妙文。

介绍完荔枝的产地后，白居易运用比喻对荔枝的树形、叶子、花朵、果实、形态、壳核、果肉、浆液等方面，作了详尽的说明，既让人对荔枝的特点有所了解，还产生了馋涎欲滴的联想：那团团如盖的青翠树冠，一到春天就开出粉白色小花，芳香四溢；夏天，果实成熟，如鲜红的朱丹，又如一串串葡萄挂满枝头；那壳儿仿佛是红缯织成，剥开壳儿便会露出晶莹洁白的果肉，轻轻咬上一口，那甘甜爽口的汁液，仿佛醴酪美味，沁人心脾。难怪后来苏轼说："日啖荔枝三百颗，不辞长作岭南人。"最后，白居易对荔枝容易变质的特点作了具体说明，使人们认识到美妙的东西往往娇弱，需要细心呵护。虽然是为了让"不识者与识而不及一二三日者"了解荔枝的特性，但是字里行间却流露出诗人对美物的无限珍爱怜惜。白居易散文语言通俗明朗，自然流畅又清新隽永，富有生机活泼的韵味。

白
居
易

李　翱

　　李翱（772—841年），字习之。赵郡（今河北邯郸西南）人。贞元进士，授校书郎、国子监博士，官至山南东到节度使，中唐散文家，谥号"文"，世称"李文公"。从韩愈学习古文，是唐代古文运动的积极参与者，论文主张义、理、文三者并重，散文风格温厚平和，以意态取胜，但有时偏重哲理。有《李文公集》。

题《燕太子丹传》后[1]

荆轲[2]感燕丹之义[3]，函匕首[4]入秦，劫始皇[5]，将以存燕宽诸侯。事虽不成，然亦壮士也。惜其智谋不足以知变识机。始皇之道异于齐桓[6]，曹沫[7]功成，荆轲杀身，其所遭者然也。乃欲促槛车驾秦王[8]以如燕，童子妇人且明其不能，而轲行之，其弗就[9]也非不幸。燕丹之心，苟可以报秦，虽举燕国犹不顾，况美人哉[10]？轲不晓而当之，陋矣[11]。

【注释】

[1]《燕太子丹传》：《史记》无此传，当为小说《燕丹子》。

[2]荆轲：战国末年卫国人，时称庆卿。秦灭卫国后，逃亡至燕国，燕人称为荆卿。后被田光推荐给燕太子丹，丹遣他入秦谋刺秦王。

[3]燕丹：战国末年燕王喜的太子，名丹。曾作为人质留在秦国，后化装逃归，发誓报仇。

[4]函：木匣。

[5]劫始皇：劫持威胁秦始皇。燕喜王二十八年（前227年），秦兵破赵，危及燕国，太子丹派遣荆卿带着秦国叛将樊於期的人头，和藏着匕首的燕督亢地图，前往秦庭，谋刺秦王，未获成功，被杀。事见《史记·刺客列传》。

[6]齐桓：齐桓公，姜姓，名小白，春秋时期第一个霸主。

[7]曹沫：春秋时期鲁国人。与齐国作战，连败三次，鲁庄公不得不向齐国献地求和，与齐桓公在柯地会盟。曹沫乘机用匕首胁迫齐桓公，逼迫他退还侵略的鲁国土地，齐桓公无奈应允，失地复归鲁国。见《史记·刺客列传》。

[8]促槛车：准备好带有栅栏的囚车。驾秦王：将秦王关进车里拉走。

[9]弗就：不成功。

[10]举：全。美人：据《燕丹子》载，太子丹置盛宴于华阳台，并令美女弹琴助兴，荆轲称赞女子琴弹得好，还说喜爱她的手，太子丹就砍下美女的手，用玉盘装着送给荆轲。

[11]当之：承担刺杀秦王的任务。陋：浅薄，缺乏见识。

李翱

【赏析】

荆轲刺秦王，是一个非常富于轰动效应的历史事件，虽然其直接结果是导致燕国的迅速灭亡，但是这一事件本身所蕴藏的意义却引来众多的评论。从司马迁开始，历代文人大都把荆轲作为仗义除暴的英雄侠客来进行歌颂，像骆宾王的"此地别燕丹，壮士发冲冠。昔时人已没，今日水犹寒"，荆轲当年惜别太子丹的凛凛威风仿佛还在易水萧瑟的秋风中回荡；还有陶渊明《咏荆轲》说"惜哉剑术疏，奇功遂不成。其人虽已没，千载有余情"，对荆轲的壮怀激烈充满敬意，对他的剑术不精未能成就大功表示惋惜。李翱的这篇题跋，却一反传统观点，站在反对藩镇割据、维护唐王朝统一的政治立场上，对荆轲的行为作了重新估价。认为当时秦已经即将统一全国，不再是春秋战国的诸侯割据局面，荆轲只是从狭义的"义"出发，不审时度势，没有看清历史前进的必然趋势，想凭个人意气扭转历史的车轮，他的不自量力和智谋缺乏才是失败的主要原因。因此，荆轲的失败反而是一件幸事。这种反传统的看法在当时起到振聋发聩的作用。为文跌宕起伏，见解犀利，颇能体现李翱散文的特色。

142

刘禹锡

刘禹锡（772—842年），字梦得，洛阳人。贞元九年进士及第，登博学宏词科，授监察御史，因参加王叔文领导的永贞革新，贬朗州司马，十年后迁连州刺史。后历夔州刺史、和州刺史、苏州刺史，晚年任太子宾客，世称刘宾客。有《刘梦得文集》。

《竹枝词》[1]序

四方之歌[2]，异音而同乐。岁正月，余来建平[3]，里中儿联歌《竹枝》，吹短笛，击鼓以赴节。歌者扬袂睢舞[4]，以曲多为贤。聆其音，中黄钟之羽，其卒章激讦如吴声[5]。虽伧儜[6]不可分，而含思婉转，有淇濮之艳[7]。昔屈原居沅湘间，其民迎神，词多鄙陋，乃为作《九歌》，到于今荆楚鼓舞之。故余亦作《竹枝词》九篇，俾善歌者飏[8]之，附于末，后之聆[9]巴歈，知变风[10]之自焉。

【注释】

[1]《竹枝词》：巴渝民歌。竹枝词，简称"竹枝"，又名巴渝辞。据《乐府诗集》载："竹枝，巴歈(yú)也。"巴即巴郡，今重庆市东部奉节至宜宾一带；歈即民歌。这种流传于渝东一带的民歌，古已有之，盛行土家族巴人的部落里。

[2]四方之歌：指各地的民歌乡曲。

[3]建平：即夔州。刘禹锡在穆宗长庆二年任夔州刺史，竹枝词作于此时。

[4]扬袂睢舞：举臂挥袖，仰目挑逗，尽情舞蹈。

[5]激讦(jié)：激越。吴声：吴地民歌，音调婉转愁绝。

[6]伧儜(níng)：语音低俗难懂。

[7]淇濮之艳：指竹枝词多男女爱情方面的内容。淇濮：二水名，均在春秋时期卫国境内，《诗经》中涉及淇水、濮水的诗歌很多与爱情有关，称"郑卫之音"。

[8]飏(yáng)：传扬，流播。

[9]聆(líng)：听，欣赏。

[10]变风：原意指《诗经》中除《二南》之外的国风，此指这九首《竹枝词》改变了原来民歌低俗的格调，变得高雅纯净。

【赏析】

竹枝词，是土家族巴人部落的民歌。巴人能歌善舞，每逢佳节喜庆，男女老少便欢聚一堂，击鼓踏歌，联唱竹枝。竹枝是综合表演艺术，集曲、乐、歌、舞于一体，唐宋时期，在三峡一带相当流行，街头巷尾，随处可见。刘禹锡的《竹枝词序》描述了大致情形：乡中百姓联唱竹枝，有人唱歌，有人吹短笛应和，有人击鼓打节拍，歌者一边唱歌，一边飞目传情，一边举臂挥袖，一边翩翩起舞。场面热烈壮观，充满民间热辣辣的野性情调。竹枝的乐曲，大致符合黄钟宫的羽调，结尾部分乐音激切婉转好似吴地的民歌，虽然唱词杂乱鄙俗音节难以分辨，但音乐跌宕宛转，犹如当年卫地民歌一样动听。刘禹锡显然为这纯朴粗野的民歌所感染，作为一方刺史，有改变民情风俗的责任，因此，他学习屈原当年流放沅湘时期，改造民歌粗鄙格调创作《九歌》的做法，将雅化的情感格调引入竹枝词，使歌词色泽清莹，音调和美。至此，竹枝词遂脱胎换骨，吐露芳华，在中唐诗坛上别开生面，也成为刘禹锡创作的一个重要标志，对后世产生了深远的影响。北宋诗人黄庭坚评价说："刘梦得《竹枝》九章，词意高妙，元和间诚可以独步。"清代翁方纲也说刘禹锡"以竹枝歌谣之调，而造老杜诗史之地位"。

刘
禹
锡

元　稹

　　元稹（779—831年），字微之，亦字威明，河南河内（今河南沁阳市）人。中唐通俗派著名诗人，与白居易并称"元、白"。贞元九年（793年）十五岁，明经及第，授秘书省校书郎。元和元年（806年）28岁制举第一，任右拾遗，后任监察御史。因得罪宦官，元和五年（810年）贬江陵（今湖北荆州）士曹参军。在江陵居五年，于元和十年回朝，又移通州司马。元和十五年（820年）42岁，元稹回朝任祠部郎中，知制诰。长庆二年（822年）44岁为宰相，一月后罢相。出为同州刺史。后历任越州刺史、浙东观察使、鄂州刺史、武昌军节度使等职。唐文宗大和五年（831年）卒于武昌任所。享年53岁。元稹虽然与白居易并称，但是后代对他的评价远远低于白居易。究其原因，主要有以下几点：1.元稹诗歌艺术水平确实比不上白居易，没有《琵琶行》《长恨歌》那样杰出的作品。其诗歌整体上通俗浅易，曾得到苏轼"元轻白俗"的恶评，后人为苏轼评价所左右，缺乏对元稹细致认真的分析和研究。2.对元稹人品否定居多：（1）元稹写《莺莺传》，抛弃美丽深情、才华横溢的崔莺莺，还说什么他是"为礼"而善于"忍情"。因此他一直以一个"始乱终弃"的薄情郎形象，遭到后人诟骂和唾弃。（2）他变节投靠宦官崔潭峻而当上宰相。（3）他妒忌裴度军功，与宦官魏弘简勾结，阴谋杀害裴度，被正人君子们所鄙弃。但是，历史的真实情况是否如此呢？这是一个大问题，不是一两节课所能解决的。我只想提出几点来引起大家的思考：（1）"新乐府"的"新"："即事名篇，无复依傍"就是元稹概括的；（2）杜甫诗歌的"集大成"成就，也是元稹提出来的；（3）白居易《新乐府》是元稹带动的。为了让大家对元稹有一个比较客观公正的评价，今天我想介绍给大家一篇元稹的名文，以供参考。

唐故工部员外郎杜君墓系铭并序

【原文】叙曰：予读诗至子美而知小大之有所总萃焉。

【注】叙：即"序"。一种文体名称，起源很早，大约在春秋末至战国初期产生，是整理文献时，按照一定的次序，编排文献，说明写作情况、意旨的一种实用文体。后来，除一般的书籍、文集之外，有些单篇的赋、诗歌、散文前面都有"序"。本文就是"文序"。元稹的这篇"序"，用的文体是散体，成为中唐"古文运动"的著名成果之一。既是一篇精美的"墓志铭"序，又是一篇理论价值极高的诗论。因为杜甫一生并没有赫赫战功或者从政方面的业绩，只是在诗歌艺术创造方面作出了划时代的贡献，所以，元稹主要评价杜甫的诗歌成就，与墓主的实际情况非常契合。【总萃】合聚，归聚。含有杜甫能总结诗歌发展历史功绩的意义。元稹认为杜甫是诗歌发展的集大成者，当然有墓志铭通常具有的尊崇墓主的含义，但他的诗史判断却是非常准确的。

[按]这是唐朝诗人经常运用的颂扬所要推介人物的方法，如韩愈在推荐孟郊时，也是回顾从诗经到中唐时代的历史发展情况，然后将孟郊直接放在继承李白、杜甫的位置上，显得欠妥，不如元稹此文准确。参韩愈《荐士》诗。

【原文】始尧、舜时，君臣以赓歌相和。

【注】据《尚书》记载：舜继尧为帝后，天下大治，于是作歌曰："股肱喜哉！元首起哉！百工熙哉！"大臣皋陶乃赓载歌（接着续歌，应和）曰："元首明哉！股肱良哉！庶事康哉！"又曰："元首丛脞（细碎、繁琐）哉！股肱惰哉！万事堕哉！"

【按】一般文学史都认为诗歌产生于民间，是在劳动人民的生产劳动中创造的。这里，元稹认为：最早的诗歌产生于尧舜时代的君臣唱和。从上面的诗歌看来，舜的三句诗描述了天下大治的背景下，股肱大臣到百工熙乐和睦的太平景象，流露出他作为元首的喜悦之情；而皋陶的和诗，一首赞美元首和大臣的英明、贤良及政事顺畅，另一首则有进谏意义，说如果元首喜欢细碎繁琐，不思奋进，贪图享受，那么股肱大臣就会懒惰，结果就会导致万事毁坏、不堪收拾的局面。元稹是主张诗歌要有干预生活的进谏功能的，故以尧舜君臣赓歌作为诗歌的起点。这里含有元稹的诗学理想。

【原文】是后诗人继作，历夏、殷、周千余年，仲尼缉拾选练，取其干预教化之尤者三百，其余无闻焉。

【按】这一节是总体评价《诗经》。元稹认为：《诗经》三百首，经过孔子的精心研究、编辑、整理、挑选、删除，所剩下的全部是有关政治教化的最好作品。此说继承了司马迁提出的"孔子删诗"观点，后代一般认为不可信。元稹所以这样说，还是为了突出他的诗学见解，即主张诗歌要有干预生活、反映现实、直面人生的实用功能。因此，我们不能以学术论文的精确来要求。也由此可见：中唐时代，人们对诗经价值的判断，可以看出当时的诗学观念。值得注意的是，这在当时是有普遍意义的，否则"新乐府"运动就不会有那么多同声相应的唱和者。

【原文】骚人作而怨愤之态繁，然犹去风雅日近，尚相比拟。

【按】这是评论以屈原为代表的诗人及其作品。对屈原的评价可以作为诗学理论的试金石。历史上从司马迁起，对屈原评价有两种对立的情况：一种认为《离骚》取得了很高的成就，《诗》《骚》并列为中国古代诗歌的两大源头，可以与日月争光；一种则认为屈原露才扬己，从班固到颜之推，再到王通、王勃都否定屈原。而杜甫、李白是推崇屈原的，元稹的评价稍稍折中，一方面用"态繁"略显不满，另一方面，又说与诗经很接近，还可以相互比拟。我认为，元稹认为可比拟的不是《离骚》的惊采绝艳、自铸伟词，而是其中包含大量的以刺世事的谏诤内容，符合他的诗歌价值观念。

【原文】秦汉以还，采诗之官既废，天下俗谣、民讴、歌颂、讽赋、曲度嬉戏之词，亦随时间作。

【按】这是述论秦汉时期的诗歌。元稹大概是第一个将秦汉连在一起论述的人，而且将民歌民谣与颂歌、讽谏性诗歌及娱乐游戏的唱词结合起来，表现他对俗文学的关注，这与他和白居易、刘禹锡等诗人重视民歌创作相关，正是由于他们的通脱观念，才使他们能够在中唐时期尝试被称为卑俗的"词"体创作。元稹集中虽然没有词，但是他的观念中是重视并赞赏"词"的。从上面的叙述中，不难看出，元稹更看重的是"采诗"讽谏之类的民歌和刺诗，而采诗制度的破坏，多少是遗憾的事，因此在元和初年，他和白居易一起，大力提倡新乐府诗，力图恢复先秦时代的诗歌讽谏传统。

【原文】逮至汉武赋《柏梁》，而七言之体具。苏子卿、李少卿之徒，尤工五言。虽句读文律各异，雅郑之音亦杂，而词意简远，指事言情，自[如果，假若]非有为而为，则文不妄作。

【按】这里是论述汉代文人创作。从体裁来看，元稹认为：文人创作有七言、五言的区别。现代学者一般都认为《柏梁》诗和苏、李赠答诗是伪作。但元稹和韩愈等人都相信苏李是五言诗的开创者，这固然可以看作是他们疏于考辨的缺点，而另一方面，我们也可以看出唐人受梁朝萧统编《文选》的影响。杜甫最重《文选》。请注意：元稹强调五言诗虽然文字、音韵、格律不同，内容方面也存在"雅郑"间杂的情况，但是在总体上还是有"词意简远"的"指事言情"特点，并且是"有为"之作。

【原文】建安之后，天下文士遭罹兵战，曹氏父子鞍马间为文，往往横槊赋诗，故其遒壮抑扬、冤哀悲离之作，尤极于古。

【按】这是评价"建安三曹"为代表的建安诗歌。令人想起刘勰所概括的"建安风骨"。刘勰《文心雕龙·时序》："观其时文，雅好慷慨，良曰世积乱离，风衰俗怨，并志深而笔长，故梗概而多气也。"钟嵘《诗品》曹植："骨气奇高，词采华茂；情兼雅怨，体被文质，粲溢古今，卓尔不群。"颜之推《颜氏家训》："自古文人多陷轻薄：屈原露才扬已；曹植悖慢犯法；谢灵运空疏乱纪。"王勃《上裴侍郎启》："自微言既绝，斯文不振，屈（原）宋（玉）导浇源于前，枚（乘）马（司马相如）张淫风于后；魏文（曹丕）用之而中国衰，宋武（刘裕）贵之而江东乱；虽沈（约）谢（灵运）争鹜，适先兆齐梁之危；徐（陵）庾（信）并驰，不能免周陈之祸。"陈子昂《东方左史虬修竹篇序》："文章道弊五百年矣。汉魏风骨，晋宋莫传。"李白《古风》："自从建安来，绮丽不足珍。"韩愈《荐士》："建安能者七，卓荦变风操。"

【按】相较上引诸家评论，可以看出元稹是继承陈子昂以来肯定"建安风骨"诗歌艺术风貌及诗学传统的，但元稹的评论有自己的特点：首先，元稹关注曹氏父子"鞍马间为文"的创作背景，标举的是"横槊赋诗"、刀光剑影的社会动荡中，所表现的怨愤、悲伤、离别之作；其次，元稹欣赏的是三曹诗歌遒劲健举、抑扬顿挫的风格特征；第三，元稹认为曹氏父子的作品达到了"极于古"的艺术成就。这些都反映了元稹具有复古的诗学思想，要求诗歌反映社会现实和真实的人生，这实际上就是汉乐府精神。元稹赞美杜甫正是在这样的理论基础上。这与同时代的白居易、韩愈等人观点相似，说明中唐时代具有一股强大的复古思潮。

【原文】晋世风概稍存。

【按】晋代著名诗人有：太康之英陆机，元嘉之雄谢灵运，（颜延之为辅），陶渊明、鲍照、谢朓等。韩愈曾评论说："逶迤抵晋宋，气象日凋耗。中间数鲍（照）谢（灵运），比近最清奥。"而元稹认为：晋代的诗歌还能够稍稍保存着建安诗歌的风格和气概，总体上是肯定的，这与韩愈不同，这是元稹能够正确评价杜甫的前提，因为认识到晋宋诗歌的价值，又能看到杜甫对晋宋诗歌的艺术继承，所以才能得出比较允当的结论。由此可以看出元稹对诗歌史的见解是正确的。

【原文】宋、齐之间，教失根本，士以简慢、歙习、舒徐相尚，文章以风容色泽、放旷精清为高，盖吟写性灵、流连光景之文也，意气格力无取焉。

【注】教：儒家思想，政治教化。宋齐梁陈时代，儒家思想衰微，玄风和佛教盛行，所以元稹说"教失根本"。士人状态是："简慢"，惰废轻忽，不遵礼度。"歙习"，近习，狎邪放荡。"舒徐"，缓慢，散漫拖沓。"风容"，风姿容貌；"色泽"，色彩光泽；形容文章追求形式优美，辞藻华丽。"放旷"，放浪旷达；"精清"，精致清新；"性灵"，指个人的性情；"流连光景"，指文章大量描写景物、美女等；"意气格力"，指作品的内容健康，风格劲健，意气风发。

【按】元稹的这一评价是有文献依据的。我们知道魏晋南北朝时期，是"人的觉醒，文的自觉"时代，前者主要体现在对个体生命价值的体认，要求摆脱儒家经学思想的桎梏，追求心灵的自由，加上文人经常惨遭杀戮，因而对人生无常的幻灭感有深切认识，遂滋生出生命短暂需及时行乐的消极思想。进入南朝后，朝代更替，如白云苍狗，变化莫测，更强化了从朝廷统治者到普通士人的这种悲哀情绪，反映到文学作品中就是元稹提到的这些文学现象。后者，主要表现在对文章价值的认识上，文体分类意识增强了，强调文章的审美娱乐功能，经历了"文章乃经国之大业"到"为耳目之玩"的变化过程，形成了"美文"概念，而且将为文与为人分开对待。例如：（魏）曹丕《典论论文》："诗赋欲丽。"（西晋）陆机《文赋》："诗缘情而绮靡，赋体物而浏亮。"（西晋）挚虞《文章流别论》批评今文是："丽靡过美。"（晋）葛洪《抱朴子·钧世》批评今世文是："清富赡丽。"（梁）沈约《谢灵运传论》提出了美文的标准："英辞润金石""清辞丽曲""以情纬文，以文被质""缀响联辞，波属云委""五色相宣，八音协畅"。刘勰《文心雕龙·神思》："吟咏之间，吐纳珠玉之声，眉睫之前，卷舒风云之色。"（梁）萧子显《南齐书·文学传论》："文成笔下，芬藻丽春。"（梁）萧统《文选·序》："综缉辞采，错比文华""事出于沉思，义归乎翰藻。"（梁）萧绎《金楼子·立言》："文者，惟须绮縠纷披，宫徵靡曼，唇吻遒会，情灵摇荡。"

【原文】陵迟至于梁陈，淫艳刻饰，佻巧小碎之词剧，又宋齐之所不取也。

【按】上面引用的有关梁代文论家的论点，恰好证明了元稹的判断，中唐时代诗人继承初唐以来对六朝文风的批判，大体都是全盘否定，而且认为是一代不如一代。他们强烈反对雕刻、典饰、华丽、工巧的骈文及讲究声律、内容空泛的永明体诗歌。

【原文】唐兴，官学大振，历世之文，能者互出。

【按】官学，指国家的学校教育。据史记载，唐代建立后，官办学校教育有很大发展，如唐高宗时期国子监（中央最高学府）最多有学生8000人，地方州县有学生60000多人。学生有统一的课本《五经正义》，孔颖达于高宗永徽四年（653年）编成，次年通行全国。从此，儒家思想重新回到统治地位。从初唐到中唐时期，诞生了大量的文人和诗人。文人如：文章四友、燕许大手笔等；诗人如初唐四杰、王孟山水诗派、高岑边塞诗派、李白杜甫等等，可谓人才辈出、群星灿烂。那么这样纷纭众多的文人诗人取得了那些重要的艺术成就呢？这是必须概括的内容。

【原文】而又沈（佺期）、宋（之问）之流，研练精切，稳顺声势，谓之为律诗。

【注】稳顺：妥帖和顺。声势：即声律，之诗歌语言声调的高低长短变化配合。律诗：分五律和七律两种。这是唐代成熟的新诗体，也称近体诗，脱胎于梁陈时期的永明体诗歌。永明体：八句、四声、八病（非常繁琐），唐律：八句、平仄、粘对（相当简约）。沈、宋是高宗、武则天时期的宫廷诗人，才华出众，大量写作宫廷应制诗，钻研诗歌格律，追求对仗工整，用语妥帖得体，声调宛转悠扬，风格平稳雅正，但泯灭个性色彩，显得空洞单一，缺少变化。但他们对律诗定型作出了贡献。

【按】元稹是中唐时期的复古文学家中最重视格律诗的人，这一点与韩愈不同，韩愈复古追求的是汉魏古体，而排斥近体诗，虽然他也大量创作近体诗，但他的诗论中强调的是"古诗"。元稹和白居易比较通脱，一方面他们和韩愈一样，要求回归诗经汉魏乐府诗传统，要求直面现实人生，"惟歌生民病，愿得天子知"，主张"文章合为时而著，歌诗合为事而作"，另一方面，他们又积极探索新形式的格律诗，大量创作长篇排律，开创相互唱和的新风气，在当时引起广泛的影响，被后世称为"元和体"。在重视格律诗这一点上，元稹与杜甫有高度的契合，这是他高度评价杜甫的一个重要原因。

【原文】由是而后，文变之体极焉。然而莫不好古者遗近，务华者去实，效齐梁则不逮于魏晋，工乐府则力屈于五言，律切则骨骼不存，闲暇则纤秾莫备。

【按】这几句是批评当时学习以往诗歌传统方面表现的片面性，非常重要，是要赞美杜甫的重要铺垫，但具体所指却不是十分清楚，需要细加辨析。"文变之体"：元稹时文体有：散文、骈文，前者占主流，后者在古文运动声势中逐渐退缩，影响力变小，文人之间的实用文体都变成了散文，只有朝廷的制诰类庄重文体还在运用骈文；诗歌有：五古、七古（歌行、乐府）、乐府、新乐府、五律（五排）、七律（七排）、五绝、七绝、六绝、短律。后世所有的诗体，中唐时期以前已经全部完成并形成了基本规范。"好古者遗近"：指推崇古体诗而不喜欢近体诗的人，隐约指以韩愈为代表的复古诗派，即"韩孟诗派"，这个诗派文人集团人员众多，以韩愈为中心，声势浩大，占据重要的地位，也取得了很高的成就，对扭转当时的社会风气，尤其是士人气骨、情操方面有重要作用。因为这派源于朝廷要员而下的诗人群体，从李华、独孤及、萧颖士、权德舆、梁肃直接到韩愈，有很强的艺术传承体系。元稹、白居易与这派诗人艺术趣味大相径庭，也很少交往。"务华者去实"：追求华丽文词而缺少内容实质。不知所指。中唐时期似乎没有这样的诗歌流派，如果有，也不是十分出名，因为与整个时代风气不合。剩下的几句说：学习齐梁宫廷诗风的人，没有达到魏晋的水平，也就是缺乏"建安风骨"；专工乐府的人，则没有达到魏晋五言古诗的成绩；追求格律的人，又忽视了骨力、气格方面的深层内含；而那些抒写闲适情怀的人，又没有文采，缺少修饰，显得淡而无味。

　　总之，没有一个诗人能取得全面发展的成就。为下面评价杜甫作好了最后铺垫。杜甫的伟大之处就在于他能在一个需要伟大旗手的时代，取得了代表时代的重要成就，成为诗歌历史发展的一座新的里程碑。而且杜甫以开阔通脱的胸襟，海纳百川，全面继承、吸收前代诗歌的艺术成就，推陈出新，开创了唐诗的新境界，成为诗歌史上不可逾越的高峰。

　　【原文】至于子美，盖所谓上薄风、骚，下该沈、宋。

　　【注】薄：迫近。该：兼备。风：指代《诗经》。骚：指《离骚》。

　　【按】这两句是时间跨度大、风格差异大的两类诗歌。《诗经》是中国古代第一部诗歌总集，也是现实主义诗歌传统和风格的奠基之作，具有深远的历史意义，成为温柔敦厚的最高典范；《离骚》为代表的则是想象奇特、意境恢弘、辞采瑰丽、表现铺张的浪漫主义诗歌的典范；沈宋律诗又是唐代确立的新的艺术规范，对仗工稳、韵律精严、声情兼备、格调新颖。杜甫诗歌兼有古典诗歌和现代诗歌的艺术风貌，既全面继承诗骚传统又具有当代品格。

　　【原文】古傍苏、李，气吞曹、刘。

　　【注】傍：相近。吞：一作"夺"，超越。苏：指西汉苏武，传说他在匈奴被扣留19年之后，回国时与投降匈奴的名将李陵告别，赠给李陵四首诗，都是五言抒情诗，李陵也回赠三首。七诗都收入《文选》，因此唐人一

般都认为这是最早的文人五言抒情诗的开山之作，现代学者则倾向于认为是伪作。曹、刘指建安时代两位杰出诗人曹植和刘桢，两人的诗歌都具有骨气和辞采交融之美，钟嵘赞美曹植"骨气奇高，辞采华茂，情兼雅怨"，刘桢是"真骨凌霜，高风跨俗"。杜甫的五言古诗取得了境界浑融、骨力健举、气势充沛、情感苍茫的艺术成就，达到了古体诗所能达到的最新境界。即在大气磅礴的境界中包涵沉郁顿挫、茫无涯际的情思。

【原文】掩颜、谢之孤高，杂徐、庾之流丽，尽得古今之体势，而兼人人之所独专矣。

【按】掩：撷取。杂：糅合。颜：颜延之，刘宋时期著名诗人，其诗以"错采镂金、雕绘满眼"为特色，注重用典和刻画，是最早"以学问为诗"的代表，诗歌表现了他孤傲高洁的品性，钟嵘赞美他是"经纶文雅才"。谢：谢灵运，袭封康乐公，后贬永嘉太守，孤傲悲愤，后因谋反罪被诛，享年49岁。谢灵运诗被同时代的鲍照认为是"初发芙蓉，自然可爱"，钟嵘赞美道："若人兴多才高，寓目辄书，内无乏思，外无遗物，其繁富，宜哉！然名章迥句，处处间起，丽典新声，络绎奔会。譬犹青松之拔灌木，白玉之映尘沙，未足贬其高洁也。"徐：徐陵，梁陈时期诗人，《玉台新咏》的编者，著名的宫体诗人。庾：庾信，梁陈时期著名宫体诗人，入北周被扣留不返，暮年诗赋多乡关之思，浑涵苍茫，沉郁悲壮，为杜甫所赞赏。两人诗歌格调虽然不高，但是雕镂秀美，描摹精细，明艳婉转，声色动人，艺术上也有可取之处。杜甫作诗抱着"不薄今人爱古人，清词丽句必为邻"的通脱态度，具有"别裁伪体亲风雅，转益多师是汝师"的气魄，尽管他告诫自己"恐与齐梁作后尘"，但是他还是能够吸取徐陵和庾信诗赋艺术中的合理成分，融化为自己诗歌的血肉。杜甫诗歌格律精严和用词锤炼、藻饰精美、用典深厚都得益于对庾信等人的学习。这才是一种真正的大家气象。杜甫擅长古今诗歌艺术体裁的特点，融会各人的独特专长，成为汇纳百川的大海。

【原文】使仲尼考锻其要旨，尚不知贵其多乎哉？苟以为能所不能，无可不可（一作"以其能所不能，无可无不可"），则诗人以来，未有如子美者！

【注】考锻：考验、冶炼。要旨：重要意义。贵：认为宝贵。其多乎：《论语子罕》："吾少也贱，故多能鄙事。君子多乎哉？不多也。"孔子的这

些话实际上说得很心酸，所以又说："吾不试，故艺。"杜甫一生也是栖栖遑遑的一生，在政治上一无作为，生活上穷困潦倒，最终客死他乡，但是他在诗歌艺术上呕心沥血，苦苦追求，专精独诣，练就多种艺术腕力，使他成为没有哪一种诗体不擅长的多面手。这就是元稹眼中的集大成诗人杜甫形象！也是中国诗歌史上第一次对杜甫作出如此高的评价，至今仍然闪耀着真理性的光辉！

【原文】时山东人李白，亦以奇文取称，时人谓之"李杜"。予观其壮浪纵恣，摆去拘束，模写物象，及乐府歌诗，诚亦差肩于子美矣。

【按】这是评价李白诗歌。差肩：比肩，并列的意思。有几点值得注意：（1）李白，不是"山东"人，可能因为李白曾经隐居山东，号"竹溪六逸"。（2）李白和杜甫在中唐时期并称"李杜"，写作这篇文章时，杜甫去世43年，李白去世51年。说明他们的诗歌艺术成就得到了时代的认同。（3）李白诗歌特点是浪漫主义的，元稹认为是"壮浪纵恣"，天马行空，无拘无束，描写景物，真切动人。乐府歌诗也不错，可以和杜甫比美。（4）元稹是持"李劣杜优"论者，一方面，他也认识到李白诗歌的价值，另一方面，他觉得杜甫诗歌的成就更高，所以用李白来衬托杜甫。实际上，元稹是就自己的艺术嗜好来评价的，并不是按照严格的学术规范来论述的，只是一种总体上的判断。元稹这样说是有他具体的审美标准的，但我认为他的评价不如韩愈的准确，韩愈是主张李杜并尊的，认为李白和杜甫诗歌作为盛唐时代杰出的代表，一种整体的艺术象征，同样为唐诗的发展开辟了艺术坦途，不能也不应该强分优劣。李白是浪漫主义风格的代表，代表了盛唐文化精神和神韵，杜甫是现实主义风格代表，代表的是艺术锤炼和博大精深。从文体角度来看，李白是古典风格的总结者，杜甫是新风格新规范的建立者，两者都以独特的艺术风貌为后世树立了不可企及的典范。

【原文】至若铺陈终始，排比声韵，大或千言，次犹数百，词气豪迈，而风调清深，属对律切，而脱弃凡近，则李尚不能历其藩翰，况堂奥乎！

【按】这是最引起研究者非议的一段话，一般学者认为，元稹这段评论比较偏颇，是自己艺术趣味和审美理念的产物。有很多人反对：如韩愈《调张籍》："李杜文章在，光芒万丈长。不知群儿愚，哪用故谤伤。蚍蜉撼大树，可笑不自量。"元好问《论诗三十首》："排比铺张特一途，藩篱如此亦区区。少陵自有连城璧，争奈微之识珷玞。"（清）王鸣盛《蛾术编》："（元稹）评李、杜优劣，精妙之至。盖杜之胜李，全在铺陈排比，属对律切也。千古公论，至微之始定。"（清）潘德舆《养一斋诗话》："微之少游（秦观），尊杜至极，无以复加。而其所以尊之之由，则徒以其包众家体势姿态而已。于其本性情，厚人伦，达六义，绍三百者，未尝一发明也，则又何足以表洙泗（指孔子）无邪之旨，而允为列代诗人之称首哉！元遗山云："少陵自有连城璧，争奈微之识珷玞。"所见远矣。

【按】到底杜甫什么才是"连城璧"，到底杜甫和李白谁优谁劣，这是一个难题，牵涉很多问题，不是今天能够解决的。但是，元稹评论的依据我们必须有所交代。

【原文】予尝欲条析其文，体别相附，与来者为之准，特病懒未就。适遇子美之孙嗣业，启子美之柩，襄祔事于偃师，途次于荆，雅知予爱言其大父之为文，拜予为志。辞不可绝，予因系其官阀而铭其卒葬云。

【按】这是说明作此文的原因。元稹当时因得罪宦官贬官江陵士曹参军，正碰上杜甫的孙子杜嗣业迁其祖父杜甫的灵柩回到故乡河南偃师安葬，而嗣业恳求元稹作序与铭，元稹当时得了疟疾，不能推辞嗣业的请求，因此精心撰写这篇文章。更重要的原因是：元稹喜爱杜甫的诗歌，并接受了杜甫的创作方式。

【简析】

元稹为什么偏偏喜爱杜甫呢？

1. 元稹喜爱杜甫起于青年时代母舅郑云逵的奖掖。元和元年（806年）元稹制举登第，授右拾遗，官职与杜甫相同，为人处事极言直谏，嫉恶如仇，对政治弊端、生民疾苦非常关切，与杜甫"之君尧舜上，再使风俗淳"的理想也相同。正在这时，有人以陈子昂《感遇》诗相示，吟诵之后，也怀着深切的历史责任感写了《寄思玄子》诗二十首。这组诗得到京兆尹郑云逵的赞赏，说"使此儿五十不死，其志义何如哉！惜吾辈不见其成就。"元稹从此更加"勇于为文"。正是在这时，元稹读到了杜甫的诗歌数百首，"爱其浩荡津涯，处处臻到，始病沈宋之不存寄兴，而讶子昂之未暇旁备矣"。当时与元稹同样爱好杜甫的还有杨巨源、白居易、李绅，因此形成了一种风气，认为诗歌创作应当以杜甫为榜样。所以，杜甫被诗人认同是时代因素作出的必然选择。

2.元稹在《乐府古题序》中这样表述："自风雅至于乐流，莫非讽兴当时之事，以贻后代之人，沿袭古题，美刺见事，犹有诗人引古以讽之义也。曹、刘、沈、鲍之徒，时得如此，亦复稀少。近代唯诗人杜甫《悲陈陶》《哀江头》《兵车》《丽人》等，凡所歌行，率皆即事名篇，无复依傍。予少时与乐天、李公垂辈谓是为当，遂不复拟赋古题。"由此可见，元稹喜爱并选择杜甫作为学习的榜样，是对乐府诗发展史进行总结，结合当时的社会现实状况，融合自己的思考后确定的，也是杜甫诗歌强烈的关注现实精神和批判精神所致。正是在这一点上，我非常赞赏元稹的诗学思想。杜甫在这样的背景下被发现并突出是一种诗史的必然现象。仅此一点，元稹就是了不起的！

3.元稹非常重视长篇排律的创作，有引领一代诗歌风向的自豪感。这是他重视杜甫的另一原因。《上令狐相公诗启》中说："稹与同门生白居易友善，居易雅能为诗，就中爱驱驾文字，穷极声韵，或为千言，或为五百言律诗，以相投寄。小生自审不能以过之，往往戏排就韵，别创新词，名为次韵相酬，盖欲以难柜挑耳。江湖间为诗，复相仿效，力或不足，则至于颠倒语言，重复首尾，韵同意等，不异前篇，亦自谓元和诗体。而司文者考变雅之由，往往归咎于稹。"这种长篇排律是杜甫晚年所致力的一种诗体，需要有很深的诗歌修养和高超的艺术技巧，元稹和白居易的大量唱和，引来很多人的仿效，形成一种风尚。能否在将来成为诗史对元稹的定位，元稹没有十分的把握。但是，这确实没有成为诗歌发展的主潮。

【原文】系曰：晋当阳成侯姓杜氏，下十世而生依艺，令于巩。依艺生审言，审言善诗，官至膳部员外郎。审言生闲，闲生甫。闲为奉天令。甫，字子美。天宝中，献《三大礼赋》，明皇奇之，命宰相试文，文善，授右卫率府胄曹。属京师乱，步谒行在，拜左拾遗。岁余，以直言失，出为华州司功，寻迁京兆功曹。剑南节度使严武，状为工部员外郎，参谋诸军事。旋又弃去，扁舟下荆楚间，竟以寓卒，旅殡岳阳，享年五十九。元人弘农杨氏女，父曰司农少卿怡，四十九年而终。嗣子曰宗武；病不克葬；殁，命其子嗣业。嗣业贫无以给丧，收拾乞丐，焦劳昼夜，去子美殁后余四十年，然后卒先人之志，亦足为难矣。

铭曰：维元和之癸巳，粤某月某日之佳辰，合窆我杜子美于首阳之山前。呜呼！千岁而下曰：此文，先生之古坟。

杜　牧

　　杜牧（803—852年），字牧之，京兆万年（今陕西西安）人。中唐名相杜佑孙。太和进士，曾为江西观察使、宣歙观察使沈传师和淮南节度使牛僧儒的幕僚，历任监察御史，黄州、池州、睦州刺史，后入为司勋员外郎，官中书舍人。与李商隐并称"小李杜"。写景抒情小诗，多清丽生动，给人雄姿英发之感。有《樊川文集》。

阿房宫[1]赋

六王毕，四海一[2]。蜀山兀，阿房出[3]。覆压三百余里，隔离天日[4]。骊山北构而西折，直走咸阳[5]。二川溶溶[6]，流入宫墙。五步一楼，十步一阁。廊腰缦回，檐牙高啄[7]。各抱地势，钩心斗角[8]。盘盘焉，囷囷焉，蜂房水涡[9]，**矗**不知乎几千万落[10]。长桥卧波，未云何龙？复道行空，不霁何虹[11]？高低冥迷[12]，不知东西。歌台暖响，春光融融[13]；舞殿冷袖，风雨凄凄[14]。一日之内，一宫之间，而气候不齐[15]。

妃嫔媵嫱，王子皇孙[16]，辞楼下殿，辇来于秦[17]，朝歌夜弦，为秦宫人。明星荧荧，开妆镜也[18]；绿云扰扰，梳晓鬟也[19]；渭流涨腻，弃脂水也[20]；烟斜雾横，焚椒兰也[21]；雷霆乍惊，宫车过也[22]，辘辘远听，杳不知其所之也[23]。一肌一容，尽态极妍[24]，缦立远视，而望幸焉[25]。有不见者，三十六年[26]。

燕、赵之收藏[27]，韩、魏之经营，齐、楚之精英，几世几年，摽掠其人，倚叠如山[28]。一旦不能有，输来其间。鼎铛玉石，金块珠砾[29]，弃掷逦迤[30]，秦人视之，亦不甚惜。

嗟乎！一人之心[31]，千万人之心也。秦爱纷奢[32]，人亦念其家。奈何取之尽锱铢[33]，用之如泥沙？使负栋之柱，多于南亩之农夫[34]；架梁之椽[35]，多于机上之工女；钉头磷磷，多于在庾之粟粒[36]；瓦缝参差，多于周身之帛缕；直栏横槛，多于九土[37]之城郭；管弦呕哑[38]，多于市人之言语。使天下之人，不敢言而敢怒。独夫之心，日益骄固[39]。戍卒叫[40]，函谷举[41]，楚人一炬[42]，可怜焦土！

呜呼，灭六国者六国也，非秦也。族[43]秦者秦也，非天下也。嗟乎！使六国各爱其人，则足以拒秦。使秦复爱六国之人，则递三世可至万世而为君[44]，谁得而族灭也？秦人不暇[45]自哀，而后人哀之；后人哀之而不鉴[46]之，亦使后人而复哀后人也。

【注释】

[1]阿房宫：秦宫名。故址在今陕西西安市西阿房村。

[2]六王毕：六国灭亡了。六王，指战国末韩、赵、魏、楚、燕、齐六国的国王，即指六国。毕，完结，指为秦国所灭。一：归于一统，统一。

[3]蜀山兀，阿房出：蜀地的山变得光秃秃了，阿房宫出现了。兀，山高而上平。这里形容山上树木被砍伐光了。出，出现，意思是建成。

[4]"覆压"句：(从渭南到咸阳)覆盖了三百多里地，这是形容宫殿楼阁接连不断，占地极广。覆压，覆盖。指宫楼"层层叠叠"。隔离天日，遮蔽了天日。形容宫殿楼阁的高大。

[5]"骊山北构"句：(阿房宫)从骊山北边建起，折而向西，一直通到咸阳。骊山：在今陕西临潼东南。走，趋向。

[6]二川溶溶：二川，指渭水、樊川。溶溶，河水缓流的样子。

[7]廊腰缦回：走廊宽而曲折。廊腰，连接建筑物的走廊，好像人的腰部。缦回，像绸带一样回环曲折。檐牙高啄：(突起的)屋檐(像鸟嘴)向上突起。檐牙，屋檐的尖角，犹如牙齿。

[8]各抱地势：各随地形。楼阁各随地势的高下而建筑。钩心斗角：指宫室结构的参差错落，精巧工致。钩心，指各种建筑物都向中心区攒聚。斗角，指屋角互相对峙。

[9]盘盘焉，囷囷焉，蜂房水涡：盘旋，屈曲，像蜂房，像水涡。楼阁依山而筑，所以说像蜂房，像水涡。盘盘，盘旋的样子。囷囷，曲折回旋的样子。

[10]"矗不知"句：矗立着不知它们有几千万座。矗，形容建筑物高耸的样子。落，相当于"座"或"所"。

[11]"长桥卧波"四句：以龙比喻长桥，以彩虹比喻复道。没有云为何出现了龙？不是雨过天晴为什么出现了虹？复道，在楼阁间架设的通道。霁，雨后天晴。

[12]高低冥迷：宫殿楼阁忽高忽低让人迷惑，难以分辨东西南北的方向。

[13]"歌台暖响"句：意为宫伎在台上唱歌，歌声充满着暖意，如同春光那样融和。融融，和乐。

[14]"舞殿冷袖"句：意为宫女在殿中舞蹈，舞袖飘拂，好像带来寒气，如同风雨交加那样凄冷。与上句都是通感的修辞手法。

[15]气候不齐：气候不统一，有冷暖的区别。

[16]妃嫔媵嫱：统指六国王侯的宫妃，她们各有等级(妃的等级比嫔、嫱高)。媵是陪嫁的侍女，也可成为嫔、嫱。王子皇孙：指六国王侯的女儿，孙女。

[17]"辞楼"句：辞别(六国的)楼搁宫殿，乘辇车来到秦国。指六国的后妃宫女及皇族被掳掠到秦国。

[18]明星荧荧，开妆镜也：(光如)明星闪亮，是(宫人)打开梳妆的镜子。荧

荧,明亮的样子。

[19]绿云:形容宫女的头发乌黑稠密。扰扰,浓密成堆的样子,形容宫女梳妆的景象。

[20]"渭水涨腻"句:说宫女们把梳妆后的洗脸脏水倒进渭河里,水面上涨起一层油腻。

[21]椒兰:两种香料,焚烧以熏衣物。

[22]"雷霆"句:意为皇帝宫车经过时,声响像惊雷似的。

[23]"辘辘远听"句:车声越听越远,不知道到那个宫殿去了。辘辘,车行的声音。形容宫人等待皇帝临幸的失落心理。

[24]一肌一容,尽态极妍:任何一部分肌肤,任何一种姿容,都娇媚极了。态,指姿态的美好。妍,美丽。

[25]缦立:久立。缦,通"慢"。望幸:盼望皇帝驾临,得到宠幸。封建时代皇帝到某处称"幸"。妃,嫔受皇帝宠爱,叫"得幸"。

[26]三十六年:秦始皇在位共三十六年。按秦始皇二十六年(前221年)统一中国,到三十七年(前209年)死,做了十二年皇帝,这里说三十六年,是举其在位年数,形容时间长。

[27]收藏:指收藏的金玉珍宝等物。下文的"经营""精英"也指金玉珠宝等物。[28]摽掠其人:从人民那里抢来。摽,抢劫,掠夺。倚叠:积累。

[29]"鼎铛玉石"句:把宝鼎看作铁锅,把美玉看作石头,把黄金看作土块,把珍珠看作石子。铛,平底的浅锅。

[30]逦迤:连续不断。这里有"连接着""到处都是"的意思。

[31]一人:指秦始皇。心,心意,意愿。

[32]纷奢:纷纭豪奢。

[33]尽锱铢:一点一滴都不放过。锱铢,古代重量名,一锱等于六铢,一铢约等于后来的一两的二十四分之一。锱、铢连用,极言其细微。

[34]负栋之柱:承载栋梁的柱子。南亩:泛指农田。

[35]椽:架在梁上承受瓦片的木条。

[36]磷磷:水中石头突立的样子。这里形容突出的钉头。庾,露天的谷仓。

[37]九土:九州,指全国。

[38]呕哑:乐器声。

[39]独夫:失去人心而极端孤立的统治者。这里指秦始皇。骄固:骄纵且顽固。

[40]戍卒叫：指陈胜、吴广起义。

[41]函谷举：刘邦于公元前206年率军先入咸阳，推翻秦朝统治，并派兵守函谷关。举，被攻占。

[42]楚人一炬：指项羽于公元前206年入咸阳，并焚烧秦的宫殿，大火三月不灭。

[43]族：灭族。

[44]递：传递，这里指王位顺着次序传下去。万世：《史记·秦始皇本纪》载：秦始皇统一六国后，下诏曰："朕为始皇帝，后世以计数，二世，三世至于万世，传之无穷。"然而秦朝仅传二世便亡。

[45]不暇：没有时间。

[46]鉴：镜子，这里是借鉴，以秦为镜子的意思。

【赏析】

据说唐文宗大和初年，礼部侍郎崔郾任洛阳进士考试的主考官，有一天吴武陵拿着一篇文章来找他，要求给此文的作者以高第。崔郾看完文章，果然才华出众。吴武陵要求排进士第一，但崔郾早有人选了，未能同意，吴武陵要求最低也必须第五名，不然的话就要拿回这篇文章，崔郾终于同意了。这篇用来行卷的奇文就是杜牧的《阿房宫赋》。唐代就很有名，唐后更是美名远扬。

《阿房宫赋》作于唐敬宗宝历元年（825年），杜牧在《上知己文章启》中说："宝历大起宫室，广声色，故作《阿房宫赋》。"唐敬宗李湛十六岁继位，善击球，喜手搏，爱田猎，与宦官嬉乐，终日不倦；又贪好声色，大兴土木，游宴无度；既不视朝政，还求访异人，企望获得不死之药。曾有在长安洛阳兴修宫殿的庞大计划。后因平卢、成德节度使借口"以兵匠助修东都"想趁机夺取洛阳，才作罢。杜牧预感到唐王朝的危局，就写这篇赋，表面上写秦因修建阿房宫，挥霍无度，贪色奢侈，劳民伤财，终至亡国，实则是借秦来讽唐，规劝唐朝当政者，要以古为鉴，不能哀而不鉴，若不吸取秦亡教训，最终也只能落得"后人复哀后人也"的结局。但是杜牧的忠告没有使唐皇醒悟，两年后，敬宗为宦官所杀，半个世纪后，唐朝在黄巢起义等一系列打击下终于灭亡。

杜牧论文主张以意为主，他说"凡为文，以意为主、气为辅，以辞彩章句为兵卫。"又说："苟意不先立，止以文采词句绕前捧后，是言愈多而理愈乱，如入阛阓莫知其谁，暮散而已。"（《答庄充书》）这篇赋正是这一思想的体现，一方面此赋文采斐然，惊耀天下，另一方面又理论精警，震撼人心。《古文观止》编者评论说："前幅极写阿房之瑰丽，不是羡慕其奢华，正以见骄横敛怨之至，而民不堪命也，便伏有不爱六国之人意在。所以一炬之后，回视向来瑰丽，亦复何有！以下因尽情痛悼之，为隋广、叔宝等人炯戒，尤有关治体。"

作者描写阿房宫建筑的宏伟壮丽，仅用了一百多字，却给读者以鲜明的印象。这一部分是概貌描写与细节刻画的结合。首先概写，泼墨简练，粗笔勾勒，"覆压三百余里"，言其占地之广，"隔离天日"，状其楼阁之高，"骊山"两句，写其倚山傍水，气势非凡。接着细部描摹，工笔重彩，描绘精细：先写重搂叠阁、长廊高檐，不计其数；又以长桥如龙、复道似虹映衬宫宇宏伟、楼阁高大；再由外观深入内部，歌台暖响与舞殿冷袖形成对比，竟然导致"一日之内，一宫之间，而气候不齐"，从人们的主观感受写宫内歌舞盛况，既以歌舞之纷繁衬托宫殿的众多，又为下文美女充盈宫室预作铺垫。

接下来描写阿房宫里的奢侈糜烂生活图景。宫里居住的都是从六国宫廷掳掠来的妃子和儿女，她们对镜梳妆如明星闪耀；她们梳理鬓发似绿云缭绕；她们倒弃污水能使渭水上涨；她们焚烧香料导致烟雾弥漫；她们精心修饰肌肤艳态，为的是等待皇帝的驾临；每当宫车碾过如雷霆响起，她们便会伫立静听，当那车声远去就会无比失落，竟然有人三十多年没见过皇帝！从美人的生活遭际也可以看到秦始皇的荒淫无度。汉赋的特征是铺张扬厉、词藻宏富，杜牧则发挥了赋体的长处，虽然刻意铺陈夸饰，但都是为后文的议论张本，为表现主题思想服务。

杜牧反对直谏，继承《诗大序》提倡的"主文而谲谏"，因此采取辞赋的形式对统治者提出劝谏。末段议论时，并论六国与秦，先指出六国与秦都不知爱民，所以六国覆灭，秦国也覆灭，带有广泛的普遍性，这就值得唐人借鉴了。接着排列秦人、后人（唐人）、后人之后人（唐后之人）能否吸取教训的连环关系，指出教训的长久性，警告当世统治者如果不吸取秦亡的教训，也会重蹈秦亡的覆辙。

杜牧此赋颇有贾谊《过秦论》的风采，贾谊论述秦国灭亡的原因，先是铺陈渲染秦王朝的恢宏国势和最终统一六国赫赫威名，最后却亡于揭竿而起成卒之人，然后力量千钧地指出："仁义不施，攻守之势异也。"其目的是警醒汉代的统治者要实行仁政。而杜牧继承了贾谊的论点，将"仁义"二字阐释成"爱民"，要体惜民力，统治者不能只顾自己的穷奢极欲，要以仁爱之心对待天下人民，否则即使像秦王那样伟烈，最终也必然遭到覆灭的命运。杜牧的观点更具有深远的历史意义。

《李贺[1]集》序[2]

太和五年[3]十月中，半夜时，舍外有疾呼传缄书者[4]。某曰："必有异，亟取火来！"及发之，果集贤学士沈公子明[5]书一通，曰："我亡友李贺，元和中义爱甚厚[6]，日夕相与起居饮食。贺且死，尝授我平生所著歌诗；离为四编[7]，凡二百二十三首。数年来东西南北，良为已失去。今夕醉解，不复得寐，即阅理箧帙[8]，忽得贺诗前所授我者。思理往事，凡与贺话言嬉游，一处所，一物候，一日夕，一觞一饭，显显焉无有忘弃者，不觉出涕。贺复无家室子弟，得以给养恤问[9]，尝恨想其人，咏其言止矣。子厚于我，与我为贺集序，尽道其所来由，亦少解[10]我意。"某其夕不果[11]以书道不可，明日就公谢，且曰："世谓贺才绝出前。"让[12]。居数日，某深惟[13]公曰："公于诗为深妙奇博，且复尽知贺之得失短长。今实叙贺不让，必不能当公意[14]，如何？"复就谢，极道所不敢叙贺。公曰："子固若是，是当慢[15]我。"牧因不敢辞，勉为贺叙，然其甚惭。

皇诸孙贺，字长吉，元和中韩吏部[16]亦颇道其歌诗。云烟绵联，不足为其态也；水之迢迢，不足为其情也；春之盎盎[17]，不足为其和[18]也；秋之明洁，不足为其格也；风樯阵马[19]，不足为其勇也；瓦棺篆鼎[20]，不足为其古也；时花美女，不足为其色也；荒国陊殿[21]，梗莽丘垅[22]，不足为其怨恨悲愁也；鲸呿鳌掷[23]，牛鬼蛇神，不足为其虚荒诞幻也。盖《骚》之苗裔，理虽不及，辞或过之[24]。《骚》有感怨刺怼[25]，言及君臣理乱，时有以激发人意。乃贺所为，无得有是？贺能探寻前事，所以深叹恨古今未尝经道者，如《金铜仙人辞汉歌》、《补梁庚肩吾宫体谣》。求取情状，离绝远去笔墨畦径[26]，间[27]亦殊不能知之。贺生二十七年死矣，世皆曰："使贺且未死，少加以理，奴仆命《骚》[28]可也。"

贺死后凡十五年，京兆杜某为某序。

【注释】

[1]李贺(790—816年),字长吉,福昌(今河南宜阳西)人。虽为唐皇室远枝,但家世早已衰落,生活困顿。曾因门荫得官奉礼郎,由于要避家讳,故不得举进士。他是中唐时期著名的天才诗人,曾得到韩愈、皇甫湜的赏识,死时年仅二十七岁。其诗善于雕镂刻画,熔铸词彩,驰骋想象,遭境幽奇怪丽,情调阴郁低沉,风格独具一格。有《昌谷集》,即《李贺诗集》。

[2]《李贺诗集》序:原题作《太常奉礼郎李贺诗集序》。

[3]太和五年:即公元831年。太和,唐文宗年号,也作大和。

[4]传缄书者:传递封口书信的人。

[5]集贤学士:集贤院学士,负责掌管皇帝诏书的起草。沈公子明:即沈亚之,是杜牧、李贺的好友。

[6]义爱甚厚:情谊深厚。义通"谊"。

[7]离为四编:编为四卷。

[8]阅理箧帙:阅读整理书箱中的书籍。

[9]给养:供养,抚养。恤问:体惜慰问。

[10]少解:稍微宽解。

[11]不果:没有做到。

[12]让:推辞。

[13]深惟:深思。

[14]当公意:符合你(沈亚之)的心意。

[15]慢:轻视。

[16]韩吏部:即韩愈。

[17]盎盎:春色浓盛的样子。

[18]和:活力,生气。

[19]阵马:阵地上的战马。

[20]瓦棺:远古时代烧制的土棺材。篆鼎:铸有篆书铭文的古鼎。

[21] 荒国:亡国的都城。陊(duò)殿:倾颓败坏的宫殿。

[22]梗莽丘垅:长满荒芜荆棘的坟墓。

[23]鲸呿(qū)鳌掷:鲸鱼张口吸食,巨鳌尾巴拨动水面。

[24]苗裔:后代。理:思想内容。辞:词彩,艺术性。

[25] 感怨刺怼:感激、悲怨、讽刺、愤恨。

[26] 畦径:田间小路。比喻诗歌创作中的思路、手法。

[27]间:间或,有时。

[28] 奴仆命《骚》:把《离骚》当作奴仆来使唤。即大大超过《离骚》。

【赏析】

这篇诗集序颇像一篇传奇小品,由两部分构成。

前面一半的篇幅在叙述沈亚之与杜牧的一次郑重其事的通信,首先是用封口快信,派专人深夜急送,颇显出极不平常的意义。原来信中叙述了沈亚之与李贺的交往和李贺临终前将自已的全部诗歌托付给沈亚之的经过。南北东西辗转十五年后的一个夜晚,沈亚之酒醉后翻阅整理书箧,竟然发现故人的遗作还完整约保存着,于是情不自已,急切地想请杜牧为李贺诗集作序。李贺诗集实际上保存着沈亚之与李贺之间的一段深情,也体现了他对李贺诗歌及其命运遭际的深刻理解。杜牧与沈亚之、李贺也是好朋友,杜牧与沈亚之一样对李贺诗歌都非常崇拜,对他年少夭亡表示深深叹息。所以,杜牧始终不敢接受这一重任,沈亚之两次请求,杜牧两次拒绝,沈亚之说:"子固若是,是当慢我!"杜牧才勉强接受任务。这就从一个侧面烘托出李贺诗歌具有极不平凡的价值。

第二部分,杜牧一连用了九个排比的比喻,对李贺诗歌的内容、情调、风格、形象、意境、手法等方面,作了淋漓尽致的刻画,使李贺诗歌峻峭冷艳、奇谲诡怪、生新幽魅的艺术特点形象生动的呈现在读者面前。从杜牧所运用的意象来看,在杜牧心中,李贺诗歌是一个由多种风格融汇的综合体,特别值得注意的是杜牧认为李贺诗歌具有春天一样的生机活力,具有圆润柔"和"的一面,这与后人对李贺的印象颇为不同。接着,杜牧大胆进行判断:认为李贺继承了屈原《离骚》的浪漫主义诗歌传统,尽管思想内容方面有一些欠缺,但是辞藻色彩、想象奇特等艺术上绝不逊色。最后,引用世人的"使贺且未死,少加以理,奴仆命《骚》可也"观点,多少表现出对这位天才诗人过早离世的无限叹惋和由衷的敬意。

李商隐

李商隐（812—858年），字义山，号玉溪生。怀州河内（今河南沁阳）人。唐文宗开成二年（837年）进士及第，曾任秘书省校书郎、弘农县尉等小官。当时牛李党争十分激烈，他与两党争斗的夹缝里求生，受到两党的排挤，不得不长期在幕府任职，为人作嫁，沉沦下僚，郁郁不得志，最后抑郁而死，年仅四十七岁。其诗哀感顽艳、深情绵邈，富于强烈的暗示性，既能代表晚唐又超越了晚唐。其文以骈文为主，是晚唐骈文成就的杰出代表，有"瑰迈奇古"之誉，也有一些古文写得婉曲有味，带有传奇色彩。有《李义山诗集》和《樊南文集》传世。今人刘学锴、余恕诚的《李商隐诗歌集解》和《李商隐文编年校注》最为详备。

李贺小传

　　京兆杜牧为李长吉集叙，状长吉之奇[1]甚尽，世传之。长吉姊嫁王氏者，语长吉之事尤备。

　　长吉细瘦，通眉，长指爪[2]。能苦吟疾书[3]，最先为昌黎韩愈所知[4]。所与游者，王参元、杨敬之、权璩、崔植辈为密[5]。每旦日出与诸公游，未尝得题然后为诗，如他人思量牵合以及程限为意[6]。恒从小奚奴，骑距驴，背一古破锦囊，遇有所得，即书投囊中[7]。及暮归，太夫人使婢受囊出之，见所书多，辄曰："是儿要当呕出心始已耳！"[8]上灯，与食，长吉从婢取书，研墨叠纸足成之[9]，投他囊中。非大醉及吊丧日，率如此。过亦不复省[10]，王、杨辈时复来探取写去。长吉往往独骑往还京、洛，所至或时有著[11]，随弃之。故沈子明[12]家所余四卷而已。

　　长吉将死时，忽昼见一绯衣人，驾赤虬[13]，持一板，书若太古篆或霹雳石文[14]者，云当召长吉。长吉了不能读，欻下榻叩头[15]，言："阿𡚒[16]老且病，贺不愿去。"绯衣人笑曰："帝成白玉楼，立召君为记[17]。天上差乐，不苦也！"长吉独泣，边人尽见之。少之，长吉气绝。常所居窗中，勃勃[18]有烟气，闻行车嘒管[19]之声。太夫人急止人哭，待之如炊五斗黍许时，长吉竟死。王氏姊非能造作谓长吉者，实所见如此。

　　呜呼！天苍苍而高也，上果有帝耶？帝果有苑囿[20]、宫室、观阁之玩耶？苟信然，则天之高邈，帝之尊严，亦宜有人物文采愈[21]此世者，何独眷眷[22]于长吉而使其不寿耶？噫！又岂世所谓才而奇者，不独地上少，即天上亦不多耶？长吉生二十七年，位不过奉礼太常[23]，时人亦多排摈毁斥[24]之，又岂才而奇者，帝独重之，而人反不重耶？又岂人见会胜帝[25]耶？

【注释】

[1]状长吉之奇：指杜牧《李长吉歌诗叙》中对李贺诗歌风格的描述。

[2]细瘦：身材瘦长。通眉：两眉连在一起，也叫"一字眉"。长指爪：手指很长。

[3]苦吟：指反复推敲诗作。疾书：飞快书写。

[4]韩愈曾为李贺作《讳辩》一文，为李贺因避父讳（父名晋肃，晋、进同音）不能考进士而鸣不平。

[5]所与游者:跟李贺交游的人。王参元:濮阳(今属河南)人,元和时进士。杨敬之:字茂孝,曾大历推荐项斯,有"逢人说项"的美誉。权璩:字大圭,曾任中书舍人。崔植:字公修,曾任宰相。密:关系密切。

[6]两句谓李贺从不按题作诗,也不像其他人那样想方设法去迁就凑合题意以及把程式、限韵之类放在心上。

[7]恒:常常。从小奚奴:带着一个小书童。距驉:即驴。古破锦囊:古老破旧的丝织品做的袋子。

[8]李贺母亲的话意为这孩子是要把心吐出来才肯罢休吧。说明李贺创作呕心沥血之情状。

[9]促成之:将所得的诗句补缀成完篇。

[10]不复省:不再理会,即不再去看。李贺诗歌创作是一时心境的表达,却不以诗歌成就为意。

[11]有著:指写诗。

[12]沈子明:李贺的好朋友,曾任集贤院学士。李贺死后,受嘱托整理其遗稿,编为《李长吉歌诗》四卷,即现存本。

[13]绯衣人:穿着红色衣服的人。驾赤虬:驾驭着一条红色的虬龙。

[14]太古篆:上古的篆书文字。霹雳石文:雷击后石上留下的字迹。

[15]了不能读:完全不能读懂。欻:迅速,忽然。

[16]阿㜷:母亲。

[17]为记:写一篇记文。

[18]勃勃:烟气旺盛的样子。

[19]嘒管:声音轻微的管乐器。

[20]苑囿:蓄养动物的园子。

[21]愈:超过。

[22]眷眷:顾念,眷念。

[23]奉礼太常:太常寺奉礼郎,从九品。

[24]排摈毁斥:排斥诋毁打击。

[25]岂人见会胜帝:难道世人之见恰恰胜过天帝吗?

【赏析】

李贺无疑是中唐时代也是中国文学史上杰出的天才诗人,虽然他的诗歌整体上看,赶不上一流大诗人李白、杜甫和王维,但是唐代诗人也没有一个能在二十七岁的时候达到他的水平。

其诗歌艺术特点杜牧在《李长吉歌诗叙》中有精到的评述，主体风格瑰丽幽峭，诗中有大量的鬼神仙道意象，尽管想象也丰富奇特，但给人阴森恐怖的感受，可能与他在太常寺任奉礼郎时天天在太庙或山陵参与祭祀活动有关，加上他家境没落，又备受精神打击，竟然因为要为父亲避讳不能参加进士考试，而奉礼郎的卑微职务又使他产生强烈的屈辱感。所以他的大部分时间都在荒郊野外寻诗觅句中度过。

李商隐和杜牧都崇拜这位天才诗人，且同情他的悲惨遭遇，对他的早逝深表惋惜。李商隐的这篇小传实际上假托李贺家人之口，一方面描述李贺的日常生活状态，另一方面则是创造出一个新的神话，来慰藉李贺的在天之灵。

李商隐通过李贺姐姐的口述，先描写李贺的状貌：身材瘦弱，浓密的一字通眉，手指特别长。一个十分奇特的形象就活灵活现地如在目前。接着说李贺非常喜欢苦吟作诗且书写特别快。然后写李贺常常带着一个小书童，骑着驴子，背着古旧的锦囊，到荒郊野外去寻诗觅句，若有所得就书写在纸上，投进锦囊，晚上回家，吃完饭就拿出这些诗句来冥思苦索地凑成完整的篇章。这样一种独特的创作方式很好地解释了为什么李贺诗歌是艺术拼图式的特殊结构，原来他作诗没有事先拟设好的套路，也不遵守通常的所谓规范，而是全凭自己的灵心指引来写诗，尤其在诗歌语言方面更是呕心沥血地锤炼，尽管语言还比较生硬，但绝对没有平庸之作。以致李贺的母亲心痛地说："这孩子是要将心呕出来才肯罢休啊！"这既是母亲的关怀，更显示出李贺是一个纯粹的诗人，他写诗不求名利，而是追求心灵的表达，所以完成的诗篇随意处置，任其丢弃。在那个利欲熏心的年代，像李贺这样将诗歌视作生命的需要，并且凭自己的灵感来表达心灵更纯净的诗歌境界，是少之又少的。这也是李商隐敬佩李贺的地方，更是对李贺无限同情的原因。

为了对这颗耀眼的流星的惋惜，李商隐以传奇的笔法描述了李贺临终前的情景：一位红衣仙人使者，骑着红色的虬龙，手里拿着用上古的篆书或雷电霹雳文字书写的天帝的诏书，要李贺上天去给天帝刚刚建好的白玉楼作序，李贺慌忙下拜，说有老母要服侍，不能前往，但使者说天帝之命不可违，最后李贺只好去了。他姐姐说李贺死的时候，窗棂间有一阵腾腾的烟雾升天而去，并伴随着隐隐的管弦乐声，言之凿凿，不容置疑。

　　最后，李商隐就这样的一个新鲜的传奇作出评论，追问道：难道天上竟然没有人才，非要到人间来宣召李贺吗？为什么老天也如此妒才而不让他多活几年呢？忽然，笔锋一转，说李贺短暂的人生还是受尽人间的排斥压抑打击，为什么人间竟然这样不珍惜人才呢？显然，天下怀才不遇者读到此处都会同声一哭。李商隐是在为李贺鸣不平，更是为天下怀才不遇者鸣不平。虚构的天庭重用和真实的人间朝廷弃置，形成鲜明的对照，其批评的旨意已经十分显豁了。

　　李商隐的这篇小传，可以作为杜牧序文的补充，为我们理解李贺诗歌艺术风格成因提供了鲜活的细节。李商隐在表达对李贺的敬佩和惋惜之余，也表现了他的艺术追求，即认为诗歌艺术应该创新，作家不应受人间世俗污浊的影响，要走自己的心灵之路，这为李商隐将来勇于开拓并表现心灵世界提供了深刻的启示。

　　如果单从传文本身来看，可以看出李商隐的古文功底深厚，不仅具有很强的艺术表现力，还蕴涵深刻的思想内容，且具有传奇的艺术色彩，可以说是韩愈、柳宗元领导的古文运动在晚唐时代再次闪耀出灿烂的火花。

陆龟蒙

陆龟蒙（？—881年），字鲁望，自号甫里先生、天随子、江湖散人，苏州吴（今江苏吴县）人。举进士不第，曾任从事之职，后隐居松江甫里，多所著述。与皮日休为友，世称"皮陆"。其诗近体多近温李，古体多承韩愈，他的小品文曾被鲁迅称为"一塌糊涂的泥塘里的光芒"。有《甫里先生集》。

《笠泽丛书》[1]序

丛书者，丛脞[2]之书也，丛脞，犹细碎也。细而不遗大，可知其所容矣。

自乾符六年[3]春，卧病于笠泽之滨。败屋数间，盖蠹书十余箧。伯南儿[4]才三尺许长，毁齿[5]犹未遍。教以药剂象梧子大小外，研墨沌笔供纸札而已。体中不堪羸耗[6]，时亦隐几强坐。内壹郁[7]则外扬为声音，歌、诗、颂、赋、铭、记、传、序，往往杂发[8]。不类不次，混而载之，得称为丛书。自当缓忧[9]之一物，非敢露世众耳目。故凡所讳中，略无避焉。

笠泽，松江之名。

【注释】

[1]《泽笠丛书》：唐陆龟蒙愤世嫉俗的小品文集，因作者自认为细碎琐屑，分类无次序可寻，难登大雅之堂，故以"丛草"称之。

[2]丛脞：琐细。

[3]乾符六年：唐僖宗年号，即公元879年。

[4]伯南儿：大儿子。

[5]毁齿：掉乳牙。

[6]羸耗：病弱，衰颓。

[7]壹郁：即"抑郁"，忧闷。

[8]杂发：交杂在一起，没有按类编次。

[9]缓忧：缓解忧愁苦闷。

【赏析】

唐末呈现出严峻的衰乱状况：朝廷内部，宦官由先前的专权发展到控制皇帝的生死废立，朝官更是他们手中的玩物；朝廷外面，藩镇割据由先前的拥兵自重对抗朝廷发展为军阀混战。导致整个形势急剧恶化：烽烟四起，尸骨纵横于原野；民不聊生，城邑村舍十室而九空。血红残阳，已薄西山；巍峨大厦，即将崩颓。陆龟蒙就生活在这样的时代。早年，他饱读经书，心怀天下又自负才华，但是追求功名的仕进之路，因落第而被堵绝。于是，他退居松江甫里，过起了隐居生活，自号"江湖散人"。但是，儒家的入世精神又让他不能真正抽身事外，既然不能"立德""立功"，因此只能"立言"传世。这就是大量小品文及诗赋产生的背景。陆龟蒙将这些作品整理成书，命名为《泽笠丛书》。这篇短序对相关情况作了说明，序文也典型地代表陆龟蒙小品的特点。

首先，他自嘲地称自己的书是"丛脞"之书，即内容细碎繁杂，没有大手笔、大气派、大题材，简直不值一谈，但立即一转，"细而不遗大"，说文章在日常家居琐事之中，包蕴了重大的事理。如《禽暴》《记稻鼠》由动物残害庄稼入手，借物抒情，从天灾论及人祸，鞭辟入里。其次，他追叙撰述的情景：卧病江滨，数间茅屋，眼前几筐破书相随，身边一个稚子相伴；身体羸弱，内心幽愤，无处发泄，只能诉诸笔端，正所谓"不为无益之事，何以遣有生之涯"。由此可见，泽笠丛书是不平则鸣的结晶。因为难以压抑的悲愤不吐不快，因而编辑整理时也就"不类不次"，其实，这正是陆龟蒙冲破传统体制束缚，追求文体自由的表现。像《野庙碑》，从内容到形式都突破了传统碑文的程式，成为无所避讳的批判现实的力作。

总体上看，陆龟蒙的小品文，无论运用寓言、假借历史，还是列举琐事，都能够见解深刻、犀利泼辣、一针见血、针砭时弊。他的散文和罗隐、皮日休的一样，成为投向黑暗现实的匕首与投枪，被鲁迅誉为"一塌糊涂的泥塘里的光彩和锋芒"。这篇序文，可以看作是陆龟蒙散文的"说明书"。

皮日休

皮日休（834？—883年？），字逸少，又改字袭美，自号鹿门子、间气布衣、醉吟先生，襄阳（今湖北襄樊市）人。唐懿宗咸通八年（867）进士。曾任著作郎、太常博士等职。黄巢入长安，以他为翰林学士，大约在黄巢败退前被杀。皮日休诗文兼擅。诗学白居易，多作乐府写实；文宗韩愈，善以小品刺世，有《皮子文薮》。

《酒箴》序^[1]

皮子性嗜酒，虽行上穷泰，非酒不能适。居襄阳之鹿门山，以山税之余^[2]，继日而酿，终年荒醉，字戏曰"醉士"。居襄阳之洞湖，以舶艎载醇酊一甀^[3]，往来湖上，遇兴将酌，因自谐曰"醉民"。於戏！吾性至荒，而嗜于此，其亦为圣哲之罪人乜。又自戏曰"醉士"，自谐曰"醉民"，将天地至广，不能容醉士醉民哉？又何必厕丝竹之筵，粉黛^[4]之坐也。襄阳元侯^[5]闻醉士醉民之称也，订^[6]皮子曰："子耽饮^[7]之性，于喧静岂异耶？"皮子曰："酒之道，岂止于充口腹、乐悲欢而已哉？甚则化上为淫溺^[8]，化下为酗祸。是以圣人节之以酬酢^[9]，谕之以诰训。然尚有上为淫溺所化，化为亡国；下为酗祸所化，化为杀身。且不见前世之饮祸耶？路酆舒有五罪，其一嗜酒，为晋所杀。庆封易内而耽饮，则国朝迁。郑伯有窟室而耽饮，终奔于驷氏之甲^[10]。栾高嗜酒而信内，卒败于陈、鲍氏。卫侯饮于籍圃，卒为大夫所恶。呜呼！吾不贤者，性实嗜酒，尚惧为酆舒之戮，过此吾不为也，又焉能俾^[11]喧为静乎？俾静为喧乎？不为静中淫溺乎？不为酗祸之波乎？既淫溺酗祸作于心，得不为庆封乎？郑伯乎？栾高乎？卫侯乎？盖中性，不能自节，因箴^[12]以自符^[13]。"

箴曰：酒之所乐，乐其全真。宁能我醉，不醉于人。

【注释】

[1]《酒箴》：是皮日休所写的戒酒之词，很短，但写了这篇稍长论述饮酒的序文。

[2]山税之余：指交完赋税所剩的农产品，如高粱、小米、小麦之类。

[3]舶艎：小船。醇酊：重酿味厚的好酒。一甀(dān)：坛子一类的瓦罐。

[4]厕：侧身坐。丝竹：管弦乐器，指酒席上的歌舞。粉黛：妇女化妆的装饰品，此指代歌舞女子。

[5]元侯：诸侯之长。此指襄阳知州。

[6]订：修订，指出错误。

[7]耽饮：沉湎于酒，嗜酒如命。

[8]淫溺：过分沉溺于酒。

[9]酬酢：主客互相敬酒。主敬客曰酬，客回敬曰酢。

[10]庆封:春秋齐国大夫,与崔杼弑庄公,立景公,为其相。庆封好田猎,嗜酒当国而不自理政,将政事交给其子庆舍。齐国乱,攻庆氏,庆封奔鲁,又奔吴,后为楚灵王所杀。事见《左传·襄公二十八年》。郑伯有:喜欢在地窖密室饮酒,子皙以驷氏之甲攻郑伯有,焚毁他的酒窟,郑伯有奔雍梁。事见《左传·襄公三十年》。

[11]俾:使。

[12]箴:一种劝告警戒的文体。一般是整齐的四言韵语。

[13]自符:自护,自警。

【赏析】

箴是一种劝告自警的文体。皮日休的《酒箴》就是要劝诫自己喝酒不要过量,既要享受饮酒全真的快乐,又要保持一个适当的度。其意大体如此,倒是精心结撰的序文更有价值,这篇序文运用汉赋的对话体制,通过反驳襄阳知州的论点,引出一大篇关于耽溺酗酒的事例,其笔锋直指当今昏聩荒淫的统治者,具有强烈的批判现实意义。

开头交代自己嗜酒的个性,他自制酒酿,终年荒醉,放浪湖山,自命"醉士""醉民",意欲成为远避富贵、游走于天地自然之间的自由潇洒的散人。襄阳太守却认为嗜酒的人,在喧闹和静寂环境中没有差别,因而询问他耽饮求醉的情况。他大谈饮酒"充口腹,乐悲伤"的作用,特别是容易招致"淫溺""酗祸"的恶果,并列举路鄷舒、庆封、郑伯有、栾高、卫侯等历史上因嗜酒而国破身亡的实例,说明过度饮酒的危害,因此要作《酒箴》来自符。实际上,皮日休真正要劝诫警戒的是当时整个耽溺的上层统治集团,因为列举的因酒及祸的人物不是国君就是大臣。显然这里的"上"就是指当今皇帝,"下"就是指割据称霸的藩镇将帅与封疆大吏。作者所说的"化上为淫溺""化下为酗祸",只不过说明当时统治集团整体的腐败、堕落、荒淫无耻而已。可以想象"亡国""杀身"将是必然的结局。此后的黄巢农民起义,一路摧枯拉朽,攻入长安,韦庄用"天街踏尽公卿骨,内库烧成锦绣灰"的诗句印证了皮日休的预言。

其实,皮日休并不是什么醉士,而是始终关怀现实、保持清醒头脑的志士。他身处乱世,仍然不忘济世安民,渴望建功立业,他的诗文如匕首投枪,针砭时弊,呼唤社会良知,无奈晚唐社会已经病入膏肓,不可救药。但是,皮日休这种在泥塘里挣扎救世的精神永远值得敬仰。

司空图

司空图（837—908年），字表圣，河中（今山西永济）人。咸通进士，官至知制诰、中书舍人。后隐居中条山王官谷，自号知非子、耐辱居士。所撰《诗品》对后代影响深远。有《司空表圣文集》。

题《柳柳州集》后[1]

金[2]之精粗，考其声皆可辨也，岂清于磬而浑于锺[3]哉！然则作者为文、为诗，格[4]亦可见，岂当善于彼而不善于此邪？愚观文人之为诗，诗人之为文，始皆系其所尚，既专则搜研愈至[5]，故能炫[6]其工于不朽。亦犹力巨而斗者，所持之器各异，而皆能济胜以为劲敌[7]也。愚尝览韩吏部歌诗数百首，其驱驾气势，若掀雷扶电，撑抉于天地之间，物状奇怪，不得不鼓舞而徇其呼吸也[8]。其次《皇甫祠部文集》[9]所作，亦为遒逸，非无意于渊密，盖或未遑[10]耳。今于华下方得柳诗，味其探搜之致，亦深造矣。俾其穷而克寿[11]，玩精极思，则固非琐琐者[12]轻可拟议其优劣。又尝观杜子美祭太尉房公文、李太白佛寺碑赞，宏拔清厉[13]，乃其歌诗也。张曲江[14]五言沉郁，亦其文笔也。岂相伤哉？噫！后之学者偏浅，片词只句，不能自辨，已侧目相诋訾[15]矣。痛哉！因题柳集之末，庶俾后之诠评[16]者，无或偏说，以盖其全工[17]。

【注释】

[1]《柳柳州集》：即柳宗元的文集。

[2]金：金属铸造的乐器。

[3]清于磬：比磬的声音清越。浑于锺：比锺的声音浑厚。

[4]格：风格，个性特色。

[5]既专则搜研愈至：专一就会悉心研究。

[6]炫：炫耀，指在某一方面有突出成就。

[7]劲敌：劲敌。

[8]数句描写韩愈诗歌雄奇劲健、震撼人心的艺术特色。

[9]《皇甫祠部文集》：皇甫湜文集。皇甫湜官祠部员外郎。

[10]遒逸：遒劲飘逸。渊密：深刻精密。未遑：未能到达。

[11]穷而克寿：困顿而能够长寿。

[12]琐琐者：琐屑轻薄的人。

[13]宏拔清厉：恢宏挺拔，清雄刚健。

[14]张曲江：张九龄，号曲江。盛唐名相，也是著名诗人。有《张曲江集》。

[15]侧目相诋訾：指鄙视指责，攻击毁谤。

[16]庶：希望。俾：使。后之诠评者：后来评论诗文的人们。

[17]盖其全工:概括全面没有偏颇。

【赏析】

诗与文是两种同源异流的文体,它们曾经同根同源,后来在发展演变过程中才分途异趋。历史上一直有两种不同的观点:一种认为诗、文各自有体,不能也不应该交融,应该保持各自独立的特性,我们称之为"尊体派",像唐代的柳宗元就主张诗、文各有体,文高壮广厚,诗丽则清越,要求保持各自的体性特征,并断言一个作家不可能同时兼善诗、文,后来的李清照坚持词"别是一家",也是这个派别的典型代表;另一种则认为诗与文虽然在现实生活的交际应用中分别承担不同的功用,但是艺术上还是可以并且应该相互借鉴,呈现互进共荣的景象,我们称之为"破体派",这一派主张诗与其它文体相互沟通,相互交融,像韩愈主张的"以文为诗",苏轼主张的"以诗为词",辛弃疾的"以文为词"等,都是这一派的代表。

介于韩愈与苏轼之间的晚唐诗人、文论家司空图,也是一个破体派的理论家,他的这篇题在《柳宗元文集》后的小跋,之所以非常有名,就是以具体例子论证了韩愈"以文为诗"的合理性。他首先认为一个作家可以诗、文两种文体兼长。然后说诗人为文,与文人写诗一样,只要下功夫认真研究琢磨,同样会产生精品。接着就举韩愈诗歌为例子,其诗歌气势宏伟,像长空里的雷鸣电闪,奇形怪状,震撼心灵,跟他的文一样都是天地奇观。而柳宗元虽然是尊体派,但是他的诗歌依然精深幽细,颇具文的缜密理致,还有皇甫湜的文、杜甫的祭文、李白的碑铭,都很像是他们的诗歌。而张九龄的五言诗沉郁精致,也具有文笔流畅通达的特点。这些例子充分说明,一个作家在创作某种文体作品时,一定会借鉴其它文体的艺术手法,因而会呈现出丰富的个性特征,所以评论一个作家不能有所偏颇,要全面客观地作出评价。司空图的这篇短跋,具有重要的理论价值。

欧阳炯

　　欧阳炯（896—971年），益州华阳（今四川成都市）人。他先在前蜀主王衍时，为中书舍人。及王衍降唐后，入洛阳，补为秦州从事。后又入蜀事后蜀主孟知祥、孟昶父子，历官武德军判官、翰林学士、门下侍郎兼户部尚书同平章事、监修国史等职。归宋后（965年）为右散骑常侍，充翰林学士。开宝四年（971年）卒。他工诗善词，所作《花间集序》首倡"花间词派"的宗旨，很有影响。

《花间集》[1]序

镂玉雕琼，拟化工[2]而迥巧；裁花剪叶，夺春艳以争鲜[3]。是以唱《云谣》则金母词清，挹霞醴则穆王心醉[4]。名高《白雪》，声声而自合鸾歌；响遏行云，字字而偏谐凤律[5]。"杨柳"、"大堤"之句，乐府相传；"芙蓉"、"曲渚"之篇，豪家自制[6]。莫不争高门下，三千玳瑁之簪；竞富尊前，数十珊瑚之树[7]。则有绮筵公子、绣幌佳人，递叶叶之花笺，文抽丽锦；举纤纤之玉指，拍按香檀[8]。不无清绝之词，用助妖娆之态[9]。自南朝之宫体，扇北里之倡风。何止言之不文，所谓秀而不实[10]。

有唐以降，率土之滨，家家之香径春风，宁寻越艳？处处之红楼夜月，自锁嫦娥[11]。在明皇朝，则有李太白《应制清平乐词》四首。近代温飞卿复有《金筌集》[12]。迩来作者，无愧前人。

今卫尉少卿字弘基[13]，以拾翠洲边，自得羽毛之异；织绡泉底，独抒机杼之功[14]。广会众宾，时延佳论[15]。因集近来诗客[16]曲子词五百首，分为十卷。以炯粗预知音[17]，辱请命题，仍为叙引。昔郢人有歌《阳春》者，号为绝唱，乃命之为《花间集》。庶以阳春之甲，将使西园英哲，用资羽盖之欢[18]；南国婵娟，休唱"莲舟"之引[19]。

时大蜀广政三年[20]夏四月日序。

【注释】

[1]《花间集》：中国古代第一部文人词总集，后蜀赵崇祚于广政三年（940年）编成，收录晚唐五代温庭筠、韦庄等十八位词人作品五百篇。"花间词派"由此产生，这些词作题材偏于闺情，情调柔弱，辞藻艳丽，对后来词的发展影响深远。

[2]化工：自然工巧之美，与人力雕琢相对。

[3]首四句以雕镂之巧、剪裁之精喻词章之美。镂、雕：雕刻。琼，美玉。拟：比。化工：天工。迥：远。春艳：春天百花的艳丽。

[4]《云谣》：指西王母给周穆王唱的《白云谣》歌："白云在天，山陵自出，道里悠远，山川间之，将子无死，尚能复来。"金母：西王母。霞醴：仙酒。穆王：周穆王，好远游，在位五十五年。

[5]《白雪》：古代曲名，声调高雅，能和者寡。鸾歌：鸾鸟之歌。响遏行云：声响震天，能阻止白云的行动。凤律：指十二音律。

欧阳炯

[6]"杨柳"、"大堤"之句,"芙蓉"、"曲渚"之篇:都指情歌,与《花间集》一脉相传。

[7]门下:府中。玳瑁之簪:妇女发饰,指代妓女。竞富:比富。尊前:酒席之上。珊瑚之树:帝王官宦之家陈设的奢侈品。

[8]绮筵公子:珍贵筵席上的公子。绣幄佳人:秀幕中的佳人。花笺:用以题咏的精致华美的纸张。文抽丽锦:引出如丽锦一样的文词。纤纤之玉指:纤细洁白的手指。拍按香檀:轻敲以香檀木的拍板来歌唱。

[9]清绝:清丽绝妙。妖娆:指歌女们妍媚的容貌。

[10]南朝宫体:指南朝梁陈时期的一种诗体,不仅追求形式,雕琢辞藻,而且在内容方面,还以描写贵族腐朽生活和艳情为主,充满色情成份,当时谓之"宫体诗"。北里倡风:指娼妓淫靡的风气。何止:岂止。言之不文:文词粗鄙。秀而不实:即华而不实。

[11]香径:庭院花间小路。越艳:越国美女西施,指代歌舞妓女。红楼:华丽楼房,歌舞女子活动的场所。自锁嫦娥:将美女纳入红楼之中。

[12]温飞卿:即晚唐著名词人温庭筠。《金荃集》:温庭筠词集。

[13]卫尉少卿字弘基:赵崇祚,字弘基,事后蜀孟昶为卫尉少卿。

[14]拾翠:比喻编书搜集资料。织绡泉底:绡是细而薄的丝织品,此以鲛人居水底不废织绩比喻编辑文集的辛劳。

[15]时延佳论:时时吸收高明的意见。

[16]诗客:词人。

[17]粗预知音:粗略懂得音律。

[18]庶:希望。阳春之甲:阳春之日。西园英哲:指后蜀文士。羽盖之欢:贵人的欢乐。

[19]南国婵娟:南国佳人。休唱:不要再唱。"莲舟"之引:指乐府诗中唱采莲之类的歌曲。

[20]大蜀广政三年:即940年。广政为后蜀孟昶的年号,为后晋天复五年。

【赏析】

词是一种音乐文学,它诞生于中唐前后是历史的必然。因为它产生的背景是商品经济的繁荣所带来的娱乐休闲文化的发达,其中音乐的繁荣至关重要,还要求相对稳定的社会环境和市民阶层的出现。只有消费才能促进生产。晚唐五代虽然是乱世,整个社会呈现出一片衰败的景象,士大夫精神面貌整体上也显出堕落颓靡状态，但是，以西蜀和南唐为中心形成了两个相对稳定的小环境，社会上流行灯红酒绿的享乐风气，勾栏瓦肆，章台青楼，处处香风吹拂，歌舞风流。即所谓的"家家之香径春风，宁寻越艳；处处之红楼夜月，自锁嫦娥"。正是在这样的经济、文化环境中，词应运而生并且迅速趋向繁盛。

欧阳炯的这篇序文，就描述了当时的这种环境，指出"绮筵公子、绣幌佳人，递叶叶之花笺，文抽丽锦；举纤纤之玉指，拍按香檀"的歌筵酒席是词最佳的消费场所，其作用就是"用助妖娆之态"和"扇北里之倡风"。词这种文学体裁是一种放松乃至放纵状态下的抒情工具，与儒家传统的经世致用、修身治国理念相悖，所以其内容大多是闺房密室的相思爱恋，旷男怨女之间的离情别绪，甚至是歌宴酒席上的调笑戏谑，等等，凡是不适宜于诗中表达的都可以倾泻在词里，显示出文人真实的没有掩饰的心态，成为一种真情流露的文学样式，与六朝金粉环境中孕育并繁荣的宫体诗和民间流行的情歌一脉相传，在宋代达到全盛状态。这篇词集序宣告了词体的诞生，确立了词体的基本特征和风格规范，并且预示着将来的发展前景，因而在词史上具有重要意义。

欧阳修

欧阳修（1007—1072年），字永叔，号醉翁，又号六一居士，庐陵（今江西吉安）人。北宋著名文学家、史学家。幼年丧父，家境贫困，读书刻苦，宋仁宗天圣八年（1030年）中进士，后以右正言（谏官）充任知制诰（主管给皇帝起草诏令）。由于上疏为先后被排挤出朝的杜衍、范仲淹、韩琦、富弼等名臣分辩，被贬为滁州太守。后又知扬州、颍州，再回朝廷任翰林学士、史馆修撰。晚年曾任枢密副使、参知政事（副宰相）等，死后追赠太子太师、谥文忠。

欧阳修继承唐代韩愈"文以载道"的精神，发扬唐代古文运动传统，被公认为北宋中期的文坛领袖，在散文、诗词、史传等方面都有较高成就，论文主张"明道"、致用，对宋初以来追求靡丽、险怪的文风不满，平生多奖掖后进，是北宋古文运动领袖。其散文畅达委婉。曾与宋祁合修《新唐书》并独撰《新五代史》，尤以散文对后世影响最大，是"唐宋八大家"之一。有《欧阳文忠集》。

秋声赋

欧阳子^[1]方夜读书，闻有声自西南来者，悚然^[2]而听之，曰："异哉！"

初淅沥以萧飒，忽奔腾而砰湃^[3]，如波涛夜惊，风雨骤至。其触于物也，鏦鏦铮铮^[4]，金铁皆鸣；又如赴故之兵，衔枚疾走^[5]，不闻号令，但闻人马之行声。余谓童子："此何声也？汝出视之。"童子曰："星月皎洁，明河在天，四无人声，声在树间。"

余曰："噫嘻悲哉！此秋声也，胡为而来哉？盖夫秋之为状也：其色惨淡，烟霏云敛^[6]；其容清明，天高日晶^[7]；其气栗冽，砭人肌骨^[8]；其意萧条，山川寂寥^[9]。故其为声也，凄凄切切，呼号愤发。丰草绿缛^[10]而争茂，佳木葱笼百可悦；草拂^[11]之而色变，木遭之而叶脱；其所以摧败零落者，乃其一气之余烈^[12]。

夫秋、刑官也，于时为阴^[13]；又兵象也，于行为金^[14]；是谓天地之义气^[15]，常以肃杀而为心。天之于物，春生秋实。故其在乐也，商声主西方之音^[16]；夷则为七月之律^[17]。商，伤也，物既老而悲伤；夷，戮也，物过盛而当杀^[18]。

嗟乎！草本无情，有时飘零。人为动物，惟物之灵^[19]。百忧感其心，万事劳其形^[20]。有动于中，必摇其精^[21]。而况思其力之所不及，忧其智之所不能，宜其渥然丹者^[22]为槁木，黟然黑者^[23]为星星，奈何以非金石之质，欲与草木而争荣。念谁为之戕贼^[24]，亦何恨^[25]乎秋声！"

童子莫对，垂头而睡；但闻四壁虫声唧唧，如助余之叹息。

【注释】

[1]欧阳子：作者自称。

[2]悚然：悚悚、吃惊的样子。

[3]淅沥：象声词，像雨雪、落叶等声音，这里形容秋风叶落的声音。萧飒：象声词，像风吹树木发出的声音。砰湃：同"澎湃"，象声词，像波浪冲击的声音。

[4]鏦鏦铮铮：象声词，金属互相撞击的声音。

[5]衔枚：嘴里含着小木棒。枚，形如筷子，两端有带子，可系在颈上。古代急行军突袭敌人时，让士兵含在嘴里，以防喧哗。疾走：急行军。

[6]惨淡：阴暗无光貌。烟霏云敛：烟云消散收敛。霏，飞散。敛，收敛，收

起来。

[7]晶：明净。

[8]栗冽：犹栗烈，寒冷貌。砭人肌骨：寒冷刺骨。砭，古代用以治病的石针。引申为"刺"。

[9]萧条：寂寞，冷落。寂寥：寂静。

[10]丰草绿缛：茂盛的草丛绿色纷披。缛，繁密，繁复。

[11]拂：被动用法，被吹拂。

[12]余烈：余威。烈，威力。

[13]刑官：掌管刑罚的官。周朝以天地春夏秋冬名命官，司寇主管刑法，为秋官。审决死罪人犯也在秋天。阴：古代以春夏为阳，秋冬为阴。《汉书·律历志上》："春为阳中，万物以生；秋为阴中，万物以成。"《春秋繁露·阴阳》："阴者，天之刑也。"

[14]兵象：古代征伐，多在秋天。《礼记·月令》载孟秋之月，"天子乃命将帅，选士厉兵，简练桀俊，专任有功，以征不义。"《汉书·刑法志》："秋治兵以狝（狝，秋天打猎以应杀气）。"行：五行的简称，即金木水火土。古人把五行分属四季，秋季属"金"，色白，主杀伐。《礼记·月令》："某日立秋，盛德在金。"《汉书·五行志》："金，西方，万物既成，杀气之始也。"

[15]义气：即肃杀之气。《礼记·乡饮酒义》："天地严凝之气，始于西南，而盛于西北，此天地之尊严气也，此天地之义气也。"孔颖达疏："西南，象秋始。"

[16]商声：古人把五音宫商角徵羽分属四季，商声属秋季。西方：古人把东南西北四方分属四季，秋季属西方。

[17]夷则：古人把黄钟、太簇、姑洗、蕤宾、夷则、无射、大吕、夹钟、仲吕、林钟、南吕、应钟十二律应十二月，夷则应七月。《史记·律书》："七月也，律中夷则。夷则，言阴气之贼万物也。"《史记正义》引《白虎通》："夷，伤也；则，法也。言万物始伤被刑法也。"

[18]物过盛而当杀：谓物超过了繁盛期就会衰败。杀，衰败。

[19]惟物之灵：《尚书·泰誓上》："惟人，万物之灵。"

[20]"百忧"句：《庄子·在宥》："必静必清，无劳汝形，无摇汝精，乃可以长生。"

[21]动于中：心中有所动。摇其精：摇动他的精神，即伤害精神。

[22]渥然丹者：红润的容颜。《诗经·终南》："颜如渥丹。"形容浓郁润泽的朱红色。[23]黟然黑者：乌黑的头发。黟，黑，一作"黝"。星星：白发。谢灵运《游南亭》诗："戚戚感物叹，星星白发垂。"

[24]戕贼:残害,伤害。

[25]恨:怨恨。

【赏析】

嘉祐四年（1059年），五十三岁的欧阳修，沉浮宦海已经整整三十年了，其间经历了三次贬官的打击：二十九岁时，为范仲淹被黜落职一事，因愤怒上书司谏高若讷而获罪，初贬夷陵县令；三十九岁时还是因为论救推行庆历新政的诸君子，遭到保守派的构陷，再贬滁州太守；四十八岁时，丁母忧期满复官，又因小人诬告，触怒宦官，三贬同州太守。数十年间，历尽宦海波涛，四十岁时就早已白发萧疏，如今已过知天命之年，更是身心都进入了人生的秋天。于是继《醉翁亭记》之后又写作了这篇著名的《秋声赋》。它骈散结合，铺陈渲染，词采讲究，是宋代文赋的典范。

第一段写作者夜读时突然听到秋声，从而展开想象对秋声进行生动的描绘。文章开头，单刀直入地描画了一幅夜读图景：欧阳修晚上正在读书，忽然听到一种奇怪的声音，心里感到十分惊悚，立刻让书童出门察看，得到的回答竟然是"星月皎洁，明河在天，四无人声，声在树间"。啊，然来是秋声！这一真实的境况与作者所想象的那种奇怪的声音，形成强烈的映衬，极显波澜起伏。从作者夜读、闻声、惊悚、感叹等一系列的神情变化中，可以真切地感受到秋声的神秘可畏，显示秋声不期而至的强大威势。接着运用一连串的想象性比喻来描写秋声：初起时像是淅淅沥沥的细雨敲打着树叶，那声音透着一种难以言说的悲凉；继而突变成风雨大作、波涛澎湃，这声音触及物体便会发出金铁铮铮的鸣响，令人惊心动魄；忽而又静下来，仿佛夜间出击的军队，听不到号令却能闻到人马急行军的脚步声。这里，作者运用一系列精当的比喻和气氛的渲染，把本来难以捉摸的秋声描绘得形象具体，达到了"状难写之景如在目前"的艺术高度，这些描摹均从听觉来写，既符合秋声为"声音"的特点，又符合作者秋夜静听这一独特情境。更妙的是作者还写出了秋声由细微到宏大再到猛烈的变化过程，并从侧面进一步渲染了秋夜的静谧。最后运用对话侧面烘托秋声的神秘莫测，在这样一个清朗的月夜，无雨无风也无人，而声音却如此分明地存在，可见这秋声的怪异。这就是作者闻声惊惧和感叹的原因。

第二段具体描绘秋景秋气，并解释秋气肃杀的原因，抒发自己有感于秋声的慨叹。首先，作者运用骈偶句式和铺张渲染的赋体传统手法，抓住烟云、天日、寒气、山川等景物，分别就秋的色、容、气、意、声，描绘出了秋状的数幅具有鲜明特征的肃杀秋态图。用词很能体现秋天的气候特征：如"惨淡"形容秋色，表现了秋天烟消而未消尽、云散尚未散完，天空还淡淡地罩有一层烟云的景象；用"砭人肌骨"来写秋气的栗烈，它既不同于寒冬的彻骨冰冷，也不同于初春的料峭之寒，而是一种独特的针刺肌肤的感受。表现了作者对生活体察的细微真切。然后通过草木繁盛茂密、绿叶纷披的景象与遭遇秋气袭击之后的衰败凋零画面进行对照，凸显出秋气的强大威力和残酷个性。而对秋状的描绘，正是为了烘托秋声的"凄凄切切，呼号愤发"。然后，从阴阳五行和音乐原理方面对秋气展开文化层面的议论。作者吸收前人种种说法，又运用骈偶句把秋与官制、阴阳、五行、音律等配属起来，甚至用"伤"解释"商"，用"戮"解释"夷"，极力铺张，突出秋对万物的强大摧残力量，论证了"秋乃天地之义气"而"以肃杀为心"的合理性，说明万物盛衰是自然之理。这是对宇宙生成的哲学思考，写出了秋声中永恒的悲伤，为下文进入本文主题起了铺垫作用。

第三段是全文的题旨所在，作者由感慨自然而喟叹人生，百感交集，黯然神伤。作者在极力渲染秋气对自然界植物摧残的基础上，着力指出，对于人来说，人事忧劳的伤害，比秋气对植物的摧残更为严重。这里表现了作者内心深处的矛盾：他既认为秋是不祥之物，对它充满了恐惧和怨恨，又觉得"物过盛而当杀"，为它的严酷作了开脱，这就是一种无可奈何的心境。实际上作者描写的景物都是人世间的角色，他将现实生活中的强弱之别、善恶之争赋予了大自然，这正反映了他对社会生活的态度，因此，当由草木、秋声论及人生的时候，就集中地阐述了养生全命、知足常乐的消极观念。作者之所以认为忧劳比秋声损害性命更加厉害，目的是劝告人们要排除奢望、清心寡欲、与世无争，陷入了一种颓放的情绪之中。

第四段是全篇的结束，作者从这些沉思冥想中清醒过来，重新面对静夜，只见书童垂头而睡，只闻四周秋虫和鸣，衬托着作者悲凉的心境。结尾处的虫鸣，更衬出作者的感慨与孤独。全文以"声"起，又以"声"结，结构缜密圆转，首尾呼应，篇首以夜读闻声来衬托夜的冷寂，篇末则以四壁虫声来渲染夜的凄清，使"意"和"境"两方面都深化了悲秋主题。这个戛然而止的结尾，也给文章增添了艺术感染力，在秋虫唧唧中，读者仿佛也要发出一声叹息。

《秋声赋》写秋以立意新颖著称，从题材上讲，悲秋是中国古典文学的永恒题材，但欧阳修选择了新的角度，虽然承袭了写秋天肃杀萧条的传统，但却烘托出人事忧劳更甚于秋的肃杀这一主题，就使文章在立意上有所创新。

更值得重视的是《秋声赋》在文体上的贡献。六朝以来注重偶对典饰和声律的骈赋。到了宋代以后，不仅语言艰涩，内容空洞，而且形式已已经僵化，渐渐走向没路。欧阳修深明其中之弊，他领导了新的诗文革新运动，不仅以行政手段打击当时盛行的"太学体"和流行的"西昆体"，而且提倡平易晓畅的散体文，他成功地将散文的意脉流畅注入"赋"体之中，开创了文赋的先河，赋体散文化，使赋的形式活泼起来，既部分保留了骈赋、律赋的铺陈排比、骈词俪句及设为问答的形式特征，又呈现出活泼流动的散体倾向，且增加了赋体的抒情意味。这些特点也使《秋声赋》在宋代散文发展史上占有重要的地位。

醉翁亭记[1]

环滁皆山也[2]。其西南诸峰，林壑尤美。望之蔚然而深秀者，琅邪也[3]。山行六七里，渐闻水声潺潺，而泄出于两峰之间者，酿泉也[4]。峰回路转，有亭翼然[5]临于泉上者，醉翁亭也。作亭者谁？山之僧智仙也。名之者谁？太守自谓也。太守与客来饮于此，饮少辄醉[6]，而年又最高，故自号曰"醉翁"也。醉翁之意不在酒，在乎山水之间也。山水之乐，得之心而寓之酒也[7]。

若夫日出而林霏开，云归而岩穴暝[8]，晦明变化者，山间之朝暮也。野芳发[9]而幽香，佳木秀而繁阴，风霜高洁，水落而石出者，山间之四时也。朝而往，暮而归，四时之景不同，而乐亦无穷也。

至于负者歌于途，行者休于树，前者呼，后者应，伛偻提携[10]，往来而不绝者，滁人游也。临溪而渔，溪深而鱼肥；酿泉为酒，泉香而酒洌[11]；山肴野蔌，杂然而前陈者，太守宴也。宴酣之乐，非丝非竹[12]，射者中，弈者胜，觥筹交错[13]，坐起而喧哗者，众宾欢也。苍颜白发，颓然乎其间者，太守醉也。

　　已而夕阳在山，人影散乱，太守归而宾客从也。树林阴翳，鸣声上下，游人去[14]而禽鸟乐也。然而禽鸟知山林之乐，而不知人之乐；人知从太守游而乐，而不知太守之乐其乐也[15]。醉能同其乐，醒能述以文者，太守也。太守谓谁？庐陵欧阳修也。

【注释】

　　[1]本文属于亭台楼阁记类文体，但欧阳修不注重过分写景，而重在叙事抒情，相当于一篇游记。

　　[2]环滁皆山也：环绕滁州四周都是山。这是夸张说法，其实滁州只西南面有丛山。

　　[3]琅邪：东晋元帝以琅邪王渡江，曾驻扎滁州，所以滁州溪山都有琅邪之名。也作"琅琊"。

　　[4]酿泉：又名醴泉，是琅邪溪的源头之一。

　　[5]翼然：鸟张开翅膀飞翔的样子。形容醉翁亭高耸的飞檐。

　　[6]饮少辄醉：酒量小，饮很少的酒就会醉。

　　[7]得之心而寓之酒：将心里的快乐寄托在饮酒上。

　　[8]林霏开：林木间的云气消散。岩穴暝：山谷岩穴昏暗。

　　[9]野芳发：野花开放。

　　[10]负者：挑担或背物的人。伛偻：老年人。提携：小孩子。

　　[11]泉香而酒洌："泉洌而酒香"的错置。指酿泉水制成的酒非常香而美。洌：清澈透明。

　　[12]非丝非竹：古代宴会时有乐工、歌妓弹唱，这里指有泉水的潺潺声伴奏，用不着乐器。丝，弦乐器。管，管乐器。

　　[13]射：射箭。一说以箭投壶，投中者胜出，败方饮酒。弈：围棋。觥筹：酒杯和计数的酒筹。

　　[14]阴翳：树林间变得阴暗。去：离去。

　　[15]乐其乐：以他人的快乐为快乐。

【赏析】

　　奇丽的山川与旷世的奇才，二美相遇往往相得益彰。江山助诗人之笔，其灵气融入诗文，美轮美奂；诗人传江山之神，其才情化为华章，千古流芳。这就是中国文化史上地以人传、景以文传的现象。滕王阁与王勃，崔颢与黄鹤楼，岳阳楼与范仲淹，苏轼与赤壁等，都是雄文丽景的美妙结合。介于长江与淮河之间的滁州，本来是一个并不十分殷富繁华的地方，却因为迎来一位新太守而名声鹊起，更因为太守的一篇文章而名扬天下。这就是欧阳修于庆历六年所写的《醉翁亭记》。

从题目上看，应该是一篇亭台楼阁记，但实际上却是欧阳修精心结撰的一篇游记小品，表现了他贬官滁州之后的日常生活和精神状态。文章以醉翁亭为中心，描写了滁州琅琊山林壑清泉的秀美风光，朝暮四时的景物变化，滁人扶老携幼、歌声载途的游乐景象，以及太守宴请宾客、纵情欢乐的场景，用禽鸟的山林之乐与滁人的游览之乐来衬托太守寄情山水、与民同乐的旷达胸襟，尽管酣饮沉醉的酒杯之中潜藏着历经宦海波涛的苦恼与郁闷，但是欧阳修用富有诗情画意的笔墨将美景、乐事、雅怀交织在一起，展现出一派政通人和、宁静和谐的盛世气象，表现他摆脱个人得失、追求精神超越的人生境界。

当然，这篇文章的主要成就还是表现在艺术上。首先，比较典型的体现出欧阳修散文委婉纡徐、条达疏畅的特色。如首段为了交代醉翁亭，就采取了迂回盘旋的手法，运用电影远近镜头组接的技巧，由全镜头环滁的众山，推向西南诸峰，再锁定其间"蔚然深秀"的琅琊山，然后沿着琅琊山旋绕的山路引出一路潺湲欢歌的酿泉，在峰回路转的瞬间，忽然别开胜境：一座檐角凌空欲飞的亭子突然呈现在眼前，令人振奋惊喜，这就是文章的核心——醉翁亭。在渐近佳境的平静描述中将主角凸现出来，给人鲜明深刻的印象。又如文章在表现内在筋脉醉翁之"乐"时，也是千里伏线，前后呼应，开头的全景描写中已经暗含对滁州山水的喜爱，这种寄情山水的情怀，或通过描写景物，或通过描写滁人游乐，或通过宴会酣饮来表现，前面特意点明"醉翁之意不在酒"，在将禽鸟之乐与滁人之乐写足之后，最后回应说人们"不知太守之乐其乐"，更别具深意，一缕蜿蜒伸展的欢乐之泉，从心底流出，绕过林峰泉表，绕过觥筹交错的酒席，穿越太守与民同乐的画面，一直弥漫出字里行间。这份欢乐的雅怀也一直陪伴着享受阅读快乐的读者的心田，不知不觉间得到沁人心脾的滋润。

其次，描写景物具有简洁清丽、疏朗隽永的美。写景是一般亭台楼阁记必不可缺的部分，从三勃的《滕王阁记》开始就形成了追求藻饰华丽、整饬工巧的传统，到范仲淹的《岳阳楼序》更是推向了艺术的极致。尽管欧阳修在政治理念上与范仲淹高度一致，与他共患难同进退，但是在文章气格方面则不愿意步范氏后尘。他有意避开繁缛铺陈的描写，写全景仅用"蔚然而深秀"把握其概貌，写晦明变化与四时景象，也仅仅压缩在"日出而林霏开，云归而岩穴暝""野芳发而幽香，佳木秀而繁阴，风霜高洁，水落而石出"等貌似对偶而实为散文的句子中，还特意加上"者""也"等虚词，整散结合，文气疏畅。我早年对欧阳修不肯运用对仗工整的骈句来写景深感遗憾，现在终于明白了他的良苦用心。原来，欧阳修与尹洙提倡古文，糠秕六朝，学司马迁、韩愈文法，追求流畅平易的风格，尹洙就曾讥嘲范仲淹喜用偶语说景，是绮靡的传奇笔法，所以欧阳修凡是遇到必须写景的地方，总是刻意避免繁复、对偶，而是运散入骈，形成简洁明快的格调。这实际上是宋代诗文革新运动的成就之一。

第三，善用虚词也是这篇文章的重要特色。最显眼的是运用二十一个"也"字，这个主要用来表说明、陈述的虚词，被欧阳修广泛用在描写、叙述、议论的句子中，从开篇"环滁皆山也"到结句"庐陵欧阳修也"，可谓首尾呼应，一种轻柔委婉的语气，贯穿全文，尽管行文过程也是波澜起伏、曲折有致，但是由于"也"与"而"（24个）"者"（16个）"若夫""至于""已而"等虚词的盘旋淳蓄，使文气始终回环往复，舒缓疏荡，令人回味无穷。

丰乐亭记

修既治滁之明年[1]，夏，始饮滁水而甘。问诸滁人，得于州南百步之近。其上丰山耸然而特立，下则幽谷窈然而深藏，中有清泉，滃然而仰出[2]。俯仰左右，顾而乐之。于是疏泉凿石，辟地以为亭，而与滁人往游其间。

滁于五代干戈之际，用武之地也。昔太祖皇帝，尝以周师破李景兵十五万于清流山下，生擒其皇甫晖、姚凤于滁东门之外，遂以平滁[3]。修尝考其山川，按其图记，升高以望清流之关[4]，欲求晖、凤就擒之所，而故老[5]皆无在者。盖天下之平久矣。自唐失其政，海内分裂，豪杰并起而争，所在为敌国者，何可胜数！及宋受天命，圣人出而四海一。向之凭恃险阻，刬削[6]消磨，百年之间，漠然徒见山高而水清。欲问其事，而遗老尽矣。

今滁介江淮之间，兵车商贾、四方宾客之所不至。民生不见外事，而安于畎亩[7]衣食，以乐生送死[8]。而孰知上之功德，休养生息，涵煦[9]于百年之深也！

修之来此，乐其地僻而事简，又爱其俗之安闲。既得斯泉于山谷之间，乃日与滁人仰而望山，俯而听泉。掇幽芳而荫乔木，风霜冰雪，刻露清秀[10]，四时之景，无不可爱。又幸其民乐其岁物之丰成，而喜与予游也。因为本其山川，道其风俗之美，使民知所以安此丰年之乐者，幸生无事之时也。

夫宣上恩德，以与民共乐，刺史[11]之事也。遂书以名其亭焉。

庆历丙戌六月日，右正言知制诰知滁州军州事欧阳修记。

【注释】

[1]治滁之明年：即庆历六年丙戌（1046年）。

[2]特立：独立，挺拔。窈然：幽深的样子。滃然：水沸涌貌。仰出：向上涌出地面。

[3]太祖皇帝：宋太祖赵匡胤，其时他是后周世宗柴荣属下的大将，世宗显德三年（956年）从征淮南，南唐节度使皇甫晖、姚凤以十五万大军，塞清流关，赵匡胤率兵袭击清流关，大破南唐兵于清流山下，生擒皇甫晖、姚凤，攻克滁州。李景：即南唐中主李璟。

[4]按：查索。图记：地理图籍。清流之关：在滁州西北清流山上，南唐置，地极险要，是江淮地区的重要关隘，宋代在此设清流县。

[5]故老：经历过当年事件的老年人。与下文"遗老"同义。

[6]凭恃险阻：指凭借山川险阻的割据势力。划削：铲除。

[7]畎亩：田地，田间。

[8]乐生送死：快乐地活着，生儿育女，养老送终，指过太平日子。

[9]涵煦：滋润养育。

[10]掇：采摘。幽芳：幽香的花朵。刻露：毕露，意谓秋冬叶落草枯，山石巉岩嶙峋之态裸露出来。

[11]刺史：汉、唐时州的行政长官称刺史，相当于宋的知州，欧阳修时任知州，习惯上称刺史。

【赏析】

如果说《醉翁亭记》以艺术性见长，那么作于同年的《丰乐亭记》则以内涵的深邃取胜。尽管朱熹、陈衍等人认为后者是欧阳修杂记类散文中"最佳""最完美"的评价不免夸大，但是这篇文章以其匠心独运的构思和通达纯正的思想巧妙结合，确实堪称欧文的经典篇章。

与醉翁亭由山僧所建造不同，丰乐亭则是由欧阳修亲自组织修建的，醉翁亭藏在深山的泉水旁边，虽然景色优美，但嫌略为狭小。而丰乐亭则构建在滁州南郊青山翠谷之间，这里：丰山孤峰耸立，直插云霄；三面翠竹环绕，凤尾萧萧；密篁深处藏着窈然的幽谷；山下甘甜清爽的泉水潋然喷涌而出，潺湲欢歌，淙淙流淌。如此幽静优美的景致，嵌入壮丽宏敞的亭阁，点缀些玉树良木、嘉花芳草，加上浮岚暖翠、竹海清韵的渲染，蓝天紫霞、苍烟落照的映衬，真个是游乐休闲的好去处。不仅欧阳修盘桓流连难以离去，而且滁人也成群结队络绎奔赴而来。

如果接着这样写下去，就会重复《醉翁亭记》的套路，欧阳修跳出单纯的寄情山水的境界，将笔触拓展进入一个更大的范围。突然宕开一笔，陡然转入五代干戈之际发生在滁州的一件关乎天下安定的大事，追溯滁州的沧桑历史，生出烟波荡漾的感慨。原来，当年宋太祖率领后周军队在清流山下击溃南唐李景的十五万大军，并活捉其大将皇甫晖、姚凤，就此平定了滁州。可惜因为天下承平已久，曾经目击这场历时巨变的故老已经不存，因此核查图籍或登高眺望均无法找寻历史的遗迹。文章顿折到此处，还嫌不够，继续追溯到唐代失政导致海内分裂，引来群雄割据、逐鹿中原的混乱局面，只有等到大宋圣人出现，才结束瓜分豆剖的状态，恢复天下一统的和平世界。往事如烟，时间已经磨平了历史的痕迹，惟留下山高水清的秀丽风景。由此可见，经过百年厮杀争夺、涵养滋息得来的和平安乐环境多么不易！滁州处在江淮之间，陆不通车，水不行船，四方游客不至，人民生活简朴，过着与外界隔绝、乐生送死的宁静生活，但是有谁知道这是皇帝功德百年滋润化育的结果啊！因而由衷表达出对宋朝功德的歌颂。一路迤逦追怀，感慨良深，再转回到眼前和平闲适的世界。因为喜爱这里的偏僻宁静，政事简单，风俗安闲，因此找到这个优美去处之后，就同滁人观山听泉，啸咏终日，流连徜徉于山水之间。正如作者诗中所说："红树青山日欲斜，长郊草色绿无涯。游人不管春将老，来往亭前踏落花。"（《丰乐亭游春三首·三》）一面享受大自然四季景色的美妙多姿，一面与百姓庆祝年景的丰收，并让百姓知道能够安享这丰收欢乐的原因，是幸运地生活在太平无事的时代！最后交代文章主旨，说宣扬皇上的恩德来和百姓共同欢乐，这是州官的本分。因此，写下这篇文章，给亭子命名为"丰乐亭"。

这篇文章超越了个人荣辱得失的圈子，真诚地讴歌和平安乐的盛世，并以历史的沧桑，反衬平和安祥的珍贵。以致此后的岁月中，滁州南涧的美景成为追怀的对象，"滁南幽谷抱千峰，高下山花远近红""中间永阳亦如此，醉卧幽谷听潺湲"等诗句，依然表现出对滁州深情的依恋，丰乐亭成为他灵魂休憩的一个美好驿站。

结构上，精心设计，一路转折，层层宕开，结末才画龙点睛，收笔端庄凝重，意味深长，也典型地体现出欧文纡徐委婉、抑扬顿挫、一唱三叹、摇曳多姿的特色。

画舫斋记

予至滑之三月，即其署东偏之室，治为燕私之居[1]，而名曰画舫斋。斋广一室，其深七室，以户相通，凡入予室者，如入乎舟中。其温室之奥[2]，则穴其上以为明；其虚室之疏以达[3]，则槛栏其两旁以为坐立之倚。凡偃休于吾斋者，又如偃休乎舟中。山石嶙峋[4]，佳花美木之植列于两檐之外，又似泛乎中流[5]，而左山右林之相映皆可爱者。故因以舟名焉。

《周易》之象，至于履险蹈难，必曰涉川[6]。盖舟之为物，所以济难而非安居之用也。今予治斋于署，以为燕安，而反以舟名之，岂不戾哉[7]？况予又尝以罪谪，走江湖间，自汴绝淮，浮于大江，至于巴峡，转而以入于汉沔，计其水行几万余里[8]。其羁穷不幸[9]，而卒遭风波之恐，往往叫号神明以脱须臾之命者，数矣[10]。当其恐时，顾视前后凡舟之人，非为商贾，则必仕宦。因窃自叹，以谓非冒利与不得已者，孰肯至是哉。赖天之惠，全活其生。今得除去宿负[11]，列官于朝，以来是州，饱廪食[12]而安署居。追思曩时山川所历，舟楫之危，蛟鼋之出没，波涛之汹欻，宜其寝惊而梦愕[13]。而乃忘其险阻，犹以舟名其斋，岂真乐于舟居者邪！

然予闻古之人有逃世远去江湖之上，终身而不肯返者，其必有所乐也[14]。苟非冒利于险，有罪而不得已，使顺风恬波，傲然枕席之上，一日而千里，则舟之行岂不乐哉！顾予诚有所未暇，而舫者宴嬉之舟也，姑以名予

欧阳修

斋，奚日不宜[15]。

予友蔡君谟[16]善大书，颇怪伟，将乞大字以题于楣。惧其疑予之所以名斋者，故具以云。又因以置于壁[17]。

壬午[18]十二月十二日书。

【注释】

[1]滑：滑州，今河南滑县。欧阳修于庆历二年十月到滑州任通判。署：官署，衙门。治：修理。燕私之居：歇息的地方。

[2]广一室，其深七室：一间房子宽，七间房子深。温室之奥：指画舫斋最里面的房子。奥，深处。

[3]虚室之疏以达：靠外边的房子没有墙壁，疏朗而通达。

[4]嶵崒（qiúzú）：峥嵘高峻的样子。

[5]泛乎中流：船行在大河之间。

[6]"《周易》之象"三句：《周易》的"象"辞，多用"利涉大川"比喻处境困难。象，《周易》中解释卦象的辞。

[7]以舟名之：指命斋名为"画舫"。舫，方头船，一说是两舟相并的船。画舫则是当时官府使用的游船。戾：乖戾，背谬。

[8]"况予"七句：欧阳修于景佑三年（1036年）贬峡州夷陵令，由水路经汴河、淮河、长江到达贬所。宝元元年（1038年）三月仍由水路经长江、溯汉水，调任光化军（州治今湖北襄樊市）乾德县令。汉沔：汉水和沔水。沔水是汉水的上游。

[9]羁穷不幸：仕途挫折，颠沛流徙。

[10]卒：突然。恐：危险。叫号神明：呼唤上天保佑。数：屡次。

[11]除去宿负：免去以前受贬谪的罪衍。欧阳修宝元二年恢复原来的官职，次年进京，任馆阁校勘，权同知太常礼院。因议事不合，自请外职，被任命为滑州通判。

[12]廪食：俸禄。

[13]汹欻：汹涌突变。寝惊而梦愕：睡觉因噩梦而惊醒。

[14]"然予闻"三句：古书多有隐世逃名者的记载。如《史记》中的范蠡，在帮助越王雪耻之后，变姓名乘扁舟浮于江湖，适齐为鸱夷子皮，之陶为朱公。

[15]诚有所未暇：意思是世乱方甚，自己应该做一番事业，还不能脱身世外，漫游江湖。奚日不宜：怎么能说不对呢？

[16]蔡君谟：蔡襄，字君谟，欧阳修的朋友，当时以书法著名。

[17]置于壁：刻石砌入书壁间。

[18]壬午：庆历二年（1042年）。

【赏析】

画舫是涂饰美观的大船，一般是停靠在湖泊港湾里供休闲游赏的交通工具，恐怕很难跟书斋发生联系，而欧阳修别出心裁，竟将自己在办公用署西边修建的燕私休憩的居所，命名为"画舫斋"，这就引起读者极大的探究兴趣，急切地想知道命名背后的原因与深意。

原来所谓的画舫斋，是宽一间深七间的书斋，从门户进入就像登上一条船，最里面的部分，开天窗引日光来照明，而外面则不设墙壁，只有几根可以倚立的栏杆，给人一种休息于房里如在舟中的感觉。两檐之外，堆立假山做成峥嵘突兀的形状，再点缀嘉花美木，让斋中人感觉是在泛舟中流，两岸连峰耸立，花草相互掩映，景致如画，赏心悦目。读到这里，给人气定神闲、生机无限的畅快感，不能不为欧阳修的幽默情趣所打动。岂知，这个奇妙的开头仅仅是个引子，只不过是为展开人生遭遇与表达宦海感悟作衬垫罢了。因为十几年来的人生历程就像漂泊在一艘孤舟之上，这自然让他想起《易经》以"涉川"来象征"履险蹈难"的爻辞。但是舟是用来济川的，不是用来安居的，以舟名斋难道不违背常理吗？七年前，因为仗义执言，遭到诬陷，被贬夷陵县令，从汴河登舟，穿越淮河，进入长江，然后溯江而上，经三峡到达夷陵。三年后又从三峡沿江东下，再溯汉水北上，到达光化军乾德县任县令。前后算起来水路行程达几万里。数次遭遇风浪险些葬身波涛，幸而有神明相助，才活到今天，还能安闲地享受朝廷的俸禄。回想当时惊恐万状之际，身边还有许多船只在穿梭不息。这些人不是为了经商求利，就是像我一样被贬逐迫于无奈来漂流颠簸于波峰浪谷。那些惊风怒吼、蛟龙鼋鼍出没的情景和让人从噩梦中惊醒的乘船经历，深深印刻在心灵的深处，久久难以忘怀，而我竟然以舟名斋，岂不怪哉？难道我真的喜欢在船上生活吗？行文至此，还是疑窦丛生，不知欧阳修作文的本意，仿佛要乖戾到底。接着笔锋又一转，展现出另一派乘舟景象，如果去掉名利之心，能够像逍遥江湖的隐士一样，避开波浪滔天的恶劣环境，只待风和日丽、波恬浪静之时，驾一叶轻舟，荡漾在波光粼粼的湖面上，享受清风朗日的悠闲，一日千里无碍，那难道不是一件快乐的事吗？到此，方知欧阳修的本意，原来他是想借此斋托物言志，表明自己欲摆脱世间风波、追求宁静隐居的闲适境界。这显然是他久历宦海体会官场险恶之后的彻悟，遗憾的是，他并没有走向归隐之途，而是像白居易一样选择了官居乐俸的中隐，而他连中隐也没能做到，因此未来还有更大的风浪等着他呢！

文章最后才交代命名的原因，是怕蔡君谟题写匾额时有疑惑，才一路迤逦婉转解释疑问。这篇文章显然含有欧阳修年轻时期对宦海风波的真切感受，也流露出厌弃官场的情绪，但幽默风趣又使文章摇曳生姿，韵味隽永。结构上最大的特点是始终假设有一人不断地提出疑问，文章就在不断解答这些问题，答疑完毕，文章也就戛然而止。正如浦起龙《古文眉诠》所评："因名写趣，因名设难，因名作解，亦是饱经世故之言。"洵为探骊得珠之论。

游大字院记[1]

六月之庚，金伏火见[2]，往往暑虹昼明，惊雷破柱，郁云蒸雨，斜风酷热[3]。非有清胜，不可以消烦炎[4]，故与诸君子有普明后园之游。

春笋解箨，夏潦涨渠[5]。引流穿林，命席当水[6]。红薇始开，影照波上。折花弄流，衔觞[7]对弈。非有清吟啸歌，不足以开欢情，故与诸君子有避暑之咏[8]。

太素[9]最少饮，诗独先成，坐者欣然继之。日斜酒欢，不能遍以诗写，独留名于壁而去。他日语且道之，拂尘视壁，某人题也。因共索旧句[10]，揭之于版，以致一时之胜[11]，而为后会之寻云。

【注释】

[1]这篇游记小品写于宋仁宗天圣九年（1031年），当时欧阳修在洛阳任西京留守推官。本文记录了他和友人的一次游园活动。大字院：洛阳普明寺后面的一所清静的园林胜境。

[2]金伏火见：指黄昏前。金，金星，也称启明、长庚、太白，在诸星中最明亮。火，亦称大火，即心宿二。每年夏历五月黄昏时，火星出现在南方，方向最正，位置最高。六月之后，就偏西下行。

[3]暑虹昼明：傍晚前雨后出现明亮的彩虹。惊雷破柱：雷声巨大将柱子震裂。郁云蒸雨：浓云沉重黑暗，带来阵阵暖雨。斜风酷热：斜风吹过，酷热难耐。

四句极力形容夏季酷热难耐的雷雨天气。

[4]清胜:清凉的胜地。消烦炎:消除炎热带来的烦闷。

[5]解箨:脱去笋壳。夏潦:夏天雨后的积水。

[6]引流穿林,命席当水:沿着河流穿过树林,面对河水席地而坐。

[7]衔觞:饮酒。觞,酒杯。

[8]避暑之咏:以避暑为题的诗歌。

[9]太素:张太素,欧阳修的朋友。

[10]共索旧句:一起回忆往日的诗句。

[11]揭:标明,揭示。版:墙上。致:表达。

【赏析】

这篇游记是欧阳修年轻时期的作品,当时他在洛阳任钱惟演幕下的西京留守推官。钱氏是西昆派的领袖之一,为文作诗讲究锤炼典饰,追求雍容典雅的风度。这种作风自然对欧阳修有一定的影响。与前面三篇相比,显然这篇文章骈俪气息较浓重,但也流露出散体化的倾向。文章的核心是记叙一次消解酷热的游乐活动,而结构上有模拟王羲之《兰亭序》的痕迹。

开篇交代游大字院的原因是酷暑难耐:六月的黄昏,天上竟然出现彩虹,还响起阵阵惊雷,一时间山鸣谷应,那霹雳蓝光闪耀之后的炸响,震得堂前的柱子仿佛要裂开。雷声开路之后沉闷的天空洒下一阵猛雨,雨砸在地上,溅起的不是水珠,而是一股混杂各种气味的郁闷蒸气,随着斜风扑面而来,使人酷热难当。在这时候,人们最需要的是找一清静凉爽的胜境,来消解酷暑带来的烦闷心情。而洛阳普明寺后面的园子就是理想的场所,于是风流潇洒的文士们就来到了园中。这一片园林正是初夏浓荫匝地的景象:春笋已经长出了嫩叶,将舒未舒的枝条上还挂着笋壳,竹节上长出一层细腻的白粉,给人清新明媚的美感;沟渠里因为刚才的猛雨引发的山洪,已经灌满浑黄色的水流,溪流两岸绿草如茵,野花灿然,花瓣草叶上还挂着颗颗晶莹的珍珠。于是他们穿过河流进入园林深处,在河岸边席地而坐,此时正是蔷薇花开放的季节,鲜红的花朵簇缀在攀援的藤蔓上,倒映入水中,煞是可爱。清幽胜境引发大家的逸兴,有人折花嗅香,有人涉足清流,有人饮酒啸咏,有人对弈休闲。还不足以尽兴,于是大家饮酒赋诗。而那位最不善饮的张太素却诗先成,然后大家纷纷成韵,直到日斜酒阑,在墙壁上题名然后离去。事后,大家共索旧句,编辑成集,作为将来探寻欢会踪迹的缘由。

　　尽管没有当年王羲之等人兰亭雅集的天朗气清惠风和畅的美妙佳景，但也没有兴尽悲来的人生萧瑟感慨，而文人寻幽探奇、饮酒赋诗的兴致则是相同的；尽管没有"后之视今犹今之视昔"的悲慨，但是作为他日相聚的资料则是一份对生命历程的珍重。文章布置井然有序，以一个"游"字贯通全篇，结尾悠然期待来日的相会，展现出年轻的欧阳修富于青春的激情和潇洒不羁的性格。文章虽不及兰亭序深刻，但仍富于隽永的韵味。

《新五代史·伶官传》[1]序

　　呜呼！盛衰之理，虽曰天命[2]，岂非人事哉[3]！原[4]庄宗之所以得天下，与其所以失之者，可以知之矣。世言晋王之将终也，以三矢赐庄宗[5]，而告之曰："梁，吾仇也；燕王吾所立，契丹与吾约为兄弟，而皆背晋以归梁[6]。此三者，吾遗恨也。与尔三矢，尔其无忘乃父之志！"庄宗受而藏之于庙。其后用兵，则遣从事以一少牢告庙[7]，请其矢，盛以锦囊，负而前驱，乃凯旋而纳之。方其系燕父子以组，函梁君臣之首[8]，入于太庙，还矢先王而告以成功，其意气之盛，可谓壮哉！及仇雠[9]已灭，天下已定，一夫夜呼，乱者四应，苍皇东出[10]，未及见贼而士卒离散，君臣相顾，不知所归；至于誓天断发，泣下沾襟，何其衰也！岂得之难而失之易欤？抑本其成败之迹而皆自于人欤？《书》曰："满招损，谦受益。"忧劳可以兴国，逸豫[11]可以亡身，自然之理也。故方其盛也，举天下之豪杰莫能与之争；及其衰也，数十伶人困之，而身死国灭，为天下笑[12]。夫祸患常积于忽微，而智勇多困于所溺[13]，岂独伶人也哉！作《伶官传》。

【注释】

　　[1]《新五代史·伶官传》：《新五代史》是欧阳修所撰的历史著作。以区别薛居正所撰《旧五代史》。《伶官传》，是一篇多人合传，记伶人敬新磨、景进、史彦琼、郭从谦的事迹。伶官是宫廷中的乐官、艺人。相传黄帝时伶伦作乐，故称乐师、艺人为伶人。

　　[2]天命：天的意志。

　　[3]人事：人的行为。

　　[4]原：推究，考察。

[5]庄宗:后唐庄宗李存勖。其父李克用,原为沙陀族,姓朱邪,归唐后赐姓李。唐昭宗时,因镇压黄巢起义有功,被封为晋王。

[6]梁:朱温原为黄巢部下叛将,降唐后封为梁王。与李克用各拥重兵,相互倾轧,并曾在宴会上谋杀李克用,又首先篡唐,建立后梁,所以朱、李二人结怨很深。燕王:指刘仁恭,李克用曾向唐朝保荐他为卢龙节度使,后与李克用反目,归顺后梁,打败李军于安塞。其子被朱温封为燕王。契丹:即辽的前身,其酋长耶律阿保机曾与李克用会盟云中,约为兄弟,后来归顺后梁。

[7]少牢:祭品,一般为羊和猪各一头。告庙:古代帝王、诸侯举行大事的祭祀仪式。

[8]系燕父子以组:乾化三年(913年),刘守光已称燕帝,并囚其父刘仁恭,李存勖派兵进攻幽州,生擒刘氏父子。组:绳索。函梁君臣之首:同光元年(923)十月,李存勖灭梁,梁末帝朱友贞与其臣皇甫麟相继自杀,首级放入漆匣。函:匣子。

[9]仇雠:仇人。

[10]夫夜呼,乱者四应:同光四年(926年),贝州军士皇甫晖于夜间作乱,拥指挥使赵在礼为帅攻入邺都。邢州、沧州驻军也相继响应。苍皇东出:同年,皇甫晖叛乱后,李存勖东征汴州,途中听说养子李嗣源联合叛军,攻占汴州,只好返回洛阳。当时军心涣散,士卒逃跑,将领元行钦等百余人割下头发,对天发誓,表示要以死尽忠,君臣相顾痛哭。

[11]逸豫:安逸舒适。

[12]"数十伶人"三句:李存勖爱好音律,宠爱艺人,自己有时也粉墨登场,自取艺名"李天下",与伶人共戏于庭。同光四年(926年),李存勖残兵回到洛阳,从马直(皇帝侍卫队)指挥使郭从谦(原为艺人,艺名郭门高)乘机叛乱,攻入兴教门,李存勖中流矢而死,李嗣源登上帝位。由于他们并无血缘关系,就等于换姓灭国。

[13]忽微:细小的方面。所溺:过分溺爱的人或物。

【赏析】

唐太宗曾说:"以史为镜,可以知兴替;以人为镜,可以知得失。"

这篇序文实际上等同于一篇史论,以历史人物的真实事迹作为论据,得出深刻的富于启发性的结论,让人沉思生命的价值及行为的重要意义。首先欧阳修提出盛衰之理,尽管是天的意志,也与人的行为密切相关的观点,即所谓的"三分天注定,七分靠打拼"。接着就叙述后唐庄宗李存勖如何在艰难困苦中以三矢灭尽仇敌而得到天下，又如何在安乐逸豫中由于所爱溺的伶人反叛而身死国灭的历史故事，说明成败决定于人事的道理。再引用《尚书》名言"满招损，谦受益"来说明损与益实际上与人的主观心态密切相关，骄傲自满的人必然招致失败，而谦虚谨慎的人却可以获得更多的好处。由此进一步推论出"忧劳可以兴国，逸豫可以亡身"这一发人深省的必然规律，这是多么精警的人生格言！因为"祸患常积于忽微，而智勇多困于所溺"这是人性的弱点，所以我们一定要以唐庄宗的成败为镜子，时刻警醒自己的行为，尽可能的避免人为的失败，去实现人生成功的目标。

《梅圣俞诗集》序[1]

予闻世谓诗人少达而多穷[2]，夫岂然哉？盖世所传诗者，多出于古穷人之辞也。凡士之蕴其所有，而不得施于世[3]者，多喜自放于山巅水涯之外，见虫鱼草木风云鸟兽之状类，往往探其奇怪，内有忧思感愤之郁积，其兴于怨刺[4]，以道羁臣寡妇[5]之所叹，而写人情之难言。盖愈穷则愈工。然则非诗之能穷人，殆穷者而后工也。

予友梅圣俞，少以荫补为吏，累举进士，辄抑于有司，困于州县，凡十余年[6]。年今五十，犹从辟书，为人之佐[7]，郁其所蓄，不得奋见于事业。其家宛陵，幼习于诗，自为童子，出语已惊其长老。既长，学乎六经仁义之说，其为文章，简古纯粹[8]，不求苟说于世。世之人徒知其诗而已。然时无贤愚，语诗者必求之圣俞；圣俞亦自以其不得志者，乐于诗而发之，故其平生所作，于诗尤多。世既知之矣，而未有荐于上者。昔王文康公尝[9]见而叹曰："二百年无此作矣！"虽知之深，亦不果荐也。若使其幸得用于朝廷，作为雅颂，以歌咏大宋之功德，荐之清庙[10]，而追商、周、鲁颂之作者，岂不伟欤！奈何使其老不得志，而为穷者之诗，乃徒发于虫鱼物类，羁愁感叹之言。世徒喜其工，不知其穷之久而将老也！可不惜哉！

圣俞诗既多，不自收拾。其妻之兄子谢景初[11]，惧其多而易失也，取其自洛阳至于吴兴以来所作，次为十卷。予尝嗜圣俞诗，而患不能尽得之，遽喜谢氏之能类次[12]也，辄序而藏之。

其后十五年，圣俞以疾卒于京师，余既哭而铭之，因索于其家，得其遗稿千余篇，并旧所藏，掇其尤者⒀六百七十七篇，为一十五卷。呜呼！吾于圣俞诗论之详矣，故不复云。

庐陵欧阳修序。

【注释】

[1]《梅圣俞诗集》：即北宋著名诗人梅尧臣的诗集。梅尧臣（1002—1060年），字圣俞，宣州宣城人。宣城古名宛陵，世称梅宛陵。一生仕途不顺，最后官尚书都官员外郎，故人称梅都官。诗风古淡，对宋代诗风的转变影响很大，与欧阳修同为北宋前期诗文革新的领袖。有《宛陵先生文集》。

[2]少达而多穷：穷，困厄；达，通显。意谓诗人很少有显贵通达的，多是贫穷困厄的命运。

[3]士之蕴其所有，而不得施于世：即怀才不遇。

[4]兴于怨刺：通过怨刺手法来表达内心的感情。

[5]羁臣寡妇：指忧思孤独。

[6]这几句叙梅尧臣人生的坎坷遭遇，他因为其叔父梅询官翰林侍读学士，而获得荫补官属，但考进士屡次失败，终生沉沦下僚，很不得志。

[7]辟书：征召的文书。佐：主簿等职都是官府左吏。

[8]简古纯粹：简洁古朴，没有雕琢柔靡的作风。

[9]王文康公：王曙，景佑元年钱惟演官西京留守，当时欧阳修、梅尧臣都是他的下属。

[10]清庙：太庙。

[11]谢景初：梅尧臣妻子之兄谢绛的儿子。梅尧臣于天圣九年（1031年）官河南主簿，在洛阳，庆历二年至四年（1042—1044年）在吴兴任湖州监税，谢景初所辑录当时作于这十余年间的诗歌。

[12]类次：分类编次。

[13]掇其尤者：选择其中最突出的。

【赏析】

梅尧臣是北宋前期最有成就的诗人，他的上司王曙曾赞美说："二百年来无此作。"当时的诗人们也很崇拜他的诗歌，可以说梅诗领导了一代诗风，他的诗歌追求简古纯粹的风格，成为北宋坛复古的一面大旗。但是，梅尧臣的仕途却很不通达，尽管由于叔叔梅询的荫蔽得到官职，但是屡次举进士都不能成功，只得终生沉沦下僚。而他的满腹经纶和才华，无处发泄，只能托诗歌表达出来。欧阳修非常喜爱梅尧臣的诗歌又十分同情梅尧臣的遭遇。当他将梅尧臣的坎坷遭际与诗歌创作成就联系起来思考时，自然得出一个结论："非诗之能穷人，殆穷者而后工。"这是因为诗歌大都是古穷人之词，他们遭际不偶，内有忧思郁积，又都孤独寂寞，不得不托诗歌来表达自己真实的思想感情。显然，欧阳修"穷而后工"的理论，来自韩愈"不平则鸣"与"穷苦之言易好，欢愉之词难工"的观念，更与司马迁"发愤著书"说遥遥相通。只是欧阳修的这篇诗集序，详细叙述了梅尧臣一生的遭遇，并且将深深的同情寓于字里行间，对世道的不公平作出了较为严厉的谴责，除了本身的理论价值外，还是一篇声情并茂的美文，体现出欧文平易委婉畅达、见解深刻精警、情感真挚醇厚的特点。

题薛公期画

善言画者多云鬼神易为工，以谓画以形似为难，鬼神人不见也[1]。然至其阴威惨淡，变化超腾[2]，而穷奇极怪，使人见辄惊绝，及徐而定规[3]，则千状万态，笔简而意足[4]，是不亦为难哉？此画虽传自妙本[5]，然其笔力精劲，亦自有嘉处。嘉祐八年[6]仲春旬休日，窃览而嘉之，题还薛公期[7]画室。庐陵欧阳修题。

【注释】

[1]"善言画者"三句：语出《韩非子·外储说左上》。他认为画犬马最难，画鬼魅最易，因为"犬马，人所知也，且暮罄于前，不可类之；鬼魅，无形者，不罄于前，故易之也"。

[2]超腾：超越，飞腾。

[3]定规凝视，注视。

[4]意足：充分表现其神情特征，即达到神似。

[5]传：传写，临摹。妙本：最好的样本。

[6]嘉祐八年：宋仁宗年号（1056—1063年）。

[7]薛公期：欧阳修同时人，画家，生平不详。

【赏析】

欧阳修是北宋中期著名的学者、文学家，虽然书法、绘画没有达到当时的最高水平，但是他谈论艺术的一些观点却颇富新意。这则题跋对古人画"犬马难、鬼神易"的观点，提出了不同看法。他认为画家如果能够画出鬼神的凛凛威风和变化超腾，以简洁省净的线条或色彩表现丰富深刻的意蕴，使观者一见就震惊叫绝，并产生广泛的联想与想象，也是同样不容易的。欧阳修认为画要表现"意"，即要表现出人或事物（包括鬼魅）的神情、气韵等内在特征，与古代画论中的"神似""传神写意"有相通之处。欧阳修对画鬼神的这种要求，实际上是要求艺术要表现一种现实的真实，即使是虚构的无形之物，也要能产生震撼人心的真实效应。与要求画面事物与现实物象简单形似的观点相比，更提升到了一个新的层次。

六一居士传^[1]

六一居士初谪滁山，自号醉翁^[2]。既老而衰且病，将退休于颍水之上，则又更号六一居士^[3]。

客有问曰："六一，何谓也？"居士曰："吾家藏书一万卷，集三代以来金石遗文^[4]一千卷，有琴一张，有棋一局，而常置酒一壶。"客曰："是为五一尔，奈何？"居士曰："以吾一翁，老于此五物之间，是岂不为六一乎。"

客笑曰："子欲逃名^[5]者乎，而屡易其号，此庄生所诮畏影而走乎日中^[6]者也；余将见子疾走大喘渴死，而名不得逃也。"居士曰："吾固知名之不可逃，然亦知夫不必逃也：吾为此名，聊以志我之乐尔。"客曰："其乐如何？"居士曰："吾之乐可胜道^[7]哉！方其得意于五物也，太山^[8]在前而不见，疾雷破柱而不惊；虽响九奏^[9]于洞庭之野，阅大战于涿鹿之原^[10]，未足喻其乐且适也。然常患不得极吾乐于其间者，世事之为吾累者众也。其大者有二焉，轩裳珪组^[11]劳吾形于外，忧患思虑劳吾心于内，使吾形不病而已悴，心未老而先衰，尚何暇于吾物哉。虽然，吾自乞其身于朝者三年矣，一日天子恻然哀之，赐其骸骨^[12]，使得于此五物偕返于田庐，庶几偿其夙愿^[13]焉。此吾之所以志也。"客复笑曰："子知轩裳珪组之累其形，而不知五物之累其心乎？"居士曰："不然。累于彼者已劳矣，又多忧；累于此者既佚^[14]矣，幸无患。吾其何择哉？"于是与客俱起，握手大笑曰："置之^[15]，区区不足较也。"

已而叹曰："夫士少而仕，老而休，盖有不待七十者^[16]矣。吾素慕之，宜去一也。吾尝用于时^[17]矣，而讫无称^[18]焉，宜去二也。壮犹如此，今既老且病矣，乃以难强^[19]之筋骸，贪过分之荣禄，是将违其素志^[20]而自食其言，宜去三也。吾负三宜去，虽无五物，其去宜矣，复何道哉！"

【注释】

[1]本文是欧阳修晚年所写的自传。居士：不出家的信佛或修道的人，宋代士大夫多信禅宗，号称居士者甚众。如苏轼号"东坡居士"，李清照号"易安居士"。

[2]醉翁：庆历五年（1045年）欧阳修贬官滁州，第二年，他四十岁，作《醉翁亭记》，自号"醉翁"。

[3]将退休于颍水之上：宋神宗熙宁元年（1068年），欧阳修在颍州（今安徽阜阳市）颍水之滨修建房屋，准备退居。他早在仁宗皇祐元年（1049年）知颍州时，由于喜爱颍州西湖的美景，就与梅尧臣相约，要在这里颐养天年。这里将滁州称为滁山，颍州称为颍水，都是表达要摆脱忧劳烦恼、寄情山水的愿望。

[4]金石遗文：指他的《集古录》中所收集的金石拓本。

[5]逃名：耿介之士逃避名声而不居。《后汉书·法真传》："逃名而名我随。"

[6]畏影而走乎日中：典出《庄子·渔父》："人有畏影恶迹而去之走者，举足愈多而迹愈多，走愈疾而影不离身。自以为尚迟，疾走不休，绝力而死。不知处阴以休影，处静以息迹，愚亦甚矣。"

[7]胜道：完全说尽。

[8]山：即泰山。

[9]响九奏：奏响九韶。九奏，即九韶，相传为远古舜帝时的舞乐。《庄子·至乐》："咸池九韶之乐，张之洞庭之野。"

[10]阅大战于涿鹿之原：观阅皇帝与蚩尤大战于涿鹿之野。涿鹿，古地名，在今河北涿鹿一带。

[11]轩裳珪组：指身处官场的种种约束。轩，高车。裳，官服。珪，官员所握的玉制礼器。组，系印信的绶带。

[12]赐其骸骨：（皇帝）赐给我骸骨，即恩赐让我退休。古代官员告老退休称"乞骸骨"。

[13]庶几偿其夙愿：幸好满足了我的夙愿。庶几，或许，表示希望。

[14]佚：即"逸"，安逸。

[15]置之：把它放在一边。

[16]不待七十者：不等到七十岁才退休。《礼记·王制》："七十不俟朝。"七十岁不等待上朝，指七十岁致仕退休。欧阳修以有人不到七十岁就已经退休，来为自

己六十余岁退休作自解。

[17]用于时：指得到皇帝的信任受到过重用。欧阳修曾任过枢密副使、参知政事等职。

[18]讫无称：终究没有值得称许的政绩。讫，毕竟，终究。

[19]难强：难以勉强。

[20]违其素志：违背我一向的愿望。

【赏析】

欧阳修，字永叔，号醉翁，晚年又号六一居士。他学问渊博，又具有史识吏才，在散文、诗词、文学理论批评等方面都享有盛誉。他是唐宋八大家之一，以"文备众体，变化开阖，因物命意，各尽其工"为特点成为一代文宗。他的散文特色正如苏洵所说："纤余委备，往复百折，而条运疏畅，无所间断；气尽语极，急言竭论，而容与闲易，无艰难劳苦之态"。这篇《六一居士传》就体现了这一特色。

（1）构思缜密，轻松流走。本文虽用"传"体，其实不是一篇记叙性的传文，而是一篇借议论以抒情的散文，具有宋代文赋的特点。第一段自叙更名的由来（"既老而衰且病，将退休于颍水之上"），作平静的叙述，最后一段论"三宜去"，从议论中抒情；中间一段主客问答，讨论"逃名""乐志""患累"等方面的问题，层层深入。通过运用传统的汉大赋设为宾主问答方式，避免了冗长板滞，使文情波澜起伏，变化多姿，化沉闷为轻松流走，借问答而层递推进，体现了"举重若轻""娓娓而道"的风调。本文的另一亮点是结尾点题，虽以"六一"命篇，其主旨并不在表现作者晚年徜徉琴棋书酒之间的至乐，而在于表明急于辞官归老、宁静养心的志愿，结尾的"三宜去"才是一篇的归趣。这样以轻松幽默的谐趣开篇，而以厚重沉郁的慨叹结束，起到发人深思、引起共鸣的效果。

（2）情感真挚，深寓哲理。欧阳修散文独到的地方，在于情真意切。这篇散文写于他六十四岁即将退休的时候，从二十四岁应试及第，授西京留守推官，步入仕途，到此时已经整整四十年。在这漫长的历程中，他为赵宋王朝殚精竭虑，忠勇直谏，刚肠烈胆，世所倾慕，然而群小与新党交相迫害，使他三度贬官，历尽宦海风涛，使他"形不病而已悴，心未老而先衰"，此时求去，完全是出于至性至情。写这篇文章一年后他才获准退休，再过一年就病逝于颍州。文中流露出的对书酒生活的向往之情，因此显得真挚感人。文章还深寓哲理，如主客关于"逃名"一段，揭示出封建社会知识分子走科举仕途，干名求利，汲汲事功，一旦有了高科名位，才发现名位与劳苦忧患俱来，名愈高忧愈重，居位越久越难以自拔，真是作茧自缚，因此"处阴休影""处静息迹"的最好方法是辞官归田，栖隐林泉，彻底摆脱世俗物累。这段对话是十分含蓄的悟道之言，富有哲理，耐人咀嚼。

（3）韵散交织，富于诗意。欧阳修散文语言既简洁明净，又富于变化，有浓郁的诗意。如开头的交待更名，结尾的"三宜去"均简洁明快。中间的问答则极富变化，对"六一"的涵义是先释"五一"，让客作一追问，再答出"以吾一翁，老于此五物之间，是岂不为六一乎？"这就显出顿挫起伏，而且给人印象深刻。再如在解释得意于五物时，突然变成排句，以"太山在前而不见，疾雷破柱而不惊；响九奏于洞庭之野，阅大战于涿鹿之原"来比喻自己取乐诗酒而悠然自适的心境，极有气势，那整饬宏丽的形象化语言，又富有诗情画意。

清人俞樾说："韩如潮，柳如泉，欧如澜，苏如海。"欧阳修的散文确实如微波涟漪，层层推进，荡漾生姿，而出以曼声唱叹，虽缺少怒涛狂啸的气势，却疏淡舒缓，醇绵安详，具有沁人心脾的艺术力量。

最后，我们可以将欧阳修《六一居士传》与陶渊明《五柳先生传》作一比较，显然两文有这样一些区别：（1）体制不同。陶传仿史记体，以记叙为主；欧传仿汉赋体，记叙、议论、抒情相结合。（2）旨趣不同。陶文写自己安贫乐道的生活旨趣，是他真实人生的写照；而欧文写琴棋书酒之乐只是一种向往和追求，是他在宦海风涛中劳累忧患时的心灵安慰。（3）陶文写隐士怀抱，与名教士族相对立，于傲世独立中显得超逸洒脱；而欧文写士大夫情怀，在对世俗的超越中，表现出生命的沉重。

苏 轼

　　苏轼（1037—1101年），北宋文学家、书画家、美食家。字子瞻，号东坡居士。四川眉州人，宋仁宗嘉佑进士，神宗时曾任祠部员外郎，知密州、徐州、湖州。因反对王安石变法，以诗作"谤讪朝廷"罪贬官黄州团练副史。哲宗时任翰林学士，曾出知杭州、颍州，官至礼部尚书。哲宗亲政后，再贬惠州、儋州。徽宗即位，北归病死于常州。追谥文忠。与其父苏洵、其弟苏辙合称"三苏"。一生仕途坎坷，学识渊博，天资极高，诗文书画皆精。其文汪洋恣肆，明白畅达，与欧阳修并称"欧苏"，为"唐宋八大家"之一；诗清新豪健，善用夸张、比喻，艺术表现独具风格，与黄庭坚并称"苏黄"；词开豪放一派，对后世有巨大影响，与辛弃疾并称"苏辛"；书法擅长行书、楷书，能自创新意，用笔丰腴跌宕，有天真烂漫之趣，与黄庭坚、米芾、蔡襄并称宋四家。画学文同，论画主张神似，提倡"士人画"。著有《苏东坡全集》和《东坡乐府》等。

前赤壁赋[1]

壬戌[2]之秋，七月既望[3]，苏子与客[4]泛舟游于赤壁之下。清风徐来，水波不兴。举酒属客[5]，诵明月之诗，歌窈窕之章[6]。少焉，月出于东山之上，徘徊于斗牛[7]之间。白露横江，水光接天。纵一苇之所如[8]，凌万顷之茫然。浩浩乎如冯虚御风[9]，而不知其所止；飘飘乎如遗世独立，羽化而登仙[10]。

于是饮酒乐甚，扣舷而歌之。歌曰："桂棹兮兰桨，击空明兮溯流光[11]。渺渺兮予怀，望美人兮天一方。"客有吹洞箫者，倚歌而和之[12]。其声呜呜然，如怨如慕，如泣如诉；余音袅袅，不绝如缕。舞幽壑之潜蛟，泣孤舟之嫠妇[13]。

苏子愀然[14]，正襟危坐，而问客曰："何为其然也？"客曰："'月明星稀，乌鹊南飞。'此非曹孟德[15]之诗乎？西望夏口，东望武昌[16]，山川相缪，郁乎苍苍，此非孟德之困于周郎者乎？方其破荆州，下江陵[17]，顺流而东也，舳舻千里[18]，旌旗蔽空，酾酒[19]临江，横槊赋诗[20]，固一世之雄也，而今安在哉？况吾与子渔樵于江渚之上，侣鱼虾而友麋鹿，驾一叶之扁舟，举匏樽[21]以相属。寄蜉蝣[22]于天地，渺沧海之一粟。哀吾生之须臾[23]，羡长江之无穷。挟飞仙以遨游，抱明月而长终。知不可乎骤得，托遗响[24]于悲风。"

苏子曰："客亦知夫水与月乎？逝者如斯，而未尝往也；盈虚者如彼，而卒莫消长也。盖将自其变者而观之，则天地曾不能以一瞬；自其不变者而观之，则物与我皆无尽也，而又何羡乎！且夫天地之间，物各有主，苟非吾之所有，虽一毫而莫取。惟江上之清风，与山间之明月，耳得之而为声，目遇之而成色，取之无禁，用之不竭。是造物者[25]之无尽藏也，而吾与子之所共适。"

客喜而笑，洗盏更酌。肴核既尽，杯盘狼藉[26]。相与枕藉[27]乎舟中，不知东方之既白[28]。

【注释】

[1]前赤壁赋：此篇原名《赤壁赋》，"前"字是后人所加，以区别于《后赤壁赋》。
[2]壬戌：宋神宗元丰五年（1082年）。

[3]既望:望日的后一日。阴历每月十五日为望,十六日为既望。

[4]苏子:苏轼自称。客:指四川绵竹武都山道士杨世昌,是一位多才多艺的方外之人,既通晓历算、卦术、星相、天文,又能酿酒、炼丹,还懂得不少医药知识,长于山水丹青,尤善古琴吹箫。闻苏轼遭贬,专程前往黄州探望,留住雪堂一年之久。吴匏庵诗:"西飞一鹤去何祥?游客吹箫杨世昌。当日赋成谁与注?数行石刻旧曾藏。"

[5]属客:劝客人喝酒。

[6]明月之诗:指《诗经·陈风·月出》篇。一说指曹操《短歌行》,其中有"月明星稀,乌鹊南飞"的诗句。窈窕之章:《月出》的首章有"舒窈纠兮"之句,窈纠,指妇女行步舒缓曼妙。

[7]斗、牛:指斗宿和牛宿二星。黄州东南一带为斗牛二星的分野。

[8]一苇:比喻小船。语出《诗经·卫风·河广》:"谁谓河广,一苇杭之。"所如:如,去,前往。所如,所要去的地方。

[9]冯虚御风:冯,同"凭",凭借。虚,空气。御,驾驭。意谓凭借空气驾驭长风飞翔。

[10]遗世独立:超然独立于世俗之外。羽化:意谓变化飞升。道教称成仙为羽化。

[11]溯:逆流而上。流光:月光照在江面上,像流动的光,此处指江水。

[12]倚歌而和:倚歌,根据歌曲。和,唱和,此指按照歌的内容吹出相应的曲调。

[13]嫠妇:寡妇。

[14]愀然:脸色改变,凄怆的样子。

[15]曹孟德:即曹操。

[16]夏口:今湖北武汉武昌市。武昌:今湖北鄂城。

[17]荆州:治所在襄阳。江陵:今湖北荆州市。

[18]舳舻千里:《汉书·武帝纪》:"舳舻千里,薄枞阳而出。"极言船多,前后相接,千里不绝。

[19]酾酒:斟酒。

[20]横槊赋诗:槊,一种刺击有倒钩的兵器。此言曹操出兵前拿着兵器赋诗的气概。

[21]匏尊:葫芦制成的酒器。

[22]蜉蝣:一种生命极短的小虫,据说朝生暮死。见《诗经·曹风·蜉蝣》篇。

[23]须臾:片刻。

[24]遗响:指袅袅遗音。

[25]造物者:指大自然。古人认为万物是天造的。

[26]狼藉:杂乱的样子。

[27]枕藉:相互枕着。

[28]既白:天已放亮。

【赏析】

苏轼遭遇"乌台诗案"贬官黄州,是他人生的不幸,但是苦难也往往玉成具有乐观旷达的胸襟气度和坚韧不拔意志毅力的人,苏轼正是在这样严酷的现实环境中,不仅实现了自己人生境界的超越,而且达到了其创作上的第一个高峰。他在黄州不仅写下了一批以《念奴娇·赤壁怀古》为代表的豪放词,还创作了前、后《赤壁赋》这样美妙隽永的散文。从这一点上来看,黄州迎来苏轼却是极大的幸运。江山助诗人之笔,使灵气充盈笔端;诗人传江山之神,使山水精妙灵动。人以地传,地以人传,相互辉映,相得益彰。

《前赤壁赋》最突出的就是充满诗情画意和理趣之美。全赋以七月十六日夜游赤壁为线索,紧扣山川风月展开描写和议论。先写清风明月之夜,主客荡舟江面,酌酒赋诗,飘然欲仙,展现出一幅充满诗情画意的长江月夜游览图,抒发了泛舟夜游而赏心悦目的欢快之情;接着写主人扣舷放歌,抒发月下思美人的悠远意绪,而客人则吹箫相和助兴,由于箫声凄凉幽怨,给飘逸遄飞的兴致泼下一瓢凉水,自然引出主客问答,借客之言,从眺望赤壁山川激起对历史人物的凭吊,进而跌入现实人生的深沉感慨,主客之情由欢乐转入悲凉;再通过苏子的对答,借眼前的江水与明月,即景设喻,阐明万物与人生皆含有"变"与"不变"的哲理,强调人生应该随遇而安,同自然和谐共处,因而主客在旷达乐观中得以解脱。文中的景物描写不是一般意义上的模山范水,而是因景生情,借景设喻。茫茫江水、淡荡清风与皎皎明月三个意象,在文中前后贯穿映现,既互相照应,又层层推进,或引发遗世独立、羽化登仙的遐想;或引发沉郁苍凉、惆怅哀怨的情怀;或比喻万物都是短暂与永恒相结合的统一体,生发出即使在坎坷之中,有为的生命仍具有自身价值的人生哲理。通过悲喜转换的情感,将描写与议论缩结起来,达到了形象性、抒情性和哲理性的统一。

其次，这篇赋具有诗性品质。赋与古诗本是同源异流的两种文体。班固说："赋者，古诗之流也。"（《两都赋序》）以《诗经》为代表的古诗，"赋"就是表现手法之一，经过《楚辞》的宏衍铺排，遂演出汉大赋的洋洋大观，赋于是脱离诗歌朝宏肆漫衍方向发展。到了魏晋南北朝时期，随着人的觉醒，也带来文的解放，陆机提出"诗缘情而绮靡，赋体物而浏亮"的观点，于是诗歌的抒情性又再次回归赋的铺陈体物之中，出现了六朝精美的抒情小赋。经历唐代的古文运动之后，初唐的骈赋逐渐向散文化方向发展，到北宋时期，终于出现了《赤壁赋》这样的文赋。本文虽具有赋的体制，但处处充满诗的因素、诗的情感、诗的飘逸。首先文中有两处引用古诗，还有一处即兴创作了一首骚体诗。前者如《诗经·月出》："月出皎兮，佼人僚兮，舒窈纠兮，劳心悄兮。"这是一首月下思美人的抒情诗，在主人公的意念中：多么皎洁的月光，照着你娇美的脸庞，你闲雅苗条的倩影，牵动着我绵邈的愁肠。显然，月下思美人含有君臣遇合的政治寓意，诗中的那份执着而哀怨的情感，正与苏轼遭遇类似，使人产生对应的联想。再看那首骚体诗歌：

桂棹兮兰桨，击空明兮泝流光；渺渺兮予怀，望美人兮天一方。

显然是对《月出》诗境的进一步发挥，前两句展现当下情境：小船是如此的精美，桂树兰木做的双桨，泛着玉树的芳香，在空明澄澈的月光下，荡舟江面，逆水而行，船桨击打的仿佛是跳跃的流光，潋滟地在四周泛开，好一个明净皎洁的玻璃世界！后两句抒情：对着这美妙的景象，我心里禁不住产生绵邈的情思，遥望着那思念的美人在天各一方。仿佛是《诗经·蒹葭》中可望而不可即的企慕情境的再现，这显然含有苏轼的去国之思，表现了坚守理想、渴望知音的心情，与前面所引的诗句及当下情境融合无间。这段歌词还起到绾结前后的作用，后面接着引出曹操的《短歌行》中"月明星稀，乌鹊南飞"的诗句，曹操这首诗以貌似颓放的意态来表达积极进取的精神，其实是以放歌纵酒的行为来表现对人生哲理的严肃思考，以觥筹交错的光景来抒写心忧天下的情怀。其中"月明星稀"的意境与苏轼当下的情境相合，而且曹操的积极进取、心忧天下的情怀也与苏轼的人生愿望相合，还为写"曹操固一世之雄"也不免被大江淘去的悲剧作映衬。此外，赋中呈现的"明月箫声"也极富诗意：月下吹箫本身就有

苏轼

诗意，何况这箫声将各种复杂的情绪交织在一起，如怨如慕，如泣如诉，这实际上是人生经历的欢乐与痛苦在箫声中的表现，这箫声还能够横穿水面下透龙宫，使蛟龙听乐起舞，使孤舟的寡妇闻声泪流，箫声具有深邃的意境和强烈的感染力，而其主旋律则是哀伤的格调。还有曹操的横槊赋诗也极具诗意，尽管所赋的诗歌没有点明，但是这一英武豪爽的形象本身就具有阳刚之美，在凛凛威风中显示出儒雅气象。同时揭示了箫声的悲凉意绪是由既是英雄又是诗人的曹操所引起，从而自然地展开由赤壁向历史人物的联想，曹操的气概和风姿正是苏轼赋赤壁的原因，将历史人物的英雄形象与自己进行暗中比较，自然形成对命运的感慨。英雄的曹操也不免被大江淘尽，更何况这些普通的生命，于是人生短暂、生命渺小脆弱之叹就自然流露出来。在《念奴娇》中羡慕的是周郎，为什么这篇赋里却怀念曹操呢？羡慕周瑜，那是因为在周郎身上多少还寄托着建功立业的愿望；而赋中只提曹操，一则着眼于曹操的诗人气质与月明星稀的意境，二则曹操作为一个饱受失败的英雄，心境更见悲凉，与周郎的潇洒俊逸是不同的，但是他们终将被历史长河淹没的命运则是相同的。因此，词与赋均有一种苍茫雄浑的历史深邃感，有一种沉郁苍凉的"厚"度。由此可见，苏词、苏赋在轻舒流走的语言之中，在旷达潇洒的外表下面，含着一个混茫的境界。当这个深沉的境界融合老庄的思想的时候，就会上升拓展到一个更加空旷明净的哲理境界，这就是水月之喻的诗性魅力。逝者如斯的江水和阴晴圆缺的明月，既是眼前之景，又是永恒大自然的象征，江水的奔流不息，明月的盈虚变化，都是表面现象，而更本质的则是大江亘古长流、明月万古长存，显示着大自然永恒不变的内涵，因此江水与明月就从眼前的现象世界进入到思辨的哲理境界，具有象征意味。同时水月之喻也体现了苏轼对老庄思想和佛教思想的认同，表现了遗世独立、清静无为、万境皆空的理念，这当然也表现了苏轼超脱旷达的胸襟和与大自然和谐相融的人生观，但是这种与世无争、躲进世外桃源享受明月清风的人生态度，也有一定的消极作用，更显示苏轼在政治上遭受挫折后的出世情怀。总之，这个水月之喻，以其包蕴深邃的内涵，提升了全赋的艺术境界，成为赋的灵魂。

第三，这篇赋结构非常精巧，由写夜游开篇再归结于放舟中流的舟中酣梦，中间插入主客对话的主体，由明月箫声与水月之喻将文章前后勾结起来，结尾是对人生真谛大彻大悟后进入的酣畅淋漓的甜梦世界。既是对前文的照应，又是对主客问答这里境界的回应，这一形象化的结尾，揭示了在摆脱一切羁绊之后的生命的最高境界。

后赤壁赋

是岁十月之望[1]，步自雪堂[2]，将归于临皋[3]。二客从予，过黄泥之坂[4]。霜露既降，木叶尽脱。人影在地，仰见明月，顾而乐之，行歌相答[5]。已而叹曰："有客无酒，有酒无肴，月白风清，如此良夜何？"客曰："今者薄暮，举网得鱼，巨口细鳞，状似松江之鲈[6]。顾安所得酒乎？"归而谋诸妇。妇曰："我有斗酒，藏之久矣，以待子不时之须。"于是携酒与鱼，复游于赤壁之下。江流有声，断岸千尺[7]。山高月小，水落石出[8]。曾日月之几何，而江山不可复识矣。

予乃摄衣而上[9]，履巉岩，披蒙茸，踞虎豹，登虬龙[10]，攀栖鹘之危巢[11]，俯冯夷之幽宫[12]，盖二客不能从焉。划然长啸[13]，草木震动；山鸣谷应，风起水涌。予亦悄然而悲，肃然而恐，凛乎[14]其不可留也。反而登舟，放乎中流，听其所止而休焉。

时夜将半，四顾寂寥。适有孤鹤，横江东来，翅如车轮，玄裳缟衣[15]，戛然[16]长鸣，掠予舟而西也。须臾客去，予亦就睡。梦一道士，羽衣蹁跹[17]，过临皋之下，揖予而言曰："赤壁之游乐乎？"问其姓名，俯而不答。呜呼噫嘻！我知之矣。畴昔之夜[18]，飞鸣而过我者，非子也耶？道士顾笑[19]，予亦惊寤[20]。开户视之，不见其处。

【注释】

[1]是岁：指神宗元丰五年(1082年)。十月之望：十月十五日。

[2]雪堂：苏轼元丰五年在黄州贬所临江建筑的草房，因在大雪时建成，画雪景于四壁而得名。

[3]临皋：在黄冈南长江边，苏轼曾居住于此。

[4]黄泥之坂：黄冈东面东坡附近的山坡叫"黄泥坂"。

[5]行歌相答：且走且唱，相互酬答。

[6]松江之鲈：松江(今属上海)所产的鲈鱼，嘴很大，鳞片很细小。

[7]断岸千尺：江岸壁立的峭岩，高达千尺。

[8]水落石出:水面下降,礁石露出来。

[9]摄衣而上:撩起衣服登山。

[10]履巉岩:踏上险峻的山崖。披蒙茸:分开杂乱的草丛。踞虎豹:坐在状如虎豹的岩石上。登虬龙:登上虬龙一样的山岩。

[11]攀栖鹘之危巢:攀登鹘隼筑巢的险崖。

[12]冯夷之幽宫:传说中水神冯夷的深宫,指江边露出来的洞穴。

[13]划然长啸:高声长啸。

[14]凛乎:寒冷、恐惧的样子。

[15]玄裳缟衣:下服是黑的,上衣是白的。仙鹤身上纯白,尾羽黑色,故云。

[16]戛然:形容仙鹤的鸣叫声。

[17]羽衣蹁跹:指道士穿着白衣翩翩而来。

[18]畴昔之夜:昨夜。

[19]顾笑:回头一笑。

[20]惊寤:惊醒。

【赏析】

黄州城外濒临大江的赤壁矶,只不过一红色的山冈,略无草木,由于遇上了才情超迈、旷绝古今的苏轼,才借助他的《赤壁怀古》词和前后《赤壁赋》而名扬天下,这又是一个江山因才子美文而传的例子。赤壁江月静静的照耀着亘古奔腾不息的大江,阅尽了人世的沧桑,或许她最有魅力的瞬间是因为拥有了坡仙清澈洞明的旷达情怀,从这个意义上说,赤壁遇苏轼也是江山之幸。

这两篇赋作于宋神宗元丰五年(1082年),前赋记农历七月十六夜的江游,后赋记十月十五夜的重游。

此赋的写景具有很高的艺术成就,体现了苏轼散文"随物赋形"各尽其态的特点,妙处在于不假雕琢而自然工致。如首段的"人影在地,仰见明月",虽然是景物萧条、寒冷凄厉的初冬,但却让人感到浓郁的清丽诗意,令人想起他《记承天寺夜游》中"庭中积水空明,水中藻荇交横"的月明中天、静寂空明境界。第三段的"江流有声,断岸千尺,山高月小,水落石出"的描写,则峭丽幽冷,清峻明澈。江面枯退,潮声稀小,断岸高耸,怪石嶙峋,一轮明月挂在峰巅,仿佛也变小了,而四周都是落潮后突露的礁石,虽然缺少夏秋季节的生气勃勃,却有一种坚劲挺拔、瘦削刚毅的意志流露在字里行间。加上"山鸣谷应，风起水涌"的点缀，更烘托出初冬风云突变大江奔涌的气势威严。这些句子全用白描，给人一种清新之感，字面质朴而诗意丰富。体现了苏轼散文简约平淡、文理自然、姿态横生的特色。达到了"胸无杂物，触处流露，不知其然而然"的境界。

艺术上的另一个特点是：结尾具有传奇色彩。

赋是一种以铺陈为手段，排比词藻以宏丽富赡为美的文体，极盛于两汉，但到汉末出现抒情小赋，历魏晋六朝，骈赋成为主流，追求骈四丽六，讲究声律词藻用典，逐渐走上形式华美而内容空洞的狭窄小径，中唐古文运动兴起，赋体受到影响，散文与赋体交融，形成"文赋"。苏轼的两篇赤壁赋就是文赋的代表作，它们摆脱了堆砌典故、拘守声律的束缚，句法自由，韵律和谐，这篇赋可以说是游记，也可以说是杂文，但它却又保持着赋的精神。此赋叙事情节波澜起伏，较前赋更具散文意味，结尾的梦境还带有传奇色彩，但音律依然有韵文的铿锵。好几处押的是"藏"韵，有如书法笔划中的藏锋。如第二段"藏之久矣"的"久"，与上句"酒"押韵；第三段"而江山不可复识矣"的"识"，与前面"尺""出"押韵；"盖二客不能从焉"的"从"，与前面"茸""龙""宫"及后面的"动""涌""恐"押韵，"听其所止而休焉"的"休"，与前面的"留""舟""流"押韵，韵字后面均带虚词作尾，必须在诵读时才能体察，体现了赋不歌而诵的特点。

前后赤壁赋的不同特点。（1）描写的景物不同。前赋"清风徐来，水波不兴""白露横江，水光接天"是一派新秋景象；后赋"霜露既降，木叶尽脱""山高月小，水落石出"则是初冬之景。（2）游兴游踪不同。前次是有目的、预先计划好的月下泛舟，明月朗照大江，清风徐徐吹来，舟游江上，人在舟中。描写的重心在大江与明月，并借主客问答抒情议论。后次却是不期而然的游览，在散步中为"月白风清"良夜所吸引，陡起游兴，客有鱼妇出酒，才再度泛舟，而且还舍舟登山，山游后又再登舟，放乎中流，听其所止，过程曲折复杂，展示的景色繁富多姿，却没有再谈哲理感悟。（3）抒情旨趣不同。前赋借客人的观点表达苏轼日常的感受与苦恼，而通过主人的答词申述他对人生达观的哲学感悟，追求一种心灵的净化境界；后赋则用道士化鹤这一似乎是印证前赋"羽化而登仙"的虚幻故事，作为高潮也作为余韵，以抒发超脱的情怀。（4）两赋境界不同。如果说前赋是诗文交融更具有诗的空灵缥缈的话，那么后赋则因为真景与梦幻的交织更具有传奇的神思韵味。前赋境界阔大而高远，后赋境界峭丽而幽深。(5)结尾艺术表现不同。前赋在豁然洞开之后，主客均进入酣畅淋漓的梦乡，"相与枕藉乎舟中，不知东方之既白"，是完全写实的笔法，而此赋却将孤鹤掠舟西过与梦中道士化鹤联系起来，置之于若疑若信的恍惚梦境，便觉得满纸空灵奇幻，这个幻觉中透露了作者精神升华后的旷达之思，而作者明知是梦却偏要"开户视之，不见其处"，徒增迤逦之慨。(6)用韵不同。前赋韵散交织，韵脚明显，后赋用藏韵，须诵读才能体会。

放鹤亭记[1]

熙宁十年秋，彭城大水，云龙山人张君天骥之草堂[2]，水及其半扉。明年春，水落，迁于故居之东，东山之麓。升高而望，得异境焉，作亭于其上。彭城之山，冈岭四合，隐然如大环。独缺其西十二[3]，而山人之亭适当其缺。春夏之交，草木际天。秋冬雪月，千里一色。风雨晦明之间，俯仰百变。山人有二鹤，甚驯而善飞[4]，旦则望西山之缺而放焉，纵其所如，或立于陂田[5]，或翔于云表，暮则傃东山而归[6]，故名之曰放鹤亭。

郡守苏轼，时从宾客僚吏往见山人，饮酒于斯亭而乐之，揖山人而告之曰[7]："子知隐居之乐乎？虽南面之君，未可与易也[8]。《易曰》：'鸣鹤在阴，其子和之。'[9]《诗》曰：'鹤鸣于九皋，声闻于天。'[10]盖其为物，清远闲放，超然于尘垢之外，故《易》、《诗》人以此比贤人君子、隐德之士。狎而玩之[11]，宜若有益而无损者，然卫懿公好鹤[12]，则亡其国。周公作《酒诰》[13]，卫武公作《抑戒》[14]，以为荒惑败乱无若酒者，而刘伶、阮籍之徒[15]，以此全其真而名后世。嗟夫，南面之君，虽清远闲放如鹤者，犹不得好，好之则亡其国。而山林遁世之士，虽荒惑败乱如酒者，犹不能为害，而况于鹤乎！由此观之，其为乐未可以同日而语也。"山人听然而笑曰："有是哉？"乃作放鹤招鹤之歌曰：

鹤飞去兮，西山之缺。高翔而下览兮，择所适。翻然敛翼婉将集兮[16]，忽何所见矫然而复击[17]。独终日于涧谷之间兮，啄苍苔而履白石。

鹤归来兮，东山之阴。黄冠草履，葛衣而鼓琴[18]。躬耕而食兮，其余以汝饱。归来归来兮，西山不可以久留。

元丰元年十一月初八日。

【注释】

[1]放鹤亭：彭城云龙山隐士张师厚新盖的亭子，因他每天在亭上放双鹤，故称"放鹤亭"。

[2]张君天冀：张师厚，字天冀，又字圣途，居云龙山，号云龙山人。

[3]十二：指山如圆环而缺其西部的十分之二。

[4]甚驯而善飞：非常驯顺而且会高飞。

[5]陂（bēi）田：陂，水边。陂田指水池周围的稻田。

[6]愫（sù）：向。

[7]揖山人：向张天冀作揖行礼。

[8]虽南面之君二句：即使是做君王，也不能交换这样的隐居之乐。

[9]《易曰》二句：语出《易·中孚·九二》。意谓白鹤鸣叫在山的北面，它的同类声声应和。比喻洁身修行有时誉的人。

[10]《诗》曰二句：语出《诗·小雅·鹤鸣》。皋，沼泽。九皋，指深曲的沼泽。此句以鹤比贤人，说贤人虽然隐居江湖，但名声显扬于四方，就像九皋的鹤鸣，能传到天上。

[11]狎（xiá）：亲近而态度不庄重，这里指与鹤过分亲密。

[12]卫懿公好鹤：《左传·闵公二年》："冬十二月，狄人伐卫，卫懿公好鹤，鹤有乘轩（大夫之车）者。将战，国人受甲者皆曰：'使鹤，鹤实有禄位，余焉能战？'……及狄人，战于荥泽，卫师败绩，遂灭卫。"

[13]《酒诰》：《尚书》篇名。《尚书·康诰》序："成王既伐管叔、蔡叔，以殷余民，封康叔，作《康诰》、《酒诰》、《梓材》。"

[14]《抑戒》：指《抑》，《诗·大雅》篇名。《毛诗序》："《抑》，卫武公刺厉王，亦以自警也。"其第三章云："颠覆厥德，荒湛于酒。"（过度沉湎于酒，败坏德行）

[15]刘伶、阮籍：《晋书·刘伶传》："刘伶，字伯伦，沛国人也。……初不以家产为意。常乘鹿车，携一壶酒，使人荷锸而随之，谓曰：'死便埋我。'其遗形骸如此。"《晋书·阮籍传》："阮籍，字嗣宗，陈留尉氏人。……籍本有济世志，属魏晋之际，天下多故，名士少有全者，籍由是不与世事，遂酣饮为常。……籍闻步兵厨营人善酿，有贮酒三百斛，乃求为步兵校尉。"

[16]翻然二句：指鹤转身敛翅，婉然将要止歇。

[17]矫然而复击：奋飞而冲向高空。

[18]黄冠二句:写山人的隐士装扮,戴黄帽,穿草鞋,披葛布衣服,弹奏古琴。

【赏析】

宋神宗熙宁十年(1077年)秋天,一场滚滚滔滔的洪水,将徐州城沦为一片汪洋泽国,在淹毁的无数民房中,就有云龙山人张天骥的草堂,因此他被迫于次年春天迁居于东山之麓。然而,因祸得福,这东山之景奇异万分,"春夏之交,草木际天;秋冬雪月,千里一色。"山人于是筑亭于其上,早晚放鹤以为乐,过着闲云野鹤一般的生活。因而吸引了时任徐州知州的苏轼前来游玩,并留下了这篇千古流传的美文。

"记"这种文体古人以为应以"善记事为主","记者,盖所以备不忘,如记营建,当记日月之久近,工费之多少,主佐之姓名,叙事之后,略作议论以结之,此为正体。"(明·吴讷《文章辨体序说》)显然这种类似及流水账的所谓"正体",很难显示出作者的主体性情,因此"至欧(阳修)苏(轼)而后,始有以议论为记者。"(同上)这种以纵横捭阖的议论为记的"变体",正是苏轼等人对呆板的"记"进行改造,使之成为风神澹荡、姿态横生的新体的艺术创造。这篇文章,其艺术上最显著的特点就是能将叙述、描写与议论完美地结合起来。

首先,苏轼突破了"以记事为主"的传统藩篱,但仍遵守了"记"所应有的"简明有序"的记事要求。开头就以简括的笔法,条理清晰地交代了"放鹤亭"命名的缘由:彭城大水毁掉了云龙山人的民房,他被迫迁居,得东山之异境而作亭,于亭放鹤而闲乐,引来苏轼与山人饮酒论鹤,并作此记。苏轼的高明之处,在于从记叙之中突然插入一段"异境"的描写:先由远而近大笔勾勒,"冈岭四合,隐然如大环。独缺其西十二,而山人之亭适当其缺",突出此亭涵虚天地的气势,为下文的展开作好铺垫;接着展现四季妙境:"春夏之交,草木际天。秋冬雪月,千里一色。风雨晦明之间,俯仰百变"。运用赋的铺陈和对偶句法描绘出这样令人神往的佳境,自然引出山人的隐居之乐,景物作为背景实际上是为了映衬人物的旷达洒脱形象和闲云野鹤的诗意生活。此记也因为这段描写而特别光彩照人。可以看出苏轼的散文中经常融入诗情画意,是"文中有诗""诗中有画""画中有人"的典型例证,也可以看出苏轼散文具有"诗文交融"的特色。

第二段,作者以主要篇幅展开"隐居之乐"的议论,苏轼学问渊博,胸襟旷达,因而其诗文总是议论风生。或许张山人正如邵博批评的那样,是"一无知村夫"（《邵氏闻见后录》卷十五），并不见得有怎样的高情雅趣，而苏轼却最善于取其一端加以大肆拓展，借隐居好鹤来生发议论，抒写自己心中的感慨。先论"鹤"，引用《易》《诗》来印证"鹤"具有"清远闲放，超然于尘垢之外"的品质，是"贤人君子、隐德之士"的象征。表面上是以鹤写山人，实际上表现的是自己对这种生活的向往。次论"好鹤"，虽然对鹤"狎而玩之"于德行应该是有益无损的事，但却有卫懿公的好鹤而亡国的故事。形成议论的第一层转折，山人好鹤与懿公好鹤进行比照，结果会如何？令人悬想。接着作者宕开一笔，再引入"好酒"来陪衬"好鹤"。"好鹤"本是高尚的事，却引来了亡国之祸，那么"好酒"这样的败德之事又怎样呢？先引周公作《酒诰》和卫武公作《抑》点出酒是"荒惑败乱"之源，然而却有刘伶、阮籍这样的酒徒，凭借好酒"全其真而名后世"之事。这是第二层转折，这真是令人困惑的悖论！至此，议论已完全铺开，将好鹤亡国与好酒全真进行对照，其情势如两河分流而趋，难以汇合。作者的高明在于能将二者绾合起来："嗟夫，南面之君，虽清远闲放如鹤者，犹不得好，好之则亡其国。而山林遁世之士，虽荒惑败乱如酒者，犹不能为害，而况于鹤乎！"可见不在于物之为"鹤"为"酒"，关键在于所好者为谁。从鲜明的对比中，其价值取向显然在于对山林遁世之士的向往。出与处一直是古代士大夫最难处理的一对矛盾，苏轼的思想中儒、释、道杂糅在一起，纵观其一生处事为人，还是以儒家思想为主，尤其在熙宁变法期间，更是以一种积极有为、干预时政的姿态出现，由于他不满变法，因此为新派所不容，八年之间只得不停地转徙于州府为地方官，故借论鹤来宣泄自己内心宦海沉浮的感慨。沈德潜说："插入饮酒一段，见人君不可留意于物，而隐士之居，不妨轻世肆志，此南面之君未易隐居之乐也。中间'而况于鹤乎'一句，玲珑跳脱，宾主分明，极行文之能事。"（《唐宋八大家文读本》）洵为的评。这里可以看出苏轼散文虽然议论纵横却宕而能返，能紧紧围绕中心将记叙、议论、抒情交融在一起。

苏轼是中国文学史上少见的几位能诗能文的大家，因此总是能将诗与文交融在一起。他的诗曾被南宋的严羽批评为"以文字为诗，以才学为诗，以议论为诗"（《沧浪诗话·诗评》），实际上苏轼这是将文的异质因素移入诗中，进行新的艺术创造。而他的散文也可以说是"以诗为文"。这篇文章就是一个例证。一方面文中引用诗境来增拓文境，另一方面描写景

苏轼

物具有诗的意境，再一方面结尾的两首诗更具有诗境文心。从总体上看，文主叙事、议论，以疏畅条达为主，而诗道性情，以婉转含蓄为妙。苏轼此文主要叙山人隐居好鹤之乐，风景也好，人物也好，都潇洒透脱，玲珑不可凑泊，令人神往。而诗呢，则另辟新境，正好与文互补。这两首诗都运用骚体，储欣认为"（歌词）清音幽韵"（《唐宋十大家全集录》卷五），很对，但不止于此。先看《放鹤歌》，重点刻画"鹤"的形象，"高翔"四句，展现的是记中"纵其所如"的境界，记文概写，令人舒展开联想的双翼，而诗具体展示，将鹤上下翻飞选择归适之所、时而敛翼集歇时而矫首击云的情状写得非常逼真，但后两句"独终日于涧谷之间兮，啄苍苔而履白石"则写出了鹤的生活终不免寂寞而简陋，实有劝鹤归来之意，因而引出下首《招鹤歌》。后首诗重点写人，放鹤山人在记文中是何等的潇洒淡泊，是概貌描写，而诗中则是"黄冠草履，葛衣而鼓琴"的形象，他躬耕而食，并用余食来喂鹤，因此呼唤"鹤兮归来"。综合诗与文来看，文概括涵虚，而诗质实具体；文具有诗的联想性，而诗反而具有文的真切性。这样文与诗就相得益彰，从声调语气看，文主气势，奔放洒脱，而诗则咏叹往复，意切情深。文中表现对闲云野鹤生活的向往，而诗则在清苦闲适的生活中呼唤归来。苏轼具有多方面的艺术才能，为文作诗有多副笔墨。储欣说"叙次议论并超逸，歌亦清旷，文中之仙"（《唐宋十大家全集录》卷五）正是指出苏轼诗文交融方面的成就，这种成就在后来的前后《赤壁赋》中有更典型的表现。

记游定惠院[1]

黄州定惠院东小山上，有海棠一株，特繁茂。每岁盛开，必携客置酒，已五醉其下矣[2]。今年复于参寥师[3]及二三子访焉，则园已易主。主虽市井人，然以予故，稍加培治[4]。山上多老枳木[5]，性瘦韧[6]，筋脉呈露，如老人颈项。花白而圆，如大珠累累，香色皆不凡。此木不为人所喜，稍稍[7]伐去，以予故，亦不得伐。既饮，往憩于尚氏之第[8]。尚氏亦市井人也，而居处修洁如吴越间人，竹林花园，皆可喜。醉卧小板阁上，稍醒，闻坐客崔成老弹雷氏琴[9]，作悲风晓月，铮铮然[10]，意非人间也。晚乃步出城东，鬻大木盆[11]，意者谓可以注清泉，沦瓜李，遂夤缘小沟[12]，入何氏、韩氏竹园。

时何氏方作堂竹间[13]，既辟地矣，遂置酒竹阴下。有刘唐年主簿者[14]，馈油煎饼，其名为甚酥[15]，味极美。客尚欲饮，而予忽兴尽，乃径归。道过何氏小圃，乞其丛橘[16]，移种雪堂之西。坐客徐君得之将适闽中[17]，以后会未可期，请予记之，为异日拊掌[18]。时参寥独不饮，以枣汤代之。

【注释】

[1]定惠院：即定慧院，在黄冈县东南。苏轼元丰三年二月至黄州，初寓居定惠院，后迁临皋亭，再移居雪堂。

[2]此文写于元丰七年三月初，苏轼每年都来此游赏，故"五醉其下"。

[3]参寥师：僧道潜，于潜人，苏轼朋友。能诗文，时参寥来黄州探访苏轼。

[4]培治：培土治草修理园林。

[5]枳木：木名。木如桔而小，高五七尺，叶多刺。春生白花，至秋成实。果小味酸，不能食，可入药。《周礼·考工记》序目："桔踰淮而北为枳。"

[6]性瘦韧：指枳木枝干瘦劲有韧性。

[7]稍稍：渐渐。

[8]憩(qì)：小息。

[9]雷氏琴：唐代最为著名的斫琴家是四川雷氏家族，其中雷威最有名。他们所制的琴被人们尊称"雷琴"、"雷公琴"、"雷氏琴"。苏轼曾藏有雷公琴一张，其中有铭云："开元十年造，雅州灵关村雷记。八日合。"庐山道士崔成老弹之，认为其音色绝伦。(《东坡志林》卷七)

[10]铮铮然：形容琴音铿锵有力。

[11]鬻(yù)：卖，此处指"卖"。

[12]夤(yín)缘小沟：沿着小沟岸而行。夤缘，攀附，这里指沿着之意。小沟，这条小河直通长江，又与韩毅甫(韩氏)、何圣可(何氏)之竹园相邻。

[13]作堂竹间：在竹林间造一所堂屋。

[14]刘唐年：时任黄州主簿，苏轼的朋友。

[15]为甚酥：一种米粉作的煎饼。苏轼在刘唐年家吃到这种味甚酥美德饼子，便问："此饼何名？"主人也不知道，苏轼便道："就叫'为甚酥'好了。"后来作小诗代柬向刘讨饼吃："野饮花间百无物，枝头惟挂一葫芦。已饮潘子错著水(酒)，更觅君家为甚酥。"

[16]丛橘：一丛橘树。

[17]徐君得之：徐大正，字得之，苏轼朋友，黄州知州徐大受(君猷)之弟。

[18]拊掌:拍掌,拍手(一笑)。

【赏析】

元丰三年二月初一,苏轼到达黄州贬所,没有落脚处,只得寄居于定惠院。后来在朋友的帮助下,苏轼移居临皋亭,再建筑雪堂,买地东坡,躬耕自给,过着比较稳定的诗酒自乐的生活。每年的春天,他都要来到定惠院游赏,因为那里有与自己仿佛患难与共的一株海棠,更因为那里有淳朴厚道的普通市民朋友,有无与伦比的乐趣。元丰七年三月初三,当他第五次畅游定惠院时,正好友人徐大正请求作记,说是作为异日拊掌的谈资,因此苏轼挥笔写下这篇游记小品。文中记叙了作者与二三友人一天愉快的游赏,信笔抒写,如一线穿珠,迤逦蜿蜒,鱼贯而下;如流水曲折,随物赋形,自然成河。

开篇即写游定惠院东面的小山观赏海棠,虽然只"特繁茂"三个字,但从"每岁盛开,必携客置酒,已五醉其下"来看,苏轼对这株海棠怀有深厚的感情,因为他初来黄州时,作《寓居定惠院之东,杂花满山,有海棠一株,土人不知贵也》诗,诗中这样描写海棠:"江城地瘴蕃草木,只有名花苦幽独,嫣然一笑竹篱间,桃李满山总粗俗。也知造物有深意,故遣佳人在空谷。自然富贵出天姿,不待金盘荐华屋。朱唇得酒晕生脸,翠袖卷纱红映肉;林深雾暗晓光迟,日暖风轻春睡足。雨中有泪亦凄怆,月下无人更清淑。"真是极尽形容之能事,赞美了海棠幽独高洁、美丽清淑的品质,并悬想她是从"香海棠国"西蜀移来的,而作者正是蜀人谪居于此,因此大有他乡遇故知的感慨,便自然地引海棠为患难之交。如果说赏海棠带有身世之感的话,那么接下来的观枳木则带有不甘屈服的精神意志。这些老枳木"性瘦韧,筋脉呈露,如老人颈项。花白而圆,如大珠累累,香色皆不凡。"这既是写枳木,也是表现自己虽然不为世俗所容,却独具坚韧品性,也是"香色皆不凡"。在描写的过程中,苏轼巧妙地夹入叙述和交代,赏海棠时交代"园已易主",但"以予故,稍加培治",观枳木时,插入"此木不为人所喜,稍稍伐去,以予故,亦不得伐",尽管带有作者强烈的主观性情趣味,但均透露出园的主人虽然是普通市民,却对作者怀有深情厚意。接下来的游历均紧紧围绕着情趣与情谊展开。"既饮"之后是憩尚氏园,尚氏也是一个与作者一样有着雅洁情趣的人,并与作者情谊深厚。他不仅打扫阁楼让作者醉卧其上,还让乐师崔成老弹雷氏琴,这雷氏琴是作者故乡的特产，苏轼曾藏有一张雷氏琴，庐山道士弹奏最为绝妙，比刻琴声"铮铮然"，如"悲风晓月"，让作者感到似非人间，既引起身世之感，也产生超越尘世之想。傍晚后他们才步出城东，又买了大木盆，浸注瓜果，沿小河进入何氏、韩氏竹园赏竹。"不可一日无此君"的竹也是苏轼的最爱，最能体现文人雅趣。更让人感动的是园子主人的情谊，当时何氏正在竹林间作堂，已辟好了地基，见到苏轼一行，赶忙在竹阴下置酒，大有当年"竹林七贤"啸饮竹林的流风遗韵；饮酒酣歌之际，更有刘唐年主簿馈赠油煎饼以增添乐趣。苏轼曾在刘家吃到这种味甚酥美的饼子，便问："此饼何名？"主人也不知道，苏轼便道："就叫'为甚酥'好了。"后来作小诗代柬向刘讨饼吃："野饮花间百无物，枝头惟挂一葫芦。已饮潘子错著水（酒），更觅君家为甚酥。"不难想象在竹阴花下饮酒，又吃到这样美味的饼子，想起往昔的故事，那主客双方其乐何极！情趣已达到高潮，文笔迅速掉转，作者兴尽而归。然而又稍作婉转，添一笔，"乞其丛橘，移种雪堂之西"，这真是情趣之外的情趣，情谊之外的情谊。苏轼在雪堂住了六年，周围花果树木众多，在这样的一次野游中，还不忘为居所再添一些爱物，足见其热爱生活之心多么天真而执著，其中也体现出园子主人的厚道和质朴。到此游览过程已全部结束，顺笔交代徐大正将适闽中，想永远记忆这次盛游，求苏轼作记。却不料结尾处再添一神来之笔："时参寥独不饮，以枣汤代之。"看似画蛇添足，实际上耐人寻味，一方面与前面提到的"今年复于参寥师及二三子访焉"相呼应，另一方面又补充了文中叙酣饮时参寥师的情状，更重要的是，参寥师是苏轼贬官期间最早并经常来看望他的朋友，这种患难之际的友谊才是最珍贵的。故既幽默风趣，又余味不尽。

总之，这篇小文涉及十几个人，十余件野游细事，一一写来，却不嫌堆砌，反而觉得情趣盎然。这是因为作者紧紧抓住情趣与情谊这个中心表达他热爱生活、乐观旷达的情怀，因此能够在逆境中品出生活的欢乐。写法上，景为情设，情因景生；移步换境，趣随境深；情景交融，趣味横生。因此显得灵动自然，如涓涓细泉，沁人心脾。明代袁宏道说："东坡小品文，于物无不收，于法无不有，于情无不畅，于境无不取。"（《雪涛阁集序》）这篇游记以简练淡雅的笔触，将情景、情味、情趣展露无遗，达到了清新隽永的神妙境界。

苏
轼

贾谊论[1]

非才之难，所以自用者实难。惜乎贾生王者之佐，而不能自用其才也。夫君子之所取者远[2]，则必有所待；所就者大，则必有所忍。古之贤人，皆有可致之才，而卒不能行其万一者[3]，未必皆时君之罪，或者其自取也。愚观贾生之论，如其所言，虽三代何以远过[4]？得君如汉文[5]，犹且以不用死[6]。然则是天下无尧舜，终不可有所为耶？仲尼圣人[7]，历试于天下，苟非大无道之国，皆欲勉强扶持，庶几一日得行其道。将之荆，先之以子夏，申之以冉有[8]。君子之欲得其君，如此其勤也。孟子去齐，三宿而后出昼，犹曰王其庶几召我[9]。君子之不忍弃其君，如此其厚也。公孙丑问曰："夫子何为不豫？"孟子曰："方今天下，舍我其谁哉！而我何为不豫。[10]"君子爱其身，如此其至也。夫如此而不用，然后知天下之果不足与有为，而可以无憾矣。若贾生者，非汉文之不用贾生，生之不能用汉文也。

夫绛侯亲握天子玺，而授之文帝[11]；灌婴连兵数十万，以决刘、吕之雄雌[12]，又皆高帝之旧将[13]。此其君臣相得之分，岂特父子骨肉手足哉。贾生洛阳之少年，欲使其一朝之间，尽弃其旧而谋其新，亦已难矣。为贾生者，上得其君，下得其大臣，如绛、灌之属，优游浸渍而深交之[14]，使天子不疑，大臣不忌。然后举天下而唯吾之所欲为，不过十年，可以得志。安有立谈之间，而遽为人痛哭哉[15]？观其过湘为赋，以吊屈原[16]，纡郁愤懑[17]，趯然[18]有远举之志。其后卒以自伤哭泣，至于夭绝[19]。是亦不善处穷者也。夫谋之一不见用，安知终不复用也。不如默默以待其变，而自残至此。呜呼！贾生志大而量小，才有余而识不足也。

古之人有高世之才，必有遗俗之累[20]。是故非聪明睿哲不惑之主[21]，则不能全其用。古今称符坚得王猛于草茅之中，一朝尽斥去其旧臣，而与之谋[22]。彼其匹夫，略有天下之半[23]，其以此哉？愚深悲贾生之志，故备论之，亦使人君得如贾谊之臣，则知其有狷介之操[24]，一不见用，则忧伤病沮，不能复振，而为贾生者，亦慎其所发哉[25]。

【注释】

[1]贾谊(前200—前168年)：洛阳人，时称贾生。西汉政论家。二十岁被汉

文帝召为博士，不久升为太中大夫。由于受到守旧权贵的排挤，后被贬为长沙王太傅。四年后，又被召为梁怀王太傅。怀王坠马死，贾谊自伤失职，郁郁而死。有《贾谊集》。

[2]所取者：所求取的东西，指功业。

[3]卒：终于。

[4]三代：夏、商、周三个朝代。

[5]汉文：汉文帝刘恒，公元前180年至157年在位，出现了"文景之治"的局面。

[6]以不用死：因为不被皇帝重用而郁郁死去。

[7]尧舜：传说中的上古两位圣君。仲尼：即孔子（前551—前479），名丘，字仲尼，鲁国曲阜人。儒家学派创始人。

[8]"将之荆"三句：事见《礼记·檀弓上》。意谓孔子失掉鲁国司寇的职位，将去楚国谋求官职，先让子夏去表明意思，再叫冉有去重申意向。冉有，名求，字子有。子夏，姓卜名商。都是孔子的学生。

[9]"孟子去齐"四句：事见《孟子·公孙丑下》。孟子以"王道"游说齐宣王，不被采用，便辞职离开齐国。但在昼地等待了三天，希望齐宣王改悔。孟子（前372—前289年），名轲，与孔子并称"孔孟"。

[10]公孙丑：孟子的学生。豫：喜悦。

[11]绛侯：即周勃（？—前169年），沛人，随刘邦起义，以军功为将军，封绛侯。是他与灌婴诛杀企图夺取政权的吕产、吕禄等人，率群臣迎立刘恒为天子，即汉文帝。文帝时，他任右丞相。

[12]灌婴（？—前176年）：睢阳人，从刘邦征战，屡立战功，封颍阴侯。汉文帝时，继周勃为丞相。

[13]高帝：指汉高祖刘邦。

[14]优游：从容不迫。浸渍：逐渐渗透。

[15]遽：突然。过湘为赋以吊屈原：《史记·屈原贾生列传》载，贾谊在朝中受到周勃、灌婴等老臣的排挤，被贬为长沙王太傅。他路过湘江，结合自己的遭遇，写下了《吊屈原赋》。

[16]纡郁：缭绕的样子。

[17]趯（tì）然：超然。远举：高飞，此指退隐。

[18]夭绝：早死。

[19]遗俗：超脱世俗。

[20]睿智：明智。

[21]符坚(338—385年)：十六国时前秦皇帝,公元357年至385年在位。王猛(325—375年),字景略,北海剧人,官至前丞相。草茅,指民间。

[22]略有天下之半：符坚于公元370年灭前燕,公元376年灭前凉、代,统一了北方,与东晋形成南北对峙的局面。

[23]狷介：孤高,洁身自好。

[24]病沮：颓废,沮丧。

[25]所发：所作所为。

【赏析】

嘉祐六年（1061年），苏轼经欧阳修推荐参加制举科考试，在进呈《进策》二十五篇的同时，又献《进论》二十五篇，《进论》中不少史论之作，《贾谊论》就是其中之一。其时作者仅二十六岁，正处于春风得意、英姿勃发、急于用世之时，故对历史人物多作出新颖警拔的评论。虽然不一定达到了唐顺之所谓"须有一段千古不可磨灭之见，然后能剿绝古今，独立物表"的史论高度，然而其新颖卓立、才气纵横，也不失为史论中的上品。

这篇文章围绕汉文帝时著名才士贾谊来立论，作者高明之处在于绕开了传统的思路，不从贾生的怀才不遇、沦落伤悼着手，不将批评的矛头指向贾谊所处的时代及君王的昏聩和朝臣的庸玩等，而是反其意而行之，转而从贾生自身找原因，因此得出了迥然不同的结论。开篇即自占高步，思路开阔，立论新异："非才之难，所以自用者实难。"指出贾生虽有王佐之才，可惜不能自用其才。这样的开头，起到惊耸警众的效果。作者认为"君子之所取者远，则必有所待；所就者大，则必有所忍。"即人才要想自用其才，则必须善于等待，要学会忍受。也就是孟子所说的"天将大任于是人也，必先苦其心志，劳其筋骨，饿其体肤，空乏其身"之意。因为不经过艰辛痛苦的磨炼，难成大才。接着作者认为古代的贤人一般都具有可致之才，而不能为世所用，不一定是时君之罪，往往是咎由自取。以贾谊为例，他的言论确实高卓千古，若能实行，则可以达到三代那样的治世，而他遇到的是汉文帝那样的"明君"，却"以不用死"，说明责任不在君，而在贾生自己。因为退一步说：难道天下没有尧舜，就终究不能有所作为吗？像孔子那样积极谋求用世，"知其不可而为之"；像孟子那样"方今天下，舍我其谁"的自信，才是正确的态度，君子应该既要为追求理想而奋斗，又要自爱其躯，在这样不断追求、各种方法都用尽的条件下，如果还不为世用，则"知天下之果不足与有为"，才能无憾于人生。而贾生不能进退裕余地应对，竟以暂时的废弃不用而死，所以是"非汉文之不用贾生，生之不能用汉文也。"从而论证了人才能用君王也是其"自用"的必要条件，强化了人才贵自用的观点。

第二段，岩开一层，分析贾谊时代的历史背景。文帝是在老将周勃和灌婴的支持下才登上皇位的，这些重臣手握重兵，又亲自诛灭诸吕，才稳固了大汉江山，既功高盖天又君臣相得，超过了父子骨肉手足之情。实际上这些老臣思想保守固步自封，已经成为当时社会发展的阻力，文帝要革除弊政，就得弃旧谋新，但这在当时显然是难以实现的。而贾生想一朝去其旧臣进行改革的愿望，虽然用心良好，但必定以失败告终。那么为贾生计，应当"上得其君，下得其大臣"，然后"优游浸渍而深交之"，最终实现自己的宏图大志。可是贾生竟然性急，想顷刻之间改变现状，谋一不为用，就痛哭流涕，以至自残致死，贾生面对挫折的令人痛心的表现，显示他"志大而量小，才有余而识不足。"这里的"识"并非指贾生《治安策论》中的那种通识，而是指对当时历史环境、条件缺乏认识。再次强化、巩固了"人才贵自用"的观点。

第三段再岩开一层，提出"非聪明睿哲不惑之主，则不能全其用"的观点。引用王猛相符坚的例子，说明明君如果能像符坚那样"一朝尽斥去其旧臣，而与之谋"，则"略有天下之半"的理想不难实现。这实际上一方面反证了贾生的才高，揭示出贾生的身世之悲，同时其现实的目标则在于警示君王应该正确对待"狷介之士"，因为这些人"一不见用，则忧伤病沮，不能复振"，实为重大的损失。因此人才的自用与君王的睿智相辅相成。此文作于作者即将跻入仕途之时，当然也有隐以贾生自警自喻之意，而主要的还是要以贾生为镜。观其后来的人生道路，黄州、惠州、儋州之贬，作者始终能隐忍自爱，不坠其志，也不能说没有从贾生身上汲取教训。

刘勰说："论为体，所以辨正然否。故其义贵圆通，辞忌枝碎。……论如析薪，贵能破理。斤利者，越理而横断；辞辨者，反义而取通。"（《文心雕龙·论说》）苏轼此论可以说达到了"义贵圆通""反义而取通"的要求。纵观全文，高屋建瓴，紧紧围绕中心逐层展开，正反结合，不横生枝蔓，但又能从不同侧面强化"人才贵自用"的观点。而且在论述过程中对贾生的遭际屡次叹息，指出贾生的不能自用，实际上是希望他能够大用，同时也警示像贾生一样的才人要"慎其所发"，要善于等待。当然，从总体上看作者还是站在保守派的立场上来立论的，作者并没有考虑到贾谊提出的治安策的进步意义，是以承认汉文帝为明君，承认现存制度难以动摇为前提，推论贾生的不能待时。这与晚唐时代的李商隐《贾生》中"可怜夜半虚前席，不问苍生问鬼神"相比，苏轼的史识确实不够犀利超迈，未能直探历史的本质，未能揭示出正是腐朽的封建制度埋没了真正的人才，在那样的社会"人才的自用"又是多么难以实现的一厢情愿的空想。但是，年轻的苏轼在论文中洋溢的才华和积极用世之心及其对贾生命运的同情，还是令人钦佩的。

《凫绎先生诗集》叙[1]

孔子曰："吾犹及史之阙文也。有马者借人乘之，今亡矣夫。"[2]夫史之不阙文，与马之不借人也，岂有损益于世者哉？然且识之，以为世之君子长者，日以远矣，后生不复见其流风遗烈[3]，是以日趋于智巧便佞[4]而莫之止。是二者虽不足以损益，而君子长者之泽在焉，则孔子识之，又况其足以损益于世者乎？

昔吾先君适京师[5]，与卿士大夫游，归以语轼曰："自今以往，文章其日工，而道将散矣。士慕远而忽近，贵华而贱实，吾以见其兆矣。"以鲁人凫绎先生之诗文十篇示轼，曰："小子识之[6]，后数十年，天下无复为斯文者也。"先生之诗文，皆有为而作，精悍确苦[7]，言必中当时之过，凿凿乎如五谷必可以疗饥[8]，断断乎如药石必可伐病[9]。其游谈以为高[10]，枝词以为观美者[11]，先生无一言焉。

其后二十余年，先君既没而其言存[12]。士之为文者，莫不超然出于形器之表[13]，微言高论，既已鄙陋汉唐[14]，而其反复论难，正言不讳，如先生之文者，世莫之贵矣。轼是以悲孔子之言，而怀先君之遗训，益求先生之文，而得之于其子复[15]，乃录而藏之。先生讳太初，字醇之，姓颜氏，先师充公之四十七世孙云[16]。

【注释】

[1]凫绎:颜太初,字醇之,号凫绎处士,徐州彭城人。少博学有隽才,慷慨好义,善作诗,多切中时弊。口进士后为莒县尉,累官至南京(今河南商丘)国子监说书。

[2]"吾犹及"三句:语出《论语·卫灵公》。意谓我还来得及看到史料有遗缺和有马者借给别人骑这两件事,现在都已看不见了。

[3]流风遗烈:前代遗留下来的好的风气和习俗。

[4]智巧便佞:工于算计,阿谀逢迎。

[5]先君:已故的父亲,即苏轼的父亲苏洵,宋代著名的散文家,号"老苏"。

[6]小子识之:儿子要记住。

[7]精悍确苦:精粹廉悍,竭力坚持。指凫绎写作态度严谨刻苦。

[8]凿凿:确实。疗饥:救治饥饿。

[9]断断:确实。伐病:治病。

[10]游谈:浮夸无根的言论。

[11]枝词:浮华琐碎的言词。

[12]先君既没而其言存:先父已去世,而他的话却流传下来,正切中时弊。

[13]超然:高出。行器:有形的器物。指士大夫为文以超然尘世万物的夸饰浮词为高。

[14]鄙陋汉唐:瞧不起汉唐的文风。

[15]复:即颜复,字长道。宋仁宗嘉佑年间赐进士,宋哲宗元佑初年为太常博士,后官至中书舍人兼国子祭酒。

[16]先师充公:指颜渊。

【赏析】

"叙",即"序",因为苏轼的祖父名苏序,故他将所作的文集"序"称为"叙"。"序"这种文体起始于汉儒说诗的"诗大序",因为"其言次第有序,故谓之序也。"(吴讷《文章辨体序说》)"凡序文籍,当序作者之意。"(同上)苏轼这篇序文极具开合荡漾之妙,紧紧围绕时世风习,对士大夫文风进行批判。凫绎先生大约与苏轼父亲同时,诗文古朴厚正,创作态度严谨，但不为当世所重，而这种古朴风格深得苏轼父子推重，以为可以矫正当时浇薄空洞的文风。给这样一个成就并不高的诗人集子作序，很难写出深意，因此苏轼别出心裁，结构独具匠心。

首段典重开篇，由孔子的话引出古代的"流风余烈"。孔子感叹古代"史有阙文"和"有马者借人乘之"这两件事现在都看不到了。这两件事本互不关联，"史有阙文"，即"古之良史，于书字有疑则阙之，以待知者"（《论语注疏·卫灵公》卷十五）；"有马者借人乘之"，即"有马不能调良，则借人乘习之。"（同上）前者说明史官忠于史实，不作虚浮浪语，不作随意妄解；后者说明古人诚恳大度，不自私自利，体现一种古朴淳厚的风习。这二者未必对时世有什么损益，而古人的不穿凿附会如此，古人的恳切诚实如此，足够以小见大。因为古代的君子长者，渐渐变得邈远难及，恐怕后生小子再也见不到先贤遗留的美好品德和纯朴习俗，而现在又是世风日下，人们一天天变得工于算计，阿谀逢迎，愈演愈烈，这两件小事虽不足以损益当世，而表现了君子长者的德泽，所以孔子要记下来。那么。那些足以对时世有所损益的人事又怎样呢？通过这个对比性的设问，自然引出有关凫绎先生诗文的事来。这种由古及今，迤逦一线的笔法非常巧妙，看似不着边际，实际上深寓崇尚远古、批评当时的意旨。

第二段转入叙述嘉祐元年（1056年）作者随父亲"适京师，与卿士大夫游"的一件往事。有一天苏洵颇为担心地说："从今以后，文章会日益趋于工巧，而古道渐渐消散，因为士大夫好高骛远，不喜欢脚踏实地，崇尚华靡而贬低朴实，我已经看到这种征兆了！"于是拿出凫绎先生的十篇诗文，慨叹地说："后数十年，天下再也见不到这样的文章了。"行文至此，方悟开头一段的妙用，孔子所叹的世风日下正与目前世风浇薄、为文趋华靡不重敦厚古朴相同，而孔子意欲恢复古道的精神又正好在凫绎先生的诗文中体现出来，因此将凫绎先生的诗文创作继承儒家传统文化精神、力求有补于世的特点揭示出来了。作者认为：凫绎先生的诗文都是有为而作，精粹廉悍，严谨刻苦，所言必中当时弊病，确断详明，像五谷可以救治饥饿，像药石能够治病救人，不以浮夸无根的华词丽句为高，不以支离琐碎的言论为美，真是有补于世的良好箴言。这样的评价便将"作者之意"的内蕴揭示出来了，符合"序"体的要求。

凫绎先生诗文的价值只有与当世联系起来才能见其现实意义，因此第三段便转入对当世文风习俗的批评。果然二十年后，即神宗熙宁年间（1069—1078年），苏轼的父亲去世后，他的担心竟变成了现实：士大夫为文，都竞相以超然尘世万物的夸饰浮词为高，瞧不起汉唐的苍然古朴、正大宏通、波澜壮阔的文风，而斤斤计较于支离琐屑，反复论难，尖新巧刻，鲜廉寡耻，像凫绎先生那样古朴真厚的文章是不被看重的。在这样"黄茅白草，一望同之"的条件下，作者一方面深悲孔子之言，另一方面又无限缅怀先君的遗训，所以想多得到凫绎先生这样的文章。而正好从其子处得之，因此细心珍藏，并写下了这篇序。

文章并没有对凫绎先生诗集的具体内容及创作情况进行介绍，显然在达到对现实批评的目的之后，没有这个必要，因此结尾只平实地说："先生讳太初，字醇之，姓颜氏，先师兖公之四十七世孙云。"这是一个意味深长的结尾，让人猛醒为什么会以孔子的话开篇，因为颜渊是孔子最有才华的弟子，而现在时世浇薄与孔子时代相同，又再见到颜氏后人要恢复孔道精神，这是多么难能可贵啊！其意义自然是令人回味无穷。由此可见苏轼散文那种千里伏线，结尾处灵丹一点，顿显无限精神的结构艺术。

《南行前集》序[1]

夫昔之为文者，非能为之为工也，乃不能不为之为工也。山川之有云雾，草木之有华实，充满勃郁，而见于外，夫虽欲无有，其可得耶！自少闻家君[2]之论文，以为古之圣人有所不能自已而作者。故轼与弟辙为文至多，而未尝敢有作文之意。己亥之岁[3]，侍行适楚，舟中无事，博弈饮酒，非所以为闺门之欢，而山川之秀美，风俗之朴俗，贤人君子之遗迹，与凡耳目之所接者，杂然有触于中，而发为咏叹。盖家君之作与弟辙之文皆在，凡一百篇，谓之《南行集》[4]。将以识一时之事，为他日之所寻绎，且以为得于谈笑之间，而非勉强所为之文也。时十二月八日，江陵驿书。

【注释】

[1]苏轼（1037—1101年）：字子瞻，号东坡居士，眉州眉川（今属四川）人。北宋著名文学家，善诗、文、词，精书画。有《东坡七集》《东坡乐府》《东坡书传》等。

[2]家君:指苏轼父亲苏洵,唐宋八大家之一。

[3]己亥之岁:即宋仁宗嘉祐四年(1059年),苏轼与弟弟苏辙考中进士,随父亲南行赴京受职。

[4]《南行集》:苏轼父子三人在南行途中所作的诗歌集,主要内容为歌咏长江三峡一带的自然风光、民情风俗、历史遗迹及父子之间唱和抒情言志等,共一百篇。

【赏析】

《南行集》是苏轼父子的第一部合集,当时苏轼兄弟已经考取进士,随父亲一起南行赴京,一路上,他们心情欢畅,并不着急赶路,而是饱览长江三峡一带的壮美风光,考察民情风俗,游览历史遗迹,父子之间相互唱和。

这篇短序作于江行结束,宿于江陵驿站之时,对这次独特的经历及独特的创作经验进行了总结。首先,苏轼在序中提出了为文出于自然的观点,正如山川草木因为真气充满其中,自然将它们的美丽呈现于外一样,创作诗文也是有不得已的情感郁积心中,不得不将其表现出来,才能"不能不为之为工"。这种观念的形成,一方面是总结古代圣贤的创作规律,另一方面是苏洵和欧阳修等人影响的结果。追求自然真美成为苏轼终身实践的美学理想。其次,诗集序记录了父子南行的生活景象,他们在两岸连山七百里的滔滔江面上,沐浴着朝阳与晚霞,在凉爽的秋风中,饮酒博弈,有所感触就赋诗抒怀,用令人神往的真切情景,诠释了创作的最高原则:作品必须源于生活,又必须高于生活。

书渊明饮酒诗后[1]

陶诗云:"但恐多谬误,君当恕醉人。"此未醉时说也,若已醉,何暇忧误哉!然世人言:"醉时是醒时语。"此最名言。

张安道[2]饮酒,初不言盏数,少时与刘潜[3]、石曼卿[4]饮,但言当饮几日而已。欧公[5]盛年时,能饮百盏,然常为安道所困。圣俞[6]亦能饮百许盏,然醉后高叉手而语弥温谨[7]。此亦知其所不足而勉之,非善饮者,善饮者淡然与平时无少异也。若仆者又何其不能饮,饮一盏而醉,醉中味与数君无异，亦所羡尔。

【注释】

[1]渊明饮酒诗：陶渊明的饮酒组诗，共二十首。

[2]张安道：张方平，字安道，南京人。慷慨有节气，任官四川时，赏识苏轼父子三人。曾推荐苏轼为谏官，后苏轼遭乌台诗案，安道又上表解救。苏轼终身敬仰他。

[3]刘潜：字仲方，喜欢写作古文，是当时诗文复古运动的参与者，与石曼卿为酒友。

[4]石曼卿：石延年，字曼卿，北宋复古派的文学家，与欧阳修一起进行诗文革新运动。

[5]欧公：指欧阳修，北宋诗文革新运动领袖。

[6]圣俞：梅尧臣，字圣俞，北宋著名诗人。

[7]高叉手：高高的作揖。语弥温谨：说话更加温和恭谨。

【赏析】

饮酒文化源远流长，饮酒也是中国古代文人的一项重要生活内容，自古就有"杯中乾坤大"的说法。有的借酒浇愁解闷，有的豪饮展现狂放不羁，有的逃入醉乡抵抗名教世俗，有的喝酒装傻躲避政治迫害。自从陶渊明写作饮酒诗后，又形成了酒助诗兴的传统。诗文中刻画饮酒者形象的作品屡见不鲜。

苏轼这篇短跋作于贬官黄州之后，由于在诗中说了一些指责新法弊端的真话，苏轼遭到了文字狱，残酷的政治迫害使曾经豪迈洒脱、口无遮拦的苏轼不得不深居简出，借助酒力麻醉自己。一方面他借陶诗指出"酒后吐真言"事实，实际上是要警戒自己不要喝醉，以免再被人抓住把柄；另一方面他又通过几个当世君子饮酒却能自律的例子，希望自己能够像他们一样既能享受饮酒的乐趣，又能越醉越恭谨。想当年，杜甫创作《饮中八仙歌》，以一个清醒的醉者冷眼旁观一群沉浸在醉酒仙乡的胸怀大志却被迫无所作为的诗人，现在苏轼在文中刻画出张安道、刘潜、石曼卿、欧阳修、梅尧臣等当世明贤善饮者的群像，写出他们酒醉后"淡然与平时无少异"的特征，表现出自己与这些人同乐同趣的人生追求。一篇短文将苏轼的微妙心态展露无遗。

书黄子思诗集后[1]

余尝论书，以谓钟、王[2]之迹，萧散简远，妙在笔墨之外。至唐颜、柳[3]，始集古今笔法而尽发之，极书之变，天下翕然[4]以为宗师，而钟、王之法益微。至于诗亦然，苏、李[5]之天成，曹、刘[6]之自得，陶、谢[7]之超然，盖亦至矣。而李太白、杜子美以英玮绝世之姿，凌跨百代，古今诗人尽废，然魏、晋以来高风绝尘，亦少衰矣。李、杜之后，诗人继作，虽有远韵，而才不逮意。独韦应物、柳宗元发纤秾于简古，寄至味于淡泊，非余子所及也。唐末司空图，崎岖[8]兵乱之间，而诗文高雅，犹有承平之遗风，其论诗曰：梅止于酸，盐止于咸，饮食不可无盐梅，而其美常在咸酸之外，盖自列其诗之有得于文字之表者二十四韵[9]，恨当时不识其妙，余三复其言而悲之。

闽人黄子思，庆历、皇祐间号能文者，余尝闻前辈诵其诗，每得佳句妙语，反复数四，乃识其所谓。信乎表圣之言，美在咸酸之外，可以一唱三叹也。余既与其弟子几道、其孙师是[10]游，得窥其家集，而子思笃行高志，为吏有异材，见于墓志详矣。余不复论，独评其诗如此。

【注释】

[1]黄子思：黄孝先，字子思，宋代蒲城人。北宋庆历（1041—1048年）、皇祐（1049—1054年）时期有名的文人。

[2]钟、王：晋代著名书法家钟繇、王羲之。

[3]颜、柳：唐代著名书法家颜真卿、柳公权。

[4]翕然：言论、行为一致。

[5]苏、李：汉代的苏武、李陵。古人认为他们是文人五言诗的创始者，其作品具有天然浑成之美。

[6]曹、刘：三国时期魏国诗人曹植、刘桢。他们的诗歌出于自己的创造而非模仿。

[7]陶、谢：晋宋之交诗人陶渊明和谢灵运。他们的山水田园诗超脱自然。

[8]崎岖：颠沛流离。

[9]二十四韵：指司空图的《二十四诗品》。分二十四目，每目用四言韵语写成。

[10]弟子几道、其孙师是:黄几道,黄子思侄子,苏轼朋友。黄寔,字师是,黄子思之孙,苏轼友人。

【赏析】

黄子思是北宋前期的一位诗人,虽然在当时很有名气,但是其成就显然不能与梅尧臣、欧阳修等主流诗人相媲美。苏轼是黄子思侄子黄几复、孙子黄寔的朋友,他读完黄子思诗集之后,写下的这篇序,提出了一个重要的诗歌观念:追求萧散超然、淡远韵味风格的诗歌,在艺术上达到了很高的境界。

首先,苏轼认为:书法艺术以"萧散简远,妙在笔墨之外"为在最高境界。尽管唐代的颜真卿、柳公权能够集古今笔法的大成,成为天下人师法的宗师,但还是未能恢复钟繇、王羲之书法的艺术神韵。接着,苏轼运用类比推理,认为诗歌艺术与书法相通。诗歌最高的艺术境界也是自然天成,富于神韵,像苏武、李陵、曹植、刘祯、陶渊明、谢灵运等人的诗歌那样,出于性情的真切流露,超然物外,淡泊远神,富有韵味。尽管李白、杜甫取得了"凌跨百代"的集大成成就,但是,李杜诗歌还是缺少魏晋以来"高风绝尘"的韵味。此后的诗人尽管追求远韵,但是才不逮意。这就自然过渡到对韦应物、柳宗元山水诗的经典评价。苏轼认为他们的诗歌"发纤秾于简古,寄至味于淡泊"。于此相应,晚唐司空图又提出了妙在咸酸之外的"神韵"说。最后,苏轼将黄子思的诗歌接在追求远韵神味的诗歌艺术传统上,发现并赞扬了黄子思诗歌艺术成就。

当然,这篇短跋的价值,并不在于评价了黄子思诗歌,而在于苏轼提出了一种新的诗歌理想。与当时复古思潮不同的是苏轼要求诗歌恢复汉魏古诗的萧散简远境界,并不是欧阳修等人追求的古朴苍劲的格调。值得指出的是,苏轼自己的诗歌创作并没有实践这一艺术理想,即使那些刻意模仿陶渊明的和陶诗,也没有陶渊明诗歌那种冲淡闲适的风格,而是"天马脱羁,飞仙游戏,穷极变化如适如其意中所欲出"(沈德潜《说诗晬语》),显露的仍然是他豪迈洒脱的个性本色。

书吴道子画后[1]

知者创物,能者述焉[2],非一人而成也。君子之于学,百工之于技,自三代历汉至唐而备矣。故诗至于杜子美，文至于韩退之，书至于颜鲁公，画至于吴道子，而古今之变，天下之能事毕矣。道子画人物，如以灯取影，逆来顺往，旁见侧出，横斜平直，各相乘除[3]，得自然之数[4]，不差毫末。出新意于法度之中，寄妙理于豪放之外，所谓游刃余地，运斤成风，盖古今一人而已。余于他画，或不能必其主名[5]，至于道子，望而知其真伪也。然世罕有真者，如史全[6]所藏，平生盖一二见而已。

【注释】

[1]吴道子：唐代画家吴道玄，字道子，阳翟人。开元中召入供奉，为内教博士。他的画笔法超妙，尤其擅长画道释人物及山水，被尊为"画圣"。

[2]知者创物，能者述焉：智者创作出来的东西，由有技能的人去遵循、传承。

[3]乘除：抵消。这是说上述各种技法如顺逆、旁侧、斜直的合理利用，使之互相补充，从而获得平衡。

[4]自然之数：符合自然和实物的要素。

[5]必其主名：一定知道画的作者。

[6]史全：宋代收藏家。

【赏析】

苏轼精通书画，向来主张"神似"。他曾说："论画以形似，见与儿童邻。赋诗必此诗，定知非诗人。"（《书鄢陵王主簿所画竹枝二首》）其实，绘画与诗歌、书法艺术一样，都是作者运用艺术手段表达对客观现实生活的感受，因此对客观事物的逼真刻画就是一切艺术的基础。这篇小跋中，苏轼高度赞扬吴道子绘画"以灯取影"的逼真特点，认为吴道子绘画将各种艺术手段巧妙运用，达到了符合"自然之数"的成就，即符合客观事物的固有特征和变化规律。认为一切艺术家都应该像吴道子那样，先力求形似，然后再自由抒写，做到"出新意于法度之中，寄妙理于豪放之外"，这样艺术家的作品就进入"神似"的最高境界了。

另外，这篇短文中，苏轼将诗、文、书、画沟通起来，总结相通的艺术规律，也很值得重视。

书摩诘蓝田烟雨图后[1]

味摩诘之诗，诗中有画；观摩诘之画，画中有诗。诗曰："蓝溪白石出，玉川红叶稀。山路元无雨，空翠湿人衣。"[2]此摩诘之诗。或曰非也，好事者[3]以补摩诘之遗。

【注释】

[1]摩诘：唐代诗人画家王维，字摩诘。蓝田烟雨图：王维的绘画作品，真迹已经失传。

[2]这首诗最早见于明代《王右丞集》外编，题为《山中》："荆溪白石出，天寒红叶稀。山路元无雨，空翠湿人衣。"

[3]好事者：喜欢多事的人。他们认为这是王维遗佚的诗。苏轼此文没有断定一定就是王维的作品，但作为画中有诗的重要佐证，苏轼应该同意这是王维作品的。

【赏析】

这是一则非常著名的诗画题跋，苏轼提出的"诗中有画，画中有诗"已经成为王维诗画艺术成就的定评。诗与画是两种形式不同但神韵相通的艺术形式，宋人张舜民曾说"诗是无形画，画是有形诗"，但"无形"与"有形"不能真正把握诗画不同但相通的精髓。苏轼认为诗歌不能仅仅追求词彩之美，要表达出画的意境韵味来；同样，绘画也不能仅仅追求形似，而要表现出诗歌的意蕴。真正做到诗画相通的是王维的作品。苏轼所欣赏到的这幅《蓝田烟雨图》及其题画诗，就是这一艺术见解的有力佐证。但为苏轼所没有想到的是，后人竟将他对王维这一特定作品品评的意见，上升到对王维全部作品的评价。围绕诗画一体的艺术问题，人们在王维诗中发现了更多的诗画相通的因素，包括绘画原理、画法应用于诗歌的结构、语言，乃至散点透视规律、视觉听觉的相互沟通、色彩声音的调配等等，从各个方面论证了苏轼论点的正确性。

苏轼是诗书画兼擅的全能型文人，他从长期的创作经验中概括出这一艺术理论，这既是他对艺术的见解，也是他追求的最高艺术境界。

文与可飞白赞[1]

呜呼哀哉！与可岂其多好，好奇也欤[2]？抑其不试，故艺也[3]。始余见其诗与文，又得见其行草篆隶也[4]，以为止此矣。既没一年，而复见其飞白[5]。美哉多乎！其尽万物之态也，霏霏乎[6]其若轻云之蔽月，翻翻乎其若长风之卷旆也[7]，猗猗乎其若游丝之萦柳絮，驜驜乎[8]其若流水之舞荇带也，离离乎[9]其远而相属，缩缩乎[10]其近而不隘也。其工至于如此，而余乃今知之，则余之知与可者固无几，而其所不知者，盖不可胜记也。呜呼哀哉！

【注释】

[1]赞：一种文体，含赞美表彰之意。文与可（1018—1079年）：名同，梓州永泰（今四川盐亭）人。北宋著名书画家，湖州竹派的代表人物，苏轼的从表兄。曾知洋州、湖州。著有《丹渊集》。

[2]二句谓文与可爱好广泛，难道仅仅好奇吗？

[3]二句出《论语·子罕》："子云：'吾不试，故艺。'"试，用。艺，掌握多种技术。指与可因为才未得世用，故形成各种艺术技能。

[4]行草篆隶：四种书法名称，即行书、草书、篆书、隶书。

[5]飞白：汉字书体的一种，笔画露白，以枯笔所写。相传为后汉蔡邕所创。

[6]霏霏：云雾初起貌。

[7]翻翻：翻腾蒸涌貌。旆（pèi）：旗帜。

[8]驜驜（yè）：香气散布貌。

[9]离离：分披繁茂貌。

[10]缩缩：团成一堆貌。

【解析】

文与可是北宋著名的书画家，也是苏轼的从表兄，于元丰二年（1079年）去世，当时苏轼任湖州知州，曾写了著名的纪念文章《筼筜谷偃竹记》，通过睹画思人，描述了文与可的音容笑貌，表现其隐居山谷安贫乐道的精神和潜心创作精于画理的艺术造诣，寄托了对亡友的痛悼之情。可是，仅仅过了一年，苏轼也经历了人生的炼狱——乌台诗案，被贬到黄州。虽然遨游江山，叹赏风月，"侣鱼虾而友麋鹿"，整日以书画饮酒为乐，貌似放怀旷达，其实多属借酒浇愁，通过诗赋书画来消忧。一天，他偶然发现了文与可的一幅"飞白"字，大为惊异，进而赞叹不已，遂生无穷感慨，于是长歌当哭，挥笔写下了这篇妙文。

这篇短文运用典重的颂赞体来抒写悲情。从内容上看，具有哀情深、赞叹深、感慨深的特点。首尾两句"呜呼哀哉"，相互呼应，倾吐出对亡友的一腔深深哀痛，这种悲情又来源于对文与可"抑其不试，故艺"的人生经历的理解，随即通过发现文与可的飞白书法，赞叹其高超的艺术造诣，来表现其绝世才华。而这样一个卓杰的人才却没世不称，以致像作者这样博学多闻的人对文与可的技艺也不能全面了解，这是多么深沉的喟叹！文章引用《论语》中孔子的话"吾不试，故艺"来揭示文与可虽多才多艺，却不为世用的遭遇，而这又正是天下许多怀才不遇者相同的命运，作者悲叹与可其实也是悲叹自己。这便是浸透全文的情感基调。

从艺术上看，首先，这篇文章最重要的特点是运用精细描写的手法。文与可具有多种艺术才能，作者先前已熟悉其绘画、诗文艺术成就，后来又见到他的行草篆隶，现在竟发现他还有飞白书法。飞白是一种以枯笔所写、笔画露白的汉字书体，相传为后汉蔡邕所创。这种字体的艺术特征很少见形象的描述，因此苏轼紧紧围绕飞白的特点，展开丰富的联想，运用博喻，生动描绘出文与可飞白的艺术成就。文与可的飞白达到了"尽万物之态"的艺术极境：先看形态，那淡墨有如轻烟，又如遮掩明月的轻云，令人想起曹植《洛神赋》中那位体迅飞凫轻盈飘忽的女神，展现出飞白墨淡露白处清淡飘逸的神韵；看那笔势，遒劲如长风呼啸，旌旆翻卷，奔放飞动，体现出飞白书法那种肆意挥洒、墨气淋漓的气势；再看笔法，则如飘荡的柳絮牵系着一根根飘忽的游丝，又如柔嫩的荇草，飘舞于轻泻的流水清波，更见得飞白既柔婉缠络又袅袅流动的摇曳多姿；再看整体架构，字与字之间是若即若离，又不即不离，有的字仿佛要高飞远去，而分明又前后相连，有的字虽蜷缩密集，但其间却有墨气流衍，呈现出疏而不断、密而不滞、疏密相间、错落有致的结构美。

文与可的书法通过苏轼的精妙描绘得到传神的再现，美文与奇字相映生辉，不仅表现了苏轼过人的文采，更见他对书理妙境的透辟体会。

其次，这篇短文极富衬跌转折之妙。总共有五次转折，层层衬跌出新境。开篇悲叹一声之后，就说与可多才多艺不是好奇所至，一转入其人生"不试，故艺"之悲；接着说自己先前熟悉他的诗文，二转出见其"行草篆隶"的书法；本以为与可的技艺只于此，却不料再见其飞白，这是三转，越转越深，将文与可的多方面艺术才能展现出来；这样精妙的书法，作者竟到现在才知道，四转，足见文与可陶染于艺术极臻妙境却不愿标榜夸世的品质；最后，由已知推想其"所不知"，由实境转入虚境，遂生无穷感慨，也将文势荡向邈远，引起人们余韵无尽的回味。苏轼散文如万斛泉流，与山石曲折，随物赋形，层层转折出妙境，即使是这样的短文也有动人的表现。

最后，本文还有声情并茂之美，这主要表现在虚词的巧妙运用上。欧阳修的《醉翁亭记》曾创造了巧用"也"字表达情感舒缓顿荡、徐纡委备的范例。苏轼的这篇仅一百六十二字的小文竟运用了二十四个虚词。其中"也"字（8次）最有特色，或表现深沉感慨（如"抑不试，故艺也"，"不可胜记也"），或表现深情的赞美（如"尽万物之态也"，"若流水之舞荇带也"），情味深长；又如"乎"字（7次），或用于句中表示提顿，或用于句尾表示慨叹；还有，用"哉"来倾吐哀痛，用"又""复""乃"来强调转折，衬跌出新境。总之，众多虚词的盘旋呼应，顿宕曲折，使这篇文章不仅跌宕起伏，而且声调谐美，情韵悠扬。

跋文与可墨竹[1]

昔时与可墨竹，见精缣[2]良纸，辄愤笔挥洒[3]，不能自已，坐客争夺持去，与可亦不甚惜。后来见人置设笔砚，即逡巡[4]避去，人就求索，至终岁不可得。或问其故，与可曰："吾乃者学道未至，意有所不适，而无所遣之，故一发于墨竹，是病[5]也。今吾病良矣，可若何？"然以余观之，与可之病，亦未得为已也，独不容有不发乎？余将俟其发而掩取之。彼方以为病，而吾又利其病[6]，是吾亦病也。熙宁庚戌[7]七月二十一日，子瞻。

【注释】

[1]文与可：北宋画家文同，字与可，梓州永泰（今四川盐亭）人，苏轼从表兄。善画竹，为湖州画派的代表。

[2]精缣：精致的细绢，可供绘画。

[3]愤笔挥洒：指文与可为了发泄心中忧郁愤懑，肆意挥洒画墨竹。

[4]逡巡：犹豫不前。

[5]病：病态，实际上是由于仕途坎坷，怀才不遇的遭遇形成一种创作心态。

[6]利其病：因为他的病态而获得利益，指收获文与可的墨迹真画。

[7]熙宁庚戌：宋神宗熙宁三年（1070年）。当时苏轼、文与可都在京师供职，关系密切。

【赏析】

这篇画作题跋，实际上是一篇人物写生小品。文与可的墨竹是他真性情的流露，与可虽身怀绝技，精通书法绘画，但是仕途坎坷，不遇于世。他继承成了司马迁发愤著书、韩愈不平则鸣的精神，将自己的一腔幽愤通过一幅幅墨竹表达出来，而对自己的艺术作品则不甚珍惜，随意送人。因此，一些达官贵人故意准备好纸笔墨砚等着他作画。与可明白这些人的意图之后，则避免露面，躲得远远的，致使求画者终年不得一幅。与可解释其中的原因是自己学道没有达到很高的境界，又胸怀郁闷，所以常常通过挥洒笔墨创作墨竹来泄愤，导致自己形成一种病态，现在病好了，也就不再作画了。实际上，文与可这样说只不过抒发自己怀才不遇之悲罢了。只有苏轼理解与可，曾说与可"不试，故艺"，没有得到为世所用的机会，只好沉潜到艺术境界中去。苏轼认为与可并没有真正病愈，一定还有发病作画的机会，因此可以利用与可的病，得到珍贵的墨竹画。正所谓蚌病成珠，珍贵的艺术品却是艺术家病态的结晶。从苏轼幽默中，既可以看到苏轼、与可之间亲密无间的友谊，也可以看到他对与可的理解与同情。

书蒲永升画后[1]

古今画水，多作平远细皱[2]，其善者不过能为波头起状。使人至以手扪之，谓有洼隆[3]，以为至妙矣。然其品格，特与印板水纸[4]争工拙于毫厘间耳。唐广明中，处士孙位[5]，始出新意。画奔湍巨浪，与山石曲折，随物赋形[6]，尽水之变，号称神逸。其后蜀人黄荃、孙知微[7]皆得其笔法。始，知微欲于大慈寺寿宁院壁作湖滩水石四堵，营度经岁，终不肯下笔。一日仓皇入寺，索笔墨甚急，奋袂如风，须臾而成。作输泻跳蹙[8]之势，汹汹欲崩屋也。知微既死，笔法中绝五十余年。

近岁成都人蒲永升，嗜酒放浪，性与画会，始作活水[9]，得二孙本意。自黄居寀兄弟、李怀衮之流[10]皆不及也。王公富人，或以势力使之，永升辄嘻笑舍去。遇其欲画，不择贵贱，顷刻而成。尝与余临寿宁院水[11]，作二十四幅，每夏日挂之高堂素壁，即阴风袭人，毛发为立。永升今老矣，画益难得，而世之识真者亦少。如往时董羽[12]，近日常州戚氏[13]画水，世或传宝之。如董、戚之流，可谓死水，未可与永升同年而语也。元丰三年十二月十八日夜黄州临皋亭西斋戏书。

【注释】

[1]蒲永升：成都人，北宋画家，尤善画活水。

[2]细皱：指很细的水波纹。

[3]洼隆：指画面摸起来有凹凸感。

[4]印板水纸：指在木刻板上用水墨印刷的图画，十分精细。

[5]孙位：唐末画家，号会稽山人，擅长画人物、鬼神、龙水、松石、墨竹等。

[6]随物赋形：依照不同的事物描绘出它们不同的形态，这里特指水经过不同环境形成的不同形态。

[7]黄筌、孙知微：黄筌，字要叔，成都人，五代后蜀画家，工山水花鸟，与南唐徐熙并称"黄徐"。孙知微：字太古，眉州彭山人，宋代画家，善画人物、山水。

[8]输泻跳蹙：形容水势倾泻奔腾激荡。

[9]活水：流动的水。

[10]自：即使。黄居寀兄弟：黄筌有三子，长子黄居实，善画花雀；次子黄居宝，善画花鸟松石；三子黄居寀，擅长山水、花鸟、竹石，在三兄弟中成就最高。李怀衮：成都人，宋代画家，善画花卉翎毛，亦工山水。他们的画法技巧成为当时绘画的标准。

[11]临寿宁院水：指以寿宁院中孙知微画的水为范本进行临摹。

[12]董羽：字仲翔，毗陵（今江苏常州）人，善画鱼龙海水，先后在南唐和北宋担任宫廷画师。

[13]戚氏：即戚文秀，毗陵人，宋代画家，擅长画水。

【赏析】

这篇题画跋文，实际上是苏轼绘画艺术理论的集中体现。他纵观古今画坛，考察绘画的发展历史，指出画水的两种境界：一为"死水"，一为"活水"。前者虽然工细精致，但充其量只得"形似"，而后者则随物赋形，并融合画家的独特性情，是真正的"神似"。

在众多的古今画水名家中，苏轼最看重孙位、孙知微，因为孙位的作品突破了传统印版水纸式的呆板画法，始出新意，不画平远细皱的纹静之水，而画与山石曲折的奔湍巨浪，极尽水的变态，显出水的神韵。孙知微则更进一步，营度经岁不肯下笔，一旦灵感袭来，顷刻挥毫而就，刻画出猛浪若奔的气势，仿佛发出汹汹崩屋的轰鸣。在两层铺垫之后，再突出蒲永升继承二孙笔法基础上的新创造，他不仅放浪形骸，性情融合于画中，而且独立特行，不苟随世俗，当遇上作画的兴会，不避贵贱，顷刻而成。他的作品夏日挂在墙上，给人清风袭来的凉意，让你感觉那就是一湍奔腾跳跃的活水。这与当时著名的黄居寀兄弟和李怀衮等人标准化的画法形成鲜明对比，也使世人宝藏珍爱的董羽、戚文秀画的死水相形见绌。由此可见，苏轼对诗歌、绘画、书法艺术的美学追求是一致的，即要求表现出事物活泼泼的生命意趣，追求自然天成的境界，展现作家的独特性情。

苏 洵

苏洵（1009—1066年），字允明，眉州眉山人。二十七岁方发奋读书，虽屡次落第，但苦学不辍，学业大进。嘉祐初，携带儿子苏轼、苏辙赴京，被欧阳修赏识并得到欧的推荐，被授为秘书省校书郎，并参加编修《太常因革礼》。书成而卒，追赠光禄寺丞。

"三苏"之中，苏洵被称为"老苏"，其散文深受《战国策》的影响，擅长策论、史论，词锋犀利，纵横恣肆，文笔老辣，思想深刻。有《嘉祐集》传世。

心　术[1]

为将之道，当先治心[2]。泰山崩于前而色不变，麋鹿兴于左而目不瞬[3]，然后可以制利害[4]，可以待敌。

凡兵上义[5]；不义，虽利勿动。非一动之为利害，而他日将有所不可措手足也。夫惟义可以怒士[6]，士以义怒，可与百战。

凡战之道，未战养其财，将战养其力，既战养其气，既胜养其心。谨烽燧[7]，严斥堠[8]，使耕者无所顾忌，所以养其财；丰犒而优游之[9]，所以养其力；小胜益急，小挫益厉[10]，所以养其气；用人不尽其所欲为，所以养其心。故士常蓄其怒、怀其欲而不尽。怒不尽则有馀勇，欲不尽则有馀贪。故虽并天下，而士不厌兵，此黄帝之所以七十战而兵不殆也[11]。不养其心，一战而胜，不可用矣。

凡将欲智而严[12]，凡士欲愚[13]。智则不可测，严则不可犯，故士皆委己而听命[14]，夫安得不愚？夫惟士愚，而后可与之皆死。

凡兵之动，知敌之主，知敌之将，而后可以动于险。邓艾缒兵于蜀中[15]，非刘禅之庸[16]，则百万之师可以坐缚，彼固有所侮而动也。故古之贤将，能以兵尝敌[17]，而又以敌自尝，故去就可以决。

凡主将之道，知理而后可以举兵，知势而后可以加兵，知节而后可以用兵[18]。知理则不屈，知势则不沮[19]，知节则不穷。见小利不动，见小患不避，小利小患，不足以辱吾技也[20]，夫然后有以支大利大患[21]。夫惟养技而自爱者，无敌于天下。故一忍可以支百勇，一静可以制百动。

兵有长短，敌我一也。敢问："吾之所长，吾出而用之，彼将不与吾校[22]；吾之所短，吾蔽而置之，彼将强与吾角[23]，奈何？"曰："吾之所短，吾抗而暴之[24]，使之疑而却；吾之所长，吾阴而养之，使之狎而堕其中[25]。此用长短之术也。"

善用兵者，使之无所顾，有所恃。无所顾，则知死之不足惜；有所恃，则知不至于必败。尺棰当猛虎，奋呼而操击；徒手遇蜥蜴[26]，变色而却步，人之情也。知此者，可以将矣。袒裼而案剑[27]，则乌获不敢逼[28]；冠胄衣甲[29]，据兵而寝[30]，则童子弯弓杀之矣。故善用兵者以形固[31]。夫能以形固，则力有馀矣。

【注释】

[1]本文是《权书》(共十篇)中的一篇,逐节论述用兵的方法。以治心为核心,所以标题叫"心术"。

[2]治心:指锻炼培养军事上的胆略、意志等。

[3]麋:鹿类的一种。左:附近。瞬:眨眼。

[4]制:掌握。

[5]上:通"尚",崇尚。

[6]怒:激发。义:道义,正义。

[7]谨:谨慎。烽燧:即烽火,古代边防报警的信号。白天放烟叫"烽",夜间燃火叫"燧"。

[8]斥堠:古代用来了望敌情的土堡,这里指放哨、了望。

[9]犒:犒赏,旧指用酒食或财物慰劳将士。丰犒:丰厚的奖赏。优游:闲暇自得的样子。

[10]挫:挫折,这里指打了败仗。厉:激励。并天下:兼并天下。

[11]黄帝:传说中我国中原各族的共同祖先。相传曾在战争中多次取胜,打败了炎帝、蚩尤,成为部落联盟的领袖。殆:通"怠",懈怠。

[12]智:有智慧。 严:有威严。

[13]欲:应该。

[14]委:委屈。

[15]邓艾缒兵于蜀中:邓艾,三国时魏国的将领,魏元帝景元四年(263年),他率兵从一条艰险的山路进攻蜀汉,山高谷深,士兵都用绳子系着放下山去,邓艾自己也用毡布裹着身体,滑下山去。缒,系在绳子上放下去。

[16]刘禅:三国时蜀后主,小名阿斗,刘备之子,公元223年至263年在位。

[17]尝:试探,检验。

[18]节:节制。

[19]沮:沮丧。

[20]辱:玷污。技:本领。

[21]支:经得起,对付得了。

[22]校:较量。

[23]角:角斗。

[24]抗:高,引申为突出地。暴:显露。却:退。

[25]狃:轻忽。堕:落。

[26]蜥蜴:一种爬行动物,形似壁虎,俗称"四脚蛇"。

[27]袒裼:脱衣露体。

[28]乌获:战国时秦国的大力士,相传能力举千钧。

[29]冠胄衣甲:戴着头盔,穿着铠甲。胄,盔。冠、衣,都用作动词。

[30]据兵:靠着兵器。

[31]以形固:指利用各种有利形势来巩固自己。以,凭借,利用。形,各种有利的形式和条件。固,巩固。

【赏析】

宋王朝自"杯酒释兵权"后,一直采取崇文抑武的国策,出现冗官冗兵的现象,朝廷内是议论纷纭,莫衷一是;对外用兵(尤其对辽和西夏)是败多胜少,因此形成积贫积弱的局面。这在有强烈责任感和爱国心的士大夫心中便固结了忧国忧民的忧患意识,宋代的大散文家都有许多谈政论兵之作,体现出对国家民族前途和命运的深重关切。苏洵的《心术》就是他系统研究古今兵法和战例的著作《权书》(十篇)中的一篇,体现了他军事思想,充满朴素辩证法的战略战术观点,不仅对军事而且对为政都有深刻的借鉴意义,值得一读。

这篇文章涉及战争中的许多重要问题,充满了朴素的辩证法思想,能给人以启迪。如战争中的"义"与"利"关系,"凡兵上(崇尚)义",指出战争的正义性是决定胜负的关键,不义之战、逐利之战,即使一时取得成功,但必将丧失长远的利益,会弄到不可收拾的地步。当今美伊战争就是一个鲜活的例证。只有正义的战争,才能激发士气;只有士气旺盛,才能战无不胜。又如战争与财、力、心、气的关系,即战争与充分的物质准备、旺盛的战斗意志之间的关系。"凡战之道,未战养其财,将战养其力,既战养其气,既胜养其心。"这与先秦时代曹刿论战中的战前中是民心所向、战时重视士气旺盛的思想相比,显得更为丰富周全。苏洵又说"善用兵者,使之无所顾,有所恃。无所顾,则知死之不足惜;有所恃,则知不至于必败。"即既激发士兵为国为正义不怕牺牲的精神,又做好充分的物质准备,有必胜的把握,二者相辅相成,而且只有不打无准备之战,才能始终保持旺盛的斗志。接着作者又用生动的比喻说明人与武器的关系:手中有武器,遇到猛虎也敢搏斗;手中无武器,突然见到蜥蜴也会吓得变色。

但是，武器本身并不能决定战争的胜负：赤臂握剑拼命，乌获一样的大力士也不敢马上逼近；身穿铠甲酣睡，童子也敢弯弓射杀。武器只有与具有战斗力的人结合，才能发挥威力。再如战争中的阴长暴短问题；"吾之所短，吾抗而暴之，使之疑而却；吾之所长，吾阴而养之，使之狎而堕其中。"暴短就是有意显露自己的短处，使敌人疑惧而不敢进攻（如诸葛亮设空城计）；阴长就是有意隐匿自己的长处，使敌人麻痹大意而落入圈套（如关羽大意失荆州）。文章还阐述了将智与士愚的关系，当然这种认为士兵必须愚昧、绝对服从的思想有局限性，在现代高科技条件下的战争中，显然将与士都必须是智者才能取胜。另外，文章还对理与势，忍和勇，静和动，尝（试）敌与自尝等众多对立因素提出了看法，总体上看，作者总是从矛盾双方着眼去思考，并努力寻求解决的方法，这使得文章所表述的战略战术思想，具有深刻而切合实用的特点。尤其是"用人不尽其所欲为，所以养其心"的策略，不仅对战争有意义，而且在追求事业、发展企业等方面，都具有启示意义，并具有心理学上的依据：人只有永远处于一种不满足的追求状态，才有可能永远进取。

文章的深刻思想还得力于大量排偶句的纯熟运用。在散文中运用排偶，这是宋代文赋的特点，本文不仅吸收了骈文音调铿锵、形式优美的长处；而且排偶句和长短句交替互用，又有连类引发、一气呵成的效果。像文中的名句："泰山崩于前而色不变，麋鹿兴于左而目不瞬""怒不尽则有余勇，欲不尽则有余贪""一忍可以支百勇，一静可以制百动""尺箠当猛虎，奋呼而操击；徒手遇蜥蜴，变色而却步"等，这样的排偶句不仅气势充沛、音韵优美，而且富于哲理意味，内涵丰富，精炼深刻，增强了文章的表达力。

这篇文章结构非常特别，每段都独立谈一个问题，彼此之间仿佛没有联系，清代金圣叹说是"全学孙子文字，逐节自为段落"。其实苏洵的文章往往转折顿挫，左右萦绕，一节未了，又生一枝。这篇文章表面上看词多意杂，枝蔓横生，实际上是首尾呼应，全篇有一条主线贯穿，各节巧妙关联。首段论治心，接下三段论养士，五六段论审势，七段讲阴长暴短，出奇制胜，最后论守备。而全文都是围绕为将的心术发挥。这就体现了散文形散神聚的特点。正如《古文观止》所说，本文"先后不紊，由治心而养士，由养士而审势，由审势而出奇，由出奇而守备，段落鲜明，井井有序，文之善变化也。"

养　才

夫人之所为，有可勉强者，有不可勉强者。煦煦然[1]而为仁，孑孑然[2]而为义，不食片言以为信，不见小利以为廉[3]，虽古之所谓仁与义、与信、与廉者，不止若是，而天下之人亦不曰是非仁人，是非义人，是非信人，是非廉人，此则无诸已而可勉强以到者也。在朝廷而百官肃，在边鄙[4]而四夷惧，坐之于繁剧纷扰[5]之中而不乱，投之于羽檄[6]奔走之地而不惑，为吏而吏，为将而将，若是者，非天之所与，性之所有，不可勉强而能也。道与德可勉以进也，才不可强揠[7]以进也。今有二人焉，一人善揖让，一人善骑射，则人未有不以揖让贤于骑射矣。然而揖让者，未必善骑射，而骑射者，舍其弓以揖让于其间，则亦必失容。何哉？才难强而道易勉也。

吾观世之用人，好以可勉强之道与德，而加之不可勉强之才之上，而曰我贵贤贱能。是以道与德未足以化人，而才有遗焉。然而为此者，亦有由矣。有才者而不能为众人所勉强者耳。何则？奇杰之士，常好自负，疏隽傲诞[8]，不事绳检，往往冒[9]法律，触刑禁，叫号欢呼，以发其一时之乐而不顾其祸，嗜利酗酒，使气敥物[10]，志气一发，则倜然[11]远去，不可羁束以礼法。然及其一旦翻然而悟，折而不为此，以留意于向[12]所谓道与德可勉强者，则何病不至？奈何以朴樕[13]小道加诸其上哉。

夫其不肯规规以事礼法，而必自纵以为此者，乃上之人之过也。古之养奇杰也，任[14]之以权，尊之以爵，厚之以禄，重之以恩，责之以措置天下之务，而易[15]其平居自纵之心，而声色耳目之欲又已极于外，故不待放肆而后为乐。今则不然，奇杰无尺寸之柄，位一命之爵，食斗升之禄者过半，彼又安得不越法、逾礼而自快耶。我又安可急[16]之以法，使不得泰然自纵耶。今我绳之以法，亦已急矣。急之而不已，而随之以刑，则彼有北走胡[17]，南走越[18]耳。噫！无事之时既不能养，及其不幸，一旦有边境之患，繁乱难治之事，而后优诏[19]以召之，丰爵重禄以结之，则彼已憾矣。夫彼固非纯忠者也，又安肯默然于穷困无用之地而已耶。周公之时，天下号为至治，四夷[20]已臣服，卿大夫士已称职。当是时，虽有奇杰无所复用，而其礼法风俗尤复细密，举朝廷与四海之人无不遵蹈，而其八议[21]之中犹有曰议能者。况当今天下未甚至治，四夷未尽臣服，卿大夫士未皆称职，礼法风俗又非细密如周之盛时，而奇杰之士复有困于簿书米盐间者，则反可不议其能而怒之乎？所宜哀其才而贳[22]其过，无使为刀笔吏[23]所困，则庶乎尽其才矣。

或曰：奇杰之士有过得以免，则天下之人孰不自谓奇杰而欲免其过者，是终亦溃法乱教[24]耳。曰：是则然矣，然而奇杰之所为，必挺然[25]出于众人之上，苟指其已成之功以晓天下，俾得以赎其过[26]，而其未有功者，则委之以难治之事，而责其成绩，则天下之人不敢自谓奇杰，而真奇杰者出矣。

【注释】

[1]煦煦然：和悦的样子。

[2]孑孑然：渺小的样子。

[3]廉：廉洁，不贪财物。

[4]边鄙：边境。

[5]繁剧纷扰：指纷繁杂乱的事务。

[6]羽檄：羽即羽书，插上鸡毛的信。檄文是古代战争期间用来征召、声讨的文书。

[7]强揠：勉强提拔。

[8]疏隽傲诞：放纵不羁，傲慢怪诞。

[9]冒：触犯。

[10]使气傲物：意气用事，恃才傲物，自高自大。

[11]偶然：高举远离的样子。

[12]向：先前。

[13]朴樕：小木，比喻浅陋平庸的道理。

[14]任：使……担当重任。

[15]易：改变。

[16]急：急迫，困窘。

[17]北走胡：向北逃入胡人之境。

[18]南走越：向南逃入越国之境。

[19]优诏：优待的诏书。

[20]四夷：古代对中国四境少数民族的轻蔑称呼。

[21]八议：周代统治者为确定等级身份和调整内部关系，制定减轻刑罚的八种条件，包括"议亲""议故""议贤""议能""议功""议贵""议勤""议宾"，凡符合条

件者可考虑减刑或免刑,称为"八辟",汉代改为"八议",三国时写入法典,沿用至清。

[22]贳:宽纵赦免。

[23]刀笔吏:刀、笔均为古代办案文官的书写工具,因此刀笔吏指主办文案的官吏。

[24]溃法乱教:破坏礼教和法律。

[25]挺然:卓然突出的样子。

[26]赎其过:以功赎罪。

【赏析】

举贤授能,唯才是举,任人不计贵贱,是先秦以来历代有识之士的共识。如屈原《离骚》的美政理想之一就是"举贤而授能兮,循绳墨而不颇"。儒家典籍《礼记·礼运》篇也将"选贤与能"作为"天下为公"的上古大同时代的重要标志之一。生当乱世的曹操在建安十二年颁布《求贤令》,曾对东汉以来选拔官吏的旧传统、旧标准而提出不论是"被褐怀玉者"还是"盗嫂偷金者",只要有"治国用兵之术",都"唯才是举"。"削平群雄,混一车书"的唐太宗更是因为善于发现、提拔、任用各种奇才,才开创了政治清明的"贞观之治"。面对北宋初期人才被埋没的现实,苏洵以战国策士的豪情,作《衡书》十篇。其中第五篇《广士》和第六篇《养才》都谈到了人才问题,他的观点既有历史继承性,更有现实针对性。《广士》篇主要论取士之道,主张任人唯贤,认为无论布衣寒士、公卿贵族、武夫健卒、巫医方技、胥吏贱吏,甚至盗贼、夷狄,只要"贤之所在",都应该选拔任用。而这篇《养才》则着重论述如何培养和重用"齐杰之士"。

文章开篇即提出"道德"与"才能"不同,认为"才难强而道易勉"。苏洵认为儒家倡导的"仁、义、信、廉"等德行可以勉励学到,而吏才、将才则是禀性所有,不能勉强而得。这里作者将道德当成"道德行为",认为是简单易学的外在的东西,而将为官、为将的才能当作人性禀赋的内在的东西。与古人理解的"道德"(人的本性的最高形式)不同,实际上无论道德还是才能都需要经历一个艰苦的磨炼过程。修炼道德境界,既要"苦其心志"的广泛学习,择善而从,还要"一日三省乎吾身"的反躬自思;而培养杰出才能也需要"劳其筋骨、饿其体肤、空乏其身"的艰苦磨练。显然苏洵在这里是强调"才能"比"道德"更为重要,才如此说,因为道德毕竟是虚泛而空阔的，而目前国家所需要的正是各类有实际效用的奇才。接着，苏洵运用例证法，用"善揖让"喻道德，用"善骑射"喻才能。他认为善揖让的人要他勉强学会骑射，勉强不来；而善骑射的人，放下弓箭来揖让则未必差人一等。这说明道德可以轻易学到，而才能却不能勉强练成。这样的类比不一定恰当，苏洵把道德简单化了，像孟子所说的"富贵不能淫，贫贱不能移，威武不能屈"的精神境界和"杀身成仁，舍生取义"的道德情操，就比揖让要高得多，也比骑射难能可贵。因此道德不一定比骑射易于做到。孔子讲兵、食、信三者中"信"更重要，因为"民无信不立"。尽管有这样的缺陷，但苏洵还是通过鲜明而简洁的对比和类推，证明了"才难强而道易勉"的论点，为下文作好了重要的铺垫，在苏洵看来，当今社会并不需要也不缺乏这样空口仁义道德、作揖礼让的人，而最需要的是"在朝廷而百官肃，在边鄙而四夷惧，坐之于繁剧纷扰之中而不乱，投之于羽檄奔走之地而不惑"的干吏能将，才能彻底扭转积贫积弱的不利局面。

　　第二段转到当今的用人之策上，批评世人"贵贤贱能"的人才观念，认为在这种观念指导下使用人才，就会导致"才有遗焉"，因为那些有突出才能的人是不能为众人所勉强的。他们一方面"常好自负，疏隽傲诞，不事绳检，往往冒法律，触刑禁"，猖狂恣肆，为行乐而不顾其祸；另一方面他们"嗜利酗酒，使气傲物，志气一发，则倜然远去"，不愿被礼法所束缚。真是形象而生动地概括出奇杰之士的性格特点。正因为如此，所以不能"以小道加诸其上"。但实际上历代的才士都不能舒展才性，而是命途多舛，由此看来，导致"才士"的自纵恰恰是由于"上之人之过"。接着苏洵又将古、今培养人才的方式作了鲜明对比：古代养育奇杰之士，以权柄来运用他，以爵位来尊崇他，以俸禄来厚待他，以恩惠来笼络他，以处置天下的事务来要求他，改变他平常放纵的心态，至于耳好声、目好色的欲望，又已经在外面极其满足，所以不等自纵也很快乐。而当今却相反，奇杰之士没有尺寸的权柄，爵位很低，半数人只有微薄的俸禄。使他们不得不"越礼法而自快"，如果再加上法律的束缚和刑罚的威胁，这就迫使他们不得不"北走胡，南走越"。因为天下太平无事时不能妥善养才，如果一旦不幸发生边境之患，遇上繁乱难治之事，再下诏招揽人才，以高官厚禄来重用他们，则为时已晚。

第三段用"周公之时"的"至治"与"当今天下"的"实情"进行对比：古代"四夷已臣服，卿大夫士已称职"，虽有奇杰无所复用，在礼法细密，举朝廷四海之人都遵守法律的条件下，还特别设立"八议"的措施来减轻刑罚，而当今天下"未甚至治，四夷未尽臣服，卿大夫士未皆称职，礼法风俗又非细密如周之盛时"，却让那些奇杰之士"困于薄书米盐间"，岂不可议！通过鲜明对照，苏洵为那些奇杰之士大鸣不平，认为"宜哀其才而贳其过，无使为刀笔吏所困"。实际上是要求给奇杰之士一条脱颖而出、不受约束、能人尽其才的出路，即使给予一定的特权也是应该的。

结尾用"或曰"，异峰突起，提出"自谓奇杰而欲免其过"，会导致"溃法乱教"的问题。苏洵旗帜鲜明地回击了这虚拟的诘问，认为奇杰之士必定是挺然出众，可以大胆地让其建功以赎过，只要让他们治理繁难复杂的事并责其成效，这样杰出的真才就真能脱颖而出了。

这篇文章主要目的还是以怵目惊心的对比来引起朝廷重视人才问题，正如茅坤所言："养奇杰之才而特挈出古者议能一节，以感悟当世，直是刺骨。"（《唐宋八大家文钞·苏文公文钞》卷八）苏洵是希望朝廷看重有才能的人，不要让有才者屈居下位，逼迫他们逃离，对于真正的大才，即使有些缺点，亦应该加以宽敬，予以重用。不过对宋朝来说，要真正做到这一点，就必须改变"崇文抑武"的国策，改变宋太祖制定的大将不得带重兵的规定，但宋朝皇帝都是遵守祖训，虽有王安石变法，改变了"将不知兵，并不知将"的做法，也只能设立许多将来带领部队，不能设立大将来统帅重兵，抗拒大敌，纵有奇杰，也无从措手。所以祖训不改，虽有苏洵写《养才》，王安石变法，都无法将宋朝转弱为强。

这篇文章比较典型地显示了苏洵散文的一些基本特征。首先是有强烈的现实批评指向，对不重要人才的现象，"轻能"的观念及时局都有指责，乃至发出"上之人之过"的急切之言，体现了苏洵散文"有为而作，精悍确苦，言必中当世之过"（苏轼《凫绎先生诗集叙》引）的特点。其次是笔锋犀利，激情澎湃，文中既有对国家前途的深切忧虑，又有对奇杰之士不能伸展怀抱的不平，也融入了自己屡试不第的人生感愤，因此多用质问、反问、设问来表达强烈的愤激情怀。最后，理论精警，对比鲜明。虽然论点并不周密，但新颖动人，能起到振聋发聩的效果。

上张侍郎[1]第二书

省主侍郎执事：洵始至京师时，平生亲旧往往在此，不见者盖十年矣，惜其老而无成。问所以来者，既而皆曰："子欲有求，无事他人，须张益州来乃济[2]。"且云："公不惜数千里走表[3]为子求官，苟归，立便殿[4]上，与天子相唯诺[5]，顾不肯邪？"退自思公之所与我者，盖不为浅，所不可知者，唯其力不足而势不便。不然，公与我无爱也。闻之古人："日中必熭，操刀必割。[6]"当此时也，天子虚席[7]而待公，其言宜无不听用。洵也与公有如此之旧，适[8]在京师，且未甚老，而犹足以有为也。此时而无成，亦足以见他人之无足求，而他日之无及也已。

昨闻车马至此有日，西出百余里迎见。雪后苦风，晨至郑州，唇黑面烈，僮仆无人色。从逆旅主人得束薪缊火[9]。良久，乃能以见。出郑州十里许，有导骑[10]从东来，惊愕下马立道周[11]，云宋端明[12]且至，从者数百人，足声如雷，已过，乃敢上马徐去。私自伤至此，伏惟明公所谓洁廉而有文，可以比汉之司马子长[13]者，盖穷困如此，岂不为之动心而待其多言邪！

【注释】

[1]张侍郎：指张方平，字安道，号乐全居士，应天宋城（今河南商丘）人。当时张方平由知益州调任盐铁、户部、度支三司使。曾官户部侍郎，故称"张侍郎"。

[2]济：成功。

[3]走表：上表推荐。

[4]便殿：帝王休息游宴的别殿。

[5]唯诺：应对。

[6]日中必熭，操刀必割：见贾谊《新书·宗首》。意谓办事应及时。熭，晒。

[7]虚席：留着位子等候。

[8]适：正好。

[9]束薪：一捆干柴。缊：乱麻、旧絮。火：生火取暖。

[10]导骑：官员出行时，骑马前驱者称为"导骑"。

[11]道周：路边。

[12]宋端明：即宋祁，字子京，安陆（今属湖北）人，后迁开封雍丘。官至工部尚书。嘉祐元年（1056年）八月，张方平罢益州任，宋祁以端明殿学士特迁工部侍

郎知益州,故称宋端明。

[13]司马子长:汉代史学家司马迁,字子长。张方平曾称赞苏洵文"似司马子长"(见苏洵《上欧阳内翰第二书》)

【赏析】

这是苏洵于嘉祐元年冬天写给张方平的第二封求荐信,苏洵于该年春初曾上书张方平(《上张侍郎第一书》),鉴于自己"年几五十"而"以懒钝废于世"的惨痛经历,不忍心轼、辙二子"复为湮沦弃置之人",尽管自己屡试不中"遂绝意于功名",但仍寄希望于二子,因此在内心不宁累月之后,还是向张方平求援荐引。张方平对苏氏父子才华极为叹赏,便向欧阳修推荐。在欧阳修的推荐下,苏洵父子名声大震,但实际上在嘉祐元年这一年里,他们的境况还是十分窘迫的。这年八月,朝廷召还张方平为三司使,到京已是仲冬,苏洵立即给张方平写了这封信希求再荐,抱着极大的希望。为什么苏洵如此迫不及待呢?这要追溯他与张方平的友谊。

张方平,字安道,河南商丘人,自幼聪明绝伦,举茂才成绩入异等,曾被称为"天下奇才"。他成名早,仕宦通达,先知昆山县,后为翰林学士知制诰,再转滁州、杭州、滑州、益州知州。他在仁宗至和元年(1054年)十一月任益州知州镇守成都时,认识苏洵,很快成为苏洵的知己,也成为改变苏洵命运的重要恩人。张方平在蜀急于访贤,苏洵于是向他上书,这就是至和二年的《上张益州书》,并进献了所著《几策》《衡论》《权书》等文章。张方平读后大加赞赏,"目为司马子长",并向朝廷推荐。但是这次荐举并没有马上产生实际效用。嘉祐元年春,苏洵携带着张方平的推荐信入京拜见欧阳修。虽然欧阳修立刻上《荐布衣苏洵状》,但到这年年底还是没有消息,所以苏洵不得不重新将希望寄托在张方平身上。

这封信的开头,苏洵即交待在京十年未见的亲旧对自己充满同情,"惜其老而无成",但都无能为力,说"子欲有求,无事他人,须张益州乃济"。这说明苏洵对张方平是何等的信赖,也说明他们相知之深,依靠之切。苏洵本来对张方平"千里走表"为他求官充满了期待与感激,说"公之所与我者,盖为不浅"。然而又怀疑是不是张方平"力不足而势不便"。接着又一转念,说"当此时也,天子虚席而待公,其言宜无不听用",说明张方平是"力足势便"的,而张公又是那样的热心鼎力相助,竟然不起作用,这让苏洵的确产生了绝望的心情,说"此时而无成,亦足以见他人之无足求，而他日之无及也已"，悲凉已极。这就是茅坤所说的"告知己者之言，情词可涕"（《唐宋八大家文钞·苏文公文钞》卷三）。

书信这种文体，本来是向知己倾诉衷情的，以情感动人为重要特色。苏洵平生知己唯张方平相知最深，所以第二段写自己去郑州迎接张方平的经过。他听说张方平回来了，便西出百余里迎见。雪野茫茫，寒风凛冽，他早晨就来到郑州，"唇黑面烈，僮仆无人色"，不得不向旅店主人借一点柴火和旧絮生火取暖。出郑州后，又见到宋祁赴益州的前驱随从，于是赶紧惊愕地下马站在路边等候。这种"青袍送玉珂"的士人遭际，足以让人伤感，下千年之泪，而苏洵就是被张方平称为"可以比汉之司马子长者"，现在竟如此穷困，"岂不为之动心"？这让人自然想起苏洵几个月前在赴京途中《上王长安书》中所描述的情景，当时苏洵正对前途充满信心，意气风发，兴会标举，以居安思危之心，操"士贵王贱"之说，论当今"世衰道丧"之病，认为"士之贵贱，其势在天子；天子之存亡，其权在士"，以"贤士"自居，大有"天将降大任于斯人"的气概。而今却是这样的惨淡悲凉，怎不让人感慨万千。

苏洵的《上张益州书》流露出以天下为己任的气概，而《上张侍郎第一书》《上张侍郎第二书》则偏重于身世的感伤，抒写现实窘境，尤其这最后一封信，历述凄凉境况，可以看出苏洵对时局、对自身际遇的失望，甚至到了丧魂落魄的地步。但这些书信都表现出苏洵散文的一个相同特点，即顿折跌宕之妙，都惟妙惟肖地展现出他丰富多彩又复杂矛盾的心态，进取的豪荡与现实的冷酷，朋友的真情厚意与自己的命途多舛总是交织在一起。苏洵散文表现真醇情感和坦荡胸襟，不作摇尾乞怜态，不说华丽浮靡语，不用虚词滥调，就像这篇文章，正如储欣所言"就目前感动知己，妙绝。其模写亦直造司马子长"（《唐宋八大家全集录·老泉全集录》卷四）。

上韩舍人[1]书

舍人执事：方今天下虽号无事，而政化[2]未清，狱讼未衰息，赋敛日重，府库空竭，而大者又有二敌之不臣[3]，天子震怒，大臣忧恐。自两制[4]以上宜皆苦心焦思，日夜思念，求所以解吾君之忧者。

洵自惟闲人[5]，于国家无丝毫之责，得以优游终岁，咏歌先王之道以自乐，时或作为文章，亦不求人知。以为天下方事事[6]，而王公大人岂暇见我哉？是以逾年在京师，而其平生所愿见如君侯者，未尝一至其门。有来告洵以所欲见之之意，洵不敢不见。然不知君侯见之而何也？天子求治如此之急，君侯为两制大臣，岂欲见一闲布衣，与之论闲事邪？此洵所以不敢遽[7]见也。

自闲居十年，人事荒废，渐不喜承迎将逢[8]，拜伏拳踞[9]。王公大人苟能无以此求之，使得从容坐隅，时出其所学，或亦有足观者。今君侯辱[10]先求之，此其必有所异乎世俗者矣。《孟子》曰："段干木逾垣而避之，泄柳闭门而不纳，是皆已甚。迫，斯可以见矣。"[11]呜呼！吾岂斯人之徒欤！欲见我而见之，不欲见而徐去之何伤？况如君侯，平生所愿见者，又何辞焉？不宣。洵再拜。

【注释】

[1]韩舍人：指韩绛，字子华，开封雍丘（今河南杞县）人，官至同中书门下平章事，当时任中书舍人。

[2]政化：政治教化。

[3]二敌之不臣：指辽和西夏经常侵扰宋的边境，不臣服于宋。

[4]两制：宋代以翰林学士掌内制，以知制诰掌外制，并称"两制"。

[5]闲人：闲适无所事事之人，此处特指没有官职赋闲在家。

[6]事事：办事，前一个事为动词。

[7]遽：仓猝。

[8]承迎将逢：顺从逢迎。

[9]拜伏拳踞：泛指繁文缛节。拳，同"蜷"，屈曲，指屈身鞠躬。踞，长跪。

[10]辱：敬辞，"有劳"的意思。

[11]"段干木逾垣"五句：见《孟子·滕文公下》。段干木，战国初魏文侯时贤人，他守道不移，据说为了拒绝做官，当魏文侯造访时，他翻墙躲避。泄柳，春秋时鲁国人，鲁缪公听说他贤明，前去拜访，他开始闭门不出，后为缪公臣。迫，迫不得已。

【赏析】

宋仁宗嘉祐元年（1056年），四十八岁的苏洵送二子入京应试，他带着益州知州张方平和雅州知州雷简夫的推荐信，向曾参与庆历新政、现任翰林学士并权知礼部贡举的著名文豪欧阳修求见，并献上自己苦学十年精心结撰的文章。欧阳修读后大加赞赏，认为苏洵文章具有荀子散文议论纵横、鞭辟入里的风采。欧阳修当时正致力于恢复古道、力挫时文，因此要奖掖苏洵这样的通经学古、履忠守道之士，他随即向朝廷上《荐布衣苏洵状》，文中说："眉州布衣苏洵，履行淳固，性识明达，亦尝一举有司，不中，遂退而力学。其议论精于物理而善识变权，文章不为空言而期于有用。其所撰《权书》、《衡论》、《几策》二十篇，辞辩闳伟，博于古而宜于今，实有用之言，非特能文之士也。其人文九为乡闾所称，而守道安贫，不营仕进，苟无荐引，则遂弃于圣时。"（《欧阳修全集》卷120）尽管朝廷没有立即下诏录用，但欧阳修的大力推誉，使苏洵文名大振。加上不久他的两个儿子不负众望，举进士高等，因此父子三人名动京师，以致有王公大人主动登门求见。嘉祐二年春天，时任翰林学士的大臣韩绛就是最早求见苏洵的人。苏洵对心仪已久却素昧平生的大臣求见，心情既激动又非常矛盾，在这篇《上韩舍人书》中有真切的流露。这封书信也比较典型地展现了苏洵那特有的战国策士的孤傲品性，体现了苏洵散文纵横恣肆、酣畅淋漓的风格特征。

书信这种文体要求舒展拓衍，议论风生，故徐师曾说："书者，舒也，舒布其言而陈之简牍也。"（《文体明辨序说》）在具体"舒布其言"时，又要求能够委曲详尽地展露心声，故徐氏又说："书记之体，本在尽言，故宜条畅以宣意，优柔以绎情，乃心声之献酬也。"（《文体明辨序说》）在"献酬心声"时，苏洵运用委婉曲折的方式表情达意，极富顿折跌宕之致。开篇即运用欲抑先扬的手法，说方今天下虽号太平无事，但是政治教化还未真正清明，狱讼并未衰息，赋敛日加沉重，府库空竭，而西北边境又有辽和西夏的不断骚扰，正值内忧外患不断加剧的关键时期，因此"天子震怒，大臣忧恐"。接着一段刻画两制大臣忙于"解吾君之忧"而"苦心焦思，日夜思念"的情状，在这样的情境下，他们当然是无暇来见苏洵这样的"闲人"了。而这样的写法，就是为下文写韩绛竟然忙里偷闲亲自求见的出人意料和十分难得。这里对时局的一番议论，可谓切中当时内忧外患的病根，也潜含着希望朝廷广开言路，让更多的人参与议政为天子分忧的心声。同时也自然地过渡到第二段叙写自己悠闲自乐的处境上来。

与两制大臣的"忙"相比，自己可以说是典型的"闲人"，不需要对国家负任何责任，"优游终岁，咏歌先王之道以自乐"。而透过这个"闲"

字，我们不难体会出苏洵并不甘心这样的悠然自乐，其实是他急切地想参与朝政，不然他就不会向朝廷进献自己的文章。这貌似闲暇的心境里实含有对朝廷未能重用自己的忧愤不平，因此产生了"亦不求人知"，只以文章自娱的心态。文章写完自己的"闲"之后，突然兀立一句："天下方事事，而王公大人岂暇见我哉？"因为自己这一年在京师闲居，平生所愿见的像韩舍人这样的人，都未尝一至其门，就是具体的例证。因此，当韩绛登门求见时，苏洵一时不知所措，说是"不敢不见"，但不知为何求见，而"不敢遽见"。因为韩舍人是两制大臣，正忙于为君解忧，岂能有闲暇来与"闲人"论"闲事"呢？这里写出了苏洵的复杂心态，一方面他是十分兴奋的，因为心仪的大臣竟然登门求见，这是仕途希望的开端；另一方面，他又担心韩舍人以"闲人"待之，想以不论闲事，不拘世俗之礼作为条件。看似倨傲，其实是希望得到重用。正如储欣所言"欲韩公加礼而论议天下之事"（《唐宋十大家全集录·老泉全集录》卷四）。

接下来一段宕开一笔，说自己"闲居十年，人事荒废"，形成了不愿顺从逢迎、屈身拜伏的孤傲品性。基于此，他说如果王公大人不以繁文缛节来要求，能让他"从容坐隅，时出其所学，或亦有足观者"。这正是他自尊、自负、自信的表现。因此他对韩绛的求见抱着极大的希望，认为必定与世俗不同。行文至此，苏洵已将自己的复杂心声宣泄出来了，但文势尤未能已，又引出孟子论说的两个倨傲之士段干木和泄柳作为不知权变的典型，说明自己并非那些立志归隐避世不愿从政的人，因此见与不见都没有关系，对仕与隐看得很通脱。而韩绛又是自己平生所愿见者，当然是不可推辞的。

这篇书信紧紧围绕自己的心态这条主线，通过"忙"与"闲"的对比，层层铺垫，从两制大臣的无暇见写到竟主动登门求见，从自己的不敢不见到不敢遽见，最后非常愉悦地表示愿意见，真是顿折跌宕，波澜起伏。推论、假设、设问、反问叠相运用，如长江大河滔滔奔注，雄放自如，从中展现出苏洵坦荡洒脱又倨傲自负的个性和忧愤不平而急于效力的复杂心态。

王安石

王安石（1021—1086年），字介甫，晚号半山，抚州临川（今属江西）人。唐宋八大家之一。宋仁宗庆历进士。针对积贫积弱的国势，他力主变法图强。曾在江西、浙江等地任地方官，在局部地区推行革新措施。宋神宗时，任参知政事、同中书门下平章事，主持变法运动，后遭到反对派的抨击和变法派内部的倾轧，被迫辞职。封荆国公，故称王荆公。死后谥号文，又称王文公。他的散文议论锋颖、笔力豪健、语言简明，形成奥峭刚劲的风格。有《临川先生文集》传世。

兴　贤[1]

　　国以任贤使能而兴，弃贤专己[2]而衰。此二者必然之势，古今之通义，流俗[3]所共知耳。何治安之世有之而能兴，昏乱之世虽有之亦不兴，盖用之与不用之谓矣。有贤而用，国之福也，有之而不用，犹无有也。商之兴也有仲虺、伊尹[4]，其衰也亦有三仁[5]。周之兴也同心者十人[6]，其衰也亦有祭公谋父、内史过[7]。两汉之兴也有萧、曹、寇、邓[8]之徒，其衰也亦有王嘉、傅喜、陈蕃、李固[9]之众。魏、晋而下，至于李唐，不可遍举，然其间兴衰之世，亦皆同也。由此观之，有贤而用之者，国之福也，有之而不用，犹无有也。可不慎欤？

　　今犹古也，今之天下亦古之天下，今之士民亦古之士民。古虽扰攘之际[10]，犹有贤能若是之众，况今太宁[11]，岂曰无之？在君上用之而已。博询众庶[12]，则才能者进矣；不有忌讳，则谠直[13]之路开矣；不迩[14]小人，则谗谀者自远矣；不拘文牵俗[15]，则守职者辨治[16]矣；不责人以细过[17]，则能吏之志得以尽其效矣。苟行比道，则何虑不跨两汉、轶[18]三代，然后践五帝、三皇之途哉？

【注释】

[1]兴贤：国家只有弃用贤能的人才能兴旺发达。

[2]专己：独断专行。

[3]流俗：平民百姓。

[4]仲虺：商汤的左相，即中垒。伊尹：商汤的宰相，辅佐商汤伐桀灭夏。

[5]三仁：指商末的三位贤人微子（商纣王的庶兄启）、箕子（商纣王诸父，名胥余，封于箕）、比干（商纣王叔父，因强谏被杀）。

[6]十人：指周初辅佐武王、成王的周公、太公、召公、毕公等十人。

[7]祭公谋父：周穆王时的卿士，谋父是字，他曾劝谏周穆王。内史过：周惠王时的大臣，思想比较开明。内史是官名，相当于后世的宰相。

[8]萧曹寇邓：萧，萧何。曹，曹参。寇，寇恂。邓，邓禹。萧、曹在汉初曾先后为相，协助刘邦、刘盈，稳定西汉统治。寇、邓协助刘秀夺取天下，建立东汉政权。

[9]王嘉：西汉哀帝时宰相，为人刚直，后因劝谏哀帝不要重用董贤，下狱死。傅喜：哀帝时为右将军，为人恭谨，忠诚忧国，哀帝去世后，王莽用事，被免职。陈

蕃:东汉末大臣,为人清亮,桓帝时拜太尉,窦太后临朝时任太傅,后谋诛杀宦官,事泄被杀。李固:东汉末年大臣,博学正直,冲帝时为左尉,后梁冀专权,他被下狱,与二子一起被害。

[10]扰攘之际:乱世。

[11]太宁:太平盛世。

[12]博询众庶:广泛征求百姓的意见。

[13]说直:正直敢谏。

[14]不迩:不亲近。

[15]拘文牵俗:受陈规旧俗约束。

[16]辨治:能辨明是非地办事。

[17]细过:小过错。

[18]轶:超过,超越。

【赏析】

"亲贤远佞"是中国古代封建社会所谓清明政治的一项重要标准,但遗憾的是历代兴衰的史实却告诉我们:这是极不容易做到的。因为,这不仅需要最高统治者(君王)是一个有远见卓识的睿智者,而且更需要君王能对贤者敢于放手运用,并营造合适的政治环境为充分发挥他们的才能提供用武之地。从某种角度讲,贤才的能否人尽其用,关乎国家的盛衰。北宋著名政治家、散文家王安石的《兴贤》就揭示了这一真理。这是一篇政论文,是王安石为推行新法所做的舆论准备。题目"兴贤",有人认为是"举贤",即"任贤使能"。我认为不仅如此,更包括了国家兴衰的内涵,即"(国)兴(于)(用)贤"。一个国家的兴衰存亡,最重要的在于能否"选贤与能",作为一位睿智特达的政治家,王安石洞悉当时的社会危机,他曾在《本朝百年无事札子》中痛切地列举宋代百年来有关政治、军事、经济、外交等方面的四大顽症,指出这些正是积贫积弱的根源。因此,要彻底扭转这种局面,就必须变风俗,立法度,坚决实行改革。而要使新法得以顺利贯彻执行,就必须起用一批德才兼备的贤士,否则一切都将成为泡影。这篇短文陈述了作者的见解和主张,并诚恳地希望朝廷广开贤路,招揽英才,以成就辉煌,造福于民。

本文的第一个艺术特点是:主旨明确,结构严密,言简意赅,富有说服力。全文段与段之间逻辑联系紧密,环环相扣,形成一个有机整体。首段开宗明义，从国家兴衰的高度，提出"任贤"与"弃贤"的问题，指出无论治世或乱世都不缺乏德才兼备的人，关键在于用与不用，用之则国家兴盛，废弃则国家衰亡。论证了"任贤使能"的重要意义。第二段列举商、周、两汉、魏晋直至唐代兴衰的历史，用雄辩的史事，进一步说明"任贤"与"弃贤"关系政权的更替、国家的存亡，指出能用贤是国家的福祉，并告诫君王"有之而不用，犹无有也"，必须慎重对待人才战略问题。第三段针对当前的现实，建议广开言路，选贤授能，亲君子，远小人，不拘一格选拔人才，充分发挥贤能的作用，以期达到超越两汉、三代的太平盛世。

第二个特点是语言简洁明快，富于情感力量。王安石的散文以短小精悍、峭厉峻刻著称，在行文时多层递转折，显出千回百折、婉转多姿的特征。这篇文章的语言以简练劲健、情感充沛最为突出。全文始终抓住国之盛衰与贤之兴废来立论，所举史实也都是正反对照，这就使得情感态度鲜明，肯定与否定一目了然。如在议论现实时，作者说"今犹古也，今之天下亦古之天下，今之士民亦古之士民"，把当今也归纳入历史的规律之中，显出历史规律概莫例外；接着说"古虽扰攘之际，犹有贤能若是之众，况今太宁，岂曰无之？"一个巧妙的古今对举和一个突起的反问，把当今盛世不缺乏人才的现实突出来了，最后才说"在君上用之而已"。然后进一步指出只要能行此道，则国家中兴指日可待。这样鲜明的主旨与严峻的现实相对照，又加上语重心长的劝慰和对国家前途真诚的关切，就是文章在理显论足的基础上，更富于情感的力量。

这篇文章虽然写于一千多年前，但对照当前的发展现实，尤其在以人为本、创建和谐社会的时代，人才战略更加被提到突出位置，当今世界可以说更是得人才者得天下。因此，学习此文，依然具有重大的现实意义。

从古到今，无论哪个国家，不论哪个政权，其兴衰都与人才有重要关系。历史的规律概莫能外：凡得人才并能充分运用人才者就兴盛，凡废弃人才或有人才而不重用者都会衰败。因此，举贤授能是国家兴盛的必要条件。作为在最高层的领导人更应该有远见卓识，要有人才战略观念，要有为国举贤的思想，一旦发现了贤才，就要用人不疑，不能掣肘，要放手让他们去干，以充分发挥人才的潜能，而政府则必须努力创造良好的社会气氛、政治环境、经济条件，以利于贤才能有用武之地。如果这样，就我们中国来说，实现中华民族的伟大复兴将不会只是一个遥远的梦想，而会变成指日可待的真实图景。

曾　巩

曾巩（1019—1083年），字子固，建昌南丰（今属江西）人。唐宋八大家之一。宋仁宗嘉祐进士，曾整理校勘《战国策》《说苑》等古代典籍。后出任判官、知州，颇有政声，官至中书舍人。他幼而能文，早年以文章为欧阳修所称许。文风醇和简奥、纡徐委备，长于说理。有《元丰类稿》传世。

寄欧阳舍人书[1]

巩顿首再拜，舍人先生：

　　去秋人还[2]，蒙赐书及所撰先大父[3]墓碑铭。反复观诵，感与惭并[4]。夫铭志之著于世，义近于史[5]，而亦有与史异者。盖史之于善恶，无所不书，而铭者，盖古之人有功德材行志义之美者，惧后世之不知，则必铭而见之。或纳于庙[6]，或存于墓，一也。苟其人之恶，则于铭乎何有？此其所以与史异也。其辞之作，所以使死者无有所憾，生者得致其严[7]。而善人喜于见传，则勇于自立；恶人无有所纪，则以愧而惧。至于通材达识，义烈节士，嘉言善状，皆见于篇，则足为后法。警劝之道，非近乎史，其将安近[8]？

　　及世之衰，为人之子孙者，一欲褒扬其亲而不本乎理[9]。故虽恶人，皆务勒铭[10]，以夸后世。立言者既莫之拒而不为，又以其子孙之所请也，书其恶焉，则人情之所不得，于是乎铭始不实[11]。后之作铭者，常观其人。苟托之非人，则书之非公与是[12]，则不足以行世而传后。故千百年来，公卿大夫至于里巷之士，莫不有铭，而传者盖少。其故非他，托之非人，书之非公与是故也。

　　然则孰为其人而能尽公与是欤？非畜道德而能文章者[13]，无以为也。盖有道德者之于恶人，则不受而铭之，于众人则能辨焉。而人之行，有情善而迹非[14]，有意奸而外淑，有善恶相悬而不可以实指，有实大于名，有名侈于实。犹之用人，非畜道德者，恶能辨之不惑，议之不徇？不惑不徇[15]，则公且是矣。而其辞之不工，则世犹不传，于是又在其文章兼胜焉。故曰，非畜道德而能文章者无以为也，岂非然哉！

　　然畜道德而能文章者，虽或并世而有[16]，亦或数十年或一二百年而有之。其传之难如此，其遇之难又如此。若先生之道德文章，固所谓数百年而有者也。先祖之言行卓卓[17]，幸遇而得铭，其公与是，其传世行后无疑也。而世之学者，每观传记所书古人之事，至其所可感，则往往盨然[18]不知涕之流落也，况其子孙也哉？况巩也哉？其追睎祖德而思所以传之之繇[19]，则知先生推一赐于巩而及其三世[20]。其感与报，宜若何而图之？

　　抑又思若巩之浅薄滞拙[21]，而先生进之，先祖之屯蹶否塞[22]以死，而先生显之，则世之魁闳[23]豪杰不世出之士，其谁不愿进于门？潜遁幽抑[24]之士，其谁不有望于世？善谁不为，而恶谁不愧以惧？为人之父祖者，孰不欲教其子孙？为人之子孙者，孰不欲宠荣其父祖？此数美者，一归于先生。既拜赐之辱，且敢进其所以然。所谕世族之次[25]，敢不承教而加详[26]焉？愧甚，不宣。巩再拜。

【注释】

[1]欧阳舍人：欧阳修。舍人：官名。

[2]人还：派去的人回来。

[3]先大父：亡故的祖父。指曾致尧。

[4]感与惭并：感激与惭愧交织在一起。

[5]义近于史：意义与历史传记相近。

[6]纳于庙：放进家庙里收藏。

[7]死者无有所憾：死者没有遗憾。生者得致其严：活着的人表达其尊敬。

[8]非近乎史，其将安近：若不接近于史传，那又接近于什么文体呢？

[9]一欲：都希望。不本乎理：不以义理为根本。

[10]勒铭：刻上碑铭。

[11]铭始不实：指谀墓的墓志铭不符合真实。

[12]公与是：公正与真实。

[13]畜道德而能文章者：道德品质高尚而且擅长写文章的人。

[14]情善而迹非：情感善良而行为不好。

[15]不惑不徇：不惑于私情也不袒护短处。

[16]并世而有：当代就有。

[17]卓卓：优秀特出。

[18]蛊然：悲伤痛苦的样子。

[19]追睎：仰慕。繇：同"由"，缘由。

[20]推一赐于巩而及其三世：指欧阳修替作者祖父写墓志铭，而恩及作者三代。

[21]滞拙：笨拙。

[22]屯蹶否塞：境遇坎坷不顺。

[23]魁闳：宏伟。

[24]潜遁幽抑：躲避世俗的隐士和沉沦抑塞的寒士。

[25]所谕世族之次：指欧阳修在《与曾巩论氏族书》里讨论曾氏家系的次序。

[26]承教而加详：遵照您的意见加以详细研究。

【赏析】

曾巩是唐宋八大家之一，他虽小欧阳修19岁，却与欧公有相知极深的师生情谊。欧曾说："过吾门者百千人，独于得生为喜。"他们不仅在政见、道学上相互支持，而且文风也最相近。清人何良俊说："曾南丰文，严正质直，刊去枝叶，独存简古。故宋人之文，当称欧苏，又曰欧曾。"姚鼐也说："欧阳、曾巩之文，其才皆偏于柔之美者也。"都是将曾巩于欧阳修并称，在委婉曲折的抒情，条理畅达的说理方面，曾巩实得欧文的神髓，这篇《寄欧阳舍人书》就是其典型的代表作，表达了他对欧阳修的崇敬感激之情。

宋仁宗庆历六年（1064年），曾巩奉父命恳求欧阳修为他的祖父写墓志铭，欧公慨然允诺，当年秋天，他收到了《曾致尧神道碑》和附信，这对曾家来说是一件时分难得也十分荣耀的事，因为当时欧阳修的道德文章已名满天下。为了表达感激之情，第二年他写了这封书信。这不是一封普通的应酬性的感谢信，而是有感而发，先议论生发出一篇大道理，然后既诚恳又得体地表达感激之情，信中对欧阳修的评价经过历史的检验，至今依然为人们首肯。

文章共分五段。第一段有感于墓志铭与史传的异同，突出强调其具有劝善惩恶的作用；第二段感慨好的墓志铭难得；第三段强调只有道德文章兼备的人才能胜任写墓志铭；第四段通过赞美欧阳修是几百年难遇的理想作者而倾诉感激之情；第五段设想墓志铭将产生的影响，推广其社会意义，从而再次表达敬佩之意。

这篇文章最突出的艺术特点是：抒情委婉曲折，诚恳真挚。本文的主要目的是要表达对欧阳修的感激和崇敬，可以说一篇之中"三致志焉"。首段即说得到欧所撰之文和书信后，是"反复观诵，感与惭并"。然后通过层层牵引，如春蚕吐丝，青山出云，迂回曲折地讲了自己深深的感慨，归结到能写好墓志铭的人必须"蓄道德而能文章"，在这个基础上再赞美欧公"道德文章，固所谓数百年而有者也"。又说我祖父的言行超卓，虽不幸悒郁而死，却幸运地遇上欧公为他撰写铭文，我远慕祖德，想到祖德将流芳百世，都有赖先生的恩赐，因此"其感与极"，不知怎样报答。最后一段推论欧公作铭的社会意义：能使天下魁伟豪杰不出世之士将受到鼓舞、更加有所作为；使潜遁幽抑之士看到希望、从而积极向善；也使作恶多端的人感到羞愧恐惧；更有甚者，会使为人父祖者善教子孙，为人子孙者都想宠荣其父祖。这一切都归美于先生，表达出对欧公的由衷爱戴。综观全篇，通过层层铺垫蓄势，最后才将一腔感激倾泻出来，令人感动奋发。

第二个特点是：说理条达透彻。曾巩长于经术史论，他的大量序论书记都擅长说理，而且说理时总是考虑得细密周全，稳实精当。如这篇文章首段说明一个道理：墓志铭应该接近史传，具有惩恶扬善的功能。在讲这个道理时，作者先讲铭与史传之异，史是善恶皆书，而铭则由于私人私心的原因只著善不显恶；但马上笔锋一转，说墓志铭"所以使死者无有所憾，生者得致其严。而善人喜于见传，则勇于自立；恶人无有所记，则以愧而惧"，因此其惩恶扬善的作用接近于史传，这才能算一篇真正的墓志铭。又如论述作铭者的素质时，作者通过详细分析撰写人和托请人的心理状态，得出结论说必须做到"公与是"（公正和真实）相结合。而要做到这一点，则需要其人"蓄道德而能文章"。通过层层说理，逐渐将焦点聚到欧阳修身上，说他才是最合适的撰写墓志铭的人，这样说理透辟，又为抒情奠定了一个良好的基础，使文章文气委婉而厚实渊深。情感附在洞达事理的坚实基础上，就显得既诚恳真挚又不空洞浮泛。

撰写墓志铭的人必须"蓄道德而善文章"。因为真正的墓志铭必须具有史传的惩恶扬善品质，要做到这一点，必须撰铭人首先要有识人的眼光，知道什么样的人可以铭，怎样去铭，决不能去给恶贯满盈者涂脂抹粉，为了物质利益说违背良心的话。其次，有了过人的胆识，还需要有美妙的文采，这样死者的事迹和品德才能借文章而流传；反之，文采黯淡，毫无特色，即使死者有可传之处，也不会为人所知，这正是大量墓志铭不传的原因。因此只有两者兼备才能传世。

黄庭坚

　　黄庭坚（1045—1105年），字鲁直，自号山谷道人，晚号涪翁，洪州分宁（今江西修水）人。北宋著名诗人、学者，江西诗派领袖，诗风奇硬拗涩，主张点铁成金、夺胎换骨，在宋代影响很大。又善书法，能词。有《山谷集》《山谷琴趣外编》传世。

《小山词》^[1]序

晏叔原，临淄公^[2]之暮子^[3]也。磊隗权奇^[4]，疏于顾忌^[5]，文章翰墨，自立规模，常欲轩轾^[6]人，而不受世之轻重。诸公虽称爱之，而又以小谨望之，遂陆沉^[7]于下位。平兰潜心六艺，玩思百家，持论甚高，未尝以沽世。余尝怪而问焉，曰："我盘跚勃窣^[8]，犹获罪于诸公，愤而吐之，是唾人面也。"乃独嬉弄于乐府之余^[9]，而寓以诗人之句法，清壮顿挫，能动摇人心。士大夫传之，以为有临淄之风耳，罕能味其言也。

余尝论："叔原，固人英也，其痴亦自绝人。"爱叔原者，皆愠而闷其目^[10]，曰："仕宦连蹇^[11]，而不能一傍贵人之门，是一痴也；论文自有体，不肯一作新进士语^[12]，此又一痴也；费资千百万，家人寒饥，而面有孺子之色，此又一痴也；人百负之而不恨，己信人，终不疑其欺己，此又一痴也。"乃共以为然。虽若此，至其乐府，可谓狎邪之大雅，豪士之鼓吹^[13]，其合者《高唐》、《洛神》^[14]之流，其下者岂减《桃叶》、《团扇》^[15]哉？

余少时，间作乐府，以使酒玩世。道人法秀独非余以笔墨劝淫，于我法中当下犁舌之狱^[16]，特未见叔原之作耶？虽然，彼富贵得意，室有倩盼慧女，而主人好文，必当市三千金，家求善本，曰："独不得与叔原同时耶？"若乃妙年美士，近知酒色之虞；苦节臞儒^[17]，晚悟裙裾之乐，鼓之舞之，使宴安鸩毒而不悔，是则叔原之罪也哉？山谷道人序。

黄庭坚

【注释】

[1]小山词：晏几道，字叔原，号小山，临川人，晏殊幼子。善词，词风婉转低回，清丽缠绵，是北宋中期婉约派词人。有《小山词》传世。

[2]临淄公：即北宋著名宰相词人晏殊。

[3]暮子：幼子，最小的儿子。

[4]磊隗权奇：才能卓越，性格奇特。

[5]疏于顾忌：说话、议论没有顾忌，一切随性而发。

[6]轩轾：车前高后低叫轩，前低后高叫轾。比喻高低优劣。

[7]陆沉：不为人知，沉沦下僚，被埋没。

[8]盘跚勃窣：盘跚，同"蹒跚"，走路摇摆的样子。勃窣，匍匐而上的样子。

[9]乐府之余：指词调。末代词调大行，内容以男女欢情为主，又称诗余。词

是配乐演唱的,也称乐府。

[10]愠:含怒未发。目:评说。魏晋时期盛行品评人物,称为"目"。

[11]连蹇:困顿窘迫。

[12]新进士语:科举考试所要求的文章语言。

[13]狎邪之大雅,豪士之鼓吹:指晏几道的词作是俗曲中的雅调。

[14]《高唐》:宋玉所作的《高唐赋》,记楚王梦见巫山神女的故事。《洛神》:曹植所作的《洛神赋》,记与洛水女神相遇而生情的故事。

[15]《桃叶》:咏王献之妾的《桃叶歌》。《团扇》:咏晋王珉与嫂嫂的婢女有私情的《团扇郎》。

[16]犁舌之狱:佛教以为犯言语之罪者当下的地狱。

[17]苦节臞儒:刻苦自律而身体消瘦的儒家学者。

【赏析】

晏几道与其父晏殊,合称"二晏",一向被尊为婉约派的正宗。但是由于二人地位境遇的悬殊,一般认为晏殊词为雅调,晏几道词为俗曲。黄庭坚这篇序文从晏几道的人生经历和个性特征两个方面来理解小山词,提出了很多有价值的新的看法。

晏几道虽出自名门,但是由于不顾忌世俗,放言无惮,还喜欢褒贬别人,因此不被世人所重,只得沉沦下僚。尽管他精熟儒家经典及百家之学,但不愿违背自己的个性曲就世情,沽名钓誉,因此只好沉浸在乐府诗余的创作之中,以清壮顿挫的古诗句法入词,抒发他的人生感慨。他曾说作词是"期以自娱,不独叙其所怀,兼写一时杯酒间闻见所同游者意中事",只是后者多男女情事,反而掩盖了词中深刻的悲慨。晏几道人生坎坷遭遇,还由于他的奇特个性,也就是时人所称的"四痴":不肯依傍贵人,不愿随俗俯仰,放浪形骸而不顾家庭,轻信他人虽遭欺骗而终生不疑。他以一颗赤诚的童心来面对这个混乱复杂的世界,尽管注定要陆沉于世,却成就词的艺术世界的一片真诚。黄庭坚认为小山词是俗曲中的雅调,是像《高唐赋》《神女赋》那样通过男女之情来寄托政治寓意的。他的词得到社会广泛的喜爱,尽管有些人只欣赏词中的情盼慧女和裙裾之乐,沉浸于宴安鸩毒而不悔,但这并不是叔原的罪过,因为他们没有读懂小山词深层的内涵。

这篇序文既塑造了晏几道的形象,又对小山词作出了精当的评价,是一篇重要的词学文献。

《胡宗元诗集》序[1]

士有抱青云之器，而陆沉[2]林皋之下，与麋鹿同群，与草木共尽。独托于无用之空言，以为千岁不朽之计。谓其怨邪，则其言仁义之泽也；谓其不怨邪，则又伤己不见其人。然则，其言不怨之怨也。

夫寒暑相推，草木与荣衰焉，庆荣而吊衰，其鸣皆若有谓，候虫[3]是也；不得其平，则声若雷霆，涧水是也；寂寞无声，以宫商考之，则动而中律，金石丝竹是也。维金石丝竹之声，《国风》、《雅》、《颂》之言似之；涧水之声，楚人之言似之；至于候虫之声，则末世诗人之言似之。

今夫诗人之玩于词，以文物为工，终日不休；若舞世[4]之不知者，以待世之知者然。然其喜也，无所于逢[5]；其怨也，无所于伐[6]。能春能秋，能雨能旸[7]，发于心之工伎而好其音，造物者不能加焉。故余无以命之，而寄于候虫焉。

清江胡宗元，自结发迄于白首，未尝废书，其胸次所藏，未肯下一世之士也。前莫挽，后莫推，是以穷于丘壑[8]。然以其耆老[9]于翰墨，故后生晚出，无不读书而好文。其卒也，子弟门人，次其诗为若干卷。宗元之子遵道，尝与予为僚，故持其诗来求序于篇。自观宗元之诗，好贤而乐善，安土而俟时[10]，寡怨之言也。可以追次其平生，见其少长不倦，忠信之士也。至于遇变而出奇，因难而见巧，则又似予所论诗人之态也。其兴托高远，则附于《国风》；其愤世疾邪，则附于《楚辞》。后之观宗元诗者，亦以是求之。故书而归之胡氏。

【注释】

[1]胡宗元：北宋前期诗人，一生沉沦下僚，郁郁不得志，门人子弟编辑其诗为《胡宗元诗集》。

[2]陆沉：无水而沉，比喻隐居。

[3]候虫：昆虫随季候而生长鸣叫，故称候虫。

[4]舞世：玩世。

[5]逢：相遇。

[6]伐：声讨。

黄庭坚

[7]旸：同"阳"。

[8]"前莫挽"三句：说胡宗元没有得到扶持、提携，因此终生未仕。

[9]耆老：德行高尚的老人。

[10]安土而俟时：安居于家，等待时机。

【赏析】

胡宗元是一位沉沦下僚终生不遇的诗人。黄庭坚的这篇诗集序一方面表达对文人寄生命于诗歌创作的尊重，另一方面通过评论胡氏的诗歌来表述自己的文学观念。

首先，他提出诗歌应表现"不怨之怨"。这"怨"是因为怀抱青云之器而被迫沉沦下僚的遭遇必然产生的情感，但是怨言之中应该包含仁义之泽；而"不怨"又不能使自己胸次释然，不能使自己保持平心静气的超然态度。所以，黄庭坚主张怨而不怒，显然与儒家传统的温柔敦厚诗教观念相一致。其次，在总的文学观念统率之下，黄庭坚将诗歌分成三类：像候虫一样的无味之鸣，像涧水奔腾那样的不平之鸣，像金石丝竹那样动而中律的寂寞之鸣。黄庭坚反对候虫之鸣，因为"今夫诗人之玩于词，以文物为工，终日不休；若舞世之不知者，以待世之知者然"，是一些玩弄辞藻、沽名钓誉、患得患失的无病呻吟。他赞赏的是像胡宗元那样的"兴托高远，则附于《国风》；其愤世疾邪，则附于《楚辞》"的诗歌，前者是金石丝竹的中律之声，后者则是声若雷霆的不平之鸣。黄庭坚自身也是屡次历经政治风雨而颠沛坎坷的，因此要求诗歌要有深广的思想内容。对胡宗元遭遇的同情和对他的诗歌的赞赏，实际上是借他人的酒杯浇自己心中的块垒。

题王荆公书后[1]

王荆公书字，得古人法，出于杨虚白[2]。虚白自书诗云："浮世百年今过半，较它遽瑷[3]十年迟。"荆公此二帖近之。往时李西台[4]喜学书，题少师大字壁后云："枯松倒桧霜天老，松烟麝煤阴雨寒。我亦生来有书癖，一回入寺一回看。"西台真能赏音。今金陵定林寺壁，荆公书数百字，未见赏音者。

【注释】

[1]王荆公：即北宋著名思想家、学者、文人王安石。

[2]杨虚白:杨凝式(873—954年),字景度,号虚白。华阴(今属陕西)人。唐五代书法家。笔迹雄强遒劲,尤工颠草。曾官太子少师。

[3]蘧瑗:春秋时期卫国人,字伯玉。他曾说"年五十而知四十九年非"。

[4]李西台:李建中(945—1013年),字得中,京兆(今陕西西安)人。宋初书法家,曾前后三次求掌西京留司御史台,人称"李西台"。

【赏析】

王安石是北宋杰出的政治家、学者、诗人,由于积极主张变法改革,遭到保守派反对,也由于果断刚毅、不肯拗折的个性遭到后人污蔑。在生前与身后都很少知音。尤其他的书法,传世作品本来就不多,还被朱熹评为"躁扰急迫",认为是匆忙中匆匆写成的,因此很少有人欣赏王氏的书法艺术。黄庭坚的这篇小跋,表现出一位书法家的独到眼光。他指出,王氏书法得力于唐五代人称癫狂的杨凝式,信笔写来,流畅飞动,纵诞不羁,显然是不愿循规蹈矩个性的表现。再联想到当年李西台学杨凝式书法达到痴迷境地的故事,感慨王安石写在金陵定宁寺墙上的数百字,得不到赏音者的赞赏。言外之意就是只有自己才是王氏书法的真正知音。由此可见,黄庭坚认为书法应该表现性情,追求率性自然的风格,他自己的字瘦劲飞动,刚健中见婀娜,有一种凛凛难犯的风骨,与王氏书法有相通之处。

题自书卷后

崇宁三年十一月[1],余谪处宜州半岁矣。官司谓余不当居关城中[2],乃以是月甲戌抱被入宿子城南余所僦舍"喧寂斋"[3]。虽上雨旁风,无有盖障,市声喧愦[4],人以为不堪其忧;余以为家本农耕,使不从进士,则田中庐舍如是,又可不堪其忧耶?既设卧榻,焚香而坐,与西邻屠牛之机相值[5]。为资深[6]书此,实用三钱买鸡毛笔[7]书。

【注释】

[1]崇宁三年:宋徽宗年号,公元1104年。

[2]关城:筑有关隘的中心城。

[3]子城:附属于大城的小城。僦(jiù):租赁。喧寂斋:黄庭坚为自己贬所居室所起的名字。

[4]喧愦:喧闹。

[5]相值：相对。

[6]资深：李资深，曾官中丞，事迹难详。

[7]鸡毛笔：笔毫以兔毫、羊毫为上。南方少兔，故以鸡毛制笔。

【赏析】

这篇跋文写于黄庭坚的暮年，地点在广西宜州的贬所。宜州本是荒寒僻远的州县，他初到时没有住所，也没有民房可以租住，好容易找到一个寺院可以容身，但法律又不允许，因此只得租居城楼上一间狭小的阁楼，秋暑方炽，几乎不能生活。没料到就是这样的简陋的地方也不能让他呆下去，半年之后，在地方官府的逼迫下，又不得不搬到子城，生活条件更加恶劣。但是，儒家安贫乐道的思想让他没有嗟叹也没有埋怨，而是泰然处之，他将居所取名"喧寂斋"，置身风雨之中，四壁萧然没有遮盖，整天面对屠牛作坊的各种器具，在嘈杂喧嚣中，依然保持内心的一片宁静，坚持他的书生本色。以为自己本是农家子弟，如果不是考中进士，现在居住的农舍亦不过如此。即使在这样困苦的环境里，黄庭坚面对前来求字的人，依然能够气定神闲，蘸墨挥毫，书写诗卷，这是何等悲壮而萧瑟的场面。闲静下来，就是焚香而坐。我们可以想象在这位六十岁老人的身上有着一种何等淡定自若、处贫贱而不忧的精神！

跋米元章书[1]

余尝评米元章书如快剑斫阵，强弩射千里。所当穿彻，书家笔势亦穷于此，然似仲由未见孔子时风气耳[2]。

【注释】

[1]米元章：米芾（1051—1107年），字元章，宋代书法家，能诗文，精鉴别。行书、草书精湛，为宋代四大书法家之一。

[2]仲由：字子路，孔子弟子。据《史记·仲尼弟子列传》：未做孔子弟子之前，"性鄙，好勇力，志伉直，冠雄鸡，佩缎豚，凌暴孔子。孔子设礼稍诱子路，子路后儒服委质，因门人请为弟子"。

【赏析】

米芾是北宋四大书法家之一，《宣和书谱》说他的字如"风樯阵马，沉着痛快"。黄庭坚与米芾齐名，对米氏书法艺术有更真切的理解，认为其峻峭劲疾如"快剑斫阵"，笔力雄健，力透纸背有如"强弩射千里"。但是，他对米氏书法也有微词，认为像子路当年未见孔子时候的风气：虽勇直而近乎粗野，缺少儒家礼化敦厚气象；锋劲有余而内蕴不足，缺乏含蓄深远的韵致。黄庭坚论书法重视"神韵"，即书家应该通过笔墨线条表现出风韵神采，这种风韵又来自书法家的主观修养，即根源于超越世俗生活情调的"道"。

这篇短跋成为后世对米芾书法的定评，足见其见解的深刻与准确。

题东坡字后

东坡居士[1]极不惜书，然不可乞。有乞书者，正色诘责之，或终不与一字。元祐中锁试礼部[2]，每来见过，案上纸不择精粗，书遍乃已。性喜酒，然不能四五龠[3]已烂醉，不辞谢而就卧，鼻鼾如雷。少焉苏醒，落笔如风雨，虽谑弄皆有义味[4]。真神仙中人，此岂与今世翰墨之士争衡哉！

东坡简札字形温润[5]，无一点俗气。今世号能书者数家，虽规模古人，自有长处，至于天然自工，笔圆而韵胜，所谓兼四子[6]之有以易之，不与也。

建中靖国元年[7]五月乙巳，观于沙市[8]舟中，同观者刘观国、王霖、家弟叔向、小子相[9]。

【注释】

[1]东坡居士：苏轼贬黄州时自号东坡居士。

[2]元祐：宋哲宗年号。元祐三年（1088年），苏轼以大学士知贡举，担任进士考试的主考官，黄庭坚任参详，是副手之一，共同审阅试卷。锁试：考试时闭锁试场，以防止作弊。礼部：宋代考试由礼部主持。

[3]龠：古代量器名，二龠一合，十合一升。

[4]谑弄：戏谑调笑。义味：含有意义，并有味道。

[5]温润：温和圆润。

[6]四子：当是四位有成就的书法家。

[7]建中靖国元年：宋徽宗年号，即公元1101年。

[8]沙市：长江北岸城市，旧属湖北省江陵县。

[9]小子相：黄庭坚的儿子黄相。

【赏析】

这篇短跋作于黄庭坚晚年远贬途中，身负罪名，处在荒凉鄙陋之地，思念朋友，观字如面对其人，眼前仿佛浮现出苏轼那旷达超逸的仙人风采。苏轼很喜欢为别人写字，不择笔墨，遇纸辄书，纸尽而止，有时却正色责问，一个字也不愿意书写。他爱喝酒，饮少辄醉，醉时落笔如风，觉酒气拂拂从指间流出，那字飘逸奔放，有如神助，带着一股天仙的逸韵。黄庭坚认为苏轼的书法虽规模古人，却能够自出机杼，集众家之长。其字体温润，天然自工，笔圆而韵胜，全无一点俗气，是其潇洒超脱、不受羁勒的人格的象征。

秦 观

秦观（1049—1100年），字少游，又字太虚，号淮海居士，高邮（今属江苏）人。元丰八年（1085年）进士，曾任秘书省正字，兼国史院编修官。因元祐党籍，累遭贬谪，文辞为苏轼赏识。与黄庭坚、晁补之、张耒并称"苏门四学士"。尤工词，婉丽精密。有《淮海集》。

书《晋贤图》后[1]

此画旧名《晋贤图》，有古衣冠十人[2]，惟一人举杯欲饮，其余隐几、杖策、倾听、假寐、读书、属文，了无霑醉之态。龙眠李叔时[3]见之曰："此《醉客图》也。"盖以唐窦蒙《画评》有毛惠远《醉客图》[4]，故以名之也。叔时善画，人所取信，未几转相摹写，遍于都下，皆曰："此真《醉客图》也，非叔时畴能辨之！"独谯郡张文潜[5]与余以为不然。此画晋贤宴居之状，非醉客也。叔时易其名，出奇以炫俗耳。

余旧传闻江南有一僧，以资[6]得度，未尝诵经。闻有书生欲苦之，诣僧问曰："上人亦尝诵经否？"僧曰："然。"生曰："《金刚经》几卷？"僧实不知，卒为所困，即诬生曰："君今日已醉，不复可语，请俟他日。"书生笑而去之。至夜，僧从临房问知卷数。诘旦[7]生来，僧大声曰："君今日乃可语耳，岂不知《金刚经》一卷也！"生曰："然则卷有几分？"僧茫然，瞪目熟视之曰："君又醉耶？"闻者莫不绝倒。今图中诸公了无醉态，而横被沉湎[8]之名，然后知昔所传闻为不谬矣。

虽然，余惧叔时以余与文潜异论，亦将以醉见名，则余二人何以自解也？叔时好古博雅君子，其言宜不妄，岂评此画时方在酩酊[9]邪？图中诸客泊[10]予二人，孰醉孰不醉，当有能辨之者。

【注释】

[1]《晋贤图》，古代名画。

[2]古衣冠十人：指画中有十人着古代衣冠。

[3]龙眠李叔时：即李伯时，李公麟，字伯时，安徽桐城人，晚年隐居龙眠山，号龙眠居士。善丹青，传写人物尤精。

[4]窦蒙：唐扶风人，字子全，与弟窦臮并以书法闻名，官至国子司业，兼太原令。毛惠远：南齐阳武人，善画马及人物故实，师从顾恺之。

[5]张文潜：即张耒。

[6]资：施舍钱财。

[7]诘旦：明朝、明晨。

[8]沉湎：沉溺其中，这里指醉酒。

[9]酩酊：大醉。

[10]泊：及。

【赏析】

有时候醉中语真，而醒时语却伪。当一幅"一人举杯欲饮，其余隐几、杖策、倾听、假寐、读书、属文"的《晋贤图》摆在著名画家李公麟面前时，他竟然说这是《醉客图》！理由是唐代窦蒙《画评》中有一幅毛惠远《醉客图》。李公麟不仅擅长人物丹青，还博学多闻，是当时画界典型的学术权威。因此，盲从者蜂拥而起，将这幅经过名家鉴定的《醉客图》"转相摹写"，以致"遍于都下"。在崇拜名流风气极盛的古代中国，敢于挑战权威的人既需要勇气更需要智慧。秦观和张文潜就是这样不迷信权威的人。为了驳斥李公麟的错误，秦观首先从画面的真实情况入手，指出这是宴居之状，非醉客也，李公麟的说法是故意易其名以眩俗。然后举出一个江南顿僧的故事，明明是自己不学无术，不知道《金刚经》几卷几分，却硬要说询问他的书生喝醉了。这个令人绝倒的笑话，将明知自己错了却硬要维护自己名流权威地位而拒绝认错者的心态暴露无遗。当然，李公麟与江南顿僧毕竟不能完全等同，他与秦观一起游于苏轼之门，确实是博雅君子，也许李公当时正在酩酊大醉中说着胡话？还是图中诸客和秦观、文潜正在醉中呢？秦观围绕一个"醉"字大做文章，欲擒故纵，嬉笑调侃，波澜起伏，寓严肃的思想于冷嘲热讽之中，让人在忍俊不禁之中获得隽永的韵味。

李格非

　　李格非（约1090年前后在世），字文叔，济南人，李清照之父，为"苏门六君子"之一。留意经学，著《礼记说》数十万言，熙宁九年（1076）进士，历任郓州教授、博士、校书郎、礼部员外郎等职，后以党籍罢免。工词章，文辞练达，以情动人，为时人所称。有文集四十五卷及《洛阳名园记》等。

书洛阳名园记后[1]

洛阳处天下之中，挟崤、渑之阻[2]，当秦、陇之襟喉[3]，而赵、魏之走集[4]，盖四方必争之地也。天下常无事则已，有事，则洛阳必先受兵[5]。予故尝曰："洛阳之盛衰，天下治乱之候[6]也。"

方唐贞观、开元之间，公卿贵戚开馆列第于东都者，号千有余邸[7]。及其离乱，继以五季之酷[8]，其池塘竹树，兵车蹂践，废而为丘墟；高亭大榭，烟火焚燎，化而为灰烬：与唐共灭而俱亡，无余处矣。予故尝曰："园圃之废兴，洛阳盛衰之候也。"

且天下之治乱，候于洛阳之盛衰而知；洛阳之盛衰，候于园圃之废兴而得；则《名园记》[9]之作，予岂徒然哉？

呜呼！公卿大夫方进于朝，放乎一己之私意以自为，而忘天下之治忽[10]，欲退享此乐，得乎？唐之末路是矣！

李格非

【注释】

[1]书后：即跋。又称后记、后序，置于正文最后的文辞。

[2]崤：崤山，在河南洛宁县北，是函谷关东端。渑：即"渑阨"，为古时"九塞"之一，就是河南信阳西南的平靖关。

[3]秦：今陕西一带。陇：今山西西部与甘肃一带。襟喉：衣襟和咽喉，喻险要关键之地。

[4]赵、魏：今河北、山西、河南接临地区。走集：边境上的要冲。

[5]受兵：发生战争。

[6]候：标志，征兆。

[7]开馆列第：建造馆阁宅院。邸：官员的住宅。

[8]五季：指五代，即后梁、唐、晋、汉、周。酷：兵祸惨重。

[9]《名园记》：即《洛阳名园记》，李格非写的一组文章，记叙了北宋盛世宰相富弼、太子太师吕蒙正等人在洛阳营建的十九处园林的情况。

[10]自为：随心所欲。治忽：治乱。

【赏析】

《洛阳名园记》一卷是李格非留下的文集，其中共记述洛阳著名园林十九处，包括富郑公园、董氏西园、东园、环溪等，或属于僧寺，或属于富豪，大多数园主是北宋的达官贵人，他们玩物丧志，把园池装饰得富丽豪奢。本文是成书后的总论，表达写作此书的寓意。

首先概述"洛阳为天下之中"的地理形势，抓住它所处要冲的位置和异常险要的地形，揭示出一旦爆发战争必定成为"四方必争之地"的战略意义。这样洛阳将会首当其冲地遭到战火的破坏，从而得出洛阳盛衰关乎天下治乱的结论。接着回顾历史，盛唐时期，公卿贵戚在洛阳大规模建造豪宅，数量达到千余家，亭台楼阁高耸入云，竹树园池美不胜收，人殷物阜，商贾如云，真个是休闲享乐、逍遥自在的好去处。可是五代乱离，烽烟遍地，洛阳遭到兵车践踏，繁华殷盛的园林变成断壁残垣，熊熊烈焰将几百年经营构筑的豪宅烧成一片灰烬，残破的景象令人目不忍睹。由此可见"园囿之废兴，洛阳盛衰之候也"。最后，从历史的反思指向严峻的现实，公卿大夫们入朝为官当忧劳国事，如果一旦大兴土木，放纵自己的私欲，玩物丧志，洛阳将会重演历史的悲剧，而随着洛阳的衰败紧跟着来到的将是国家的灭亡。李格非深深忧虑北宋末年达官贵戚享乐成风、醉生梦死的生活，因而以唐鉴宋，希望人们警醒。因而这部《洛阳名园记》成为警戒世人的一面镜子。

这篇短跋，气势雄健，逻辑严密，俯仰古今，对比鲜明。小中见大，既有历史感，又有现实感；情理兼长，议论精警。体现了"字字从肺腑出"的文学主张，具有一种凝重深邃的美感。

李清照

　　李清照（1084—1155年），生于北宋元丰七年，卒于南宋绍兴二十五年左右。号易安居士，其父为北宋著名文士李格非，曾受知于苏轼，著有《洛阳名园记》，他的经学著作有《礼记说》数十万言；其母是王拱的孙女，也擅长文章。李清照十八岁嫁给赵挺之之子太学生赵明诚，夫妇志同道合，生活很幸福；遭遇靖康之变后，夫妇离散，南渡之后，夫亡家破，遂漂沦困窘，以凄凉终。李清照善词章之学，实渊源于家学，有《易安居士文集》七卷，《易安词》六卷。现存传世的作品除零散诗文外，有清人王鹏运辑录刻印的《漱玉词》，后附录清人俞正燮（理初）辑成的《易安居士事辑》一文。

金石录后序①

【原文】【第一段】：叙述《金石录》内容、价值及对爱好金石的疑惑。

右[1]《金石录》三十卷者何？赵侯德父[2]所著书也。取上自三代[3]，下迄五季[4]，钟、鼎、甗、鬲、盘、匜、尊、敦之款识[5]，丰碑大碣、显人晦士之事迹[6]，凡见于金石刻者二千卷，皆是正讹谬[7]，去取褒贬，上足以合圣人之道，下足以订史氏之失者皆载之，可谓多矣[8]。呜呼！自王播（涯）、元载之祸[9]，书画与胡椒无异；长舆、元凯之病，钱癖与传癖何殊[10]？名虽不同，其惑一也。

【注释】

[1]右：右边，以上。明诚《金石录》中文章，每篇皆用右字开端。因为古书自右而左直行刻、写，其所藏金石拓本上的题识，其后抄录成书。今清照效其笔意。另，本文在《金石录》正文之后，故云"右"。

[2]赵侯德甫：赵明诚，字德甫，宋密州诸城（今山东省诸城市）人，徽宗朝宰相赵挺之之季子，李清照之夫。侯，古代五等封爵之一，后常用来称呼州郡长官。赵明诚曾为莱州、淄州、建康、湖州太守，故称为侯。清照于明诚称侯，于挺之称丞相，皆极费斟酌，避去亲属称谓，改用众人的称呼，是她的大方处。

[3]三代：夏、商、周。

[4]五季：即梁、唐、晋、汉、周五代。

[5]钟：古代乐器；鼎和甗（yàn），都是古代青铜制成的炊具；鬲（lì）：古烹饪器，

---

① 《金石录》三十卷，赵明诚撰，《宋史•艺文志》著录，有雅雨堂从书本，三长物斋从书本，行素草堂本数种，今又有商务印书馆影印之吕无党手抄本。"金"指古代铜器，"石"指石刻。商周青铜器上所刻文字，少者一二字，多者数百字，为研究古文字学及古史学的重要材料。石刻指记功碑，摩崖石刻，墓志之类，其所刻文章，可以引证历代史事，补订正史的缺失。中国金石之学，始盛于北宋，属于史学的一个门类，发达早于西洋的考古学。北宋前期有欧阳修的《集古录》，赵明诚的《金石录》就是继承欧阳修的事业。这本倾注了赵明诚毕生心血的巨著，著录了所收藏的夏、商、周三代至隋、唐、五代金石拓片二千种，为目录10卷、辨证20卷、跋102篇。因赵明诚自己生前已写了书的序文，列于书首，李清照又作了这篇"序"，附于书后，故称"后序"。《金石录》是李清照亡夫赵明诚的一部关于金石收藏整理的学术著述。李清照为之作"后序"之时，夫亡已六载，个人生活又几经曲折，故百感交集，情不能禁，写下了这篇著名的"后序"。

铜制,似鼎而足中空;彝和尊,都是酒器,青铜制;敦(duì):古代盛食物的铜器。款识:古代金石上铸刻的文字。《汉书·郊祀志》颜师古注:"款,刻也。识,记也。"凡此类铜器皆王公诸侯卿大夫所铸造,或但铭刻爵氏姓名,或更刻长文,所以记祖宗或其自身的功德,而在祭祀宴享的时候使用,所谓"礼器",不是日用之具。这些文字有一定的史料价值。

[6]丰碑大碣:高大的石牌,方的叫"碑",圆的叫"碣";显人:有声望的人;晦士:不知名的人,犹隐士,韬晦之士。

[7]是正讹谬:校正错字讹句。二千卷:指拓本而言,以纸贴于器物,用墨拓出其铭文,谓之拓本。凡金石古器物贵重难得,拓本则流传四方。明诚家所藏固然有一部分原器,但拓本更多。以所藏金石拓本辨别真伪,加以去取,得二千件,每件称为一卷,其珍贵者必定装潢成卷轴。

[8]去取褒贬:选择品评。上足以合圣人之道,下足以订史氏之失:揭示赵明诚著书的宗旨,以示非琐屑古董之玩好也。订史氏之失,有功于史学,合圣人之道,则有裨于经学。凡殷周器物,既多半是礼器,可以窥见古代的礼乐教化,其中亦有认为是文武周公之器者,如"文王尊彝"等。明诚自序中曾说:"自三代以来,圣人遗迹著于金石者多矣。"

[9]王播(涯)、元载之祸:王播:唐文宗时官尚书右仆射,为官贪酷,但无书画事。清人何焯认为"播当作涯"。王涯,字广津,唐文宗时宰相,喜收藏书画,后在大和九年(835年)的"甘露之变"中,因谋诛宦官事泄被杀。他人破墙而入其家自取金玉珍宝,而弃书画于道路。元载,字公辅,唐代宗时宰相,因贪赃而赐自尽,没收其家财,仅胡椒便有八百石。二人事迹俱见《新唐书》本传。这句是说人若遭祸,无论收藏什么都会损失。

[10]长舆、元凯之病:和峤,字长舆,晋朝人,家产至富,性极吝啬,杜预说他有"钱癖"。杜预,字元凯,与峤同时。博学,雅好《左传》,著有《春秋经传集解》。一次晋武帝问杜预:"卿有何癖?"他回答道:"臣有《左传》癖。"二人《晋书》有传。殊,不同。

【原文】【第二段】:叙收藏积聚金石文物志愿及行为。

余建中辛巳,始归赵氏[1]。时先君作礼部员外郎,丞相作吏部侍郎,侯年二十一,在太学作学生[2]。赵、李族寒,素贫俭[3],每朔望谒告出[4],质衣取半千钱,步入相国寺[5],市碑文果实归,相对展玩咀嚼,自谓葛天氏之民也[6]。后二年,出仕宦,便有饭蔬衣练,穷遐方绝域,尽天下古文奇字之志[7]。日就月将，渐益堆积[8]。丞相居政府，亲旧或在馆阁[9]，多有亡诗、逸史、鲁壁、汲冢所未见之书，遂尽力传写，浸觉有味，不能自己[10]。后或见古今名人书画，一代奇器，亦复脱衣市易[11]。尝记崇宁间，有人持徐熙《牡丹图》求钱二十万[12]。当时虽贵家子弟，求二十万钱岂易得耶？留信宿，计无所出而还之。夫妇相向惋怅者数日[13]。

【注释】

[1]建中辛巳：宋徽宗建中靖国元年（1101年）。本年李清照与赵明诚结婚。

[2]先君：指已逝世的父亲李格非，时为礼部员外郎、提点东京刑狱，在政治上反对王安石变法，以党籍（旧党）被罢官。丞相：指赵挺之。时为礼部侍郎，崇宁四年（1105年），官至尚书右仆射，即宰相。太学：封建时代传授儒家经典的最高学府。据《宋史·选举志》：八品以下官员弟子及庶民中优秀者可以入太学作学生。今按：格非与挺之虽结儿女亲家，格非受知于苏轼，为元祐党人，挺之则为绍述派人物，排击元祐党人，两人始合终离，清照精神上极感苦闷。《郡斋读书志》谓格非罢官时，清照上诗挺之，有"何况人间父子情"之句，读者哀之。

[3]赵、李族寒，素贫俭：清人俞正燮《癸巳类稿·易安居士事迹》作"赵、李宦族，然素贫俭"。按：赵李两家都是世代官宦的大族，作者所谓的"素贫俭"，只能是与当时其他官僚贵族的骄奢淫逸、享乐腐化生活相比而言的。

[4]朔望：农历每月初一为朔，十五为望。谒告：请假。这里指朔望日的例行休假。

[5]质：典当。相国寺：北宋汴京最大的庙宇，原名建国寺，北齐天保六年（555年）建。唐睿宗旧封相王，重建后改名相国寺，宋再加扩建，称"大相国寺"。每月朔望及初三，初八日开放。据《东京梦华录》卷三说："殿后资圣门前，皆书籍、玩好、图画之类。"

[6]市：购买。葛天氏之民：陶渊明《五柳先生传》："衔觞赋诗，以乐其志，无怀氏之民欤？葛天氏之民欤？"案：葛天氏为传说中的远古帝王，其时为治世，不言而信，不化而行。

[7]饭蔬衣练(shū)：饭蔬，以蔬菜为饭，此指素食。《论语·述而》："饭蔬食饮水。"衣练，穿粗布衣服。练，苎麻类织物。穷遐方绝域：游遍极远的地方。遐方，远方。绝域，极远的地域。古文奇字：《说文序》："一曰古文，孔氏壁中书也；二曰奇字，即古文而异者也。"此指上古文字，如甲骨文、钟鼎文之类。

[8]日就月将：犹日积月累。《诗·周颂·敬之》："日就月将，学有缉熙于光明。"

孔颖达疏："日就，谓学之使每日有成就；月将，谓至于一月则有可行。言当习之以积渐也。"

[9]丞相：指赵挺之。崇宁元年（1102年），自试吏部尚书迁尚书右丞，寻迁右仆射，故曰居政府。馆阁：宋代掌管修史、藏书、校僻的机关，原为昭文馆、史馆、集贤院及秘阁，元丰三年改制后，合并为秘书省。

[10]亡诗：指今本《诗经》三百零五篇以外的诗。逸史：正史以外的史书。鲁壁：孔安国《古文尚书序》："鲁恭王好治宫室，坏孔子旧宅以广其居，于壁中得先人所藏古文虞、夏、商、周之书，及《传》《论语》《孝经》，皆蝌蚪文字。"旧址在今山东曲阜市。汲冢：晋太康二年，汲郡有个名叫不准的人盗发魏襄王墓（或云魏安王冢），得竹书数十车，都是竹简蝌蚪文。见《晋书·束皙传》及杜预《春秋经传集解·后序》。

[11]崇宁：宋徽宗年号，公元1102—1106年。

[12]徐熙：南唐时著名画家，善画花木、禽鱼、蝉蝶、蔬果。

[13]信宿：连宿两夜。

【原文】【第三段】：叙鉴赏把玩金石文物的乐趣。

后屏居乡里十年[1]，仰取俯拾，衣食有馀。连守两郡，竭其俸入以事铅椠[2]。每获一书，即同共勘校，整集签题[3]。得书画彝鼎，亦摩玩舒卷，指摘疵病，夜尽一烛为率[4]。故能纸札精致，字画完整，冠诸收书家[5]。余性偶强记[6]，每饭罢，坐归来堂烹茶，指堆积书史，言某事在某书某卷第几叶第几行，以中否角胜负，为饮茶先后[7]。中即举杯大笑，至茶倾覆怀中，反不得饮而起。甘心老是乡矣[8]！故虽处忧患困穷，而志不屈[9]。

【注释】

[1]屏居乡里：隐居家乡。徽宗大观元年（1107年），赵挺之罢相，不久病逝。次年，赵明诚与李清照回青州故第。案：赵挺之虽为密州诸城人，然据《宋宰辅编年录》，后来实移家青州（今山东东益都县）。徽宗大观元年（1107年）三月，赵挺之罢相，不久死去。蔡京与赵挺之素不合，赵死后三日，蔡京唆使人控告赵挺之结交富人，朝廷逮捕了赵家在京师的亲戚、从人，送狱穷治（参看《宋宰辅编年录》卷十一）。又，当时制度，父母死，在职官吏要离职守孝三年。赵明诚回家守孝，又遇父亲的政敌当权，在这种情况下，赵明诚不可能出来做官，只能在家里"仰取俯拾"的过着节衣缩食的生活。此时，明诚结婚已经六年，年二十七岁。

[2]连守两郡:连续出任两个州郡的长官。赵明诚于宣和三年(1121年)出守莱州(今山东掖县),建康元年(1126年)移守淄州(今山东淄博市)。 铅椠(qiàn):古代文具。铅为铅条,可书写,也可以校改错字;椠为木板,可书文字。一般也以铅椠泛指书籍。当时,赵明诚将全部的薪俸收入用来收购图书和从事校勘工作。

[3]勘校:比较不同的版本,审定文字的异同。整集签题:把书籍收拾整齐,在封面的书签上写好书名。

[4]彝:盛酒器皿的总称。摩玩:观赏。舒卷:打开和卷合。指摘疵病:指出其中的瑕疵缺陷。夜尽一烛为率:每晚看书常常以点完一支蜡烛为限度。

[5]冠诸收书家:在各藏书家中居于第一位。冠,去声,动词。

[6]性偶强记:记性特别好。作者自谦说是天性偶然能强记。

[7]归来堂:在青州故第内,因屏居乡里,故取陶渊明《归去来辞》之义名其堂。以中否角胜负:以猜中与否较量胜负。这是李清照夫妇的韵事,艳称千古,清代洪升所作《四婵娟》剧本的第三种《斗茗》,就是写这件事。

[8]甘心老是乡:愿意终身过这种生活。用《飞燕外传》汉成帝语之典。乡谓书乡。

[9]处忧患困穷:当指赵家为蔡京所排斥,退居青州时时忧惧被谗害的事。

【原文】【第四段】:叙精心珍藏保护文物的心态及其志趣。

收书既成,归来堂起书库大橱,簿甲乙,置书册[1]。如要讲读,即请钥上簿,关出卷帙[2]。或少损污,必惩责揩完涂改,不复向时之坦夷也[3]。是欲求适意而反取憀栗[4]。余性不耐,始谋食去重肉,衣去重采,首无明珠翡翠之饰, 室无涂金刺绣之具[5],遇书史百家字不刓阙、本不讹谬者,辄市之, 储作副本[6]。自来家传周易、左氏传,故两家者流,文字最备[7]。于是几案罗列,枕席枕藉,意会心谋,目往神授,乐在声色狗马之上[8]。

【注释】

[1]簿甲乙,置书册:登记编号,造具目录,按编号次序放置图书。

[2]请钥上簿,关出卷帙:索取钥匙,取出书籍,登记在簿子上,找出需要的卷帙。关出:取出。关,领也,与关饷,关钱之关同意。

[3]或少损污,必惩责揩完涂改:某人对书稍有污损,就一定惩罚,责成他把污损处拂拭干净,或者涂上铅粉、雌黄,以掩盖污迹。少:同"稍"。坦夷:心中平

坦。按：此处写出了李清照夫妇对书籍的爱护到了严酷苛刻的程度，导致心情不能够平坦舒适。对书籍的爱之深，为后文一朝散失作铺垫。

[4]欲求适意而反取僇栗(liáo lì)：因为爱护图书，常挂虑在心，反而不安适了。

[5]性不耐：不耐烦于这种僇栗的处境。食去重肉：不同时吃两样荤菜。重，重复。 衣去重采：不同时穿两件绣花衣裳。节衣缩食，过一种俭朴的生活。

[6]字不刓(完)缺：书上刻印的字笔画不短缺、脱漏。刓：本义为削，此处引申为脱漏解。辄：就。北宋时已有木刻本，赵明诚夫妇以精写本为正本，藏在大厨内，而另买好的刻本作副本，以备平时阅览。写本贵而刻本贱也。

[7]两家者流：指关于《周易》《左传》的各种注释及诸家解说、研究的书。

[8]几案罗列，枕席枕藉：指书籍很多，桌、案、枕、席上堆置得到处都是。枕藉，重叠。意会心谋，目往神授：意与书会，心与书合，眼睛与书来往，精神与书柜交，极言一心一意，全力倾注在书中。声色狗马：指封建纨绔子弟玩弄歌儿舞女、走马养狗等腐朽无聊的生活。按：此处写两人高雅的趣味和美满的生活。笔力饱满，情绪酣畅，下文则写乐极悲来。

【原文】【第五段】：叙靖康之难爆发后文物的南迁与毁坏。

至靖康丙午岁，侯守淄川[1]。闻金人犯京师。四顾茫然，盈箱溢箧，且恋恋，且怅怅，知其必不为己物矣[2]。建炎丁未春三月，奔太夫人丧南来[3]。既长物不能尽载，乃先去书之重大印本者，又去画之多幅者，又去古器之无款识者，后又去书之监本者，画之平常者，器之重大者。凡屡减去，尚载书十五车[4]。至东海，连舻渡淮，又渡江，至建康[5]。青州故第，尚锁书册什物，用屋十馀间，期明年春再具舟载之[6]。十二月，金人陷青州，凡所谓十馀屋者，已皆为煨烬矣[7]。

【注释】

[1]靖康丙午岁：即靖康元年(1126年)，是年冬，金人陷汴京，明诚四十六岁。淄川：即淄州，今山东淄博市。

[2]金人犯京师：金人(女贞贵族)以靖康元年十一月攻陷北宋首都汴京。四顾茫然：不知所措的样子。怅怅：烦恼惋惜的样子。知其必不为己物：便知道这些金石文物一定不是自己的东西了。

[3]建炎丁未春三月：南宋高宗建炎元年(1127年)，即宋钦宗靖康二年，三月金人立张邦昌为楚帝，四月，金人掳二帝北去，五月，康王赵构即位于南京，改元

建炎。奔太夫人丧南来：据浦江清先生推测：当时京师沦陷，北方骚乱，赵明诚兄赵思诚先奉母南下，或思诚本官于南方，其母往依之，遂殁于南方。总之赵明诚夫妇南行，一则奔丧，二则避难。

[4]长(cháng)物：多余的东西。重大印本：本数多、开本大的印本书籍。画之多幅者：好几幅画合起来构成一套的画。监本：五代以来国子监(掌管国家学校的机关)所刻的书，是当时普通常见的本子。

[5]东海：宋代海州，今江苏连云港市。建康：今南京市。晋改建业为建邺，后避愍帝讳改曰建康。北宋时实称江宁府，南宋建炎三年(1129年)才改称建康府。

[6]故第：旧宅院。什物：家具杂件。期：打算，预定。具舟：准备好船只。

[7]十二月，金人陷青州：据《宋史》，金人攻陷青州是建炎二年(1128年)正月十八日，不是元年十二月，但十二月有兵变，知州曾孝序被杀。不知是史误还是作者误记。煨(wēi)烬：火灰。

【原文】【第六段】：叙赵明诚去世与要求保存文物的遗愿。

建炎戊申秋九月，侯起复，知建康府[1]。己酉春三月罢，具舟上芜湖，入姑孰，将卜居赣水上[2]。夏五月，至池阳，被旨知湖州，过阙上殿[3]。遂驻家池阳，独赴召[4]。六月十三日，始负担舍舟，坐岸上，葛衣岸巾，精神如虎，目光烂烂射人，望舟中告别[5]。余意甚恶，呼曰："如传闻城中缓急，奈何？"[6]戟手遥应曰："从众。必不得已，先去辎重，次衣被，次书册卷轴，次古器。独所谓宗器者，可自负抱，与身俱存亡，勿忘之！"遂驰马去[7]。途中奔驰，冒大暑，感疾。至行在，病痁[8]。七月末，书报卧病。余惊怛，念侯性素急，奈何病痁？或热，必服寒药，疾可忧。遂解舟下，一日夜行三百里。比至，果大服柴胡、黄芩药，疟且痢，病危在膏肓[9]。余悲泣，仓皇不忍问后事。八月十八日，遂不起，取笔作诗，绝笔而终，殊无分香卖履之意[10]。

【注释】

[1]建炎戊申：建炎二年(1128年)。侯起复，知建康府：赵明诚又被起用任建康府知府。起复：当时制度，现任官员遭父母之丧，须解除官职服丧三年，在服丧未满期间，又被任以官职的为"起复"。明诚三月奔丧，九月即复任官职，故云。赵明诚此时官衔为秘阁修撰，其时帝在扬州驻跸。

[2]己酉春三月罢：建炎三年春天三月免去官职。《建炎以来系年要录》卷二

十:"建炎三年二月甲寅,御营统制官王亦,将京军驻江宁,谋为变,以夜纵火为信,江东转运使直徽猷阁李谟觇知之,驰告守臣秘阁修撰赵明诚,时明诚已被命知湖州,弗听。谟饬兵将所部团民兵伏涂巷中,栅其隘。夜半,天庆观火,诸军噪而出,亦至,不得入,遂斧南门而去。迟明访明诚,则与通判府事朝散郎毋丘绛、观察推官汤允恭绉城宵遁矣。"据此,明诚可能因为逃跑而罢官。按:建炎三年正月金兵入淮泗,帝离扬州幸镇江,扬州被焚劫,又幸杭州,镇江被无赖及军人抄掠。三月,苗傅、刘正彦作乱,逼帝禅位于太子。四月,帝复位。明诚知建康,前后共半年,强寇外侵,群贼内乱,大江南北,骚动不宁。而清照尚有闲情逸致。《清波杂志》(宋周辉撰)卷八,"顷见易安族人言,明诚在建康日,易安每值大雪,即顶笠披蓑,循城远览,以寻诗,得句,必邀其夫赓和,明诚每苦之也。"姑熟:一作姑孰,今安徽当涂县。赣水:今江西省赣江,联系下文来看,当指洪州(今南昌市)。

[3]池阳:池州池阳郡,今安徽省贵池县。湖州:今浙江吴兴县。过阙上殿:指朝见皇帝。

[4]独赴召:赵明诚独自立召去见皇帝,家属未同行。

[5]葛衣岸巾:夏天家居时随便的装束。葛衣:类似麻布的衣服。岸巾:古人头巾均覆额,把头巾掀起露出前额,叫做岸巾或岸帻。目光烂烂射人:目光明亮有神的样子。

[6]余意甚恶:我的心绪不宁(有觉得不祥的意味)。如传闻城中缓急:缓急:偏义复词,紧急。指敌军侵犯事。假如听到池阳城中情势紧迫的消息,我怎么办?

[7]戟手:以食指与中指分开成戟形,指点对方。一般形容愤激骂人的样子,这里形容仓皇着急的样子。辎,载衣服的车;重,载重的车。宗器:古代天子诸侯宗庙祭器及礼乐之器。这里指拓本而言,非器物本身。

[8]行在:皇帝出行所在之地,此指建康。南宋初,人民还称旧京(汴京)为国都,故称建康为"行在"。病疟(shān):害疟疾。指有热无寒的疟疾。

[9]惊怛(dá):惊慌悲痛。比至:赶到。病危在膏肓:病已经危急到不可救药的地步了。《左传》成公十年:"疾不可为也,在肓之上,膏之下;攻之不可,达之不及,药不至焉。"膏肓:人体中在心、膈之间的部位。

[10]不忍问后事:不忍心再向垂危病人询问死后的安排。分香卖屦:曹操《遗令》:"余香可分与诸夫人,不命祭。诸舍中(指众妾)无所为,学作屦组(鞋带)卖也。"屦(jù),麻、葛等制成的单底鞋。此句谓没有遗嘱。

【原文】【第七段】：叙战乱颠沛中文物的流失的遭际。

葬毕，余无所之[1]。朝廷已分遣六宫，又传江当禁渡[2]。时犹有书二万卷，金石刻二千卷，器皿茵褥，可待百客，他长物称是[3]。余又大病，仅存喘息，事势日迫，念侯有妹婿任兵部侍郎，从卫在洪州，遂遣二故吏先部送行李往投之[4]。冬十二月，金寇陷洪州，遂尽委弃[5]。所谓连舻渡江之书，又散为云烟矣。独馀少轻小卷轴、书帖，写本李、杜、韩、柳集，世说，盐铁论，汉唐石刻副本数十轴，三代鼎鼐十数事，南唐写本书数箧，偶病中把玩，搬在卧内者，岿然独存[6]。

【注释】

[1]余无所之：我没有什么地方可去了。

[2]六宫：皇帝后宫之总称。建炎三年七月，因避金人南下，隆裕太后孟氏逃往洪州，分遣六宫即其时。《宋史·高宗纪》：1129年"秋七月壬寅，命李邴、滕康叔知三省枢密院事，扈（随）从太后如（往）洪州，杨维忠将兵万人以卫"。皇太后是哲宗孟皇后，以其久废而免，独得脱险，诏立康王即帝位者也。

[3]称是：数量可以和以上的器物相当。

[4]妹婿任兵部侍郎，从卫在洪州：《建炎以来系年要录》卷二十九"十一月壬子，隆佑太后退保虔州"条记载："中书舍人李公彦、徽猷阁待制权兵部侍郎李擢皆遁。"李擢可能就是赵明诚的妹婿。兵部侍郎：掌管兵卫、武器、国防等的贰官。从卫：随从保卫。此当指在洪州保卫隆佑太后孟氏。部送：部署护送。

[5]冬十二月，金寇陷洪州：金人陷洪州是此年十一月事，可能李清照误记。

[6]写本李、杜、韩、柳集：唐朝李白、杜甫、韩愈、柳宗元的诗文集抄写本。《世说》：南朝宋刘义庆编著的《世说新语》的简称。《盐铁论》：汉桓宽著。汉唐石刻副本：此即与上文所说"金石刻二千卷"中的某些相重复的本子，副本往往比正本差，但渡江之后，已在洪州散为云烟了，所以仅存的副本也可贵了。数十轴，即数十卷。三代鼎鼐（nài）：大鼎。岿然独存：语本《文选》王延寿《鲁灵光殿赋》，意为高峻地独立着。此取"独存"意。凡劫余之物，不随众灭者，皆可曰"岿然独存"。

【原文】【第八段】：继续叙文物命运的播迁。

上江既不可往，又虏势叵测[1]。有弟迒，任敕局删定官，遂往倚之[2]。到台，台守已遁，之剡[3]。出睦，又弃衣被走黄岩，雇舟入海奔行朝[4]。时驻跸章安，从御舟海道之温，又之越[5]。庚戌十二月，放散百官，遂之衢[6]。绍兴辛亥春三月，复赴越。壬子，又赴杭[7]。先侯疾亟时，有张飞卿学士，携玉壶过视侯，便携去，其实珉也。不知何人传道，遂妄言有颁金之语，或传亦有密论列者[8]。余大惶怖，不敢言，亦不敢遂已，尽将家中所有铜器等物，欲赴外廷投进[9]。到越，已移幸四明[10]。不敢留家中，并写本书寄剡。后官军收叛卒，取去，闻尽入故李将军家[11]。所谓岿然独存者，无虑十去五六矣。惟有书画砚墨可五七簏，更不忍置他所，常在卧榻下，手自开阖[12]。在会稽，卜居土民钟氏舍，忽一夕，穴壁负五簏去[13]。余悲恸不已，重立赏收赎[14]。后二日，邻人钟复皓出十八轴求赏，故知其盗不远矣。万计求之，其余遂牢不可出。今知尽为吴说运使贱价得之[15]。所谓岿然独存者，乃十去其七八。所有一二残零不成部帙书册，三数种平平书帖，犹复爱惜如护头目，何愚也邪[16]！

【注释】

[1]上江既不可往：上江，指长江上游。建炎三年十月，金人已经从黄州渡江，占领了长江上游沿江的都市如洪州、和州等地，故云"不可往"。虏势叵测：指敌人的兵势猖獗，情况危急，难以预料将会发展到什么地步。

[2]弟迒（háng）：李清照的弟弟。敕局：主管编定皇帝诏旨成书的机构，属尚书省。删定官：职掌收集诏书并编纂成书的官员。

[3]台：台州，今浙江临海县。《宋史·高宗纪》："建炎四年（1130）正月，丁卯，台州守臣晁公为弃城遁。"宋高宗于闰八月离开建康，十二月，到过台州。李迒跟随皇帝逃跑，清照往依其弟，也跟着高宗走过的路线前往。剡（shàn）：剡县，今浙江嵊县。

[4]睦（mù）：睦州，今浙江省建德县。案：此时清照追随宋高宗奔亡人海，系走浙东，似不可能到浙西的睦州。《说郛》卷十七《瑞桂堂暇录》作"之嵊（shèng）在陆"，疑是。黄岩：今浙江黄岩县。行朝：即行在，皇帝行宫所在地。浦江清先生认为应作："出睦、之剡、到台，又弃衣被走黄岩……"

[5]驻跸（bì）：皇帝途中驻扎。跸，原意指皇帝出行时的清道。章安：镇名，宋时属台州。温：今浙江温州市。越：越州。今浙江绍兴市。

[6]庚戌：建炎四年（1130年）。放散百官：《建炎以来系年要录》卷三十九："诏放散行在百司，除侍从、台谏官外，……余令从便寄居，候春暖赴行在。"衢：衢州，今浙江衢县。

[7]绍兴辛亥:绍兴元年(1131年)。壬子:绍兴二年。

[8]疾亟:病危。张飞卿,阳翟人,见张《清河书画舫》王晋卿《梦游瀛山图》田亘题诗并跋。珉:假玉,像玉的石头。颁金:把玉壶送给金人,意即通敌。颁,分赐。于是有人乱说赵明诚拿玉壶去送给金人,这是有人诬告赵明诚有通敌之罪。有密论列者:宋代言官上书检举弹劾称"论列"(议论而列举出罪状)。此指告密。

[9]外庭:即外朝,与禁中相对。《宋史·职官志》:"符宝郎二人,掌外廷符宝之事,禁中别有内符宝郎。"青铜器属于符宝之类,故欲赴外廷投进。投进:进献给皇帝。

[10]四明:今浙江宁波市。建炎三年十月十七日,高宗到越州,十一月二十五日,自越州出发,十二月五日,到明州(参宋李正民《乘桴录》)。

[11]故李将军:未详。

[12]无虑:大约。可:约略。籯(lù):竹箱。

[13]会稽:今浙江绍兴市。穴壁:穿墙入室。

[14]重立赏收赎:出重赏收赎被盗去的文物。

[15]吴说运使:吴说:人名,字傅朋,钱塘(今杭州)人,当时著名书画家,曾任福建路转运判官。运使:转运使的简称。

[16]不成部帙:不成部,不成套的书。帙:包书的套子。

【原文】【第九段】:睹物思人,追忆丈夫撰著《金石录》的情景。

今日忽阅此书,如见故人。因忆侯在东莱静治堂,装卷初就,芸签缥带,束十卷作一帙[1]。每日晚吏散,辄校勘二卷,跋题一卷[2]。此二千卷,有题跋者五百二十卷耳。今手泽如新而墓木已拱,悲夫[3]!

【注释】

[1]东莱:莱州的州治在东莱郡(今山东掖县)。静治堂:赵明诚在莱州作官时的书斋名。装卷初就:将书卷装裱成功。芸签缥带:芸签,书签的雅称,古人藏书多用芸香驱蠢虫,故名。缥(piāo)带:淡青色的带子,用以缚系书籍。

[2]跋题:写在书籍、碑帖、字画前面的文字叫"题",写在后面的叫"跋"。

[3]手泽如新:亲手留在书(《金石录》)上的墨迹还是新的一样。墓木已拱:墓前树木可以两手合抱,喻人死已久。《左传》僖公三十二年:"尔何知?中寿,尔墓之木拱矣。"按此时距赵明诚之死(1129年),已有六年。

【原文】【第十段】：抒发世事沧桑的感慨，并说明撰文旨意。

昔萧绎江陵陷没，不惜国亡而毁裂书画[1]；杨广江都倾覆，不悲身死而复取图书[2]。岂人性之所著，死生不能忘之欤？或者天意以余菲薄，不足以享此尤物耶[3]？抑亦死者有知，犹斤斤爱惜，不肯留在人间耶？何得之艰而失之易也？呜呼！余自少陆机作赋之二年，至过蘧瑗知非之两岁，三十四年之间，忧患得失，何其多也[4]！然有有必有无，有聚必有散，乃理之常。人亡弓，人得之，又胡足道[5]！所以区区记其终始者，亦欲为后世好古博雅者之戒云[6]。

绍兴二年玄黓岁壮月朔甲寅，易安室题[7]。

【注释】

[1]萧绎：梁元帝萧绎建都江陵，承圣三年（554年），魏兵攻陷江陵，萧绎命舍人焚古今图书十四万卷。据《资治通鉴》载："故问何意焚书，帝曰："读书万卷，犹有今日，故焚之。"

[2]杨广：即隋炀帝，大业十四年（618年）在江都（今江苏扬州市）被宇文化及所杀。据《大业拾遗记》载，唐高祖武德四年平定东都洛阳后，将观文殿所藏新书八千卷载回长安。上官魏梦见炀帝，大叱道："何因辄将我书向京师？"船行黄河，值风覆没，一卷未剩。上官魏又梦见炀帝，喜曰："我已得书！"帝平存之日，爱惜书史，虽积如山丘，然一字不许外出。及崩亡之后，神道犹怀爱惜。

[3]人性之所著：人心中所念念不忘的东西。著（zhuó）：附着，寄托。尤物：珍奇的物品。此指珍贵的文物。尤，最。抑，还是，或者。斤斤：明察的样子。

[4]陆机作赋：陆机，西晋华亭（今上海松江）人，文学家。杜甫《醉歌行》："陆机二十作《文赋》，汝更少年能作文。"李清照以十八岁嫁赵明诚，故云"少陆机作赋之二年"。蘧（qú）瑗知非：蘧瑗，字伯玉，春秋时卫国大夫。《淮南子·原道训》："故蘧伯玉年五十而知四十九年之非。"此句说她作序之年以五十二岁。但据考证，李清照作序之年是五十一岁。

[5]人亡弓，人得之：有人失掉弓，也就有人拾得弓，这有什么关系呢？这是作者失掉图书文物后无可奈何聊以自慰的话。《孔子家语》卷二："楚王出游，亡弓。左右请求之。王曰：'止！楚人失弓，楚人得之，又何求之？'孔子闻之：'惜乎其不大也！不曰人遗弓人得之而已，何必楚也。'"又胡足道：还有什么值得说的呢？

[6]区区：爱而不舍的样子。好古博雅者：爱好古物有学问的不同于流俗

的人。

[7]玄黓(yì)岁：《尔雅·释天》："太岁在壬曰玄黓弋。"绍兴二年,岁在壬子,故云。按此处记题序年份似有脱误。清照五十二岁当为绍兴五年(1135年)。又按,一说下文"甲寅"当指绍兴四年甲寅(1134年)。壮月:八月。《尔雅·释天》："八月为壮。"易安室:李清照室名,似取义于陶渊明《归来辞去》"审容膝之易安"。

【赏析】

李清照是两宋之交的著名词人,也是散文大家,尽管她现存的散文并不多,但是以《金石录后序》为代表,可以看出她散文的艺术造诣很深,其艺术特色继承了韩愈散文的一些笔法,尽管议论方面略微逊色,但是体物言情细致精微,堪称宋文中的极品,很有研究价值。今就韩、李二文作一比较研究,以就教于通家。

一、以相同的文体记载惊天动地的历史

两文都属于文序中的"后序",所谓"后",一指一本书之后,一指一篇文章之后。韩愈的"后叙",是在读李翰所写的《张巡传》之后,感到有很多缺失,而且详密的传文在一些大是大非的问题上还缺乏清醒的认识,因此既有重申的必要,还有一些轶事需要补充;李清照的"后序",则是为了记录她和丈夫积毕生的心血收藏、鉴别、整理金石书画以及这些珍贵文物在靖康之变后流失遭毁弃的辛酸历程,由此保存一份既对丈夫也对文物的珍贵记忆。从文体类别来看,两文虽有相似性,也有一些区别。相似之处就是都属于序体,不同之处在于一者为单篇文章的读后杂记,一者为一部著作的相关情况叙录。由于两篇文章记录的历史事实具有独特的意义,因而两篇文章分别可以作为唐代与宋代的史传来看待。

韩愈文章所记的是唐代安史之乱爆发的第二年,张巡与许远联军进行著名的"睢阳保卫战",这是一场关系唐王朝生死命运的战役,睢阳扼守江淮要冲,当时叛军以十三万人马围攻仅有一万士卒的睢阳孤城,尽管睢阳四周唐朝皆有重兵环绕驻扎,但是由于守将们各自打着自己的算盘,竟然没有一兵一卒前来增援,在经历了大小四百余战阻遏叛军前锋使之不能长驱江淮十个月之后,终因弹尽粮绝,睢阳被攻破,张巡、许远等壮烈殉国。然而,五十年后,历史的血迹未干,但是对历史的记忆却已经开始模

糊，更有甚者，一些别有用心的人竟然不惜制造无耻的谰言攻击当年誓死抗击叛军的英雄们，他们先是抛出"不该死守睢阳"论和"城破许远有责"论，引起张、许两家子弟对簿公堂，竟然上诉朝廷。在当时藩镇割据的严峻形势下，既有为睢阳保卫战辩诬的必要，更有为以身殉国的英雄辩诬的必要，在坚持"维护统一，反对分裂"的原则基础上，韩愈大义凛然义正词严地驳斥这些无耻谣言，还历史本来面目，维护英烈的崇高形象，对那些混淆视听"自比于逆乱，设淫词而助之攻"的小人予以辛辣的批判，揭露他们的险恶用心，然后在调查研究的基础上，将自己收集或友人提供的一些关于当年英雄们的轶事遗闻补充原有传记的缺失，使当年的英雄栩栩如生地再现于人们面前，具有信史的价值。

李清照文章以自己家庭遭遇为内容，以金石书画的收藏与毁弃为线索，记录她们夫妇收集购买、鉴赏品评、精心保存文物并自娱自乐于其中的情景，以及历史巨变之后这些文物在兵戈动荡的岁月里或流失或遭抢劫、偷窃的遭遇，并围绕金石书画叙述了家庭变迁及家庭人物的命运，从一个侧面真实地再现了靖康之变前后数十年的历史景象，成为一部纪实性的家史。如果再联系到那个天荒地变的特殊时期，壮丽辉煌的北宋都城汴京被金人占领后，徽宗钦宗皇帝及其皇室成员被俘北上，皇宫及其皇城的多少历史文物或被掠夺或被毁坏，又有多少家庭遭遇到李清照一样的命运，像《金石录》这样的一部日积月累于清明时代的一部著作，其命运遭际也是一部当时的信史。

如果说安史之乱是唐代历史由盛转衰的分水岭，那么靖康之难就是两宋历史与文化由强转弱的转折点。在这样的历史时刻国家遭到空前的浩劫，人民蒙受巨大的灾难，战乱造成的时代伤痛必然会反映到诗歌散文等文艺作品中来，杜甫的诗歌之所以成为一代史诗，正是因为他的诗中融入了时代的风云变幻和人民的苦痛哀怨。当然，在表现历史的时候，作家都会采取自己独特的艺术视角，并作出自己对历史事件的合乎逻辑的判断，因而作品还必须具备史识。像杜甫"三吏""三别"那样的新乐府诗既写出了当时战事的严酷，表现了在灾难面前统治者是怎样的昏庸无能，又是怎样的不惜民力，将战争的灾难转嫁到人民头上，同时又站在时代的高度，含着热泪鼓舞人民拿起武器走上战场参加平叛战争，保家卫国。严肃的现实批判精神与高昂的爱国精神是融合在一起的，而且常常是舍小我存大我，因此杜诗给人的印象是大而深的。韩愈继承了杜甫的文学精神，他不仅在诗歌里发扬杜甫的新乐府精神，而且在他大量的散文里积极地宣扬儒家道统思想，想通过重建士人的文化品格来改变中唐时期庸俗卑劣的士风，从而改变由于藩镇割据而造成的衰败颓靡的世风，企图通过恢复中央号令四方的崇高威信，重新回到开元盛世，实现唐王朝的中兴。《张中丞传后叙》就是表现韩愈高瞻远瞩见识的重要作品，在安史之乱过去已经半个世纪的时候，围绕睢阳保卫战从朝廷到民间都有一种糊涂认识，一些别有用心的人制造舆论为藩镇张目，企图混淆视听，指责张巡和许远当时不及时逃走保存实力，以致造成睢阳城毁人亡的重大损失，并将城破的责任推给负责镇守西南城墙的太守许远，却没有人去指责那些拥强兵坐而相环，竟然为了保存实力而见死不救的军阀，这真是颠倒黑白、信口雌黄，对睢阳战役的诋毁和对张巡许远的污蔑，充分暴露了他们为藩镇割据张目的险恶用心。这时，维护统一反对分裂成为最重要的史识。睢阳战略地位重要，既是江淮的屏障，又是东部战场争夺的焦点，双方展开了长达十个月的拉锯战，投入兵力达到十几万。睢阳战役一方面牵制了大量的叛军，减轻了两京地区西线战场的压力，为收复两京争取了时间，同时作为屏障，有力地捍卫了唐王朝主要的财富来源地——江南地区——没有遭到破坏，为平叛战争源源不断提供财力物力，正是因为这场力量悬殊的搏斗，所以韩愈厉声诘问道："守一城，捍天下，以千百就尽之卒，战百万日滋之师，蔽遮江淮，沮遏其势，天下之不亡，其谁之功也?!"韩文最动人的地方就在于把握了时代脉搏的新动向。

李清照尽管没有像韩愈那样作出深刻的历史见解，但是她娓娓动人的细腻描述，将历史的面貌生动地表现出来了。在文中我们可以从一个侧面看到北宋时期（实际上是北宋末期）文化繁荣的局面，以一个官宦之家竟然能够集藏文物如许之多，足见当时文物的兴盛，由此也可以推想皇家藏品的丰富，随着当时修史的兴盛而带来金石学的繁荣。赵明诚和李清照尽毕生之力收集的金石文物"取上自三代，下迄五季，钟、鼎、甗、鬲、盘、匜、尊、敦之款识，丰碑大碣、显人晦士之事迹，凡见于金石刻者二千卷，皆是正讹谬，去取褒贬，上足以合圣人之道，下足以订史氏之失者皆载之，可谓多矣"，这是一笔不菲的文化遗产，由此可以透视北宋文化的兴盛。李清照以自己一家人的血泪，照见了历史的沧桑，也表现了对远去王朝的甜美追忆和无限眷恋。后人对李清照的同情，实际上也是对不幸遭到毁灭的北宋繁荣昌盛文化的深深悲惋。宇文所安先生认为"失去的东西却保存在记忆里"是记忆的本质，并认为李清照"这篇文字中的告诫的力量来自一种认识，认识到她自己的爱而不舍为她留下的伤疤，认识到推动那些狂热的爱而不舍的人们去做他们非做不可的事的那种共有的冲动，在她身上也发挥过作用。她也被回忆的引诱力所攫取，被缠卷在回忆的快感和她无法忘怀的伤痛之中"①。宇文先生指出了李清照撰写这篇后序的心理动力，见解深刻，给人以启迪。其实，珍藏于记忆深处的东西往往因其价值的大小而决定其被记忆的程度深浅，沧桑历史巨变的当事人往往对所历的盛世光景尤其萦怀，从诗经中的周大夫悲叹"黍离"，到庾信的"哀江南"赋，从杜甫追念开元盛世的《忆昔》，到李清照的后序，再到其后孟元老《东京梦华录》、周密《武林旧事》及张岱《陶庵梦忆》等笔记著作，都是抱着存一代之史的目的，表现对已经消失的历史盛世背影的追慕，藉以表达亡国之痛、故国之思和兴亡之感。从这个历史的角度看，韩愈与李清照的散文内在气息相通，都表现出历史的悲凉厚重，呈现出一种苍茫浑灏的气象。

二、雄深雅健与清丽芊绵：韩、李散文各擅其胜

韩愈在评价柳宗元的文章时，指出柳文具有司马迁"雄深雅健"的特点。其实，这也是韩愈散文的主要特点之一。韩愈是破体派作家，主张诗文相通，提倡"以文为诗"和"以诗为文"，要求打通各种文体之间的壁垒，诗文相互借境生色，为文体的发展不断拓展新境。李清照也是一个学识丰赡的作家，独特的家学渊源与她聪颖的才华相结合，加上她潇洒透脱的处世态度，使她的诗词散文各具风采。而她与柳宗元一样都是尊体派文人，柳宗元主张诗歌与散文各有特性，提出"文有二道"之说，李清照则主张诗词各有独自的体性，提倡词"别是一家"之说，维护词体本色，严守诗词之别。如果说她的存世不多的诗歌主要表现出阳刚雄健格调，她的词主要表现她缠绵婉转的女性阴柔秀美特质的话，那么她的散文则呈现出偏向词体一样的清丽芊绵面貌，当然其中也不缺乏魏晋风度的潇洒。这样看来，李清照与韩愈没有多少相通之处，其实不然，他们在继承司马迁

---

① ［美］宇文所安著《追忆》（郑学勤译），第112页，生活·读书·新知三联书店2004年版。

《史记》刻画人物、叙述历史事件的艺术技巧方面，有一脉相通的地方。这一点在两篇文章中有所体现。

（一）刻画人物，象形生动

刻画人物，最重要的就是要通过人物音容笑貌、言行举止、心理状态的描写，传达出人物的精神气韵。像《左传》《国语》《战国策》等史书，《孟子》《庄子》《韩非子》《荀子》等诸子著作，刻画人物已经积累了较丰富的经验，到司马迁写《史记》已经取得很高的成就，如描写项羽巨鹿之战、东城快战、乌江自刎，写蔺相如完璧归赵，写荆轲刺秦王等等，正面描写与侧面描写相结合，在紧张激烈或剑拔弩张的环境气氛下，将一个个历史人物刻画得栩栩如生，似乎能够跳出发黄的书页，跃然于读者眼前。韩愈的散文继承了司马迁刻画人物的优长，并吸取了魏晋南北朝时期以《世说新语》《搜神记》为代表的小说及唐代传奇的一些笔法，加以变化，使他散文中的人物描写达到形神兼备的高度。如文章这样描写张巡部将南霁云：

> 南霁云之乞救于贺兰也，贺兰嫉巡远之声威功绩出己上，不肯出师救。爱霁云之勇且壮，不听其言，强留之。具食与乐，延霁云坐。霁云慷慨语曰："云来时，睢阳之人不食月余日矣。云虽欲独食，义不忍。虽食，且不下咽。"因拔所佩刀，断一指，血淋漓，以示贺兰。一座大惊，皆感激为云泣下。云知贺兰终无为云出师意，即驰去。将出城，抽矢射佛寺浮图，矢著其上砖半箭。曰："吾归破贼，必灭贺兰，此矢所以志也。"

这是韩愈搜集的张巡部将的轶事。描写得虎虎有生气，南霁云乞师于贺兰进明，而贺兰无出兵意愿，反而想乘机挖墙脚，这就激起了南霁云的义愤。他慷慨言辞，义不独食，又拔刀断指，用鲜血来示意，出城时再抽矢射塔，发誓破贼后志灭贺兰。短短一百多字，人物言行举止历历如画，且正面描写与侧面烘托相结合，将南霁云义薄云天、刚勇英烈、威猛豪荡的神采风貌表现出来了。又如写张巡轶事，通过当年部下于嵩的转述，突出张巡过目不忘的惊人记忆力和为文章神速异常，还有张巡发怒时"须髯辄张"的情态、就义时"颜色不乱，阳阳如平常"的视死如归情状等，尽管琐碎，却能立体浮雕般将英雄的形象表现得丰满厚实，神采飞扬。由此可见韩愈将史家笔力与文学想象巧妙结合的艺术腕力。

李清照没有韩愈那样著史的经历，但是由于对史书非常熟悉，又钦慕魏晋风度，所以她的散文既具有史传笔法，又兼备女性特有的从容细腻。如她叙述早年与丈夫在经济窘迫情况下购买金石书画文物的情景：

> 赵、李族寒，素贫俭，每朔望谒告出，质衣取半千钱，步入相国寺，市碑文果实归，相对展玩咀嚼，自谓葛天氏之民也。后二年，出仕宦，便有饭蔬衣练，穷遐方绝域，尽天下古文奇字之志。日就月将，渐益堆积。丞相居政府，亲旧或在馆阁，多有亡诗、逸史、鲁壁、汲冢所未见之书，遂尽力传写，浸觉有味，不能自己。后或见古今名人书画，一代奇器，亦复脱衣市易。尝记崇宁间，有人持徐熙《牡丹图》求钱二十万。当时虽贵家子弟，求二十万钱岂易得耶？留信宿，计无所出而还之。夫妇相向惋怅者数日。

他们当年为了购买文物节衣缩食，若偶尔碰上名人书画或一代奇器，甚至质衣换钱、脱衣市易文物。最让人动容的是将徐熙的《牡丹图》书回家耽玩两夜，最终因无法凑足二十万钱而物归原主，夫妇怅然若失的心情，与先前一边吃着水果一边赏玩碑文的乐而忘忧情态相互映衬，活脱脱地勾勒出这对志趣相投的夫妻对金石文物的浓烈兴趣，及其"穷遐方绝域，尽天下古文奇字"的宏伟志愿。又如，李清照这样描述屏居乡里十年期间生活：

> 后屏居乡里十年，仰取俯拾，衣食有馀。连守两郡，竭其俸入以事铅椠。每获一书，即同共勘校，整集签题。得书画彝鼎，亦摩玩舒卷，指摘疵病，夜尽一烛为率。故能纸札精致，字画完整，冠诸收书家。余性偶强记，每饭罢，坐归来堂烹茶，指堆积书史，言某事在某书某卷第几叶第几行，以中否角胜负，为饮茶先后。中即举杯大笑，至茶倾覆怀中，反不得饮而起。甘心老是乡矣！故虽处忧患困穷，而志不屈。

这是最具有李清照文章个性风采的描述，可以说将上文提到的"葛天氏之民"的悠闲自在表现得淋漓尽致。他们共同校勘古书，共同赏玩书画彝鼎，指责瑕疵。更让人神往的是夫妇烹茶竞猜某言某事在某书某页，以中否角胜负的细节描写非常传神，甚至有时举杯大笑，连茶水也倾覆怀中，这种身处忧患却乐而忘忧的雅洁韵致，足见他们伉俪情深。也从一个侧面表现出北宋晚期尽管全局上危机四伏，但是在乡间文人雅士的家中还是洋溢着宁静悠闲的气氛，可以说是一种文化精神的深层辐射，他们沉浸在古代文化的海洋中，让生命与文物一起绽放光华。这一细节也充分体现出易安居士生平所具的魏晋风度。

还有，像描写赵明诚赴召离别时"负担舍舟，坐岸上，葛衣岸巾，精神如虎，目光烂烂射人，望舟中告别"的形象，也是精彩绝伦。当时形势严峻，北人纷纷南渡，南宋朝廷根基未稳，到处是兵荒马乱景象，而李清照既要逃难还要照顾从青州精选的舟车运输而来的十五车文物，其艰辛窘迫之状可以想象，她已经深感力不从心，因而询问夫君的嘱托："如传闻城中缓急，奈何？"赵明诚戟手遥应曰："从众。必不得已，先去辎重，次衣被，次书册卷轴，次古器。独所谓宗器者，可自负抱，与身俱存亡，勿忘之！"可见这位金石学家视文物为生命。每读这段文字，清照当年的情状仿佛总是历历在目，不得不钦佩李清照叙述复杂场景的高超驾驭能力。

（二）文气贯注，情感充沛

古人认为"文以气为主"，重视文章字里行间的气势，因为这"气"是一种生命所独具的生气，就像人无气就成死人一样，文章没有"气"也就没有神采缺少气象。韩愈提倡"气盛言宜"，认为只要站到道义的高度居高临下，学养深厚贮蓄于中，加上精神状态亢奋激昂，这样作者表达时就会"声之高下与言之长短皆宜"。文章气盛的重要基础还是一个"理"字。像韩愈的这篇文章，一股雄杰悲壮之气始终贯注全篇，在为睢阳战役与英雄辩诬时，气势凌厉，势如破竹，解剖刀一样的笔触直刺小人卑污的心脏。在描述南霁云乞师贺兰时，忽然变得慷慨激昂，而描述张巡与南霁云等人就义时则变为悲壮哀婉，结尾叙述张巡和许远的一些轶事，文气变得舒缓晃漾，期间也插叙张、许二家子弟的愚顽令人扼腕叹息，最后叙述于嵩死于猖獗恣肆的武人却无人为其申冤报仇则又令人陷入沉思哀伤。总之，韩愈这篇散文以表彰英雄为中心，时而抨击奸佞，时而悲叹世情，形成一支气势豪迈宏壮悲怆的浩歌。方苞评曰："截然五段，不用勾连，而神气流注，章法浑成。"又曰："退之叙事文不学《史记》，而生气奋动处，不觉与之相近。"方苞论文强调义法，他所说的"神气流注"指的是韩文的气势充沛，而他说韩愈不学《史记》则是不当的，其实韩文深得司马迁的笔意。至于刘大櫆喜爱这篇文章"锋芒透露"，张裕钊赞美说"屈盘遒劲，雄岸自喜"等，都道出了韩文所具有的阳刚劲健之美。

相比之下，李清照的这篇散文尽管没有韩愈散文那样滔滔洪流一般的气势，但是其文如一股幽泉细流，穿行于幽谷涧石之间，时而缓缓流淌，淙淙有声，时而冲击岩石喷射出晶莹的浪花，时而又静静的流入回潭，轻卷涟漪，时而也飞泻断崖，壮丽飘逸。从全篇文章来看，深情的追忆中夹着凄厉的悲怆是其主旋律，尽管开头的疑惑与结尾的告诫相互呼应，但本文的主旨却并不在于此，或者说这样的告诫本身也是无尽的哀婉。悲伤为主的文气统率下，以靖康之难为分界线，既有夫妇节衣缩食收购文物共同鉴赏的欢乐情景，犹如小溪欢快流淌时发出清脆悦耳的乐音；也有南奔逃难时四顾茫然的悲壮画面，犹如溪水跌落悬崖断壁时发出悲壮的呼号；还有遭遇抢劫、偷窃时的凄凉无奈，犹如溪水困于涧石深潭发出忧伤的悲鸣；至于未能购得名画的怅然与得到奇字的惊喜以及把玩残篇的慰藉等等，犹如点缀溪流两岸偶然开放的灿然野花，饶有情趣。总之，李清照的这篇散文具有跌宕起伏、婉丽精曲的阴柔美。与韩文相同的是文中都贯注了作者充沛的感情，体现了作者独具的个性风采。

（三）叙述婉曲，剪裁得当

作为史传类文章，叙事的技巧都是非常讲究的，文章结构的安排往往颇费经营。韩愈这篇散文更是难度大，因为已有《张巡传》在，哪些该写哪些不该写是颇费周折的。韩愈也不愧为文章大家，他总能够别出心裁，给人巧妙新颖之感。对于这篇文章的结构，林纾有精彩分析，特抄录如下：

> 后传之序，补遗也。凡传必有论赞，李翰之《传》，亦必有论，退之再加以论，直成蛇足，故变其称，曰《传后叙》。在体例，应补叙巡之遗事，然巡、远，共命之人也，势不能尊巡而黜远。李翰通人，视二公宜并为一。然为二公辩诬矣，乃不为远立传，此缺典也。故退之因补遗之际，先为许远表明心迹，斥小人之好议论。其下再将李翰之论一伸，痛快极矣。……文加叙加议，先议而后叙，议处斩钉截铁，具有真实力量，叙处风发电剿，字字生棱，读之令人气王。（《古文辞类纂选本》卷二）

林纾认为前三段是根据人们所熟知的事实，也就是李翰《张巡传》所提供的事实进行辩论；后两段根据韩愈在汴、徐二府所得的材料以及张籍所提供的材料，补叙遗事。如下表：

1	2	3	4	5
	驳辨		补遗	
	据李翰《张巡传》		据韩愈、张籍材料	

这篇文章材料比较琐碎，收集起来颇为不易，最难的是如何将后面两段叙述与前面三段议论糅合成一个相互照应的整体，韩愈挥洒自如，前面的议论为后面的叙事展开了广阔的背景，既渲染了气氛，又提供了评价两位历史人物牺牲的价值尺度，有了这样一个宏伟的坐标，后面的叙事就可以对前面的议论进行有力的补充了。像南霁云的故事一方面回击了前面议论中小人们淫词的可笑，用铁的事实印证了在张巡许远血战时候"拥强兵坐而相环者"的无耻，另一方面以部将的刚烈正好陪衬主将的忠勇；又如写张巡读书记忆力惊人，写文章从不打草稿，似乎与睢阳战役无关，但是它让我们看到这位精通军事英勇善战的将军，并不是一介武夫，而是胸怀韬略腹有诗书的儒者，特别是他在围城中跟士卒"一见问姓名，其后无不识者的"细节，更突出了他时刻关怀士卒冷暖的仁爱胸怀，这就使张巡的形象更加丰满，带有传奇色彩，也更能引起人们对英雄人格的敬仰；再如于嵩故事，一方面是张巡读书记忆力的见证者，另一方面突出张巡对部属的影响，再一方面通过于嵩的悲剧表明盘踞各地的武人还是非常猖獗的，最后这位参加睢阳战役的仅存者对张、许的蒙冤受屈也是一个照应，暗示了铲除大大小小的封建割据势力是多么刻不容缓！这样全部材料就都簇拥在主题的周围，相互映衬、相互补充成为一个严密的艺术整体。

李清照的文章共分十段，前后两段互相照应抒发感慨，中间八段按照时间的自然顺序娓娓道来，期间不时穿插一些细节描写，其结构如下表：

第1段	叙述《金石录》内容、价值及对爱好金石的疑惑。
第2段	叙收藏积聚金石文物志愿及行为。
第3段	叙鉴赏把玩金石文物的乐趣。
第4段	叙精心珍藏保护文物的心态及其志趣。
第5段	叙靖康之难爆发后文物的南迁与毁坏。
第6段	叙赵明诚去世与要求保存文物的遗愿。
第7段	叙战乱颠沛中文物的流失的遭际。
第8段	继续叙文物命运的播迁。
第9段	睹物思人，追忆丈夫撰著《金石录》的情景。
第10段	抒发世事沧桑的感慨，并说明撰文旨意。

从上表可以看到李清照在剪裁布置的时候，紧紧围绕金石书画文物这

一中心，然后由此生发出相关的人物故事，而这些故事又跟靖康之难的背景发生联系，文物和人物的命运与时代变迁是息息相关的，文物的收购、保藏、转移、毁弃，系于主人公的命运播迁，而主人公的命运又随时代变迁的摆布。围绕着时代悲剧而产生的家庭悲剧和收藏历史文物事业被毁坏的悲剧融合在一起，由李清照情感的抑扬起伏贯穿全文，强烈的命运意识及无法与命运抗争的无奈，形成文章的暗线，从而使整篇文章成为一个详略得当的艺术整体。

如果说韩文靠浩瀚的气势取胜的话，那么李文则凭真挚的情感使人心灵得到滋润。

（四）用典设喻，凝炼精确

韩愈与李清照都是学识渊博的作家，韩愈读书上自儒家经典、诸子百家、史书撰著，下至诗词歌赋、野史笔记、当代人的著作，乃是无书不读，且读书总是含英咀华、钩玄提要，作文也是融贯百家自成一家之长，他提炼语言的能力非常强，创造了很多表现力强、含义丰富且凝炼简洁的语汇，其中擅长比喻是他最突出的地方。如韩愈在反驳小人们诬蔑的"城坏许远有责论"时，就是连引两个比喻"人之将死，其脏腑必有先受其病者，引绳而绝之，其绝必有处"来类比在当时叛军围攻占绝对优势的情况下，城池的被攻占只是时间问题，具有必然性，而什么地方首先被突破则具有不确定性和偶然性，因而不能对力战而败的许远横加指责。另外，韩文运用动词非常富有表现力，如"守一城，捍天下，以千百就尽之卒，战百万日滋之师，蔽遮江淮，沮遏其势，天下之不亡，其谁之功也？"其中"守""捍""战""蔽遮""沮遏"等词可谓力透纸背，将睢阳保卫战的重要意义揭示出来了，而且句式整散结合，长短交杂，夸张反问并举，气势磅礴，力量万钧。又如"擅强兵坐而观者相环也"句中"擅""坐""观""相环"等动词将那些保存实力、见死不救的军阀们的丑恶嘴脸暴露无遗。此外，韩愈这篇散文句式变幻莫测，达到了随心所欲不逾矩的精妙境地。

李清照家学渊源深厚，加上常年寄居家中，完全靠读书创作消磨时光，她读书范围也很广，而且有些书终身随其左右，文中说："所谓连舻渡江之书，又散为云烟矣。独馀少轻小卷轴、书帖，写本李、杜、韩、柳集，世说，盐铁论，汉唐石刻副本数十轴，三代鼎鼐十数事，南唐写本书数箧，偶病中把玩，搬在卧内者，岿然独存。"她南渡携带的书籍应该非常丰富，其中李杜韩柳的集子和南唐时代的写本书籍是她终身阅读把玩的珍品，因此，她的文章运用典故轻盈自如。本文就运用了大量的典故，如：

　　自王播（涯）、元载之祸，书画与胡椒无异；长舆、元凯之病，钱癖与传癖何殊？

　　取笔作诗，绝笔而终，殊无分香卖履之意。

　　昔萧绎江陵陷没，不惜国亡而毁裂书画；杨广江都倾覆，不悲身死而复取图书。……余自少陆机作赋之二年，至过蘧瑗知非之两岁，三十四年之间，忧患得失，何其多也！然有有必有无，有聚必有散，乃理之常。人亡弓，人得之，又胡足道！

　　这些典故的运用说明李清照精熟经典、史传、笔记、诗词歌赋之类的著作，而且信手拈来如轻云卷舒，与文章流畅自然的韵致融合无间，既含义丰富婉曲，又感慨深沉。

　　韩愈、李清照是两位个性风貌截然不同的作家，他们各自精诣的艺术领域也完全不同，但是由于李清照精熟韩文，所以在他的散文中也常有韩愈的影子，本文尝试将二者进行对比研究，从中可以看到艺术作品除了情感的真挚是其灵魂之外，我们也会发现艺术风格迥异的作家之间也有某种灵犀一线相通。

米　芾

　　米芾（1051—1107年），字元章，本襄阳人，寓居京口。别号"海岳外史""襄阳漫士""鹿门居士"等，人称"米襄阳"。精书善画能文，书法得王献之笔意，沉着飞动；画山水人物，自名一家；为文追求奇险，不蹈袭前人。有《砚史》《书史》《画史》等传世。

跋自画云山图[1]

绍兴乙卯[2]初夏十九日，自溧阳来游苕川[3]，忽见此卷于李振叔家，实余儿戏得意作也。世人知余喜画，竞欲得之，鲜有晓余所以为画者。非具顶门上慧眼者[4]，不足以识。不可以古今画家者流求之。老境于世海中，一毫发事泊然无着染。每静室僧跏[5]，忘怀万虑，与碧虚寥廓同其流荡。焚生事[6]，折腰为米[7]，大非得已。振叔此卷，慎勿以与人也。

【注释】

[1]这是米芾为自己所画的《云山图》所作的跋文。

[2]绍兴乙卯：南宋高宗年号，乙卯即绍兴五年（1135 年）。【按】此时，米芾早已去世，疑时间有误。

[3]溧阳：县名，今属江苏。苕川：即苕溪，源出天目山，东流经杭州，西流经吴县等地。

[4]顶门上慧眼：佛教传说摩醯首罗天有三眼，其竖之一眼称顶门眼，最超于常眼，后来常以慧眼比喻敏锐的眼力。

[5]僧跏：僧人盘腿而坐。

[6]焚生事：疑为"焚身生事"。意谓为生计而劳身损寿。

[7]折腰为米：陶潜在辞官归隐时说："吾不能为五斗米折腰，拳拳事乡里小人！"

【赏析】

这是米芾为收藏于友人李振叔家的一幅《云山图》而作的跋文，画为米芾"儿戏得意作"，即随意着笔，自然展露性情的作品，没有沾染一丝一毫世情俗物，所以很是看重，告诫友人慎勿与人。米芾是一个随情适性的人，在绘画艺术上主张"适兴"而作，要求平淡天真的风格。他和儿子米友仁非常反对当时流行的"金碧辉煌，格法谨严"的院体画，认为画家应该抛弃杂念，拒绝"焚身生事，折腰为米"俗情媚态，要忘怀万虑，淡泊襟怀，让恬静的心灵在万里碧空辽阔宇宙自由飞翔。这样，在没有尘世沾染的境况下，方能作出流露真性情的天然不可凑泊的艺术佳作。

杨万里

杨万里（1124—1206年），字廷秀，号诚斋。吉州吉水人，生于宋高宗宣和六年，卒于宁宗开禧二年，享年八十三。宋理学家。文章富健豪放，无不尽妙。诗歌妙趣横生，与陆游、范成大、尤袤并称南宋四大家。有《诚斋集》传世。

题曾无逸百帆图[1]

千山去未已，一江追之。余观百余舟出没于风涛缥缈、云烟有无之间，前者不徐，后者不居[2]，何其劳也！而一二渔舟往来其间，独悠然若无见者，彼何人耶？

【注释】

[1]曾无逸：曾三聘，字无逸，临江新淦人。宋乾道二年（1166年）进士。

[2]徐：缓慢。居：停留。

【赏析】

杨万里以擅长描写山川风物见长，姜夔曾赞誉他"处处山川怕见君"，可见他刻画景物具有多么高超的技巧。这篇短跋，开篇就写得气象雄浑：千峰竞秀，重峦叠嶂相互追逐远去，一条奔腾的大江紧追不放。在那山水之间、云烟缥缈的波涛之上，有百帆竞渡，他们不徐不疾地远去，真是江流天地外，帆没云雾中。唯有一二渔舟出没烟涛，仿佛静止不动，毫不理会那劳扰远去的一切。渔舟上悠然置身扰攘之外的是谁？他们那波澜不惊的心胸比宇宙更加辽阔，令人产生渺远的遐想。

陆　游

　　陆游（1125—1210年），字务观，号放翁，越州山阴（今浙江绍兴）人。绍兴中应礼部试，为秦桧所黜。孝宗即位，赐进士出身。乾道六年入蜀，任夔州通判。八年入四川宣抚使王炎幕，积极准备北伐。后官至宝章阁待制。晚年退居家乡山玥。工诗、文，长于史学。为南宋中兴四大诗人之一。今存诗近万首。是南宋著名的爱国主义诗人。有《剑南诗稿》《渭南文集》《南唐书》《老学庵笔记》等。

跋岑嘉州诗集[1]

余自少时，绝好[2]岑嘉州诗。往在山中，每醉归，倚胡床[3]睡，辄令儿曹诵之，至酒醒或熟睡乃已。尝以为太白、子美之后[4]，一人而已。

今年自唐安别驾来摄犍为[5]，既画公像斋壁，又杂取世所传公遗诗八十余篇刻之，以传知诗律者。不独备此邦故事[6]，亦平生素意也。

乾道癸巳八月山阴陆某务观题[7]。

【注释】

[1]岑嘉州（715—770年）：即岑参，南阳人。少孤贫，笃学，登天宝三年进士第。曾两次赴西域幕府任职，是盛唐时期最著名的边塞诗人。最终官四川嘉州刺史，人称"岑嘉州"。有《岑嘉州诗集》传世。

[2]绝好：非常喜爱、欣赏。

[3]胡床：一种可以折叠的轻便坐具，也叫交椅、交床，由少数民族传入，故名。

[4]太白：唐代诗人李白，字太白。子美：唐代诗人杜甫，字子美。

[5]唐安：今四川崇庆县。别驾：原为州刺史的佐官。宋代诸州置通判，职务与唐代别驾相似，遂称通判为别驾。摄：临时代理。犍为：嘉州古代为犍为郡。

[6]故事：典故。

[7]乾道癸巳：即南宋孝宗乾道九年（1173年）。山阴：今浙江绍兴市。

【赏析】

岑参是唐代最著名的边塞诗人，他两次从军西北，先后在高仙芝和封常清幕府任书记和判官，创作了大量以军旅生活和边塞风光为题材的诗歌，格调高亢豪迈、意境雄奇壮丽，充满杀敌卫边、建功立业的战斗豪情，表现出一种典型的盛唐气象。陆游是四百年后岑参的知音，他少年时代就喜爱岑嘉州的诗歌，中年以后更是热情不减，甚至在酒醉后令儿曹朗诵岑诗，直到酒醒或睡熟为止，可以说每当此时此际，陆游在领略岑诗声韵之美的同时，心中不免涌起对岑参的边塞豪情和功业的深深仰慕。

陆游对岑参的景仰，在他任嘉州通判时期，发展到一个高点。他因地及人，不仅在斋壁上画岑参的像，还将岑参的遗诗八十首刻在墙上。这是因为一年前，陆游从军南郑抗金前线，常常身穿戎装，过着军旅生活。此时，陆游的诗风发生了根本性的变化，多咏征伐恢复之事，寄册勋报国之志，豪情激荡，慷慨淋漓。因而对岑参从军绝域、建功立业的英雄气概，自然异代相应，引为同调。从这篇小跋中，我们可以看到陆游诗歌艺术传承的脉络，认识到他的诗风发展变化的过程。

跋花间集[1]

一

《花间集》皆唐末五代时人作。方斯时天下岌岌[2]，生民救死不暇，士大夫乃流宕[3]如此，可叹也哉！或者亦出于无聊故耶？笠泽翁[4]书。

二

唐自大中后，诗家日趣浅薄，其间杰出者，亦不复有前辈闳妙浑厚[5]之作，久而自厌，然梏[6]于俗尚，不能拔出。会有倚声作词者，本欲酒间易晓，颇摆落故态[7]，适与六朝跌宕意气差近，此集所载是也。故历唐季五代，诗愈卑而倚声者[8]辄简古可爱。盖天宝以后，诗人常恨文不迨，大中以后，诗衰而倚声作。使诸人以其所长格力[9]施于所短，则后世孰得而议？笔墨驰骋则一，能此不能彼，未易以理推也。开禧元年[10]十二月乙卯，务观东篱书。

【注释】

[1]《花间集》：后蜀广政三年（940年）卫尉卿赵崇祚所编的一部文人词总集，共十卷，收录唐、五代词人一八家，作品五百篇。内容多写歌宴酒席闺房密室的男女情爱，风格婉约清丽，词藻华美轻艳，成为后代词作体制和风格的典范。

[2]岌岌：颠危欲坠。

[3]流宕：风流放荡。

[4]笠泽翁：泽笠，即太湖。陆游祖籍甫里，地滨太湖，故号泽笠翁。

[5]闳妙浑厚：内容深刻，语言高妙，风格雄浑，意蕴深厚。这是盛唐诗歌的主要特征。

[6]梏：枷锁，这里指受世俗风尚的束缚。

[7]摆落故态：突破传统的藩篱。

[8]倚声者：指词作。

[9]格力：致力。

[10]开禧元年：宋宁宗年号，即公元1205年。

陆游

【赏析】

《花间集》的编辑成书，是中国古典诗歌发展史上的一件大事，她标志着一种与五七言诗并峙的新的诗体已经成熟。虽然词诞生于歌筵绮幄、灯红酒绿之间，借助倚声卖笑的歌妓得以流传，但是，与同样格调低靡、气象衰飒的晚唐五代诗歌相比，词毕竟带来了一股清新婉丽的气息，尽管这清新之中夹杂着醉生梦死的缠绵悱恻。毕竟词在音律、格律、构思、表现手法等方面呈现出更高的艺术性。对词这种新兴文体的评价，颇能看出评论者的理论倾向。陆游与宋代众多的论者一样，表现出对花间词的矛盾态度。这两则可能写于不同时期的跋文体现了陆游对词的看法。

第一则评论花间词的内容及作者。当时天下扰攘，干戈遍地，生灵涂炭，民不聊生，岌岌可危，但是西蜀尚能偏安一隅，豪家贵族，耽于逸乐，士大夫也不思国事，沉溺在闺房密室里，纵情于声色歌舞中，风流放荡、堕落沉沦，真是令人悲叹！陆游认为这些词作或许是无聊时的消遣游戏吧。从内容方面对词进行了否定。

第二则写于陆游八十岁的晚年，思想不再偏激，能够客观公正的评价词的成就。首先，他认为晚唐自大中（唐宣宗年号，847—859年）之后，诗家日趋浅薄，即使杰出的诗人也没有盛唐、中唐那种雄壮浑厚的气象，而且受传统的束缚，诗歌呈现出一片低靡衰飒的不景气，在浑红寂寞的晚霞中徐徐落幕。正在这时，词应运而生，反而能够突破传统的禁锢，歌唱于酒宴歌会之上，通俗易懂，情真意切，清新可喜。其次，陆游认为词与诗相比显得简古可爱，与六朝宫体、南朝乐府民歌的放荡不羁地表现男女相互慕悦的情感比较接近。这就指出了花间词与六朝宫体诗、南朝民歌之间的传承关系。第三，陆游认为作词者也是像作诗者一样驰骋笔力，艺术上同样的呕心沥血，因此词的艺术价值值得肯定。

尽管陆游毕生致力于诗歌，作词只是年轻时候偶一为之，六十五岁退居家乡的二十年中都没有再写词，但是他对词的整体看法，一直到晚年都是一贯的，他对唐末五代词的评价较高，其观点值得重视。

朱　熹

　　朱熹（1130—1200年），字元晦，号晦庵，又号晦翁，别称紫阳，徽州婺源（今属江西）人，生于南剑州尤溪（今属福建），后徙居建阳（今属福建）考亭。南宋著名理学家，论学主居敬穷理，集北宋以来理学之大成，对经学、史学、文学、乐律以致自然科学都有贡献。谥号"文"。有《四书章句集注》《晦庵先生朱文公文集》《朱子语类》等著作。

跋韩魏公[1]与欧阳文忠公[2]帖

　　张敬夫[3]尝言："平生所见王荆公书，皆如大忙中写，不知公安得有如许忙事。"此虽戏言，然实切中其病。今观此卷，因省平日得见韩公书迹，虽与亲戚卑幼，亦皆端严谨重，略与此同，未尝一笔作行草势。盖其胸中安静详密，雍容和豫[4]，故无顷刻忙时，亦无纤芥忙意，与荆公之躁扰急迫[5]正相反也。书札细事，而于人之德性其相关有如此者，熹于是窃有警焉，因识其语于左方。

　　庆元丁巳[6]十月庚辰，朱熹。

【注释】

　　[1]韩魏公：韩琦，字稚圭，安阳人，封魏国公。

　　[2]欧阳文忠公：欧阳修，谥号文忠。

　　[3]张敬夫：南宋理学家张栻，字敬夫。与朱熹、吕祖谦等为讲学之友。

　　[4]雍容和豫：形容人神态安详温和、从容不迫的样子，被认为是一种修道的气象。

　　[5]躁扰急迫：形容人性格急躁扰攘、风急火燎的样子。

　　[6]庆元丁巳：宋宁宗庆元三年，即公元1197年。

【赏析】

　　朱熹的这篇题跋，表达了他这位理学家对书法艺术的要求，即要字如其人，做到"胸中安静详密，雍容和豫"，不能"躁扰急迫"。前者如韩魏公、欧阳文忠公的书法，即使是写给亲戚幼卑者的字，都是严谨端庄，没有一笔作行草势，因为无纤芥忙碌的神态，所以永远显出一副气定神闲的君子风度。而后者如王安石的书法，像张栻所评说的那样，是忙忙碌碌者的笔墨，简直有伤德性。王安石因为力主改革，做事雷厉风行，不仅思想上与二程、张栻、朱熹等理学家保守观念格格不入，就是诗文及书法，也都被认为是急躁冒失的代表。王氏书法，同时代人有不同评价，苏轼说"荆公书得无法之法，然不可学"，是不褒也不贬，黄庭坚则认为王安石"书法奇古，似晋宋间人笔墨"，是高度的赞赏，与朱熹等人由人格到书法的全盘否定完全不同。元人黄溍看到过王安石的真迹，认为"风神闲逸，韵度清美"，值得学习。朱熹的借题发挥，是出于道学家的本性，因此有失公允，不能作为王氏书法艺术的定评。

朱
熹

孟元老

孟元老，生卒不详，南宋文学家，自署幽兰居士。生于北宋末年，初居汴京（今河南开封），南渡后，追忆汴京盛况，写成《东京梦华录》一书。记载城市面貌、岁时物产、风土习俗、文化生活以及朝廷典章制度，堪称北宋汴京的风俗画。

《东京梦华录》序[1]

仆从先人，宦游南北。崇宁癸未[2]到京师，卜居于州西金梁桥[3]西夹道之南。渐次长立，正当辇毂之下[4]，太平日久，人物繁阜[5]，垂髫之童，但习鼓舞，班白之老，不识干戈。时节相次，各有观赏。灯宵月夕，雪际花时，乞巧[6]登高，教池游苑[7]。举目则青楼画阁，绣户珠帘。雕车竞驻于天街，宝马争驰于御路[8]。金翠耀目，罗绮飘香[9]。新声巧笑于柳陌花衢，按管调弦于茶坊酒肆。八荒争凑，万国咸通。集四海之珍奇，皆归市易；会寰区之异味，悉在庖厨[10]。花光满路，何限春游；箫鼓喧空，几家夜宴。伎巧则惊人耳目，侈奢则长人精神。瞻天表则元夕教池，拜郊孟享[11]，频观公主下降[12]，皇子纳妃。修造则创建明堂，冶铸则立成鼎鼐[13]。观妓籍则府曹衙罢[14]，内省宴回[15]；看变化则举子唱名，武人换授[16]。仆数十年烂赏迭游[17]，莫知厌足。

一旦兵火，靖康丙午[18]之明年，出京南来，避地江左，情绪牢落，渐入桑榆[19]。暗想当年，节物风流，人情和美，但成怅恨。近与亲戚会面，谈及曩昔，后生往往妄生不然。仆恐浸久[20]，论其风俗者，失于事实，诚为可惜。谨省记编次成集，庶几开卷得睹当时之盛。古人有梦游华胥之国[21]，其乐无涯者。仆今追念，回首怅然，岂非华胥之梦觉哉？目之曰"梦华录"。然以京师之浩穰[22]，及有未尝经从处，得之于人，不无遗阙，倘遇乡党宿德[23]，补缀周备，不胜幸甚。

此录语言鄙俚，不以文饰者，盖欲上下通晓尔，观者幸详焉。绍兴丁卯岁除日[24]幽兰居士孟元老序。

【注释】

[1]这是孟元老为自己的笔记《东京梦华录》所作的序文。

[2]崇宁癸未：宋徽宗崇宁二年（1103年）。

[3]金梁桥：京城内汴河上的桥梁。

[4]辇毂之下：指京城地区。

[5]繁阜：繁盛丰富。

[6]乞巧：民间风俗，七月七日夜晚，妇女们陈酒肴瓜果于庭中，焚香列拜，用五色线，对月穿七孔针，向织女星乞求智慧和技巧，称为乞巧节。

[7]教池:指金明池。在汴京城西,五代时周世宗谋伐南唐,凿此池以教习水战,故称教池。宋徽宗每于三月二十日到金明池游玩,一些水上表演节目需提前二十天开始排练,排练期间,普通百姓可以观赏。游苑:即琼林苑,宋太祖乾德二年(964年)建,为宴进士之所,在汴京城西,与金明池相对,园中松柏森列,百花芬芳。

[8]天街:御街。御路:御街上专供皇帝车马通行的道路,普通人不得行走。

[9]金翠:妇女头上的金银翡翠首饰。罗绮:有花纹的丝织品。

[10]寰区:世界各地。庖厨:饮食商店。

[11]天表:皇帝的容颜。元夕:正月十五夜。普通人为了见皇帝,于十五日之夜通宵达旦地守候。拜郊:到郊外祭祀昊天上帝。孟享:首享,第一个祭祀,一般是由皇帝进行。

[12]公主下降:公主出嫁。

[13]明堂:古时天子接见诸侯的大堂,此指当时的大庆殿。鼐:大鼎。

[14]衙罢:坐衙办公结束。

[15]内省宴回:内宴省宴结束后回家。内宴,皇宫内的宴会。省宴,尚书省都厅的宴会。

[16]唱名:举子中进士后,皇帝逐个点名召见。换授:改授新职。

[17]烂赏迭游:多次赏玩游历。烂,迭,多次的意思。

[18]靖康丙午:宋钦宗靖康元年(1126年)。

[19]牢落:无所寄托的样子。桑榆:晚年。

[20]浸:渐渐。

[21] 华胥之国:《列子·皇帝》载:"(黄帝)昼寝而梦,游于华胥氏之国。……其国无师长,自然而已;其民无嗜欲,自然而已。……黄帝既寤,悟然自得。"

[22] 穰:盛。

[23] 乡党:同乡。宿德:年高德重的人。

[24] 绍兴丁卯:宋高宗绍兴十七年(1147年)。除日:除夕。

【赏析】

一个经历过盛衰变化的人，心中总是充满无穷的感慨，总会怀着无比惋惜的心情追忆昔日的繁华，来慰藉晚年生活的凄凉和寂寞。杜甫当年写《忆昔》诗，表现对一去不复返的大唐盛世的深深眷恋，孟元老写《东京梦华录》也是同样的心态。他以绚丽的色彩，夸张的笔墨，骈散交织的语言，描摹出北宋鼎盛时期汴京的歌舞繁华景象。经历了长达一百五十年的发展之后，北宋都市繁荣，人殷物阜，享受太平盛世的人们无忧无虑地生活着，"垂髫之童，但习鼓舞，班白之老，不识干戈"，四时节气，灯宵月夕，都有宴会游赏。壮丽辉煌的青楼画阁，成天都是急管繁弦的燕舞笙歌，鳞次栉比的街道上，珍奇异味四处充满，雕梁画栋的亭台轩榭，醇酒美人们欢恬燕尔。在元宵佳节的夜晚，可以一睹皇帝的尊容，也可以在金明池观赏水上杂技表演，可以目睹天子召见新科进士，可以观看武官授勋的仪式，还可在天街上观看公主出嫁的盛大场面。凡此种种，从皇家大礼到民间风俗，从自然美景到世态图画，都纷至沓来，奔聚笔端，使人应接不暇，这些既是作者亲身经历过的北宋时期汴京的缩影，也是对烟消云散的盛世的追怀，同时还是《梦华录》一书主要内容的概括。序的后半部分，作者怀着一种历史的责任感，担心后来人渐渐忘却那曾经辉煌的往昔，因此他要详尽地记录东京的盛况，以哀婉的情感企图唤醒人们的爱国情怀，今昔之感，家国之痛，都流露在对往昔深情的追念之中。

周　密

　　周密（1232—1298 年），字公瑾，号草窗、萍洲、四水潜夫。原籍济南，后流寓吴兴（今浙江湖州）。宋末曾任义乌令，入元后不仕，他的词讲求格律，与吴文英并称"二窗"。又善诗歌、书画。著有《草窗韵语》《草窗词》《癸辛杂识》《武林旧事》《齐东野语》《云烟过眼录》等。编有《绝妙好词》。

《武林旧事》序[1]

乾道、淳熙间[2]，三朝授受，两宫奉亲[3]，古昔所无。一时声名文物之盛，号"小元祐"[4]。丰亨豫大[5]，至宝祐、景定，则几于政、宣矣[6]。予曩于故家遗老得其梗概，及客修门闲，闻退珰老监[7]谈先朝旧事，辄耳谛听，如小儿观优，终日夕不少倦。既而曳裾贵邸[8]，耳目益广，朝歌暮嬉，酣玩岁月，意谓人生正复若此，初不省承平乐事为难遇也。及时移物换，忧患飘零，追想昔游，殆如梦寐，而感慨系之矣。岁时檀栾[9]，酒酣耳热，时为小儿女戏道一二，未必不反以为夸言欺我也。

每欲萃为一编，如吕荥阳《杂记》而加详，孟元老《梦华》而近雅[10]，病忘慵惰，未能成书。世故纷来，惧终于不暇纪载，因撮大概，杂然书之。青灯永夜，时一展卷，恍然类昨日事，而一旦朋游沦落，如晨星霜叶，而余亦老矣。噫，盛衰无常，年运既往，后之览者，能不兴忾我寤叹[11]之悲乎！四水潜夫书。

【注释】

[1]《武林旧事》：笔记，宋末元初周密撰。全书十卷，记叙南宋都成临安（今杭州）朝廷典礼、山川景物、民情风俗，以及市肆节物、教坊乐部。所述杭州市民阶层物质文化生活及手工业、物产情况甚多，于乾道、淳熙间三朝授受、两宫奉亲故事叙次亦详。又录有当时民间艺人姓名、角色和杂剧曲名颇多。以其翔实的史料，成为一部重要的地方文献。

[2]乾道：南宋孝宗年号（公元 1165—1173 年）。淳熙：南宋光宗年号（公元 1174—1189 年）。

[3]授受：承传。两宫：太子居住的东宫和嫔妃居住的西宫。

[4]小元祐：北宋元祐年间，社会昌盛、经济繁荣。南宋乾道、淳熙间，虽偏安一隅，但经过南渡后一百多年的建设，政局稳定，经济繁荣，故有"小元祐"之称。

[5]丰亨豫大：富饶闲逸。形容太平盛世气象。

[6]宝祐、景定：均为南宋理宗赵昀的年号。宝祐：公元 1253—1258 年；景定：公元 1260—1264 年。政、宣：北宋徽宗赵佶的年号。政，指政和（1111—1117 年）；宣，指宣和（1119—1125 年）。赵佶时，汴京沦陷，北宋灭亡。

[7]退珰老监：退休的老太监。珰，本为宦官的冠饰，后代指宦官。

[8]曳裾贵邸：到达官显贵家作客。

[9]檀栾：美好的样子。这里形容愉快的心情。

[10]《杂记》：吕希哲的《岁时杂记》。《梦华》：孟元老的《东京梦华录》。

[11]忾我寤叹：《诗经·曹风·下泉》："忾我寤叹，念彼周京。"忾，叹息。寤，睡醒。

【赏析】

　　周密的《武林旧事》与孟元老《东京梦华录》，堪称宋人笔记的双璧，后者追忆北宋都城汴京的繁华，前者追忆南宋都城临安的盛况，都是通过记录一代的盛衰史来表达亡国之痛、故国之思，字里行间流淌着强烈的今昔之感、兴衰之慨。作为历史面貌的真实再现，当河山易主国破家亡之际，他们都没有选择再现故国山河破碎、尸横遍野、烽火连天和断壁残垣的悲惨景象来激起人们对入侵者的愤慨，而是以温和恬静的笔墨追述故国之盛、风物之美、风俗之纯，目的是想让后人记住曾经的辉煌，真情的回忆中，娓娓动听的叙述里，包含深深的感慨。

　　周密童年时候来到都成临安，当时正是所谓"小元祐"的盛世，处处"廛闬扑地，歌吹沸天"，人们无日不在春风鼓舞之中，无忧无虑地沐浴着盛世的雨露阳光，对潜藏的危机毫无知觉。周密也深受陶染，眼界大开，不仅能不知疲倦的听退休老太监谈论先朝旧事，还能出入达官贵人的府邸，朝歌暮乐，优游岁月。但是，盛世中隐藏着乐极生悲的因素，当元兵的铁蹄三下江南，文恬武嬉的锦绣江南迅速土崩瓦解，南宋终于走到了尽头。人们往往在得到一样东西时不懂得珍惜，而一旦失去却追悔不已。面对今日的苍凉荒芜，回思昔日的承平殷富，不禁发出"人生正复若此，初不省承平乐事为难遇也"的慨叹。原来，周密极言其盛的目的正在于极言其衰。超然的外表下，掩藏不住的是深沉的哀痛和惋惜。

　　周密是一个词人，这篇短序在意境营造上，颇有清空之妙。描述盛世风物时令人神往，展现晚境"青灯永夜"时让人酸鼻，追忆旧朋亲故如"晨星霜叶"则使人凄然叹息，"盛衰无常，年运既往"的悲叹更能引起人们心灵长久的共鸣。

吴自牧

　　吴自牧（生卒年不详），宋末钱塘（今浙江杭州）人，约宋度宗咸淳年间（1265—1274年）在钱塘一带活动。宋亡后追忆钱塘旧时盛况，著《梦粱录》二十卷。

《梦粱录》[1]序

昔人卧一炊顷[2]，而平生事业扬历[3]皆遍，及觉则依然故吾，始知其为梦也，因谓之"黄粱梦"。矧时异事殊[4]，城池苑圃之富，风俗人物之盛，焉保其常如畴昔[5]哉！缅怀往事，殆犹梦也，名曰《梦粱录》云。脱有遗阙[6]，识者幸改正之，毋哂[7]。甲戌岁[8]中秋日，钱塘吴自牧书。

【注释】

[1]《梦粱录》：宋末吴自牧的一部笔记体散文，共169条，十三万字，记叙南宋都城临安的繁华故迹。

[2]炊顷：一顿饭工夫。

[3]扬历：仕宦所经历。

[4]矧：何况。殊：不同。

[5]焉保：怎能保留。常：原样。畴昔：过去。

[6]脱有：倘若存在。遗阙：遗漏缺失。

[7]毋哂：不要讥笑。

[8]甲戌岁：宋度宗咸淳十年（1174年）。

【赏析】

这篇短序借梦说梦，有强烈的今昔盛衰之感。《梦粱录》书名来自唐人沈既济传奇小说《枕中记》的故事"黄粱一梦"。主人公卢生困顿失意，在旅店里做了一个美梦，梦中实现了人生所有的理想，直到年迈病逝，一觉醒来，发现店主人的蒸黍未熟，由此领悟到人生富贵荣华如春梦一场，转瞬即逝。放大了来看，不仅个人的一生，就是一个兴盛的朝代，乃至人类的整个历史，也都是一场短暂的幻梦。

《梦粱录》共169条，约13万字。仿孟元老《东京梦华录》，记叙南宋都成临安的繁华故迹，包括市镇建置、郊庙宫殿、山川景物、风俗人物、市肆百工、乐部杂技等，多叙淳祐、咸淳间事。吴自牧亲眼目睹了南宋王朝由繁华兴盛到衰败没落乃至灭亡的全过程，感伤昔日的繁荣景象被兵戈战火所吞噬，富丽辉煌的宫殿苑圃变为残垣断壁的废墟，歌舞风流的都市生活已彻底云散烟消。他的感伤已经超越了个人一己荣辱得失的层面，上升到人世沧桑的高度，体现出强烈的故国之思和黍离之悲，成为缅怀南宋的一曲清丽悲哀的挽歌。书中包含丰富的历史内容，他说如果有缺失，希望能够得到有识者的改正，他正是想通过这种方式保存一代历史，以唤醒人们对往昔的追忆，寄托他对故国的哀思。

书中所记皆为作者亲身所历，叙事与周密《武林旧事》详略互见，有较高的文献价值。

吴自牧

附　录

论王勃的诗序

内容提要：王勃是初唐时期创作诗序最多的作家，取得了骈体诗序最高的艺术成就。本文在对王勃诗序创作时间、地点进行梳理考述的基础上，论述了王勃诗序的基本类型及其特征，认为王勃诗序取得了三个方面的成就：（1）在整个时代文风的趋同中表现出独特个性；（2）追求一种气势壮大、字挟风霜的劲健风格；（3）景物描写具有色彩斑斓而兴象飞动的境界美。王勃诗序对整个唐代诗序产生了深远影响，具有重要的文学史地位。

关键词：王勃　诗序　艺术成就　影响

王勃（650—676），字子安，绛州龙门人，隋末大儒王通之孙。据《旧唐书·王勃传》："勃六岁解属文，构思无滞，词情英迈。"[1]他是初唐高宗时期著名的天才诗人，也是初唐时期创作序体最多的作家[2]。绝大部分是记录宴会、游览、送别（含留别）等场合赋诗之序，多数收入清编《全唐文》中，只有极少数收入《全唐诗》中。清人蒋清翊的《王子安集注》搜罗王勃诗文比较齐全，但还是有遗逸[3]。王勃的序体文，收在该书的第六、七、八、九卷，向无编年。

一、王勃诗序写作时间、地点考述

王勃短暂的一生尽管并不复杂，但由于生平数据的缺乏，加上他写作

---

① 《旧唐书》卷190，第5004页，中华书局1975年版。

② 中国社会科学院文研所编《唐代文学史》（上）中说："王勃诗、赋九十余首，序、论、启、表、书、赞等百余篇，尤以序文最多，约七十多篇，超过了唐建国以来前代作家所写序文总数一倍有余，仅仅这个数字就是发人深思的。"第101页，人民文学出版社1995年版。下引该书同。

③ 《王子安集注》，上海古籍出版社1995年版，辑录了罗振玉补遗的流传在日本的抄本《王勃集》残卷中的23篇文章，其中20篇是序体文。

序文时多着重写景抒情，不喜欢写明确切的时间地点，因此有许多序文很难编年。今结合傅璇琮先生主编的《唐才子传校笺》和《唐五代文学编年史》，对王勃的全部诗序试作编年（傅着考明的先列，未及者补在后）。

王勃生于唐高宗永徽元年（650年），早慧，据杨炯《王勃集序》说："（勃）九岁读颜氏《汉书》，撰《指瑕》十卷。十岁包综六经，成乎期月，悬然天得，自符音训。时师百年之学，旬日兼之，昔人千载之机，立谈可见。"①可见王勃十岁之前已通百家之学，并练就了作文本领，今传《王勃集》中未见幼时之文。据王勃的《黄帝八十一难经序》，他曾拜《黄帝内经》的第49代传人曹元（字道真）学医，历时十五月，作此序当在麟德二年（665年），十六岁。此前两年，即龙朔三年（663年）八月，高宗命"司刑太常伯刘祥道等九人为持节大使，分行天下"（《旧唐书·高宗纪》），麟德元年（664年）刘祥道以"司刑太常伯、检校沛王府长使、城阳县侯兼任右相"。《新唐书·王勃传》说："麟德初，刘祥道巡行关内，勃上书自陈，祥道表于朝，对策高第。年未及冠，授朝散郎。"②据考证，王勃的登第是在麟德三年（636年），中间隔了整整一年，按理，刘祥道向朝廷举荐之后③，王勃应该参加麟德二年制举才合情理。原来《旧唐书·高宗纪》（上）载："二年春正月壬午，幸东都。丁酉，幸合璧宫。……甲子，以发向泰山，停选。"④这年因为要举行封禅大典停止了选举考试，这大概是王勃有时间南游吴越的原因。据傅先生考证，王勃秋天在越州、润州、宣城一带游历，留下这样一些诗序：《秋日宴季处士宅序》（越州）、《越州秋日宴山亭序》（越州）、《越州永兴李明府宅送萧三还齐州序》（越州）、《九月九日采石馆宴序》（日本藏唐抄本《王勃集》）（宣城）、《秋日登冶城楼望白下序》（日本藏唐抄本《王勃集》）（润州）⑤。傅先生没有考明王勃赴越州的时间，我认为这年春正月停选，王勃应该是春天就前往吴越了，暮春已经在山阴兰亭参加宴会了（详下补正），《秋日宴季处士宅序》中有"向时朱夏，俄涉素秋"句，说明夏天在山阴，深感时间流逝之快。这年秋

---

① 《全唐文》卷191，第1930页。

② 欧阳修、宋祁撰《新唐书》卷201，第5739页，中华书局1975年版。

③ 据傅璇琮先生考证，王勃的《上刘右相书》作于麟德元年八月。参《唐五代文学编年史》"麟德元年"条，第183页，辽海出版社1998年版。下引此书同。

④ 《旧唐书·高宗纪》（上），第186页。

⑤ 傅璇琮主编《唐五代文学编年史》，第186页，辽海出版社1998年版。

天沿越州经宣城、润州返回洛阳，参加第二年（麟德三年）的制举。另，麟德三年春正月戊辰朔，高宗从泰山回到长安，立即于"壬申"改"麟德三年"为"干封元年"，则王勃实际参加的是干封元年的制举，应举前，王勃在洛阳完成了《宸游东岳颂》和《干元殿赋》两篇鸿文，并诣阙献颂赋参加考试，这两文正好迎合高宗封禅后志满意得的心理，再加上刘祥道一年前的荐举，于是王勃就顺理成章地高中了，并很快授以朝散郎的职务。[补正]《三月上巳祓禊序》（《全唐文》卷181）。蒋清翊曰："此非子安所作，篇内有'永淳二年'句，计其时子安殁已数年。然自北宋沿伪迄今，故着其谬，仍存其文。"①这个错误来自北宋编的《文苑英华》，细考蒋氏语，一方面他认为是伪作，另一方面又认为文章的优美华赡还是颇像王勃之文的，故没有删去。我认为此序仍是王勃之作，文中明言"暮春三月，修祓禊于献之山亭"，显然地点在越州山阴，"永淳"应该是"麟德"之误。同卷《上巳浮江宴序》当作于同时，文中说："江甸名流，始命山阴之笔，盍尊清辙，共抒幽禁，俾后之视今，亦犹今之视昔。"这两篇序文写得情思飞越，有一种迅疾标举之意，既不同于入蜀后的文风，也不同于遭贬斥赴南海时的情调，应该是应幽素举前的作品，因为应举授官到自蜀返回洛阳之间及赴交趾时均没有机会再于春天来到越州，不可能两篇文章都是伪作。

干封二年（667年）王勃十八岁，在长安呈文献李安期、贺兰敏之，求汲引。大约在李、贺二人的推荐下，加上沛王李贤闻其名，因此召王勃为侍读。王勃曾奉教撰《平台秘略》十卷，其中《文艺三》曰："文章经国之大业，不朽之能事，而君子役心劳神，宜乎大者远者，非缘情体物、雕虫小技而已。"②显然含有将沛王比当年曹丕之意，希望李贤志存远大，不要仅重"缘情体物"的"雕虫小技"，王勃是想有所作为的。在《平台秘略赞·艺文》中又说："荣分上邸，业盛文场。争开宝札，竞耸雕章。气凌霄汉，字挟风霜。后之来者，其在君王。"③又希望沛王能写出气势轩昂、壮盛凌厉的文章，这实际上也是王勃的文学思想。干封三年二月因明堂新图成而改元"总章元年"，王勃于是上《九成宫颂》二十四章，期望通过颂圣

---

① ［清］蒋清翊著，《王子安集注》第210页，上海古籍出版社1995年版。
② 《全唐文》卷182，第1855页。
③ 《全唐文》卷183，第1858页。

来取得正式的官职，但没有成功。在此期间作有《山亭兴序》《山亭思友人序》，其中后文说："大丈夫荷帝王之雨露，对清平之日月，文章可以经纬天地，器局可以蓄泄江河。七星可以冲汉，八风可以调合。独行万里，觉天地之崆峒；高枕百年，见生灵之龌龊。"①胸中有一股浩气横贯长空，故结尾要扫荡文场。与陆机、曹植、谢灵运、潘岳一比高下，说"思飞情逸，风云坐宅于笔端；兴洽神清，日月自安于调下"。正是所谓"气凌霄汉，字挟风霜"的作品。[补正]《守岁序》（《全唐文》卷181）当也作于此时，中有"诸王等集，陈玉帛而朝诸侯。京兆天中，耸楼台而彻汉；长安路上，乱车马而飞尘"等语为明证，其中"京兆天中"一句值得注意，后来唐玄宗赐晁衡诗序及晁衡答诗、王维赠序中都强化了"华夏"为"天中"的观念。

总章二年（669年），王勃二十岁。四月还在长安作《九成宫东台山池赋》，五月因为戏为《檄英王鸡文》，被高宗斥令逐出王府，王勃遂入蜀。途中月余，作诗三十首。大约六月中旬到达四川绵州，作《入蜀纪行诗序》（《王子安集注》卷七，《全唐文》不载）、《登绵州西北楼走笔诗序》（日本藏《王勃集》）、《绵州北亭群公宴序》（《全唐文》卷181，第1344页）。后一篇序中说，这次宴会上遇到了"半面十年，一别千里"的何少府，还有新识的"班荆"韩法曹。虽然是欢聚的宴会，但王勃难以释怀被谗逐出王府的悲伤，说"离亭北望，烟霞生故国之悲；别馆南开，风雨积他乡之思"，连风景也染上了悲郁的色调："苍云寡色，白日无光。沙尘起而桂浦昏，雁凫下而芦洲晚。"由此可见仕途初遭剪翮之痛是深入骨髓的。

八月，王勃游梓州，作《涧底寒松赋》《曲江孤凫赋》《青苔赋》《慈竹赋》等抒发"志远心屈""才高位下"之慨。诗序有《游山庙序》（《全唐文》卷181，第1845页），同游并赋诗的有"济阴鹿宏允、安阳邵令远"等；还有《题玄武山道君庙诗序》（《王子安集注》卷七，《全唐文》不载）。

总章三年（三月改元咸亨元年）（670年），王勃在梓州游玄武山圣泉，作《圣泉宴序》（《王子安集注》卷三，《全唐文》未收）、《与邵鹿官宴序》（日本藏《王勃集》）等。夏天，王勃由梓州去益州金堂县，游三学寺、昌利观等地，有诗。秋天，旅居蜀中，作与蜀中父老书，求周济。

---

① 《全唐文》卷180，第1837页。

（按：王勃于总章二年夏五月离长安入蜀，可能有两个原因：（1）蜀中有友人可以投靠；（2）蜀中向称天府之国，生计当不成问题。但是，"秋七月，剑南益、泸……绵、翼……梓、普、遂等十七州旱，百姓乏绝，总367690户，遣司珍大夫路励行存问赈贷。"①因此有求济之启）在益州德阳县，与宇文峤、郎余令等宴集，《宇文德阳宅秋夜山亭宴集序》（《王子安集注》卷七）、《送宇文明府序》（《王子安集注》卷八）当作于益州。前序中表达了比较高的兴致，说自己如"王子道之独兴，不觉浮州；嵇叔夜之相知，欣然命驾"，河南宇文峤是"清虚君子"，中山郎余令为"风流名士"，因此王勃情性打开："彭泽陶潜之菊，影泛仙樽；河阳潘岳之花，光悬妙理"。景物也一扫先前的阴霾："金风高而林野动，玉露下而江山清。琴樽酒树，磊落承烟；竹径松扉，参差向月"。于是要赋诗抒怀，使"千载岩溪，无惭于烟景"，用典雅致，兴高采烈，是王勃诗序中较少的不言悲伤的作品。大约在益州送宇文峤之后，王勃又到了绵州，作《秋夜于绵州群官席别薛升华序》（《全唐文》卷182），说他与薛是"目置良友，相知穷路"，又回到悲慨之中。似乎王勃是专门去绵州送薛升华，于晚秋再回到了益州，有《秋晚什邡西池宴饯九陇明府序》（日本藏《王勃集》）、《晚秋游武担山寺序》（《全唐文》卷181），后文说与群公游寺是"下揆幽禁，庶旌西土之游，远嗣东平之唱"，心中还是幽郁难消的。

咸亨二年（671），春三月王勃与卢照邻在成都参加曲水宴集（卢照邻罢新都尉，婆娑蜀中，曾于上年秋九月九日与王勃等同游梓州玄武山寺）。王勃除作《春思赋》外②，尚有《春日序》（日本藏《王勃集》），中有"华阳旧壤，井络名都；城邑千忍，峰峦四绝"之语，又用严君平、扬子云的典故，还提到"蜀城僚佐"，作于成都无疑。四月，王勃在九陇县宴仙居观，有《夏日仙居观宴序》（日本藏《王勃集》）；六月，王勃泛舟剑州梓潼南江，作《梓潼南江泛舟序》（《全唐文》卷180），这次游赏是应梓潼县令韦君之邀的，文中说"亦有嘉肴旨酒，鸣弦朗笛，以补寻幽之致焉，预

---

① 《旧唐书•高宗纪》下，第93页。

② 王勃此赋颇同于五、七言古诗的杂合，前有约两百字的序文，详述写作的时间、地点及自己的感慨和向往。《唐代文学史》（社科院文研所编）的作者认为"从格调到内容与卢照邻的《长安古意》、骆宾王的《帝京篇》都十分相似"（第103页），似认为王赋受卢、骆影响。然据傅璇琮主编《唐五代文学编年史》，卢诗作于咸亨四年（673年）四月，骆诗作于仪凤三年（678年）冬，则王赋实际影响了卢、骆之诗。以傅说为优。

于斯者，若干人尔"。

梓潼之游后秋九月，王勃北归长安，作《上吏部裴侍郎启》，说"今接君侯者三矣，承招延者寻矣"，又说"虚荷雕虫之睐，殊恩屡及；严命频加，责光耀于昏冥"，则裴行俭当因闻王勃文名久矣，而屡有眷顾之意，王勃此次北归当与此有关。这篇精心结撰的名启，表达了王勃对文学的看法，认为乃"立言见意"之具，取士不当"以诗赋为先"，重复了儒家"先道德后文艺"的观点，随启呈上的有古君臣赞十篇，说明王勃虽创作了大量华赡典丽的骈文及诗赋，但他的心中还是想凭政治才能和史识入仕的。既凭借才华自傲于世，又贬斥文章之用，形成他的文学观念和实际创作之间的矛盾。这年冬天，王勃因患风疾归故乡龙门养病，上书裴侍郎并未发生预期的作用。

咸亨三年（672年），王勃的父亲在长安任太常博士。九月王勃自龙门至洛阳，上书宰相许圉师，旋又返回龙门。冬天，王勃求为虢州参军，因为虢州多药物，又离龙门和洛阳很近。《秋晚入洛于毕公宅别道王宴序》（《全唐文》卷182）当作于此时，是一篇精心结撰的长序，可能有借钱别而求汲引，故文中说"惊帝室之威灵，伟皇居之壮丽"有颂敬之意。[补正]《秋日宴洛阳序》（《全唐文》卷181）文中有"东京胜地""近邻铜陌"等语，应该与上文同时作；此外《感兴奉送王少府序》（《全唐文》卷181）文中有"貌弱骨刚""过我贫居"等语，当是由蜀返洛，任虢州参军之前因病家居之时。

高宗咸亨四年（673年），王勃在虢州任参军，作《卓彼我系》自述世系，其兄王劼作序，序中说"（勃）伤迫乎家贫，道未成而受禄，不得如古君子四十强而仕也。故本其情性，原其事业，因陈先人之迹，以议出处，致天爵之艰难也。"[1]同年所作《送劼赴太学序》也说"（做官是因）房族多孤，饭粥不继，逼父兄之命，睹饥寒之切，解巾捧檄，扶老携幼。"[2]知王勃的为官乃因家贫和父命难违，可能一半为真，另一半则因官职低微而感怀才不遇，作愤激语。

咸亨五年（674年）（按：秋八月，皇帝称天皇，皇后称天后。改咸亨

---

①陈贻焮主编，增订注释本《全唐诗》第一册，第384页，文化艺术出版社2001年版。下引此书同。

②《全唐文》卷181，第1837页。

五年为上元元年，大赦。）王勃在虢州春夏间整理其祖父王通的《续书》，为之序，又为怀素《四分律宗记》作序。八月因杀官奴事被除名①。十二月游汾阴，作《冬日羁游汾阴送韦少府入洛序》（《全唐文》卷182）文中说"下官诗书拓落，羽翮摧颓。朝廷无立锥之地，邱园有括囊之所。山中事业，暂到渔樵；天下栖迟，少留城阙"，应该是除名后准备栖隐邱园的语气。[补正]《夏日宴宋五官宅观画障序》（《全唐文》卷181），宋五官，指宋之问，序中没有悲伤低落之语，当是未除名之前的作品，地点当在洛阳附近。随后王勃有冀州之行，《还冀州别洛下知己序》（《全唐文》卷182）描写宴会气氛和乐融融，也应作于除名之前②。《别卢主簿》（《全唐文》卷180）有尽地主之宜的口气，可能作于虢州任上，也有可能作于冀州，因为"林虑"是河北道相州，离冀州不远。《春夜桑泉别王少府宴序》（《全唐文》卷181）中有"下官以穷途万里，动脂辖以长驱；王公以倾钱百壶，别芳筵而促兴"之语，当是在"桑泉"（临晋县）准备南下时告别，可能是上元二年春天回洛阳龙门前所作。《春日孙学士宅宴序》（《全唐文》卷181）中有"负郁怏不平之思"这样的话，似作于同时；《仲氏宅宴序》（《全唐文》卷181）有"处良辰而郁怏"句，当也作于同时。还有《与员四等宴序》（《全唐文》卷181）也应作于同时。

高宗上元二年（675年），王勃南归经洛阳，再经韩城回龙门，作《夏日登韩城门楼寓望序》（《王子安集》卷六）和《夏日登龙门楼寓望序》（同上），后文中说："诗书旧好，披乐广之高天；乡党新知，扫颜回之陋巷。"是回到故乡的口气。[补正]《夏日宴张二林亭序》（《全唐文》卷181）文中气氛和融，情性酣畅，也许是回家后的一时兴到之作。《夏日诸公见寻访诗序》（《全唐文》卷181）中有"坎坷于唐尧之朝，傲想烟霞；憔悴于圣明之代"等语，当作于龙门家居之时。上元二年六月，"以雍王李贤为皇太子，大赦"③，王勃曾为李贤侍读，当初被斥出王府或因谗言，现

①《旧唐书·王勃传》："久之，补虢州参军。勃恃才傲物，为同僚所嫉，有官奴曹达犯罪，勃匿之，又惧事泄，乃杀达以塞口。事发当诛，会赦除名。"其中的"赦"当是指八月改"上元"年号称"天皇""天后"而"大赦"。

②高步瀛《唐宋文举要》（下）选了此文，但未注作年，只注明"冀州"在今河北冀县，距东都一千四百里。吴按：细味序题，王勃似是因公还冀州，具体原因不详。高著，上海古籍出版社1982年版。

③《旧唐书·高宗纪》下，第100页。

在李贤赦免王勃并官复原职，也在情理之中。而在王勃来说，毕竟因为自己的过错牵连父亲由雍州司户左迁万里之外的交趾令，故他不就职，而南行赴交趾省父①。八月至淮阴，奉父命撰文祭汉高祖，在楚州作《秋日楚州郝司户宅饯崔使君序》（《全唐文》卷181），文中明言"上元二年，高秋八月"是确切的标志。[补正]《秋日饯别序》（《全唐文》卷181）中有"琴书人物，冀北关西；去马归轩，云间日下"之语，似是客中送客又极写"悲哉秋之为气！人之情也，伤如之何"，则可能作于洛阳出发之前。

从楚州南行到达扬州，族翁王承烈曾寄信给王勃，但未收到。八月下旬南行至江宁，作《采莲赋》，文词甚美，历代传颂。[补正]《秋日游莲池序》（《全唐文》卷181）中有"汀洲地远，波涛溅明月之辉；人野路殊，原隰拥神仙之气"，像路过做客远离朝廷的口气，当作于江宁。还有《江宁吴少府宅饯宴序》（《全唐文》卷182）中有"蒋山南望，长江北流"，又言"虎踞龙蟠，三百年之帝国；关连石塞，地实金陵"，则作于江宁无疑。

从江宁继续南行，九月九日到达洪州，正遇上滕王阁宴会，即席作《秋日登洪府滕王阁饯别序》（《全唐文》卷181）。十二月，至广州，作《繫鉴图铭序》（《全唐文》卷180），文中说"上元二年，岁次乙亥，十有一月"标明具体时间，又说"予将之交趾，旅次南海"，作于广州无疑。

上元三年（676年）春夏间，王勃在交州，曾上书都督郎余庆求赈济。八月渡海归，溺水，惊悸而卒，享年27岁。

二、王勃诗序的基本类型及其特点

王勃对序体情有独钟，除集序、赋序、颂序外，纪游、宴会、赠别、思友之序最多。究其原因，我认为大致有以下几点：（1）序体承继南朝骈文特色，最容易将写景、抒情融为一体，具有明显的诗化特征；（2）序体轻便灵活，既无须赋颂那样精心结撰，殚精竭虑，也没有书启碑铭那样的目的性，因而最适合个人情感、心绪的自由表达；（3）序体适合宴会、群游纪行的场合，既能表达文人聚会的雅兴，又能展露文学才华，因而是才子型文人最佳的选择文体；（4）大唐初期由百废待兴渐渐走向兴旺发达的气象，文人才士游宦宴乐的频繁，促进了时代风气对序体的需求，得到名

341

①《旧唐书·高宗纪》下，第100页。

人的赠序或在著名的宴会上能被推举作序均是一种很大的荣誉。王勃禀性多感，加上屡遭挫折、四处漂泊的人生经历，与他耀地惊天的文才相结合，使他有条件能将六朝成熟的骈体诗序推向一个新的艺术境界，成为唐代诗序发展历程中的第一座高峰。

将清人蒋清翊的《王子安集注》与清编《全唐文》及日本藏《王勃集》中的诗序进行分类，得到下面的统计表。

类别 ＼ 出处	《王子安集注》及《全唐文》	日本藏《王勃集》	合计
宴会序	13	10	23
游历序	10	3	13
游宴序	3	2	5
赠别序	9	4	13
留别序	6	1	7
诗序	2	0	2
合计	43	20	63

下面分类介绍一些代表作，以见其艺术特色。

（1）宴会序。如《秋日宴季处士宅序》（《全唐文》卷181第1843页）：

> 若夫争名于朝廷者，则冠盖相趋；遁迹于邱园者，则林泉见托。虽语默非一，物我不同，而逍遥皆得性之场，动息匪自然之地。故有季处士者，远辞濠上，来游境中，披白€ 以开筵，俯青溪而命酌。昔时西北，则我地之琳琅；今日东南，乃他乡之竹箭。又此夜乘槎之客，犹对仙家；坐菊之宾，尚临清赏。既而依稀旧识，欢吴郑之班荆；乐莫新交，申孔程之倾盖；向时朱夏，俄涉素秋。金风生而景物清，白露下而光阴晚。庭前柳叶，才听蝉鸣；野外芦花，行看鸥上；数人之内，几度琴樽？百年之中，少时风月。兰亭有昔时之会，竹林无今日之欢。丈夫不纵志于生平，何屈节于名利？人之情矣，岂曰不然？人赋一言，各申其志，使夫千载之下，四海之中，后之视今，知我咏怀抱于兹日。

开篇即议论一番"争名于朝"和"遁迹邱园"的不同人生意趣，表达了自己选择"逍遥"得性、动息自然的放旷心态，接着写季处士的热情款待和宴会地点的景物特色，最后写要像王羲之当年兰亭聚会那样赋诗纪兴，"使夫千载之下，四海之中，后之视今，知我咏怀抱于兹日"。虽为宴会序，但主要笔墨没有写宴会场面，而落笔于当时当地的景物，并抒发怀抱，只不过文人才子遇秋而悲的常见主旨，有"少年不识愁滋味，爱上层楼，为赋新词强说愁"的味道，是不能与当年王羲之深沉而通脱的人生感悟相比的，王勃显然是为了展露自己写景状物的文学才华。

又如《秋日宴洛阳序》（《全唐文》卷181第1844页）：

> 夫以东京胜地，南吕高秋，三涂镇而九派分，白露下而清风肃。或出或处，人多朝野之欢；以嬉以游，时极登临之所。征衣流寓，切下走之蓬襟；解榻邀期，属上宾之桂席。于是齐道实，款琴樽，偶傥论心，留连促膝，但有潘杨之密戚，得无管鲍之深知？簪组盛而车马喧，庭宇虚而管弦亮。近临铜陌，斜控银墟。菊照新花，泛轻香于远次；荷凋晚叶，翻翠影于长波。听瞩方穷，献酬逾洽。年忘小大，傲天地于平生；志混荣枯，得林泉之意气。愿长绳以系日，凡近光阴；思短札以凌云，或陈歌咏。人采古韵，成者先呈。

这篇宴序当作于从蜀返回洛阳调选时，王勃时年23岁。开头点明"东京胜地"和"南昌高秋"之后，就描写时序及朝野欢嬉游宴的盛况，主要突出席上嘉宾的偶傥风姿、流连促膝的情态及琴樽之乐，并衬托以"铜陌银墟""新花晚叶"之景色，最后抒发自己的林泉意趣和文思凌云的感兴，以采古韵陈歌为结束。大约这次回洛，有裴行俭等人的赏识，王勃心中又燃起了凌云之火，故此序写得刚劲有力，富丽堂皇，与他序中常见的伤春悲秋异趣。

再如《宇文德阳宅秋夜山亭宴序》（《全唐文》卷181第1844页）：

> 若夫龙津宴喜，地切登仙；凤阁元虚，门称好事。亦有登山临水，长想巨源；明月清风，每思元度。未有能星驰一介，留美迹于芳亭；云委八行，抒劳思于彩笔；遂令启瑶缄者，攀胜集而长怀；披琼翰者，仰高筵而不暇。王子猷之独兴，不觉浮丞；嵇叔夜之相知，欣然命驾。琴樽佳赏，始诣临邛；口腹良游，未辞安邑。乃知两乡投分，林泉可攘袂而游；千里同心，烟霞可传檄而定。友人河南宇文峤，清虚君子；中山郎余令，风流名士。或三秋意契，辟林院而开襟；或一面新交，叙风 € 而倒屣。彭泽陶潜之菊，影

泛仙樽;河阳潘岳之花,光悬妙理。财岩思壁,家藏虹岫之珍;淼淼言河,各探骊泉之宝。偶同金碧,暂照词场;巴汉英灵,潜光翰院。壹壹焉,萧萧焉,信天下之奇托也。

于时白藏开序,青女御律。金风高而林野动,玉露下而江山清。琴亭酒榭,磊落乘烟;竹径松扉,参差向月。鱼鳞积磴,还升兰桂之峰;鸳翼分桥,即映芙容之水。亦有红绿荐,亘渚连翘;玉带瑶华,分楹间植。池帘夕敞,香牵十步之风;岫幌宵褰,气袭三危之露。纵冲衿于俗表,留逸契于人间。东山之赏在焉,南涧之情不远。夫以中牟驯雉,犹婴触网之悲;单父歌鱼,罕继鸣琴之趣。俾夫一同诗酒,不挠于牵丝;千载岩溪,无惭于烟景云尔。

此序作于益州,宴席上碰到了"清虚君子"宇文峤和"风流名士"郎余令,二人均为王勃当年长安时的密友,因此他突发与王子遒、嵇康一样的雅兴,似乎酒杯中泛着陶彭泽的菊影,闪烁着河阳潘岳花的光彩,金风玉露也清秀宜人,烟弥竹径,月映松扉,别有意境;池塘莲香,直透窗棂,三危露气,侵袭岫幌,真正是"冲衿于俗表,留逸契于人间",于是他要赋诗抒怀,使"千载岩溪,无惭于烟景"。此序表现出文士特有的性情,也揭示了王勃创作物感生情的特征。据《唐才子传》称:"勃属文绮丽,请者甚多,金帛盈积,心织而衣,笔耕而食。然不甚精思,先磨墨数升,则酣饮,引被覆面卧,及寤,援笔成篇,不易一字,人谓之腹稿。"[1]观这些短小优美的序文,由于有宴会独特场景的限制,估计不会是这样覆被酣睡后的产物,应当是即席挥毫而作,虽说是"不甚精思",但要写得这样珠圆玉润,没有深厚的积累和敏捷的文思是难以办到的。人们欣赏王勃除了赏悦其文字之清丽秀美,当有爱其少年才华的因素,因为这样的文士毕竟的难得一见的。

(2)游历序。王勃仕途不达,抱绝世之才而不遇于时,因此四处游历,耽玩自然烟景、人间仙境就成为他消解忧郁、调节心境的重要方式。他早年游越,逐出王府后游蜀,居官虢州时游览洛阳周边的景色,随父南迁则更是一路游览,即参加各种场合的宴会,也描述他所经历的游兴,尽管他的大部分诗序都或多或少与友人的宴聚欢会相关,但也有一些是专门

---

[1]傅璇琮主编《唐才子传校笺》第一册32页,中华书局1987年版。

（至少用主要笔墨）来叙写游历的，故称为"游历序"。如《秋日游莲池序》（《全唐文》卷181第1843页）：

> 人间龌龊，抱风云者几人？庶俗纷纭，得英奇者何有？烟霞召我，相望道术之门；文酒起予，放浪沈潜之地。少留逸客，塞雁飞鸣。北斗横而天地秋，西金用而风露降。幽居少事，野性多闲，登石岸而铺筵，坐沙场而列席。琳琅触目，朗月清风之俊人；珠玉在傍，鸾凤虬龙之君子。汀洲地远，波涛灭日月之辉；人野路殊，原隰拥神仙之气。平郊树直，曲浦莲肥；隐士泥清，仙人水绿。越林亭而极望，生死都捐；出宇宙以长怀，心灵若丧。悲夫！秋者愁也，酌浊酒以荡幽襟，志之所之；用清文而销积恨，我之怀矣。能无情乎？

这篇序描写以游宴来"消积恨"，当也有赋诗之事。从悲怀满目的愁情来看，当是除名之后的作品，但"莲池景色"并不具备差异性，难于判断地点的南北，大致看来，定于上元二年秋作于江宁为宜。"莲"是圣洁心灵的象征，在文中显然是作为"龌龊"人间的对应物而存在的，因此他用洁净高雅的词汇来描写景物、人物：俊人如清风朗月，琳琅满目；君子如鸾凤虬龙，高洁如珍珠美玉。游莲池则因为一方面莲花如隐士出污泥而不染，如仙人出绿水而雅静；另一方面希望通过极望林亭长怀宇宙来"荡幽襟""消积恨"。这样以丽景写哀心，取得了王夫之所说的"一倍增其悲"的效果。

又如《晚秋游武担山寺序》（《全唐文》卷181第1844页）开篇即写益州武担山寺的仙道胜境："冈峦隐隐，化为阆崛之峰；松柏苍苍，即入祇园之树。引星垣于沓嶂，下布金沙；栖日观于长崖，傍临石镜。瑶台玉甃，尚控霞宫；宝刹香坛，犹芬仙阙。雕栿接映，台凝梦渚之云；璧题相晖，殿写长门之月。美人虹影，下缀虬幡；少女风吟，遥喧凤铎。"这简直是一个由翡翠珠玉镶嵌雕镂而成的净土世界。接下写群公于岩泉结兴、筵赏畅游之情事，在映衬以金秋佳景："于时金方启序，玉律惊秋，朔风四面，寒云千里。层轩回雾，齐万物于三休；绮席乘云，穷九垓于一息。碧鸡灵宇，山川极望，石兕长江，汀洲在目。龙镳翠辖，骈阗上路之游；列榭崇闉，磊落名都之气。"面对蜀地奇观，于是他要与昔时登高能赋的大丈夫争胜，要"敢攀盛烈，下揆幽襟。庶旌西土之游，远嗣东平之唱"。即赋诗言怀，追慕古人的文雅风流。王勃的许多诗序从创作动因上讲，很大程度是欲比肩前贤、炫耀文采的产物。

还有一篇《夏日登韩城门楼寓望序》（《全唐文》卷181），当作于上元二年初夏，由汾阴返回故乡途径韩城之时。叙写自己"流离岁月""羁旅异乡"的遭遇，因遇故人而放旷怀抱，登楼远眺："韩原奥壤，昔时开战斗之场；秦淮雄都，今日列山河之郡。"历史的苍烟与满目山河勾起了诗人的感兴："林麓周回，观岩泉之入兴。则有惊花乱下，戏鸟平飞。荷叶滋而晓雾繁，竹院静而炎氛息。"于是"赏欢文酒，思挽云霄"，赋诗纪怀。这篇诗序写得气势雄阔，体现了王勃散文笔力雄劲、文采华丽的特点。

（3）游宴序。如《越州秋日宴山亭序》（《全唐文》卷181）是王勃早年游历吴越时的一篇纪游宴之序。"昔王子敬琅琊之名士，常怀习氏之园，阮嗣宗陈留之俊人，直至山阳之坐。"引述王、阮两位历史名人的风流故事来说明"非琴樽远契，必兆联于佳辰；风月高情，每留连于胜地"是古今才士相同的嗜好。又引古代文士与江山风月的典故："东山可望，林泉生谢客之文；南国多才，江山助屈平之气"说明江山对文思的巨大激发作用。接着便是描写越州秋景："红兰翠菊，俯映砂亭；黛柏苍松，深环玉砌。参差夕树，烟侵橘柚之园；的历秋荷，月照芙蓉之水。"最后才是描写宴会场景："星回汉转，露下风高，银烛摘华，瑶觞抒兴"。兴酣酒阑之后就是"五际飞文，时动缘情之作"。这篇序体现了王勃早期诗序富于激情、朝气蓬勃的少年特色，也体现其诗文创作受江山景物感发兴怀的影响。

又如上元二年家居龙门时的《夏日诸公见寻访诗序》（《全唐文》卷181 第1842页），"天地不仁，造化无力，授仆以幽忧孤愤之性，禀仆以耿介不平之气。顿忘山岳，坎坷于唐尧之朝；傲想烟霞，憔悴于圣明之代。情可知矣。"这"情"是遭受仕途打击后的真切而深沉的怀才不遇之情。但正当苦闷的时候，"赖乎神交胜友"忽然如鸾凤降自云霄，杨、沈二公来"石室寻真，访下走于邱壑"，于是"幽人待士，非无北壁之书；隐士迎宾，自有西山之馔。席门蓬巷，伫高士之来游；丛桂幽兰，喜王孙之相对"。欣悦之情、兀傲之态、雅洁之怀宛然可见。酒酣耳热时江山也来助兴："山南花圃，涧北松林，黄雀至而清风生，白鹤飞而苍云起"。最后是学仲长统、郭子期的风流"人探一字，四韵成篇"。这篇序以悲起而以乐结，情感转换得益于胜友、美酒和先贤的召唤。

（4）赠别序。王勃的赠别序多写于"客中送客"的宴席上，因此时带自己的羁旅漂泊之怀。如《越州永兴李明府宅送萧三还齐州序》（《全唐文》卷181）开头"不涉河梁者，岂识离别之恨"就点明是送别情事，中间提到"嗟歧路于他乡，他乡岂送归之地"，表达了客中送客、滞留他乡的悲怀。王勃以较大的篇幅写自己与萧三的友谊："惠而好我，携手同行，或登吴会而听越吟，或下宛委而观禹穴。良谈落落，金石丝竹之音辉；雅致飘飘，松柏风云之气状。当此时也。尝谓连璧无异乡之别，断金有好亲之契。"但是"我留子往"，因此"乐去悲来"，于是托景抒怀："清风起而城阙寒，白露下而江山远。徘徊去鹤，将别盖而同飞；断续来鸿，其离舟而俱泛。"最后以山涛和嵇康的典故，希望友人"善佐朝廷"，而自己则"甘从草泽"。勉励一番之后就是赋诗赠别。这是一篇通常格式的赠别序，叙离别、写风景、道劝勉、赠佳言、抒思念，一样不少。文字整饬华丽，友人与自己，心境与景物往往一笔双写，用典切当，含蓄隽永，令人回味。

又如《别卢主簿》（《全唐文》卷180），这位卢主簿是林虑县（属河北道相州）人，精于《老子》，王勃非常佩服他注疏的"精博""典要"，以"灵芝既秀，兰蕙同熏；仙凤于飞，鸳鸾舞翼"的同类相感来比喻他们的志同道合。王勃曾"披襟请教"于卢氏，因此在离别时深感"王事靡盬，良时易失"，于是"盍陈雅志，各叙幽怀"。这篇序中还引用了《诗经》中的"中心藏之，何日忘之"，很值得注意。

再如《秋日饯别序》（《全唐文》卷181第1847页）：

> 黯然别之销魂，悲哉秋之为气！人之情也，伤如之何？极野苍茫，白露凉风之八月；穷途萧瑟，青山白云之万里。奏鸣琴则离鹍别鹤，惊歧路之悲心；来胜地则时雨凉风，助他乡之旅思。琴书人物，冀北关西；去马归轩，云间日下。杨学士天璞自然，地灵无对，二十八宿禀太微之一星，六十四爻受乾坤之两卦。论其器宇，沧海添江汉之波；序其文章，元圃积烟霞之气。几神之外，犹是卿云；陶铸之余，尚同嵇阮。接光仪于促席，直观明月生天；响词辨于中筵，佀觉清风满室。悠哉天地，含灵有喜愠之容；邱也东西，怅望积别离之恨。烟霞直视，蛇龙去而泉石空；文酒求朋，贤俊散而琴歌断。门生饯别，如北海之郡前；高士将归，似东都之门外。研精麝墨，运思龙章，希存宿昔之资，共启相思之咏。

这篇赠序当作于被除名将赴南海之前，文思由悲转乐，最后是赋诗相思。几乎句句用典，既贴合自己的心境，又切合行者的状况，对仗精工，句法老练，将抒情写景与应酬结合得非常完美，达到了较高的艺术境地，为随后的《滕王阁序》做好了准备。

（5）留别序。"留别"本也是离别，另立一类是因为唐人送别诗中存在大量的"留别"之作，它的独特性在于是赋诗之人离别而去，诗中的思念对象是送别自己的人。如《还冀州别洛下知己序》（《全唐文》卷181第1849页）：

> 东西南北，某也何从？寒暑阴阳，时哉不与。河阳古树，无复残花；合浦寒烟，空惊坠叶。王生卖药，入天子之中都；夏统乘舟，属群公之大会。风烟匝地，车马如龙；钟鼓沸天，美人似玉。芳筵交映，旁征豹象之胎；华馔重开，直抉蛟龙之髓。季鹰之思吴命驾，果为秋风；伯鸾之适越登山，以求渌水。辞故友，谢时人。登鄂阪而迂回，入邛山而北走。何年风月，三山沧海之春？何处风花，一曲青溪之路？宾鸿逐暖，孤飞万里之中；仙鹤随云，直去千年之后。悲夫！光阴难再，子卿殷勤于少卿；风景不殊，赵北相望于洛北。鸳鸯雅什，俱为赠别之资；鹦鹉奇杯，共尽忘忧之酒。

高步瀛《唐宋文举要》（下）选王勃骈文五篇，这是其中之一，并在末尾录蒋心余评语："清圆浏亮，学六朝者，所当问津。"[1]我认为这篇序结尾当有几句赋诗道别的话，当作于虢州参军期间，还冀州或许因为公务，具体情况不详。从整篇文章的情调看，展现的是一派生机勃勃的春天景象，没有除名后的悲伤。文中的"悲"是指离别知己，深感"光阴难再"，相思殷切而会合难期之淡淡感伤，由于全部织进了"清圆浏亮"的词句中，给人的感受是雅兴逸致和绵邈的思念情怀。读此文犹如赏玩一件精美的艺术品，仅仅感受其形式就足够了。

又如《春日桑泉别王少府序》（《全唐文》卷181第1840页）：

> 下官以穷途万里，动脂辖以长驱；王公以倾饯百壶，别芳筵而促兴。是以青阳半序，明月中宵。离亭拥花草之芳，别馆积琴歌之思。去留欢尽，动息悲来。惜投分之几何？恨知音之忽间。他乡握手，自伤关塞之

---

①高步瀛《唐宋文举要》（下）第170页，上海古籍出版社1982年版。

春;异县分襟,意切凄惶之路。既而星河渐落,烟雾仍开,高林静而霜鸟飞,长路晓而征骖动。含情不拜,空伫听于南昌;挥涕无言,请投文于西候。因探一字,四韵咸篇。

题中"桑泉"为临晋县名。时间是春天,而说"穷途万里,动脂辖以长驱",是要远别的样子,可能作于除名后赴交趾之前,别因较难断定,难道王勃赴南海是从临晋出发的? 这篇序与上一篇相比,悲伤情怀深切,似乎经历了巨大的挫折;与上文不同的是用典密度变疏薄了,写景抒情均显得自然流畅。结尾的赋诗是一般的四韵格式,说明虽有"含情不拜""挥涕无言"之语,但只不过是一般应酬性的留别,文字圆润流美,语调抑扬顿挫,格律精美,令人叹绝。

留别序最有代表性的当推《秋日登洪府滕王阁饯别序》(《全唐文》卷181)(按:《四部丛刊》本《王子安集》作《滕王阁诗序》)。有关这篇诗序的写作时间,最早是五代王定保的《唐摭言》卷五:"王勃着《滕王阁序》,时年十四。都督阎公不之信,勃虽在座,而阎公意属子婿孟学士者为之,已宿构矣。及以纸笔巡让宾客,勃不辞让。公大怒,拂衣而起,专令人伺其下笔。第一报云……又报云……又云:'落霞与孤鹜齐飞,秋水共长天一色'。公矍然而起曰:'此真天才,当垂不朽矣!'遂亟请宴所,极欢而罢。"[1]《旧唐书·王勃传》、辛文房《唐才子传》均取其说。后来更有诗话中虚构出王勃从父宦游江左,舟次马当时,看到一座古祠,回路遇老叟,呼勃"子往南昌作赋,路七百里,吾助清风一席"的传说[2]。清代吴调侯《古文观止》又提出作于"咸亨二年"之说,其他情节相似[3]。虽然这则故事及其附会出的传说均难以令人置信,但为什么人们还是津津乐道、以讹传讹呢? 人们都尽量推为少作,我认为这表现了一种崇拜少年天才的传统观念,中国古代众多的神童故事都表现为文思敏捷,才华出众,历来为人们艳羡,这是人们并不真正关注王勃作序真实时间的根本原因。因为王勃十六岁献《宸游东岳颂》和《干元殿赋》等鸿文,又儒沛王府侍读,当文

<hr />

①转引自蒋清翊《王子安集注》卷八,第229页,上海古籍出版社1995年版。

②见清章藻功《思绮堂文集·登滕王阁书王子安序后》自注。转引自《王子安集注》卷首辑评,第52页,上海古籍出版社1995年版。

③见清章藻功《思绮堂文集·登滕王阁书王子安序后》自注。转引自《王子安集注》卷首辑评,第52页,上海古籍出版社1995年版。

名早着，不应当在此时才被发现为天才。实际上，此文作于上元二年，王勃随父前往交趾，九月九日路过南昌，正遇上重阳大宴会，于是在宴会上即席作序赋诗留别。如果《唐摭言》及诗话类著作照实写，就没有什么惊耸视听的效果了。

这篇序从洪州的"人杰地灵"，写到宴会；接着写宴会时间、滕王阁的壮丽和登阁眺望三秋景象。下面再从宴会盛况写到自己"兴尽悲来"的身世之感，抒发怀才不遇的不平和依然渴望建功立业的雄心壮志，最后是赋诗惜别，并说这篇"短引"只是起一个抛砖引玉的作用，"登高作赋是所望于群公"。从全文看，主要笔墨还是落到写景和抒情上，宴会只是一条贯穿全文的线索，并作为一个重要的背景，宴席高潮也不过是情感起伏的转折点。这可以代表王勃诗序集游览、宴会、写景、抒怀于一炉的综合性特征，既可以称为"游宴序"，也可以称为"饯别序"，具有多方面的功能。因为他非常巧妙地将颂主夸客的应酬性和状物抒怀的文学性完美地结合在一起，既表现出当时的宴会气氛，又突出了自己的际遇，还恰如其分地展露了自己的志向和才华。文体上既辞采华美，对仗工整，声韵和谐，又气势奔放，自然流畅；用典既丰富贴切，又不冷僻晦涩，表现出既严守格律又突破规范、化艰涩为通俗的倾向。无论从哪个角度看，都是一片美文。难怪吴调侯无限赞叹地说："想其当日对客挥毫，珍词绣句层见迭出，洵是奇才。"①

三、王勃诗序的艺术成就

王勃的骈文是初唐的杰出代表，他的诗序又作为其骈文的代表，无疑取得了很高的艺术成就。我认为主要表现为以下几个方面。

（一）在整个时代文风的趋同中表现出独特个性

所谓"趋同"，指的是整个初唐时期都崇尚骈文。《新唐书·文艺传序》说："高祖、太宗，大难始夷，沿江左余风，俪句绘章，揣合低昂，故王、杨为之伯。"②骈文在初唐达到一个高峰，上自帝王的诏书、制敕、德音等"王言"及朝臣的颂赞、章表、奏疏等"臣言"，下到表饰终之典的碑

---

①吴调侯、吴楚材选《古文观止》(下)，第308页，中华书局1959年版。

②《新唐书·文艺传序》卷201，第5725页，中华书局1975年版。

铭、墓志、祭文及表达私人情感的书启、赠序等，都是运用六朝以来骈四俪六的体制，乃至史传的赞语、传论也都是骈文。王勃的序类文体，其独特性在于他于求司的倾向中表现出鲜明的个性化色彩，他将江山之丽景与身世之感融合在一起，突出了在初唐走向文治盛世的同时，下层才士的怀才不遇之悲。初唐是一个崇尚华丽壮大文风却贱视才士的时代，这与统治者崇尚武功和门第有关，他们一方面欣赏文学，将艺文当作娱乐养性之具而加以提倡；另一方面又持"先道德而后文艺"的观点而不愿意重用文士。唐太宗虽然重视诗文创作，但他始终将"崇文"置于其贞观之治的整个朝廷策略的最末位置；高宗虽也崇文尚丽，喜好夸饰颂圣之词，但以《五经正义》的颁行为标志，①文采秀士是没有仕途出路的。《资治通鉴》卷202载上元元年刘晓论选举制度的奏疏："礼部取士，专用文章为甲乙，故天下之士皆舍道德而趋文艺，有朝登甲科而夕陷刑辟者，虽日诵万言，何关理体？文成七步，未足化人。况尽心卉木之间，极笔烟霞之际，以斯成俗，岂非大谬？……陛下若取士以德行为先，文艺为末，则多士雷奔，四方风动矣。"②作为奏疏庄重地站在朝廷角度立论，可以看作是当时的主流意识，其实王勃也有这样的观点，咸亨二年的《上裴侍郎启》中就贬低文人，希望朝廷取士不要专重诗赋，要"先道德后文艺"。但王勃最终还是没有能够入朝士之选，不得不以自己不屑的文士沉沦下僚，甚至得到"浮躁浅薄"的恶评。③这样，王勃之类的才士不遇就不是简单一个人的遭遇，而是具有普遍性的文士的悲剧命运，因而在诗文中表现身世之感，就将王勃从整个时代的趋同中凸现出来，具有独标孤卓的区别性意义。具体表现在他的诗文中就是随处可见悲慨之怀，听到其叹息之声，而心底的不甘又往往崇尚建功立业，因此生命的热血激情与现实的贫困潦倒形成矛盾交织的状态。他虽说着"吾被服家业（按：指王家八代以儒辅仁），沾濡庭训，切磋琢磨战兢惕厉者二十二载矣，幸以薄技，获廁戎役，尝耻道未成而受禄"的话④，但实际上是对自己沉溺下流的不平之鸣。

① 《旧唐书·高宗纪》（上）载：永徽四年三月，颁孔颖达《五经正义》于天下，每年明经令依此考试。

② 司马光著《资治通鉴》（下），第1358页，上海古籍出版社1987年版。

③ 欧阳修、宋祁撰《新唐书·裴行俭传》卷108载：行俭曰："士之致远，先器识，后文艺。如勃等，虽有才，而浮躁衒露，岂享爵禄者哉？"第4088—4089页。

④ 《全唐文》卷181，第1838页。

下面摘录一些诗序中的悲愤之语：

> 下官狂走不调，东西南北之人也。流离岁月，羁旅山川。
>
> ——《夏日登韩城门楼寓望序》

> 坎坷于唐尧之朝；傲想烟霞，憔悴于圣明之代。情可知矣。
>
> ——《夏日诸公见寻访诗序》

> 悲夫！秋者愁也。酌浊酒以荡幽襟，志之所之；用清文而销积恨，我之怀矣。
>
> ——《秋日游莲池序》

> 孤吟五岳，长啸三山。昔往东吴，已有梁鸿之志；今来西蜀，非无张载之怀。
>
> ——《绵州北亭群公宴序》

> 关山难越，谁悲失路之人？萍水相逢，尽是他乡之客。怀帝阍而不见，奉宣室以何年？

> 嗟乎！时运不齐，命途多舛。
>
> ——《秋日登洪府滕王阁饯别序》

> 中情易感，下调多愁。送君当东陆之前，逢我在北风之别。
>
> ——《送白七序》

> 方严去舳，且对穷途。玉露下而苍山空，他乡悲而故人别。
>
> ——《江宁吴少府宅饯宴序》

> 天门大道，子则翻飞而赴帝乡；地泉下流，余乃漂泊而沉水国。
>
> ——《秋日送沈大虞三入洛诗序》

> 听孤鸣而动思，怨复怨兮伤去人；闻唳鹤而惊魂，悲莫悲兮怆离绪。
>
> ——《冬日送闾丘序》

这些句子比较典型也比较恒定地表现了王勃具有自宋玉以来的"贫士失职而志不平"的伤春悲秋情怀。

（二）追求一种气势壮大、字挟风霜的劲健风格

杨炯《王勃集序》曾这样评价龙朔文坛："尝以龙朔初载，文场变体，争构纤微，竞为雕刻，糅之以金玉龙凤，乱之以朱紫青黄。影带以徇其

功，假对以称其美，骨气都尽，刚健不闻。"①龙朔初载即661年，王勃只有12岁，可能已经着文了。杨炯批评的这种文风当包含诗、文在内的，其形成当有一个积渐过程，这种以"上官仪体"为代表的诗风及其相关的文风，最致命的缺点是"骨气都尽，刚健不闻"。但我认为王勃的"思革其弊，用光志业"也有一个发展过程，不妨这样假设：他在未入沛王府之前，也有一个趋同的阶段，入王府之后才明确要写出"气凌霄汉，字挟风霜"的劲健之作。观其《宸游东岳颂》及《干元殿赋》等早期作品，有将西汉大赋融合六朝华彩追求气盛壮丽的趋向，到被逐出王府入蜀后写《春思赋》和赴南海时写《采莲赋》《滕王阁序》等，才将人生感慨融入比兴和典饰之中，达到"契将往而必融，防未来而先制"，"壮而不虚，刚而能润，雕而不碎，按而弥坚"的境界，从而使"积年绮碎，一朝清廓"。②

在王勃的诗序中随处可见颇有气势的文句。如写景：

> 仁崖知宇，照临明日月之辉；广度冲襟，磊落压乾坤之气。

——（《山亭兴序》）

> 鱼鳞布叶，烂五色而翻光；凤脑吐花，烁百枝而引照。

——（《守岁序》）

> 惊帝室之威灵，伟皇居之壮丽。朝游魏阙，见轩冕于南宫；暮宿灵台，闻弦歌于北里。

——（《秋晚入洛于毕公宅别道王宴序》）

> 遗墟旧壤，数万里之皇城；虎踞龙盘，三百年之帝国。关连石塞，地宝金陵。霸气尽而江山空。皇风清而市朝改。

——（《江宁吴少府宅饯宴序》）

如写人物：

> 杨学士天璞自然，地灵无对，二十八宿禀太微之一星，六十四爻受乾坤之两卦。论其器宇，沧海添江汉之波；序其文章，元圃积烟霞之气。

——（《秋日饯别序》）

> 韦少府玉山四照，珠胎一色。纵横振锋颖之才，吐纳积江湖之量。子

---

① 《全唐文》卷191，第1931页。

② 《全唐文》卷191，第1931页。

云笔札,拥鸾凤于行间;孙楚文词,列宫商于调下。

——(《冬日羁游汾阴送韦少府入洛序》)

如写宴会:

于是携旨酒,列芳筵,先祓禊于长洲,却申交于促席。良谈吐玉,长江与斜汉争流;清歌绕梁,白云将红尘并落。

——(《三月上巳祓禊序》)

遥吟俯畅,逸兴遄飞。爽籁发而清风生,纤歌凝而白云遏。睢园绿竹,气凌彭泽之樽;邺水朱华,光照临川之笔。

——(《秋日登洪府滕王阁饯别序》)

钟鼓沸天,美人似玉。芳筵交映,旁征豹象之胎;华馔重开,直抉蛟龙之髓。

——(《还冀州别洛下知己序》)

如抒怀:

高情壮思,有抑扬天地之心;雄笔奇才,有鼓怒风云之气。

——(《游冀州韩家园序》)

文章可以经纬天地,器局可以畜泄江河,七星可以气冲,八风可以调合。独行万里,觉天地之崆峒,高枕百年,见生灵之龌龊。

——(《山亭思友人序》)

无论写山亭幽景、皇城壮象、宴会盛况,还是描写人物风采,或者抒发逸怀浩气,都写得飞动轩昂,元气淋漓,勃显一种沛然有余汩汩喷涌的生命激情,千载之后读之,犹能使人心潮动而热血涌,思奋翩而展遐想。这种鹏举九霄的气象,壮丽雄快的格调,使王勃的诗序具有辽阔浩荡的意境,具有诗歌雄浑的阳刚之美。

(三)景物描写具有色彩斑斓而兴象飞动的境界美

王勃的诗序中最引人注目的是那些色彩斑斓而包含诗情画意的景物描写。典型的是春色和秋景。据统计,王勃的全部63篇诗序中明确描写春景的有17篇,秋色的有22篇,合计39篇,占总量的62%。这大约是"春秋代序，阴阳惨舒，物色之动，心亦摇焉"的物感规律在起作用，因此刘勰接着说："岁有其物，物有其容；情以物迁，辞以情发。一叶且或迎意，虫声有足引心。况清风与朗月同夜，白日与春林共朝哉！"①尽管刘勰提到春夏秋冬四季景物均能摇荡性灵，但从他的感慨中不难体会他最重春秋两季。这符合中国古代文士普泛性的伤春悲秋情结。王勃似乎对"春"感最为深刻，《春思赋序》说："悲乎！仆不才，耿介之士也，窃禀宇宙独用之心，受天地不平之气，虽弱植一介，穷途千里。未尝下情于公侯，屈色于流俗。凛然以金石自匹，犹不能忘情于春，则春之所及远矣。此仆所以恧穷贱而惜光阴，怀功名而悲岁月也。岂徒幽宫狭路、陌上桑间而已哉。屈平有言'目极千里伤春心'。因作《春思赋》，庶几乎以极春之所至，析心之去就云尔。"②王勃的诗文创作还深受江山风物的影响，如《入蜀纪行诗序》说："烟霞为朝夕之资，风月得林泉之助。嗟乎！山川之感召多矣，余能无情乎！"③明确表达了他的这些诗歌乃山川感召心灵的抒情之作。又如他在《涧底寒松赋序》中说："盖物有类而合情，士因感而成兴。"④明确意识到外物与情感有"物类合情"的对应关系，接近西方美学中的"异质同构"之说。春天风和日丽，烟雨霏霏，万物欣欣向荣，到处一派朝气蓬勃的景象，既易激起进取者奋发豪迈之心，又易引起失意者沉沦烟景虚掷光阴感伤愤懑之情；秋季风清气肃，霜天万里，木叶凋零，苍凉寥落，加上北雁南飞，寒虫哀鸣，暮雨潇潇，凄神寒骨，最易引起失意文人的身世之感。而王勃作为怀才不遇的典型，四处漂泊，虽参加各种场合的兴酣情逸的宴会，但多生发乐极悲来的感叹。如春景：

> 迟迟风景，出没媚于郊原；片片仙云，远近生于林薄。杂花争发，非止桃蹊；群鸟乱飞，有逾鸎谷。王孙春草，处处争鲜；仲统芳园，家家并翠。
>
> ——《三月上巳祓禊序》

> 于时序躔清律，运启朱明，轻葳秀而郊成青，落花尽而亭皋晚。丹鸎紫蝶，候芳晷而腾姿；早燕归鸿，俟迅风而弄影。岩暄蕙密，野淑兰滋，弱

---

①刘勰《文心雕龙》（下），范文澜注，第693页，人民文学出版社1958年版。

②《全唐文》卷177，第1798—1799页。

③蒋清翊《王子安集注》卷七，第227页，上海古籍出版社1995年版。

④《全唐文》卷177，第1806页。

荷抽紫,疏萍泛绿。于是俨松舻于石舻,停桂楫于璇潭,指林岸而长怀,出河州而极睇。

——《上巳浮江宴序》

槐火灭而寒气消,芦灰用而春风起。鱼鳞布叶,烂五色而翻光;凤脑吐花,烁百枝而引照。

——《守岁序》

他乡握手,自伤关塞之春;异县分襟,意切凄惶之路。既而星河渐落,烟雾仍开,高林静而霜鸟飞,长路晓而征骖动。

——《春日桑泉别王少府序》

桃花引骑,还寻源水之蹊;桂叶浮舟,即在江潭之上。尔其崇阑带地,巨浸浮天,绵玉旬而横流,指金台而委输。飞湍骤激,犹惊白鹭之涛;触浪奔回,若赴黄牛之峡。

——《江浦观鱼宴序》

于时风雨如晦,花柳含春。雕梁看紫燕双飞,乔木听黄莺杂啭。

——《春日送吕三储学士序》

写秋景:

蓐收戒序,少昊司辰。清风起而城阙寒,白露下而江山远。徘徊去鹤,将别盖而同飞;断续来鸿,其离舟而俱泛。

——《越州永兴李明府宅送萧三还齐州序》

向时朱夏,俄涉素秋。金风生而景物清,白露下而光阴晚。庭前柳叶,才听蝉鸣;野外芦花,行看鸥上;数人之内,几度琴樽?百年之中,少时风月。

——《秋日宴季处士宅序》

近临铜陌,斜控银墟。菊照新花,泛轻香于远次;荷凋晚叶,翻翠影于长波。

——《秋日宴洛阳序》

于时苍云寨色,白日无光。沙尘起而桂浦昏,凫雁下而芦洲晚。傍邻苍野,霜风橘柚之园;斜枕碧潭,夜月芙蓉之水。

——《绵州北亭群公宴序》

于时白藏开序,青女御律。金风高而林野动,玉露下而江山清。琴亭酒榭，磊落乘烟；竹径松扉，参差向月。……亦有红苹绿荇，亘渚连翘；玉带瑶华，分榅间植。池帘夕敞，香牵十步之风；岫幌宵褰，气袭三危之露。

——《宇文德阳宅秋夜山亭宴序》

岩榅左峙，俯映元潭；野径斜开，傍连翠渚。青萍布叶，乱荷芰而动秋风；朱草垂荣，杂芝兰而涵晚液。

——《秋日楚州郝司户宅饯崔使君序》

阵云四面，洪涛千里。帘帷后辟，竹树映而秋烟生；栋宇前临，波潮惊而朔风动。

——《江宁吴少府宅饯宴序》

通过比较，不难看出，王勃虽自称感春为深，但他的诗序在具体描写时，春景的描写还是要逊色于秋景，写秋景不仅境界清逸，而且特色鲜明，名作众多。特别挺拔的有"落霞"名联："落霞与孤鹜齐飞，秋水共长天一色。"（《滕王阁序》）虽然这一句式模仿庾信《华林马射赋》中的"落霞与芝盖齐飞，野水共春云一色"①，但王勃的这两句描写晴天碧水，天水相接上下浑然一色；晚霞自上而下，孤鹜自下而上，相映生辉，构成一幅色彩明丽而境界壮阔的绝妙图画，超越了庾信以静态并列景物的意境，是继承中有创新。然而，遍检王勃全部诗序，"落霞句式"仅得以下三联：

崇松将巨柏争阴，积濑与幽湍合响。（《游山庙序》）
言泉共秋水同流，词峰与夏云争长。（《饯宇文明府序》）
长江与斜汉争流，白云将红尘并落。（《三月上巳祓禊序》）

这一句式的优点在于将四个景物按两两相对的形式用一个"共""与"联系起来，再描述一个动态，达到对景物群的形象描绘，很富于表现力。而王勃诗序中另一种由"而"连接的对称七字句却更多，特搜集如下：

长松茂柏，钻宇宙而顿风云；大壑横溪，吐江河而悬日月。（《山亭兴序》）

----

① 李士彪《魏晋南北朝文体学》搜罗了"落霞句式"资料，认为不始于庾信，可以上溯到魏晋之际的桓范、阮籍等。李著收集庾信之前40多条例句，说明这是骈文的基本句式之一。参该书第234—238页，上海古籍出版社2004年版。

轻蕙秀而郊戍青,落花尽而亭皋晚(《上巳浮江宴序》)

凫雁乱而江湖春,梅柳开而庭院晚。(《春日孙学士宅宴序》)

高林静而霜鸟飞,长路晓而征骖动。(《春日桑泉别王少府序》)

浮蚁倾而高宴终,踆乌落而离言促。(《送李十五序》)

荷叶滋而晓雾繁,竹院静而炎氛息。(《夏日登韩城门楼寓望序》)

元经苦而白凤翔,素牒开而紫鳞降。黄雀至而清风生,白鹤飞而苍云起。(《夏日诸公见寻访诗序》)

金风生而景物清,白露下而光阴晚。(《秋日宴季处士宅序》)

北斗横而天地秋,西金用而风露降。(《秋日游莲池序》)

三涂镇而九派分,白露下而清风肃。(《秋日宴洛阳序》)

沙尘起而桂浦昏,凫雁下而芦洲晚。(《绵州北亭群公宴序》)

金风高而林野动,玉露下而江山清。(《宇文德阳宅秋夜山亭宴序》)

槐火灭而寒气消,芦灰用而春风起。(《守岁序》)

襟三江而带五湖,控蛮荆而引瓯越。潦水尽而寒潭清,烟光凝而暮山紫。爽籁发而清风生,纤歌凝而白云遏。地势极而南溟深,天柱高而北辰远。(《秋日登洪府滕王阁饯别序》)

海气近而苍山阴,天光秋而白云晚。宾友盛而芳樽满,林塘清而上筵肃。(《秋日楚州郝司户宅饯崔使君序》)

他乡怨而白露寒,故人去而青山迥。(《秋夜于绵州群官席别薛升华序》)

白露下而南亭虚,苍烟生而北林晚。(《秋晚入洛于毕公宅别道王宴序》)

朔风动而关塞寒,明月下而楼台曙。(《冬日羁游汾阴送韦少府入洛序》)

伍胥用而三吴盛,孙权困而九州岛裂。霸气尽而江山空。皇风清而市朝改。帘帷后辟,竹树映而秋烟生;栋宇前临,波潮惊而朔风动。(《江宁吴少府宅饯宴序》)

桃李明而野径春,藤萝暗而山门古。(《春日序》)

云异色而伤远离,风杂响而飘别路。(《秋日送沈三虞大入洛诗序》)

烟霞举而原野清,鸿雁起而汀州鸣。(《晚秋什邡西池宴饯柳明府序》)

灌莽积而苍烟平,风涛险而翠霞晚。洒绝翰而临清风,留芳樽而待明

月。(《秋日登冶城北楼望白下序》)

　　将忠信以待宾朋,用烟霞以付朝夕。(《冬日送储三宴序》)

　　临春风而对春鸟,接兰友而坐兰室。(《初春于权大宅宴序》)

这种句式共32联,显然是王勃惯用的句式,它便于将四个景物用两个虚词和两个动词或形容词密集地组合在一起,形成景物描写主干性句子,既生动形象,又紧凑而凝炼,也是极富于艺术表现力的,由于被"落霞"句式的光辉所掩盖,不太为人们所注意,实际上对四季景物的描述,王勃在很大程度上是依赖于这种句式而完成的,故特标出来,以引起人们的关注。

　　当然,毋庸讳言,王勃诗序也有明显的缺陷。首先,描写景物有雷同之嫌,如写秋景多"金风""玉露",且常常白天与夜晚对举,有许多动词、形容词重复,读多了易生厌;更重要的是这种雷同,不能突出景物的特征,他的有些诗序无法编年,当与描写景物太普泛化、类型化有关;其次,过分用典形成一种虚套,如宴会就是"兰亭""金谷",游览就提阮籍、嵇康,最俗的是常说陶潜之菊,潘岳之花,这种贴标签一样的用典,没有必要也无意义;再者,珠玉龙凤之类的祥瑞词汇太多,尽管组合得珠圆玉润,声韵和谐,但给人以虚假的印象,这正是杨炯批评的龙朔文风在王勃诗序中的表现,也影响诗序的艺术魅力;最后,王勃诗序也存在序重诗轻的问题,似乎是在刻意写序,作诗倒像是强弩之末的点缀,这或许是诗佚序存的原因。

四、王勃诗序的地位和影响

　　王勃无疑是初唐骈文的大家,他将萌芽于先秦、定型于魏晋、骈化于南朝的诗序推向了一个高峰,而且是后来者总体上无法超越的高峰,为骈序的格律化作出了不可磨灭的贡献,同时,其缺陷也成为此体继续发展的重要障碍。对王勃的诗文评价,在盛唐杜甫之前就屡遭贬斥,以致杜甫不得不作诗"王杨卢骆当时体,轻薄为文哂未休。尔曹身与名俱灭,不废江河万古流"(《戏为六绝句》)为其辩护。后来韩愈作《滕王阁记》说:"江南多游观之美,而滕王阁为第一。及得三王为序、赋、记等,壮其文词",又说:"窃喜载名其上,词列三王之次,有荣耀焉。"[①]然而,明代张

───────────────

　　①马其昶《韩昌黎文集校注》,第91—92页,上海古籍出版社,1986年版。

燮则批评说："勃文名为四杰之冠，儒者病其浮艳。"对此四库馆臣却说："杜甫、韩愈诗文亦冠绝古今，而其推勃如是，枵腹白战之徒，掇拾语录之糟粕，乃沾沾焉而动其喙，殆所谓蚍蜉撼树者欤！"①

　　我们认为，王勃的诗序为代表的骈文，洵为美文，千载共赏，尤其他写景状物的艺术技巧，对律诗的写景产生了一定的影响，他运用典故的变化多端对后来诗歌的典则雅丽也产生了重要影响，更重要的是，他诗序中展露的文人兀傲个性和雄壮风格，在李白、陶翰、李华、梁肃等人的诗序中还可以听到巨大的回响。他在诗序中描述宴会及游赏的豪情逸兴，展示的文人雅洁胸襟，也成为后人追慕的对象，而他诗序中那些芳词秀语，奇言警句，也为后人掇拾采撷的对象，更成为人们津津乐道的批评话题。章太炎先生在《检论·案唐》中说："尽唐一代，学士皆承王勃之化也。"甚至说："终唐之世，文士如韩愈、吕温、柳宗元、刘禹锡、李翱、皇甫湜之伦，皆勃之徒也。"②虽未必令人信服，但确实是一个大胆而独具慧眼的论断，值得学术界认真思考和仔细研究。

　　【原载《中国文学研究》2010年第2期，又载2010年9月版《唐代文学研究》第十三辑】

---

① 《钦定四库全书总目》卷149，第1991页。中华书局1997年版。
② 《章太炎学术论著》，第95—96页。浙江人民出版社1998年版。

论韩愈、柳宗元的诗序

内容提要：诗序是韩愈、柳宗元自由抒情写志的重要文类。他们在改造文体、扩大序体的表现力方面作出了重大贡献。诗序成为表达诗学理论、宣传儒家道统的载体，成为记录独特人生经历和宣泄愤懑积郁的工具，无论刻画人物、描摹山水，还是抨击时弊、议论说理，都气势磅礴、酣畅淋漓，取得了很高的艺术成就。而牢笼百态、凌跨百代的艺术造诣对后代影响深远。韩文如潮，浩荡奔放；柳文如山，奇丽幽邃。

关键词：韩愈　柳宗元　诗序　艺术成就

诗序是一种与诗歌关系密切的文体，经常性的运用于诗人之间赠别赋诗的场合。它产生较早，最迟在东汉初期就出现了真正意义上的"诗序"，经历魏晋南北朝时期的发展，在初唐达到一个高潮，中唐时期古文运动兴起，诗序回归古人"赠人以言"的本意，逐渐挣脱诗歌的束缚，而独立成为一种文人之间酬赠应答的文体。据明人吴讷《文章辨体序说》所论"近世应用，惟赠送为盛"①，又说赠序这种文章"当须取法昌黎韩子诸作，庶为得古人赠言之义，而无枉己徇人之失也"②。这就是说，到明朝初期，韩愈赠序一类的文章就已经成为一种公认的范式。这一方面固然由于当时八先生（即后代所谓的"唐宋八大家"）文集流行，广为文人所推服；另一方面也说明韩愈在赠序文体上取得了很高的成就。根据时下文学史类著作叙述的惯例，一般都将韩愈、柳宗元作为唐文的代表，恰好柳宗元也在赠序方面有突出的贡献。因此本文拟将韩愈、柳宗元的诗序作为研究对象，探讨他们在开拓这种文体艺术表现力方面的主要成就。

---

①吴讷（1369—1454年），是明初著名的文章学家，生于明洪武二年，卒于明代宗景泰五年，享年八十六岁。［按］他所说的"近世"，当指南宋到明初这一时期，可见当时赠序之风非常兴盛，是流行一时的文体。

②吴讷著、于北山点校《文章辨体序说·序》，第42页。人民文学出版社1962年版。

一、韩愈、柳宗元诗序创作的概况

韩愈序体文收在马其昶校注《韩昌黎文集》第四卷，共37篇，其中像名作《送孟东野序》《送董邵南序》《送高闲上人序》《送杨少尹序》等，都是纯粹的赠文之序①。确切记录赋诗之序有：《送陆歙州诗序》《上巳日燕太学弹琴诗序》《送李愿归盘谷序》《荆潭唱和诗序》《送张道士序》《送殷员外序》《送权秀才序》《送湖南李正字序》《送石处士序》《送温处士赴河阳军序》《送郑尚书序》《送水陆运使韩侍御归所治序》《送郑十校理序》《韦侍讲盛山十二诗序》《石鼎联句诗序》等十五篇②。另外，《元和圣德诗并序》（《全唐诗》卷336）、《琴操十首并序》（《全唐诗》卷336）、《孟东野失子并序》（《全唐诗》卷339）、《奉和虢州刘给事伯刍三堂新题二十一咏并序》（《全唐诗》卷339）等四篇，合计为十九篇。

柳宗元序体文收在《柳宗元集》第二十一卷至二十五卷。共五十九篇。其中有文集序六篇，编柳集者称为"题序"，但《王氏伯仲唱和诗序》既是集序，又是重要的诗序。除单纯的赠文之序外，诗序有：《同吴武陵送前桂州杜留后诗序》《送宁国范明府诗序》《送苑论登第后归觐诗序》《送豆卢膺秀才南游序》《同吴武陵赠李睦州诗序》《送严公贶下第归兴元觐省诗序》《送崔子符罢举诗序》《送从兄偁罢选归江淮诗序》《愚溪诗序》《娄二十四秀才花下对酒唱和诗序》《法华寺西亭夜饮赋诗序》《凌助教蓬屋题诗序》《送韩丰群公诗后序》《送贾山人南游序》等十四篇。

综观这些诗序，可以看出：韩愈不仅创作时间从年轻时期一直延续到晚年，而且诗序涉及的题材内容比柳宗元广泛；而柳宗元诗序大部分是贬官永州及柳州期间的作品，题材内容比较狭窄，主要是朋友之间的赠别慰勉之作，也常常将自己贬官之痛流露于字里行间。韩柳的诗序类散文，既

---

① 正是这些名篇标志着脱离赋诗情境的赠序已经独立成体，其根源在于初唐时期普遍存在的"序重诗轻"现象，由于文人主要精力集中在写序方面，赋诗逐渐形式化，因而在实用性的召唤下，酬赠之序归向理性，注重教化德性方面的慰勉功能，遂将附庸风雅而不切实际的诗歌去掉，成为单纯承载朋友之间情谊与祝愿的文体，有的甚至成为宣讲国家大政方针、为官立身之道的载体。

② 像《送殷员外序》结尾说"于是相属为诗以道其行云"，《送权秀才序》结尾说"于是咸赋诗以赠之"，《送石处士序》结尾说"遂各为歌诗六韵"，《送郑尚书序》结尾说"韵必以来字"，等等，都是赋诗赠别的明确标志，因此将这些交际功能明显的序文算作诗序。

是他们表述诗歌观念的载体，又是宣扬道学、抒发忧郁的工具，他们叙事议论写景抒情的高妙技巧又使诗序这种体裁日臻成熟，成为交际应酬文章中艺术价值很高的文学作品。

二、韩柳诗序中表现的诗学观念

运用诗序来表达诗歌观念，要远溯到东汉出现的《诗大序》，尽管这是经师传授《诗经》时所作的"以意逆志"的解说，未必是《诗经》原始作者的本意，但是由于历代相传，渐渐为人们所接受，于是在一首诗或一组诗（含一本诗集）的前面，通过撰写诗序来表述某种诗学观也就成为作家惯用的方式，自江淹《杂体诗序》以来，到初唐陈子昂的《与东方左史虬〈修竹篇〉序》，诗序表述诗歌观念已经非常丰富了。诗歌经历盛唐的高潮以后，到中唐时期渐趋多元化，其中韩、柳二人将他们人生经历的惨痛遭遇凝聚成独特的诗歌理念，并且将这些理念纳入到他们建构的儒家道统之中，既各自独立个性鲜明，又深邃宏远，对后代影响深远。

首先，韩愈、柳宗元通过诗序，在与友人的交际中，宣扬儒家的道统观念。道统是一个内涵丰富复杂的思想体系，文学只是其中重要的一个方面，具体表现在诗歌方面，则主要是恢复儒家思想对诗歌的主导地位，即表现为恢复古道。复古的一个明显标志就是韩柳都重视卜子夏的诗学观念①，如韩愈《送王秀才序》中说："吾尝以为孔子之道大而博，门弟子不能遍观而尽识也……，盖子夏之学，其后有田子方，子方之后，流而为庄周……，荀卿之书，语圣人必曰孔子、子弓……，孟轲师子思，子思之学盖出于曾子。自孔子没，群弟子莫不有书，独孟轲氏之传得其宗。"并断言："求观圣人之道，必自孟子始。"②韩愈认为得孔子思想真传的是孟子，子夏之学最后流为庄子的诙谐诡怪，背离了圣人之旨，但是子夏作为《诗

---

① 卜子夏，是孔子的学生，传说他是《诗大序》的作者。据现代学者考证，《诗大序》乃是东汉出现的文本，应该是经师传诗过程中所作的"以意逆志"的解说，是一个经过了很长时间，经过很多人的阐发而凝成的集体智慧的结晶，是儒家诗学思想的集中体现。其中"诗言志""温柔敦厚""比兴""美刺"等观念，对后代诗学发展影响深远。韩愈、柳宗元都将子夏的诗学作为儒家诗歌观念的源头。

② 韩愈著、阎琦校注《韩昌黎文集注释》上册，第396—397页，三秦出版社2004年版。下引韩愈文均见此书。

大序》的作者，在韩愈的诗歌观念里还是有重要地位的，"庄周"的乱流并不影响"子夏"源头的洁净。相较而言，柳宗元的诗学观比韩愈纯粹，他在《王氏伯仲唱和诗序》中赞扬王氏兄弟的创作是"正声迭奏，雅引更和，播埙篪之音韵，调律吕之气候，穆然清风，发在简素"，显然是认为王氏兄弟的诗歌继承了诗经风雅正声的传统，值得颂扬，并说"某也谓余传卜氏之学，宜叙于首章"[1]。在《法华寺西亭夜饮赋诗序》中更明确地说："卜子夏为《诗序》，使后世知风雅之道，余其慕卜者欤？"[2]在道统观方面，韩愈与柳宗元还是有差别的。韩愈注重儒家一脉相承的传承谱系建构，对异端思想如佛老等进行严厉的批驳排斥，他说学者应该慎重选择从学的道路，认为"道于杨墨老庄佛之学，而欲至圣人之道，犹航断港绝潢以望至于海也"[3]。即是说，取道杨子墨子老子庄子佛教的途径，是不可能达到儒家圣人的真境界的，因此，韩愈在赠给道士、和尚的序文中，往往极尽奚落嘲讽揶揄之能事，如《送廖道士序》在极力赞美郴州物产丰美之后，说唯独没有看见"魁奇忠信材德之民生其间"，而廖道士虽然气专容寂，多艺善游，但是迷惑溺没于老佛之学，甚为可惜；在《送高闲上人序》中将张旭学习草书不治他伎与高闲上人喜欢草书却相信浮屠之说进行对比，认为张旭将自己的人生喜怒哀乐全部寄托在书法艺术里，达到了变动若鬼神的境界，而高闲上人则因为沉溺佛教教义使他的书法不可能达到高深的造诣。都旨在否定佛老异端思想，从而使这些和尚道士能归附于儒家忠孝节义纲教伦常的人生轨途，诗序成为韩愈排击异端改造沉溺异教者的工具，成为他宣扬儒家道统观念的载体。柳宗元也重视儒家道统，但他更注重内外兼修，认为"君子病无乎内而饰乎外，有乎内而不饰乎外者"，因此希望友人在"有乎内"的基础上，要"以诗、礼为冠履，以《春秋》为襜带，以图史为佩服"，然后"揖让周旋乎宗庙朝廷"，俨然成为一个真正的儒者[4]。柳宗元认为"道"不仅仅是从孔子那里传承下来的一种理念，应该具有实践的品格，归结为一点就是强调"化人及物"。他在《送崔子符罢举诗序》中说，对于参加进士科考试的举子来说，"即其辞，观其行，考其智，以为可以化人及物者，隆之；文胜质，行无观，智无考者，下之"；

① 《柳宗元集》第二册，第583—584页，中华书局1979年版，下引柳宗元文均见此书。

② 《柳宗元集》第二册，第645页。

③ 唐韩愈著、阎琦校注《韩昌黎文集注释》上册，第396—397页，三秦出版社2004年版。

④ 《送豆卢膺秀才南游序》，见《柳宗元集》第二册，第607页。

在《送徐从事北游序》奉劝友人"得位而以诗礼春秋之道施于事，及于物，思不负孔子之笔舌"，都强调"道"的实践性。柳宗元对佛教态度比韩愈通脱，他在《送僧浩初序》中说："浮屠诚有不可斥者，往往与《易》《论语》合，诚乐之，其与性情奭然，不与孔子道异。"①又在《送元十八山人南游序》中认为孔学与老学，虽然"道不同不相与谋"，但是孔学与老学乃至杨墨申商、刑名纵横之说，在"有以佐世"这一点上是相同的，而释氏由外国传入中国，与当年杨墨申商一样属于异端之说，但是元山人"悉取向之所以异者，通而同之，搜择融液，与道大适，咸伸其所长，而黜其奇邪，要之与孔子同道，皆有以会其趣"②。都表明柳宗元有意融合儒道释三教的倾向，所以他提出的"文以明道"，是在以儒家思想为主导条件下，融会各种其他思想合理因素的综合体，比较通脱宏大。

第二，韩愈、柳宗元独特的人生经历，使他们对诗歌有超越同时代一般人的见解。他们认为诗歌是抒忧娱悲的心灵奏鸣曲，是不平则鸣的产物。如柳宗元《娄二十四秀才花下对酒唱和诗序》说：

> 君子遭世之理，则深呼踊跃以求知于世，而遁隐之志熄焉。于是感激愤悱，思奋其志略，以效于当世。故形于文字，伸于歌咏，是有其具而未得行其道者之为也。

认为诗歌是有志于济世却遭遇不偶者发抒忧郁、寻求知音、渴望用世的工具。这与韩愈在《送孟东野序》中提出的"大凡物不得其平则鸣"的观点如出一辙。韩愈的诗学理论总体上比柳宗元更加恢廓完整，他在《荆潭唱和诗集序》中说：

> 夫和平之音淡薄，而愁思之声要妙；欢愉之辞难工，而穷苦之言易好也。是故文章之作，恒发于羁旅草野；至若王公贵人，气满志得，非性能好之，则不暇以为。

这篇诗序具有重大的诗学价值，因为他提出了一个重要的命题：诗歌是落魄之士，在羁旅他乡穷愁潦倒境地中真情的流露，是一种生命意义的寄托，因此"和平之音淡薄，而愁思之声要妙；欢愉之辞难工，而穷苦之

---

① 《柳宗元集》第二册，第673页。
② 《柳宗元集》第二册，第663页。

言易好"。这一观点与他的"不平则鸣"诗学观，相互辉映，相互补充。韩愈认为王公贵人，志满意得，如果不是生性喜欢诗歌，那他是没有时间或不屑于创作诗歌的。诗歌仿佛天生就跟贫穷困顿结缘。但是韩愈从眼前的这部唱和诗集中看到了欢愉之词也有相当的价值。因为欢愉之词难工，毕竟也可以工整精巧。这样他的诗学观点就变得辩证通达。正如不平则鸣既可以鸣自己的不幸，也可以鸣国家之盛。这一观点对宋代欧阳修提出"穷而后工"有直接影响。

第三，韩愈、柳宗元重视《诗经》风雅古朴的诗学传统。韩愈《上巳日燕太学听弹琴诗序》描述了贞元十八年三月三日国子司业武少仪在太学组织的一次弹琴赋诗场景："太学儒官三十有六人，列燕于祭酒之堂，樽俎既陈，肴羞惟时，醆斝序行，献酬有容。歌风雅之古辞，斥夷狄之新声，褒衣危冠，与与如也。"正在这时，一个相貌魁伟的儒生抱琴坐于樽俎之南，"鼓有虞氏之《南风》，赓之以文王宣父之操，优游夷愉，广厚高明。追三代之遗音，想舞雩之咏叹"，这样一直进行到薄暮时分，人人都感到精神世界充实满足。可以说这就是儒家追求的诗学最高境界，呈现出一片古朴苍然、和乐风雅、神游三代、优游当下的奇妙景象。完全可以设想，如果真能够回到这样的世界，人们的思想境界提高，品格变得高尚，那么士风将回归醇厚渊雅，而世风也必将回归纯正端整，诗风也必将古朴庄严。这就是在安史之乱后军阀割据藩镇不臣情势下，以韩愈为代表的儒者渴慕追求的诗学景象，承载着导扬正声，匡正人心的历史使命，尽管这种诗学理想在当时严酷的形势下，不免迂阔，但是韩愈等人的努力还是值得肯定的。柳宗元没有太学任职的经历，当然无法体验韩愈当时的心境，但是他以穷愁羁旅之身，在山水之间寄托自己的孤寂苦闷，然而儒家独善其身的理念使他也神往这样的境界，于是他借描写凌士燮助教这位身处蓬户雍牖而傲然自立的儒者生活，表现了与韩愈同样的理想。请看，这位饱读诗书经典的儒生，为儒官守道端庄，在仕途遭遇挫折之后，建造茅屋，以备揖让之位，"栋宇简易，仅除风雨，盖大江之南其旧俗也。由是不出环堵，坐入吴甸，包山震泽，若在牖外。所谓求仁而得，斯固然欤！与夫南音越吟，慕望而不获者，异日道也"①。这不正是儒家诗学洁身自好、安贫乐道、慕德固义观念的鲜明写照吗？柳宗元在《愚溪诗序》中，描写愚溪四

---

① 《柳宗元集》第二册，第651—652页。

周绝美的景色之后，说"溪虽莫利于世，而善鉴万类，清莹秀澈，锵鸣金石，能使愚者嬉笑眷慕，乐而不能去也。余虽不合于俗，亦颇以文墨自慰，漱涤万物，牢笼百态，而无所避之"①。这一方面借愚溪山水写自己晶莹剔透的高洁人格，体现儒家洁身自爱的观念，另一方面也表现了自己遭遇废弃不能有所作为的满腔孤愤，再一方面也表现出柳宗元追求"漱涤万物，牢笼百态"、"超鸿蒙，混希夷"的诗歌艺术境界，是柳宗元对诗学理论的重大贡献。

第四，对诗歌发展史及诗歌艺术本质的认识存在差异。韩愈是持诗文相通论者，即主张诗文交融，对诗歌发展史的认识主要体现在《送孟东野序》中，他以"不平则鸣"作为标准，建立了文化发展的谱系，把诗书六艺、诸子百家、楚骚汉赋、魏晋诗歌纳入其中，将陈子昂、苏源明、李白、杜甫、李观、孟郊等承接在后，可以看出韩愈复古背景下的诗歌发展观念，既突出主线，又宏观通脱。而柳宗元认为诗文同源异流，认为散文出于《尚书》《周易》《春秋》，属于辞令褒贬的著述，风格要求高壮广厚、词正理备，是藏于简册的东西；而诗歌本于虞夏的歌咏、殷周的风雅，属于比兴讽谏的体制，其风格要求丽则清越，适宜于谣诵讴歌。并认为一个人不可能诗文兼善，要求诗歌与散文严格保持各自的体性特征。因此，韩文与韩诗气息相通，廊庑特大，能为唐诗的发展辟土开疆，对后代影响深远；而柳宗元，虽然散文与诗歌双双如美玉晶莹，然诗歌与散文壁垒森然，异道而趋，后代接受时，多尊文而抑诗，就是由于柳宗元清莹明澈的胸襟不容诗文交杂的单纯，使他的诗歌固守传统的藩篱而缺少变通，因而有操守而无创辟。

三、韩柳诗序中表现出不同的人生际遇

诗序最早作为说明诗歌写作意旨与写作情况的文字，简明朴实是它主要的特色。随着时代的发展，诗歌不仅体制越来越复杂，而且渐渐与其他文体交融，借光生色，恢廓诗歌意境。诗序也因而悄悄发生变化，从说明写作情况的最初本意，渐渐演变成某一特定场合诗歌写作情景的描绘，由描绘场景再变为描写人物为主体；再从说明旨意的本义演变出更加复杂的

---

① 《柳宗元集》第二册，第643页。

寓意表述，上自世风诗风的变化，下至为官役民之道，再到出使出仕、应举归觐、宴会游历、离别相逢等等，都会生发出一番郑重正大的议论，因而通过一篇篇精美的诗序，可以考见当时的历史境况，可以体会作者当年的生活境遇，诗序遂成为韩愈、柳宗元人生际遇的渊鉴。

人都生活于具体的人际交往圈子里，像韩愈、柳宗元这样有操守、恪遵儒家道德准则的儒者，交友与交游都是很慎重的。柳宗元的人生经历以三十三岁时遭遇永贞革新失败为分界线，前期表现出卓厉风发、俊杰廉悍的特色，后期贬官永州、柳州，孤独苦闷，寂寞无告，害怕遭人诬陷，因此多与道士和尚交往，或自娱于山水之间。柳宗元诗序主要是写给这样几类人：第一类是亲属，如杨凝为柳宗元妻叔，崔策为柳宗元姐夫崔简之子，柳偁为宗元从兄，柳瀍为宗元族人，卢遵为宗元内弟，吕让为宗元表弟；第二类为秀才中举、下第者或贬官量移者，如中举者有苑论、班肃等，下第者有严公贶、元公瑾、辛殆庶等，量移者如南承嗣、薛巽等；第三类为柳宗元的好友或上司，好友如韩安平、吴武陵、娄图南等，上司如崔敏；第四类为僧人，如僧浩初、方及师、文畅上人、元暠师等。另外，还有像《愚溪诗序》这样自叙诗序。

柳宗元的这些诗序，主要是赠别序。有些诗序里表现对时事的强烈关注，如赠杨凝的序中对宣武军大梁"多悍将劲卒，亟就滑乱，而未尝底宁"的形势非常担忧，因而提出一种采取"中道"的控制之术，因为汴梁属于中原要冲，如果"将骄卒暴"就不能和众安民，如果"将诛卒削"则不能捍城固疆，所以必须刚柔相济，采取威怀兼备之道，从而化顺逆而同道。这篇诗序实际上是希望杨凝能够在控制藩镇方面有所作为，可以作为柳宗元为朝廷设计的对待宣武军的政治策略。而借群公赋诗的场合宣扬这种方略，恰好表现出柳宗元关怀时事渴望中兴的良好愿望。又如送范传真赴任宁国令时，柳宗元借赠序的机会大谈为吏之道，认为"吏者，人役也"，"仕之为美，利乎人之谓也"，因此"以惠斯人，然后有其禄，庶可平吾心而不愧于邑"，赋诗赠序皆是为了扬榷他"发吾所学施于物"的政治理念。柳宗元赠别落第秀才的诗序则揭露当时进士考试的一些弊端，深为落第者鸣不平。如送韦中立的诗序中揭示考进士之前，大批学子云集京师，"咸多为文辞，道古今语，角夸丽，务富厚"，然后投寄给主考官员，期望通过温卷以求闻达，这样在考试时就会捷足先登，而由于温卷人太多，有司阅读不足十分之一，因此很多不愿意温卷或虽温卷而未能进入有司视野的人，就往往遭遇落第的不幸命运，韦中立正是不愿意温卷而落第者。这篇诗序实际上在慰藉落第者的同时，抨击时势的弊端，感慨良深。当然，柳宗元诗序中最多的还是关于自己贬官的深哀巨痛。如送崔策的诗序里，柳宗元慨叹自己"智不足而独为文，故始见进而卒以废。居草野八年，丽泽之益，镞砺之事，空于耳而荒于心"；送柳谋的序里说"吾不智，触罪摈越楚间六年，筑室茨草，为圃乎湘之西，穿池可以渔，种黍可以酒，甘终为永州民"；在《愚溪诗序》里更说"余以愚触罪，谪潇水上"，是"遭有道，而违于理，悖于事，故凡为愚者莫我若也"，等等，都借诗序倾吐自己遭受诬陷，投荒置散，无所作为，孤苦无依的悲惨境遇，令人动容。

相比之下，韩愈的诗序所涉及的人物与柳宗元有很大的不同，而所表现的生活内容也更为丰富。韩愈诗序涉及的人物很少有他的亲属，主要有这样几类人：第一类是赴任的官员，如陆傪、孟郊、窦平、郑权、郑馀庆等；第二类是应举或下第的秀才，如权秀才、王秀才、齐皞等；第三类是处士、道士和尚，如李愿、石洪、温造、廖道士、高闲上人等；第四类是相互唱和的高级官员，如裴均、杨凭、韦处厚等。另外，韩愈还有太学听琴诗序、石鼎联句诗序、元和圣德诗序等杂序。

韩愈的诗序除了杂序外，基本上也是赠别序。首先，韩愈也有强烈的时事意识，表现出对藩镇割据的担忧，如著名的《送董邵南游河北序》，就通过河北地区今与夕的对比，表达他对河北藩镇不臣的担心，并希望董生能告诫河北的豪杰们要归心于朝廷；在送李益回幽州的序中，韩愈对国家失太平六十年的状况很担忧，希望李益回去辅佐幽州节度使刘济能够"帅河南北之将来觐奉职"，像开元时期那样归于一统；在《送郑尚书序》中希望"有文武威风，知大本，可畏信"的郑权能够将东南七十州治理得政通人和；而在送韩重华的诗序中则着重宣传韩氏的屯田戍边思想，期望边境安宁并减轻朝廷的经济负担。这些都表现出韩愈与柳宗元一样渴望中兴的理想，只是由于韩柳所接触的人不同，而表现的侧重点有异。其次，在对待科举考试方面，韩愈比柳宗元曲折艰辛得多，所以送别中举或下第者的诗序，多议论取士官员是否公正无私。如《送齐皞下第序》，针对宰相齐映之弟的落榜而生发出一番取士公正无私的大议论，对科举考试中"私其亲""私其身"的根源及世俗的偏见作了剖析。再次，对和尚道士者，韩愈表现出强烈的讽刺倾向，并期望通过赠序的方式改变他们的思想与生活方式，与柳宗元欲融合三教是不同的。与柳宗元强烈地渴望家族振兴不同，韩愈很少给家人赠序，而韩愈赠给很多朋友的诗序则类似传奇小说，像《石鼎联句诗序》所描写的那种怪怪奇奇的经历，不见于柳序。而柳宗元托山水寄托孤愤也很难在韩序中一见。总体上看，韩愈诗序庞杂，追求变态横生的新颖性，而柳宗元则单纯严谨，追求雅洁朗净的格调。二者难以轩轾。

三、韩柳诗序表现的艺术性

韩愈、柳宗元的诗序作为韩柳文最有特色的文类之一，历代备受人们喜爱，其最主要的原因，我认为还是这些文章具有鲜明的艺术性。首先是在诗序里写人状物，形象生动。如对得势的士大夫，韩愈这样描写：

> 人之称大丈夫者，我知之矣：利泽施于人，名声昭于时，坐于朝廷，进退百官而佐天子出令。其在外，则树旗旄，罗弓矢，武夫前呵，从者塞途，供给之人，各执其物，夹道而疾驰。喜有赏，怒有刑，才畯满前，道古今而誉盛德，入耳而不烦。曲眉丰颊，清声而便体，秀外而惠中，飘轻裾，翳长袖，粉白黛绿者，列屋而闲居，妒宠而负恃，争妍而取怜。大丈夫之遇知于天子，用力于当世者之所为也。（《送李愿归盘谷序》）

柳宗元则这样描写：

> 今夫取科者，交贵势，倚亲戚，合则插羽翮，生风涛，沛焉而有余，吾无有也；不则厌饮食，驰坚良，以欢于朋徒，相贸为资，相易为名，有不诺者，以气排之，吾无有也；不则多筋力，善造请，朝夕屈折于恒人之前，走高门，邀大车，矫笑而伪言，卑陬而姁媮，偷一旦之容以售其伎，吾无有也。（《宋娄图南秀才游淮南将入道序》）

韩愈、柳宗元显然将当时得势者的生活情状及其内心状态刻画得入木三分，针砭权贵及其追名逐利之徒的丑恶嘴脸也是入其骨髓，然从艺术上看，韩愈是取类穷形尽相的进行刻画，而宗元则与自己进行对照，韩愈批评社会风气的意图很明显，而宗元则意在表现自己的洁身自好。韩愈在文中还刻画了"伺候于公卿之门，奔走于形势之途，足将进而趑趄，口将言而嗫嚅，处污秽而不羞，触刑辟而诛戮"的追名逐利者的丑恶嘴脸及其悲剧命运，来与"穷居而野处，升高而远望，坐茂树以终日，濯清泉以自洁。采于山，美可茹，钓于水，鲜可食；起居无时，惟适之安"的隐士进行对照，从而表现自己的人生志向，既为李愿和自己鸣不平，又含蓄委婉地批评了世态百相。语言工切精警、气势磅礴；而柳文则更为凝练，多用三字句与散句相杂，气势虽不如韩文，然骨力坚劲，晶莹洁净似更胜一筹。据说宋代欧阳修曾赞曰："唐无文章，惟韩退之《送李愿归盘谷序》而已。"①陈景云评论说："取偶俪之体，却非偶俪之文，此哲匠之妙用也。"曾国藩则说："别出蹊径，跌宕自喜。"②总体上看，柳宗元在诗序里刻画人物形象的艺术成就稍逊于韩愈③，而刻画山水的手法则超过了韩愈。

如柳宗元描写永州风物：

> 零陵城南，环以群山，延以林麓。其崖谷之委会，则泓然为池，湾然为溪。其上多枫柟竹箭、哀鸣之禽，其下多芡芰蒲蕖、腾波之鱼，韬涵太虚，澹灆里间，诚游观之佳丽者已。……于暮之春，徵贤合姻，登舟于兹水之津。连山倒垂，万象在下，浮空泛景，荡若无外。横碧落以中贯，凌太虚而径度。羽觞飞翔，匏竹激越，熙然而歌，婆然而舞，持颐而笑，瞠目而踞，不知日之将暮。(《陪永州崔使君游宴南池序》)

又如柳宗元描写法华寺西亭景象：

> 法华寺浮图之西临陂池丘陵，大江连山，其高可以上，其远可以望，遂伐木为亭，以临风雨，观物初，而游乎颢气之始。(《法华寺西亭夜饮赋诗序》)诗曰："远岫攒众顶，澄江抱清湾，夕照临轩堕，栖乌当我还。蔼蔼溢嘉色，筼筜遗清班，神舒屏羁锁，志适忘幽潺。"④

---

①转引自《韩昌黎文集注》，第242页。

②陈景云、曾国藩评语转引自《韩昌黎文集注》，第242页。

③像韩愈诗序中所描写"不治他伎，喜怒窘穷，忧悲愉佚，酣醉无聊不平，有动于心，必于草书焉发之"的书法家张旭、"貌极丑，白发黑面，长颈而高结，喉中又作楚语"的衡山道士轩辕弥明、"红帓首、鞿袴、握刀，左右杂佩，弓韣服，矢插房，俯立道左"的幽州节度使刘济等人物，无不逼肖传神，令人印象深刻。

④章士钊评曰："兴到笔随，风雨际会，神游物始，气与宙合。"见《柳文指要》上册，第577页，文汇出版社2000年版。

还有描写愚溪的景象等等，无不与他的"永州八记"等山水游记同一机杼，不仅境界幽旷、景物奇丽，而且神与物游，富有浓郁的诗意。尽管柳宗元持诗文同源异流论，是尊体派的代表，要求诗歌与散文保持各自体性的独立品格，但是在具体的创作实践中，他仍然将文的本真醇澹与诗的空灵隽永融会在一起，用自己羁旅南国荒江野岭的苦痛哀泣，濡染这些山水景物，使之成为人化的风景，将与天地同春共秋。当然，韩愈并非不能写景，如描写南国风景："（蛮夷）南州皆岸大海，多洲岛，飘风一日踔数千里，漫澜不见踪迹。"（《送郑尚书序》）渲染出一种恐怖荒凉而浑宏壮阔的大海景象，为南人野蛮难制作陪衬。再如描写阳山天下的穷处景象"陆有丘陵之险，虎豹之虞；江流悍急，横波之石廉利俾剑戟"（《送欧册序》）也是惊险恐怖的，与他怒然不平的心境相印合，显然缺少柳宗元山水景物的宁静悠远神韵。

韩柳诗序继承了王勃以来注重文采气势的优点，而摈弃王勃诗序堆砌典故、臃肿晦涩的弊端，成为既凝炼娟洁又精气充盈的美文。如柳宗元这样描写苑论参加贞元九年顾少连主持的礼部考试："明年春，同趋权衡之下，并就轻重之试。观其掉鞅于术艺之场，游刃乎文翰之林，风雨生于笔札，云霞发于简牍，左右圜视，朋侪拱手，其可壮也。"可谓壮气如虹，果然视上第如拾草芥的苑论高中榜首，于四月回归南方省亲，宗元又这样描述他踏上归途："拜手行迈，轮移都门之辙，辕指秦岭之路。方将高堂称庆，里闾更贺，曳裾峨冠，南荣诸侯之邦，遐登王粲之楼，高视刘表之榻，桂枝片玉，光生于家。是宜砥商洛之阻艰，带江汉之浩荡，超越千里而无倦极也。然而景炽气燠，往及南方，乘凌炎云，呼吸温风。可无敬乎？"然后是赋诗赠别的话。柳宗元写此序正值风华才盛的二十二岁之时，又中举及第，所以文笔轻盈潇洒，很有当年王勃的风采，尽管是骈体，但是气势健举，并无艰涩之态，虽然骨骼未成，但是激情壮彩，光艳动人。如果与他晚年所作《愚溪诗序》作一比较，不难发现柳宗元贬逐南荒之后的文章多吞吐回环、抑塞沉郁之气，早年的雄奇奔放已经消失，呈现出一片冰心玉洁、磊落低回的哀婉悲鸣。

韩愈主张"气盛言宜"，认为"气，水也；言，浮物也。水大而物之浮者大小毕浮，气之与言犹是也，气盛则言之长短与声之高下者皆宜"。[①]他

---

① 《韩昌黎文集校注·答李翊书》，第171页。

的序体类文章，非常讲究发端的雄健劲直气势。如《送窦从事序》这样开篇："踰瓯闽而南，皆百越之地，于天文，其次星纪，其星牵牛。连山隔其阴，巨海敌其阳，是维岛居卉服之民，风气之殊，著自古昔。"展现出岭南南海地区一派从洪荒远古蔓延而来的苍茫雄阔气象，然后过渡到大唐盛世："唐之有天下，号令之所加，无异于远近。民俗既迁，风气亦随，雪霜时降，疠疫不兴，濒海之饶，固加于初；是以人之之南海者，若东西州也。"友人窦平正是在这样的四海一家天下太平的情境下赴任广州刺史幕府从事的，一件并不怎么庄严重大的事情，经过韩愈如椽大笔墨气淋漓的渲染，遂给人盛大隆重的印象。张裕钊评论说："起势如河之注海，如云出而风驱之，而造意雄坚，无一字懈散，读之但觉腾迈而上耳。"①确实道出了韩文追求起势壮大、雄迈浩荡的美学境界。这样的例子很多，如《送廖道士序》从五岳的中州清淑之气说起，一直漫延到南岳衡山，接着说"中州清淑之气，于是焉穷。气之所穷，盛而不过，必蜿蜒扶余磅礴而郁积"，最后说由郁积的奇气要么生长"百金水银丹砂石英钟乳桔柚之包，竹箭之美，千寻之名材"，要么"必有魁奇忠信材德之民生期间"，一气贯注，迤逦而来，堪当张裕钊"喷薄雄肆"的评语。②还有如《送温处士赴河阳军序》以"伯乐一过冀北之野，而马群遂空"开篇，劈空而来，令人震骇惊悚，急欲阅读下文。除了开篇，行文中间，韩愈也往往异军突起，以气势雄强的排句给人强烈的震撼，如《送石处士序》这样描写石处士的才华："与之语道理，辨古今事当否，论人高下，事后当成败，若河决下流而东注，如驷马驾轻车就熟路，而王良、造父为之先后也，若烛照数计而龟卜也。"运用一连串的比喻，将石处士的学问见识才华展现出来，而语句长短交织，极富参差错落之美。

总体上看，韩愈序体类散文（当然其他类别也包含在内）最主要的特点是姿态横生，取得了凌跨百代的艺术成就。正如储欣《昌黎先生集录》卷三所说："公诸序有如风狂云骇、海涛山立者；有如春和日丽、波平不

373

① 《韩昌黎文集校注》，第238页，注释后所引录张裕钊评语。

②孙琮《山晓阁唐宋八大家选•韩昌黎集卷三》对此序有精彩评说："胸中欲写出一个廖师，因廖师是郴民，却先写郴州。又先写岭南山水，又先写衡山灵奇，累累写来却又不径写廖师。又写出许多珍奇物产，其势如风雨欲来，烟云万状，令人怖骇之至。及读至后幅，竟飘飘然，一点廖师，又飘飘然，一点其徒，又如云散雨收，万象俱寂，令人愉悦之至。其文章首尾相称，自有相称妙处，首尾不相称，自有不相称妙处，总非俗笔所能梦见也。"转引自阎琦校注《韩昌黎文集注释》上册，第390页。

流，泛画鹢、掉兰桡，目眺江山而奏箫管于其中者，可谓极文章之变。"①对韩愈散文意境变化莫测有真切体会。而林纾《韩文研究法》中借评论《送廖道士序》道出了韩文的艺术特征："此文制局甚险，似泰西机器，悬数千万斤巨棰于梁间，以铁绳作辘轳，可以疾上疾下，置表面于质上，骤下其棰，棰及表面玻璃而止，分毫无损也。昌黎一生忠耿，而为文乃狡狯如是，令人莫测。"②指出的是韩愈散文技法与西方现代机器的巧妙同一机杼，洵为灼见。张裕钊是韩文评点大家，他说"退之奇处最在横空而来，凿险缒幽之思，策云乘风之势，殆穷极文章之变矣"③，可视为对韩文的定评。这种横生变态的艺术特点，主要由于韩愈接受了《庄子》的影响，其文用意恢奇，行文踏空造奇，用语诡怪新奇，遂成为文章巨观。

而柳宗元散文历代都认为峻洁峭削是其主要特色，如茅坤《唐宋八大家文钞·论例》就说："巉岩崛屼，若游峻壑削壁，而谷风凄雨四至者，柳宗元之文也。"④《古文关键》及《文章精义》的著者认为柳宗元文章是学习《国语》的，而刘熙载《艺概·文概》中却说："吕东莱《古文关键》谓'柳州文出于《国语》'；王伯厚谓'子厚《非国语》，其文多以《匡语》为法'。余谓柳文从《匡语》入，不从《国语》出。盖《国语》每多言举典，柳州之所长乃尤在'廉之欲其节'也。"又说："柳文如奇峰异嶂，层见叠出，所以致之者有四种笔法：突起，纡行，峭收，缦迴也。"还说："《愚溪诗序》云'漱涤万物，牢笼百态'此等语，皆若自喻文境。"⑤可谓识源探本之言。

总括起来看，也许正如刘熙载所说："昌黎之文如水，柳州之文如山。'浩乎''沛然''旷如''奥如'，二公殆各有会心。"⑥确实如此，韩文如浩荡奔放的海潮，既波澜壮阔、汗漫无际，又沛然汩涌生命的激情壮彩；而柳文则如巍峨雄峻的大山，既空旷幽邃、溪涧湾环，又凄然展现出晶莹明澈的奇丽心灵。二者都是天地之间的至文，不能轻易抑扬褒贬。

【原载《古代文学理论研究》2015年第2期】

---

① 转引自阎琦校注《韩昌黎文集注释》上册，第361页。
② 转引自阎琦校注《韩昌黎文集注释》上册，第390—391页。
③ 转引自阎琦校注《韩昌黎文集注释》上册，第412页。
④《中华大典·文学分册·唐文学部三》，第938页。江苏古籍出版社1999年版。
⑤《刘熙载文集》第72—73页，江苏古籍出版社，2001年版。
⑥《刘熙载文集》，第74页，江苏古籍出版社2001年版。

主要参考书目

1. 郭预衡著：《中国散文史》（上、中、下），上海古籍出版社1987年版。

2. 高文、何法周主编：《唐文选》（上、下），人民文学出版社1997年版。

3. 四川大学中文系：《宋文选》（上、下），人民文学出版社1997年版。

4. 王水照撰：《唐宋散文精选》江苏古籍出版社2002年版。

5. 吴小林主编：《唐宋八大家文品读辞典》（上、下），现代出版社2008年版。

6. 吴小林著：《唐宋八大家》，安徽人民出版社1984年版。

7. 葛晓音著：《唐宋散文》，上海古籍出版社1982年版。

8. 阎琦校注：《韩昌黎文集注释》（上、下），三秦出版社2004年版。

9. 尹占华、韩文奇校注：《柳宗元集校注》（全十册），中华书局2013年版。

10. 洪本健校笺：《欧阳修诗文集校笺》（上、中、下），上海古籍出版社2009年版。

11. 孔凡礼点校：《苏轼文集》（全八册），中华书局1986年版。

12. 高步瀛选注：《唐宋文举要》（上、中、下），上海古籍出版社1982年版。

13. 陈振鹏、章培恒主编：《古文鉴赏辞典》（上、下），上海辞书出版社1997年版。

14. 吴楚材、吴调侯编：《古文观止》（上、下），中华书局1982年版。

15. 杨庆存著：《宋代散文研究》，人民文学出版社2011年版。

16. 何寄彭著：《北宋的古文运动》，上海古籍出版社2011年版。

后 记

从1998年9月至2008年7月，我一直追随安徽师范大学的著名唐诗研究专家刘学锴师和余恕诚师求学问道，主要研读唐诗，先后获得硕士、博士学位。由于博士论文涉及唐文，故也偶尔涉足唐文研究领域，但是，从未梦想会有唐宋散文方面的著作出版。2008年和2012年，我接受中国人民大学吴小林先生的邀约，参加了《唐宋八大家散文品读辞典》（现代出版社，2008年版）及《古代娴雅小品·序跋》（中州古籍出版社，2012年版）的编写，逐渐对唐宋散文萌发了兴趣，此时，正赶上安师大新一轮研究生课程改革，需要开设一门专业选修课"唐宋散文研究"，在胡传志先生的鼓励下，我战战兢兢地接受了这门课程的教学任务，在长达六年的教学过程中，逐渐积累了一些东西，便是这本小书《唐宋散文品读》。

关于本书的写作宗旨，我在《前言》中作了详细说明，此不赘述。目前市场上，关于唐宋散文选注、翻译方面的著作很多，但我的这本书主要兼顾普及与提高两方面，既想让本科生在已经学过唐宋文学作品选的基础上，有所提高，又想对古代文学唐宋专业的研究生，有所拓展，因此难度很大。我在书中作了尝试，大量采取比较研读的视角，力图提高学生阅读、研究能力。由于本人学力水平有限，肯定存在很多缺点和错误，期待得到广大读者和相关专家的批评指正。

本书在撰写过程中，参考了很多前贤及时俊的著作，未能一一注明，在此一并表示谢意！

最后，我要感谢安徽师范大学科研处陆林处长及相关领导，慷慨为本书提供出版资助；感谢安徽师大文学院领导，将此书列入新版教学计划；感谢责编胡志恒先生为本书付出的辛劳。

吴振华

2016年7月28日